LES TROIS FILLES DU CAPITÁN

DU MÊME AUTEUR

Aux Éditions Robert Laffont

L'Espionne de Tanger, 2012
Demain à Santa Cecilia, 2014
Soledad, 2017

MARÍA DUEÑAS

LES TROIS FILLES DU CAPITÁN

roman

Traduit de l'espagnol par
Eduardo Jiménez

Robert
Laffont

Première partie : publicité : Compañía Trasatlántica Espagñola. © Diario *La Prensa.* Droits réservés
Deuxième partie : *The center of New York.* In « Flug und Wolken » (Flight and Clouds), Manfred Curry, Verlag F. Bruckmann, München (Munich), 1932. © Quasiplam / Wikimedia Commons
Troisième partie : Restaurant La Bilbaína, 14e Rue. À titre gracieux © Archives personnelles Luz Castaños
Quatrième partie : Hotel St Moritz, Central Park Sud, New York. © Archives personnelles de l'auteur
Cinquième partie : Vue de la statue de la Liberté. © Archives personnelles de l'auteur
Sixième partie : People Gathering by Brooklyn Bridge (légende d'origine) Brooklyn Bridge Anniversary Observed. Crowds watch the great water and land pageant from the Brooklyn, New York, side of the Brooklyn Bridge, during the elaborate ceremonies on May 24th, 1933. Commemorating the fiftieth anniversary of the span considered an engineering marvel at the time of this construction
© Bettmann / Getty Images

© Illustration de la carte page 7 : © Paloma de Casso
Images des pages 151, 200 et 201 : © Diaro *La Prensa.* Droits réservés
Autres images in-text : Collection particulière
Photographie de la page 545 : *Aerial view of the tip of Manhattan,* New York, 1931 : ©U.S. National Archives

Titre original : LAS HIJAS DEL CAPITÁN

ISBN 978-2-221-24132-5
(édition originale : ISBN 978-84-08-18998-5, Editorial Planeta, Barcelona)
Dépôt légal : mai 2020

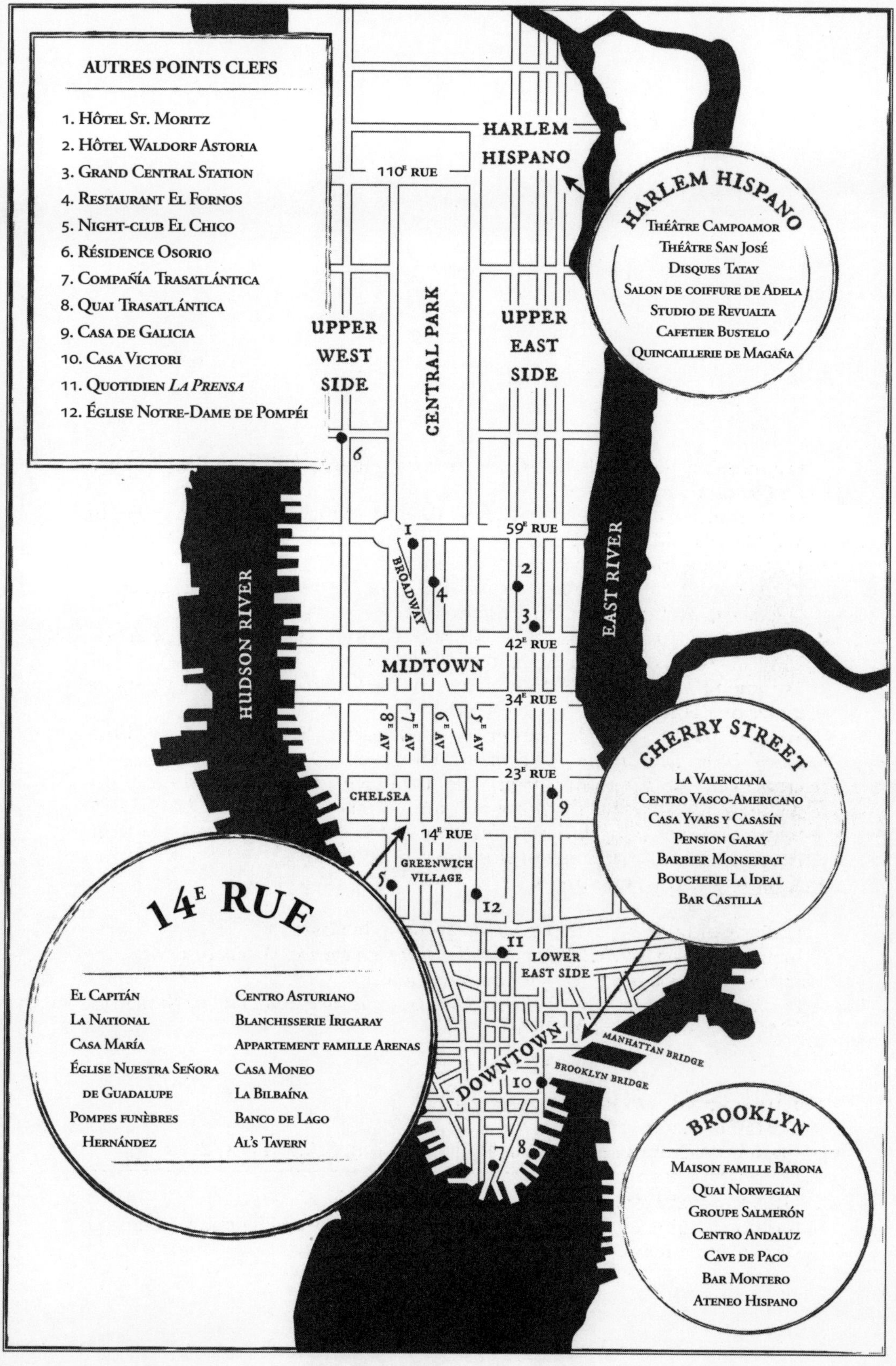
AUTRES POINTS CLEFS
1. Hôtel St. Moritz
2. Hôtel Waldorf Astoria
3. Grand Central Station
4. Restaurant El Fornos
5. Night-club El Chico
6. Résidence Osorio
7. Compañía Trasatlántica
8. Quai Trasatlántica
9. Casa de Galicia
10. Casa Victori
11. Quotidien *La Prensa*
12. Église Notre-Dame de Pompéi
HARLEM HISPANO
110E RUE
HARLEM HISPANO
Théâtre Campoamor
Théâtre San José
Disques Tatay
Salon de coiffure de Adela
Studio de Revualta
Cafetier Bustelo
Quincaillerie de Magaña
UPPER WEST SIDE
CENTRAL PARK
UPPER EAST SIDE
59E RUE
BROADWAY
HUDSON RIVER
EAST RIVER
42E RUE
MIDTOWN
34E RUE
8E AV
7E AV
6E AV
5E AV
23E RUE
CHELSEA
14E RUE
GREENWICH VILLAGE
CHERRY STREET
La Valenciana
Centro Vasco-Americano
Casa Yvars y Casasín
Pension Garay
Barbier Monserrat
Boucherie La Ideal
Bar Castilla
14E RUE
El Capitán
La National
Casa María
Église Nuestra Señora de Guadalupe
Pompes funèbres Hernández
Centro Asturiano
Blanchisserie Irigaray
Appartement famille Arenas
Casa Moneo
La Bilbaína
Banco de Lago
Al's Tavern
LOWER EAST SIDE
DOWNTOWN
MANHATTAN BRIDGE
BROOKLYN BRIDGE
BROOKLYN
Maison famille Barona
Quai Norwegian
Groupe Salmerón
Centro Andaluz
Cave de Paco
Bar Montero
Ateneo Hispano

À mes sœurs, irremplaçables et authentiques comme les Arenas.
À mes cousines, presque sœurs.
À toutes celles que la vie a condamnées à émigrer.

PREMIÈRE PARTIE

1.

Elles étaient encore toutes de noir vêtues de la tête aux pieds : les chaussures, les bas, les voiles, les manteaux. Elles entrèrent suivies d'une poignée de voisines ; sans doute ces dernières pensaient-elles qu'il ne fallait pas les laisser seules. L'une mit la cafetière sur le feu, une autre posa une boîte de biscuits sur la table ; elles s'étaient regroupées dans la cuisine au milieu des murmures et des chuchotements. Elles forcèrent leur mère à s'asseoir, celle-ci ne résista pas. Victoria sortit plusieurs tasses dépareillées d'une armoire, Mona ôta le chapeau qu'on lui avait prêté et se gratta le crâne, Luz s'appuya contre le rebord de l'évier sans cesser de pleurer.

Elles venaient de dire adieu à leur père, enterré sous un mélange de boue et de neige dans le cimetière du Calvaire du Queens : Emilio Arenas y reposerait pour l'éternité, entouré des ossements de gens qui n'avaient jamais parlé sa langue. Il avait quitté ce monde au moment le plus inopportun. En réalité, il n'existe guère de moment opportun pour mourir, mais encore moins quand on a cinquante-deux ans, qu'on est séparé de sa patrie par un océan, qu'on abandonne derrière soi une famille déracinée, un médiocre commerce qu'on vient à peine d'ouvrir, et des dettes.

Que s'était-il passé depuis qu'un gamin avait grimpé quatre à quatre l'escalier menant à leur quatrième étage ? Ni sa femme ni aucune de ses trois filles n'étaient à même de s'en souvenir précisément. Il avait cogné à la porte, la nouvelle s'était répandue telle une traînée de poudre : un regrettable accident. L'on déchargeait le *Marqués de Comillas* lorsqu'un filet mal arrimé s'était détaché. Un malheur, insistait-on, une affreuse catastrophe.

Fatal head trauma, voilà ce qu'indiquait l'acte de décès oublié tout chiffonné dans un coin, près du poêle. Personne ne l'avait lu. De toute façon, elles n'auraient rien compris, il était rédigé dans un jargon indéchiffrable, rempli de formules et de termes médicaux. Région fronto-pariétale droite, fracture avec sortie de masse cranio-encéphalique, infiltration hémorragique. D'ailleurs, les filles n'auraient rien saisi non plus s'il avait été écrit dans leur propre langue, à part l'expression « blessure mortelle ». Quant à la mère, elle ne savait pas lire.

Dès lors, leurs mémoires n'avaient conservé qu'une succession d'images entrecoupées. Elles dévalant l'escalier derrière le gamin et courant le cœur serré en direction de La Nacional, où l'on avait reçu la nouvelle. Les regards depuis les trottoirs ou les fenêtres, un véhicule des autorités portuaires qui freinait à côté d'elles dans un grincement de pneus, un type en uniforme accompagné d'un ouvrier espagnol qui les pressait de grimper à bord. Ensuite, en route vers le Lower East Side, l'enfilade de rues à travers les vitres de l'automobile, les façades sillonnées d'escaliers de secours, le flot indiscipliné des passants. L'arrivée au quai numéro 8, l'accueil du médecin chauve dans cette pièce faisant office d'infirmerie et le mouvement de ses lèvres sous une moustache grisonnante et maculée de nicotine, des paroles incompréhensibles lancées en l'air. Les hommes à la mine sombre qui surgissaient derrière elles, le corps recouvert d'un drap sur le brancard, le seau en métal débordant de gazes imprégnées d'un sang épais et sombre. La mère brisée, les filles bouleversées. Le retour chez elles, sans lui.

Le rythme des images s'était ensuite ralenti. Le cercueil dans lequel on l'avait ramené chez lui et qui avait eu du mal à franchir les paliers du fait de leur étroitesse, les cierges et les bouquets de fleurs sur des supports en métal bruni, trop imposants et incongrus, livrés par les pompes funèbres à leur insu. La porte ouverte, les gens qui entraient et murmuraient des condoléances avec un accent galicien, asturien, caribéen, basque, italien, grec, irlandais, andalou. Les hommes baissant les yeux en signe de respect tout en ôtant leur casquette, leur béret ou leur chapeau ; les femmes qui les embrassaient sur les joues et leur pressaient les mains. Et encore des larmes, des mouchoirs, des raclements de gorge et des prières au bout du couloir où était installée sur deux tréteaux la boîte avec le cadavre en piteux état. Jusqu'au lever du jour.

Cette nouvelle journée s'était écoulée en un éclair. Le corps avait été transporté dans un cimetière loin de Manhattan, descendu au fond du trou. Il y avait eu les pelletées de terre sur le couvercle en bois, l'énorme couronne d'œillets ornée d'un ruban et commandée en leur nom sans qu'on les eût consultées : TON ÉPOUSE ET TES FILLES NE T'OUBLIERONT PAS. L'absoute, les sanglots poignants de Luz au milieu du silence, les adieux. La nuit était retombée avec un tourbillon de lumières et de sons qui se bousculaient dans leur tête. Elles étaient rentrées chez elles et n'aspiraient qu'à se retrouver seules et en paix. Le remue-ménage s'apaisa à mesure qu'approchait l'heure du souper, les visiteurs déposèrent sur le comptoir de la cuisine ce que chacun put leur offrir en fonction de leurs maigres moyens et de leur bon cœur : une cassolette d'albondigas, une moussaka, un pain de viande, un pot en étain rempli de bouillon de poule.

Finalement, il ne resta plus qu'elles quatre pour affronter la réalité. Encore rétives à échanger leurs pensées, les filles commencèrent à s'affairer sans piper mot : elles ouvrirent robinets et tiroirs, mirent la table avec la modeste vaisselle de tous les jours. Pendant ce temps, leur mère se mouchait pour la énième fois et passait un mouchoir chiffonné sur ses yeux rougis.

Elles mangèrent en silence, le regard baissé, sans autre bruit que le son des cuillères contre la faïence. Ensuite, lorsqu'il ne subsistait plus dans les assiettes que les trognons de pommes et les miettes de pain, Mona, la plus pragmatique, leva les yeux et prononça à voix haute la question que tout le quartier se posait depuis que la malle d'un voyageur anonyme avait brisé le crâne d'Emilio Arenas, le type d'El Capitán :

— Et nous, alors ? Qu'est-ce qu'on va devenir ?

2.

Vaincue, la mère donna un coup de poing sur la table, y appuya ses coudes, se cacha le visage entre ses doigts osseux et se remit à pleurer.

Depuis qu'elle avait rencontré son Emilio à l'occasion de la fête des Croix, cinq lustres auparavant, ils n'avaient jamais vraiment vécu ensemble. Pendant de brèves périodes, parfois, quand il débarquait à Málaga sans la prévenir, à peu près tous les deux ans, qu'il restait quelques mois et l'abandonnait enceinte. Dès qu'elle commençait à rêver d'une famille normale à l'instar de tous ses voisins, lui se sentait à l'étroit, l'envie indomptable de refaire sa vie le tenaillait de nouveau, de repartir de zéro, comme si le passé n'existait pas. Il préparait alors son baluchon et un matin, après avoir déposé plusieurs baisers sur les fronts endormis des gamines et bredouillé de vagues promesses à son épouse, il se dirigeait vers le quai d'embarquement, en quête du premier navire qui l'emporterait jusqu'à la prochaine étape de son avenir.

Docker dans les ports de Marseille et de Barcelone, garçon de café place de la Independencia à Montevideo, vendeur ambulant à Manille, marmiton sur un cargo hollandais. Il savait sculpter le bois et jouait bien de la guitare, il imitait des voix, il prévoyait les tempêtes et cuisinait mieux que quiconque les plats de pâtes. Il avait un visage buriné, un front large, des yeux perçants, une chevelure autrefois noire et une calvitie naissante. Il accumulait les rencontres dans la moitié du monde ; il trouvait presque toujours quelqu'un pour lui taper sur l'épaule et l'inviter à boire un verre de rhum, d'ouzo, de pisco ou de vin. Pourtant, à la tombée du soir, il préférait se tenir à l'écart du bruit et il s'en allait seul, fumant en silence sous les étoiles.

Sa femme, toujours effacée, endurait ses absences en soupirant. Ses trois filles – celles qui avaient survécu à sept grossesses et à quatre accouchements – adoraient ses retours, croulant sous des cadeaux inutiles : un poignard africain, des maracas créoles, une peau de bête. Jamais elles ne lui avaient avoué leurs préférences : une couverture ou une paire de souliers. Et sa belle-mère, Mama Pepa – qui avait mis au monde dix enfants des œuvres d'un mari alcoolique et brutal, et qui en outre accueillait chez elle la progéniture désemparée qu'Emilio avait abandonnée à son sort –, passait ses journées à répéter, à qui daignait l'écouter, que l'époux de sa fille Remedios était un irresponsable plus grand que le chapeau d'un picador.

Sourd aux médisances de la vieille et aux supplications de son épouse pour qu'au moins il s'installe quelque part, après qu'il se fut éclipsé d'un remorqueur du canal de Panama, Emilio Arenas échoua à New York début 1929, quelques mois à peine avant le krach boursier et le début de la Grande Dépression. Malgré la situation du pays pendant les années qui suivirent, dures et amères, il se débrouilla toujours pour travailler. Il pouvait tout aussi bien décharger des navires marchands, découper des flétans sur le marché de Fulton ou pousser une charrette de livraison sur les pavés de Downtown – la partie basse de la ville – quand il remplaça un compatriote au magasin Casa Victori, dans Pearl Street.

Les années et les séquelles de ses extravagances finirent par l'user peu à peu, tel le couteau s'émoussant sur une planche. Il était désormais moins impulsif, mais sans une once de regret ou de miséricorde. Il avait mal au dos, sa toux était rauque, il ne voyait plus bien de près, il remarquait sa perte de vigueur pour certains types de travaux. Et pour la première fois au cours de sa vie vagabonde, l'idée d'entamer une nouvelle errance engendrait en lui une curieuse sensation d'apathie.

De pair avec ce délabrement physique, il éprouva un sentiment nouveau. Lui qui avait toujours été un individualiste, indifférent aux dieux, aux hymnes et aux drapeaux, s'attachait inconsciemment à un entourage de plus en plus restreint, se repliait sur le noyau de ceux qui employaient ses propres mots et provenaient de la même contrée, sur cette colonie d'êtres avec lesquels il partageait ce que les nostalgiques appellent une « patrie ».

Cette réaction n'était sans doute pas étrangère à son déménagement dans une chambre du quartier de Cherry Street, là où les Espagnols s'étaient s'installés depuis longtemps. À cet endroit, à l'extrémité sud-est de Manhattan, près des quais, sous le bruit assourdissant du début du pont de Brooklyn, plusieurs milliers d'âmes originaires du même coin du globe s'étaient regroupées depuis la fin du siècle dernier. Chauffeurs et graisseurs, cuisiniers, dockers, simples aventuriers en quête de fortunes incertaines et une flopée de matelots qui embarquaient et débarquaient dans une perpétuelle noria. C'étaient surtout des gens proches de la mer. La colonie s'était par la suite développée et diversifiée. Étaient arrivés parents, compatriotes, de plus en plus de femmes, des familles entières qui s'entassaient dans des appartements bon marché le long des rues voisines : Water, Catherine, Monroe, Roosevelt, Oliver, James…

À La Ideal, ils achetaient des côtelettes de porc, des gésiers et du boudin, et le poulpe chez Chacón. Pour le savon, le tabac et le prêt-à-porter, ils se rendaient à Casa Yvars y Casasín. Pour les médicaments, à la Farmacia Española. Les boissons et le café, ils les prenaient au bar Castilla, au café Galicia ou à El Chorrito, où son propriétaire, le Catalan Sebastián Estrada, les accueillait avec ses cent kilos et plus d'énergie contagieuse, non sans leur seriner que la grande Raquel Meller était une cliente assidue chaque fois qu'elle venait en ville. Le Círculo Valenciano, le Centro Vasco-Americano et plusieurs sociétés locales galiciennes y avaient leur siège. On trouvait aussi des tailleurs, des barbiers, des auberges et des épiceries comme Llana ou La Competidora où acheter pois chiches, haricots et piments. En somme, il régnait là un douillet sentiment de communauté, mariant les particularités régionales.

Emilio Arenas obtint son énième emploi dans cet environnement, au printemps 1935, à La Valenciana, un commerce à l'intersection de Cherry et de Catherine. Il se présentait comme un hôtel mais en réalité il s'agissait de quelque chose de beaucoup plus souple et opérationnel. D'innombrables immigrants espagnols avaient débarqué à New York avec cette seule adresse en mémoire ou griffonnée d'une main maladroite sur un bout de papier : La Valenciana, 45 Cherry Street. Les chambres occupaient l'étage supérieur, il y avait la salle à manger au premier et la boutique au rez-de-chaussée, avec tout ce dont pouvaient avoir besoin les travailleurs de la zone portuaire pour s'équiper, depuis les bottes en cuir jusqu'à des sous-vêtements chauds, des gants et des blousons. En outre et à la demande de tout intéressé, le propriétaire de la maison agissait en qualité d'interprète ou d'intermédiaire pour l'achat de billets de bateau, ou bien virait de l'argent par-delà l'océan. Et pour le bien de tous, sur un panneau accroché au mur, on punaisait quotidiennement les offres d'emploi de la zone. Enfin, dans une grande boîte de havanes vide, en guise de modeste bureau de poste improvisé, on conservait le courrier en provenance de la Péninsule, afin que les hommes menant une vie itinérante, sans attaches ni domicile fixe, passent le chercher de temps à autre et obtiennent ainsi des nouvelles de leurs proches restés au pays.

Emilio Arenas occupait un poste aux multiples facettes. Il servait la clientèle derrière le comptoir, donnait un coup de main à la cuisine, renforçait l'équipe des garçons de café ou effectuait des courses et des démarches. Au cours de son travail, il entendit un jour les bribes d'une conversation qui changerait sa destinée.

Les deux hommes étaient assis l'un en face de l'autre dans un coin de la salle à manger déserte. C'était le milieu de la matinée. À gauche, Paco Sendra, le patron du commerce, un Alicantin d'Orba, l'un des nombreux habitants de ces terres de la Marina Alta émigrés en Amérique au début des années 1900. À droite, un inconnu d'un certain âge à la chevelure grisonnante et aux épaules tombantes. Ce dernier menait la conversation avec un accent du Nord; son discours mêlait la froideur de celui qui expose des chiffres et des calculs au récit sincère d'un émigrant usé par la distance, le temps et la solitude. De nombreuses années, beaucoup de batailles, l'entendit déclarer Emilio tandis qu'il leur servait deux verres de vin et quelques rondelles de boutifarre. La famille, les économies, les absences, perçut-il quand il les resservit. Alors qu'il s'éloignait, d'autres mots isolés parvinrent à ses oreilles. Fermer boutique. Rentrer.

Vingt minutes plus tard, tandis qu'il rangeait une cartouche de boîtes d'allumettes sur son rayonnage, il les observa du coin de l'œil au moment où ils gagnaient la sortie. Ils se serrèrent la main, Sendra tapota deux fois le bras de l'inconnu.

— Bonne chance, Venancio. Que Dieu vous garde !

3.

Emilio Arenas profita du calme – l'agitation de midi n'avait pas commencé – pour s'éclipser discrètement. Le tablier encore autour de la taille, il enfila son manteau et suivit le dos courbé de l'homme jusqu'au carrefour avec New Chambers, à hauteur du salon de Monserrat.

— Hé, l'ami !

L'inconnu se retourna.

— Vous y êtes pas arrivé, hein ?

En réalité, il ignorait le contenu exact de leur conversation, mais il avait capté quelques détails au vol et se laissait guider par sa simple intuition. Cet individu était sur le point de mettre un terme à une étape de son existence et lui-même, pour la première fois dans la sienne, songeait à cesser ses vagabondages et à s'enraciner quelque part. Et entre ces deux extrêmes, un type aspirant à partir et l'autre rêvant de se stabiliser, un élément lui échappait : qu'avait bien pu proposer cet homme à Sendra, que ce dernier s'était refusé à accepter, et qui lui serait peut-être utile ?

Il décida donc de ne pas tergiverser et l'autre fit preuve de la même franchise :

— Je cherche un acheteur pour le mobilier d'une cantine. Tables, chaises, tabourets. La vaisselle également : assiettes, couverts, marmites, casseroles, ainsi que les nappes. Je m'adresse à tous les hôteliers de la colonie, je cède le tout à un bon prix. Ça vous intéresse ?

Ils se dirigèrent vers le nord-ouest, se racontant à grands traits leurs vies respectives, le long de Bowery et de Canal

Street, à travers les quartiers bourrés de Chinois et d'Italiens, un bouillonnement d'êtres qui s'entassaient pour survivre dans de sordides pâtés de maisons.

— Et vous, Venancio, vous habitez ici depuis longtemps ?

— Je suis arrivé quand on a perdu Cuba. Je suis allé passer un été dans mon village, j'ai épousé ma fiancée et je l'ai amenée ici. On a ouvert notre commerce ensemble. On a travaillé très dur, on s'en est tirés. Malheureusement, j'ai perdu ma femme il y a neuf ans, et mon fils aîné a déménagé à Harlem après s'être marié avec une Dominicaine. Le petit, lui, est devenu représentant en rasoirs et il parcourt à présent le New Jersey avec sa valise, il ne revient presque plus.

Plus rien ne le rattachait désormais à sa lointaine bourgade cantabrique, à part la nostalgie de sa jeunesse et une sœur célibataire à moitié aveugle. Malgré tout, après quelque quarante années d'absence, il estimait le moment venu de clore un cycle.

Venancio posa alors la main sur l'épaule gauche d'Emilio, la main rude d'un travailleur sans forces ni ambitions.

— Il est temps de rentrer à la maison, ne serait-ce que pour revoir ces prairies une dernière fois.

Ils poursuivirent leur chemin jusqu'à un tronçon de bitume, lequel, grâce à d'autres noms et d'autres visages, dégageait une ambiance à nouveau familière : la 14e Rue entre la Septième et la Huitième Avenue, séparant Chelsea au nord et West Village au sud. Un nouveau contingent de compatriotes s'était installé ici, une enclave peut-être pas aussi dense que celle de Cherry Street et des alentours, mais son existence était avérée par les enseignes de certaines boutiques, par certaines conversations à haute voix, par les salutations entrecroisées, les cris des mères appelant leurs enfants du haut des fenêtres et par l'aspect reconnaissable entre tous des nombreux vieillards fumant, songeurs, sur les marches des perrons.

Emilio Arenas ne découvrait pas ce quartier. Depuis qu'il était allé s'inscrire à La Nacional, comme tant d'autres compatriotes, il était souvent venu livrer des commandes ou assister à une manifestation. Cependant, il n'était jamais entré dans l'établissement devant lequel ils s'arrêtèrent.

— Et voilà ce que j'ai à vous offrir, déclara Venancio.

Une petite cantine de quartier située en demi-sous-sol, tout près de la Huitième Avenue, en bas d'un immeuble de trois étages sans cachet ni charme apparents. Sans rien de prometteur.

Prendre une telle décision à la va-vite était sans nul doute une folie, alors qu'ils se tenaient tous deux devant la façade, les mains dans les poches. Néanmoins, le choix d'Emilio Arenas correspondait parfaitement à son comportement habituel et à sa trajectoire. Embarquer au petit bonheur la chance, accoster n'importe où, changer de métier, lever l'ancre, se retrouver ailleurs. Ç'avait toujours été sa façon d'agir, laisser la vie décider pour lui, sans volonté, sans réfléchir, jusqu'à ce que le vent souffle dans une autre direction. En ce jour du début de 1935, un courant imprévu l'avait entraîné vers ce bout de la 14e Rue coincé entre deux grandes avenues de l'immense New York.

Sans y penser à deux fois, sans s'accorder le moindre temps pour soupeser la viabilité du projet, sous l'emprise d'une impulsion irrationnelle, Emilio Arenas décida non seulement d'acquérir le mobilier et les ustensiles de son vieux compatriote, mais aussi de poursuivre son commerce. Le soir même il discuta avec la propriétaire de l'immeuble, une veuve hollandaise d'Horacio Street. Ils eurent du mal à se comprendre, convinrent cependant de conserver le même loyer. Il possédait quelques économies, de quoi acheter le matériel de Venancio Alonso et payer le premier mois de location.

Il s'installerait dans l'arrière-boutique, songea-t-il, pour épargner le montant du loyer dans la pension Garay de Cherry Street. Il y avait assez de place pour une paillasse, ça lui suffirait. Il travaillerait deux fois plus à La Valenciana et consacrerait le reste de son temps à rénover le local de ses propres mains. Il faudrait gratter plafonds et murs, ravaler la façade, faire un peu de maçonnerie et de plomberie, repeindre. Quand tout serait prêt, il se chargerait lui-même, chaque matin, d'aller acheter du poisson au marché de Fulton où il avait travaillé à une certaine époque ; ses contacts lui permettraient d'obtenir de bons prix. Il cuisinerait ensuite comme chez lui et ajouterait des savoirs et des tours de main glanés çà et là. Il servirait des déjeuners et des dîners destinés à la clientèle du quartier pour une somme modique, il installerait un zinc le long d'un mur… Les images se bousculaient dans sa tête quand il fut interrompu par la voix rocailleuse du vieux :

— À mon avis, vous devriez changer le nom.

Emilio Arenas fixa ses yeux sur l'enseigne. Ou plutôt sur ce qu'il en restait : El Cá… Les autres lettres étaient tombées, en parallèle avec l'état de décrépitude de l'établissement.

— Elle a été arrachée par un coup de vent il y a deux hivers, je l'ai pas arrangée, précisa le propriétaire dans un haussement d'épaules. Ça disait El Cántabro, c'était comme ça qu'on m'appelait dans le coin, mais je crains que pour vous, avec votre accent andalou, ça colle pas.

Pour sûr, pensa Emilio. S'il restait fidèle à la coutume, il serait normal de choisir El Malagueño, mais il n'avait pas tellement envie de se mettre en avant. Peut-être El Calamar, et comme ça il profiterait des quelques lettres intactes. Ou El Canasto, ou pourquoi pas El Cacique ? Réflexion faite, ces noms lui paraissaient aussi étrangers que cette lointaine Cantabrie où il n'avait jamais mis les pieds. El Cá, Cá, Cá…, murmura-t-il entre ses dents. Et soudain une idée lui traversa l'esprit, une dénomination impérieuse pour un projet enthousiasmant, un titre qu'il n'avait jamais réussi à obtenir du fait de son indifférence habituelle. Sauf maintenant. Pour la première fois, il s'était fixé un but à atteindre, une ambition. Pour cette raison, lui qui avait toujours occupé une position subalterne, il décida de l'appeler El Capitán, sans s'imaginer qu'il resterait désormais affublé de ce surnom dans le quartier.

Son projet se mit ainsi en route, tandis que naissait un Emilio inédit rempli d'énergie et sourd à la fatigue et au découragement. Il passa l'automne 1935 tel un bulldozer, travaillant quatorze heures par jour, dans un va-et-vient frénétique entre son nouveau monde de la 14e Rue et son vieux monde du Lower East Side.

Enfin, peut-être au milieu d'une tempête ou d'un angoissant calme plat, deux lettres se croisèrent un jour en quelque point vague de l'Atlantique. L'une avait été écrite par Emilio Arenas ; elle comportait un certain nombre de fautes d'orthographe et s'adressait à sa femme. L'autre, dictée à sa voisine par son épouse analphabète, lui était destinée.

Peut-être les ouvrirent-ils de concert, quoique séparés par l'immensité de l'océan.

«J'ai de bonnes nouvelles, Remedios, affirmait-il, optimiste, dans la missive expédiée depuis New York dans un sac postal. Je vais me poser, comme tu l'as toujours souhaité… Je bosserai jour et nuit… Je ferai des économies… Je reviendrai le moment venu… »

« Tout va mal, Emilio, disait-elle, en proie à son pessimisme coutumier dans le courrier empruntant le chemin inverse, affranchi avec les timbres de la République espagnole. Mama Pepa est morte et on nous expulse de notre logement… On a plus où aller… Je sais plus quoi faire de tes filles… Elles sont déjà des femmes, elles sont déboussolées, elles sont pas sur la bonne voie… Ça te regarde toi aussi. »

Il venait d'entrer dans La Valenciana quand il acheva la lecture des dernières phrases, il n'avait pas encore ôté sa casquette. Il se décoiffa lentement, se gratta le crâne, fourrageant dans ses cheveux avec ses ongles sales, puis il s'approcha du comptoir, le bout de papier chiffonné serré dans son poing.

— Monsieur Sendra, j'ai besoin de quatre billets, demandez-les à don Valentín Aguirre, s'il vous plaît. Mais je vous préviens, j'ignore quand et comment je les rembourserai.

4.

Elles étaient dans la cuisine. Remedios cachait encore son visage derrière ses mains. Elle n'avait jamais possédé le caractère ferme de sa propre mère, et le peu de combativité qu'elle avait eu un jour s'était estompé à la mort de Jesusito, son quatrième rejeton, qui était venu au monde la tête enflée et parcourue d'un enchevêtrement de veines à la place des cheveux. Le bambin était mort à cinq mois. Seize années s'étaient écoulées depuis qu'on avait enterré le petit corps enveloppé dans un drap mais, dès lors, Remedios n'avait pas cessé un seul jour de penser à lui, malgré les mauvais souvenirs attachés à sa brève existence. Les pleurs déchirants, les vomissements et les convulsions, les yeux toujours clos, le refus de téter, tout cela était tellement enfoui au plus profond de la malheureuse femme qu'elle n'était jamais redevenue elle-même après ce coup du sort, la mort du garçon dont elle avait tant rêvé à chaque grossesse, ce petit homme au milieu de toutes ces femmes.

Ses filles la contemplaient à présent en silence, tandis qu'un flot de malédictions et de jérémiades jaillissait de sa gorge desséchée :

— Maudite soit Mama Pepa pour mourir juste à ce moment et nous jeter à la rue, maudit soit votre père et sa fichue idée de se ranger après nous avoir laissées en plan pendant des années, maudite ma lubie de lui demander de l'aide, de l'écouter…

Suivre les instructions d'Emilio et traîner derrière elle ses filles depuis Málaga avaient supposé, pour Remedios, un chemin de croix cahoteux parsemé de disputes amères, d'insolences, de pleurs et de cris. Victoria, l'aînée, aiguillonnée par sa crapule de petit copain, jura qu'elle préférait s'adonner à la prostitution plutôt que partir à New York. Mona, la deuxième, afin de trouver une excuse pour rester, se chercha une place de domestique logée dans une bonne maison de la promenade du Limonar. Quant à Luz, la benjamine, elle passa des semaines entières à ronchonner dans son coin. Les altercations furent monumentales et s'entendirent dans la moitié du quartier de La Trinidad. Les voisins durent intervenir, de même que la famille, proche et lointaine, tandis que la mère se tenait agenouillée devant la représentation du Cautivo, dans l'église de San Pablo dévastée depuis 1931. Finalement, la Garde civile fut alertée par un habitant influent pour un éventuel délit d'outrage à l'autorité paternelle. Deux agents en uniforme les gardèrent à l'œil jusqu'à leur embarquement à bord du *Manuel Arnús*, qui faisait escale à Málaga entre Barcelone et le Nouveau Monde. Elles furent confiées au médecin capitaine du navire.

Efflanquées, transies de froid, le teint blafard, l'estomac noué et la bouche pâteuse, ce fut ainsi que les sœurs Arenas découvrirent New York par une glaciale matinée de janvier. La traversée avait duré onze longues journées ponctuées de nausées, de vomissements et de larmes, à se consoler à tour de rôle, une effroyable semaine et demie où elles étaient restées écroulées sur d'humbles couchettes d'entrepont, avant de débarquer au quai numéro 8 de l'East River. Depuis quelques années, les immigrants, même les plus modestes, n'étaient plus obligés de passer par Ellis Island pour obtenir l'autorisation d'entrer dans le pays.

Bien entendu, elles ne furent pas insensibles en accostant ce port grandiose. Même si elles ignoraient qu'elle symbolisait la liberté illuminant le monde, difficile de ne pas s'émouvoir en longeant la gigantesque statue verdâtre posée sur les flots, cette dame bizarre surmontée d'une couronne à sept piques et brandissant une torche. Comment ne pas s'émerveiller à la vue des gratte-ciel alignés à l'horizon ou des gigantesques ponts suspendus, des formidables transatlantiques italiens, français, anglais, norvégiens, américains glissant harmonieusement sur l'eau grisâtre ? Comment ne pas tourner la tête en direction des péniches charbonnières et des remorqueurs dont les sifflements retentissants appelaient joyeusement à la prudence ? Comment ne pas rendre leurs saluts aux gens entassés sur les ponts des ferry-boats, qui agitaient mouchoirs et chapeaux en guise de bienvenue aux nouveaux arrivants comme ça, tout simplement, sans doute parce que eux-mêmes, leurs parents ou leurs grands-parents avaient accédé ainsi à cet univers ?

New York les éblouit, naturellement, malgré leurs efforts pour feindre le contraire. Tandis que le vapeur s'avançait vers son quai d'accostage, les trois jeunes filles, agrippées au bastingage et les joues fouettées par l'air coupant, firent mine de rester indifférentes à la stupéfiante effervescence s'offrant à leurs regards. Rien ne paraissait les impressionner. Pas plus les terminaux des compagnies de navigation avec leurs drapeaux bariolés et leurs panneaux spectaculaires que les entrepôts regorgeant de marchandises en provenance de tous les ports du globe ou les bâtiments de plus en plus colossaux à mesure qu'elles s'en rapprochaient.

— Mon Dieu ! murmura Luz, qui avait momentanément baissé la garde.

Victoria noua alors ses bras à ceux de ses sœurs comme si, agrippées les unes aux autres, elle espérait leur transmettre le courage et l'énergie nécessaires pour ne pas succomber à ce décor ahurissant. Elles se serrèrent très fort en quête de protection.

— Sainte Vierge, chuchota Mona.

Mais elles reprirent leurs esprits, réussirent à cacher leurs peurs et leurs incertitudes, et ni les sirènes, ni les cris de la foule, ni le rugissement assourdissant des moteurs ne leur firent abandonner leur air de défi après que le navire eut accosté. Elles tinrent le coup devant la neige qui tombait de temps à autre ce jour de janvier, quelque chose qu'elles n'avaient jamais vu sur les rives ensoleillées de leur Méditerranée. On nous a amenées de force, on s'en contrefiche de cette maudite ville, voilà ce que signifiait leur attitude. Et à la première occasion, dès qu'on le pourra, par n'importe quel moyen et avec l'aide du diable si nécessaire, on rentrera chez nous. Ainsi, déguisant leur ébahissement sous une attitude de fauves en cage, elles descendirent à la queue leu leu du vapeur de la Trasatlántica, par ordre d'âge. Elles n'hésitèrent même pas sous les regards sévères des agents de l'immigration.

Cette volonté de marquer leur dédain resta pratiquement intacte au fil des jours. Emilio avait loué un deux-pièces au dernier étage d'un immeuble en brique rouge au coin de la 14e Rue et de la Septième Avenue, un modeste logement temporaire exigu et sombre, néanmoins largement plus confortable que la misérable bâtisse où elles avaient grandi. Il n'y avait pas moins de quatre ampoules électriques, l'eau courante et de minuscules toilettes, un tantinet rudimentaires mais quand même privées, elles n'étaient pas obligées de sortir sans arrêt et de les partager avec les voisins. Cependant, ce fut vain. Dès le premier jour, il y eut de tout entre ces murs qui les abritaient, sauf la paix. C'était en permanence une succession de mines longues, de haussements de ton, de larmes, de disputes, de reproches et de menaces. Et puis ça recommençait.

À tour de rôle et la langue bien acérée, elles accusaient de leur malheur leur père Emilio ou leur mère Remedios, la défunte grand-mère Mama Pepa, le voisin qui avait prévenu la Garde civile, le maudit médecin du bateau ou l'horrible ville qui les accueillait. Tous les coupables étaient bons à prendre, il leur suffisait d'avoir une cible sur laquelle déverser leur rage.

— Je vais avaler de la mort-aux-rats, déclarait une des trois.

— Je m'enfuirai avec un marin pour qu'il me ramène, lâchait une autre.

— Je vais me jeter sous les roues d'un train, renchérissait la troisième.

Incapable d'imposer un minimum d'autorité à ces gamines volcaniques, Emilio jugea sa tâche de père si ingrate qu'il décida de retourner dans son arrière-boutique au bout d'un peu plus d'une semaine de vie commune. Ce fut néanmoins une décision mûrement réfléchie et en accord avec sa femme. Il les laissa sans le sou, juste avec de quoi subsister trois ou quatre jours sans faire appel à lui. Lorsque le café ou le savon vinrent à manquer, elles furent obligées de débarquer dans la vieille cantine de quartier où leurs parents s'échinaient sans aucune aide extérieure.

L'établissement était plongé dans une semi-obscurité, seulement éclairé par la lumière du jour à travers la porte ouverte.

Remedios lavait les casseroles et Emilio grattait le dessus d'une table au fond quand ils les entendirent arriver. Ils interrompirent leur tâche, le père se redressa lentement, perclus de douleurs dans le dos.

— Il vous faut du pognon ? s'écria-t-il en s'adressant aux trois silhouettes plantées à l'entrée.

Dans l'expectative, aucune ne répondit ni ne bougea.

— Alors vous serez obligées de le gagner, ça tombera bien.

Les filles étaient toujours alignées épaule contre épaule, sans desserrer les lèvres, formant une espèce de bloc compact. Remedios ne disait rien.

— On est pas près d'ouvrir si on continue tout seuls, poursuivit Emilio. Par contre, si vous me donnez un coup de main, on pourra servir la clientèle d'ici peu. Ce commerce est aussi à vous, ne l'oubliez pas. Et plus tôt il nous rapportera, plus tôt on pourra tous rentrer.

Rentrer. En entendant ce mot, leur cuirasse se fissura. Rentrer : sept lettres qui étaient le moteur de la colonie tout entière, le combustible qui réchauffait leur cœur et leur permettait de travailler sans relâche jusqu'à l'accomplissement de leur rêve.

Mona, au centre du trio, donna un coup de coude à ses deux sœurs. Toujours complices, les trois se comprirent sur-le-champ. Malgré leur répugnance, elles étaient forcées de céder.

5.

Les cheveux ramassés dans des foulards et vêtues des pièces les plus usées de leur misérable garde-robe, elles commencèrent le soir même à s'impliquer dans l'entreprise familiale.

Quatre jours de suite, de l'aube à la tombée de la nuit, aux côtés de leurs parents, elles grattèrent la crasse et les couches de graisse à s'en user les ongles. Elles récurèrent des poêles à frire, des marmites et des casseroles, poncèrent des meubles et s'efforcèrent sans grand succès de faire reluire les vitres. Elles parvinrent ainsi à améliorer quelque peu le local délabré, mais cela ne sautait pas d'emblée aux yeux, de même que le travail manuel ne les mit pas de bonne humeur. Le demi-sous-sol était toujours sombre, les plafonds bas, et le même tableau ornait un mur, une mer démontée, que Venancio Alonso avait laissé accroché, de sorte que l'essence de la désormais caduque Cantabrie rôdait encore dans tous les coins. Mû par la lubie de créer une atmosphère marine, Emilio surgit un matin avec de vieux filets de pêcheur, une paire de rames et un gouvernail déglingué que ses filles installèrent sans soin ni intérêt. Finalement, El Capitán entama sa traversée.

Malgré tout, l'appareillage fut plus que laborieux. L'affaire fit un flop. Avec Remedios aux fourneaux, son mari se dépensant sans compter pour accueillir la clientèle et la servir, ils n'arrivaient que très rarement à remplir le quart de la salle à l'heure du déjeuner. Les filles, elles, aidaient en cuisine ou participaient sans le moindre enthousiasme au service tandis qu'Emilio ruminait des idées noires.

Il s'était imaginé une cantine bourrée de travailleurs engloutissant des plats chauds après de longues heures de dur labeur, comme il l'avait constaté dans des établissements similaires de Cherry Street. Un va-et-vient incessant, lui la louche à la main, les verres qui s'entrechoquent, le raclement des chaises sur les carreaux du sol, les voix masculines rocailleuses, un éclat de rire isolé, les liasses de billets dans la caisse, derrière le zinc. Sans doute avait-il négligé les caractéristiques de l'endroit. Malgré la présence de nombreux compatriotes aux alentours de la 14e Rue, il y régnait une atmosphère différente de celle de son ancien quartier. Les gens étaient mieux intégrés dans le tissu urbain, moins attachés à leur petit coin de rue. Ou bien il y avait moins de célibataires mâles que près des quais de l'East River, ou davantage de restaurants ayant acquis une réputation bien méritée au fil du temps.

Lui, en revanche, n'était qu'un parvenu se raccrochant à un commerce décrépit maladroitement rafistolé. Presque personne ne connaissait sa femme car elle restait confinée dans la cuisine, toujours paniquée par son environnement. Et ses filles, avec leur attitude ouvertement insolente et rébarbative, avaient gagné à la force du poignet une renommée peu reluisante. Pourtant, la Prohibition avait pris fin et El Capitán proposait des vins espagnols à un prix plus que modique. Emilio se les procurait à peine débarqués sur les quais, grâce à ses contacts et à ses trafics. Qui plus est, Remedios savait frire le poisson comme personne, elle mijotait des ragoûts sensationnels et des cassolettes de palourdes et de lotte dont les saveurs marines arrachaient des larmes.

Emilio avait beau vérifier ses comptes chaque nuit, assis dans la pénombre de la salle à manger vide, il n'arrivait pas à joindre les deux bouts. Les dettes s'accumulaient : le loyer du dernier mois, les fournisseurs, l'appartement, les billets de bateau qu'il devait encore à Sendra... Il se triturait les méninges en vain. Il mit des annonces dans *La Prensa*, le quotidien lu par l'ensemble de la communauté hispanique new-yorkaise hispanique tous les matins. Il fit imprimer des prospectus qu'il distribua dans les boutiques du quartier. Il en vint même à se planter sur le trottoir à la chasse aux clients, le menu à la main et affublé de son tablier, avec un sourire forcé.

— Cuisine espagnole ! *Typical Spanish food*, proclamait-il en anglais devant son restaurant. Le poisson le plus frais du monde, *best fresh fish in the world*. Les prix les plus bas, *ladies and gentlemen*, mesdames et messieurs, *we have the best prices in town*.

Rien n'y faisait. Certains l'esquivaient tel un obstacle, d'autres détournaient le regard ou hochaient la tête en signe de dénégation. *No, thank you*, non, merci beaucoup, vraiment pas.

Contre toute attente, les angoisses d'Emilio eurent un effet bénéfique. À mesure qu'il cédait au découragement, la carapace de rejet de ses filles commença à se lézarder. De l'épuisement, peut-être, ou un zeste de pitié. Le changement se vit d'abord à quelques détails.

— Et si on modifiait le menu ? suggéra Victoria.

De son côté, Mona raccrocha les vieux filets avec un peu plus de style et leur ajouta des châles fleuris qui apportaient une note colorée. Quant à Luz, la petite, elle surprit son père un matin de février en l'accompagnant dehors malgré la bise glaciale pour héler sans vergogne les passants, serrant sa jupe contre ses cuisses afin que le vent ne la soulève pas.

— Entrez, messieurs, ne loupez pas la meilleure cantine espagnole de Manhattan ! claironnait-elle d'une voix chantante.

Emilio décida alors de revenir dormir chez lui et l'atmosphère familiale se détendit. Les gamines restaient cependant à l'écart de l'agitation du quartier et de la ville. Elles boycottaient les messes dominicales de Nuestra Señora de Guadalupe, l'église la plus proche, ne fréquentaient ni les bals ni les rencontres entre compatriotes de La Nacional. Elles n'avaient jamais dépassé la 16e Rue et la Sixième Avenue, pas plus qu'elles n'avaient emprunté le subway ou le métro aérien. Elles avaient juste échangé les phrases indispensables avec les voisins, les propriétaires et les employés des commerces du coin. Elles se coiffaient entre elles, ne possédaient pas la moindre amie, refusaient d'apprendre l'anglais. Et cette obstination si ostentatoire déclenchait de constants commérages derrière leur dos : quel malheur ! Des filles si jeunes et si prétentieuses ! Quelle façon idiote de gâcher sa vie !

Jusqu'au matin où Emilio partit de chez lui en direction des quais du Lower East Side. Comme d'habitude, il avait partagé un café silencieux avec Remedios à la table de la cuisine. Les routines domestiques lui paraissaient à la fois gratifiantes et pénibles. Ce n'était pas facile de cohabiter soudain avec le bric-à-brac et les bruits de quatre femmes, d'autant plus que l'atmosphère était lourde. Leur mauvaise humeur était quasi imperceptible mais toujours omniprésente, aussi impalpable que latente. Même ainsi, il était obligé de s'adapter à ce nouveau mode de vie, a fortiori depuis que ses filles se montraient un peu plus raisonnables.

Il dévala les quatre étages, gagna la rue, en proie à un désir effréné de réduire ses dépenses. Il lui fallait de l'huile d'olive. Sendra lui faisait crédit et les boutiques d'Unanue et de Victori vendaient les boîtes d'Ybarra bon marché, mais on pouvait les avoir pour moins. Comme presque tous les membres de la colonie, il était au courant des dates d'arrivée des navires en provenance d'Espagne. Il y en avait quatre, tous de la Compañía Trasatlántica. Deux venant de la mer Cantabrique et deux de la Méditerranée, avec des escales au Mexique, à Cuba et à New York.

Il savait donc que ce samedi de fin mars, on attendait le *Marqués de Comillas* bourré de passagers et de marchandises. Il se dirigea vers son môle familier, le numéro 8 de l'East River, afin de tenter sa chance. Il y aurait à coup sûr un lot d'huile et une connaissance prête à lui en céder une partie moyennant un prix avantageux pour les deux. Ainsi, à force d'économies par-ci, par-là, il finirait par rembourser son loyer à la veuve hollandaise.

Le propriétaire d'El Capitán atteignit le quai, le cerveau bouillonnant de projets et de calculs, attendant que s'effectue le déchargement du bateau, ignorant encore s'il apportait la production des oliviers d'Utrera ou de Tortosa, de Cabra ou de Jaén. Il était tellement absorbé dans ses pensées qu'il n'entendit pas les cris d'alarme poussés autour de lui. La manœuvre se passait mal, un énorme filet rempli de ballots restait suspendu en l'air en situation précaire. Il y eut des cavalcades et des hurlements, on le tira par un bras à la dernière seconde.

Ce geste, néanmoins, ne parvint qu'à écarter le corps. La tête subit la violence de l'impact.

Emilio Arenas finit ses jours étendu par terre tel un colis, le crâne fracassé et des images d'une huile brillante et onctueuse tournoyant dans son cerveau. Une flaque de sang s'étendait autour de lui, sous les regards épouvantés et parmi les cris de la foule auxquels se joignait le bruit des sirènes.

6.

Le soir de l'enterrement, les trois sœurs Arenas allèrent se coucher sans avoir obtenu de réponse. Épuisées, confuses, le ventre et le cœur tenaillés de sentiments mêlés, la même question leur martelait les tempes : Et nous, alors, qu'est-ce qu'on va devenir ?

Elles souffraient au plus profond d'elles-mêmes de la mort de leur père, l'homme qu'elles commençaient juste à connaître après toute une vie jalonnée d'absences. Mais une autre source d'angoisse se superposait à leur chagrin. Elles étaient conscientes de la signification de cette perte : la disparition du seul lien qui les unissait à cette ville étrangère aux hivers interminables, une mégalopole de seize millions d'habitants, un désert infini de désolation aux yeux des Espagnoles.

Remedios se leva avant elles, comme d'habitude, aux premières lueurs de l'aube. Ses filles n'avaient pas d'horaire fixe, elles écoutaient leur corps. Jusqu'alors, elles n'avaient jamais ressenti le besoin de donner plus qu'un coup de main, à contrecœur, ostensiblement dédaigneuses. Ce matin-là, en revanche, après une nuit agitée, elles apparurent tôt sur le seuil de la cuisine, mutiques, les cheveux en bataille et les yeux gonflés.

Ce fut d'abord Mona, la cadette. Elle s'approcha en traînant les pieds, son épaisse chevelure brune détachée dans le dos. Trois couches de vêtements dépareillés recouvraient sa vieille chemise de nuit. Le froid était glacial. Une espèce de grognement remplaça le « Bonjour » de rigueur.

— Le lait est chaud, murmura sa mère sans se détourner du

fourneau tandis que sa fille, muette et les yeux dans le vague sous ses larges sourcils, s'asseyait à la table sur l'un des tabourets.

À l'instar de ses sœurs, de sa mère et de plusieurs générations de femmes, Mona avait des yeux sombres, un peu de chair sur les os et une grâce naturelle dans tous ses mouvements. Son vrai prénom était Ramona, en l'honneur d'une parente de Mama Pepa qui venait de mourir d'une crise d'apoplexie à El Perchel. Mais les gamins de son immeuble avaient amputé la première syllabe depuis qu'elle était toute petite, innocent raccourci dont la brièveté traduisait à merveille la personnalité de la fillette. En effet, elle était telle que son prénom : agile, vive, avec une promptitude presque animale dans le regard, la langue et l'esprit. Elle réagissait sur-le-champ, à la moindre incitation et sans réfléchir aux conséquences.

Malgré tout, Mona garda le silence ce matin-là. Sa mère posa devant elle un bol de café au lait et une grosse tranche de pain. Les boutiques du quartier vendaient toutes sortes de brioches, et même des pâtisseries semblables à de moelleuses madeleines, mais elles étaient restées fidèles à leur habituel « notre pain de chaque jour ». Elles avaient juste remplacé leur regretté et modeste pain de Málaga par un ersatz à la mie compacte cuit par un vieux Calabrais de la 15e Rue. C'était leur façon d'entamer la journée, le ventre plein de leur humble tradition.

Mona avait à peine avalé une première gorgée que son aînée pénétra dans la cuisine.

— Que Dieu nous ait en Sa sainte garde ! murmura-t-elle.

Ou quelque chose dans le genre, car Victoria le marmonna entre ses dents et elles la comprirent à peine.

Contrairement à ses sœurs, ses cheveux étaient ramassés et ses traits un peu moins accusés. Outre de grands yeux noirs et un visage ovale, son nez était fin et ses pommettes hautes. Elle possédait sans doute la beauté la plus classique des trois. Elle était un poil plus grande que les autres, comme si son corps avait voulu marquer sa position dans la chronologie familiale, et elle n'avait hérité d'aucun prénom, ce dernier étant le fruit d'un vœu. « Si Emilio rentre pour la naissance de mon bébé, et si c'est une fille, je te le jure, ma petite maman chérie, je l'appellerai comme toi », avait promis Remedios à l'image de

Nuestra Señora de la Victoria, alors que sa première grossesse arrivait à terme. Cependant, son époux n'était pas revenu à temps. Il avait débarqué onze mois plus tard, la petite avait déjà six dents et s'apprêtait à marcher. Remedios avait néanmoins tenu parole, par une espèce de remords.

Les deux filles n'échangèrent pas le moindre mot, elles se contentèrent de boire et de mâcher assises l'une en face de l'autre. Leurs visages exprimaient du désarroi face à la mort brutale de leur père et l'avenir incertain qui les attendait.

Luz entra à peine dix minutes plus tard en se grattant le cou. Elle ressemblait peu ou prou à ses aînées : les cheveux un ton plus clairs, un peu plus en chair et un peu moins grande. Elle était la plus joyeuse et piquante des trois. Elle commença par enlacer sa mère et par lui planter un baiser sur le visage, témoignage sonore de son affection qui laissa Remedios indifférente tandis qu'elle s'affairait devant son fourneau.

— Vous avez déjà fini ? demanda-t-elle d'une voix fluette, puis elle s'assit sur un troisième tabouret, dans l'attente de son bol et de sa ration de pain.

Toutes savaient parfaitement se débrouiller par elles-mêmes dans les tâches quotidiennes mais, en matière d'intendance domestique, le matriarcat n'avait jamais été remis en cause. À quoi bon ? Remedios était intransigeante.

Luz devait son prénom à une décision de son père, la seule fois où Emilio était réapparu pour la naissance de l'une de ses filles. Il rapportait dans son baluchon une médaille en argent noirci de la Virgen de la Luz. Un marin de Tarifa, croisé lors de sa dernière traversée, l'avait portée autour du cou. Ce type se prénommait Francisco. Réchappé de mille coups durs, il avait été finalement terrassé par le tétanos peu de temps après s'être planté un clou rouillé dans la cuisse, par une nuit noire comme le charbon. Le malheureux avait bredouillé un ultime Ave Maria avant de murmurer, entre deux spasmes et la bouche écumante : « Pour tes ch'tites, Milio. » Et pour la nouveau-née, ça n'avait pas été seulement une médaille, mais aussi un prénom, dont la sonorité avait toujours évoqué pour son père la mer et l'amitié.

Elles restèrent assises à la table du petit déjeuner un certain temps. Les bruits des autres logements pénétraient dans la pièce depuis la cour intérieure tandis que Remedios allumait le poêle à pétrole. Quelques gouttes de café au lait perlaient au fond des bols. Victoria serrait entre ses doigts les pointes d'une mèche de cheveux et les contemplait, faussement concentrée, Mona replaçait pour la cinquième fois sur ses épaules un vieux châle en laine et Luz se rongeait l'ongle de l'auriculaire. Elles se fichaient complètement de leurs cheveux, châle ou ongles, elles essayaient seulement de s'abstraire de la sinistre réalité environnante, de l'angoisse de leur avenir, de l'épouvante de se savoir sans ressources ni soutien face à ce monde impitoyable.

Leurs efforts étaient vains, bien entendu. Les nuages accumulés au-dessus de leurs têtes étaient si noirs qu'ils occupaient tout leur esprit. Elles cherchaient désespérément une réponse à la question formulée la veille au soir : « Et nous, alors, qu'est-ce qu'on va devenir ? »

Ce fut la mère qui brisa le silence de sa voix râpeuse :

— Faudra rendre tout ça, j'imagine…

Elle désignait les casseroles, la veille remplies de nourriture et maintenant lavées et posées à l'envers, que les voisines leur avaient apportées dans un élan inattendu de compassion et de solidarité. Elles connaissaient de vue presque toutes celles qui avaient participé à la veillée mortuaire, quelques-unes seulement par leur nom, et en avaient fréquenté à peine cinq ou six, des relations limitées à un strict minimum, sans complicité ni empathie. Pourtant, ces femmes étaient toutes venues ensemble pour veiller avec elles leur père et mari, puis les accompagner jusqu'au cimetière du Queens, les ramener chez elles et s'assurer que tout était en ordre. Elles leur avaient même laissé des repas pour deux jours. Elles s'étaient montrées avisées et discrètes, sans larmes hypocrites ni bavardages creux, conscientes du double déchirement provoqué par une telle perte, lorsque à l'absence s'ajoute une monstrueuse sensation de détresse.

Il leur fallut acquiescer à la suggestion de Remedios. Elles répugnaient à affronter de nouveau ces voisines qu'elles avaient prises de haut depuis leur arrivée, trois mois auparavant, mais elles savaient que c'était là leur obligation la plus immédiate. Aller rendre, dans les habitations ou les boutiques, un plat à tarte, une casserole ou une marmite, baisser la tête et ravaler cette morgue obstinée et insolente qui les avait tenues à l'écart de leur entourage. Remercier humblement, du fond du cœur.

Elles se préparèrent, muettes, dans l'exiguïté de leur chambre, enfilèrent leurs vêtements de tous les jours, faute d'en posséder d'autres.

— Et n'oubliez pas de passer par les pompes funèbres, pour voir si…

— Mais oui, maman, mais oui, pas de souci…, répondirent-elles en commençant à descendre l'escalier.

La perspective de devoir assumer les frais de cet enterrement somptuaire les plongeait elles aussi dans un profond découragement, des dépenses engagées par un inconnu qui ne les avait même pas consultées.

La première étape se déroula dans leur propre bâtiment. Elles frappèrent à plusieurs portes alignées sur les paliers étroits. Tout le monde ici était locataire. Les fumées, les conversations et le bruit des tuyauteries filtraient à travers les ouvertures et les cloisons.

Les voisines interrompirent à tour de rôle leurs tâches domestiques et les accueillirent chaleureusement. Des Asturiennes et des Galiciennes à la voix mélodieuse qu'elles eurent d'abord du mal à comprendre, à cause de la cadence différente de leur langage. Il y eut aussi Mme Costos, la volubile Grecque du premier étage, avec laquelle elles communiquèrent par gestes et par mimiques. Ainsi que les deux belles-sœurs irlandaises, mitoyennes et fâchées à mort mais qui, la veille, étaient apparues ensemble avec un pain de viande. La plupart de ces femmes portaient des tabliers et étaient chaussées de savates. Toutes, sans aucune exception, leur offrirent du café, du thé, du pain, des biscuits à l'anis. Les trois filles essayèrent de refuser sous un prétexte quelconque, mais l'insistance fut telle qu'elles durent accepter par deux fois.

Les logements se ressemblaient tous, de taille modeste et pauvrement meublés. Malgré leur petitesse, on y trouvait souvent deux, voire trois familles, ou un groupe d'hommes seuls dormant tour à tour sur les mêmes matelas en fonction de leurs horaires de travail. « Comme ça, on fait des économies », disaient-ils. Effectivement et, en outre, la solitude était moins pesante.

Il y avait du linge étendu dans la cuisine et plus de lits que nécessaire, dont beaucoup se réduisaient à de simples banquettes pliables poussées contre le mur et recouvertes d'un jeté en cretonne. Le soir, on les ouvrait et on les installait dans tous les coins pour recevoir le corps las de quelque parent, d'un compatriote de passage ou de simples hôtes en sous-location, trop mal payés pour se permettre un autre type de loyer. « Comme ça, on fait des économies », répétaient-ils. Et ils épargnaient, sans l'ombre d'un doute.

Elles s'éclipsèrent dès que possible, ébahies devant tant de cordialité.

— Bon courage, jeunes filles, entendirent-elles à maintes reprises avant de partir. Il faut être fortes et continuer à lutter, il faut avoir du cran. Et on est là, pour quoi que ce soit.

Elles parvinrent à gagner le vestibule, débarrassées à présent des ustensiles les plus volumineux, encore troublées. Elles avaient besoin d'air pur pour rafraîchir leurs visages et remplir leurs poumons. Mais au moment où elles allaient se lancer au-dehors, quelqu'un, de l'autre côté de la porte, leur barra le passage.

Les trois sœurs s'efforcèrent de masquer leur déplaisir. Elles entretenaient une espèce de guerre permanente avec cette femme venue de la rue et chargée d'un tas de journaux, et ce matin elles n'avaient pas le cœur à des affrontements.

Grande, décrépite, le visage anguleux, entièrement vêtue de noir avec une jupe jusqu'aux chevilles, ses cheveux blancs ramassés dans un chignon d'où s'échappaient quelques mèches, Mme Milagros bloquait l'accès et la fuite. La Galicienne vivait seule dans un appartement situé juste au-dessous de chez elles et manifestait en général une humeur massacrante. Elle sortait souvent la tête par la fenêtre donnant sur l'arrière-cour pour leur hurler sa colère si elles faisaient trop de bruit, ou bien elle frappait violemment le plafond du manche de son balai. Selon leur état d'esprit, les sœurs Arenas obéissaient parfois à contrecœur, ou bien la provoquaient en trépignant rageusement pour l'énerver davantage. Elles l'insultaient : « Crève, vieille pie ! », elles lançaient contre ses vitres des coquilles d'œufs et des épluchures de pommes de terre.

Elles n'avaient pas frappé à sa porte, ce matin-là, car elles n'avaient rien à lui rendre. Elle seule s'était rendue à la veillée funèbre les mains vides. Pis encore, non contente de ne rien apporter, elle avait englouti sans vergogne la moitié d'un gâteau aux amandes qu'on leur avait apporté.

— Je suppose que vous sortez chercher du boulot, hein ?

Ce fut sa façon de les saluer dès qu'elle les vit, rude et coupante. Contrairement à leur comportement habituel, aucune ne répondit avec insolence. Elles se turent d'un commun accord, sans se concerter.

Elles ne l'avaient jamais aperçue d'aussi près et à la lumière du jour. Elles remarquèrent donc pour la première fois son œil gauche trouble, comme recouvert d'une sorte de voile grisâtre. Le droit, en revanche, sombre et vif malgré les années, les fixait en point de mire, comme un chasseur. Elle tenait entre ses bras une pile volumineuse de quotidiens chiffonnés. À l'évidence, ce n'étaient pas les nouvelles fraîches du jour. Elles l'avaient déjà observée de loin avec un chargement similaire, sans deviner à quoi pouvait bien servir une telle quantité de papier, peut-être à alimenter un poêle, ou à boucher les interstices d'une fenêtre.

Mona réagit après quelques instants de tension :

— Laissez-nous sortir, s'il vous plaît.

Mme Milagros prit encore son temps pour s'écarter. Son bon œil restait rivé sur elles, provocant et perturbateur. Elle paraissait vouloir ajouter quelque chose, mais elle s'abstint. À peine eut-elle fait un pas que les trois jeunes filles se glissèrent par la porte entrouverte. Elles respirèrent avec soulagement quand elles eurent atteint le trottoir. La vieille était certes horrible, et elles-mêmes s'enhardissaient contre ses méchancetés quand elles étaient chez elles, mais la voir de près les avait tétanisées.

7.

La circulation était fluide sur la 14e Rue, quelques automobiles, un fourgon par-ci, par-là, et plusieurs charrettes tirées par des chevaux effectuant leurs livraisons quotidiennes. La foule déambulait comme d'habitude le long des vastes trottoirs, simples passants, voisins, livreurs et clients des divers commerces, un vendeur ambulant d'ustensiles en étain, un autre le dos courbé sous le poids d'énormes blocs de glace.

Les jeunes filles avaient juste à traverser la rue pour atteindre leur première destination, près de l'angle avec la Septième Avenue. La veille, leur propriétaire était sortie de la blanchisserie Irigaray pour débarquer chez elles et leur prêter deux manteaux et une capeline noirs, après s'être discrètement enquise de leurs besoins en tenues de deuil.

Elles furent accueillies par une bouffée de chaleur épaisse en entrant dans la boutique. Le gérant, un sexagénaire corpulent, pliait du linge derrière le comptoir, un certain don Enrique, leur avait-on dit. Les manches de sa chemise blanche étaient retroussées au-dessus du coude. Il les salua d'un sobre « Bonjour, mesdemoiselles, toutes mes condoléances ». Avant même d'avoir prononcé la dernière syllabe, il fourra la tête au milieu d'une profusion de vêtements propres suspendus au plafond pour réclamer sa femme qui apparut aussitôt. Cette dernière était également d'âge mûr et bien en chair. Quoique les connaissant à peine, elle leur plaqua deux baisers sonores sur les joues, sans doute à cause de leur récente épreuve.

— Nous venons vous rendre vos affaires.

C'était Victoria qui avait parlé. En guise de réponse, elle n'obtint qu'un emphatique « Non, non, non... ». La propriétaire insistait, ce n'était pas la peine, elles pouvaient les garder, mais elle se heurtait à leur refus.

— Mais non, mais non, répéta-t-elle, débonnaire. Ce ne sont que des guenilles de vieilles clientes qui ne les ont jamais récupérées, elles traînent ici depuis des années, elles ne font qu'encombrer.

— Mais, madame, madame... nous ne...

Elles n'avaient jamais reçu aucun cadeau de toute leur vie. Elles étaient tellement stupéfaites qu'elles ignoraient comment répondre. Finalement, elles se laissèrent convaincre, témoignèrent leur gratitude à l'unisson et s'éclipsèrent en alléguant d'autres obligations.

Elles étaient toujours immobiles sur le trottoir, désarçonnées, lorsque doña Concha pointa sa tête :

— Hé, petites !

Son mari apparut derrière elle, la chemise ouverte jusqu'au sternum, découvrant un torse velu et grisâtre.

— On était en train de réfléchir...

Ils se consultèrent du regard. Qui prendrait la parole pour leur communiquer ce qu'ils venaient juste de décider ? Ce fut lui, plus direct :

— Ça en intéresserait une de travailler ici ?

Elles digéraient encore cette proposition inattendue lorsque sa femme poursuivit :

— On est un peu âgés, on n'a plus l'énergie d'avant, nos enfants vaquent à leurs propres occupations...

Il n'y eut que quelques balbutiements pour toute réponse :

— Bon... C'est que nous... En fait...

— Pas la peine de vous décider tout de suite ! les coupa le Basque. Pensez-y et on en reparle.

Le couple rentra dans sa boutique tandis qu'elles assimilaient cette offre. Elles se rendirent ensuite à l'épicerie Casa Moneo, de l'autre côté de la rue, pour restituer un panier dans lequel on leur avait apporté des conserves.

À peine eurent-elles poussé la porte qu'une flopée de voix parvint à leurs oreilles. Quelqu'un demandait à un commis, en espagnol, des nouvelles de son fils récemment opéré des amygdales, un autre voulait un chapelet d'ail, deux savonnettes Lagarto. Des boudins, des chorizos et des sobrasadas étaient pendus à des crochets. Il régnait une odeur de cornichons et de vinaigre. Soudain, dès qu'elles furent entrées, les conversations s'interrompirent d'un seul coup. Le silence s'étendit sur le local, tandis que tous les regards convergeaient vers ces trois jeunes femmes vêtues de couleurs sombres et serrées l'une contre l'autre, semblables et différentes à la fois, aussi belles que pâles et hésitantes. Même ainsi, malgré leurs visages tristes et leurs vêtements plus tristes encore, elles attiraient les regards.

La tension se relâcha quand les condoléances commencèrent à fuser spontanément. D'abord ce fut l'une des clientes, puis les murmures se répandirent comme par contagion.

— Je le regrette beaucoup. Je suis de tout cœur avec vous.

— Que Dieu l'ait en Sa sainte garde.

— C'était un brave homme, un très brave homme, le Capitán, oui, monsieur !

Deux larmes coulèrent sur les joues de Luz, et Victoria en eut la gorge nouée. Mona fut la seule capable de chuchoter un fluet « Merci ». Ensuite, elle attrapa les poignets de ses sœurs et les entraîna vers le comptoir.

Heureusement que doña Carmen Barañano, la patronne – une autre Basque, de Sestao, blouse blanche et les ongles peints en rouge vif, proche de la soixantaine –, se dépêcha de les tirer d'affaire.

— Venez ici, dit-elle d'un ton ferme en écartant un rideau.

Elle les emmena dans l'arrière-boutique, une pièce encombrée de caisses, de sacs et d'étagères bourrés de marchandises. On y trouvait du sucré et du salé, depuis des tourons aux amandes jusqu'à d'énormes pots de verre remplis d'olives assaisonnées. Il y avait aussi des bérets et des guitares, des espadrilles, des castagnettes, des plats à paella, des gourdes à vin. Nul n'aurait imaginé être en plein Manhattan, à un jet de pierre de l'Hudson, à quelques pâtés de maisons d'Union Square. Doña Carmen leur désigna de grossiers escabeaux en bois dotés de deux marches qui servaient à atteindre les rayons les plus élevés. Elles s'y assirent sans broncher.

Comme il fallait s'y attendre, elles eurent d'abord droit aux sempiternelles phrases de compassion et à diverses considérations élogieuses sur le défunt. Emilio avait été une bonne personne, un grand travailleur, toujours si aimable… La même ritournelle, en somme, jusqu'à ce qu'une musique nouvelle leur fasse dresser l'oreille :

— Et pour ce qui est de son compte chez nous, pas de souci pour le moment.

Elles restèrent de marbre, mais ces mots leur tombèrent dessus comme si l'on avait déversé sur elles un sac entier de légumes secs. La propriétaire de Casa Moneo confirmait ce qu'elles pressentaient : elles devraient non seulement surmonter l'absence et l'incertitude, mais aussi assumer les dettes laissées par leur père. Les billets de bateau non payés, les loyers en retard, l'enterrement somptueux que personne n'avait demandé… L'angoisse leur mordit les entrailles, aucune ne fut capable de piper mot.

— Vous cherchez sans doute du travail ?

Elles étaient de plus en plus ébahies. C'était la troisième fois qu'elles entendaient cette suggestion en moins d'une matinée. La voisine galicienne, puis les patrons de la laverie, et enfin cette femme. De même que les fois précédentes, elles n'osèrent pas répondre. Aucune ne fut capable d'avouer qu'elles hésitaient encore au sujet de leurs vies, qu'elles se sentaient découragées, aussi inertes que les morues séchées accrochées au plafond de cet entrepôt.

— Moi, je n'ai pas de besoins, on a plus d'employés qu'il n'en faut. Si c'était arrivé à Noël, peut-être bien que…

Doña Carmen fit claquer sa langue, comme pour ôter de l'importance à ses propos.

— Mais passons. Le fait est que de temps en temps on me demande d'envoyer quelqu'un. Et justement on cherche pour ce soir des extras dans une très très bonne maison de l'Upper West Side.

Elles la regardèrent sans comprendre.

— On m'a commandé quelques victuailles pour une réception, et ils ont également besoin de trois serveuses, trois jeunes Espagnoles, rémunérées à l'heure. J'avais déjà engagé la fille de Luisa, l'épouse de l'aide-soignant, et les deux nièces de Pérez, le photographe de La Artística, mais l'une d'entre elles est venue me prévenir qu'elle ne pouvait plus, elle doit aller à

Newark pour régler une quelconque histoire de famille. Il reste donc une place. J'étais sur le point de le dire à Carmina, la Navarraise, qui a une gamine… mais puisque vous êtes là. Ça en intéresse une ? C'est correctement payé, le transport en plus. Doña Damiana, la gouvernante, est de toute confiance, quant à la marquise, c'est une sacrée grande dame…

Plus d'échappatoire, maintenant il était impossible de refuser. Toujours la plus rapide, Mona proposa ses services :

— Comptez sur moi, si cela vous convient.

Doña Carmen acquiesça sans desserrer les lèvres. Elle semblait leur pardonner toutes les fois qu'elle avait dû endurer leur mauvaise humeur avant la mort de leur père, quand les sœurs passaient par sa boutique, la moue boudeuse et la langue bien pendue.

— À trois heures et demie ici.

La patronne se donna une claque vigoureuse sur une cuisse pour clore la discussion et se leva de sa banquette. Elles l'imitèrent. Avant qu'elles ne quittent le magasin, elle leur tendit trois tablettes de chocolat Elgorriaga et fit mine de leur pincer les joues. Anticipant son geste, elles firent un pas en arrière.

Il était près de midi quand elles ressortirent dans la rue. Luz fut la première à exprimer d'une voix plaintive la question qui leur trottait dans la tête :

— Mais pourquoi tout le monde pense qu'on veut rester ?

8.

Elles avaient fait exprès de garder pour la fin de la matinée l'entreprise de pompes funèbres, prévoyant que ce serait la visite la plus sinistre. Et la plus désagréable aussi. On leur avait dit que La Nacional, la société espagnole de bienfaisance à laquelle appartenait leur père, ne couvrirait que les frais de base. En effet, il n'en était qu'un simple membre. Pourtant, ce qu'elles avaient vu la veille avait paru incongru, ostentatoire.

— Ça ressemblait à un cercueil de ministre, fit observer Luz.

— Et les chandeliers dorés, ajouta Victoria. Et tous ces cierges et ornements, et la couronne de notre part avec tous ces œillets…

— Et les voitures, ces grosses voitures où ils nous ont emmenées…

Elles ignoraient l'identité de l'organisateur, sans doute un voisin désireux de leur éviter tous ces désagréments, ou un ancien collègue de travail de leur père, l'un de ceux qui étaient venus faire un dernier adieu depuis Cherry Street. En tout cas, elles étaient sûres que ça avait coûté une fortune.

Elles longèrent le trottoir de la 14e Rue en se donnant le bras, marchant de front, se fichant de la gêne occasionnée aux passants obligés de les esquiver. Juste avant d'arriver à El Capitán, elles changèrent de trottoir. La gorge nouée, elles préféraient ne pas passer devant la façade.

Les pompes funèbres Hernández se trouvaient pratiquement en face, presque à côté du Centro Asturiano. Elles poussèrent la porte, précautionneuses, entrèrent sur la pointe des pieds l'estomac noué. Comme si elles avaient franchi un tunnel, elles furent aussitôt plongées dans le silence, la semi-pénombre, dans une odeur bizarre, une espèce de mélange de désinfectant et de tristesse.

Elles se tinrent coites un court instant, entourées de socles surmontés de vases en albâtre. Des étagères ornées de cierges et de crucifix couraient le long des murs, le sol carrelé était d'une propreté impeccable. Prises de panique, Victoria se serra contre Mona et Mona contre Luz, un besoin inconscient et spontané de contact physique, comme si elles supportaient mieux ainsi le caractère lugubre de l'endroit. Finalement, elles entendirent des pas.

Un garçon surgit de derrière le rideau du fond. Un chiffon sale dans une main, il était probablement en train de nettoyer quelque chose quand il les avait entendues entrer. La vision de ce groupe compact le frappa de stupeur et il laissa tomber le bout d'étoffe à ses pieds. Elles, d'habitude si promptes à parler, restèrent également sans voix.

Il avait des yeux globuleux, des cheveux châtains frisés. Son pantalon était trop court et découvrait deux chevilles filiformes. Elles le connaissaient de vue, en passant, elles en avaient assez de le croiser partout.

— Vous… vous… vous êtes déjà là !

Peu après, elles virent apparaître un homme ressemblant trait pour trait au gamin, mais avec vingt-cinq années de plus, une cravate noire et un peu moins de cheveux. Elles se le rappelaient vaguement, bien que tous deux fussent venus ensemble à l'appartement. Ils avaient fait entrer le cercueil et installé un grand carré de velours noir sur un plateau pour l'y déposer, puis ils avaient placé la couronne d'œillets, allumé les cierges, poussé les rares chaises contre le mur.

— Nous venons euh… régler le… le…

Victoria cherchait ses mots, le gérant ne la laissa pas finir :

— Fidel Hernández, de Ponce, Puerto Rico. Toujours au service de la communauté.

Il avait une voix doucereuse et un accent caribéen. Il leur serra la main à tour de rôle.

— Veuillez me suivre dans mon bureau, je vous en prie.

Tandis qu'il leur indiquait la pièce voisine, il lança un regard acéré à son fils. Toi, occupe-toi de ton travail, lui signifiait-il.

Mais le gamin ne bougea pas, peut-être ne capta-t-il même pas l'ordre. Il était subjugué par ces trois beautés affligées dont la présence, dans cet environnement sinistre, venait un tant soit peu d'éclairer sa journée, si tant est que ce fût possible ici.

— Asseyez-vous, mesdemoiselles, vous êtes chez vous.

Trois chaises alignées devant la table les attendaient. Elles obéirent, intimidées, mais elles prirent place sur le bord du siège, sans s'adosser, méfiantes face à tant de déférence.

— Exprimez mes plus profonds respects à madame votre mère, commença-t-il en s'installant derrière son bureau. J'avais souhaité le faire personnellement depuis un certain temps, mais il m'a semblé qu'elle n'était pas en mesure de m'écouter.

Il entama alors un long soliloque sur la vie et sur la mort, ceux qui partent et ceux qui restent, sans doute le préambule de rigueur destiné à chaque débiteur de passage. Elles l'écoutèrent, le dos bien droit, les mains croisées sur leur giron, telles des criminelles dans l'attente de leur sentence.

— J'espère que les obsèques ont été parfaitement à votre convenance, poursuivit-il. La maison s'efforce toujours de…

Mona en eut assez et décida de prendre le taureau par les cornes. À quoi bon attendre plus longtemps ? Le choc serait le même avant ou après tout ce verbiage.

— Combien ?

Le sieur Hernández fronça les sourcils.

— Pardon ?

La cadette des sœurs Arenas reformula sa question, rapide comme l'éclair :

— Combien on vous doit et quelles sont vos facilités de paiement ?

Un large sourire, mi-paternaliste, mi-satisfait, s'étala sur le visage de Hernández.

— J'ai le plaisir de vous informer, mesdemoiselles, que la totalité du montant a été dûment réglée.

Une chatte frappée par un caillou n'aurait pas sursauté plus vivement qu'elles.

— Qu'est-ce que vous dites ?

— Vous êtes fou…

— Mais comment… comment… ?

En prenant son temps, l'homme ouvrit alors une chemise en cuir, en extirpa un feuillet et le fit glisser sur la surface lisse de la table, avec une lenteur calculée. Elles avancèrent le torse et la tête, comme mues par un ressort. Il s'agissait d'une facture, par chance rédigée en espagnol. À gauche, une brève liste répertoriait diverses prestations. À droite, une colonne parallèle stipulait les tarifs. Une somme de cent dollars qui leur coupa le souffle. En pied de page, juste à côté du montant, un timbre apposé à l'encre rouge. Bien en vue, catégorique, en majuscules, sans équivoque, bien qu'écrit en anglais : *PAID IN FULL*. Payé en totalité. Entièrement.

Les questions embrouillées et bruyantes des sœurs envahirent la pièce : Qui ? Comment ? Quand ? Pourquoi ?

— Tout est marqué ici expressément, précisa Hernández, désignant une ligne de la facture du bout de son petit doigt.

« Compañía Trasatlántica Española, agence de New York », voilà ce qu'elles parvinrent à déchiffrer, difficilement, car aucune n'était très experte en lecture.

— Monsieur votre père, don Emilio, avait souscrit une assurance obsèques de base incluse dans sa cotisation mensuelle à La Nacional ainsi que vous l'aurez vérifié. Néanmoins, les différents éléments de la cérémonie d'hier dépassaient de beaucoup ce à quoi il avait droit dans sa situation. D'un enterrement de troisième catégorie, disons, nous sommes passés à un enterrement « Super A ».

Les questions se bousculèrent de nouveau : Pourquoi ? Comment ? Quand ? Qui ?

— L'agent de la compagnie de navigation a acquitté l'intégralité des frais engagés aujourd'hui même, à la première heure, confirma le propriétaire sans cacher sa fierté. Ce n'était pas tous les jours qu'on recevait, dans son commerce le responsable des vapeurs qui relient New York aux ports espagnols ou américains, ces navires dont rêvait la colonie tout entière car ils arrivaient toujours remplis de gens, de nouvelles, d'espoirs et de marchandises.

— Mais… mais… mais…

Elles n'arrivaient pas à trouver les mots justes, et leur interlocuteur jouissait intérieurement de les voir de plus en plus ébahies et confuses.

— En cas d'obsèques normales, nous l'aurions enterré dans un carré collectif et nous aurions gravé son nom en bas d'une liste de ses compatriotes infortunés. Il n'y aurait pas eu cette profusion de luxe. Vous auriez dû accompagner le cercueil dans la voiture d'un voisin. Mais ça ne s'est pas du tout passé comme ça, ainsi que vous avez pu le constater. De plus, cette facture comporte une pierre tombale individuelle en marbre de première qualité, en instance de commande. J'attends que vous me précisiez les données du défunt et que vous choisissiez les ornementations.

Elles ignoraient totalement la signification du terme « ornementation ». Quant au mot « défunt », elles n'imaginaient pas que le patron des pompes funèbres se référait alors à leur pauvre père enseveli sous la terre boueuse. Elles n'aspiraient qu'à une seule chose, qu'il leur confirme de nouveau le paiement intégral pour prendre la poudre d'escampette. Abandonner cet établissement dont l'odeur leur tournait la tête, ne plus voir cet homme aux façons patelines et aux yeux de merlan frit. S'enfuir.

— Vous avez été très aimable de vous charger de tout, monsieur, dit finalement la candide Luz. Si... si nous pouvons vous être utiles à l'occasion... Si vous passez par notre cantine, nous serons heureuses de vous inviter...

Un coup de pied de Mona sous la table l'interrompit tout net. Tais-toi, idiote ! signifiait-il. On va d'abord digérer tout ça, laisse tomber toutes ces politesses. Ce n'était pas un manque de confiance, le type ne voulait sans doute pas les embobiner, mais elles n'étaient pas habituées à ces marques de déférence et d'estime. Cette situation les dépassait. D'un autre côté, il était peut-être temps de changer d'attitude. Luz avait probablement raison de lancer cette modeste invitation au dénommé Hernández pour le remercier.

— Quand ça vous plaira, vous savez où nous sommes, ajouta-t-elle avec un sourire forcé en surmontant ses réticences. N'importe quand, le jour qui vous conviendra le mieux.

Elles prirent finalement congé du Portoricain et de son catalogue de décorations sinistres après avoir choisi au pif, puis elles sortirent, en cachant le trouble mêlé d'euphorie qui les habitait.

Le fils les contemplait depuis la semi-obscurité de l'arrière-boutique, bouche bée, son bout de tissu crasseux dans la main.

9.

Elles pressèrent le pas, elles se coupaient la parole, gesticulaient, entremêlaient conjectures, cris et opinions. Elles étaient tellement repliées sur elles-mêmes, tellement concentrées sur leurs propres affaires qu'elles remarquaient à peine les regards et les commentaires des passants qu'elles croisaient :

— Tiens, les gamines du pauvre Emilio Arenas, quelle tristesse !

— Les voilà, les malheureuses filles du Capitán.

Elles pénétrèrent dans leur immeuble, grimpèrent les escaliers quatre à quatre. Quand elles eurent atteint la dernière volée de marches, elles découvrirent Remedios qui les attendait sur le palier, appuyée sur la rampe, devant sa porte ouverte.

— Maman, vous pouvez pas imaginer ce qui nous est arrivé !

— Chut !

Elle semblait agitée, nerveuse. Elle les obligea à entrer d'un geste impératif tout en leur ordonnant de se taire. Elles n'avaient qu'une envie, lui annoncer la grande nouvelle de la matinée. Le reste, la proposition de la laverie, les dettes à Casa Moneo, le travail accepté par Mona, elles l'avaient presque oublié. Seul importait l'enterrement payé du début à la fin, corbillard et pierre tombale inclus.

— Vous n'allez pas croire ce qu'on nous a dit !

— Taisez-vous !

— Vous serez complètement épatée, maman !

Devant l'indiscipline de ses filles, elle finit même par distribuer une série de taloches pour leur clore le bec.

— On a eu de la visite, parvint-elle à dire d'une voix émue.

Elles se tenaient au milieu du couloir, occupant tout l'espace, plongées dans la pénombre car la lumière de la mi-journée n'arrivait jamais jusque-là.

Elle les poussa dans la cuisine et, solennelle, leur indiqua la table. Dessus, alignées avec une précision millimétrique, les attendaient quatre enveloppes et deux cartes de visite.

— L'enterrement est payé. Si c'est ça la grande nouvelle, je suis déjà au courant, ne vous fatiguez pas. Mais il y en a une autre.

Elle avala une bouffée d'air, l'expulsa bruyamment.

— On nous a donné une bonne quantité de fric. Et quatre billets…

Sa voix se brisait. Elle respira profondément, rassemblant ses forces pour aller jusqu'au bout.

— Quatre billets de première classe. Pour rentrer chez nous.

Les cris de ses filles firent trembler les murs. Elles s'embrassaient, sautaient en s'étreignant, trépignaient, puis il y eut de nouveaux hurlements. Mona éclata de rire, Luz prit le visage de sa mère entre ses mains et le couvrit de baisers. Le vacarme s'insinua à travers les fenêtres mal ajustées, se répandit dans l'arrière-cour et la cage d'escalier. Les voisins faisaient sans doute des signes de croix sans comprendre les raisons de telles réjouissances, là où n'auraient dû régner que le deuil et le chagrin. Mme Milagros n'avait même plus le temps de taper au plafond avec toute la force de son manche à balai. Comment auraient-ils pu imaginer la scène ? Les élégantes enveloppes allongées étaient disposées sur la grossière table de cuisine, explication de cette monumentale explosion de bonheur.

Les filles les avaient probablement croisés sans le savoir. Ils étaient arrivés quand elles étaient à la laverie Irigaray, ou discutaient avec doña Carmen dans l'entrepôt de Casa Moneo, entourées de sacs de légumes. En tout cas, à un moment de la matinée, deux messieurs avaient franchi le seuil de leur immeuble, monté les quatre étages et toqué respectueusement à la porte. Effrayée, Remedios avait tardé à répondre. L'un était en civil, avec un élégant complet gris et une cravate rayée ; l'autre en uniforme, veston croisé bleu marine, épaules et poignets ornés de galons dorés, casquette à la main. Un peu plus de la quarantaine tous les deux, quelques cheveux blancs et des façons exquises.

L'homme en civil parla d'abord :

— Avant tout, madame, sachez que nous sommes de tout cœur avec vous. Permettez-moi de me présenter. Mon nom est Santiago Lemos et je suis l'agent et le principal responsable de la Compañía Trasatlántica Española dans sa délégation de New York.

Remedios était encore morte de peur, elle n'avait qu'entrouvert sa porte et observait leurs deux moitiés de silhouettes à travers l'étroite fente laissée par la chaîne de sécurité toujours fixée.

— Je suis accompagné de don Enrique Arnaldos, capitaine du vapeur *Marqués de Comillas*, poursuivit-il, le navire à l'origine du décès de votre infortuné époux.

L'individu en uniforme hocha la tête avec un geste sobre, quasi militaire.

Il y eut quelques instants de silence des deux côtés, les hommes sur le palier dans l'attente d'une réaction, la femme incapable de surmonter son désarroi. Lemos glissa alors sa carte de visite à travers l'ouverture et Arnaldos l'imita avec la sienne deux ou trois secondes plus tard. Remedios les étudia soigneusement sans se presser. En réalité, son analphabétisme n'enregistra qu'une suite de lettres incompréhensibles. Du moins les bristols rectangulaires lui assuraient-ils qu'elle avait affaire à des gens convenables, ou bien elle préféra le croire.

Elle détacha donc lentement la chaîne et, sans dire un mot, recula un peu pour leur permettre d'accéder au minuscule vestibule de son appartement. Elle hésita ensuite, où les conduire ? La chambre du fond était encore encombrée par les reliquats de la veillée funèbre et le lit pliable où dormait Luz. Elle n'avait pas eu le courage, ce matin, de ranger la maison. La cuisine ne lui parut pas non plus l'endroit adéquat pour deux messieurs d'une telle distinction et d'un tel tact, l'un en veston d'officier de la marine marchande et l'autre directeur d'une prestigieuse compagnie. Et mis à part une misérable salle d'eau et deux chambres à coucher exiguës, son logement ne comportait rien d'autre.

Tandis que Remedios réfléchissait, les visiteurs cachaient leur malaise à se retrouver entre ces murs grisâtres et écaillés, face à une femme sèche et brune qui avait sans doute été belle un jour, mais dont le visage trahissait les ravages du temps malgré sa relative jeunesse. Elle n'avait pas encore quarante-trois ans et pourtant elle avait déjà entamé une dégringolade effrénée, flétrie par le soleil du Sud, les pénuries et les souffrances, par les grossesses abouties ou avortées, par la blessure inguérissable de la mort de Jesusito, le garçon si ardemment désiré, par l'héritage génétique d'une longue ascendance d'ancêtres mal nourris et pauvres.

Comme la femme était incapable de les recevoir ailleurs qu'en cet endroit même, coincés dans l'entrée, sous une simple ampoule jaunâtre suspendue au-dessus de leurs têtes en guise de décoration, Lemos se racla la gorge, ajusta le nœud de sa cravate et commença :

— Voyez-vous, madame…

S'ensuivit un long monologue sur l'accident, aussi regrettable que fortuit, la probable imprudence du défunt Emilio Arenas, l'absence de négligence de la part de la compagnie, l'exonération de la faute, la décharge de responsabilité…

Remedios n'y comprit goutte, trop de concepts abstraits, trop de mots grandiloquents. Finalement, l'homme mit la main dans la poche intérieure de sa veste et son discours se fit plus précis. Les choses devinrent enfin un peu plus claires dans l'esprit de la veuve.

— La compagnie, annonça Lemos sur un ton solennel, en gage de bonne volonté et sous forme de compensation désintéressée, a fourni hier les meilleures obsèques possibles et en a volontiers réglé la totalité du montant aujourd'hui. Mais ce n'est pas tout. À présent, si vous le permettez, nous avons le plaisir de vous offrir une généreuse indemnisation de deux cents dollars pour chacun des membres de la famille, afin qu'ils puissent assumer les autres frais entraînés par le décès, ainsi que quatre billets…

Dès lors, l'infortunée Remedios perdit le fil de ses propos. Elle éclata en sanglots, avec un désespoir si amer, si déchirant que Lemos fut obligé de baisser la voix peu à peu puis de se taire.

— Aïe ! Emilio, Emilio, Emilio, marmonnait-elle sans arrêt, tout en essayant vainement de se sécher les yeux avec son tablier.

L'agent de la compagnie de navigation et le capitaine du *Marqués de Comillas*, consternés, fixaient les pointes de leurs souliers. Ils espéraient sans doute y découvrir une formule magique pour s'éclipser le plus vite possible de ce sinistre appartement et échapper ainsi à cette sinistre veuve.

10.

Après force simagrées, taloches et tirages de manches, Remedios réussit à faire cesser le vacarme. Les yeux brillants et les visages en feu, ses filles s'assirent enfin sur les tabourets de la cuisine. Elles se coupaient la parole en essayant de remettre de l'ordre dans leurs idées, jusqu'à ce qu'elles eussent l'impression d'avoir compris la situation.

Ces messieurs avaient sans doute raison. Tout se réduisait certainement à un regrettable accident. Leur père se trouvait là où il n'aurait pas dû être, au milieu des travailleurs du navire et du quai, en quête de sa maudite huile d'olive. Distrait, étranger, inopportun. Heureusement qu'elles étaient tombées sur une entreprise correcte et sur ces deux personnes intègres et charitables, qui avaient eu pitié d'elles malgré tout. Grâce à Dieu.

La Compañía Trasatlántica, l'agent Lemos et le capitaine Arnaldos se transformèrent automatiquement en un équivalent new-yorkais de la Très Sainte Trinité, le Père, le Fils et le Saint-Esprit, avec leur bonté infinie et leur magnanimité, distribuant des billets de première classe et des liasses de dollars tout neufs et tout lisses, qui craquaient entre les doigts comme si on venait de les repasser. Elles n'avaient jamais vu autant d'argent d'un coup, ce qui les poussa à échafauder toutes sortes de projets, les uns à peu près sensés, les autres abracadabrants.

— D'abord, il faut rembourser les billets de bateau à Sendra, ceux que votre père devait encore à La Valenciana, déclara Remedios.

Victoria plaqua bruyamment quelques billets sur la table.

— Une bonne chose de faite ! affirma-t-elle, désinvolte, ce qui déclencha le rire de ses sœurs.

— On doit aussi vérifier le montant de nos arriérés à Casa Moneo, suggéra Luz tandis qu'elle ajoutait sur la pile plusieurs billets et les aplatissait de la paume de la main.

— Et solder les loyers en retard de notre appartement et d'El Capitán.

Elles poursuivirent ainsi un moment, additionnant les sommes dues, tirant des plans sur la comète au milieu des rires et des cris. Les obligations économiques s'achevèrent enfin, et il y eut un moment de silence. Sur la table, disséminés tel un jeu de cartes en fin de partie, il restait encore plusieurs centaines de dollars.

L'accalmie fut rompue par Mona :

— Et dès qu'on a payé, on se tire d'ici fissa !

Elle attrapa aussitôt l'un des prospectus avec les dates des vapeurs pour l'Espagne déposés par Lemos à côté de l'argent.

— Prochain départ le 17 avril, dit-elle en indiquant une ligne du bout du doigt.

Elle jeta un coup d'œil sur le calendrier accroché au mur, le seul ornement de la cuisine, un almanach publicitaire de la librairie Galdós, parfaitement incongru dans ce logis où on ne trouvait aucun livre.

— On peut ficher le camp dans moins de trois semaines, ou sinon rester jusqu'au…

— Tu es cinglée ? À quoi bon attendre ? Pourquoi pas plier bagage demain matin ? On s'en fiche, on a personne à qui dire adieu, rien nous retient ici. On part tout de suite, on se grouille…

Les protestations de ses sœurs se bousculèrent. Aucune ne paraissait disposée à prolonger son séjour une minute de plus que nécessaire.

Toujours la plus enthousiaste, Luz se mit à rêver de son voyage de retour :

— Et en plus on voyagera en première…

Elles se rappelèrent alors l'aller à bord du *Manuel Arnús* avec les autres émigrants à destination de New York, qui resteraient peut-être sur place ou se disperseraient à travers l'immensité du territoire nord-américain dans de longs périples en chemin de fer, vers les mines et les hauts fourneaux de Virginie-Occidentale, pour élever du bétail dans les prairies de l'Idaho et du Nevada, casser des cailloux dans les carrières de granit du Vermont, trimer dans les grandes aciéries de l'Ohio ou les conserveries de fruits californiennes ou Dieu sait où. Elles n'avaient pas oublié les chercheurs d'avenir qui avaient poursuivi leur route jusqu'à La Havane ou Veracruz, pas plus que l'image limpide des quatre couchettes étroites qu'on leur avait attribuées dans l'entrepont parmi des centaines d'autres. Elles se souvinrent des heures interminables en plein air, pour éviter l'obscurité lugubre de cette zone du bateau, le bruit assourdissant, l'humidité permanente, les vomissements, les larmes, les accès de révolte contre ce sort funeste qui les obligeait à entreprendre ce voyage inhumain.

— En première classe, répéta-t-elle.

Elles évoquèrent de nouveau le contraste brutal avec d'autres parties du navire, la réalité offerte à leurs regards l'après-midi où, fuyant les plaintes incessantes de leur mère et le harcèlement d'une poignée de soutiers, elles s'étaient risquées à franchir les espaces interdits, ceux destinés aux élus de la bonne fortune, et non à ces crève-la-faim. Les ponts avec des fauteuils en cuir grenat et des plinthes en carreaux de céramique, les cheminées en pierre sculptée, le somptueux escalier en fer forgé, la salle à manger surmontée d'une verrière multicolore.

— Et le jour où on s'est faufilées dans la salle de bal ? demanda Victoria.

La mention de l'anecdote provoqua un nouveau fou rire.

— Et le type au piano ? Vous vous souvenez de lui avec sa grosse moustache ?

Victoria plaça son pouce sur sa lèvre inférieure et fronça les sourcils. Elles pouffèrent de plus belle.

Elles venaient de se rappeler un imposant salon où les passagers huppés écoutaient un pianiste rondouillard et moustachu jouant laborieusement les *Danses gitanes* de Joaquín Turina. Mais elles étaient déjà absorbées, plongées dans un autre univers. C'était la première fois depuis bien longtemps qu'elles entendaient un peu de musique, et elles en avaient vraiment par-dessus la tête de tout, et elles se moquaient des conséquences. Par pure envie, sans se retenir, elles s'étaient mises à danser dans un coin, leurs mouvements traduisant l'effronterie des rues de Málaga et toute la rage qui les habitait. Elles battaient des mains, secouaient leurs chevelures et se déhanchaient avec une grâce infinie, toutes les trois ensemble d'abord, puis les deux aînées se reculant pour encourager Luz, la plus spectaculaire.

— Et quand ils ont formé un cercle autour de nous ?

— Et qu'on nous a presque jetées à coups de pied ?

Lorsque le public s'était aperçu de leur présence, plusieurs têtes, mi-curieuses, mi-inquiètes, s'étaient tournées vers elles, d'autres passagers s'étaient levés. Prudents d'abord, puis fascinés, ils s'étaient approchés – des individus mâles au plastron immaculé et un havane entre les lèvres – tandis que de loin leurs épouses, éclatantes et couvertes de bijoux, contemplaient, scandalisées, les trois filles. Il avait fallu pas moins de quatre serveurs pour les expulser manu militari, laissant derrière eux un torrent de protestations et de sifflets désapprobateurs, et deux ou trois messieurs des plus chics enclins à se débarrasser de leurs boutons de manchettes et de leur cravate pour ressembler à des émigrants et les suivre ainsi jusqu'à leur recoin misérable dans les profondeurs du transatlantique.

Ç'avait été la seule journée mémorable de cette interminable traversée. À présent elles pourraient avoir leur revanche : fréquenter de plein droit le salon de musique, dormir dans des cabines avec leur propre salle de bains au lieu d'occuper de modestes couchettes parmi des inconnus et de passer des nuits peuplées de ronflements, de plaintes et de sanglots, dans des relents d'urine et de vomissements. Elles dîneraient avec des couverts en argent sous la verrière et non attablées à des tables à tréteaux où les déclassés ingurgitaient en troupeau une soupe clairsemée.

— Vous savez à quoi je pense ?…

Ce fut Mona qui les ramena à la réalité. Les autres répondirent en chœur :

— À quoi ?

Elle attrapa les billets éparpillés sur la table, les rassembla en éventail et les plaça devant le bout de son nez.

— On pourrait peut-être tout emporter. Embarquer avec nous les tables, les chaises, la vaisselle, les casseroles… Tout le matériel d'El Capitán. Et avec tout ça et cet argent ouvrir un commerce à Málaga.

Elles la regardèrent comme le Saint-Esprit. Un commerce, avait-elle dit, un commerce dans leur monde. Existait-il un meilleur moyen d'assurer sa survie ? Parmi les leurs, servant le poisson qu'elles auraient acheté, dès que les pêcheurs auraient tiré jusqu'au rivage leurs filets et trié les anchois, les sardines, les crabes et les étoiles de mer. Tout un tas de petits poissons argentés qu'elles enroberaient de farine et friraient sur leur fourneau. Ensuite, elles les poseraient sur les tables des voyageurs de passage et des habitants du coin. Elles parleraient avec eux dans leur langue et partageraient des sous-entendus, des allusions et des plaisanteries dans une cour aux murs blanchis à la chaux avec des pots de géraniums et des chats paresseux guettant les arêtes et les boyaux.

— Un El Capitán dans notre monde…, murmura Luz. Peut-on rêver mieux ?

11.

Le coup de sonnette retentit brusquement, un bruit tout différent des discrets tapotements de l'agent et du marin ce matin-là.

Dans l'expectative, la mère et ses filles froncèrent les sourcils. Une voisine, ou bien une connaissance d'Emilio qui venait d'apprendre son décès et souhaitait présenter ses condoléances ? Au cas où, les huit mains ramassèrent en toute hâte les enveloppes, les liasses de dollars, les billets encore non datés, le calendrier des départs. Tandis qu'elles cachaient le tout précipitamment sous leurs vêtements, contre leur poitrine ou dans leurs poches, la sonnerie se fit insistante.

Victoria attendit que la table fût vide pour aller ouvrir.

Elles l'entendirent tripatouiller la chaîne puis tirer le verrou. Une voix masculine résonna, incompréhensible depuis la cuisine. Il y eut un silence, comme si l'aînée hésitait. Enfin les gonds de la porte grincèrent et elles surent qu'elle faisait entrer le visiteur.

Victoria réapparut, le visage décomposé. On distinguait la silhouette d'un homme derrière elle.

— C'est un avocat, balbutia-t-elle. Il dit qu'on ne doit surtout pas toucher à l'argent qu'on nous a donné, qu'on doit rendre le tout sur-le-champ, y compris les billets de bateau.

Elles la contemplèrent bouche bée et les yeux écarquillés.

— D'après lui, on essaie seulement de nous acheter pour se débarrasser de nous. Il faut chercher les coupables et négocier une intem… indrem…

Elle bafouillait, le mot ne venait pas.

— Indemnisation, conclut la voix masculine dans son dos.

Alors, sans attendre d'y être invité, l'individu écarta Victoria et se planta au milieu de la cuisine.

— Et si vous me confiez l'affaire, je peux vous obtenir dix fois plus.

Malgré la différence de langue, il se débrouillait assez bien et parvint à se faire comprendre.

— Fabrizio Mazza à votre service, *signora*..., poursuivit-il en attrapant la main de Remedios sans que celle-ci eût le temps de réagir.

Il esquissa un baisemain mais elle le repoussa. Échaudé par son refus, il préféra ne pas essayer avec les filles.

— *Signorine*..., se contenta-t-il de dire et il pencha courtoisement la tête.

Aucune ne répondit.

Il portait un manteau croisé à chevrons d'où sortait un nœud de cravate rouge. Il frôlait la quarantaine, le front étroit, les joues rebondies, les cheveux foncés et gominés. Un chapeau en feutre gris clair à la main gauche et une grosse chevalière en or avec une pierre grenat à l'annulaire. Une puissante odeur de lotion masculine se répandit autour d'elles, un parfum bizarre pour elles, originaires d'un monde où les hommes sentaient l'homme, le tabac, le vin, le sel et la transpiration.

Personne ne le pria de s'asseoir et il resta donc debout, circonspect sous ces regards méfiants, incongru au milieu des ustensiles de cuisine et des murs cloqués par l'humidité. Une pensée fugace traversa l'esprit de l'Italien : *Sono bellissime* les gamines du défunt, mais il se garda bien de la formuler. Il devina que ces visages ravissants et ces corps désirables cachaient des jeunes femmes au caractère bien trempé, peu enclines à se laisser embobiner par quelques fadaises.

— *Lo sono sempre* du côté des victimes, vous pouvez totalement compter sur *me*...

Ce fut le début d'un soliloque de plusieurs minutes. Elles en perdirent de temps en temps le fil mais en retinrent l'essentiel. Cet avocat tombé du ciel avait appris l'accident de leur père et mari, il venait donc offrir ses services, fort de son expérience dans les litiges en matière de sinistre portuaire. Les cas de travailleurs sans assurance, responsabilités que personne ne voulait assumer, les compagnies qui s'en lavaient les mains sans vergogne, tel était son domaine.

— Mais ce n'était pas un employé, ni du port ni du bateau, osa intervenir Mona.

— *Certo, ma ché importa*, rétorqua l'avocat. Il a subi un préjudice, et *questo è la cosa più* importante.

Il poursuivit en citant des verdicts favorables des tribunaux dans des cas similaires. Il mentionna des concepts tels que manquement, risque, anomalies, absence de règles de sécurité. Beaucoup de détails leur échappaient encore, du fait du langage de l'individu et de leur propre ignorance. Cependant, une réalité leur apparut clairement : Fabrizio Mazza savait de quoi il parlait. Et quand il paracheva son laïus de phrases comportant les mots « compensations », « prestations additionnelles » et « accord économique très supérieur aux propositions de la Trasatlántica », tant l'épouse que les filles de ce brave Emilio Arenas furent convaincues d'être en présence d'une sorte d'ange rédempteur face à la Sainte Trinité formée par la compagnie de navigation, l'agent et le capitaine du *Marqués de Comillas*.

— Réfléchissez bien. Les procédures judiciaires ne sont pas rapides, mais il y a beaucoup à y gagner.

Il extirpa alors une carte de visite de la poche intérieure de son manteau.

— *Quia è la mia* adresse, déclara-t-il.

Il la posa sur la table. Il n'avait pas osé leur tendre la main.

Il prit finalement congé, avec deux inclinations de la tête, *signora, signorine*. Ensuite, prévoyant que personne n'avait l'intention de le raccompagner jusqu'à la porte, il mit son chapeau et se dirigea vers la sortie.

Un silence sépulcral emplit la cuisine, mêlé aux effluves écœurants du parfum masculin, puis elles entendirent la porte se refermer et le claquement de plus en plus faible des pas. Lorsqu'elles se sentirent à l'abri de l'étranger, elles ne s'agitèrent pas pour autant comme des poules dans un poulailler. Il n'y eut ni cris euphoriques, ni battements de mains, ni éclats de rire. Seule régnait parmi elles une confusion si épaisse qu'on aurait presque pu la couper à l'aide des ciseaux à poisson rangés dans un tiroir à côté de l'évier.

Toujours sans piper mot, Mona fut la première à farfouiller dans les replis de sa jupe et à en tirer quelques billets chiffonnés, ainsi qu'une enveloppe froissée à l'en-tête de la Compañía Trasatlántica. Sourcils froncés, elle les fixa un instant, les jeta furieusement sur la table. Les autres l'imitèrent, sortant de leurs décolletés, de leurs poches et de leurs manches tout ce qui venait de provoquer chez elles une joie débridée laquelle devenait à présent, à la surprise générale, une source d'ennuis.

Dans l'air dense de la cuisine plana alors une question que personne ne formula à haute voix, mais que chacune se posa à elle-même. Une question très simple : Oui ou non ?

— Peut-être qu'on devrait demander un autre avis avant de nous décider ?...

La réplique de Victoria fusa, remplie d'une rage impuissante :

— L'avis de qui, bêtasse ?

Elles savaient qu'elles n'avaient personne à qui demander. Maintenant plus que jamais, elles mesuraient leur désolante solitude. Quatre naufragées à la dérive dans une ville immense, quatre pauvres ignorantes à qui des hommes distingués et aux idées aussi affirmées que contraires proposaient des offres séduisantes qu'elles étaient incapables d'évaluer. Leur ignorance presque totale et leur inexpérience absolue les empêchaient de discerner la vérité. Ces messieurs de la compagnie, avec leurs boutons de manchettes et leurs galons, voulaient-ils leur tendre une main sincère ? Ou se débarrasser d'elles sans leur laisser le temps de regimber ? En même temps, comment deviner si l'avocat, avec sa bague, son parfum capiteux et son gros manteau, veillerait vraiment sur leurs intérêts ? Ou s'il finirait par s'évaporer en fumée, les abandonnant à leur triste sort, encore plus démunies désormais, sans billets de bateau ni le moindre petit dollar pour rentrer au pays ?

Elles redevenaient quatre misérables femmes en proie à l'incertitude dans une gigantesque mégalopole, perdues au milieu d'étrangers, et il n'était plus question de projets extravagants ni de souvenirs de danses endiablées. La lumière méditerranéenne qui paraissait avoir inondé la cuisine se troubla puis s'éteignit. Elles se retrouvèrent face à une vérité nue et impitoyable, à la confusion et à l'isolement.

12.

Pour la troisième fois en quelques heures, la sonnette les détourna de leurs angoisses. On sonnait à cette porte où personne n'avait frappé au cours des mois précédents. La mère se signa nerveusement, les filles retinrent leur souffle. Après quelques instants, Victoria se leva et alla ouvrir, presque sans faire de bruit.

Elles furent soulagées. Ce n'était pas un nouvel individu porteur d'une offre mirifique dans sa besace, mais un jeune livreur de Casa Moneo.

— Doña Carmen attend l'une de ces jeunes demoiselles. Elles avaient rendez-vous à trois heures et demie et il est près de quatre heures. Les autres sont déjà là.

Entremêlant regrets et excuses, elles expliquèrent à leur mère pourquoi la patronne de l'épicerie avait besoin de l'une d'elles.

— Elle va faire la domestique ce soir, ou la serveuse ou quelque chose dans ce genre…, précisèrent Victoria et Luz, tandis que Mona partait comme une flèche.

Dès qu'elle eut dévalé les escaliers, son absence causa un vide étrange, quasi palpable. Elles ne s'étaient pratiquement pas quittées depuis leur arrivée à New York. À force de rejeter tout et tous, elles avaient formé une triade compacte, en constante révolte contre cette nouvelle vie qu'on leur avait imposée. Cette fois, elles se séparaient donc pour la première fois, en pleine incertitude.

Doña Carmen l'attendait, revêche, dans l'arrière-boutique de Casa Moneo. À côté d'elle, deux autres jeunes filles et une femme d'un certain âge vêtue de noir des pieds à la tête, une jupe touchant presque le sol, de profonds cernes obscurs et une grimace de mécontentement ostensiblement peinte sur son visage d'oiseau. Doña Damiana, la présenta la maîtresse de maison.

En guise de salut, Mona fut accueillie dès qu'elle entra par un ordre de l'inconnue :

— Fais voir tes mains.

N'étant pas très sûre d'avoir bien compris, elle ne réagit pas.

— Les mains, je t'ai dit, montre-les-moi, répéta la femme, exaspérée.

Indécise et réticente, Mona les lui tendit lentement. L'autre les attrapa, fixa plusieurs fois les dos et les paumes, inspecta les ongles et même entre les doigts.

— Les dents, exigea-t-elle ensuite.

Mona, toujours confuse, étira les lèvres de façon exagérée pour montrer sa denture tandis que la femme l'examinait comme si elle allait acheter une jument à une foire au bétail. Ensuite, elle lui prit le menton, le bougea de bas en haut et de gauche à droite, cherchant vainement dans le cou et sous les oreilles des restes de crasse. Quand elle l'eut libérée de ses doigts noueux, elle lança un nouvel ordre :

— Lève les bras !

Mona s'exécuta lentement. L'inconnue fourra son nez sous ses aisselles et les flaira. Apparemment satisfaite de ne repérer aucune mauvaise odeur, elle lui passa un vêtement foncé.

— Mets-toi ça, vite !

Mona bouillait tant de rage qu'elle était sur le point d'exploser, mais elle parvint à se contenir tandis qu'elle déboutonnait sa vieille veste en laine. La patronne du magasin, un peu honteuse devant l'inspection militaire que lui faisait subir la vieille, lui indiqua un endroit, une espèce de minuscule réduit derrière une pile de caisses qui lui fournirait un minimum d'intimité.

Mona eut bientôt endossé un uniforme noir au col et aux poignets blancs. Il était un peu large et elle corrigea ce défaut en serrant bien fort à la taille le petit tablier orné de dentelle que la mégère lui donna en maugréant :

— Et dépêche-toi de me ramasser cette tignasse !

Doña Carmen s'adressa alors aux autres gamines :

— Vous ne donnez pas de temps en temps un coup de main chez Encarna, la coiffeuse ?

— Pour vous servir, répondit l'une timidement.

C'était une petite boulotte blonde frisée avec une face ronde comme la lune. Mona la connaissait de vue pour l'avoir souvent croisée dans la rue ou les boutiques du quartier, mais elle ignorait son nom de même que celui de son autre future collègue, la grande gigue au menton en galoche qui attendait muette dans un coin.

— Eh bien, fais-lui un beau chignon…, ordonna la Basque en tirant d'une armoire une brosse à cheveux et une poignée d'épingles métalliques.

La dénommée doña Damiana obligea Mona à s'asseoir sur l'un des escabeaux, la fille se plaça derrière elle et enfonça ses doigts dans ses cheveux en bataille depuis le matin. Ils tombaient jusque sous les épaules, étrangers aux coupes modernes et aux coiffures habituelles à son âge. L'autre tira plusieurs fois dessus pour les démêler et Mona se mordit les lèvres pour ne pas crier. La fille commença à insérer des épingles dans l'épaisse toison. Mona faillit se lever et lâcher une quelconque grossièreté.

— C'est ta putain de mère que tu devrais faire peigner, vieille dégueulasse, aurait-elle dit de bon cœur à doña Damania avec toute son effronterie canaille du Sud – avant de s'enfuir.

Heureusement que la fille avait des mains rapides. Au bout de quelques minutes, elle chuchota que c'était fini. Mona allait se lever lorsque la vieille lui cloua ses doigts semblables à des serres sur l'épaule.

— Bouge pas, marmonna-t-elle.

Elle tendit quelque chose de blanc à la coiffeuse improvisée et ajouta d'une voix aigre :

— La coiffe, mets-la-lui.

Une automobile imposante les attendait dans la rue. Elle était entourée d'une nuée d'enfants qui admiraient les roues et les phares, les garde-boue chromés, l'éclat bleu nuit de la peinture, sans réussir à se pencher à l'intérieur. Ils en étaient empêchés par le chauffeur en uniforme, un Espagnol, cela va sans dire, aux tempes grisonnantes.

Il leur ouvrit les portières dès qu'il les vit sortir de l'épicerie. Doña Damiana s'installa devant, les filles derrière. Mona fut la dernière à entrer. Le chauffeur lorgna sans pudeur son postérieur jusqu'à ce qu'elle fût assise, puis il talocha allègrement les gamins avant de se glisser au volant.

L'intérieur exhalait des parfums de beau cuir, d'encaustique et d'autres substances inconnues de Mona. Ils enfilèrent en silence la Huitième Avenue vers l'Upper West Side. Mona regardait à travers les vitres, l'estomac noué.

Depuis qu'elles avaient débarqué telles des furies sur les quais de l'East River, c'était la première fois que la cadette d'Emilio Arenas s'aventurait sans ses sœurs dans la splendeur d'un autre New York.

13.

La cuisine qu'elles découvrirent ressemblait autant à celle des Arenas qu'une baleine à un anchois. Dans l'appartement de la 14e Rue, tout n'était qu'exiguïté, pauvreté et manque de lumière. Ici, en revanche, on restait pantois devant l'ampleur de la pièce et la hauteur de plafond, les surfaces immaculées en marbre, les carreaux émaillés aux murs.

Du même œil inquisiteur dont elle avait scruté Mona à Casa Moneo, allant jusqu'à renifler son odeur corporelle et examiner ses dents, doña Damiana, en digne gouvernante, contrôlait à présent dans les moindres détails cette résidence située au dix-septième étage de l'immeuble The Majestic. L'éclat impeccable des verres en cristal, la disposition millimétrée des petits-fours, la bonne taille des glaçons, les serviettes en dentelle parfaitement pliées.

Elles durent attendre un moment à l'office, sans sortir. Puis le majordome, un homme de grande taille, pointa sa tête et fit un signe à doña Damiana. Celle-ci prit une longue inspiration, chassa l'air par ses narines et lança un acerbe « On y va ! ».

L'employée chevronnée marqua le tempo et les autres la suivirent à la queue leu leu, la plus petite devant. Cette place incombait à Mercedes, celle qui avait peigné Mona, une Galicienne de Sada. Elle vivait chez ses oncles paternels, économisait chaque dollar dans l'espoir d'ouvrir un jour son propre salon de coiffure dans sa Galice natale. Luisa, l'échalas, une Asturienne de Llanes, fermait la file. Elle, en revanche, n'avait aucune intention de retourner au pays. En effet, arrivée toute petite en Amérique, elle fréquentait trois fois par semaine une école de secrétariat. Ses parents regrettaient leur patrie et la forçaient à assister aux réunions hebdomadaires du Centro Asturiano, mais elle-même s'en souvenait à peine.

Mona se tenait au milieu, comme si le destin la vouait à toujours occuper une place intermédiaire. Elles marchaient « raides comme des cierges », selon l'expression utilisée par doña Damiana. Chacune portait un plateau en argent où s'alignaient les canapés, les hors-d'œuvre et les petites bouchées. Bien qu'à première vue ce ne fût pas très évident, l'uniforme était trop long pour Mercedes, trop moulant pour Luisa et beaucoup trop large pour Mona, malgré le tablier furieusement serré autour de sa taille. Leurs tenues avaient été louées pour la soirée et elles devraient les rendre le lendemain. Les jeunes filles reprendraient le cours de leurs petites vies banales, loin de cette zone inaccessible et splendide de la grande cité.

La rumeur des conversations parvint à leurs oreilles le long du large couloir dallé en damier, des voix assourdies, discrètes, douces, d'hommes et de femmes, surtout en espagnol, des mots en anglais parfois. Elles atteignirent des doubles portes ouvertes. La gouvernante les fit s'arrêter un instant, puis maugréa :

— Avancez toutes les trois. Placez-vous en face, devant le tapis.

Les lampes nimbaient les contours du salon d'une lumière enveloppante. Le soir achevait de tomber derrière les baies vitrées. Momentanément éberluée par ce décor, Mona buta sur le rebord d'un tapis et faillit choir sur une console ornée d'un vase cantonais. Le rouge lui monta aux joues tandis qu'elle jouait à l'équilibriste avec le plateau en retenant son souffle. Elle crut être passée inaperçue, mais un pincement au bras la détrompa.

— Fais attention à ce que tu fais, espèce de sotte, entenditelle doña Damiana marmonner.

La maîtresse de maison était facile à repérer. C'était sans aucun doute la dame aux cheveux gris bleuté, à la robe couleur lavande et aux trois rangées de perles autour du cou, et qui recevait les nouveaux arrivants avec une cordialité de bon aloi. Une aristocrate madrilène, avait chuchoté Mercedes à l'oreille de Mona quand elles étaient dans la cuisine. Très âgée. Veuve. Doña Esperanza Carrera y de la Mata, marquise de la Vega Real. Ou quelque chose dans ce genre. Elle vivait en Amérique depuis près de quinze ans. Elle y gérait les immeubles légués par son époux décédé brutalement lors d'un voyage au Nicaragua, voyage d'ailleurs que nul ne s'expliquait. La noble dame était arrivée à New York avec une cargaison de meubles et tout son personnel domestique, plus castillans les uns que les autres, la sévère Damiana, gouvernante et cuisinière le cas échéant, Fulgencio, le majordome, également responsable des comptes et des courses, et Severino, le chauffeur qui avait amené les jeunes filles dans sa Packard. On lui avait même envoyé depuis la province de Ségovie deux petites bonnes. Malheureusement, au grand dam de leur patronne, elles s'étaient mariées deux semaines auparavant avec des cousins siciliens qu'elles avaient suivis dans le New Jersey, désorganisant l'intendance au moment le plus inopportun.

Il y eut un nouveau coup de sonnette alors que les gamines attendaient l'ordre suivant, plantées en rang d'oignons sur un côté, devant une sanglante scène de chasse. Les pieds joints, le menton relevé, le dos bien droit, ainsi que l'avait aigrement stipulé la gouvernante, et muettes comme des tombes – « La première que j'entends parler, je lui colle une baffe », avait-elle précisé.

Le majordome accompagnait à présent, depuis le vestibule, quatre invités supplémentaires, deux couples mixtes : Américains et Espagnols. Puis il y eut un monsieur chauve qu'il conduisit jusqu'à la marquise. Ce dernier arriva seul, apparemment stressé, en s'excusant. Au total, il devait y avoir une bonne trentaine de personnes qui paraissaient se connaître. La plupart avaient un certain âge, il y avait même une grosse dame dans un fauteuil roulant qui n'arrêtait pas de parler avec tout le monde d'une voix criarde. On distinguait seulement deux hommes jeunes et une femme d'une vingtaine d'années vêtue d'une robe rouge cerise. Désinvolte, elle passait d'un groupe à l'autre, lâchant ici un éclat de rire et là une exclamation exagérée.

— C'est la fille de la marquise, souffla encore Mercedes à Mona, malgré les ordres de doña Damiana. Sa mère l'appelle Nena et elle veut la marier à un Espagnol de son rang.

Les tenues de l'assistance révélaient leur standing, on y reniflait de l'argent, une position importante, de la mondanité. La dernière à entrer fut une dame au port altier, coiffée d'un turban plissé et vêtue d'une spectaculaire cape pourpre. Luisa, la jeune Asturienne oublieuse de sa patrie, balbutia :

— Dieu du ciel ! Mais c'est Bori, la soprano, je l'ai vue une fois dans…

— Chut ! la coupa tout net doña Damiana.

Le flux des invités s'interrompit, mais on ne servait pas encore les boissons ni les apéritifs. Presque personne n'était assis. Il flottait dans l'atmosphère une espèce de tension. Au milieu des effluves de havanes et de cigarettes de luxe, tous semblaient attendre quelqu'un, tous savaient qui c'était, et ce quelqu'un n'arrivait pas.

À l'écart, les serveuses intérimaires s'efforçaient de garder les bras bien tendus pour tenir les plateaux à la bonne hauteur. Mona était morte de faim. Avec les va-et-vient et les stupéfiantes nouvelles de la journée, elle n'avait pas eu le temps de manger lorsque le gamin de Casa Moneo avait débarqué.

Pendant ce temps, les conversations se mêlaient aux volutes de fumée.

— C'est de La Havane qu'il vient, non ?

— Il paraît qu'il est tout seul, le pauvre. Elle serait restée là-bas…

— Sûr qu'il y aura un divorce…

— Après avoir renoncé à tout, quelle déception…

— Peut-être qu'il retournera en Europe, ses parents seront soulagés…

— Tant mieux, tous de nouveau réunis, au cas où ils reviendraient…

— Il va avoir du mal à récupérer ses droits après ce qu'il a signé, mais qui sait… ?

La marquise de la Vega Real n'avait jamais apprécié les fêtes bouillonnantes ni l'agitation de la vie mondaine new-yorkaise. Dès qu'on dépassait la douzaine d'invités et une certaine heure de la soirée, elle était contrariée. Elle préférait les déjeuners discrets, les galas de bienfaisance en matinée, ou bien les réunions en privé avec ses compatriotes où l'on commentait les péripéties de la mère patrie. Cependant, elle était parfois obligée de faire une exception. Par exemple, la présentation en société de sa fille quelques années auparavant, au Plaza, ou l'organisation de quelque événement caritatif. Pourtant, certains jours, cela valait le coup de briser la routine, d'ouvrir ses salons pour accueillir un hôte aussi spécial. Quoique dépourvu de son ancien titre, c'était toujours le fils de son père, qui plus est bientôt libéré de ses liens conjugaux et donc de nouveau mariable.

Elle avait soigneusement sélectionné les convives de son cocktail. Après l'envoi des invitations, elle leur avait même téléphoné personnellement. Quelques-uns – ceux de son premier cercle surtout, membres de la haute société espagnole résidant à New York pour divers motifs – avaient accepté avec enthousiasme. Chez d'autres – principalement des Américains –, l'affaire avait éveillé une curiosité gourmande. Elle avait également essuyé plusieurs refus : des représentants de la chambre de commerce, tels que Seguí et Subirana, ou bien des membres du Spanish Exporters Club, ou encore Campubrí et Torres Perona, respectivement propriétaire et sous-directeur de *La Prensa*, l'unique quotidien en espagnol de la ville. À l'instar de tous les immigrants et expatriés sans distinction de classe, elle-même le feuilletait tous les jours. Elle ne lui était infidèle que quand elle recevait l'*Abc*, envoyé depuis Madrid en gros colis mensuels. C'était du réchauffé mais la marquise s'en fichait, plutôt mille fois des nouvelles tardives que le vide, a fortiori avec toutes ces choses qui se passaient en Espagne, ces troubles politiques et toute cette folie. Pour cette raison, elle avait également convié le correspondant de son journal de chevet, Fernández Arias, et ce dernier était là, tout content, bavardant avec tout un chacun devant un meuble cabinet en bois incrusté. Il s'était enfin débarrassé de Máxima Osorio, la dame au fauteuil roulant. Chaque fois qu'elle le chopait, la vieille lui cassait les pieds avec son filleul, l'assistant du célèbre docteur Castroviejo, présents l'un et l'autre. Elle voulait que le journaliste commente, dans ses chroniques sur la bonne société, la carrière du jeune homme aux côtés du médecin.

En revanche, l'aristocrate n'avait pas pris la peine de convoquer – « À quoi bon ! » avait-elle ronchonné – le consul et le reste des diplomates nationaux. Fidèles à cette maudite Seconde République et vu la filiation de la vedette de la soirée, songeait-elle, ils préféreraient se jeter dans le vide du haut du Chrysler Center que daigner apparaître.

14.

Il était près de huit heures et la nuit était tombée depuis longtemps sur Central Park. Le majordome avait plusieurs fois remplacé les cendriers en cristal taillé remplis de mégots et, à l'exception de la dame handicapée et de la soprano – qui avait décidé de s'asseoir, laissant glisser sur le tapis le bas de sa cape grandiose –, les autres restaient debout, bavardant en petits groupes qui se faisaient et se défaisaient à un rythme régulier.

Tandis que les conversations se poursuivaient, circonspectes et retenues, deux visages figés contemplaient l'assistance depuis la tablette de la cheminée. Ce n'étaient pas des tableaux, mais deux photographies dans de splendides cadres en argent, signées dans un coin. À gauche, un homme, visage maigre, front large et menton proéminent ; à droite, une femme aux immenses yeux clairs, sa chevelure blonde coiffée d'une magnifique tiare de diamants. Trop éloignées, les jeunes filles n'étaient pas à même de discerner ces portraits mais, de plus près, et après avoir fouillé dans leur mémoire, elles auraient à coup sûr réussi à mettre un nom sur chacun d'entre eux.

À huit heures et demie, la marquise, le majordome et la vieille gouvernante Damiana avaient déjà échangé plusieurs regards interrogateurs. Ils regrettaient d'avoir ordonné de sortir les petits-fours de la cuisine. Mais qui aurait imaginé un tel retard ? Qu'est-ce qu'on décide ? lisait-on dans leurs mimiques. On attend encore ? On sert ?

À neuf heures moins dix, le coup de sonnette prit les invités par surprise. Les glaçons avaient commencé à fondre, toutes les dames et quelques messieurs s'étaient assis. Devinant que la personne attendue arrivait enfin, tout le monde se leva d'un seul mouvement.

Il y eut des raclements de gorge, des crissements de tissu, des poudriers précipitamment ouverts pour une rapide retouche. L'hôtesse fit quelques pas et attendit au milieu de la pièce. Derrière elle, sa fille, Nena, le reste de l'assemblée tout autour.

Grand, très mince, le front dégagé, les cheveux fins, clairs et raides peignés en arrière, d'immenses yeux bleus presque transparents, tel était l'homme qui apparut dans le salon. Il portait une fine moustache soigneusement taillée, une cigarette entre ses longs doigts et un smoking orné de six boutons. Quoique frisant la trentaine, il s'appuyait sur une canne et s'approcha de la marquise en boitant, un sourire figé sur le visage et sans l'ombre d'une excuse pour son retard.

Faisant fi des manières, l'invité feignit de frôler des lèvres la main de l'aristocrate puis lui plaqua deux baisers typiquement espagnols sur les joues. Il y ajouta une petite plaisanterie dans le creux de l'oreille, et la marquise eut un rire forcé. Elle s'écarta aussitôt pour céder le premier rôle à sa fille. C'était en fin de compte l'objet de cette soirée soigneusement planifiée : rendre hommage au dernier arrivé, certes, mais au passage permettre à Nena et lui de se connaître à présent qu'il allait retrouver sa liberté.

S'ensuivit la ronde des politesses, sans grandes simagrées ni façons. L'ambiance s'étant relâchée du fait de l'attitude décontractée de la vedette de la soirée, le ton des voix s'éleva légèrement. À l'insu de tous, la marquise avertit le majordome, ce qui engendra un effet domino : celui-ci adressa un signe à doña Damiana, qui le transmit aux serveuses, lasses d'attendre, comme tout le monde. Celles-ci commencèrent aussitôt à circuler à travers le salon ainsi qu'on le leur avait appris, offrant le contenu de leurs plateaux. De son côté, le majordome concoctait les cocktails et remplissait les coupes. Mêlé à la rumeur des bavardages, on entendait le tintement des glaçons contre le cristal, rasade d'un alcool fort pour les messieurs, long drinks ou mélanges fruités pour les dames. Certains optèrent plutôt pour les saveurs familières de la patrie. Un scotch on the rocks pour la star, un pink lady pour la dame en robe gardénia, un amontillado pour la vieille dans son fauteuil roulant. Toujours en mouvement entre la cuisine et le salon, les jeunes filles ne percevaient que des bribes hétéroclites de conversations.

Le nouvel arrivant captait toujours l'attention de l'assistance et, conscient d'être l'attraction de la soirée, l'assumait sans complexes. Il parlait exprès à voix haute pour être entendu de tous. Il citait des anecdotes et se permettait quelque plaisanterie que l'auditoire saluait de rires un peu affectés. Certains l'appelaient « Altesse ». D'autres, dubitatifs, utilisaient simplement « monsieur », ou parfois « monsieur le comte ».

— Tu peux dire Alfonso, ma chérie, l'entendit déclarer Mona à la dénommée Nena quand elle lui servit son deuxième whisky.

Une grimace de satisfaction éclaira le visage de la marquise, qui feignait de rester étrangère aux échanges entre les jeunes gens.

La soirée s'écoulait sans heurts, toutes les dames s'étaient installées commodément sur les canapés ou dans les fauteuils, tous les messieurs restaient debout, verre à la main. Lui continuait à aimanter les regards et les oreilles. Ses évocations étaient familières à tous : le club de tir de La Granja, l'Escargot Montorgueil à Paris, les nuits au casino de La Havane, les promenades matinales à travers Lausanne, sur les berges du lac Léman… Puis il passa aux établissements, et de ceux-ci aux personnes. À un moment donné, il pointa son troisième verre de whisky écossais sur les deux photographies posées sur la cheminée avant d'égrener une série d'événements relatifs aux siens comme s'il s'agissait d'un clan prospère et cosmopolite, mais peu ou prou conventionnel : le malheureux Kiki avait été victime d'un absurde accident en Autriche, Beatriz s'était mariée à Rome l'année dernière, Edel habitait le Vedado avec sa sœur et son beau-frère, Pepe Gómez-Mena.

La réalité, pourtant, était toute différente. Rien, absolument rien n'était normal autour de la lignée de ce personnage. Malgré ses efforts, il fut bientôt obligé de murmurer une excuse, de s'écrouler dans le fauteuil le plus proche et d'étirer sa jambe gauche dans une posture bien peu royale, en essayant de masquer une grimace d'intense douleur.

Deux hommes s'approchèrent précipitamment. Un silence gênant s'était répandu sur le salon, le reste de l'assistance échangeait des regards alarmés. Il s'agissait de médecins, venus non en tant que tels mais comme invités. Le plus âgé posa une main sur son épaule et s'adressa à lui à voix basse. Le plus jeune s'accroupit près de lui.

— De l'eau, demanda le premier un instant après.

Et Mona, qui se tenait plantée à moins de trois mètres, un nouveau plateau rempli d'amuse-bouche entre les mains, se hâta de déposer celui-ci sur une commode et courut obéir.

Elle revint au bout de quelques secondes. Elle était si pressée qu'elle renversa un peu du contenu. Sans faire de chichis, elle tendit le verre à l'invité, ignorant que c'était la première fois qu'un domestique s'exécutait devant lui d'une façon aussi abrupte, sans utiliser ni assiette ni serviette raffinée. Lui, indisposé et les yeux momentanément clos, ne se rendit pas compte de sa présence, de cette main féminine, fine et mouillée, tout près de son visage, tenant un verre en cristal taillé plein à ras bord.

Ce fut le plus jeune médecin qui le saisit, l'autre étant concentré sur sa tâche.

— Merci, chuchota-t-il en frôlant les doigts de Mona.

La trentaine, cheveux châtains, la raie bien marquée sur un côté, il avait un visage lisse et affable et portait des lunettes.

— Il faut qu'il boive, ordonna alors le plus vieux.

L'autre, le verre à la main, ne parut pas l'entendre.

— Approchez-lui l'eau, Osorio !

Celui-ci comprit alors ce qu'on lui demandait, obnubilé qu'il était par la proximité de cette belle serveuse qu'il avait épiée durant toute la soirée.

Absorbées par leur besogne et sous la surveillance inflexible de doña Damiana, ni Mona ni ses camarades n'avaient reconnu le personnage qui reprenait peu à peu des couleurs et semblait se rétablir au soulagement général. Mercedes et Luisa avaient quitté depuis longtemps leur pays natal, Mona avait été élevée dans un univers très humble, au milieu de masures, baignée par les chansons des voisines, avec un essaim de femmes pour seule famille proche, un entourage radicalement étranger aux événements politiques et aux convulsions qui figuraient dans les quotidiens.

Nulle d'entre elles n'avait donc appris sa naissance au palais royal de Madrid en 1907, annoncée par vingt et un coups de canon, qu'il avait été prince des Asturies et ainsi successeur au trône d'Espagne en ligne directe, jusqu'à ce que la République puis l'amour ne bouleversent son destin.

Elles ne savaient pas non plus qu'à présent, sur le point d'avoir vingt-neuf ans, hémophile, sans le sou et le cœur brisé, il errait dans la vie presque… presque comme un citoyen banal.

15.

Il annonça son départ au bout d'une trentaine de minutes, plutôt de bonne humeur et ayant repris des forces. Il était onze heures passées et presque toute l'assistance l'imita. Peu de personnes restèrent, suffisamment néanmoins pour que les jeunes filles pussent capter au vol les ultimes bribes de conversation.

— Il a été à l'article de la mort, hospitalisé pendant plus d'un mois à La Havane. Il a même reçu l'extrême-onction, entendit Mona alors qu'elle ramassait les verres et les coupes.

— Un vrai bazar, dirent d'autres convives, avec son père à Rome, sa mère à Londres, et ses frères et sœurs éparpillés çà et là... Tu sais qu'Azaña habite la résidence du Pardo ? C'est là qu'il s'était installé parce qu'il ne supportait plus d'être enfermé dans le palais royal. Et pourtant il paraît qu'Edelmira, son épouse, est tranquillement restée à La Havane avec sa famille... Enfin, ça semble difficile à croire...

Finalement, doña Damiana ordonna aux serveuses de regagner la cuisine et elles n'entendirent pas la suite.

— Je veux les uniformes demain dans la boutique de doña Carmen, leur aboya-t-elle, avant de les expédier sans le moindre remerciement.

Elle leur paya leur dû à contrecœur, trois dollars par tête pour six heures de travail, une somme grotesque et pathétique dans un tel étalage d'opulence, mais que la vieille régla comme si on lui arrachait les entrailles. Mona s'empressa de ranger les billets, le moindre sou étant plus que bienvenu dans leur situation désastreuse.

Elles enfilèrent leurs manteaux en silence, sous le regard impitoyable de la gouvernante raide comme un piquet, les bras croisés sur le torse, de peur qu'elles ne volent une fourchette ou une salière en argent. Aucune n'y avait même songé, mais Mona en avait par-dessus la tête de cette garde-chiourme. Elle avait accumulé une telle rage qu'elle profita d'un moment d'inattention – doña Damiana était en train de répondre au majordome – pour attraper une poignée de petits-fours, les envelopper prestement dans une serviette et les cacher dans une poche. Sale garce, se dit-elle. Bien fait pour toi !

Elles empruntèrent le monte-charge pour repartir, une descente nauséeuse de dix-sept étages agrémentée des grincements du mécanisme. Elles se débarrassèrent alors des tabliers et des coiffes. Mona défit en outre son chignon, elle secoua ses cheveux et les laissa retomber, comme d'habitude. Cette fois, elles ne seraient pas reconduites par le chauffeur. Doña Damiana s'était arrangée avec la patronne de Casa Moneo : elles seraient attendues par un gars du quartier, un employé de Bustelo[1], le cafetier de la 115e Rue, qui passait par là en finissant sa tournée. Pour un petit dollar, on éviterait de ressortir la Packard de chez la marquise.

Elles empruntèrent la porte de service, à quelques mètres de l'entrée principale. Devant la façade Art déco du Majestic, un groupe s'était formé sur le trottoir. Six ou sept personnes entouraient encore la vedette de la soirée, désormais flanquée d'un nouvel individu, un malabar blond à la tête carrée et au cou de taureau. Ils prenaient congé à l'espagnole, sans se presser, prolongeant à l'infini les dernières phrases, les derniers compliments, les dernières formules de politesse. Plusieurs automobiles étaient alignées en face d'eux, chacune avec son chauffeur et le moteur en marche.

Mercedes et Luisa regardèrent à droite et à gauche, à la recherche du garçon qui les ramènerait. Doña Damiana leur avait indiqué le point de rendez-vous, au coin de la 71e Rue,

1. Marque de café fondée par un Cubain d'origine espagnole, Gregorio Menéndez Bustelo, en 1928 dans le Bronx, très populaire parmi les exilés hispaniques du fait qu'il était préparé dans une cafetière à expresso (toutes les notes sont du traducteur).

mais il n'y avait personne, rien d'autre qu'un simple réverbère. Elles commencèrent à se plaindre. Il était près de minuit, elles habitaient à perpète, elles étaient crevées, elles devaient se lever à pas d'heure le lendemain, comme toujours. Mona se tenait à l'écart, observant le groupe qui se désagrégeait lentement.

Les voitures démarraient à tour de rôle. La dernière fut celle de l'homme que certains appelaient « Altesse », d'autres « comte », et d'autres seulement « monsieur ». Il attendait que son accompagnateur, celui que Mona venait d'apercevoir et qui faisait, semble-t-il, office d'assistant et de chauffeur, l'aide à s'installer.

À cet instant précis, la scène bascula soudain. Une voiture s'arrêta derrière dans un puissant crissement de pneus, des portières claquèrent, des pas rapides retentirent sur le bitume, et deux silhouettes angoissantes, deux individus vêtus de longs imperméables, l'un chauve et costaud, l'autre blondinet et maigrichon, se plantèrent devant l'homme qui n'avait pas encore réussi à s'asseoir.

Mona contemplait la scène, ébahie. Elle n'entendit que les premiers mots prononcés par le plus vieux, le chauve :

— Covadonga ! Hé, Covadonga !

Le reste se perdit dans un torrent verbal :

— *Tell me,* Covadonga, qu'est-ce que vous êtes venu faire à New York ? Pourquoi votre femme est restée à La Havane ? C'est vrai que le divorce est imminent ? C'est vrai qu'elle en a assez ?

Sans comprendre les réponses, Mona comprit qu'ils harcelaient l'invité de la marquise, et que le type qui lui prêtait assistance pour grimper dans le véhicule essayait en vain de le protéger. Le plus jeune des deux, le petit blond malingre, souleva alors un gros machin qu'il portait accroché à son cou et le périmètre de l'automobile fut envahi d'éclairs éblouissants. Flash, flash, flash.

Ce fut l'affaire de quelques secondes : l'employé parvint à appuyer son maître contre la voiture et à le laisser plus ou moins stable, puis il se lança aussitôt poings en avant sur le photographe, lequel continuait à prendre des clichés tandis que son acolyte, bloc en main, poursuivait sa rafale de questions plus agressives les unes que les autres :

— Hé, Covadonga, *answer me,* c'est vrai que vous n'avez aucun contact avec votre père ? C'est vrai qu'il ne vous verse qu'une allocation ridicule ? C'est vrai que vous avez failli mourir d'une hémorragie ? C'est vrai que vous allez très bientôt retrouver votre mère en Europe ?

— Monaaaaaa !

Éberluée par ce spectacle, elle n'avait pas entendu les appels de Mercedes et de Luisa derrière son dos. Le gars chargé de les ramener dans sa camionnette klaxonnait furieusement depuis un moment.

— Monaaaaaaa ! hurlaient ses camarades, mais elle ne s'en rendait pas compte, ou peut-être ses oreilles percevaient-elles ces deux voix féminines gueulant à pleins poumons sans deviner qu'elles s'adressaient à elle.

Elle était totalement obnubilée par la scène, la bagarre entre le photographe et l'accompagnateur du monsieur important, le reporter chauve qui l'acculait avec ses questions, l'homme important paniqué et titubant, ses doigts crispés étreignant désespérément le montant de la portière. Tandis que le journaliste insistait dans son matraquage implacable, il se mit à tanguer, la terreur peinte sur son visage.

— *Hey*, Covadonga, *yes or no*, c'est vrai que tu as repéré une autre Caribéenne ? C'est vrai qu'une nouvelle Cubaine occupe une place dans ton cœur ?

Elle n'eut pas le temps d'y réfléchir à deux fois. Deux pas rapides permirent à Mona d'atteindre l'automobile. Elle poussa le persécuteur et retint de justesse l'invité sous les bras alors qu'il pliait les genoux et tombait par terre. Celui-ci ferma les yeux, un soulagement infini éclaira ses traits, puis il murmura quelque chose. Il voulait dire merci mais ses lèvres tremblantes exhalèrent à peine un filet de voix.

Le chauve, de son côté, paraissait hésiter. Allait-il attraper cette gamine et lui filer une paire de claques pour son intrusion inopinée, ou bien s'obstiner dans son interrogatoire ? S'il n'arrachait aucune information au comte de Covadonga, ce serait une soirée fichue, à moins que son collègue Boris, le Russe, n'ait pris une photo bien juteuse. Ils travaillaient l'un et l'autre pour *Town Topics*, le magazine qui faisait son beurre des péchés, véniels et mortels, de la haute société. Même sans déclaration, conclut le reporter dans son for intérieur, ils s'en tireraient plus ou moins avec une image choc et un zeste d'imagination.

De leur côté, Mercedes et Luisa continuaient à s'époumoner : « Monaaaa ! », tandis que le chauffeur de la camionnette s'était lassé de klaxonner. Il avait ôté son frein à main et s'apprêtait à repartir à vide. Son épuisement valait davantage que le misérable dollar promis pour ce service, il en avait par-dessus la tête. Mona, cependant, les ignora tous. Elle aidait alors l'invité à s'asseoir dans la voiture, émue par son visage bouleversé et les défaillances de son corps encore juvénile.

Le journaliste et son collègue se tinrent pour satisfaits. Ils sautèrent dans leur véhicule et prirent la fuite, avant que l'assistant de l'invité royal n'eût réussi à leur arracher les plaques photographiques. Alertés par le tohu-bohu – les coups de klaxon, les cris des filles, la bagarre entre les hommes, les injonctions du chauve –, les portiers et le groom de l'immeuble entouraient maintenant la portière du passager, alors que Mona finissait d'installer l'homme exténué à sa place. Celui-ci, pâle comme un linge et ravalant sa salive dans un mélange d'épouvante et de soulagement, se laissait faire. Il était conscient que cette gamine inconnue l'avait sauvé, à l'ultime instant, d'une chute brutale et désastreuse sur le pavé.

Mona était tellement concentrée sur sa tâche qu'elle n'entendit ni ne vit Mercedes et Luisa l'appeler et grimper finalement dans la camionnette. Elles avaient peur de l'abandonner seule, mais ne voulaient pas non plus rater leur dernière chance de rentrer chez elles. Entre rester plantées au milieu de la nuit à cause de l'obstination de leur copine et la sécurité offerte par ce garçon impatient, le choix fut facile.

Le large trottoir devant le 115 de Central Park West avait à présent retrouvé son calme. Les employés de l'immeuble avaient repris leur poste, le gros blond s'était mis au volant et l'invité illustre, allongé sur son siège, les yeux fermés, reprenait peu à peu sa respiration.

Tous paraissaient avoir oublié subitement la jeune fille brune immobile entre la façade et l'automobile. Elle découvrait enfin la réalité environnante. Ses camarades s'étaient éclipsées, l'homme qu'elle avait secouru était sur le point de disparaître à bord de sa luxueuse Lincoln et elle restait là, une simple extra ignorante et désorientée, seule en pleine nuit face à l'immense cité.

À cet instant, le moteur déjà en marche, une vitre de la voiture s'entrouvrit.

— Mademoiselle…

Une main aux longs doigts apparut, tenant quelque chose de blanc entre l'index et le majeur.

— Je vous suis infiniment reconnaissant. Voici mes coordonnées, au cas où je pourrais vous être utile.

Elle n'eut pas le temps de répondre. La vitre se referma et la voiture démarra lentement. Ses feux arrière se confondirent avec d'autres lumières et se diluèrent progressivement parmi les milliers de petits points brillants telles des étoiles dans les artères de New York.

Elle transportait un individu que Mona n'avait pas identifié. Quelqu'un qui aurait pu devenir roi d'Espagne. Le fils aîné qu'on avait présenté nu sur un plateau d'argent conformément à la tradition, l'héritier inscrit sur le registre dynastique par le ministre de Gracia y Justicia. Un beau bébé blond vêtu d'une robe en dentelle, baptisé avec l'eau du Jourdain et de douze prénoms, décoré par son père en grande pompe de la Toison d'or et de l'ordre d'Isabelle la Catholique peu après sa naissance.

Mona ignorait tout cela tandis qu'elle observait la carte de visite, mi-troublée, mi-curieuse. En exil depuis des années, la royauté lui semblait très lointaine. La jeune fille ne savait rien des titres successivement attribués à ses membres, les avatars royaux et beaucoup d'autres choses ne parviendraient jamais à son monde. Elle se contentait à présent de scruter le quatrième bristol qui passait entre ses mains en une seule journée, après ceux de la compagnie de navigation et de l'avocat italien. C'était un véritable événement pour elle qui n'avait jamais connu personne avec un tel degré de sophistication. Dans son quartier de La Trinidad, on employait toujours les prénoms et les diminutifs, ou bien des surnoms dont l'usage se prolongeait souvent pendant des générations : Juanillo el de los Pelaos, Luciana la Seca, Paca la del Carbón…

Elle resta un moment sans bouger en face de l'immense obscurité végétale de Central Park, les yeux fixés sur les lettres de la carte :

MARÍA DUEÑAS

Alfonso de Borbón y Battenberg
comte de Covadonga

Ni « Altesse royale » ni aucune mention princière. Sous le titre, une simple adresse à Évian, en France, barrée d'un trait de stylo.

À la place, une inscription manuscrite :

St Moritz Hotel
New York

16.

Manhattan s'ouvrit devant Mona tandis qu'elle redescendait la Huitième Avenue. La température avait baissé et le froid devenait mordant. Elle gardait les bras croisés contre sa poitrine et elle avait relevé le col de son manteau d'occasion donné le matin même par des propriétaires de la laverie. Le premier manteau de sa vie. Elle n'aurait jamais imaginé qu'elle l'apprécierait autant et si vite.

Un employé de l'immeuble contigu au Majestic lui avait fourni les indications nécessaires, lorsque les portiers de celui-ci eurent compris qu'elle ne comprenait que l'espagnol. Ils avaient alors fait appel à un Cubain qui travaillait la nuit au Dakota, et ce dernier lui avait précisé le chemin dans la langue qu'ils partageaient tous deux : tout droit pendant une soixantaine de pâtés de maisons. « Comment veux-tu que je sache, ma chérie ? avait-il répondu quand Mona lui avait demandé combien de temps il faudrait. Deux heures ? Trois ? Quatre, peut-être ? Ça dépend, ma petite, de la vitesse à laquelle tu remues ces jolies gambettes que Dieu t'a données. En tout cas, tu arriverais beaucoup plus vite avec le subway, juste... »

Elle avait coupé tout net, pas question de s'aventurer seule parmi ces cavernes où paraît-il les trains grouillaient comme des vers dans les entrailles de la ville. Elle avait dit : « Merci et bonne nuit », s'était emmitouflée dans son vieux manteau et était partie.

Au début, elle ne croisa que quelques passants isolés, il y avait peu de passage dans cette élégante zone résidentielle de l'Upper West Side. Elle atteignit rapidement Columbus Circle.

Elle ignorait que le monsieur qui surveillait la place du haut de sa statue en marbre n'était autre que Christophe Colomb. La vaste avenue commença à s'animer à mesure qu'elle avançait. Elle croisa une bande bruyante de copains. Les façades des hôtels avalaient ou crachaient des clients, il y avait des couples se tenant par la taille, des bars ouverts, des coups de klaxon, des voix fortes, des éclats de rire. Éberluée par l'ambiance, Mona ralentit et contempla stupéfaite les néons multicolores. Elle ne savait plus où donner de la tête. Elle pénétrait dans le quartier des théâtres, des majestueuses salles de cinéma et de spectacle, ses pas l'avaient menée, à son insu, près de Broadway, à un jet de pierre de Madison Square.

En passant sous la marquise du Madison Square Garden, où se réunissaient tous les jours, sans qu'elle fût au courant, des milliers de fans de boxe, elle sentit soudain un choc violent sur une épaule. Elle poussa un cri de peur et de douleur. Absorbée par la scène, elle avait heurté un type qui zigzaguait sur le trottoir, avec une bouteille de liqueur dépassant d'une poche de sa gabardine. Deux jeunes femmes fustigèrent l'individu et soutinrent Mona.

— Hé, espèce de crétin, regarde où tu marches ! Ça va, ma chérie ? Quelle brute ! s'exclamèrent-elles en anglais.

Mona ne comprit rien. Elle remarqua seulement qu'elles avaient les cheveux teints en jaune paille, qu'elles étaient ultra-maquillées et qu'elles cachaient des courbes sinueuses sous leurs manteaux – rouge feu pour l'une et bleu turquoise pour l'autre. C'étaient les danseuses d'une comédie musicale. Elles venaient de terminer la séance du soir, elles avaient une faim de loup et elles rêvaient d'engloutir un sandwich géant avec une montagne de frites. Ensuite, elles regagneraient leur petite colocation du Queens, tremperaient leurs pieds dans une bassine d'eau chaude salée, se glisseraient dans leur lit après avoir enfilé les rugueuses chemises de nuit en flanelle cousues par leurs grands-mères dans quelque village du Kansas, du Nebraska ou du Kentucky. Un village qu'elles avaient quitté en quête d'un avenir incertain dans la grande métropole. En revanche, Mona crut voir des spécimens décidés venus d'une autre planète, avec les lèvres fardées, les sourcils minces comme un fil, les cils pleins de mascara et des restes de paillettes sur les joues. Elle s'écarta donc, intimidée.

— Je vais bien, je vais bien, balbutia-t-elle, et elle poursuivit son chemin.

Elle laissait derrière elle les rutilantes enseignes qui appâtaient les spectateurs et annonçaient les premières en lettres électriques et bariolées. Au coin des rues, les plaques marquaient sa progression à mesure qu'elle franchissait les rues : 39e, 38e, 37e… À hauteur de la 35e, elle tomba sur le New Yorker, le plus grand hôtel de tout Manhattan, disait-on. Puis apparurent, à sa droite, le General Post Office et, à sa gauche, Penn Station, la plus belle gare de chemin de fer qu'un œil humain eût contemplée, prétendait-on aussi.

Et elle continua à marcher, encore et encore… À présent, elle quittait Midtown et pénétrait dans Chelsea. Elle ressentait à peine le froid et elle avait assouvi sa faim avec les petits-fours à moitié écrabouillés dans une de ses poches, qu'elle avait subtilisés dans la cuisine. Devant le Grand Opera House, une voiture freina. Le conducteur ouvrit une vitre et l'apostropha avec des mots qu'elle ne comprenait pas. Son cœur battit la chamade et sa bouche s'assécha tandis qu'elle accélérait le pas, les yeux fixés sur la pointe de ses chaussures : un, deux, un, deux… Ça ne servirait à rien de courir, elle s'appliqua donc à contrôler ses mouvements pour combattre la peur qui la tenaillait. Un, deux, un, deux… Finalement, le fâcheux, frustré, lui brailla quelques insultes et s'éloigna.

Le décor avait complètement changé, plus de gratte-ciel ni d'affiches lumineuses, presque plus d'animation. Elle passa devant d'humbles bâtiments en briques rougeâtres, des tronçons de rues vides, des terrains vagues et des corps adossés aux façades et couverts de vieux chiffons et de cartons. Devant de modestes boutiques, des établissements de prêts sur gages, des cafés, tous fermés et fantomatiques. Entre la 21e et la 20e, deux hommes levèrent la vitre d'une fenêtre à guillotine et lui hurlèrent des paroles incompréhensibles depuis le deuxième étage d'un immeuble. L'un d'eux mit sa main sur son entrejambe et bougea le bassin d'arrière en avant dans un geste obscène : le traitement qu'il lui réservait s'il l'attrapait. Ensuite ils éclatèrent d'un rire bestial, avalèrent leurs bières d'un trait et lui lancèrent les bouteilles vides. Par chance, elles explosèrent en mille morceaux couleur caramel quand elles heurtèrent le sol et seuls quelques petits fragments rebondirent sur le bas de son manteau.

Son épuisante marche toucha à sa fin. Elle aperçut des silhouettes familières, des noms de commerces qu'elle connaissait, des présences muettes et réconfortantes dans le petit matin : façades, portes, stores, enseignes, vitrines. Elle éprouva un profond soulagement et dut se retenir pour ne pas pleurer. Elle se mit à courir après avoir atteint la 15e Rue, quand elle jugea la distance convenable. Elle arriva à la 14e, tourna à gauche et parvint à la porte de son immeuble le souffle coupé. Elle grimpa les escaliers quatre à quatre, en serrant la clé dans sa main. Elle ouvrit enfin. L'obscurité et le silence de son minuscule appartement lui parurent alors l'unique refuge au monde capable de l'apaiser.

Elle ne réveilla ni sa mère ni ses sœurs. Discrète, elle se déplaça au milieu des ténèbres sans faire de bruit. Elle posa son manteau sur une chaise, n'ôta même pas son uniforme. Sans passer par la salle d'eau, elle se déchaussa et se glissa sous les couvertures de son étroite couchette, dans la chambre qu'elle partageait avec Victoria. Elle se pelotonna et ferma bien fort les yeux, elle voulait à tout prix dormir.

Mais le sommeil ne vint pas. Les sons et les voix des dernières heures se bousculaient encore dans sa tête. Les images fusaient tels les fragments d'un miroir brisé en mille morceaux. L'aigreur de la vieille Damiana, les filles qui s'époumonaient à crier son nom, les flashs du photographe, les vociférations du reporter : « Covadonga, *hey*, Covadonga ! *Tell me, man to man.* C'est vrai que votre épouse cubaine vous accuse d'être addict à certaines substances ? C'est vrai qu'elle vous a viré de chez vous, et que c'est pour ça que vous avez déménagé de La Havane à New York ? » Les néons annonçant les dancings, les vaudevilles et les cocktails se mêlaient à des femmes blondes aux poitrines turgescentes et aux lèvres rouges comme des tranches de pastèque. L'ivrogne qui l'avait heurtée et lui avait laissé une épaule endolorie entra en titubant dans un coin de sa tête, le type graveleux de la voiture dans un autre, tandis qu'un individu sans visage empoignait grossièrement sa braguette, lâchait un éclat de rire féroce et sautait dans le vide du haut d'un gratte-ciel.

Peu à peu, très lentement, ces images fondirent dans son esprit épuisé telle de la cire chaude, l'éclat des lumières s'éteignit, le calme revint à mesure que Mona s'assoupissait. Soudain, elle crut que quelque chose lui frôlait le visage et elle se redressa brutalement, une main sur son cœur et l'autre sur son visage.

Mais tout était en ordre. À côté, sa sœur dormait, sereine, les tuyaux asthmatiques résonnaient comme toujours, elle devinait à ses pieds les contours de la vieille armoire.

Elle respira à fond, s'étendit de nouveau, cette fois-ci sur le dos, les yeux ouverts.

Une simple mauvaise blague dans les premières phases du sommeil. Dans la chambre, il n'y avait aucun homme aux longs doigts. Personne n'avait caressé sa joue d'une royale carte de visite.

17.

Il était presque onze heures du matin lorsqu'elle fut tirée de son sommeil. Déboussolée et confuse, Mona tarda un instant à retrouver ses esprits. Elle n'était plus à Málaga mais de l'autre côté de l'océan. Elle n'était pas partie faire des courses pour Mama Pepa dans le quartier de La Trinidad, car sa grand-mère mangeait déjà depuis un certain temps les pissenlits par la racine, pas plus que ne l'attendait près de la fontaine Joaquín, le gars de la taverne de la rue Jaboneros, la contemplant, muet, de ses yeux noirs comme le charbon, puisqu'il effectuait son service militaire à Larache.

Non, elle ne vit que sa mère et ses deux sœurs assises au bord du lit contigu. Elles attendaient son retour à la réalité tandis qu'elle-même se redressait un peu, les coudes appuyés sur le matelas, les cheveux en bataille et les yeux mi-clos.

— C'est quoi ? demanda Luz en poussant un cri de surprise.

Et pour ne laisser aucun doute quant à l'objet de sa question, elle pinça l'uniforme noir froissé que portait encore Mona.

Celle-ci n'eut pas le temps de réagir. Remedios flanquait déjà une claque à sa benjamine. Il y a des priorités, arrête tes bêtises, lui signifiait-elle ainsi avec cette taloche qui était monnaie courante entre elles.

Victoria prit alors la parole, droit au but :

— Il y a une foule de choses que tu dois savoir.

Un chœur à trois voix abreuva aussitôt Mona de toutes les péripéties survenues en son absence.

Sortir avait été la première décision de Victoria et de Luz, dès son départ. Privées du dynamisme de leur sœur, elles se sentaient amputées. Elles n'avaient guère envie de rester enfermées dans l'appartement avec leur mère, à supporter ses soupirs, ses larmes et ses craintes. Elles avaient donc choisi de s'éclipser aussi.

Elles se trouvaient à quelques marches du deuxième étage, encore poursuivies à distance par les récriminations de Remedios, lorsqu'une porte s'ouvrit, la moins sympathique de l'immeuble. Elles stoppèrent tout net, Victoria soupira, Luz tordit le nez. Trop tard pour remonter, et le palier n'était pas assez large pour qu'on pût se faufiler discrètement. Elles durent donc se résigner à cette nouvelle rencontre. Mme Milagros les attendait de pied ferme, les observant de son œil valide, un rictus de réprobation sur les lèvres.

L'à-propos de Luz freina l'offensive : une idée soudaine lui vint pour leur éviter de subir l'agression de la voisine. En effet, elles avaient fait un raffut de tous les diables en imaginant l'avenir radieux que les billets de bateau et les dollars de la Trasatlántica leur dessinaient, avant que l'avocat italien ne douchât leur enthousiasme.

— Pourriez-vous nous dire, madame Milagros, comment on va à Cherry Street ?

Le ton mi-respectueux, mi-timide était plus faux que le baiser de Judas, mais il leur permit d'échapper à l'engueulade, du moins momentanément.

La réponse, méfiante, ne tarda pas. À la galicienne, sous la forme d'une autre question :

— Et pourquoi vous voulez le savoir ?

— On va voir don Paco Sendra. On doit discuter d'une chose importante avec lui.

Milagros Couceiro habitait Manhattan depuis plus de quatre décennies. Elle avait quitté depuis de nombreuses années – elle était encore enfant – sa Camariñas natale, sur la côte de la Mort, pour servir dans une maison distinguée de La Corogne. Devenue désormais une vraie femme, avec des formes, elle s'était mariée avant ses dix-neuf ans avec Amadeo, le garçon chargé de la livraison hebdomadaire du bois de chauffage, un beau et solide gaillard qui avait déjà effectué un aller-retour entre l'Espagne et l'Argentine. En moins de deux mois, il lui avait volé sa virginité et son cœur. Ils avaient émigré avec un premier enfant encore en bas âge et elle enceinte du second. Bien sûr, les avertissements n'avaient pas manqué dès le début. Sa propre famille, ses cousins et les voisins, même les gens chez qui elle travaillait, tous étaient contre cette folie. « Reste là, Milagros, laisse-le partir seul en Amérique, tu verras plus tard, ne sois pas bête, ma chérie. » Personne n'avait confiance en lui. On l'a vu... on l'a entendu... on leur a dit par là... Elle, obstinée, avait décidé de faire la sourde oreille et de leur tourner le dos. Son homme était au-dessus de tout, sans autre justification que son amour imprudent.

Ils arrivèrent à Manhattan et s'installèrent. Rien ne marcha correctement. Quand elle eut enfin les idées claires, il s'était déjà envolé. Et le fait est qu'on devinait depuis longtemps un futur peu prometteur. À l'occasion de l'un de ses nombreux sévices, il l'avait projetée avec une telle force contre la poignée d'une fenêtre qu'elle avait perdu la vision d'un œil. Milagros Couceiro se retrouva donc seule, borgne et en charge de deux bambins au bout d'un an en Amérique, après que son mari fut sorti un matin chercher du travail pour ne jamais revenir.

Elle ne partit pas à sa recherche. Comment se débrouiller quand on est une jeune immigrante avec deux gamins, sans un dollar en poche, sans parler anglais ? En outre, elle était trop orgueilleuse pour rentrer au pays et écouter toute sa vie durant la même litanie lancinante : On te l'avait dit, on t'avait prévenue, c'était couru d'avance. Elle décida donc de prendre le deuil, sans savoir si elle était veuve, et de trouver un travail. Elle décrocha une place de couturière dans un atelier du Garment District comme nombre d'Espagnoles et d'Italiennes, et parvint ainsi à élever ses enfants. Par la suite, lorsque ces derniers fondèrent leurs propres familles, elle aurait pu retourner chez elle pour profiter de ses petites économies. Tous les oiseaux de mauvais augure étaient morts, et personne ne lui serinerait de sermons. Hélas, ce fut alors que fit faillite le Banco de Lago, où tant de compatriotes avaient placé leur argent. Elle n'avait plus le choix, elle resta à New York. Elle fabriqua dans son séjour des fleurs en papier qu'elle vendait dans une boutique trois cents pièce, et elle attendit dans l'espoir qu'on lui donnerait un jour des nouvelles de son Amadeo. Ou de son passage dans l'au-delà. Somme toute, ce vaurien était peut-être encore vivant, décrépit et solitaire, tellement rongé par le remords qu'il finirait par vouloir revenir auprès d'elle.

Bien entendu, l'aînée et la benjamine des sœurs Arenas ignoraient tout cela quand la vieille rentra dans son appartement sans les y inviter, puis ressortit aussitôt, un plan crasseux à la main.

— Voyons..., dit-elle en dépliant la carte et en la plaquant sur le mur décrépit du palier.

Elle connaissait parfaitement la zone de Cherry Street. Elle y avait vécu en arrivant et juste après avoir été abandonnée. Elle partageait une chambre avec une autre famille immigrée, dormait sur une même paillasse avec ses deux petits qu'elle confiait à ses voisines pour aller travailler, luttait pour s'en sortir.

— Le plus simple, c'est de prendre un bus. À pied ça ferait une bonne trotte. Qu'est-ce que vous préférez ?

Elles n'avaient prévu d'aller nulle part, mais répondirent à l'unisson :

— À pied. On préfère marcher.

L'autre option les terrorisait. Elles n'avaient jamais grimpé dans un de ces engins, ne savaient ni payer ni où descendre. Elles ne connaissaient pas les rues, elles seraient incapables de distinguer le nord du sud et l'ouest de l'est.

— Alors, il faut passer par là...

Du bout de son index déformé par l'utilisation des aiguilles et des ciseaux, ses instruments de survie pendant de longues années, les armes de son combat contre les pénuries et l'adversité, elle leur montra des lignes droites et des endroits où elles devaient tourner.

À mesure qu'elles écoutaient ses instructions, une option imprévue se dessina dans la tête de Victoria et de Luz : transformer en vérité le mensonge lancé à la vieille. A priori, elles n'avaient aucune intention de rendre visite au propriétaire de La Valenciana, c'était juste une excuse inventée pour échapper à un savon. Et si elles y allaient ? Pourquoi pas ?

Consulter l'ancien patron de leur père, l'homme qui l'avait employé jusqu'à ce qu'il eût l'idée saugrenue d'ouvrir El Capitán, devint l'objectif des deux sœurs pour cet après-midi sans Mona. En fin de compte Sendra leur avait proposé son aide lors de la veillée funèbre, et Emilio l'avait tenu en haute estime car il le considérait comme un homme intègre et une vraie institution au sein de la colonie. En plus, elles étaient irrémédiablement liées à lui, ne fût-ce qu'à cause d'une dette. Et pour couronner le tout, elles n'avaient personne d'autre à qui s'en remettre.

— Que Dieu vous garde ! dit la voisine quand elles lui eurent assuré qu'elles avaient bien compris.

Et elle s'enferma de nouveau avec ses souvenirs et ses douleurs osseuses, toujours hantée par le sort de cette canaille d'Amadeo au cours de toutes ces années.

18.

Elles se perdirent six ou sept fois, revinrent plusieurs fois sur leurs pas, se firent comprendre par gestes quand elles demandaient un renseignement, se disputèrent bruyamment avant de tomber d'accord, Victoria s'efforçant d'être raisonnable et prudente, et Luz guidée comme toujours par son instinct et sa fougue. Finalement elles atterrirent épuisées à La Valenciana, au 45 Cherry Street, à la nuit tombée.

Quels furent les propos de Sendra ? Que dans tout New York il n'existait pas compagnie plus sérieuse que la Trasatlántica Española. Qu'il n'y avait pas agent plus honnête que don Santiago Lemos. Que la compensation offerte était, de son point de vue, plus que généreuse. Que cette ville n'était pas un bon endroit pour des femmes seules. Et qu'il leur conseillait donc, en mémoire de son ex-employé, de retourner en Espagne, vers leur monde, avec leurs compatriotes. Sans attendre. Tout de suite.

La visite fut brève, juste le temps d'écouter les recommandations péremptoires de l'ancien patron et de boire les deux verres de muscat aimablement offerts. Elles ne mentionnèrent même pas l'avocat italien, à quoi bon, vu la ferveur de Sendra à l'égard de la compagnie nationale.

— Avant de partir, don Paco, demanda enfin Victoria, rappelez-nous s'il vous plaît la somme que vous devait notre père.

Le propriétaire se dirigea vers son bureau situé dans l'arrière-boutique. Elles en profitèrent pour jeter un regard curieux sur l'établissement. Les étagères remplies de marchandises et les employés avec leurs longs tabliers, des hommes qui entraient, saluaient, farfouillaient dans la boîte à cigares pleine de lettres ornées de timbres espagnols et qui repartaient les uns en déchirant une enveloppe, les autres les bras ballants, déçus par l'absence de nouvelles. Il y avait aussi des clients qui attendaient d'être servis – un rouleau de corde, une paire de grosses chaussettes en laine, un paquet de lames de rasoir, de menus objets indispensables pour la vie quotidienne de ces compatriotes, presque toujours seuls et presque toujours entre deux embauches en mer.

— Trois cent quarante dollars, soit quatre-vingts dollars par billet, annonça le patron à son retour.

Les deux jeunes filles sentirent le muscat chambouler leur estomac, elles faillirent vomir. Trois cent quarante dollars, Très Sainte Mère de Dieu ! Une somme monstrueuse, qu'elles pourraient acquitter avec l'argent de la compagnie si elles suivaient les conseils de ce monsieur et acceptaient la compensation, ou bien qui deviendrait un poids asphyxiant pour une durée indéterminée si elles accédaient finalement à la proposition de l'avocat italien.

Sendra leur donna un reçu en guise de justificatif, que Victoria plia prestement, sans oser le regarder, puis glissa sous une des bretelles de son soutien-gorge. Elles ne s'inquiétèrent pas des délais de paiement, elles ne voulaient pas s'entendre répondre que ce n'était pas excessivement urgent mais que le plus tôt serait le mieux.

Elles prirent congé en cachant leur trouble et se retouvèrent dans la rue, dans cette zone voisine des quais du Lower East Side, sous le début du pont de Brooklyn, où tout paraissait un peu plus lugubre et détérioré que dans leur propre quartier. C'était l'heure du souper, il y avait du mouvement dans la rue chichement éclairée, des hommes surtout, s'acheminant vers les pensions ou les cantines, seuls, par deux ou par trois, parlant fort en espagnol, en grec, en italien, en portugais, se tapant sur l'épaule, la clope au bec, vêtus de lourdes pelures d'ouvrier et coiffés de bonnets de laine.

Sendra surgit derrière elles alors qu'elles avaient à peine fait trois pas.

— Comment vous pensez revenir chez vous, les petites ?

— À pied, répondirent-elles de concert.

— Pas question.

Il pointa son nez à l'intérieur de la boutique et appela un de ses commis. Aussitôt apparut un garçon avec de grandes oreilles et un jeu de clés à la main.

— Emmène ces demoiselles jusqu'à la 14e Rue et ne traîne pas, il reste encore du boulot pour ce soir.

Il flanqua une tape sur la tête du gamin, leva la main en guise d'au revoir et rentra de nouveau.

En moins d'une demi-heure, elles furent de retour près de chez elles, doublement soulagées. Elles avaient échappé à une longue trotte et bénéficié de la sagesse de Sendra. Elles en avaient discuté ensemble, serrées contre leur chauffeur sur le siège avant de la camionnette, sans le regarder, comme s'il n'existait pas.

— Toi, tu penses qu'on devrait écouter don Paco, n'est-ce pas ?

— À mon avis, oui, c'est la meilleure solution.

Elles étaient convaincues que Mona et leur mère leur donneraient raison. Elles paieraient leurs dettes. Retourneraient à Málaga. Oublieraient l'avocat. Oublieraient New York.

Elles grimpèrent l'escalier l'une derrière l'autre, agrippées à la rampe comme à une planche de salut. Vite, dopées par leur décision, optimistes et agiles, une marche, la suivante…

— Et alors ?

La question venait de Mme Milagros, qui avait ouvert sa porte en les entendant arriver.

— Parfait, répliquèrent-elles simplement.

Nos affaires ne regardent pas la vieille, pensaient-elles. Elle va s'imaginer qu'on lui doit des explications parce qu'elle nous a montré le chemin…

— Vous allez vous en contenter ?

Les deux sœurs restèrent bouche bée.

— Je vous demande si vous allez vous contenter de quelques miettes, comme les poules.

Elle fit le geste de leur jeter du maïs, glissant en cadence le pouce sur l'index, la main orientée vers le sol.

— Petit, petit, petit, petit…

Aucune ne rit, elle non plus.

— Mais co… co… comment vous savez? balbutia Luz. Vous… vous…

— C'est votre mère qui m'a raconté le machin du bateau et de l'autre type, rétorqua-t-elle sans ambages, montrant l'étage du dessus. Je l'ai entendue pleurer par la fenêtre de la cuisine, je savais qu'elle était seule, je suis montée.

La borgne était donc au courant de tout. Il manquait plus que ça, songèrent les deux sœurs, et elles maudirent en silence l'imprudence maternelle.

— Don Paco affirme que la compensation de la Trasatlántica est généreuse, se risqua à préciser Victoria.

La Galicienne, cuirassée par les années et la vie, riva son œil sain sur elles, fit claquer sa langue et hocha la tête en signe de pitié.

— Aïe, vous êtes vraiment naïves ! Quelles mioches !

Il n'y eut pas de réaction. La femme pénétra à l'intérieur de son appartement, enleva les clés de la serrure et attrapa un grossier châle en laine noire qu'elle jeta sur ses épaules avant de ressortir et de refermer brutalement la porte.

— Grouillez-vous d'aller chercher votre mère, on sort. Il y a quelqu'un que vous auriez dû rencontrer depuis bien longtemps.

19.

Elles étaient souvent passées devant cet étroit bâtiment revêtu d'un stuc jaunâtre adossé à l'église, tout près de La Nacional. CASA MARÍA était inscrit au-dessus de la porte. Se fichant toujours de tout, elles ne s'étaient jamais demandé ce qui se cachait derrière.

Sûre d'elle, Mme Milagros entra sans frapper et emprunta un petit couloir, tourna à gauche, puis encore à gauche. Intimidées, Remedios et ses filles la suivirent en silence. La vieille poussa une porte battante, et elles découvrirent un espace violemment éclairé.

Il y avait au moins dix ou douze femmes disséminées dans la vaste pièce, à la fois cuisine et salle à manger. Certaines avaient les mains plongées dans des éviers remplis d'une eau savonneuse, d'autres essuyaient la vaisselle, deux gamines balayaient. Assises sur un côté de la large table centrale, deux religieuses en habit et coiffe blancs conversaient à voix basse avec une jeune mère aux yeux cernés qui allaitait un bébé.

L'arrivée de la Galicienne fut saluée par une explosion de voix :

— Ça alors, Milagros ! Quelle surprise !

Celle-ci distribua bonjours et plaisanteries, laissant les Arenas ébahies devant cette facette méconnue de leur acrimonieuse voisine.

Elle n'eut pas à expliquer le but de sa visite, toutes semblaient le savoir.

— Sor Lito est là-haut, ma fille, déclara l'une des nonnes. Plongée comme toujours dans tous ses papiers…

La présence des trois femmes derrière elle ne surprit pas non plus l'assistance. Elles étaient entrées avec Milagros par une porte et elles ressortirent ensemble par une autre.

Milagros continuait sans donner d'explications tandis qu'elles grimpaient des escaliers et longeaient des galeries. Elles entendirent le bruit d'une discussion venant d'une pièce fermée, un peu plus loin, les pleurs d'un enfant. Elles croisèrent une gamine au crâne rasé qui leur murmura : « Bonsoir » en baissant la tête, avec un accent indéchiffrable. Arrivée à destination, leur voisine cogna à la porte et entra sans attendre la réponse.

Dans la pénombre, on distinguait de la fumée, des livres et des papiers sur les étagères, les meubles, ou par terre en piles éparpillées et inégales. Au fond, derrière un bureau éclairé par une lampe tulipe verte, une nonne les accueillit avec une mimique ironique :

— *Blessed Mary Mother of God !* Tu es toujours obligée de venir au plus mauvais moment ?

Les deux femmes s'esclaffèrent de concert. Puis la sœur se leva. Elle portait la tenue canonique des Servantes de Marie, mais elle n'avait pas de voile et offrait aux regards des cheveux grisonnants coupés à la va-comme-je-te-pousse. Elle avait pratiquement la même taille assise que debout.

Leur étreinte fut déséquilibrée. Milagros dut se baisser tandis que l'autre levait le bras. Quand elles se séparèrent, la voisine montra son escorte du menton.

— Je t'amène ces jeunettes en visite.

— Et sans doute un problème en prime, *I guess,* ajouta l'autre d'une voix tranchante et rugueuse, incongrue dans un corps si petit. Bien, asseyez-vous où vous pourrez, mes petites, et allez-y, dites-moi…

Sans piper mot, Remedios et Victoria parvinrent à s'installer sur deux chaises appuyées contre un mur, après les avoir débarrassées d'un tas de documents et de chemises. Luz atterrit sur une petite malle. La nonne avait rejoint sa place et la Galicienne se mit derrière elle, debout, adossée à un radiateur, devant une fenêtre par où pénétrait la nuit.

Le silence se prolongea durant un moment. Ni la mère ni ses filles ne semblaient prêtes à prendre la parole. Elles se demandaient pourquoi elles s'étaient laissé entraîner par cette voisine pour laquelle elles éprouvaient de l'antipathie. En plus, elles ignoraient pourquoi elle les avait conduites auprès de cette extravagante religieuse aux façons rustaudes.

Après les avoir détaillées une à une d'un œil scrutateur, sor Lito les interrogea sans ménagement :

— Le chat a mangé votre langue, *or what ?*

Ce fut Milagros qui répondit avec une grimace d'impatience :

— Commencez, Remedios, s'il vous plaît.

La veuve se mit à raconter son histoire à contrecœur. Elle hésita d'abord, et prit de l'assurance. À mesure du récit, Victoria et Luz ajoutaient leur grain de sel. Quelques remarques brèves au début, pour corriger un détail ou préciser un point, puis elles devinrent de plus en plus prolixes. Ainsi, à trois, et presque en se coupant la parole, elles finirent par faire un résumé des événements, un récit un peu décousu mais complet.

La religieuse avait tiré deux cigarettes d'un vieux paquet de Lucky Strike. Elle leva sa main droite par-dessus son épaule et en tendit une à la Galicienne sans la regarder. Elles les allumèrent avec de longues allumettes de cuisine, expulsèrent la fumée les yeux mi-clos, faisant tomber les cendres dans une tasse de thé à moitié pleine, ou dans un pot où végétait une plante desséchée. Elles les écoutèrent attentivement jusqu'au bout.

— Je vois parfaitement..., se contenta de dire sor Lito, tout en extirpant de sa bouche un brin de tabac.

Il y eut un nouveau silence. Puis elle poursuivit, tournée vers Milagros :

— Tu sais, ce qu'elles racontent, c'est exactement ce que mère Corazón aurait appelé de notre temps un « dilemme aux conséquences imprévisibles qui exige d'agir au plus vite ». Ou, ce qui revient au même, une bombe dont il faut éteindre la mèche avant qu'elle n'explose.

Et les deux amies éclatèrent de rire.

Ç'avait été une très longue journée pour la veuve et les filles d'Emilio Arenas, une journée difficile, remplie d'émotions violentes et d'incertitudes. Elles étaient à cette heure épuisées moralement et physiquement et se sentirent donc outragées par ces ricanements déloyaux. Toutes les trois échangèrent des regards excédés. Elles faisaient un gros effort pour se retenir et ne pas ficher le camp en claquant la porte, après leur avoir hurlé : Foutez-vous de la gueule de quelqu'un d'autre, espèces de connasses ! Ou une autre horreur de ce genre.

20.

Sor Lito intervint juste à temps.

— Du calme, fillettes ! On se moque pas de vous, ce sont juste des nostalgies de deux vieilles. Concentrons-nous sur notre affaire, voyons ce qu'on peut tirer au clair.

Les origines de sor Lito étaient des plus modestes. Née dans un bordel du sordide quartier de Five Points, elle était la fille d'une prostituée canarienne et d'un de ses clients qui avait payé quelques cents pour se décharger en elle sur une paillasse crasseuse. L'empreinte génétique de ce mâle anonyme tendait plutôt vers un type râblé, un Macédonien, un Portugais du Sud, un Corse, peut-être un Libanais ou un Turc, voire un Espagnol. Un immigrant sans nom en tout cas, un de plus parmi les dizaines de milliers d'âmes qui à la fin des années 1880 grouillaient dans le Downtown de Manhattan. De sa mère, le bébé n'hérita que son prénom, Consuelo, et elle grandit avec le diminutif de Lito au lieu de Chelo, trop doux pour cet univers fiévreux.

Elle passa ses premières années dans la misère absolue de cette zone gangrenée par la brutalité et la crasse où, parfois séparés et parfois mélangés, cohabitaient aussi bien les nègres affranchis que les individus originaires de la famélique Irlande, de la Chine mystérieuse, du pauvrissime sud de l'Italie ou des tristes ghettos de l'est de l'Europe où l'on parlait yiddish et adorait Yahvé. Dès l'âge de six ans, Lito montait des seaux d'eau jusqu'au troisième étage d'un taudis de Mulberry Bend, où la mère et la fille, dans une étouffante subdivision de l'espace, s'entassaient avec une douzaine de femmes à la vie dissolue.

Sous la férule du couple de malfrats hongrois qui les exploitait sans pitié, la gamine lessivait par terre et lavait casseroles, serviettes raidies, culottes des putains ou écharpes rugueuses avec la même eau souillée. À huit ans, elle était chargée de peler les patates et de voler dans la rue tout ce qu'elle trouverait pour préparer la grande marmite de l'infâme brouet servi aux locataires de l'immeuble. Elle devait également aérer plusieurs fois par jour les draps de chaque lit après six ou sept copulations : tôt le matin, à trois heures de l'après-midi et surtout vers neuf heures du soir, car en ce lieu les accouplements ne connaissaient ni horaires ni congés.

Elle venait d'avoir onze ans quand on l'obligea à écarter les cuisses pour la première fois, à la mort de sa génitrice et à l'instigation d'un quelconque scélérat salivant devant les jouvencelles à peine pubères. On lui assigna l'ancien pucier de sa mère, celui-là même où elle avait été étranglée par un ivrogne polonais qui avait décampé sans même payer. Dès lors, Lito cessa de grandir. Trois ans après, au milieu d'une journée où elle avait réussi à s'échapper en quête d'un médicament pour soigner un abcès dentaire, dans la queue devant le comptoir d'un drugstore miteux du quartier, elle tomba sur des présences grotesquement insolites dans cette cohue dépravée et mécréante : deux religieuses catholiques vêtues d'habits immaculés, parlant dans une langue qui lui évoqua des époques révolues.

Malgré leur tenue, ces femmes n'étaient pas en mission évangélisatrice, elles n'espéraient guère recruter de nouveaux paroissiens dans ce territoire. Leur objectif se limitait à secourir quelques vieux originaires de la Péninsule ou d'un recoin perdu des Amériques, pauvres diables échoués entre deux mondes, sans amarres de ce côté-ci et sans aucun lieu où se réfugier autre part. Et comme le devoir apostolique des Servantes de Marie consistait à pratiquer la charité, les religieuses passaient voir tous les mois ces déracinés. Elles leur fournissaient du bicarbonate ou leur coupaient les ongles, leur offraient une consolation, leur nettoyaient ulcères et escarres, leur prodiguaient un peu de compagnie, du tabac de Tampa, un signe de croix sur le front ou une demi-savonnette. Ce matin-là, elles achetaient précisément des bouteilles de laudanum lorsqu'une gamine hâve et crasseuse leur adressa d'une voix blanche le genre de phrase qu'on ne pouvait entendre que dans ce genre d'endroit :

— *You parlare, amica, lo espagnol ?*

En effet, la petite Lito parlait alors une langue apprise de sa mère, mais transformée en un sabir innommable truffé de mots et d'expressions aléatoires. Les bonnes sœurs la comprirent néanmoins, et la fillette, inspirée par des souvenirs quasi évanouis, se lança dans un discours abracadabrant. Le terme « bouleversées » serait trop faible pour décrire l'état des pieuses femmes après avoir entendu son récit : un quotidien horrifiant décrit avec le plus parfait naturel, dans un charabia rempli d'obscénités involontaires et d'outrages à la grammaire.

— Viens avec nous, *niña,* lui glissa au creux de l'oreille la plus âgée des nonnes. Il faut te sortir de là le plus vite possible.

Le mot *niña* remua Lito au plus profond de son être. Sa maman l'appelait comme ça, avec son doux accent des Canaries, *mi niña,* disait-elle toujours, de jour et de nuit. Puis, un matin, on avait emporté Dieu sait où le corps de sa mère enveloppé dans une couverture. Sa mère qui avait eu la mauvaise idée d'abandonner son île fortunée et de suivre un marin lui promettant l'amour par-delà l'océan. Au bout du compte, il ne lui avait donné que tourments, raclées et amertume. Voilà pourquoi une larme coula sur la joue de Lito quand elle entendit ce simple *niña* dans la bouche de mère Corazón.

Elle ignorait qui étaient ces deux femmes, d'où elles venaient, pourquoi elles portaient cette tenue extravagante et où elles l'emmenaient, mais elle n'hésita pas. Elle jeta un rapide coup d'œil dans la boutique pleine à craquer, n'aperçut aucun témoin gênant susceptible de la dénoncer. Elle gagna la rue protégée par les larges habits blancs des religieuses, à moitié cachée entre les plis. La carriole poussive utilisée par les nonnes pour parcourir la ville les y attendait. Trois pas et elle grimpa dedans, quatre minutes pour quitter Mulberry Bend, cinq rues plus loin, elle s'éloignait pour la première fois de sa vie de Five Points. Elle n'y revint jamais.

Malgré ses quatorze années révolues, un corps dont on avait abusé ignoblement et des gencives sanglantes et purulentes, elle avait encore une taille d'enfant. Elle n'emportait ni effets personnels, ni papiers, ni souvenirs de sa vie de malheur. Pourtant, l'adversité l'avait pourvue, à son insu, d'un éventail de capacités des plus utiles pour affronter les vicissitudes contre vents et marées : un flair infaillible pour détecter les misères de la condition humaine, un rejet absolu des outrages et des injustices et une ironie mordante derrière laquelle transparaissaient les jugements dictés par son intuition faubourienne.

Installée parmi les religieuses de la 14e Rue, elle se défit peu à peu de sa rudesse, de son ignorance et de son insolence, se nourrit de plats copieux et de verres de lait chaud, épura son espagnol et son anglais au point d'apprendre à lire et à écrire dans ces deux langues. Elle développa même un goût aussi imprévu que vorace pour la lecture. À base d'éther, de tenailles et d'une chirurgie radicale et miraculeuse, le traitement du docteur De Rosa, leur voisin, guérit la pyorrhée qui lui rongeait la bouche. Une sage-femme du French Hospital – après s'être signée devant le spectacle horrifique des déchirures et infections qu'elle découvrit en l'examinant – renonça aux compresses intimes au calendula et aux légers lavements avec l'huile de l'arbre à thé. Au lieu de cela, elle l'expédia aussitôt à l'hôpital catholique de St Vincent où on lui administra un traitement de cheval – tout comme pour un mâle contaminé jusqu'à la moelle par une gonorrhée –, d'agressives pilules de mercure et des injections quotidiennes d'arsenic et de bismuth qui faisaient voir des étoiles à la gamine et lui intoxiquèrent irrémédiablement le foie, les reins et les os.

Dans les premiers temps, Lito adopta aussi certaines décisions qui traceraient les grandes lignes de son avenir. D'abord, jamais au grand jamais aucun homme ne frôlerait désormais son corps. Ensuite, elle avait toujours vécu au milieu de femmes et elle ne saurait plus faire autrement. La conclusion était évidente : elle décida de prendre le voile et de rejoindre l'ordre des Servantes de Marie. Personne ne lui demanda si elle croyait ou non en Dieu.

On observa cependant d'emblée qu'elle ne serait pas une religieuse classique. Elle s'endormait aux matines, fumait comme un pompier, tenait tête jusqu'à l'aube dans les discussions, lâchait sans cesse des jurons. Les membres de la petite congrégation caressaient à cette époque un rêve partagé par les représentants les plus influents de la communauté espagnole new-yorkaise, un rêve qui possédait un nom mais manquait du capital nécessaire pour le concrétiser : le Sanatorio Hispano. Ils collectaient tous ensemble des fonds depuis des années, grâce à de généreux donateurs et à des galas de bienfaisance, et les nonnes estimèrent qu'elles devraient peut-être se préparer pour le jour où le projet se matérialiserait enfin. Elles offrirent donc à Lito un plan de formation, de façon que la rebelle fût encadrée et que la communauté en tirât profit.

— Et si tu t'inscrivais à l'école d'infirmières de Bellevue, ma fille ?

— Même dingo j'irais pas, répondit-elle. Mais laissez-moi libre les après-midi et les soirées, et je vous promets que vous ne le regretterez pas.

Mère Corazón dut demander l'autorisation de l'archevêque Hayes, ce descendant d'Irlandais faméliques qui avait lui aussi grandi dans l'environnement effroyable de Five Points. Et le futur cardinal consentit. Voilà comment, après avoir affronté la vie avec une volonté titanesque, sor Lito finit par être la première religieuse catholique à s'asseoir dans les salles de cours de l'université de New York, détail qu'ignoraient bien sûr la veuve et les filles d'Emilio Arenas.

21.

— Alors, si j'ai bien compris, vous êtes devant une alternative bien simple : est-ce que vous avez intérêt à rentrer en Espagne avec quelques dollars cousus dans la ceinture de vos jupes, ou bien vaut-il mieux accepter la proposition d'un Italien inconnu qui vous promet monts et merveilles, *right*?

Remedios et ses filles acquiescèrent. C'était exactement ça.

— Eh bien, si j'étais à votre place, poursuivit la nonne, je ne ferais ni l'un ni l'autre.

Victoria et Luz sursautèrent comme si on leur avait pincé les fesses.

— Mais comment vous pouvez dire ça ?

— Vous êtes folle, ma sœur, impossible de tout refuser !

Sor Lito leur accorda un moment de répit. Quand elles eurent mis fin à leurs plaintes et à leurs protestations, elle alluma une autre cigarette, tira une première bouffée, puis reprit :

— Commençons par l'Italien. Quel est son nom ?

La mère sortit la carte de visite de sa poche et la posa sur la table.

— Fabrizio Mazza, lut la religieuse à la lueur de la lampe, en fermant à demi les yeux.

Ensuite, ses lèvres esquissèrent un sourire sarcastique et elle expulsa de nouveau la fumée.

— Vous le connaissez ?

— Assez pour savoir qu'il est prêt à vous tondre sans hésiter.

Elle leur lança la carte, mais aucune ne l'attrapa. La surprise leur avait ôté toute capacité de réaction. Le bristol survola le bureau couvert de papiers et tomba par terre. Personne ne se baissa pour le ramasser.

— Ce type est le neveu de Marcelo Mazza, un avocat légendaire de la pègre italienne de Manhattan. Il a eu une attaque cérébrale et il est aujourd'hui impotent, aux bons soins des sœurs missionnaires du Sacré-Cœur. À sa grande époque, il n'y a pas si longtemps, c'était un individu grossier, impulsif, explosif, gueulard… Mais malin comme un singe et d'une ingéniosité folle, capable de défendre n'importe quel truand et de le faire apparaître aux yeux de tous comme un pauvre diable plus inoffensif que saint Roch à la procession du mois d'août.

Elle les regarda un instant, consciente de leur stupeur.

— Le neveu, celui qui vous a rendu visite aujourd'hui, n'est qu'un second couteau dépourvu de la combativité et de la roublardise de son oncle. Il est en train de ruiner le cabinet dont il a hérité du fait de l'incapacité de son parent. Ça explique pourquoi il est venu si vite. Il entretient sans doute le même réseau de mouchards que son oncle, là où on peut trouver facilement de la clientèle, des prolétaires ignorants potentiellement exposés aux accidents et aux revers de fortune. Dans les excavations des tunnels sous l'Hudson, sur le pont de Triborough, dans les immeubles en construction de Midtown… Et sur les quais, bien entendu.

Tandis qu'elle parlait, la veuve et ses filles la contemplaient, ébahies. En premier lieu et surtout à cause de ses propos, et accessoirement parce qu'elles n'avaient jamais entendu une femme s'exprimer avec cette éloquence et cet aplomb. Encore moins une nonne haute comme trois pommes, qui allumait cigarette sur cigarette tout en leur ouvrant les yeux sur leur triste réalité.

— Sûr que Mazza grattera un petit quelque chose s'il plaide, ajouta sor Lito sans reprendre sa respiration, mais lorsque le moment sera venu d'encaisser l'indemnisation, je prévois qu'il vous présentera une facture très longue, remplie de dépenses occasionnelles, de commissions imprévues, de tarifs sortis de sa manche et de Dieu seul sait quoi encore. Au bout du compte, vous ne récolterez que des clopinettes.

Elle marqua une pause.

— Et le truc de la Compañía Trasatlántica ? risqua timidement Victoria, sans trop se faire d'illusions sur la réponse.

Sor Lito ébaucha un nouveau sourire sardonique.

— Le but fondamental de leur agent, c'est d'acheter votre silence, rien de plus. Il ne souhaite qu'une seule chose, qu'il n'y ait pas de plainte. Que le nom de l'illustre compagnie ne soit pas entaché d'une publicité négative, que rien ne sorte à l'extérieur. S'ils se débarrassent de vous d'ici quelques jours et vous expédient de l'autre côté de l'Atlantique, ils seront rassurés : morte la bête, mort le venin. *You follow me, right ?*

Elles la comprenaient, bien entendu qu'elles la comprenaient. Elles hochèrent donc vigoureusement la tête, mais elles n'avaient toujours aucune idée sur ses intentions.

— Mais vous voulez qu'on fasse quoi ? murmura finalement Remedios.

Imprévisible, la nonne éluda la question :

— Vous êtes d'où, en Espagne ?

Elles répondirent en chœur.

— Et qu'est-ce que vous avez laissé là-bas ?

Cette fois-ci, en revanche, il n'y eut pas de réponse immédiate, comme si elles dressaient mentalement une liste.

— Des gens..., dit Victoria au bout d'un long moment.

Sor Lito la coupa :

— Des gens qui attendent vraiment votre retour ?

Victoria baissa la tête, un peu honteuse, sans rien répliquer. Luz intervint en la montrant :

— Cette idiote s'imagine qu'un homme l'attend, mais il ne lui a pas envoyé une seule lettre depuis notre arrivée, et il lui avait promis une lettre par semaine, et il...

Le destinataire des joies et des désirs de l'aînée des sœurs Arenas s'appelait Salvador Berrocal, fils d'un avocat renommé de Málaga, un éternel étudiant en droit dont l'interminable cursus se partageait entre les examens de l'université de Grenade, les cajoleries de Victoria et les bringues jusqu'à l'aube dans le café de Chinitas. Qu'il fréquentât une jeune fille issue d'un quartier miteux déclenchait la colère de sa famille : le rejeton était appelé à devenir juriste dès qu'il aurait un peu de plomb dans la cervelle, et cette brune aussi belle que pauvre et insolente était à l'évidence la responsable de ses échecs académiques et de ses excès. Salvador, en revanche, lui jurait un amour éternel et se consumait pour ses charmes. Pour ses grands yeux, lui répétait-il, pour son visage sublime, pour son corps et pour son teint. Mais cela n'arrivait que de temps en temps, quand il se souvenait d'elle et débarquait à l'improviste à La Trinidad, après l'avoir laissée mariner plusieurs jours de suite. En effet, les sentiments profonds et les bonnes intentions du jeune homme fondaient comme neige au soleil. Exactement comme il avait oublié de lui écrire depuis son départ.

Victoria se retint de flanquer une claque à sa sœur. Elle se mordit les lèvres par respect pour la nonne. Elle enrageait quand on lui rappelait que Salvador était un emberlificoteur et un fieffé hypocrite, mais elle savait que c'était vrai, ce qui ne l'empêchait pas de penser à lui jour et nuit.

— Et vous, petite, qui vous attend ?

La question de sor Lito s'adressait maintenant à Luz.

— Mes amies, des voisines, des connaissances…, répliqua-t-elle en haussant les épaules.

— Beaucoup trop de connaissances…, ronchonna Remedios.

— Et pourquoi pas ? protesta Luz, furieuse. Qu'est-ce que tu veux ? Que je ne sorte pas, que je reste enfermée toute la journée à regarder passer la vie derrière une fenêtre ?

Victoria sauta alors sur l'occasion de prendre sa revanche.

— Elle préfère crever que rester tranquille entre quatre murs, il y a toujours quelqu'un avec qui faire la foire, même si après on se retrouve le bec dans l'eau. Rafaelito, par exemple, celui de la guitare du pont de la Aurora, qui s'est tiré à Antequera et qui est jamais revenu. Tu te rappelles pas ? Ou bien Miguel, celui que tu as rencontré à la procession du Corpus Chiquito, qui était déjà maqué avec une autre…

— Eh bien, je suis mieux comme ça, je dépends de personne ! rétorqua Luz en élevant la voix.

Sa mère la fit taire d'un « Chut ! » impérieux et se pencha pour lui infliger un pincement que sa fille esquiva de justesse. La religieuse choisit alors de mettre fin à la discussion. Elle en savait assez pour comprendre la situation et à qui elle avait affaire. L'aînée, la belle jeune femme aux traits harmonieux et au corps svelte, semblait sage et responsable, mais aussi quelque peu influençable. La benjamine, belle également, quoique d'une autre façon, fonctionnait à l'instinct, se montrait souvent trop pressée, voire imprudente.

— Et vous, Remedios, qu'est-ce que vous avez à dire ?

La veuve prit sa respiration avant de répondre avec un rictus de douleur :

— Moi, ma sœur, j'ai les nerfs malades depuis l'histoire de mon Jesusito, mon pauvre petit garçon qui est parti à cinq mois. Ma maman, qui était toujours là pour m'aider, est morte l'année dernière, à la Toussaint, et mon mari est enterré ici, dans un cimetière minable, où je peux même pas aller réciter un Notre Père... Personne m'attend. J'ai même plus un toit, puisqu'on nous a virées de chez nous...

Elle jeta alors un regard sombre à ses filles.

— Je veux qu'une chose, ma sœur, élever mes gamines et les mettre sur la bonne voie. J'ai jamais eu assez de volonté pour les contrôler, elles ont un fichu caractère, elles ont pas eu de père, pas de crainte de Dieu. Et vous voyez comment elles sont aujourd'hui, ces deux-là, et la troisième, la Mona, celle du milieu, trois femmes qui foncent dans la vie libres comme l'air, tout droit vers leur perdition.

Les deux filles essayèrent de se défendre, mais sor Lito leur intima le silence.

— Elle, la grande, poursuivit Remedios en montrant Victoria, vous avez déjà entendu, elle s'est amourachée d'un fils à papa qui la veut juste pour la rigolade, et cette gourde est folle de lui. Et l'autre, la petite, ajouta-t-elle, elle traîne tout le temps dans la rue comme un clébard galeux, toujours prête à suivre le premier venu pour pousser une petite chanson ou danser. Un de ces jours elle va débarquer chez nous avec un malheur, ou un gros ventre, ou bien on va la retrouver un matin abandonnée dans un terrain vague...

Victoria et Luz tentèrent à nouveau de protester, mais la religieuse leur coupa la parole :

— Ça suffit, j'en sais suffisamment. Vous écoutez ma proposition ?

Personne ne répondit.

— Restez ici.

Les deux sœurs réagirent par des cris et des mimiques furieuses. Abasourdie, Remedios se tut.

— Temporairement, précisa la religieuse pour les calmer. En fin de compte, rien ni personne ne vous réclame quelque part.

— Vous suggérez quoi ? Qu'on fasse confiance à cette crapule d'Italien, après ce que vous venez de nous dire sur lui ? l'interpella Victoria avec une pointe d'insolence.

— *No way.*

— Alors quoi ?

— C'est moi qui vais vous défendre.

Elles parurent transformées en statues de sel, confuses, paralysées, sans réaction.

— Ça demandera du temps, reprit sor Lito en réprimant un éclat de rire car ce n'était pas la première fois qu'elle suscitait de l'incrédulité en se présentant comme une avocate en exercice. Il faudra voir quelles sont les entités impliquées dans l'accident, ainsi que les degrés de responsabilité respectifs de la compagnie de navigation, de la société qui gère les quais, des autorités portuaires… Enfin, de tous ceux qui sont éventuellement mêlés à ça.

Elle développa un certain nombre de points incompréhensibles pour elles mais qui leur parurent néanmoins sérieux et frappants. Elle cherchait sans doute à les convaincre de sa compétence en la matière. Finalement, elle se mit à leur niveau :

— Vous souhaitez savoir pourquoi je fais ça ?

Elles acquiescèrent d'un hochement du menton, impatientes de découvrir ses motivations.

— Parce que vous êtes des immigrantes. Parce que vous êtes illettrées, ignorantes et pauvres. Parce que vous êtes des femmes. Placez ces différentes raisons dans l'ordre qui vous plaira, le résultat sera le même. Vous avez le profil idéal pour subir tous les abus et toutes les saloperies. Et personne ne vous donnera un coup de main avec un minimum d'honnêteté, il ne vous reste donc qu'une seule issue : me faire confiance.

Elles ne trouvèrent aucun argument pour la contredire.

— Ah, et il y a autre chose : je vous représente aussi car j'espère récupérer la moitié de l'argent obtenu en guise d'honoraires.

Leur stupéfaction provoqua un nouvel éclat de rire des deux vieilles amies.

— Arrêtez ces simagrées, pour l'amour de Dieu ! s'exclama sor Lito.

Elle éteignit sa dernière cigarette dans le pot de fleurs et ajouta :

— Vous pouvez trouver que cinquante pour cent, ça fait cher, mais comment vous croyez qu'on entretient cette maison ? Et qu'on s'occupe de tous les malheureux qui viennent ici ?

Elles pataugeaient encore dans la confusion lorsque la nonne la plus extravagante qu'elles eussent croisée leur donna le coup de grâce :

— Écoutez-moi, mes petites. En attendant que ça se règle, au lieu de vous apitoyer sur vous-mêmes ou de rêver d'hommes qui ne vous aimeront jamais, si vous vous mettiez au boulot ?

22.

Mona était pelotonnée sous les couvertures, le dos appuyé contre le mur qui servait de tête de lit, ses cheveux emmêlés lui donnant des allures de lionne brune, son uniforme de serveuse désormais en piteux état. Ses sœurs n'arrêtaient pas de jacasser depuis un long moment, se coupant la parole sans ménagement pour la mettre au courant de leur visite à Sendra puis à Casa María.

— Mais... mais... comment cette religieuse peut-elle vouloir qu'on reprenne toutes seules El Capitán ? On y connaît rien et on a pas un sou.

— Elle a demandé à Mme Milagros qu'elle nous fasse un petit prêt, et l'autre a pas dit non, même si ça semble incroyable, intervint Remedios.

Elle tira alors un rouleau de billets usagés d'une poche de son tablier, le minuscule capital pour se lancer, une somme grotesque comparée aux dollars flambant neufs apportés par les représentants de la compagnie de navigation. Aucune n'avait oublié le crissement du papier, sa finesse, les rêves fous que tout cet argent avait engendrés. D'ailleurs, elles l'avaient caché dans une marmite.

— Sor Lito a demandé qu'on lui apporte les billets de bateau et l'argent ce matin, qu'on ne les touche même pas, expliqua Victoria. C'est elle qui les rendra. À partir de maintenant, tout doit passer entre ses mains, on parle à personne, on raconte rien de rien...

— Et on peut vraiment lui faire confiance, à cette nonne bizarre ? insista Mona, toujours incrédule.

Elles avaient posé exactement la même question à Milagros quand elles étaient revenues chez elles la veille au soir. La Galicienne avait alors stoppé net juste devant la taverne d'Al, l'Écossais, sous la lumière jaunâtre d'un réverbère qui éclairait son visage plein de rides. «Je connais cette femme depuis près de quarante ans», avait-elle grommelé en attrapant les poignets des jeunes filles.

Si elles avaient pu pénétrer à l'intérieur de son cerveau, elles auraient vu la vieille se projeter dans le passé, retourner à cette époque terrible où elles avaient été accueillies à Casa María : l'une élevée au milieu de la pire engeance du quartier le plus immonde de Manhattan, l'autre abandonnée par son mari en terre étrangère, avec deux bambins et sans la moindre ressource. Cependant, Milagros s'était contentée de reprendre sa marche en silence. Elle avait traversé la rue obscure et vide enveloppée dans son châle de laine. Les autres lui avaient emboîté le pas. Elles étaient bien obligées d'accepter la valeur de cette amitié comme unique garantie.

Face aux interrogations de Mona et au silence méditatif de ses sœurs, il revint à Remedios de clore la discussion :

— On a pas d'autre solution, mes filles. En avant ! Portez l'argent et les billets à la religieuse, et que Dieu nous protège ! Il faut y aller, on en cause plus.

Mona se leva enfin du lit. Elles se préparèrent, sortirent et se rendirent à Casa María sans hésiter. Bien que ce fût une décision unanime, elles avaient un petit nœud à l'estomac, car elles avaient le sentiment de brûler tous leurs vaisseaux.

Un peu plus tard, après être passées prendre leur mère, elles se plantèrent devant El Capitán. L'enseigne rudimentaire était toujours là, au-dessus de l'entrée modeste et quasi invisible, encastrée dans un demi-sous-sol entre deux immeubles banals.

Remedios sortit le trousseau de clés de son mari. Derrière elle, ses filles attendirent respectueusement que leur mère ouvrît un cadenas puis la serrure, mais elles serraient les dents pour ne pas pleurer. Elles étaient émues par l'entêtement de leur défunt père, par ses efforts pour conserver intact son maigre bien, le protéger des intrus et des indésirables, comme s'il y avait là quelque chose de grand, de précieux, susceptible d'attirer les voleurs. Une fois à l'intérieur, elles furent confrontées à la sombre froidure du local. L'ensemble était resté dans le même état misérable.

Elles se déplacèrent presque à tâtons au milieu des chaises et des tables empilées, témoignage pathétique du dernier acte d'Emilio Arenas, lessiver le sol, sans savoir que ce serait son ultime adieu. Elles entrèrent dans la cuisine, allumèrent. Tout était rangé, comprimé dans cet espace étroit, le plan de travail en pierre, le fourneau éteint, les poêles à frire noires et cabossées suspendues à leurs crochets, les chapelets d'ail attachés à un clou au mur.

Elles regagnèrent la salle à manger, toujours silencieuses, se débattant, chacune à sa façon, avec les souvenirs communs et leurs propres tristesses. Remedios s'assit et se mit bien sûr à pleurer. Luz se tint près d'elle, debout. Elle nettoya une larme du revers de la main, l'autre main posée sur l'épaule de sa mère. Victoria regardait par terre, la mine renfrognée, elle n'apercevait aucun signe d'espoir parmi les piles d'assiettes ébréchées et ce spectacle de désolation.

— Trois boîtes de thon, un morceau de morue séchée et le fond d'un paquet de riz. Rien d'autre.

Tel fut le rapide inventaire de Mona. Restée dans la cuisine, elle se souvint de la résidence de l'Upper West Side où elle avait travaillé la veille au soir, avec son garde-manger bien rempli et cette sensation inconnue de confort et d'opulence. Mais elle ne dit rien. Sa mère et ses sœurs étaient trop absorbées par les aléas du présent. Juste avant de quitter leur appartement, Victoria lui avait demandé sans grand enthousiasme comment ça s'était passé la veille. Elle avait marmonné : « Bien » tandis qu'elle enfilait son manteau. Elle n'avait rien mentionné, ni la maison, ni les invités, ni l'homme fragile, ni l'incident avec les journalistes, ni son interminable retour à pied à travers la moitié de Manhattan. « Bien, bien », avait-elle insisté. Pas un mot de plus.

Le silence se prolongea après cette désolante estimation des ressources de la cantine, mais la cadette des Arenas préféra rester active. Elle posa sur le feu la grande cafetière en étain bosselé héritée du propriétaire précédent. Dix minutes plus tard chacune avait une tasse de café amer dans la main – il n'y avait même plus de sucre – et la pleine conscience de devoir se décider sur-le-champ.

Incertitude et angoisse, insécurité, hésitation. Elles l'ignoraient sans doute, mais c'était là le lot commun de tous les exilés. L'immense découragement qui envahissait tous ceux qui avaient abandonné leur patrie en quête d'un monde meilleur. Une fois déracinés, déplacés et réinstallés ailleurs, ils étaient toujours forcés de prendre une décision, grande ou petite. En famille, au travail, en amour ou encore sur le choix du domicile. Dans les laveries des Chinois, dans les obscurs restaurants napolitains, dans les minuscules ateliers des tailleurs juifs ou dans les roulottes des Allemands, partout, il y avait toujours un moment où il fallait dire oui ou non à quelque chose.

Parfois, c'était le hasard qui décidait, mais le plus souvent la décision était longuement réfléchie. Elle pouvait être collective ou bien imposée arbitrairement à un groupe, à une famille, à une épouse. Elle était quelquefois judicieuse, ou bien se révélait être une erreur monumentale. Mais il n'existait pas d'alternative, impossible de se défiler.

Les quatre femmes de la famille Arenas en étaient à ce stade-là, ce midi du mois de mars 1936, alors qu'elles avaient toujours agi au gré du vent, sans jamais avoir dû décider elles-mêmes. Déchirées, perdues, effrayées, seules. Au bord du gouffre.

Luz se lança à l'eau avec sa spontanéité habituelle :

— Alors, on rouvre El Capitán ?

Dans cet océan de désarroi et de doutes, il subsistait au moins une certitude : elles se soutenaient mutuellement. Avec leurs caractères et leurs comportements différents, les trois sœurs feraient bloc. Elles résisteraient à l'adversité dans cette cité gigantesque et étrangère, se consoleraient de leurs chagrins, se réchaufferaient le cœur par les nuits les plus cruelles.

— On rouvre, confirma Mona, catégorique.

— On rouvre, conclut Victoria depuis son coin.

Leur mère se contenta de remuer les lèvres, tout en acquiesçant du menton. Elle serrait bien fort dans son poing un mouchoir sale.

DEUXIÈME PARTIE

23.

Plus d'un mois s'était écoulé et El Capitán en restait au même point. Il y avait eu un peu de passage au début. Les gens venaient présenter leurs condoléances, occupaient une table pour leur rendre service, ou par simple curiosité, pour voir comment ces jeunes filles si fières et si distantes s'en sortaient maintenant que la malchance les avait obligées à se retrousser les manches.

Au bout de quelques jours, pourtant, cette éclaircie prit fin et elles décidèrent de se séparer dès qu'elles eurent compris l'inanité d'employer huit mains à temps complet pour faire tourner une affaire aussi peu rentable.

La première à s'envoler fut Luz. Elles la poussèrent à accepter l'offre du couple Irigaray. Elle les aiderait dans leur blanchisserie et gagnerait ainsi quelques dollars pour la bourse commune. Ensuite, ce fut le tour de Mona. Ç'avait toujours été la plus débrouillarde, elle se chargea donc des comptes et des provisions. Un jour elle se rendait au Gansevoort Market en quête de fruits et de légumes, le lendemain au marché de West Washington et, sans comprendre grand-chose, elle achetait des poulets rachitiques ou les bas morceaux que personne ne voulait : cervelles, langues, joues. Certains matins, elle s'aventurait à l'aube jusqu'à l'East River, au Fulton Fish Market, où son père avait aussi travaillé un temps. Il y dépeçait des poissons gigantesques et inconnus. Mona se payait des matinées et des trottes épuisantes, la gorge toujours nouée en pensant aux dettes accumulées et à l'impossibilité de les rembourser. Au moins, elle réduisait au maximum les dépenses et elle revenait souvent avec quelque chose de nourrissant. Remedios grommelait, se plaignait de l'absence des ingrédients méditerranéens indispensables – amandes, olives, persil, laurier… – mais elle était capable de le transformer en un plat savoureux.

Ce matin d'avril, Mona ouvrit la porte de la cantine d'un coup d'épaule et entra. Elle était en retard et s'attendait à un accueil désagréable de la part de sa mère et de sa sœur. Il était près de midi et il n'y avait encore rien sur le feu. À sa grande surprise, elle ne se heurta pas aux récriminations habituelles. Un homme qu'elle n'avait jamais vu était assis sur un tabouret, devant le comptoir d'où l'on passait les commandes. Remedios et Victoria se trouvaient de l'autre côté, dans la cuisine. On n'apercevait que leurs bustes. À voir l'attitude détendue de l'individu, on devinait qu'ils bavardaient depuis un moment.

Celui-ci se leva et Mona l'évalua rapidement. La cinquantaine, ou peut-être un peu plus – elle n'était pas habituée aux hommes mûrs et avait du mal à leur attribuer un âge. Correctement habillé, malgré ses vêtements usagés, une taille moyenne et un peu de ventre, les cheveux châtains et les tempes grisonnantes, les sourcils épais, un léger double menton. Devant lui, il y avait des cigares. Quelques boîtes ornées d'étiquettes colorées et maintenues par des rubans de tissu étaient empilées par terre.

— C'est une très grande perte, mademoiselle, et je regrette profondément…, dit-il.

Il avait le même accent qu'elle, celui du sud de la Péninsule.

Il lui tendit la main. En essayant de lui répondre sans lâcher les volumineux paquets qu'elle transportait, Mona fit tomber deux oignons qui roulèrent sur le sol.

— Merci beaucoup, dit-elle en se baissant pour les ramasser.

Elle entra dans la cuisine ; l'inconnu regarda sa montre, prétexta d'autres engagements et attrapa la marchandise à ses pieds.

— Qui c'est, ce type ? demanda-t-elle à voix basse à Victoria.

— Quelqu'un qui prétend avoir connu papa, Luciano machin-chose…

Elle attendit qu'il eût fini de prendre congé pour indiquer la boîte qu'il avait laissée sur le comptoir. Sur le couvercle, une belle jeune femme avec de grandes fleurs rouges dans les cheveux. Autour d'elle, des feuilles de palmier, des écussons et la marque Cuesta-Rey.

— Il vend du tabac, précisa Victoria. Il est représentant d'une maison de Tampa, en Floride, et veut absolument qu'on garde ces cigares. Il dit que presque tous les restaurants en proposent à leurs clients, que ça rapporte un bon bénéfice.

— Et comment on va les payer ? On est de plus en plus fauchées.

— Ils sont en dépôt. Si on les vend, tant mieux. Sinon, il les reprend. C'est un brave homme, veuf depuis peu.

Victoria se tourna vers leur mère, un sourire malicieux aux lèvres.

— Ils pourraient peut-être se consoler ensemble…

Mona étouffa un éclat de rire et donna une tape à sa sœur.

— Tu ne penses quand même pas à embringuer maman avec un homme, espèce de folle !

Elle jeta alors un coup d'œil à Remedios, usée par les années, les chagrins et un perpétuel abattement. Malgré tout, elle lui trouvait encore une certaine beauté, avec ses cheveux tirés en arrière, ses traits émaciés – elle mangeait à peine – et ses grands yeux noirs où perlait souvent une larme au moment le plus inattendu. Elle tachait ses linges tous les mois, elle pourrait même avoir des enfants si elle le désirait.

Ignorant leurs chuchotements derrière son dos, leur mère les ramena à la réalité :

— Dommage qu'on ait peu de clients, mais ça sera encore pire s'ils commencent à arriver et qu'on a rien à leur offrir. Qu'est-ce qui se passe, aujourd'hui ? Vous voulez qu'on s'enfonce encore plus ?

Était-ce le stress dû au retard, ou le souvenir de son époux qu'avait ravivé la visite du représentant en tabac, ou une simple distraction, toujours est-il qu'une demi-heure plus tard un hurlement transperça les tympans des deux sœurs tandis qu'elles mettaient la table.

Elles se précipitèrent dans la cuisine. Leur mère se cachait un côté du visage avec un rictus de douleur. Elles s'approchèrent en poussant des cris.

— Faites voir, maman, laissez-nous voir !

— Ne touchez pas, ne frottez pas, attention !

L'huile bouillante où cuisait le poulet avait giclé. Les éclaboussures lui avaient provoqué une vilaine brûlure à la paupière et d'autres plus petites sur la pommette droite et la tempe. Ses filles l'obligèrent à renverser la tête dans l'évier pour rincer la plaie à l'eau froide. Elles lui demandèrent ensuite de lever la tête vers le plafond enfumé, la saupoudrant d'un peu de sel.

La douleur ne s'atténua pas au fil des heures. Remedios avait mal et était d'une humeur de chien. Elle passa la journée à se tamponner le visage avec un chiffon imbibé de vinaigre et à se plaindre. Elles furent donc contentes de voir partir les derniers clients en fin de journée. Elles pourraient rentrer chez elles dès qu'elles auraient vérifié ce qui restait de nourriture. Elles allaient s'asseoir à table lorsque Luz surgit. Malgré l'heure et la fatigue, la plus petite des sœurs apportait souvent avec elle un souffle de fraîcheur. Elle avait presque toujours une anecdote à raconter, quelque nouvelle ou un cancan, de quoi leur remonter le moral à toutes.

— Aujourd'hui, je suis sortie plus tôt de la boutique, déclara-t-elle après s'être aperçue de l'état de sa mère et l'avoir réconfortée. On va commencer les répétitions d'une zarzuela à La Nacional tous les soirs et doña Concha m'a permis d'aller me renseigner.

On avait distribué des tracts dans les divers établissements du quartier.

— Après tout, ma petite, lui avait dit la Basque, toi qui aimes chanter et danser, ça pourrait t'intéresser… L'année dernière, ils ont donné *La Revoltosa*, avait-elle ajouté en secouant une chemise immaculée. Et celle d'avant, *La Rosa del azafrán*. Les participants étaient tous de simples amateurs, les répétitions ont eu lieu à La Nacional et, pour la première, ils ont loué le théâtre San José dans la Cinquième Avenue. Les billets ont tous été vendus et tous ceux qui parlaient espagnol à New York sont venus et ont applaudi comme des fous. Cette année, ils pensent créer *Luisa Fernanda*.

— Mais je n'ai jamais chanté de zarzuela, madame.

— Pourtant tu as de l'oreille et une jolie voix.

— Et de la séduction, avait ajouté le mari tandis qu'il pliait un pardessus. Assez de séduction pour arrêter un train.

Luz s'était imaginée toute la journée sur scène, entourée de musique, de lumière, de voix, d'applaudissements. Même dans un tout petit rôle, ou au sein d'un chœur, même quasi invisible au milieu d'un groupe. Dévorée par la curiosité, elle était allée voir en fin d'après-midi comment ça se passait. Optimiste, pleine d'espoir, elle voulait à présent partager la nouvelle avec sa mère et ses sœurs.

— Les essais commencent demain et je pense me présenter.

À l'évidence, elle ne s'attendait pas à la réponse acerbe de Remedios :

— Et le travail, alors ? Et le deuil de ton père ? cracha-t-elle, furibonde, en postillonnant des bouts de viande à moitié mâchés.

Pendant un moment de stupeur, on n'entendit plus que le bruit du robinet de la cuisine qui gouttait, jusqu'à ce que Mona tente de briser la tension :

— Elle a dit que les essais auraient lieu le soir, maman, après la fermeture du magasin. Et le truc de papa, euh…

Elle n'eut pas le loisir d'achever sa phrase.

— Eh bien, si Luz a du temps, qu'elle cherche une autre place et qu'elle oublie les chansons et les danses ! La mort de votre père mérite le respect, et on a sacrément besoin de fric ! Vous vous souvenez plus de l'argent qu'on doit ? hurla Remedios en se levant.

Le chiffon appuyé contre ses brûlures tomba par terre et l'on distingua son visage rougi et sa paupière à demi fermée.

Les deux aînées essayèrent d'intercéder en faveur de la plus jeune :

— Mais, maman… maman…

— J'ai dit non ! rugit Remedios.

Elles la regardèrent, stupéfaites ; elles n'étaient pas habituées à la voir perdre ainsi son sang-froid, ce qui s'expliquait sans doute par sa mauvaise journée. Luz aurait donc dû en rester là, remettre la discussion au lendemain, plus calmement, mais elle ne parvint pas à se contenir :

— Vous savez quoi, maman ? Je travaille neuf heures par jour et je fais déjà largement ma part. Si cette affaire marche pas, c'est pas ma faute. Et en plus, si je suis capable de gagner ma croûte toute seule, je peux aussi décider comment j'utilise le peu de temps qui me reste !

— Et ce que tu décides, c'est de déshonorer la mémoire de ton père ?

La benjamine des Arenas, hors d'elle, rétorqua d'une voix de fausset :

— Je décide que j'ai pas à montrer un chagrin que j'ai pas !

Ses sœurs lui jetèrent un regard ébahi, la lèvre inférieure de Remedios se mit à trembler.

— Luz, Dieu du ciel, ne sois pas si méchante ! s'exclama Mona, alors que Victoria tentait de l'apaiser d'un geste de la main et que Luz s'écartait brusquement.

Malgré leurs efforts pour la ramener au calme, elles comprenaient leur petite sœur car elles en étaient au même point, le souvenir de leur père se diluait au fil du temps. Leur cohabitation avait été si brève, si rare et si fragile que son empreinte s'était évanouie. Elles conservaient pour lui juste un peu de tendresse diffuse, mais elles ne souffraient pas de son absence. Plus maintenant. La blessure avait cicatrisé pour le meilleur et pour le pire.

— Il m'aurait lui-même poussée à le faire, conclut Luz, furieuse.

Elle se leva avec une telle impétuosité qu'elle en renversa sa chaise.

— Il serait fier de moi. J'honore beaucoup plus sa mémoire en lui dédiant mon rôle dans cette zarzuela, même s'il est minable, qu'en restant sur ma faim, tout ça à cause d'un deuil ridicule dont tout le monde se fiche.

Dès lors, ce fut un feu croisé de cris, de reproches et d'aigres récriminations.

— C'est votre faute, maman, vous nous avez obligées à venir ici !

— Mauvaise fille, dévergondée !

— Vous m'avez assez pourri la vie, foutez-moi la paix !

Luz partit en claquant la porte, laissant ses sœurs et sa mère en proie à un désarroi profond. Quand elles arrivèrent chez elles une demi-heure plus tard, la benjamine était déjà couchée dans son lit pliant, recroquevillée, absente.

24.

Personne ne la vit le lendemain matin. Mona s'en alla comme d'habitude alors que la maisonnée dormait encore et Luz était déjà partie avant que sa mère et Victoria ne se fussent levées.

Elles s'efforçaient d'oublier ce qui s'était passé la veille, mais l'atmosphère de la cantine était tendue et pesante. Chacune s'adonnait à ses tâches quotidiennes pour le cacher. Les griefs et les invectives restaient présents, comme suspendus au plafond par des fils invisibles ou agrippés au mur telles des toiles d'araignées, immobiles et inaudibles mais réels, échos des cris échangés entre la mère et sa fille.

La journée fut des plus désagréables et, à huit heures du soir, elles n'avaient servi que neuf soupers. Remedios ne pouvait toujours pas ouvrir complètement son œil et le moral était au plus bas. En plus, il avait commencé à pleuvoir.

— Je vais passer à Casa Moneo avant la fermeture, doña Carmen m'a dit hier qu'ils allaient recevoir une commande de… de…

La phrase de Mona s'acheva dans un murmure confus, auquel sa mère ne prêta aucune attention. Victoria savait d'ailleurs que sa sœur mentait, elles en avaient parlé auparavant. Elle ne se rendait pas à l'épicerie aucune commande ne l'y attendait, c'était un simple prétexte pour s'éclipser.

Mona traversa la rue à grandes enjambées pour ne pas se mouiller et elle atteignit rapidement la porte de La Nacional. Des hommes et des femmes se hâtaient sur le perron. Ils avaient relevé leurs cols ou se protégeaient la tête avec la première chose qui leur était tombée sous la main : un journal, un mouchoir, un sac en papier. Il y avait aussi quelques parapluies qui se refermaient et laissaient sur les dalles un sillage mouillé.

L'audition devait avoir lieu dans la grande salle, à l'étage principal. La vaste pièce était remplie de chaises, presque toutes occupées par des jeunes filles endimanchées et de jeunes hommes aux cheveux gominés, bien qu'ils n'eussent pas eu le temps de nettoyer leurs ongles crasseux en quittant l'usine, le chantier ou l'atelier. Elle aperçut également de jeunes mères entourées de bambins à moitié endormis, quelques matrones revêches, des mâles d'âge mûr qui fumaient et se raclaient la gorge. Elle reconnut des voisins du quartier. Les autres étaient venus de la zone de Cherry Street, avaient pris le métro depuis Harlem, Washington Heights, le Bronx et Brooklyn, le ferry depuis Staten Island. Il y en avait même qui arrivaient de Newark et Elizabeth, dans le New Jersey, sur l'autre rive de l'Hudson. La nouvelle de cette convocation annuelle était parvenue jusqu'au moindre recoin de chaque colonie espagnole, grande ou petite.

À chaque instant, on entendait des « Bonjour ! », un éclat de rire, un cri de surprise. Il y avait aussi des accolades émues et mille accents différents. Finalement, un type, le nez chaussé de lunettes rondes et à la moustache rebiquée, s'installa au piano et égrena quelques notes. Les voix baissèrent d'un ton et une rafale de « Chut ! » péremptoires traversa la salle.

Debout près de la porte, Mona chercha Luz parmi la foule. Elle eut du mal à la repérer car elle lui tournait le dos, assise au quatrième rang, les cheveux ramassés en un chignon orné de deux œillets. À cause du refus obstiné de sa mère, elle était chaperonnée par le couple Irigaray, doña Carmen à droite, don Enrique à gauche. Faute de les voir de face, Mona imagina l'expression de leurs visages, nerveux, impatients, sous une fausse sérénité. Elle envisageait de les rejoindre lorsqu'un autre individu grimpa sur les planches et réclama l'attention de l'auditoire.

— Mesdames et messieurs, s'il vous plaît !

Le public prit place, les chaises raclèrent le sol, les conversations s'éteignirent.

Seule debout au milieu de l'allée, Mona dut s'asseoir là où elle put.

L'audition fut interminable et un brin chaotique, mais c'était couru d'avance, la troupe potentielle était constituée d'amateurs dotés de plus de bonne volonté que de talent, une masse de modestes travailleurs et de femmes au foyer, de livreurs, de petites bonnes, de maçons, de manucures, de couturières, de garçons de café. Les reproches, les moqueries et les sifflets se multipliaient à mesure qu'on distribuait les rôles, on protestait à haute voix et certains même partirent furieux de ne pas avoir été choisis pour jouer le colonel, don Florito ou l'aubergiste.

Il était plus de dix heures du soir quand le tour de Luz arriva. La salle était pleine de chaises déplacées ou vides, la fatigue et l'ennui se peignaient sur les visages. Mona chassa la lassitude et se redressa dès qu'elle vit sa petite sœur monter sur l'estrade. La crevette d'autrefois était devenue une femme splendide, vêtue d'une robe bon marché cousue à la main par Mama Pepa deux mois avant de changer de quartier. Elle portait un châle prêté sur les épaules, un peu de rouge sur les lèvres. Tout le reste – la silhouette, l'aisance et l'éclat –, elle le possédait naturellement.

Le piano redémarra pour la énième fois. Luz leva les yeux au plafond et prit sa respiration. Elle balaya la salle du regard, sourit avec assurance, se mit à chanter. Et soudain, tout parut se réveiller d'une profonde somnolence. La benjamine du malheureux patron d'El Capitán se battait bec et ongles pour le rôle de la jeune couturière Rosita, celle qui ouvrait *Luisa Fernanda* par sa mélodie pétillante et délurée.

Ma maman m'élevait pour faire des gilets,
Mais moi je préfère les pantalons…

Tout le charme du Sud, tout le soleil de sa terre paraissaient s'être condensés en elle bien qu'elle n'eût jamais interprété de zarzuela. Elle s'en donnait à cœur joie, un mouvement d'épaule par-ci, un déhanchement par-là, un encouragement ou un clin d'œil au pianiste. Par sa liberté et ses gestes mi-gracieux, mi-séducteurs, Luz conquit la scène comme si elle n'avait rien fait d'autre au monde.

Le public tout entier se leva pour l'applaudir à tout rompre.

Mona, en revanche, ne réussit qu'à taper trois fois lentement dans ses mains. Elle était habitée par tant de sentiments qu'elle en avait la chair de poule.

25.

— Vous devriez faire examiner cet œil, madame. Donnez-moi un bout de papier que je note l'adresse du docteur Castroviejo. Dites-lui que vous venez de ma part, il me connaît très bien, je lui apporte tout le temps des boîtes de cigares, il adore les Ponce de León, les plus chers. Ou plutôt non, laissez-moi lui téléphoner moi-même, je dirai à Lolita de me donner un rendez-vous.

Le représentant en tabac était réapparu à El Capitán ce midi. Après quelques instants de conversation, elles apprirent qu'il s'appelait Luciano Barona, qu'il souffrait de brûlures d'estomac et qu'il était né à Alhama, dans la province d'Almería. Il avait quitté son village depuis plus de vingt ans, quand il n'y avait plus eu assez de bateaux pour exporter des raisins à l'étranger à cause de la Grande Guerre et que les hommes jeunes du coin se retrouvaient sans avenir. Il avait abandonné femme et enfant, lavé des assiettes, lessivé des sols, haché des légumes, tamponné des paquets de sucre dans la Domingo Sugar Refinery. Ensuite, il était entré comme employé dans une petite boutique de tabac dans Atlantic Avenue, où l'on vendait des cigares maison. Il s'était mis d'accord avec le propriétaire et ce dernier lui avait proposé de s'installer au-dessus, près des billards, à l'endroit où il se réunissait avec ses compatriotes pour commenter les nouvelles du pays. Luciano était parvenu à épargner, il avait envoyé des billets de bateau à son épouse et à son fils, était devenu vendeur ambulant payé à la commission pour un distributeur local. Quelques années plus tard, à la mort du propriétaire, il avait conservé son logement et la concession exclusive de l'une des maisons qu'il représentait, la manufacture Cuesta-Rey de Tampa.

— Les brûlures sont mauvaises, faites attention, madame, on peut avoir des complications…

Ses filles renchérirent en chœur :

— Qu'est-ce que vous voulez, maman, être à moitié aveugle ?

— Ou finir borgne, comme Milagros ?

— Ou avec un machin sur l'œil, comme ce type de Málaga, Nicasito, celui qui vendait des churros ?

Dans cette situation, trois jours après l'accident, il était évident que le chiffon trempé de vinaigre ne lui servait à rien. Il fallait passer à autre chose.

D'un commun accord avec elles, Barona sortit en quête d'un téléphone et revint bientôt avec la confirmation : il avait obtenu un rendez-vous pour aujourd'hui même, en fin d'après-midi.

— Mais on a pas de quoi payer ! protesta Remedios.

— Sur mon compte, rétorqua-t-il.

— On est endettées jusqu'au cou ! Comment on va s'en sortir avec toutes ces dépenses supplémentaires ?

— Eh bien, je ferai en sorte que ça soit pas à fonds perdus, insista-t-il patiemment.

Nerveuse et rétive, la mère souleva de nouveaux obstacles :

— Et qui va venir avec moi ?

Mona, la plus experte en déplacements, se porta volontaire.

— Je vous accompagnerai, maman, soyez sans crainte, on vous abandonnera pas.

— Et nous on restera ici pour préparer le souper, dit Victoria en montrant Luz du menton.

Celle-ci serra les lèvres, elle n'avait pas oublié l'engueulade à propos de son audition.

Remedios se sentit oppressée et tomba dans un profond abattement. Elle n'avait affronté que deux fois un médecin et les deux fois correspondaient aux épisodes les plus douloureux de sa vie, la naissance de Jesusito puis sa mort cinq mois après, lorsqu'elle avait décidé de se laisser mourir elle aussi. Mais il était trop tard pour revenir en arrière, le rendez-vous était fixé et tout était en ordre dans les affaires domestiques. Il n'y avait pas d'échappatoire. Ses filles l'aidèrent à être plus ou moins présentable devant quelqu'un qui, dans leur monde, apparaissait comme une éminence à peu près inaccessible : un docteur. Par chance, l'un des clients habituels de la cantine, un solide Asturien qui les avait entendues parler entre elles, leur proposa de les emmener.

— Je passe livrer près de là tous les après-midi, leur dit-il. Je m'arrête devant chez vous une demi-heure avant et je vous klaxonne.

Elles s'évitaient ainsi l'aventure des transports publics et une source d'angoisse supplémentaire pour Remedios.

Mona resta songeuse pendant tout le trajet à bord d'une guimbarde cahotante jusqu'à la 91e Rue Est. Elle contemplait la majesté de Manhattan, de plus en plus spectaculaire et opulent le long de la Cinquième Avenue. Les façades, les enseignes et les vitrines des boutiques et des grands magasins, la circulation effrénée et la foule des piétons. Sa mère, serrée contre elle à sa gauche, renfermée et sombre, ne leva même pas les yeux pour regarder à travers les vitres.

Leur aspect ne pouvait paraître plus incongru au milieu de la sobre distinction de l'Upper East Side, à l'aune du cadre quasi aristocratique de cette clinique avec ses hauts plafonds et ses salles spacieuses, et de ces deux patients tirés à quatre épingles qu'elles croisèrent en arrivant. Un imposant concierge noir ouvrit la porte devant une Remedios apeurée et une Mona presque obligée de la tirer par le bras. Celle-ci était bien consciente de la modestie de leur allure : avec leurs vêtements faits maison et usagés, leurs chaussures éculées, leurs cheveux coiffés sans coquetterie aucune, elle avait la sensation qu'elles s'étaient faufilées par erreur là où il ne fallait pas. Elles furent néanmoins reçues cordialement. Le docteur Castroviejo n'avait jamais dit non à un compatriote en détresse, et encore moins sa secrétaire Lolita, une sympathique Galicienne du Lower East Side, qui savait par expérience personnelle ce que c'était que d'en baver au milieu d'étrangers.

— Suivez-moi, s'il vous plaît. Asseyez-vous ici, le docteur va vous recevoir tout de suite. Permettez-moi de vous prendre ce chiffon, madame, mettez cette compresse à la place. Vous voulez un verre d'eau fraîche, un thé ?

Ni la mère ni la fille n'avaient été jamais traitées avec une telle considération. Moins de dix minutes plus tard, la secrétaire lcs invitait à se lever.

— Par ici, je vous prie.

Malgré la semi-pénombre du cabinet, Mona reconnut aussitôt le médecin. C'était l'un de ceux qui avaient aidé l'illustre invité au cours de la fameuse réception chez l'aristocrate espagnole, celui qui avait pris les choses en main. De taille moyenne, le visage large et bienveillant, les cheveux sombres laissant son vaste front dégagé. La seule différence, c'était la tenue, une impeccable blouse blanche avec double boutonnage à la place du costume foncé et du nœud papillon. En revanche, il se comportait de la même manière, en praticien compétent.

— Bien, bien, bien…

Il n'interrogea même pas Remedios sur l'accident, sans doute au courant des explications que Barona avait données à la secrétaire. Il se contenta donc de l'installer dans un moderne fauteuil inclinable, puis il orienta vers son visage une lampe aveuglante, murmura : « Ah ! » et demanda quelque chose d'incompréhensible à un assistant qui jusqu'alors lui tournait le dos et préparait les instruments. Dans des conditions normales, la pauvre femme aurait hurlé comme une possédée en sachant qu'un objet métallique et pointu allait s'enfoncer dans sa paupière, mais elle n'en eut pas l'occasion. Aussitôt dit, aussitôt fait, l'habileté du spécialiste fut telle qu'il avait fini en moins de deux minutes.

— Ça y est, dit-il en lui tapotant gentiment la joue. Ce n'était pas très grave, le globe oculaire est intact. Le docteur Osorio va me remplacer, il finira les soins et vous indiquera le traitement.

Il les salua d'un hochement de tête et se dirigea vers la porte. Il avait accompli sa tâche et n'était pas homme à perdre son temps.

Dès que Remedios l'entendit parler à quelqu'un dans la pièce d'à côté, et en déduisit qu'il n'était plus là pour la surveiller, elle se débattit pour échapper à ce truc métallique où on l'avait assise, un engin démoniaque à mi-chemin entre un fauteuil et une civière. À quoi bon attendre ? L'homme avait bien dit : « Ça y est. » Eh bien, allez ! On s'en va ! Elle cloua ses coudes sur le dossier et tenta maladroitement de se relever.

Alerté par le bruit de ses gesticulations à travers la porte entrouverte, le médecin assistant entra et se précipita vers elle.

— Arrêtez, madame ! Ce n'est pas terminé.

Toujours irréprochable auprès du docteur Castroviejo, il n'avait pas envie de voir l'une de ses patientes écroulée par terre.

— Maman ! Tenez-vous tranquille ! entendit-il derrière lui.

Le docteur venait de plaquer ses mains sur les épaules de Remedios pour l'obliger à s'étendre de nouveau, quand il vit deux autres mains légères se poser sur les siennes. Il sentit la pression d'un torse mince et chaud qui l'empêchait de se redresser. Mona voulait l'aider à maîtriser sa mère qui, de fait, avait déjà obéi. Tout ce qu'elle obtint en plaquant son corps contre celui du médecin fut donc de provoquer chez lui une soudaine bouffée de chaleur.

— Pardon, murmura-t-elle, honteuse de son manque de retenue. Elle s'écarta, fit quelques pas en arrière.

Le médecin, troublé lui aussi, mit plusieurs secondes à réagir.

— C'est bientôt fini, dit-il à voix basse sans se retourner.

Il se concentra sur son travail, sans que Mona parvînt à voir son visage. Ensuite, il actionna un mécanisme qui remit droit le siège de Remedios.

— Voilà, maintenant vous pouvez vous lever, madame.

Ce fut alors qu'il se retourna. Et qu'il la vit, s'approchant pour soutenir sa mère : cette jeune fille brune et pimpante aux os fins, aux sourcils bien dessinés et aux yeux étincelants, c'était celle qui leur avait servi des petits-fours pendant la réception de la marquise de la Vega Real, celle qu'il avait contemplée toute la soirée en catimini et dont le souvenir ne l'avait pas quitté depuis. Il s'était rappelé ses doigts mouillés le frôlant quand elle lui avait tendu un verre d'eau, la proximité de son corps tandis que l'illustre malade reprenait ses esprits. Combien de temps était-elle restée là ? Cinq, six, sept minutes ? L'image de ses cuisses élancées sous l'uniforme de serveuse s'était gravée dans son esprit alors qu'il était accroupi, supposément attentif à la jambe mal en point du comte de Covadonga. À cet instant-là, pourtant, sa peau soyeuse, ou son parfum, ou le magnétisme de sa seule présence, ou n'importe quoi d'autre émanant de cette ravissante gamine s'étaient révélés plus forts que sa conscience professionnelle. Lorsque l'ex-prince des Asturies avait paru aller mieux et qu'elle fut retournée, en toute innocence, à sa besogne, il avait dû rester encore un instant baissé, en faisant semblant de chercher quelque chose sur le tapis pour cacher son excitation.

Et à présent, à la fin d'une longue journée de travail, pour mettre un point final à un après-midi semblable à tous les autres, voilà qu'elle réapparaissait et lui frôlait de nouveau le corps involontairement, provoquant en lui une sensation déroutante et jamais ressentie auparavant, pas plus par l'étudiant en médecine acharné qu'il avait été que par le praticien débutant et zélé qu'il était aujourd'hui. C'était la même jeune femme, sans le chignon, l'uniforme noir et le petit tablier de la dernière fois, mais avec les cheveux détachés, une robe plutôt banale et une veste en laine grise, et qui était peut-être un peu gênée de s'être jetée sur lui d'une façon aussi brusque, d'avoir collé son corps contre le sien pendant quelques secondes.

— Il faudra appliquer cette pommade trois fois par jour, dit César Osorio en tendant un tube à Remedios enfin debout et avec un beau pansement sur la paupière.

Il osa enfin regarder Mona droit dans les yeux.

Elle l'avait elle aussi reconnu, mais elle ne le montra pas. Il lui avait alors paru séduisant à sa manière, réservé et élégant, avec ses cheveux séparés par une raie parfaitement rectiligne, son costume sombre et ses lunettes à monture fine, mais tellement étranger à son monde qu'elle ne lui avait guère prêté attention. Maintenant qu'il était vêtu de sa blouse blanche, elle le trouvait toujours aussi rupin et inaccessible, et elle n'imaginait même pas qu'il eût pu se souvenir d'elle.

Ils gardèrent le silence tandis que le médicament passait d'une main à l'autre.

— Merci, souffla-t-elle en le glissant dans la poche de sa veste.

L'aimable Galicienne leur dit au revoir dans la salle d'attente vide et César Osorio referma la porte derrière lui. Le sang lui battait aux tempes. Il avait mis des semaines à chasser de son esprit cette compatriote anonyme et d'origine à l'évidence modeste, dont il ignorait même le nom. Il s'était consolé en pensant qu'il ne la reverrait jamais, et voilà qu'elle surgissait de nouveau.

26.

Au retour de la consultation, on les attendait chez Milagros avec la porte entrouverte, guettant les grincements de leurs pas sur les marches en bois de l'escalier.

— Entrez vite ! leur ordonna Victoria.

Sans les laisser réagir, elle les poussa pratiquement à l'intérieur et les guida le long d'un couloir obscur où s'empilaient des paquets de vieux journaux. Ça sentait le renfermé, le tabac et une odeur piquante qu'elles ne réussirent pas à identifier. Bien qu'habitant le même immeuble, c'était la première fois qu'elles s'aventuraient chez leur voisine.

Quand elles eurent atteint la chambre du fond, Remedios et Mona eurent la même réaction d'épouvante.

— Dieu du ciel, sor Lito ! Qu'est-ce qui vous est arrivé ?

Elle avait le bras gauche plâtré et le même côté du visage écorché et couvert de mercurochrome rouge foncé. Elle était assise dans un fauteuil élimé avec un napperon sur le repose-tête. Luz était debout près d'elle, elle paraissait angoissée. Debout elle aussi, la maîtresse de maison fumait une cigarette, les sourcils froncés et le visage sillonné de nombreuses rides.

— Mazza, lâcha Victoria.

Elles contemplaient toujours la nonne, horrifiées, frappées de stupeur.

— Mazza, l'avocat, il l'a fait balancer dans l'escalier du métro, ce salaud !

Remedios étouffa un cri, Mona lança un juron tandis que Victoria, Luz et Milagros se coupaient la parole pour donner chacune sa version. Leurs discours entremêlés d'invectives contre le coupable étaient si confus que sor Lito réclama le silence.

— Ça suffit ! C'est moi qui explique !

Le calme revint dans la pièce remplie de fumée. Les rideaux de l'unique fenêtre étaient tirés, une espèce de table d'atelier occupait le milieu du petit salon, éclairée par une ampoule puissante. Dessus, des tas de délicates fleurs en papier, aussi belles qu'incongrues.

— Ma sœur, demanda Mona, racontez-nous tout, du début à la fin.

La religieuse prit une profonde inspiration, retint l'air un instant tandis que les cinq femmes la fixaient. Pathétique. Elle leur offrait une image tristement pathétique : l'habit sale et déchiré, les cheveux plus lamentables que jamais, hirsutes, mal coupés, grisonnants, la posture avachie et tout le côté gauche, corps, visage, bras, témoignant de l'agression.

— Il a payé deux petits voyous pour provoquer ma chute en descendant dans la gare du subway. Pour m'effrayer, sans aucun doute.

Elle s'interrompit, balaya du regard les quatre paires d'yeux de la famille Arenas.

— Vous devez savoir une chose, mes petites, il fait tout son possible pour m'arracher votre cas des mains. Et j'ignore jusqu'où il peut aller.

Malgré ses réticences initiales, sous l'effet du choc ou simplement convaincue que c'était la seule issue, sor Lito décida de leur révéler ce qu'elle leur avait caché : la mort d'Emilio Arenas n'était plus une affaire banale.

Cette nouvelle déclencha un concert d'interrogations de la part des trois jeunes filles :

— Mais pourquoi ça l'a mis dans cette rogne ?

— Pourquoi il s'obstine, vous lui avez déjà répondu non à notre place ?

— Pourquoi il nous fiche pas la paix ?

L'explication fut simple :

— Parce que le dossier d'Emilio augmentera son pouvoir.

Mona, aussi décontenancée que ses sœurs, la somma de préciser :

— Soyez plus claire, ma sœur, s'il vous plaît !

La nonne reprit son souffle, comme si elle avait besoin d'oxygène pour rendre ses paroles plus compréhensibles.

— Il existe un puissant syndicat qui défend les travailleurs des quais dont les conditions de travail sont très dures et les accidents nombreux et souvent graves. Ils ont engagé un cabinet d'avocats sérieux pour prendre en charge l'ensemble des cas et déposer une plainte collective contre les autorités portuaires, outre les procédures individuelles envers les compagnies impliquées dans les faits.

— Mais notre père ne travaillait ni sur les quais ni pour la Trasatlántica, protesta Victoria, on vous l'a déjà dit…

— C'est un détail. Rien de plus facile que falsifier un contrat ou une carte d'identité, ou bien trouver deux ou trois faux témoins.

Les exclamations fusèrent de nouveau :

— Voyous ! Escrocs ! Bandits !

— Laissez-la finir, bon Dieu ! beugla Milagros. Fermez-la une bonne fois pour toutes !

La religieuse comprit qu'il valait mieux abréger ses explications :

— Il leur faut un mort, point final. Et tout de suite, parce que leur affaire est en bonne voie.

Parler de leur père et époux comme d'un simple mort ne suscita aucune réaction. On n'en était plus aux circonlocutions, c'était la froideur judiciaire qui devait prévaloir.

— Sans mort, ajouta-t-elle, le syndicat n'obtiendrait pas grand-chose. Ça devient beaucoup plus juteux avec un mort.

Ce n'était pas plus compliqué que ça : ajouté à la longue liste des drames survenus récemment sur les quais, le cas Emilio Arenas serait un élément clé. Non par lui-même, mais parce qu'il constituerait l'unique accident mortel du lot. La goutte d'eau qui fait déborder le vase. La cerise sur le gâteau.

— Et pourquoi ces avocats importants s'adressent pas directement à vous ? demanda Luz.

— Ils ont déjà essayé une demi-douzaine de fois, mais ils savent que je ne vais pas céder. C'est pour ça que Mazza tente sa chance pour son propre compte. S'il y arrive, les autres l'accueilleront comme le Messie. Il pourra intégrer un cabinet prestigieux, redorer son blason et retrouver de la crédibilité en tant qu'avocat.

— Voilà pourquoi vous êtes un obstacle pour lui, murmura Mona.

— Je suis un obstacle, en effet. Sans moi, Mazza et les juristes du syndicat exerceront une pression non seulement sur la Compañía Trasatlántica à titre individuel, mais aussi, et avec beaucoup plus de force, sur les autorités portuaires et leurs compagnies d'assurances respectives. Le but, c'est d'obtenir une indemnisation maximale.

— Et pour nous, il ne restera…, avança Victoria.

— Il ne restera que des miettes, après que les différents maillons de la chaîne auront empoché leur part.

Entourée de portraits jaunis, assise dans le fauteuil à oreilles de sa vieille amie, la nonne paraissait encore plus minuscule. Ses pieds ne touchaient pas le sol et, sous l'habit en piteux état, on apercevait des mollets nus et couverts de marques violacées, deux chevilles informes et une paire de vieilles bottines d'enfant. À l'inverse, ce qui sortait de sa bouche ne dénotait aucune trace d'infantilisme.

— Son oncle Marcelo, poursuivit-elle en en revenant à Mazza, était lui aussi une canaille sans scrupule, mais il conservait au moins du respect pour tout ce qui avait trait à la religion catholique, il avait été élevé dans cette foi avant d'émigrer. Il avait même fondé avec plusieurs compatriotes la société de la Madonna della Pietà. Ce neveu, par contre, outre le fait qu'il est nettement moins intelligent, est un zigoto d'une tout autre nature. Il est né en Amérique, sans cette crainte de Dieu que ses compatriotes avaient chevillée au corps. Pour arriver à ses fins, il se fiche de se payer un curé ou une bonne sœur. Il vendrait même sa propre mère si nécessaire.

Tandis que sor Lito parlait, elles se tenaient debout en demi-cercle autour d'elle, complètement découragées par cette accumulation de signes défavorables : la fatigue de cette journée, la sensation de ras-le-bol, l'œil blessé de Remedios, la rancune latente de Luz, et maintenant cette nouvelle contrariété. Il ne manquait plus que ça, se dirent-elles. Pour la énième fois, elles se demandèrent si elles n'avaient pas commis une erreur monumentale en refusant les billets de retour et les dollars de la compagnie de navigation, si elles n'avaient pas été imprudentes en livrant leur sort à cette religieuse extravagante qui allumait à présent une autre Lucky Strike, levait la tête et rejetait la fumée vers le plafond par le côté le moins abîmé de sa bouche.

— En tout cas, je reste sur la brèche, n'en doutez pas, je ne suis pas du genre à me laisser impressionner par ce genre de crapule. Mais il fallait que je vous mette au courant après ce qui est arrivé cet après-midi.

Elles se séparèrent sur le palier, sor Lito refusa d'être raccompagnée jusqu'à Casa María.

— Qu'est-ce que vous croyez, rétorqua-t-elle, que j'ai peur ?

Elles l'observèrent pendant qu'elle descendait pesamment l'escalier, avec son corps tout rond, son visage amoché et badigeonné de rouge, son bras plâtré contre sa poitrine. C'était la nonne la plus bizarre qu'elles eussent jamais vue. Pour une raison qu'elles ne s'expliquaient pas, elles avaient cependant confiance en elle.

27.

Mona sortit avant sept heures du matin et, à neuf heures et demie, elle avait déjà terminé ses courses de la journée. C'était une de ces journées insolites où tout s'emboîte parfaitement, et sans effort particulier.

De retour dans la 14e Rue, elle s'arrêta même devant une boutique de tissus, un établissement étroit et modeste qui appartenait à un Juif.

Il y avait des rouleaux d'étoffes appuyés contre les murs de chaque côté de la porte, de grands coupons étaient suspendus au linteau de l'entrée, à des prix en accord avec les humbles revenus du quartier. Elle passait souvent par là et jetait de temps à autre un coup d'œil. Elle avait repéré une grosse pièce de tissu à carreaux blancs et verts, dont elle pensait tirer un certain nombre de nappes. Elle rêvait peut-être, mais elle cherchait jour et nuit une idée pour redynamiser le pitoyable fonctionnement de leur commerce. Elle avait donc songé à un simple rafraîchissement, se débarrasser des vieilleries héritées de l'ancien propriétaire et y faire souffler un vent de nouveauté.

Les chiffres se bousculaient dans sa tête tandis qu'elle tenait la toile entre ses mains. Est-ce que ça valait la peine de gaspiller leurs maigres économies cachées au fond du tiroir des couverts, un mince rouleau de dollars destinés au loyer ? Elle en était là, à évaluer les avantages et les inconvénients de son investissement potentiel, lorsqu'elle fut obligée de céder le passage à deux femmes qui sortaient du magasin. Deux robustes trentenaires qui s'exprimaient en espagnol avec l'accent des Caraïbes.

La première poussait un landau, la seconde agitait quelques billets en guise d'éventail et s'amusait à en frôler le bout du nez du bébé. Elles croisèrent Mona sans la regarder, mais elle put glaner quelques mots dans leur sillage : gains, numéros, roulette, cash.

Mona les contempla pendant qu'elles descendaient la rue. Elle fut tentée de les suivre pour les interroger. De quoi parlaient-elles ? Comment pourrait-elle aussi prendre part à ce qu'elles évoquaient avec de grands sourires plaqués sur leurs visages hâlés ? Elle renonça cependant à les approcher, resta immobile avec l'extrémité du tissu entre les doigts. Son envie de nouvelles nappes s'était évaporée. Elle perdait son temps, c'était inutile de changer quoi que ce soit à El Capitán puisqu'elle souhaitait avant tout l'abandonner le plus vite possible et retourner dans son monde. Elle se rappela encore une fois l'avocat italien et ses ambitions, l'agression contre sor Lito. La lumière matinale lui parut soudain moins éclatante, comme si un gros nuage noir avait caché le soleil.

Juste au moment où l'étoffe lui glissait de la main, il s'approcha.

Il était en train de coiffer son chapeau. Vêtu d'un costume en lin clair et froissé, il sortait de la boutique d'un pas agile tout en fourrant quelque chose dans la poche gauche de son pantalon. Son autre main serrait des papiers pliés et remplis d'annotations.

Ils étaient tellement absorbés l'un et l'autre qu'ils faillirent se heurter.

— *Sorry !* s'exclama l'homme.

Il était grand, mince, les traits aiguisés, l'air désinvolte, avec un regard vert et une pointe d'insolence à la commissure des lèvres. Elle aurait voulu lui répondre en anglais mais manquait de vocabulaire, elle lui répliqua donc entre les dents :

— *Sorry*, fais plutôt attention, imbécile !

L'idée qu'il pouvait comprendre ce qu'elle disait ne lui traversa même pas l'esprit. Et justement oui, il comprit parfaitement. Une mimique surprise et ironique se dessina sur son visage et il fut sur le point de s'esclaffer quand un coup de sifflet dans la rue capta son attention et le rire s'éteignit net.

L'avertissement avait retenti tout près de là, plus fort que l'agitation qui les enveloppait devant l'entrée du magasin, par-dessus les voix de la foule, le vacarme des charrettes, les claquements de sabots des chevaux et les pétarades des camionnettes. Un sifflement strident et complice qui le mit sur ses gardes.

Prévenu, le séduisant inconnu fronça les sourcils et regarda à droite et à gauche. Il découvrit alors un spectacle qu'il aurait préféré éviter : deux policiers traversaient la rue en courant, se frayant un passage entre les véhicules et les gens, à l'endroit exact où Mona et lui se trouvaient.

— S'il vous plaît, cachez-moi ça…

Le ton était pressant. Il désigna les papiers qu'il avait dans une main. De l'autre, il ressortit la liasse de billets qu'il venait d'introduire dans sa poche. Il n'attendit pas sa réponse. Sans perdre une seconde, il enfonça le tout dans le panier qu'elle transportait, sous des bouquets de blettes et un paquet de foies de volaille. Puis il prit la fuite à grandes enjambées et les mains vides.

Quand les policiers parvinrent à atteindre le trottoir et qu'elle eut compris ce qui arrivait, l'homme au costume clair s'était éclipsé par une ruelle transversale.

Mona était terrorisée, son cœur battait la chamade. Elle ne pensait qu'à s'échapper elle aussi. Elle enfila des rues au hasard, vérifia qu'elle n'était pas suivie et rejoignit la 14e Rue en empruntant un chemin différent de son itinéraire habituel, taraudée par son imprudence.

À présent, elle était tout près de chez elle et continuait à marcher très vite, les yeux fixés droit devant, serrant son cabas contre son ventre comme si on voulait le lui arracher. Une voix résonna derrière elle, à laquelle elle ne prêta aucune attention :

— Mademoiselle, excusez-moi…

Pas la moindre réaction.

— Mademoiselle…

Elle sursauta au bout de la troisième fois seulement, quand une main frôla son épaule. Son cri obligea le propriétaire de ladite main à replier aussitôt son bras.

— Pardonnez-moi, je vous en supplie. Je regrette de vous avoir importunée…

À sa grande surprise, le jeune docteur qui avait achevé de soigner sa mère la veille au soir se tenait devant elle.

— Je passais par hasard dans le coin, pour rendre visite à plusieurs patients… et j'ai pensé venir voir comment allait votre mère.

Mensonge. Mensonge éhonté. Le jeune César Osorio, assistant du prestigieux docteur Castroviejo dans sa clinique réputée de l'Upper East Side, n'effectuait jamais de visites à domicile, pas plus qu'il ne foulait le sol de cette zone de la ville. Se concentraient dans la partie haute de Manhattan son travail, son logis et tout le nécessaire pour survivre. À l'instar de nombreux Espagnols aisés, les enclaves occupées par ses compatriotes prolétaires de Downtown étaient très éloignées de lui d'un point de vue tant géographique que sentimental.

Mona lui jeta un regard dubitatif, plantée sur le trottoir au milieu des passants. Ce n'était certes pas le meilleur moment pour lui raconter n'importe quoi, elle était encore énervée, furieuse contre elle-même et contre l'homme qui s'était enfui. Comment vous savez qu'on vit par ici ? faillit-elle lui demander. Mais ce fut inutile, il devança la question :

— Lolita, la secrétaire de la clinique, m'a donné votre adresse.

Avec ses lunettes, ses cheveux châtain clair bien peignés et un costume sobre sur un corps athlétique, il avait une belle prestance. Un personnage complètement étranger à l'univers de Mona, mais qui s'efforçait néanmoins de paraître normal. À penser exclusivement à ses propres soucis, elle ne perçut pas certains détails derrière cette façade d'homme plein d'assurance, ses mains moites par exemple, la cravate qui le serrait trop tandis qu'il débitait ses mensonges.

— Elle doit être dans la cuisine, suivez-moi, lui dit Mona en surmontant sa méfiance.

Remedios s'y trouvait en effet, comme d'habitude à cette heure. Sa paupière imprégnée de la pommade jaunâtre qu'il lui avait donnée après la consultation, elle coupait des champignons. La pauvre femme n'aurait jamais imaginé qu'un docteur viendrait la voir de lui-même, mais elle ne s'interrogea pas sur cette visite imprévue, ni sur une quelconque arrière-pensée.

Elle s'habituait peu à peu à cette ville étrange et aux choses bizarres qui s'y produisaient.

— Si vous voulez bien rester manger…

À la stupeur de ses propres filles, la veuve ne savait pas comment remercier autrement le jeune ophtalmologue qui faisait semblant de vérifier les résultats de son intervention :

— Regardez vers le haut, vers le bas, à droite, à gauche…

En réalité, c'était parfaitement inutile, il s'agissait d'une lésion externe bénigne. L'ignorance de la femme lui permettait de traiter ce cas avec une attention particulière, presque semblable à celle de son supérieur Castroviejo lorsqu'il pratiquait l'une de ses toutes nouvelles greffes de cornée. Au passage, il atteignait le but qu'il s'était fixé : revoir Mona.

Le docteur Osorio eut la bonne idée de refuser l'invitation. Il avait déjà eu beaucoup de mal à inventer une excuse pour s'absenter de la clinique en matinée, à s'aventurer jusqu'à cette rue éloignée de son territoire et à parcourir de long en large les trottoirs jusqu'à tomber sur la jeune fille. En plus, il avait fallu lui débiter un mensonge sur la nécessité de surveiller de près l'œil de sa mère. Déjeuner ici, dans cette modeste cantine, était au-dessus de ses forces.

— Je vous raccompagne, dit Mona, reconnaissante en elle-même de son refus.

Elle n'aurait pas réussi à feindre l'amabilité face à l'intérêt supposé du médecin pour sa mère. En cet instant, elle ne pensait qu'à une seule chose, à ce qui était toujours au fond de son cabas et qu'un inconnu encore plus déconcertant lui avait confié malgré elle.

28.

Remedios se leva de table pour aller chercher le dessert.

— Ce soir, il y a une vraie artiste qui est venue voir les répétitions, déclara Luz sur un ton agressif.

La famille était assise devant le souper habituel, frugal et tardif. Elle avait eu le plus grand mal à réprimer son envie de lancer la nouvelle, le moment précis où sa mère s'éloigna lui en offrit l'occasion. Il restait quelques étincelles de leur affrontement concernant la zarzuela, et elle ne souhaitait pas les rallumer. Elle sortit de sa poche un prospectus plié.

— À la fin, elle est venue me parler, elle veut me proposer quelque chose, elle m'attend demain matin au théâtre où ils ont joué une autre zarzuela il y a deux ans. Ils sont en train de choisir des gens pour un nouveau spectacle, ajouta-t-elle.

— Mais tu ne connais même pas cette femme, protesta Victoria. Tu as l'intention d'aller là où elle t'expédie ?

— Elle s'appelle Marita truc et elle est vraiment digne de confiance, on me l'a assuré.

— Tu peux pas suivre n'importe qui, insista Mona.

— Elle m'a dit que j'avais du chien et une très belle voix, et qu'avec un peu de travail…

— Ça ou rien, c'est du pareil au même…

Les trois filles poursuivirent cette vive discussion à voix basse, Luz défendant son choix et ses sœurs multipliant les objections. Finalement, la benjamine n'en supporta pas davantage.

— Mais qu'est-ce qui vous arrive à toutes les deux ? Vous êtes malheureuses et ça vous fait suer que moi je réussisse ?

Remedios, étrangère au débat, revint alors avec des fruits dans les mains.

— Aujourd'hui, il y a rien que deux poires.

Cela mit fin à la dispute. Victoria et Mona se turent et Luz serra les lèvres avec une mimique provocatrice et sans équivoque. Les autres devinèrent qu'elle ne céderait pas.

Quoique ignorante des détails, Luz avait vu juste. Ses sœurs vivaient un moment difficile ce soir-là. Chacune de leur côté, renfermées en elles-mêmes, elles accumulaient de longues heures de découragement.

Elles étaient bien loin ces heures où Victoria s'était révélée la plus mondaine des trois, si le fait d'être « mondaine » consistait à sortir de temps à autre des limites du modeste quartier de La Trinidad et à gagner le centre au bras de Salvador, là où l'on trouvait cafés et terrasses, dames bien habillées et jolies vitrines. À New York, au contraire, c'était celle qui menait l'existence la plus austère. Alors que Mona et Luz brisaient peu à peu leur coquille et se risquaient à l'extérieur, elle ne quittait pas El Capitán, sortait à peine la tête de l'obscur sous-sol et de sa propre angoisse. Elle souffrait encore des blessures infligées par cet homme qui lui avait juré une passion éternelle et n'avait jamais daigné répondre à ses appels désespérés, ses fougueuses lettres hebdomadaires remplies de fautes d'orthographe et de palpitantes déclarations d'amour.

Quand elle voulait se mentir à elle-même, Victoria trouvait toujours une excuse. Il n'écrivait pas parce que son arrogante famille interceptait ses courriers, ou bien ses missives s'échappaient par magie des sacs de la poste au milieu de la traversée, s'envolaient telles des mouettes et tombaient dans l'océan où se diluaient ses mots. En revanche, quand elle retrouvait sa lucidité et qu'elle acceptait la réalité dans toute sa cruauté, elle était à peu près convaincue que ce sans-cœur ne ressentait plus rien pour elle. Il jetait un coup d'œil sur ses feuillets à l'écriture anarchique avant de les brûler avec son briquet, ou bien il les rangeait dans sa poche et les lisait plus tard à voix haute devant ses amis les soirs de bringue, pour se moquer avec eux de la naïveté, de l'audace et de la piteuse orthographe de cette femme aussi belle que primaire qu'il avait parfois sortie de son quartier pour la faire rêver. Et la tête et le cœur de Victoria en étaient là : certains jours, elle imaginait un avenir lumineux dès qu'elles parviendraient toutes à embarquer et à retourner chez elles, et d'autres ses entrailles lui dictaient d'oublier le passé.

La sœur aînée était ainsi maintenue dans une profonde mélancolie. À force de ruminer ses chagrins, elle ne s'était pas rendu compte ce jour-là, à l'heure du déjeuner, que l'individu à qui elle servait son entrée, et qui souvent lui murmurait un commentaire salace, se montrait encore plus grossier qu'à l'accoutumée. Devant sa robe légère, et en l'absence de clients aux tables voisines, le type s'était enhardi. Comme elle avait les mains occupées à servir la soupe, il avait attrapé sa cuisse, glissé sa main vers son entrejambe et pressé son pubis comme s'il extrayait le jus d'un citron. « T'es vraiment bonne, espèce de pute, avait-il marmonné dans sa barbe. T'es un bon coup. »

Un cri, le jet de bouillon et de vermicelles quand la soupière se renverse, le fracas de la porcelaine qui se brise en mille morceaux par terre, les têtes des autres clients qui se tournent, les hurlements, les insultes : « Canaille, ordure, goujat… », ses claques furieuses flanquées à l'abuseur, la lâcheté honteuse de celui-ci, tout cela résonnait encore en elle, d'où son humeur peu propice à s'enthousiasmer pour les lubies de Luz. Même si elle paraissait avoir retrouvé son calme, Victoria n'avait pas oublié ce qui était arrivé ensuite, après que deux clients eurent expulsé le mufle. Elle avait longuement sangloté, assise sur un cageot en bois dans le lugubre garde-manger vide, penchée en avant, les épaules voûtées et le visage caché entre ses mains. Humiliée, salie, coupable.

Toujours aussi craintive, Remedios avait tiré le verrou après le départ du dernier client. Elles se partageaient les deux fruits lorsqu'elles entendirent que l'on actionnait la poignée de porte. Quelqu'un frappa.

Mona avala difficilement une bouchée de poire et se leva. Comme Victoria, elle avait passé une mauvaise journée, le cœur serré et le moral en berne, sans aucune envie non plus d'écouter les rêves de Luz. Elle pensait sans arrêt à l'inconnu du matin, l'individu qui l'avait obligée à cacher des papiers et la liasse de billets qui semblaient plutôt louches. Elle les avait d'ailleurs sortis de son cabas et dissimulés dans l'appentis, derrière un sac de riz, en attendant de savoir. Elle ignorait comment s'en débarrasser. Devait-elle retourner à la boutique de tissus et donner le tout au patron ? Ou bien les jeter dans une bouche d'égout ? Elle avait été tellement absorbée par cette histoire qu'elle ne savait plus si elle devait trouver suspecte la visite inopinée du médecin.

— Je vais voir qui c'est, dit-elle.

Elle eut un pressentiment : et si c'était l'inconnu de ce matin ?

Elle fit d'abord un détour par le garde-manger, prit rapidement ce qu'elle cherchait et le coinça sous le bras, caché par la veste.

C'était bien lui : élancé, le costume clair et froissé, le visage anguleux, les cheveux en bataille et la cravate lâche, un sourire conciliant sur le visage.

— Je vous cherche depuis ce matin, je craignais de ne pas y arriver…

Elle referma prestement la porte derrière elle pour ne pas être vue. Ils se tenaient face à face sur le trottoir, à la faible lueur du vieux réverbère. Mona regarda à droite et à gauche pour vérifier que personne ne les épiait. Dès qu'elle se fut assurée de l'unique présence de quelques silhouettes anonymes au loin, elle laissa libre cours à sa colère :

— Comment vous m'avez trouvée ? Et comment vous osez venir ici ? Et comment vous avez eu l'idée, ce matin, de m'utiliser de cette façon si... si... si... ?

Elle bafouillait, incapable de finir sa phrase. Elle décida donc de trancher :

— Mais vous êtes crétin ou quoi ?

Séance tenante, elle tira de dessous sa veste les papiers chiffonnés et la grosse liasse de vieux billets.

— Voilà, dit-elle en les lui collant sur le ventre. Je préfère ne pas savoir ce que c'est. Et maintenant, du balai ! Fichez-moi la paix !

— Vous ne me laissez pas m'expliquer ?

— Ça m'intéresse pas.

— Je n'avais pas l'intention de vous compromettre, juré...

— Partez !

— Écoutez-moi...

— Mais vous pensiez à quoi, espèce de cinglé ? Vous m'avez pas demandé mon avis. Et si j'avais été embringuée dans vos problèmes alors que je vous connais ni d'Ève ni d'Adam ? La police aurait pu m'arrêter !

Tandis qu'elle se délivrait de toute cette angoisse accumulée en elle, lui se contentait de contempler cette femme pleine de tempérament, ses lèvres pulpeuses, le regard brillant et obscur de ses yeux immenses, les mouvements de sa tête à l'unisson de ses mots, ses gestes gracieux.

— C'est tout ?

Qu'est-ce que tu veux de plus, imbécile ? faillit-elle crier. Mais elle réussit à se contenir, elle avait déversé sa colère, ça suffisait.

— Vous pouvez vous tirer par où vous êtes venu, j'ai dit ce que j'avais à dire.

Il porta deux doigts à sa tempe, singeant un salut militaire. Elle murmura aigrement :

— Bon vent.

La trentaine, grand, châtain clair, les traits fins, les yeux aux reflets verts sous la lumière ténue, il était plutôt séduisant, dut-elle reconnaître malgré elle. En tout cas, elle n'avait qu'une seule envie après ce qui était arrivé, qu'il disparaisse une bonne fois pour toutes. Elle s'apprêta à regagner la cantine tandis qu'il rangeait ses affaires.

— Juste une dernière chose…

Mona lui tournait déjà le dos, sur le point de rentrer.

— Vous ne voulez pas savoir s'ils m'ont attrapé ?

Elle ne le regarda pas, ne répondit pas. Je préfère ne pas être au courant, pensa-t-elle en claquant la porte et en le laissant planté sur le trottoir. Pas question de le revoir. Il ne lui avait même pas dit son nom. Il était beau et attirant, mais sa situation ne semblait pas très nette.

29.

Le rendez-vous avait été fixé à onze heures, elles parvinrent à hauteur de la 46ᵉ Rue juchées en haut d'un bus à deux étages. Milagros leur avait fourni les explications nécessaires : comment payer, comment se déplacer dans l'énorme véhicule, où monter, où descendre.

Tôt le matin, Mona avait fini par vaincre sa réticence et par interroger Luz sur ses intentions. «Je demanderai à doña Concha de m'accompagner, lui avait-elle rétorqué. Elle, au moins, elle croit en moi.»

Mona s'était alors souvenue de l'audition de la zarzuela à La Nacional, de la triste sensation qu'elle avait éprouvée en voyant sa petite sœur chaperonnée par les patrons de la blanchisserie tandis qu'elle restait seule au fond de la salle et que sa propre mère, furieuse, lui refusait le moindre soutien. Après avoir fait des calculs dans sa tête, elle avait estimé qu'elles avaient assez de provisions pour tenir un ou deux jours et qu'il n'était pas nécessaire de faire des courses aujourd'hui. «Je vais avec toi», avait-elle décidé.

Luz portait un corsage neuf, blanc, avec un grand ruban noué devant. Elle l'avait acheté aux soldes de S. Klein, les magasins à prix cassés d'Union Square. Elle avait dû soutirer un peu de ce qu'elle gagnait en lavant et en repassant chez les Irigaray, et truquer un brin les comptes qu'elle faisait avec sa mère chaque fin de semaine. Avec ce vêtement qu'elle portait pour la première fois, non seulement elle était plus élégante, mais elle enfreignait aussi, sans le dire et à dessein, l'opposition catégorique de Remedios à ses aspirations. La modestie du reste de sa tenue témoignait également d'un usage prolongé. Elle n'avait même pas de bas, faute d'en posséder d'assez fins. Ses gros bas d'hiver étaient inadaptés à ces températures de fin avril. Pour atténuer l'impression de pauvreté dégagée par sa toilette, elle avait sorti un tube de rouge à lèvres de sa ceinture dès qu'elles avaient grimpé dans l'autobus. « Quelqu'un l'a oublié dans la poche d'une cape apportée à la blanchisserie, avait-elle dit en le tendant à Mona. Mets-m'en. » Celle-ci lui avait passé le stick sur les lèvres, puis en avait appliqué deux petites touches sur ses joues pour lui donner des couleurs.

« Et si tu lâchais complètement tes cheveux ? » Elles avaient ôté toutes les épingles et étalé sa chevelure châtain ondoyante, lumineuse, sur ses épaules, avec une mèche qui retombait sur le front à gauche. « Maintenant, tu ressembles un peu plus à une artiste », avait dit Mona en clignant de l'œil. Elles s'étaient esclaffées, leur complicité renaissait.

Quand elles quittèrent le bus, elles avaient enlevé depuis longtemps leurs vestes en tricot et s'étaient mis les bras à l'air. Elles avaient trop chaud et leurs visages étaient en feu. L'atmosphère de l'endroit leur parut très différente de celle de la 14e Rue et de ses alentours. Tout le monde semblait marcher avec plus d'entrain. Avec leurs chapeaux et leurs costumes printaniers, une foule d'hommes et de femmes entraient et sortaient des boutiques, des restaurants, des agences ou des cafés d'un pas gracieux et dynamique.

— *Watch out!* grommela un type renfrogné lorsqu'il faillit heurter Luz, immobile et éblouie devant une vitrine.

— *Sorry, babe!* s'excusa un autre après avoir marché sur le pied de Mona.

Conscientes d'être un peu en retard, elles adoptèrent le rythme des passants et esquivèrent adroitement les obstacles : deux vieillards haillonneux qui tendaient des mains crasseuses et des gobelets en fer-blanc, un individu qui marchait absorbé par sa lecture en mangeant un hot-dog, des vendeurs de journaux, des jeunes gens avec de grands panneaux publicitaires sur le dos.

— Regarde, regarde..., se disaient-elles sans cesse l'une à l'autre, et elles se donnaient un coup de coude ou une tape, et elles étiraient le bras et montraient du doigt.

Electric razors, le meilleur spectacle du moment, le tailleur le plus rapide de la ville, photos while you wait. Chacun s'occupait de ses propres affaires et le tout s'effectuait vite, vite, vite. La circulation ne faiblissait pas, les klaxons retentissaient bruyamment, les bâtiments s'élevaient à des hauteurs prodigieuses. Le doute n'était pas permis : elles étaient dans un autre New York.

Elles hésitèrent deux ou trois fois, rebroussèrent chemin, retrouvèrent leur route et constatèrent enfin qu'elles étaient arrivées à destination en levant la tête vers l'imposante façade ornée de trois arcades au-dessus d'une marquise et d'une enseigne verticale. CHANIN THEATRE, lurent-elles. Avec vingt minutes de retard, elles poussèrent ensemble les barres en cuivre des portes.

Contrastant avec le bouillonnement de la rue, le vestibule les accueillit dans un silence d'église. Elles eurent une sensation de froid. Faute de trouver quelqu'un à qui s'adresser, elles décidèrent d'avancer, en s'efforçant vainement d'atténuer le claquement des bouts ferrés de leurs vieilles chaussures.

Elles commencèrent à distinguer des notes de piano. Elles découvrirent la salle derrière d'épais rideaux en velours : grandiose, obscure et vide. L'unique lumière provenait de deux projecteurs sur la scène. À peine eurent-elles pointé leurs têtes que la musique s'interrompit tout net pour céder la place à une grosse voix :

— C'est pas trop tôt, hein ?

Elles parcoururent l'allée centrale presque au trot tandis que la dénommée Marita Reid descendait prudemment de l'estrade, de peur de se casser la figure dans la pénombre. Elles l'aperçurent plus nettement à mesure qu'elles s'approchaient. Dépassant la cinquantaine, elle était grande, athlétique, et portait une espèce de négligé fleuri un tantinet extravagant. Son maquillage était généreux, ses sourcils soulignés d'un trait noir et sa bouche dessinée d'un rouge trop éclatant pour cette heure de la journée.

Elle leur parla tout de suite en espagnol avec un accent andalou, ce qui leur inspira d'emblée une certaine confiance. Elle intercalait cependant des paroles et des expressions en anglais, employant indistinctement *muchachas* ou *you girls* quand elle s'adressait à elles, ou bien citant *El Barbero de Sevilla* ou *The Barber of Seville.*

— Alors comme ça vous êtes de Málaga ? leur demanda-t-elle après leur avoir passé un savon à cause de leur retard. Eh bien moi, je suis du même coin. Ma maman était espagnole, de la Línea, et mon papa, de Gibraltar, où je suis née aussi, mais j'ai vite abandonné le Rocher. Je suis montée sur mes premières planches avec une troupe de comiques. Avant l'âge de sept ans, j'ai parcouru la moitié de l'Espagne dans une camionnette pour des spectacles ambulants. À seize ans, je suis arrivée à New York à bord d'un cargo italien qui avait fait escale à Algésiras. Tout le monde croyait que l'avenir était prometteur ici, j'imagine que c'est pour ça que vous êtes venues, non ?

Elles haussèrent les épaules, sans la détromper. Non, rien de prometteur ne les avait jamais attirées. Elles avaient été simplement poussées par la vie, sans ambitions ni rêves. Pour le moment du moins. Ce geste vague leur suffisait comme explication. Cette dame tellement satisfaite d'elle-même s'en moquait bien.

— J'ai appartenu à la Compañía de Teatro Español depuis que Zárraga l'a fondée en 1921, poursuivit-elle. J'ai été la Malvaloca des frères Álvarez Quintero et María dans *El Nido ajeno* de Benavente. J'ai pris part aux montages que Narcisín Ibañez Menta avait rapportés de Buenos Aires. J'ai connu le poète García Lorca quand il est venu ici il y a quelques années, complètement fasciné par les nègres de Harlem. J'ai joué dans des saynètes, des farces, des opérettes et des vaudevilles, Fortunio Bonavona a voulu m'emmener à Hollywood en 1932 et je lui ai répondu nan… !

Mona et Luz la contemplaient, ébahies, en essayant de cacher leur ignorance. Elles n'y comprenaient goutte. Elles poussèrent donc un soupir de soulagement quand leur interlocutrice s'arrêta net.

— *So let's go !* occupons-nous de nos propres affaires, on a pris assez de retard comme ça…

Avant de remonter sur l'estrade, elle fixa Mona.

— Toi aussi tu veux être artiste, *honey* ?

Elle fit un pas vers elle, lui saisit l'ovale du visage, enfonça ses doigts dans ses joues.

— Avec ces grands yeux noirs…, tu serais divine dans *Bodas de sangre, my dear…*

Sans attendre de réponse, elle la lâcha puis grimpa sur la scène. Elle s'installa finalement au piano, projetant derrière elle dans une grande envolée son peignoir bariolé.

— *Come on, baby!* cria-t-elle à Luz. Monte, qu'est-ce que tu attends ? D'avoir des ailes ? Le prince charmant ?

La musique envahit le théâtre nu et froid et sembla apporter un peu de chaleur. À l'inverse de ce qui s'était passé à La Nacional, quand Luz avait chanté pour obtenir un rôle dans la zarzuela, personne n'applaudit, mais Mona, assise au troisième rang, perçut à distance l'approbation de la professionnelle chevronnée chaque fois que sa petite sœur obéissait à ses ordres.

Elle ressentit une bouffée de fierté en constatant que Luz n'avait peur de rien.

— Une taranta, ma chérie, allez, une copla. Un cuplé à présent[1]…

1. La taranta, la copla et le cuplé sont des formes traditionnelles de musique populaire espagnole.

30.

Tout était prêt à El Capitán pour servir les déjeuners. En l'absence inattendue de Mona, Remedios et Victoria s'étaient débrouillées avec les restes tout juste suffisants des jours précédents. Les marmites sur le feu, les tables mises et la porte entrouverte attendaient les premiers clients, d'habitude trois maçons de Gijón travaillant sur les échafaudages d'un bâtiment en construction de la Huitième Avenue.

Ce midi-là, pourtant, ce ne fut pas ce trio qui entra d'abord, mais un homme seul sans bleu de travail ni béret prolétaire. En plus, il arriva en automobile. Un autre type y patientait à l'intérieur, plus jeune, l'air plus renfermé, comme si sa place était de toujours rester en arrière.

Personne ne répondit au salut du nouvel arrivant. Victoria, qui allait saisir une poêle accrochée au mur, suspendit son geste, Remedios cessa d'essuyer un plat.

Fabrizio Mazza, l'avocat italien, avança d'un pas conquérant vers le comptoir séparant la cuisine de la salle à manger. Comme lors de sa première visite chez elles, il était vêtu avec recherche et portait une cravate violette. En ôtant son chapeau, il exhiba ses cheveux sombres, ondulés, luisants de gomina. Il sourit, un sourire plus forcé que sincère.

— Quoi que vous ayez cuisiné aujourd'hui, *signora* Arenas, sachez que cela sent merveilleusement bon, dit-il en penchant courtoisement la tête.

Ensuite il se tourna vers Victoria.

— Avec un ange d'une telle beauté à vos côtés, *e molto* difficile de manquer d'inspiration…

Il esquissa un nouveau sourire hypocrite qui dévoila ses dents, sans provoquer aucune réaction de la part des deux femmes. Elles se contentèrent de le regarder, muettes et effrayées, sans lâcher leurs ustensiles.

— *Io voglio parlare*, poursuivit-il sans se démonter, de l'affaire qui m'avait amené chez vous à la suite du décès du *signore* Emilio. *Dio benedica la sua anima.*

Il fit un signe de croix qu'elles n'imitèrent pas. Elles ne bougeaient pas un cil, elles n'osaient presque plus respirer. Au-delà de ses flatteries mielleuses et de sa piété feinte, la mère et la fille savaient qu'elles avaient devant elle un individu qui, sous prétexte de défendre leurs intérêts, voulait en réalité les plumer. Celui qui avait harcelé sor Lito pour qu'elle cessât de les représenter, puis commandité son agression après son refus.

Face au silence de plomb, l'Italien changea de tactique : plus de bla-bla et droit au but. Il en avait marre de l'attitude rétive de la nonne, leur dit-il, et il préférait donc discuter directement avec elles. Elles commettaient une grosse erreur en confiant leur cas à cette folle, il était bien plus au courant et avait plein de relations, elles feraient bien de réfléchir. Il se heurta de nouveau à la même barrière infranchissable. Elles se taisaient, pétrifiées.

De plus en plus mal à l'aise, il exposa ses arguments, mentionna délais et avancées, quantités, négociations, dates. Il se référa à d'autres victimes d'accidents similaires, à des indemnisations mirifiques et à des compensations spectaculaires… Quand il eut mis fin à cette logorrhée, une certaine nervosité avait succédé à son assurance.

— *Porca vaca*, maugréa-t-il contre la religieuse. *Figlia di puttana.*

Tandis que l'Italien proférait ses injures, Victoria vit du coin de l'œil que sa mère commençait à pleurer, comme toujours quand elle était dépassée par une situation. Loin de l'impressionner, les larmes de Remedios eurent l'effet contraire. La moutarde lui monta au nez jusqu'au moment où elle ne put plus se contenir.

Elle ne prit même pas la peine de raccrocher sa poêle à frire, elle la lança si rageusement sur le plan de travail qu'elle atterrit par terre. Le fracas du métal s'écrasant sur les dalles interrompit le torrent d'insultes de l'avocat.

Un hurlement féminin lui perça les tympans au milieu du silence qui suivit :

— Dehors !

Remedios essaya de la retenir par un bras, mais Victoria se libéra brusquement :

— Laissez-moi, maman, grogna-t-elle, laissez-moi !

Elle sortit de la cuisine, se planta devant l'individu et montra la sortie.

— Partez de cette maison, oubliez-nous !

Mazza ouvrit la bouche, esquissa un autre de ses sourires hypocrites qui se transforma en une grimace grotesque.

— *Signorina, prego…*

Mais Victoria était folle de rage. Tous les déboires accumulés au cours des derniers mois, toute sa tristesse et sa nostalgie, sa frustration engendrée par le mépris de Salvador et les mains répugnantes du salopard sur ses parties intimes, le fonctionnement erratique d'El Capitán… tout cela se conjugua pour produire une explosion de colère.

— Du balai ! Ouste ! brailla-t-elle, hors d'elle. Cassez-vous ! À la porte !

Terminés les sourires condescendants, la patience de Mazza était à bout, plus question de se montrer cordial. Cependant, il ne bougea pas d'un pouce. Alors, Victoria essaya de le pousser vers la sortie. Elle lui donnait des coups sur la poitrine tout en l'agonisant d'insultes :

— Sale type, voyou, fils de pute, ordure…

Il ne manquait plus que ça, parut se dire l'avocat, subitement furieux. Que cette salope, non contente de me mettre des bâtons dans les roues, me cause ainsi ! Ce fut à cet instant précis qu'il commença à lever le bras pour la faire taire.

La tension était telle entre l'aînée des filles Arenas et l'avocat, ils étaient si aveuglés l'un et l'autre qu'ils ne virent pas quelqu'un approcher à grandes enjambées. Victoria le découvrit seulement quand il fut tout près, et que deux mains masculines, larges et rudes, emprisonnèrent l'Italien par-derrière juste avant que ce dernier ne la frappât. Une fois Mazza immobilisé, l'homme le retourna comme si c'était un sac de pommes de terre, replia le coude et lui assena un direct.

Mazza chancela, étourdi. Il appuya une main sur une chaise, la fit tomber, et celle-ci entraîna d'autres chaises dans sa chute. En tentant de se redresser, il heurta une table préparée pour le déjeuner, la renversa également. Au milieu du vacarme de la vaisselle brisée et des couverts tintant sur les carreaux, l'avocat retrouva son équilibre et voulut maladroitement répliquer. Trop tard, son agresseur avait reculé de quelques pas, Victoria serrée contre lui. Son poing droit restait fermé, à tout hasard...

L'arrivée des trois clients asturiens mit fin à la scène. Ils n'eurent besoin d'aucune explication pour comprendre, un simple regard suffit. Si Mme Remedios était dans la cuisine et implorait l'intercession de la Très Sainte Vierge, et si le représentant en tabac andalou protégeait la belle jeune fille sans baisser la garde, l'importun était à l'évidence le quatrième personnage, le gommeux hirsute à la cravate tordue qui vacillait encore sur ses jambes et se touchait la mâchoire avec une grimace de douleur.

— Vous préférez quoi, l'ami ? Qu'on le jette dehors ou vous vous en chargez vous-même ?

Ils connaissaient Barona de vue, ils savaient que c'était un brave compatriote qui passait de temps à autre dans le quartier et vendait ses cigares sans embêter personne.

— Lâchez-le !

Victoria avait répondu pour lui, en s'arrachant à ses bras protecteurs. Encore furieuse, elle n'était pas disposée à se laisser intimider. Elle fit deux pas en avant, se planta de nouveau devant son adversaire. Ses cheveux étaient défaits, des mèches rebelles lui retombaient sur le visage et les deux boutons du haut de sa légère robe bleue étaient déboutonnés. Sa respiration était saccadée, ses yeux fulminaient d'une rage organique, primitive, presque animale.

Aucun des hommes ne réussit à en détacher le regard.

— Sortez de nos vies, et malheur à vous si vous revenez par ici, menaça-t-elle.

31.

Elles avaient quitté la scène du Chanin Theatre pour une loge remplie de costumes, un fouillis de vêtements décadents pleins de fanfreluches et de falbalas pendus à des cintres et à des crochets dans tous les coins. Sur une table, devant un miroir, trois perruques sur des supports et une flopée de pots de cosmétiques.

«J'ai moins d'une demi-heure pour déjeuner avant de recevoir la prochaine fournée de débutants, leur avait dit la Reid. On aurait déjà fini si vous n'étiez pas arrivées en retard. Suivez-moi dans ma loge, on continuera à bavarder.» Sans attendre leur réponse, elle avait emprunté une sortie latérale dans les coulisses et elles lui avaient emboîté le pas le long d'un couloir lugubre.

À peine entrée, elle fit un geste vague du bras.

— Asseyez-vous où vous pourrez.

Mona et Luz échangèrent un regard sans oser rien dire. À l'intérieur de cette loge exiguë, la présence imposante de Marita Reid devenait encore plus majestueuse. Pendant qu'elles se faisaient une petite place, l'artiste fredonnait de sa voix profonde le morceau qu'elle venait de jouer au piano pour Luz. Elle leur tourna le dos pour allumer un réchaud sur lequel elle mit une casserole en étain et la pièce fut envahie par une odeur improbable. Elle les ignora complètement durant quelques minutes, concentrée sur sa tâche. Elle goûta, secoua une petite nappe et disposa des couverts, remplit un verre d'eau. Finalement, quand tout fut en ordre, elle s'écroula dans un fauteuil qui avait connu des temps meilleurs. Les pans de son extravagant peignoir se répandirent sur le sol, dans une cascade de perroquets et de fruits tropicaux.

— Que l'une d'entre vous me rapproche le plateau, s'il vous plaît.

Quand elle l'eut sur ses genoux, elle se noua une serviette autour du cou et piqua quelque chose qui ressemblait à un bout de viande baigné d'une épaisse sauce brune. Les sœurs, collées l'une à l'autre telles des siamoises sur un banc étroit, restaient muettes et nerveuses, attendant un verdict qui n'arrivait pas.

— Convenable. Plus que convenable, décréta-t-elle finalement la bouche à moitié pleine, en désignant la benjamine des Arenas avec sa fourchette.

Elles crurent qu'elle parlait du ragoût, mais elle les détrompa aussitôt :

— Tu as dépassé mes attentes. Tu seras parfaite pour ce à quoi je pense.

Tandis que le rouge montait aux joues de Luz, l'artiste remua le contenu de la casserole et piqua un autre bout.

— Laissez-moi vous dire que j'ai toujours eu la comédie dans le sang, et que je donnerais beaucoup pour me consacrer exclusivement au théâtre sérieux, authentique, celui des grands dramaturges et des spectateurs raffinés et connaisseurs. Mais aujourd'hui, ajouta-t-elle en faisant claquer sa langue, ça rapporte peu, parce que le public est ce qu'il est.

Elle fit une courte pause et grommela : « C'est pas assez salé » avant de reprendre le fil de son propos :

— Les Espagnols qui ont les moyens habitent l'Upper West Side et Midtown. Les entrepreneurs, ceux qui ont des intérêts commerciaux, les gens cultivés et bien nourris, avec de l'entregent et de bonnes relations, vont aux galas et aux opéras du Met, aux concerts du Carnegie Hall et aux grandes productions de Broadway. Par ailleurs, s'il se passe quelque chose d'intéressant parmi nous, si Pau Casals ou Andrés Segovia, par exemple, jouent au Town Hall, ou si la Argentina monte un spectacle, ils y vont aussi, bien sûr. Mais s'il n'y a rien qui rappelle la patrie, ils se contentent sans le moindre problème des spectacles pour Américains, et ils apprécient autant un ballet russe que l'orchestre de Duke Ellington.

Elle s'arrêta de nouveau et se tapota délicatement les lèvres avec sa serviette, comme si elle déjeunait dans un restaurant de luxe et non dans ce cagibi.

— La majorité de la colonie est différente, vous le voyez bien vous-mêmes. Comme la quasi-totalité des Hispaniques de New York, ce sont des gens modestes, de simples travailleurs qui ont abandonné derrière eux leur misère et triment maintenant jour et nuit pour élever leurs enfants, ou pour expédier de l'argent à ceux qui sont restés au village, pour épargner afin d'ouvrir un petit commerce, ou même seulement pour survivre. Plus ou moins comme vous, non ?

Elle continuait à manger en parlant et elle avala de travers. Elle se donna deux vigoureuses claques sur la poitrine pour s'aider à reprendre sa respiration.

— Ce que recherche l'immense majorité de ces gens, ce n'est pas une magnifique œuvre d'art, c'est du divertissement, des représentations qui leur permettent de passer un bon moment, qui les tirent de la fatigue et du train-train quotidien, et ensuite ils rentrent chez eux le sourire aux lèvres et vont se coucher. *You know what I mean, right ?*

Elles répondirent d'un geste qui pouvait dire tout et son contraire. En réalité, elles étaient décontenancées devant une telle logorrhée mélangée à de la viande en sauce, mais elles n'osaient pas l'interrompre.

— Il faut leur procurer de la joie, les faire claquer des mains, taper des pieds et rire aux éclats. Et si on leur offre une bonne dose de nostalgie, de *morriña,* comme disent les Galiciens, ça tombe toujours bien. Et si en plus on saupoudre d'une petite pincée de piquant, ajouta-t-elle en clignant de l'œil, eh bien tant mieux ! On a le show complet, voilà !

Maintenant elle sauçait le fond de la casserole et en repêchait les dernières bouchées.

— Pour toutes ces raisons, mes chéries, j'envisage de créer une petite compagnie, avec laquelle j'effectuerais une longue tournée là où se trouvent des colonies de travailleurs espagnols. On débuterait ici, à New York, ensuite on irait dans la zone des carrières de granit de la Nouvelle-Angleterre, on monterait jusque dans le Maine et le Vermont, puis on ferait toute la ceinture industrielle : Canton, Dayton et Cleveland dans l'Ohio, pour jouer devant les ouvriers de la métallurgie, ils ont de bons salaires. On continuerait par Donora, en Pennsylvanie, et par les mines de West Virginia. J'imagine qu'ils vont adorer, ces malheureux, eux qui sont fourrés jour et nuit dans leurs trous... On n'irait ni dans les plaines ni en Californie bien qu'il y ait des tas de compatriotes là-bas, mais c'est trop loin. En revanche, on pousserait peut-être jusqu'à Saint Louis, Missouri, où il y a tout le personnel du zinc, ou bien on descendrait à Tampa, en Floride, où les employés du tabac gagnent bien leur vie...

Figées sur leur banc, Mona et Luz faisaient semblant de l'écouter attentivement, mais elles étaient bien en peine d'assimiler les contours de cette épopée à travers la géographie nord-américaine.

— C'est pour cette raison que j'ai sillonné les divers établissements de cette ville, pour répandre la nouvelle et trouver d'éventuels artistes, même s'il s'agit d'humbles amateurs. Ils apprendront peu à peu. Et c'est pour ça que je suis allée hier à La Nacional. J'ai réalisé quelques petites économies au fil des ans. On ne gagne pas des millions dans cette profession, mais j'ai travaillé comme une bête, je n'ai pas eu de famille et j'ai su me gérer correctement.

Elle arracha la serviette de son cou et adressa un geste impérieux à Mona, pour qu'elle la débarrasse de son plateau.

— Les choses sont en train de changer, dit-elle en s'appuyant sur ses bras pour se lever. *Oh, my God,* bien sûr qu'elles changent... Le cinéma sonore empiète de plus en plus sur les planches, et moi je vieillis, *so to make a long story short,* je veux donc gagner assez pour m'assurer une vieillesse décente.

— Alors..., intervint Luz, qui souhaitait préciser une bonne fois pour toutes sa participation éventuelle à ce projet nébuleux. Alors, votre intention est de monter un... un...

— Ça s'appelle « spectacle de variétés ambulant », *sweet heart.* Un petit peu de zarzuela, comme celle que vous répétez dans la 14e Rue, de l'humour, de bonnes doses de folklore, deux numéros de guitare, un jeune premier qui récite des vers bien profonds, une artiste un peu dévergondée et chantant le cuplé avec du piquant... Et toi, après t'avoir vue aujourd'hui, je te veux pour que tu apportes la note andalouse légère, celle de la copla et de la tonadilla, tu vois à peu près ?…

Marita Reid redressa son grand corps et une fois debout elle remplit à nouveau la pièce. Les deux sœurs l'imitèrent et chacune tâcha d'interpréter à sa manière ce qu'elles venaient d'entendre.

Écartant les références à des concertistes célèbres et à de prestigieux orchestres de jazz, Mona n'en retira qu'une certitude, tout cela semblait extravagant et démesuré, excessif pour sa benjamine, une gamine de Málaga à qui il manquait un peu de maturité et qui n'avait jamais envisagé de devenir une véritable artiste, fût-ce au sein d'une compagnie itinérante de faible renommée. En plus sa mère n'y consentirait jamais. Remedios attacherait sa fille à l'un des pieds du lit plutôt que la laisser partir seule dans ce vaste monde.

Les pensées de Luz, cependant, empruntaient des voies très différentes de celles de Mona.

— Une question, madame, osa-t-elle dire alors que Marita Reid, prête à reprendre ses activités, approchait son visage du miroir et coiffait ses cheveux teints.

— *Shoot, my dear.*

— Quand faudrait-il que je me décide ?

La Reid se retourna et riva sur elle ses yeux très sombres et noircis de khôl.

— Je veux entreprendre la tournée avant que l'été nous tombe dessus. Et j'ai donc besoin de ta réponse le plus tôt possible, dans deux jours, trois au maximum. Je suis pressée de commencer les répétitions et j'ai prévu de les faire dans un petit théâtre du Bronx. Je dois le quitter après-demain. C'est un vieux copain qui me l'a cédé pour quelques jours, mais ils ont d'autres engagements et il faut que je me grouille.

32.

L'affrontement débuta à la sortie du théâtre, dès qu'elles furent dans le bouillonnement de la rue.

— Je vais y réfléchir, déclara Luz.

Le cri de Mona fit tourner la tête à plusieurs passants :

— Mais tu es devenue dingue ou quoi ? Tu as vraiment l'intention de te balader dans ce pays de fêlés, avec cette femme complètement braque, de chanter et de danser dans les mines et les usines avec une troupe de guignols ?

Plantées au milieu du trottoir, les deux sœurs se prirent de bec. La discussion s'échauffa jusqu'à se transformer en une bruyante altercation, hurlements, insultes, grimaces. Elles faillirent même en venir aux mains. Ensuite, elles rentrèrent en bus sans se regarder, en grande partie debout jusqu'à ce que Luz obtînt une place assise au fond. Mona resta devant, accrochée à la barre et les yeux fixés sur l'extérieur.

Elles atteignirent la cantine sans avoir échangé un seul mot. Elles eurent à peine le temps de s'étonner de la trouver fermée à cette heure-là, des petites filles jouant à la corde sur le trottoir les avaient déjà averties dans un concert de voix enfantines :

— Elles sont parties à Casa María, elles veulent que vous y alliez !

Nommer cet espace « bibliothèque » était un peu exagéré. Il s'agissait plutôt d'une vaste pièce avec quelques étagères le long des murs et une grande table au milieu. Quant aux livres, il n'y en avait guère qu'une quinzaine, mais ils remplissaient leur fonction. Une religieuse de la maison avait conduit Remedios et Victoria à cet endroit en attendant l'arrivée de sor Lito.

Elles étaient accompagnées du représentant en tabac. « Elle ne va pas tarder », avait dit la nonne. Les deux femmes tuaient le temps assises autour de la table, Barona se tenait debout, appuyé contre une console. Il avait ôté sa veste, le premier bouton de sa chemise était défait et son nœud de cravate se trouvait à trois centimètres en dessous de sa place normale. Son visage était sombre.

— Qu'est-ce qui arrive, vous avez fermé El Capitán ? demandèrent Mona et Luz en entrant.

La mère commença à bégayer des paroles incompréhensibles, Victoria la coupa sèchement :

— La vérité, c'est que j'ai fait une grosse gaffe !

Elle leur décrivit en quatre phrases concises la scène, depuis l'irruption de l'avocat italien, avec son bagout et ses sourires hypocrites, jusqu'à son départ, humilié, abasourdi et contusionné. Elle achevait son récit quand les pas de sor Lito résonnèrent dans le couloir.

— Ça devait arriver, j'en étais sûre ! l'entendait-on s'écrier.

Elle pénétra dans la pièce avec son allure excentrique habituelle, sa taille rachitique, ses cheveux en bataille, ses vieilles bottes plus dignes d'un gamin tapant dans un ballon que d'une fidèle servante du Seigneur. Son visage portait encore les traces de sa chute dans l'escalier du métro. Sous un bras, elle transportait une épaisse chemise pleine de documents. L'autre bras, le blessé, elle semblait le bouger avec un peu plus d'aisance.

Elle serra chaleureusement la main de Barona après qu'on l'eut présenté, s'assit, alluma une Lucky Strike tirée comme d'habitude d'un vieux paquet chiffonné caché dans les replis de son habit, et expulsa la fumée. Elle les regarda ensuite à tour de rôle.

— Une collision avec Mazza, n'est-ce pas ?

La bibliothèque devint soudain un poulailler. Finalement, sor Lito parvint à se faire une idée plus ou moins nette de la situation et mit fin à ces caquètements stériles en haussant le ton :

— Et vous, Barona, qu'est-ce que vous en pensez ?

— Que ce type est une canaille de la pire engeance, ma sœur, que voulez-vous que je vous dise ? Ce voyou avait déjà le bras levé, et si je ne l'avais pas arrêté il aurait cassé la figure à cette pauvre petite. Mais je reconnais quand même que j'aurais pu éviter le coup de poing. Il suffisait de le retenir...

Il inspira profondément et sa poitrine parut s'élargir, puis il souffla avec une mimique d'impuissance :

— Mais ç'a été impossible.

La servante de Marie acquiesça en silence : Je m'en charge, semblait-elle dire. Elle leur cachait néanmoins que depuis plusieurs semaines elle était taraudée par le doute, qu'il aurait peut-être mieux valu leur conseiller de renoncer au procès et aux complications, d'accepter l'argent et les billets de bateau de la Trasatlántica et de retourner à leur passé misérable. Cependant, elle avait résisté, refusé la solution du retour, bien qu'elle n'eût pas prévu les conséquences collatérales de sa décision.

Elle frappa bruyamment sur la table avec la paume de la main et tous sursautèrent. Comme par magie, ce coup provoqua un changement d'attitude radical.

— Je m'en occupe, je vais changer de stratégie. Je négocierai avec lui, il n'y aura plus de problème, affirma-t-elle en réussissant plus ou moins à cacher son manque d'assurance.

Tandis qu'elle les rassurait, sor Lito prit le temps d'observer les beaux visages tourmentés des jeunes filles, dont les yeux habituellement si vifs étaient à présent rongés par l'inquiétude. Elle décida alors de ne pas se laisser décourager :

— J'ai une idée, Barona, si vous voulez expier votre faute pour avoir démoli la mâchoire de l'Italien, il existe un moyen de vous racheter.

— Lequel, ma sœur ? Je suis tout ouïe.

— Vous connaissez El Chico, l'établissement sur Grove Street ?

— Bien entendu. Je vends de temps en temps mes bonnes boîtes de cigares à Benito Collada.

— Eh bien, emmenez les petites dîner là-bas.

Toutes regardèrent la religieuse, ébahies.

— Sortez-les, allez-y, insista-t-elle. Distrayez-les un peu, elles en ont assez supporté comme ça. Dites à Collada que vous venez de ma part. Je suis sûre qu'il vous offrira au moins le dessert.

Aucune des sœurs Arenas n'applaudit à ce projet. Elles ne connaissaient pas El Chico et n'avaient pas le cœur à rire.

Quant à Remedios, l'anxiété se peignit sur son visage, comme toujours devant quelque chose d'inhabituel.

La nonne ne fit même pas attention à elle. Tenant pour acquise son autorité, elle donna un autre coup sur la table, encore plus fort.

— Ne traînez pas, mes petites, en avant ! Arrangez-vous un peu, faites-vous belles et oubliez les fourneaux, les avocats crapuleux et les problèmes. Sortez au moins un soir vous amuser.

33.

Ils prirent un taxi bien que ce ne fût pas loin. Luciano Barona l'avait proposé pour donner un peu plus de cachet à l'invitation. Il était assis à l'avant, à côté du chauffeur, les trois filles étaient à l'arrière. Installée au milieu, Victoria était encore perturbée par son altercation avec Mazza et aurait préféré, plutôt que de festoyer, se mettre la tête sous l'oreiller et oublier le monde. De chaque côté, Luz et Mona, tendues et absorbées, ne s'adressaient toujours pas la parole, l'une soupesant l'éventualité de tout envoyer paître et de se joindre à la troupe de Marita Reid et l'autre angoissée à cette idée.

Outre leurs motifs respectifs de chagrin, les trois jeunes filles étaient intimidées par l'étrangeté de la situation. Le représentant en tabac avait certes protégé Victoria contre les coups de l'Italien, mais elles ne savaient pas très bien quoi lui dire une fois qu'ils furent tous pelotonnés dans l'intimité du véhicule et commencèrent à rouler à travers le Village. Le malaise des sœurs était palpable tandis qu'elles feignaient de s'intéresser au spectacle des trottoirs quasi vides.

Barona était lui aussi déconcerté, un veuf tel que lui ne se retrouvait pas tous les jours en semblable compagnie, mais cette nonne extravagante le lui avait demandé et… et lui, au fond… À quoi bon se triturer les méninges ? pensa-t-il. Le fait est qu'il y avait derrière lui trois belles compatriotes, muettes contrairement à leur habitude. Elles conservaient encore la chaleur des fers à friser avec lesquels elles avaient arrangé leurs cheveux à la va-vite. Elles exhalaient un parfum d'eau de Cologne bon marché et de jeunesse, une odeur très agréable. Elles étaient vêtues de robes modestes, confectionnées à la maison, elles n'avaient rien d'autre à se mettre. Pour compenser la pauvreté de leurs tenues, elles s'étaient maquillé les lèvres sur le palier du premier étage, loin de la censure maternelle.

À l'approche de Sheridan Square, Luciano Barona se souvint de la dernière fois qu'il avait emmené sa femme à El Chico. Ça faisait combien d'années, déjà ? Cinq ou six, au moins. Valentín Aguirre, celui de l'hôtel Santa Lucía et du Jai-Alai, lui avait commandé des gros cigares, trois douzaines de boîtes, et Barona avait absolument voulu fêter ça. C'était avant qu'Encarna tombe malade et qu'elle soit consumée par les tumeurs, avant le départ de Chano, quand ils habitaient encore tous les trois l'appartement d'Atlantic Avenue et qu'elle lui donnait un coup de main pour les comptes tandis qu'il partait servir la clientèle de Manhattan. Le soir ils se mettaient ensemble à table, et les dimanches ils allaient retrouver leurs compatriotes d'Alhama à Park Slope. Avant que tout parte à vau-l'eau et que la solitude submerge sa vie.

Ce n'était pas le moment de céder à la nostalgie, le taxi venait de stopper. Le nom de l'établissement apparaissait sur les côtés du grand store au-dessus de l'entrée : EL CHICO. Tandis qu'il payait le chauffeur, un cerbère ventripotent engoncé dans une longue casaque grenat ouvrit la portière aux jeunes filles.

Ils furent accueillis par une bouffée de musique, des voix fortes, des rires, une fumée épaisse et des lumières ténues, des garçons déambulant parmi les tables et jouant les équilibristes avec des plateaux, une clientèle satisfaite, des odeurs de cuisine mêlées à des parfums de femme, de tabac et de lotion masculine. La fête, en somme. Des gens, beaucoup de gens, passant un moment agréable.

Un employé s'approcha, nœud papillon et front luisant de transpiration.

— Bienvenue à El Chico, mesdemoiselles, très heureux de vous recevoir à nouveau, cher ami, dit-il en tapotant le bras de Barona. Accordez-moi juste une petite minute, nous sommes pleins à craquer, je ne sais pas ce qui arrive aujourd'hui…

Il disparut dans le tumulte et les abandonna un instant à leur sort. Elles, serrées les unes contre les autres, contemplaient bouche bée le spectacle. La décoration rendait un hommage à la lointaine patrie aussi chaleureux qu'exubérant : arcades morisques, géraniums, carreaux de céramique, chandeliers en fer forgé, auvents. Au milieu, une piste de danse, vide pour l'instant. Au fond, on distinguait une petite scène où un couple achevait d'interpréter un numéro à mi-chemin entre le comique et le flamenco pour la plus grande joie d'un public enthousiasmé. Le type avait un chapeau cordouan, la femme une robe à pois. La musique se mêlait aux plaisanteries, ils s'envoyaient des douceurs ou se disputaient, s'interpellaient avec humour et effronterie. Ils parachevèrent leur prestation par un ultime claquement de talons, un ultime accord de guitare, un ultime éclat de rire. Les applaudissements furent retentissants. Le prétendu Gitan prit congé plié en deux tandis qu'il expédiait des œillets aux dames des tables voisines. Sa partenaire remercia en effectuant des arabesques avec les extrémités de son châle.

Le retour du maître d'hôtel rompit le charme.

— Si vous voulez bien me suivre, par ici s'il vous plaît…

Il y avait beaucoup de va-et-vient après la fin du numéro, ils eurent donc du mal à se frayer un passage jusqu'à leur table, sur un côté de la salle où une fresque représentait l'aqueduc de Ségovie. Les clients précédents venaient de partir et on installa rapidement pour les nouveaux convives une nappe jaune et quatre couverts. Ils s'asseyaient quand un individu sauta prestement sur la scène, le torse puissant, la tête presque rasée sur un cou musculeux, le tout dénotant une totale assurance.

— C'est le propriétaire dont parlait sor Lito ? demanda Luz.

Barona acquiesça en même temps qu'il dépliait sa serviette et en glissait un bout sous son col de chemise.

Une fois au milieu de l'estrade, le type se racla la gorge, regarda autour de lui tout en ajustant son nœud de cravate et attendit quelques secondes avant de lancer :

— Adorables dames, illustres amis…

Les derniers commensaux rejoignirent leurs places, les voix s'atténuèrent ainsi que les grincements de chaises. Les garçons s'efforcèrent de faire moins de bruit en servant à boire et en retirant les plats.

— Respectables dames, respectables amis…

Le silence se répandit enfin dans la salle et Benito Collada, Asturien d'Avilés malgré les outrances andalouses du décor, commença :

— Nous approchons de la date où nous commémorerons le premier anniversaire du malheureux accident aérien qui a brisé le cœur des Espagnols et des Hispaniques de cette ville et du monde entier…

Tous les clients n'étaient pas capables de le comprendre. Il y avait parmi eux un vaste contingent d'Américains, quelques-uns accompagnés d'amis et d'autres seuls. Ils étaient là parce qu'ils se sentaient attirés par cette culture ancienne peuplée de don juans, de toréros et de beautés volcaniques, parce qu'ils avaient lu une critique élogieuse de l'établissement dans un guide gastronomique ou dans *The New York Times,* ou parce qu'ils n'avaient pas trouvé de place ailleurs que dans ce mélange inclassable de cabaret, d'auberge sophistiquée, de petite salle des fêtes et de night-club. D'ailleurs, Collada se fichait éperdument de savoir qu'ils ne captaient rien entre bouchées et gorgées. Leur voisin de table n'a qu'à traduire, pensait-il sans doute. Sinon, qu'ils interprètent, ou qu'ils imaginent, ou qu'ils inventent…

— Une année s'est écoulée depuis que ce maudit accident de Medellín a mis fin à la vie de cet homme dont le souvenir ne mourra jamais…

Un garçon vint prendre la commande des jeunes filles et de Barona, mais elles étaient tellement sidérées qu'elles n'avaient même pas jeté un œil à la carte.

— Un être unique, poursuivit le maître de cérémonie, un être mythique, légendaire, inoubliable…

— Vous préférez que je choisisse ? leur demanda Barona, complice.

Elles acquiescèrent, enthousiastes et soulagées. Le seul menu qu'elles eussent jamais tenu entre leurs mains était celui d'El Capitán, une courte liste de plats banals concoctée par leur père. Elles n'auraient pas su quoi commander.

— Il fréquentait cette maison lorsque la Paramount avait organisé des séances d'enregistrement aux studios Kaufman Astoria du Queens, continuait Collada. Ici, à cette même table, le Zorzal Criollo[1] venait souvent s'attabler après les longues heures de tournage d'*El día que me quieras* ou de *Tango Bar…*

Un faisceau de lumière éclaira soudain une table vide. Dessus, un chapeau de feutre abandonné et la photo encadrée d'un homme au sourire éblouissant. Presque tout le monde se leva, tendant le cou pour découvrir la petite installation, une ovation émue parcourut toute la salle. Les sœurs hésitèrent à se lever, intimidées. Elles n'étaient pas encore tout à fait debout quand toute la clientèle se rassit en bloc. Elles l'imitèrent.

— Il parle de qui, Luciano ? demanda Luz, assumant leur ignorance.

— De Gardel.

— Ah bon…, répliquèrent-elles à l'unisson.

Ce nom leur disait quelque chose, elles savaient qu'il chantait et qu'il avait été à la mode, mais c'était à peu près tout. Leurs goûts musicaux étaient étrangers à tout cela.

Elles ignoraient qu'il était mort en Colombie l'année précédente, dans un accident d'avion. Elles n'avaient pas non plus la moindre idée de ce que pouvait bien être la Paramount, et seul le nom Queens leur était familier puisqu'elles avaient enterré leur père là-bas. En tout cas, elles se joignirent aux applaudissements lorsque Collada déclara :

— Mais la grande nouvelle, mesdames et messieurs, c'est que tout permet de penser que le roi des chanteurs de tango a désormais un héritier potentiel !

Les bras ouverts, il accueillit un jeune homme à la démarche cadencée, en costume sobre avec de larges revers et les cheveux brillants peignés en arrière.

— Voici le grand… Fidel !

En dépit des acclamations et de la curiosité initiale, le chanteur déçut bien vite. Il interpréta d'abord *Por una cabeza*, en forçant trop sa voix. Le public ne fut guère enthousiaste : il continuait à manger, à boire et à bavarder tandis que le supposé artiste attaquait *Sus ojos se cerraron*, de nouveau sans grand succès. Un sifflement perçant retentit dans un coin, suivi d'une insulte qui déclencha un éclat de rire général.

1. Littéralement « grive créole », l'un des nombreux surnoms de Carlos Gardel.

— Tu n'es même pas Carlitos en rêve, imbécile ! hurla quelqu'un.

Collada observait le public, la mine contrariée. Ce numéro de jeune premier tanguero ne fonctionnait pas du tout comme il l'avait espéré. L'imitateur avait beau se donner à fond, c'était un échec. L'immense majorité des gens présents avait sans doute vu le vrai Gardel au cinéma, ou ils l'avaient écouté à la radio, ou grâce aux disques enregistrés chez RCA Victor, ou encore ils s'étaient rendus en masse au théâtre Campoamor pour la première de *Cuesta abajo*. Je vire tout de suite ce crétin, pensa l'Asturien. Je le fiche dehors ce soir même.

En attendant, prenons le taureau par les cornes, décida-t-il devant l'apathie de l'auditoire.

Il s'approcha alors d'une table et invita une blonde resplendissante aux épaules dénudées à danser. La piste se remplit presque aussitôt de couples malgré la médiocrité du numéro. Entre deux airs, Collada demanda au fameux Fidel de chanter à sa manière, sans tenter d'imiter personne. Effrayé et le visage en sueur, le jeune homme parvint à interpréter d'une voix tremblante deux tangos supplémentaires.

Entre ce qu'elles dégustaient, voyaient et entendaient, les trois sœurs avaient tous leurs sens en éveil. L'avocat Mazza et Marita Reid, les tensions, les incertitudes, tout cela était momentanément chassé de leur esprit. Être à l'évidence les femmes les plus mal fagotées de la soirée les laissait indifférentes, à l'instar d'ailleurs des hommes autour d'elles, dont les regards devenaient de plus en plus éloquents. Demain sera un autre jour, songea Victoria en avalant une moule tandis que Luz regardait partout, s'imaginant jouer dans ce genre d'établissement. Quant à Mona, elle s'émerveillait de l'opulence du lieu, supputant les gains substantiels qu'il devait engendrer. Ce fut alors qu'une lueur s'alluma dans son cerveau. Et si… ? Et si… ?

— Vous avez vu la grosse aux cheveux frisés ? Sa robe va éclater si elle continue à danser comme ça !

L'exclamation de la benjamine tira Mona de ses réflexions. Victoria et elle cherchèrent du regard la femme en question et s'esclaffèrent, malgré Barona qui essayait vainement de les calmer. Lui aussi s'était peu à peu détendu. Il ne pouvait s'empêcher de rire devant la désinvolture croissante des jeunes filles, leur naïve ignorance et leur fraîcheur.

Il ressentit une certaine fierté à l'idée d'être parvenu à les divertir, ne fût-ce que deux heures, ce qui le poussa peut-être à risquer :

— L'une de vous veut danser ?

Toutes en mouraient d'envie, bien qu'elles eussent préféré un autre partenaire que ce compatriote d'un certain âge. Victoria se rappela alors qu'elle avait une dette envers lui.

— Moi, répondit-elle.

Les accords mélodieux d'*El día que me quieras* résonnaient lorsque le tabaquier veuf et l'aînée des filles d'Emilio Arenas foulèrent ensemble une piste de danse pour la première fois.

34.

Mona se dépêcha tellement qu'elle était déjà de retour avant l'ouverture de la cantine. Elle s'empressa de remettre les provisions de la journée à sa mère et à Victoria et elle repartit sur-le-champ en invoquant un vague prétexte : une course aux abattoirs pour acheter de la cervelle, ou des rognons, ou Dieu sait quoi… Ça n'avait aucune importance. Un mensonge de plus ou de moins…

Elle passa d'abord par la laverie des Irigaray et jeta un coup d'œil discret à l'intérieur. Derrière la vitre, au fond, elle distingua la silhouette de Luz. Penchée sur sa planche, elle repassait. D'un revers de la main, elle écarta une mèche rebelle. Mona ressentit une bouffée de fierté, la petite fille de la maison se transformait en une jeune femme travailleuse et capable. Dommage qu'elle fût encore tentée par cette fichue tournée.

Satisfaite de ce qu'elle avait vu, Mona revint à son projet. Le bus la ramena à l'agitation de Midtown. Elle se fraya de nouveau un chemin parmi la foule et atteignit en quelques minutes le Chanin Theatre. Elle traversa le vestibule d'un pas décidé, pointa sa tête dans la salle sans se laisser voir, à demi cachée derrière l'épais rideau en velours. Elle vérifia que l'artiste était seule – elle était occupée à ordonner des partitions devant le piano – et prit son courage à deux mains :

— Je peux vous parler un instant, doña Marita ?

Sa voix se noya dans les premières notes de musique. Après quelques secondes, elle se racla la gorge et fit une autre tentative, plus forte :

— Madame, je voudrais vous parler.

Toujours rien. Elle essaya une troisième fois, en haussant encore plus le ton :

— Madame !

Une voix furibarde lui répondit :

— Je t'ai entendue, je t'ai entendue ! Je termine et je m'occupe de toi !

Mona ne voyait pas très bien ce que la formidable Marita Reid devait terminer. Pour l'heure elle se contentait de pianoter des petits bouts de mélodie. Elle préféra cependant ne pas l'interrompre et s'assit dans un fauteuil, en attendant que l'artiste eût achevé son échauffement.

— Ça y est, dit enfin Marita. Tu peux parler.

— Je suis venue hier avec ma sœur…

— Tu crois que je suis trop vieille pour m'en souvenir ?

Je vais avoir du mal, songea Mona. Mieux vaut y aller carrément.

— Je souhaite vous proposer une affaire, madame.

— Une affaire ? demanda l'autre, ironique.

Et elle pianota la gamme de la main gauche : *do, ré, mi, fa, sol, la, si, do.* Les notes vibrèrent sur la scène vide.

— Toi, tu veux me proposer une affaire ?

Mona se tordit les doigts de nervosité.

— Ce que je veux vous dire, c'est… c'est… c'est… pourquoi on monterait pas un spectacle moitié-moitié ?

Le rire rauque de l'Andalouse résonna dans toute la salle.

— Pour ça, je me suffis à moi-même, *sweety.* Je n'ai pas besoin de toi.

Droit au fait ! se répéta Mona. Allez !

— Vous connaissez El Chico, doña Marita ?

— Le club de Collada, dans le Village ? Bien sûr que oui…

— Eh bien, je vous offre de participer à quelque chose de semblable.

Elle y avait réfléchi toute une nuit d'insomnie, les yeux grands ouverts jusqu'au petit matin : un spectacle pour donner un nouvel élan à la cantine et sa chance à Luz. Voilà l'idée qui avait germé dans l'esprit de Mona depuis qu'elle avait découvert le succès de l'Asturien.

— El Chico junior, c'est là-dedans que tu prétends m'embarquer ?

L'artiste tapota sur le piano pour en tirer quelques accords énergiques. Elle ne la prenait pas du tout au sérieux, bien entendu.

— Notre établissement s'appelle El Capitán.

Sans reprendre son souffle, aussi rapide que succincte, Mona lui exposa où il se trouvait, son origine, sa capacité d'accueil et ce qu'on y mangeait.

— Mais ça marche pas, reconnut-elle finalement. Et on sait plus quoi faire. Et pour ça j'ai pensé qu'on pourrait le reconvertir, mettre quelques numéros au moment du dîner, et ensuite danser jusque tard dans la nuit, et...

— D'accord. Comme El Chico, tu as dit, n'est-ce pas? la coupa Marita.

— Pareil, madame, plus ou moins.

L'artiste se leva de son tabouret, parcourut la scène en faisant craquer les planches et descendit prudemment l'escalier de peur de trébucher. À présent qu'elle la voyait de plus près, Mona constata qu'elle portait une tenue bariolée semblable à celle de la veille. Elle concentra son regard sur les motifs d'oiseaux et de fleurs exotiques, afin de ne pas fixer ses yeux et se laisser intimider.

Arrivée devant elle, Marita Reid lui déclara sans une ombre de sarcasme :

— Tu sais ce que ça signifie, ma petite? Un type comme Benito Collada, qui a roulé sa bosse dans le monde entier et est capable de tout, peut se permettre d'entretenir un club dans cette ville, mais toi?...

Elle la détailla de haut en bas, soulignant son insignifiance.

— Tu as quelqu'un qui serait disposé à te financer? Un père, un mari, un frère, un fiancé, un amant, un protecteur?

— Non, madame, répondit Mona à voix basse. Je n'ai que ma mère et mes sœurs.

— Vous avez du cash, au moins? Ou une garantie, une propriété quelconque à hypothéquer?

Mona fit non de la tête et la Reid produisit un claquement de langue méprisant, comme pour lui dire «Tu es dingo, ma pauvre fille», mais Mona ne se démonta pas, pas encore. Elle insista. L'Andalouse pourrait utiliser son établissement pour présenter son spectacle au public. Au lieu d'organiser une tournée à destination des colonies ouvrières espagnoles disséminées sur le territoire nord-américain, les artistes engagés resteraient à Manhattan et joueraient sur la scène d'El Capitán.

Ses efforts furent vains, son interlocutrice fit la sourde oreille à tout. Quand elle fut à court d'arguments et que son regard erra à travers la salle en quête de quelque chose à ajouter, elle s'aperçut qu'elles n'étaient plus seules. Trois jeunes filles très minces changeaient de chaussures et chuchotaient entre elles, des danseuses sans doute. Il y avait aussi un père et son fils vêtus humblement. Le gamin avait treize ou quatorze ans et transportait un accordéon. Mona comprit qu'il s'agissait d'auditions et qu'elle était de trop.

Marita sortit un feuillet des plis de sa tenue et consulta l'ordre de passage prévu.

— Trio Las Montero ! hurla-t-elle en lui tournant le dos sans une once de courtoisie. Préparez-vous, *please* !

Mona en avait assez de supplier, l'autre était désormais concentrée sur ses propres affaires. À quoi bon insister davantage ? Le murmure qu'elle émit en guise d'adieu resta sans réponse. Elle se dirigea vers la sortie la rage au cœur, au bord des larmes. Quand elle atteignit le foyer, elle entendit au loin des claquements frénétiques de talons. En quelques pas elle se trouva de nouveau dans la rue, enveloppée de bruit et de lumière.

— S'il vous plaît…

Elle tourna la tête, aperçut un jeune homme. Il attendait à droite de la porte, son visage lui parut lointainement familier au premier coup d'œil.

— Je vous ai écoutée pendant que vous proposiez votre affaire à la vieille.

Sous le soleil de ce milieu de journée et au milieu de l'agitation urbaine, Mona ne réussissait pas encore à l'identifier.

— Vous m'accordez cinq minutes ?

35.

Il lui disait quelque chose, mais quoi ? Le visage, l'allure, la voix, même. Tout lui rappelait quelqu'un…

— On s'est rencontrés quand vous êtes venue avec vos sœurs chez nous pour régler l'enterrement de votre papa, dit-il devant la mimique étonnée de Mona.

Le jeune homme des pompes funèbres ? Il était aussi chétif, en effet. Et de près elle constata qu'il avait des yeux globuleux comme dans son souvenir. Il semblait néanmoins différent. Elle l'associait plutôt à un épisode plus récent, tout proche. Mais lequel ?

— C'est peut-être à cause des cheveux, expliqua-t-il en montrant sa tête. On me les a teints en noir et lissés chez le coiffeur.

— Ah oui…, murmura-t-elle, déconcertée.

— Pour le truc de Gardel.

La surprise se peignit sur le visage de Mona : c'était bien lui. Ce maigrichon à présent vêtu d'une simple chemise claire et d'un vieux tricot marron n'était autre que le chanteur de tango brocardé la veille au soir par certains spectateurs d'El Chico. Depuis leur table éloignée de la scène, au milieu de la fumée, de la pénombre et des va-et-vient de la clientèle, avec cette chevelure aile de corbeau et son costume seyant, aucune des trois sœurs n'aurait imaginé le connaître. Lui, en revanche, et malgré sa médiocre prestation, s'était aperçu de leur présence.

— J'ai déjà fait mieux, confessa-t-il en haussant les épaules. Dès que j'ai eu fini, Collada m'a payé à contrecœur et m'a dit de débarrasser le plancher. Un coup de pied au cul en bonne et due forme, *you know*…

Il espérait peut-être quelques mots de consolation ou que Mona lui dise qu'au fond ce n'était pas si mal, mais elle était tellement stupéfaite qu'elle resta sans voix.

— En tout cas, je ne suis pas disposé à jeter l'éponge, je vais continuer. J'ai rendu le costume loué et je venais voir si je trouvais autre chose, on m'a dit que la Reid cherchait des gens pour un spectacle.

— Vous ne travaillez plus aux pompes funèbres ?

— Si, juste pour le moment. Je veux arrêter. Vous êtes pressée ?

— Plutôt.

Ce n'était pas vrai, mais elle n'avait pas non plus envie de bavarder avec cet aspirant tanguero déchu. Elle voulait être seule, elle en avait besoin. Il lui fallait encore ravaler sa déception devant le refus catégorique de Marita Reid.

— Comment vous êtes venue ?

— En bus.

— Je vous raccompagne, dans ce cas.

Fidel Hernández, je veux être chanteur et pour moi Gardel est un dieu. Telle fut sa triple déclaration tandis qu'ils attendaient à l'arrêt, après que Mona se fut résignée à devoir le supporter.

— Je l'admire et le vénère tellement que je n'ose pas l'appeler Carlitos, même quand je pense à lui, ça me paraît être un manque de respect que les gens s'adressent à lui de cette façon. Car-li-tos, répéta-t-il en crachant les syllabes, comme si c'était n'importe qui…

Ils montèrent dans l'autobus archi-bondé, se frayèrent un passage presque à coups d'épaule parmi les voyageurs sans que le garçon arrête de parler.

— J'avoue que j'ai fait sa connaissance assez tard. Avant, je n'avais pas ses disques et je n'étais jamais allé voir ses films. Je trouvais que c'était exagéré, les foules, les femmes qui hurlaient comme des folles et les hommes qui l'imitaient, jusqu'à sa coiffure. Vous étiez ici à l'époque de la première de *Cuesta abajo* au Campoamor ? Ça fait deux étés.

— Non, on est là seulement depuis quelques mois.

— Eh bien, vous pouvez pas imaginer, les rues pleines de gens sans billets, qui claironnaient son nom par milliers. Il a fallu retarder de trois heures le début du film à cause de la masse humaine qui s'était formée devant les portes, et on a sorti des haut-parleurs pour que tout le monde puisse entendre.

L'autobus avançait en brinquebalant sur les pavés. Ils étaient debout, plaqués contre d'autres passagers. Mona, agrippée à une barre, se souvenait de sa houleuse conversation avec Marita Reid tandis que le fils de l'entrepreneur de pompes funèbres était lancé dans son irrépressible verbiage.

— Tout a changé quand on l'a ramené de Colombie. Il est resté près de nous huit jours et neuf nuits, et moi, je l'ai pratiquement pas quitté. J'ai commencé à découvrir sa véritable grandeur. À partir de ce moment, j'ai volé plusieurs disques dans la boutique de Castellanos, j'ai appris les paroles par cœur, j'ai imité sa voix et sa manière de prononcer les mots…

Ils continuaient serrés comme des sardines, il faisait de plus en plus chaud, les nids-de-poule et les coups de frein propulsaient les voyageurs de tous côtés. Et il avait veillé sur lui, continuait Fidel, il lui avait tenu compagnie heure après heure pendant cet ultime séjour…

— Voilà pourquoi je prends tout ça au sérieux et pourquoi il est presque devenu ma raison d'être, même si je sais que le chemin est encore long, *a long, long way*…

Mona avait du mal à suivre le fil de son récit tant elle était secouée par le bus, d'autant qu'elle n'était pas aidée par l'accent de ce fils de Portoricains né à Manhattan qui parfois s'exprimait avec une intonation et des mots incompréhensibles. Ou bien il doutait, se bloquait, passait à l'anglais, se reprenait…

— J'aide mon père et mon oncle dans leur commerce depuis que j'ai douze ans, et je rêve du jour où je pourrai l'abandonner. Après que ma mère est partie – elle en avait marre de tous ces morts et d'un mari lui aussi à moitié éteint –, mon père m'a forcé à lui donner un coup de main après l'école. J'étais encore tout gamin mais j'ai dû remplacer ma mère et m'occuper des cadavres. J'ai d'abord appris à les enduire de *make-up*, certaines familles souhaitent que les leurs arrivent au ciel bien *handsome*, tout jolis. C'est pour ça que je connais des gens, beaucoup de gens. Quand on te fait confiance pour préparer le corps de l'être aimé, pour le laver et l'habiller, lui fermer la bouche, le mettre dans la boîte et lui croiser les mains sur la poitrine, on dirait qu'il s'établit *forever* un lien, une union. Parfois, s'ils ont pas de famille, ou si aucun ami ne vient, eh bien, une fois ma tâche accomplie, il m'arrive de m'asseoir et de verser une larme, ou bien je récite quelques Notre Père.

Et le garçon de poursuivre ainsi, entre d'innombrables secousses, avec une Mona de moins en moins attentive à ses côtés, pressée d'arriver à destination et de descendre de cet engin. Elle n'était pas habituée aux véhicules à moteur et, si elle avait peu d'intérêt pour Gardel, elle en avait encore moins pour les arcanes du métier de croque-mort. Elle était sur le point de le prier de clore son bec un instant lorsque le monologue changea brutalement de sujet :

— Je sais que la vieille n'a pas du tout envisagé de s'associer avec vous, mais, si vous me le permettez, moi, je suis prêt. Je peux vous aider à chercher une clientèle, à préparer un show. Je connais aussi des journalistes de *La Prensa,* car c'est moi qui rédige les nécrologies. Sûr que j'arriverai à leur glisser une publicité et que je les persuaderai d'envoyer un journaliste le jour de l'inauguration.

Mona fit un effort pour reprendre ses esprits et se tourner vers son compagnon avec un minimum de lucidité. Ce qu'elle venait d'entendre devenait intéressant. Malgré son ignorance du fonctionnement de ce genre d'établissement, elle devinait l'importance de ces éléments : des clients, de la publicité, un article de journal. Pour la première fois de la journée, un mince sourire se dessina sur ses lèvres. Elle n'était pas disposée à baisser les bras. En dépit de son échec initial, il devait y avoir d'autres solutions. Son intuition lui soufflait que le monde des artistes espagnols à New York ne se résumait pas à la seule Marita Reid.

Alors qu'ils s'apprêtaient enfin à descendre de l'autobus, Mona, ragaillardie, jeta un regard différent sur le jeune homme, avec une pointe de tendresse. Pauvre garçon, pensa-t-elle. Et elle eut pitié de la vie qu'il menait.

— Et en échange, si tout allait bien, tu me demanderais de faire partie du spectacle, non ?

Elle était passée au tutoiement, tout comme lui.

— Je peux m'améliorer, promis.

Peut-être que oui, peut-être que non, se dit Mona. Elle manquait de références. Que savait-elle du tango ? Elle se risqua à lui demander :

— Et ton ami Gardel, il t'a entendu chanter ?

— Non, non, non, répliqua-t-il, gêné. J'ai jamais eu l'honneur de le connaître de son vivant. Il est mort brûlé dans cet accident à Medellín et il y est resté enterré jusqu'en décembre. Ensuite, en janvier de cette année, on a transporté son cercueil à New York pour qu'il soit ramené en bateau à Buenos Aires, mais les autorités portuaires ont tardé à accorder le permis. Et moi, entre-temps, je me suis simplement occupé de l'essentiel : veiller sur sa dépouille calcinée dans une boîte en zinc.

36.

Barona avait été invité à déjeuner à El Capitán. Elles lui devaient bien ça après la soirée qu'il leur avait offerte la veille. Assis à table, Victoria, Luz et lui se rappelaient les anecdotes d'El Chico, les péripéties, leurs impressions.

La seule qui se taisait était Mona. Elle était physiquement présente, entre ses sœurs, sauçant son assiette de ragoût avec un petit morceau de pain. Ses pensées, en revanche, étaient très loin. Elle était décidée à leur révéler son idée ce soir, lorsqu'elles seraient rentrées chez elles : l'environnement domestique lui semblait plus propice. Aussi quelle ne fut pas sa surprise quand elle s'entendit dire :

— J'ai pensé qu'on pourrait faire pareil.

Ils la regardèrent tous, intrigués, et elle se mordit la langue d'avoir parlé. Mais c'était trop tard et il valait mieux continuer :

— Ce serait pas si difficile et on gagnerait un peu plus d'argent en attendant que sor Lito règle notre affaire. C'est pas si compliqué, ça vaut le coup d'essayer…

— Mais tu n'as pas honte, malheureuse ? s'exclama sa mère. Tu veux que notre cantine devienne un cabaret louche ? Ton père se retournerait dans sa tombe !

Avant que le coup de poing de Remedios ne retentît sur la table, ses deux sœurs avaient déjà réagi. Luz applaudit, euphorique, Victoria exigea immédiatement des explications. Interrompue par des exclamations enthousiastes et des éclats de rire, Mona s'efforça d'exposer clairement son projet.

— Vous êtes en train de perdre le peu de décence que vous aviez ! déclara la mère sans l'écouter. Vous finirez par devenir des moins que rien, aucun honnête homme ne voudra de vous, vous allez me faire mourir de chagrin !

Tandis que Remedios hurlait, ses filles haussèrent le ton, les cris fusaient, et les mains s'agitaient en l'air pour souligner les paroles, elles se tapaient sur les cuisses, et tout s'acheva comme d'habitude par une crise de larmes de leur mère.

Un silence pesant s'installa, seulement troublé par des sanglots étouffés. Le représentant en tabac se taisait, il avait assisté à la dispute sans ouvrir la bouche. Certes leurs relations étaient de plus en plus étroites, en particulier à la suite de la soirée à El Chico, mais il trouvait la situation un peu gênante.

Au lieu de s'en formaliser, Barona préféra calmer le jeu. Il posa son index sur ses lèvres pour demander discrètement une trêve aux filles.

— Les enfants sont comme ça, Remedios, ne vous mettez pas dans cet état..., dit-il, conciliant.

Il glissa alors sa main dans la poche intérieure de sa veste, en tira une enveloppe qu'il jeta sur la table. Il souhaitait surtout relâcher la tension.

— Regardez, j'ai reçu ce matin des nouvelles de mon garçon, il m'écrit de Philadelphie.

Il avait déjà parlé de son fils, mais sans jamais entrer dans les détails. Elles savaient juste qu'il était grand et vivait loin.

— Il avait prévu de venir la semaine prochaine, je ne l'ai pas revu depuis cinq mois, et voilà qu'il m'annonce que ce ne sera pas non plus possible cette fois. Et qu'est-ce que je fais, moi, alors ? Eh bien, je prends sur moi, Remedios, que faire d'autre ? Continuer à vivre, et encaisser. Et pourtant je me rappelle quand il était petit, chaque fois qu'il entendait ma clé tourner dans la serrure, il se précipitait comme un fou pour se jeter dans mes bras...

Il ajouta quelques petites anecdotes familiales et atteignit finalement son but, que cette idée de transformer la cantine en night-club se dilue dans les airs et que s'apaisent les sanglots de la mère. Mona respira, soulagée, et lui adressa un clin d'œil complice.

— Merci, murmura-t-elle.

— Et que fait-il, à présent ? demanda Luz.

— Il est boxeur.

— Boxeur ! reprirent en chœur les jeunes filles.

Rien de plus éloigné de leur monde. Devant le manque d'enthousiasme de Barona, la benjamine insista :

— Vous aimez pas la boxe, Luciano ?

Il esquissa un sourire en coin avant de répondre :

— Eh bien non, ma petite, aucun homme sain d'esprit n'aime ça. Il n'y a pas très longtemps, je suis allé au Madison Square Garden pour voir le Basque Uzcudun, un ami de Valentín Aguirre. C'est un poids lourd, un vrai monstre et la fierté de la colonie. Pourtant, ce soir-là, il a subi le premier K.-O. de toute sa carrière, et dans quelques semaines…

Il s'arrêta net. Ses hôtesses ne devaient guère s'intéresser à l'univers des rings.

— Mais vous n'êtes pas pour qu'il fasse de la boxe quand même, reprit Victoria, vous voulez pas que votre fils passe son temps à prendre des coups, n'est-ce pas ?

La spontanéité de l'aînée lui arracha une ombre de sourire.

— Ça me brise le cœur de penser qu'un de ces jours on va me le rendre les pieds devant. Ou aveugle, ou dingo.

Il soupira et secoua la tête, comme pour chasser ses peurs.

— C'est la loi de la vie, Remedios, à quoi bon se triturer les méninges ? Nous plantons les graines et ils décident. C'est pas vous-même qui avez insisté pour que vos filles viennent à New York ?

Il avala une dernière gorgée de café, détacha la serviette de son cou et se leva pesamment. Fichues brûlures d'estomac ! Il sortit quelques billets de sa poche, les posa sur la table sans demander la note.

— Il a hérité de mon prénom, le même que mon père et mon grand-père, mais on l'a toujours appelé Chano à la maison, une idée de ma femme, sans doute pour nous distinguer. On a eu beau essayer de lui transmettre un peu de notre monde, je me demande encore quand ça a foiré.

37.

Tandis qu'elles enfilaient leur chemise de nuit, elles l'abreuvèrent de questions à voix basse, ne voulant pas que leur mère les entende de l'autre côté de la cloison.

— Alors, qu'est-ce qu'elle t'a dit, la vieille du spectacle ? Mais tu es sûre que tu proposes pas une folie ?

— Et tu crois vraiment qu'El Capitán peut devenir un truc comme El Chico ? Et moi, je pourrais chanter ce que je voudrais devant le public ?

Feignant une sérénité qu'elle était loin d'avoir, Mona s'efforça de rassurer ses sœurs :

— J'ai parlé avec quelqu'un qui nous aidera. Je le revois demain. Il m'a dit qu'il allait préparer une liste avec tout ce qu'il faut faire, et l'argent dont on aura besoin. Il s'y connaît en chiffres parce qu'il s'occupe d'une affaire familiale.

Elle préféra cacher pour le moment que ce contact prometteur n'était autre que le gamin des pompes funèbres. Les moqueries et les objections de Luz et de Victoria se seraient entendues jusqu'au dernier étage.

Afin de ne pas contrarier davantage Remedios, qui trouvait toujours la lumière électrique diabolique, elle qui avait été élevée au milieu des bougies, elles ne tardèrent pas à éteindre et à se glisser sous les draps. Mona eut malgré tout du mal à s'endormir.

De l'argent. Il faudrait de l'argent. C'était cela qui lui trottait dans la tête tandis qu'elle fixait l'obscurité. Tout le reste, elle l'obtiendrait d'une façon ou d'une autre, des artistes en puissance, on en trouvait à la pelle, elle l'avait constaté aux répétitions de la zarzuela ou dans le théâtre de Marita Reid. Et Fidel prendrait en charge les autres aspects. À moins qu'elle ne doive pas lui faire confiance. Ou peut-être que si. Ou que non…

— Hé, Mona, tu es réveillée ?

Le chuchotement de Victoria la tira de ses pensées.

— N'oublie pas, demain, quand tu feras les courses, rapporte l'autre pommade.

— Quelle pommade ?

— Pour l'œil de maman, la nouvelle qu'a prescrite le docteur, tu es pas au courant ?

— Mais il est encore repassé par ici ?

Le ton de Mona traduisait sa surprise. Dans l'agitation de la journée, Remedios et Victoria avaient complètement oublié de lui en parler. Tiré à quatre épingles, professionnel jusqu'au bout des ongles, exhalant un parfum de lotion chère après un rasage soigneux, le jeune docteur Osorio était revenu à El Capitán ce matin. « Parfait, madame, avait-il décrété après l'avoir examinée pour la seconde fois, mais il ne faut pas baisser la garde, je vous prescris donc une nouvelle pommade. Mettez-en une semaine. » Il paraissait plus décontracté, cette fois. Il avait même accepté un café qu'il avait bu assis au milieu de la salle à manger vide, peu avant midi. Remedios et Victoria, intimidées, ne savaient pas quoi lui dire. Entre échanger des banalités avec des clients de leurs classe et condition, et oser bavarder d'égal à égal avec un vrai médecin, il y avait un monde.

C'était lui qui avait brisé la glace. Il les avait interrogées sur leur affaire : comment marchait le commerce ? Comment ça se passait pour elles ? Il avait aussi posé des questions sur le quartier, sur les autres établissements, sur la qualité des produits de Casa Moneo, sur le genre d'activités organisées par La Nacional. « J'envisage de prendre moi aussi ma carte de membre », avait-il dit, comme s'il avait soudain une illumination. C'était faux, bien entendu : pourquoi un éminent collaborateur du docteur Castroviejo vivant dans Uptown s'associerait-il à une institution de bienfaisance pour travailleurs payés moins de cinquante cents de l'heure ? De fait, il souhaitait juste paraître moins distant, qu'elles se détendent, lui parlent, lui précisent une bonne fois pour toutes où pouvait donc bien traîner Mona ce matin-là.

« À propos, avait-il conclu, alors qu'il se levait pour partir. Puisque vous êtes plusieurs femmes dans la famille, l'une de vous serait peut-être intéressée par un travail ? » Non, non, lui avaient-elles fait comprendre avec des gestes éloquents. On commence à se débrouiller, ne prenez pas cette peine, docteur. Il n'était pas question qu'il fourre son nez dans leurs finances catastrophiques. Elles s'étaient contentées de lui expliquer que la petite était employée dans une blanchisserie et que la cadette se consacrait aux achats et aux commissions. Voilà donc pourquoi Mona n'était pas là, s'était-il dit. « En tout cas, voici ma carte, appelez-moi le cas échéant. Il s'agit d'une tâche très simple. Accompagner ma marraine, qui a du mal à se déplacer quand elle sort le matin et parfois en tout début d'après-midi, jusque vers trois ou quatre heures. Elle ne parle pas anglais et elle veut près d'elle quelqu'un qu'elle puisse comprendre. Salaire hebdomadaire à débattre. »

— On s'en est complètement fichues, dit Victoria en tapant sur son oreiller pour l'écraser.

Elle se recoucha puis ajouta :

— Mais pour pas vexer le médecin, maman a mis la carte dans la poche de son tablier. On a notre lot de soucis, on va pas tenir compagnie à une invalide, il manquerait plus que ça.

Lorsque l'aînée eut terminé de raconter la visite de l'ophtalmologue, le silence régna de nouveau dans la chambre. Les respirations devinrent plus régulières, seule Mona continuait de se débattre contre ses pensées obsédantes : chanteurs, argent, clients, publicité, contacts, argent, Fidel, Marita Reid, argent, théâtre, argent, argent, argent, ossements de Gardel. Et maintenant le docteur.

Elle n'avait pas la moindre idée de l'heure lorsqu'elle décida de se lever. Deux heures, trois, quatre, peu lui importait. Lassée de lutter contre l'insomnie, pieds nus, elle s'efforça d'éviter les craquements du parquet. Les gonds grincèrent lorsqu'elle ouvrit la porte de la chambre contiguë et elle s'arrêta aussitôt. Elle jeta un regard dans la pénombre et fut soulagée : sa mère dormait, apparemment apaisée, avec son pansement sur l'œil et sa couverture remontée jusqu'au menton.

D'ordinaire, elle accrochait son tablier à un simple clou au mur de droite. Ses trois filles en avaient marre de lui rabâcher de le laisser dans la cuisine d'El Capitán, de ne pas sortir ainsi dans la rue, que personne ne se promenait dans cette tenue en plein New York, mais elle n'écoutait pas. Ce soir-là, par chance, son entêtement arrangeait Mona. Sans pénétrer davantage dans la pièce, elle tendit le bras autant que possible et finit par atteindre le vieux vêtement. Elle tâtonna, en quête des poches. Dans la première, elle découvrit un os d'aileron de poulet, deux épingles à cheveux rouillées et quelques allumettes à moitié brûlées. Elle continua à palper et localisa la seconde poche.

Elle était en train d'y introduire les doigts lorsqu'elle entendit le couinement du sommier. Elle enleva sa main et recula. Sa mère émit plusieurs geignements et se retourna sur le matelas. Elle attendit un court instant, devina que Remedios s'était rendormie après avoir simplement changé de position. Elle recommença rapidement sa fouille, à l'aveuglette, et trouva ce qu'elle cherchait au milieu d'une grosse poignée de pois chiches.

Elle retourna se pelotonner dans son lit. Elle serrait la carte dans son poing, débarrassée désormais du poids de ses idées fixes.

38.

Fidel l'attendait le lendemain matin là où ils s'étaient quittés la veille, tenant contre lui un cartable rempli de papiers.

— Allons-y, dit-il dès qu'il l'aperçut.

Ils tournèrent dans la 11e Rue, parcoururent quelques mètres et descendirent trois marches jusqu'à un établissement modeste. Sur la porte, un panneau écrit dans un alphabet inconnu. Des pains, des brioches et d'étranges gâteaux étaient empilés derrière le comptoir. Les propriétaires étaient un couple robuste, le teint clair et rose. Ils se ressemblaient comme des jumeaux et parlaient une langue bizarre.

— Ils sont russes, précisa le garçon, et presque tous leurs clients aussi, donc personne ne nous comprendra.

Il leur demanda quelque chose d'incompréhensible puis traîna Mona vers le fond en la tirant par la manche jusqu'à une des quatre tables dépareillées. Aucune n'était occupée. Une fois assis, il posa le cartable sur le marbre et le contempla de ses yeux de grenouille.

— Plus j'y réfléchis, plus ça me paraît clair.

Sans autre explication, il l'ouvrit et commença à sortir des journaux entiers et des pages volantes, des tracts, des menus, des coupures de magazines. Regarde ça, et ça, et ça, disait-il en pointant son index sur les documents.

— Regarde, le Stork Club qui se trouve maintenant dans la 53e Rue, il a été monté il y a six ou sept ans en pleine Prohibition par un type d'un village de l'Oklahoma, et le Morocco, dans la 54e, ouvert voilà quatre ou cinq ans par un Italien, qui s'est associé ensuite avec un grossium argentin, mais on s'en fiche. Tu sais ce que ces lieux sont devenus ? Eh bien, c'est là que vont les plus riches et les plus célèbres et les plus… les plus tout à New York.

Mona tenta de protester, il la stoppa d'un geste de la main.

— Je sais ce que tu vas me dire, que la 14e n'est pas Midtown, et que les riches et les célébrités n'ont rien à voir avec ta cantine, d'accord, j'ai compris, mais je voulais que tu saches qu'on est à une époque où tous les gens sont fous de night-clubs. Tiens, regarde ça aussi…

Il tira sur le coin d'une revue pour la sortir du fatras qui jonchait la table. Quelques feuilles tombèrent par terre sans qu'il daigne les ramasser.

— Là, voilà… le Cotton Club. Créé plus haut, à Harlem, en plein quartier nègre, c'est pas pareil non plus, O.K. Monté par un contrebandier. Les meilleurs orchestres de jazz y jouent. El Capitán n'est pas assez vaste pour accueillir un orchestre entier, bien entendu, mais je veux juste t'expliquer que ce club se trouvait dans un quartier où personne ne se risquait quand on avait deux doigts de jugeote, et maintenant regarde, regarde ces photos, ces queues devant la porte tous les soirs, ces autos luxueuses et ces richardes couvertes de bijoux et de capes en fourrure.

— Mais, Fidel…

— Tu te demandes ce que ç'a à voir avec notre idée ? Eh bien tiens…, insista-t-il, exalté, en ouvrant un exemplaire du quotidien *La Prensa*.

Enveloppé dans son grand tablier, le patron s'approcha alors. Il leur apportait deux cafés au lait dans des tasses en verre ternies. Fidel faillit les renverser à force de gesticuler. Face au manque de place, l'homme les posa sur la table voisine et regagna son comptoir.

— Écoute ça…

Il commença à lire précipitamment en tournant les pages. Il lui désignait quelque chose, l'obligeait à regarder, ouvrait et refermait de nouveaux exemplaires à un rythme frénétique.

— Tiens, voilà El Chico, on en parle presque tous les jours. Et ceux-là : La Fiesta, Casa Valencia, El Toreador… Et là, Marta, un jardin espagnol à Greenwich Village, et El Patio, un château espagnol au 17 de Barrow Street, et encore ça…

EL
CHICO
80 GROVE ST.
ESQ. SHERIDAN SQ.
GREENWICH VILLAGE
NUEVO PROGRAMA
A. B. C. TRIO
LOS FAMOSOS GUITARRISTAS, CANTANTES DE RUMBAS Y COMICOS.
ROSITA RIOS
"ESTRELLA DE LA CANCION".
DOLORES Y CANDIDO
PAREJA DE BAILES ESPAÑOLES
CARMELITA Y LA MONTERITO
CON SUS BAILES CLASICOS Y REGIONALES.
ORQUESTA
EMILIO DE TORRE
Y SUS PICADORES
La coreografía de los diferentes conjuntos es original del famoso maestro español
ANGEL CANSINO
Benito Collada, Gerente
Tel. CHelsea 2 - 4646

ESPAÑA EN EL CORAZON DE GREENWICH VILLAGE
TODA GENTE DE BUEN GUSTO ADMIRA
LA FIESTA
¡EXITO! Presenta a la eminente Vedette ¡EXITO!
CONCHITA VILA
Recién llegada de los principales teatros de Europa y Sur América, donde ha triunfado por su arte y fastuoso vestuario en todas sus representaciones.
DON CASANOVA
Afamado tenor.
ALFONSO Y RAFAEL
Dúo de canciones mejicanas.
La orquesta "LA FIESTA" con su magnífico programa Hispano y Americano
CENA ESPAÑOLA O AMERICANA $1.50
15 BARROW STREET, N. Y.
Tel. WAtkins 9-9156 y CHelsea 2-8954.

CASA VALENCIA
300 West 45 St. & 8a. Ave. New York
El Cabaret Hispano Céntrico — Amplio — Cómodo — Económico.
Programa Artístico:
ADELITA VARELA
Soprano mejicana.
LA GITANILLA
castiza bailarina y cantante flamenca.
DOLORES ROCHA
rumbera cubana.
CARLOS VIVAN
Famoso cantante de tangos y maestro de ceremonias.
CUARTETO GUAYBANA
Ambiente alegre
Exquisita cocina hispana
Escogidos Vinos y Licores
Cocteles sin rival
Cena, $1.00 y $1.25
JAMAS "COVER" NI CARGO MINIMO
Para informes o reservas:
José García ME 3 - 8886
DON GILBERTO y su ORQUESTA HABANA
Amplio local para banquetes hasta de 500 comensales.

Mona ne protestait plus, elle buvait ses paroles comme si elle était seule au monde.

— Et il y a en plus un tas de restaurants qui invitent de temps à autre un artiste. J'ai pas l'habitude de les fréquenter, ça dépasse mon budget, mais ils existent, je me suis renseigné. Ceux-là par exemple : le Jai-Alai, l'Internacional, le Fornos, le Segovia, La Chorrera, El Mundial… Il y en a partout, conclut-il en refermant le dernier journal et en le pliant mollement, cette ville regorge de cabarets et de night-clubs qui offrent exactement ce que tu recherches.

Seuls jusque-là dans le petit établissement, ils s'aperçurent qu'un vieillard s'était approché en traînant les pieds. Avec ses gencives édentées, il essayait d'ingurgiter une brioche que les Russes lui avaient sans doute donnée par charité, probablement une brioche de la veille. Avec ses ongles crasseux, ses cheveux gras et son manteau sale et en lambeaux, il n'avait pas l'air d'un client ordinaire ni de comprendre leur langue. Fidel baissa néanmoins la voix, à tout hasard.

— Hier, j'ai cherché pendant toute la journée qui étaient les propriétaires de tous ces endroits, et tu sais ce que j'ai trouvé ?

Le vieux s'était assis près de leur table, où les deux cafés restaient intacts. Sans faire attention à eux, comme s'ils étaient transparents malgré leur proximité, il appuya sa nuque contre le mur, ferma à demi les yeux et se mit à chantonner une mélopée lancinante. Il tenait encore son bout de brioche entre ses doigts aux ongles noirs.

— Que ce sont tous des gens comme nous, voilà ma conclusion. Ou du moins ils l'ont été : des immigrants ou des fils d'immigrants, des gens travailleurs, dynamiques ou même téméraires, qui un beau jour ont décidé de sauter le pas. Personne arrive dans cette ville avec des billets plein les poches, Mona, ni avec son destin tout tracé ni avec des certitudes. Ici, tout le monde vient pour se frayer un chemin. Les occasions sont là, tapies dans tous les coins pour ceux qui oseront les saisir. Tu es pas obligé, mais personne t'empêchera.

Mona réfléchissait avec le fredonnement du mendiant en bruit de fond.

— Tu crois vraiment que c'est pas une folie ? demanda-t-elle enfin.

Il hocha la tête, se racla la gorge, puis reprit à voix basse – on aurait dit qu'il se méfiait du vieux.

— Ça exigera beaucoup de travail, mais je pense qu'on peut y arriver.

— Et l'argent ?

Le type chantonnait de plus en plus fort, puis il ramassa une des feuilles tombées par terre, un menu du club Havana-Madrid, qu'il essaya de lire à l'envers. Le Russe s'adressa à lui, il paraissait le réprimander. Devant le comptoir, il y avait à présent deux matrones coiffées d'un foulard, l'une tendant la main pour récupérer sa monnaie, l'autre fourrant dans son panier une miche ronde à la croûte sombre.

— J'ai quelques économies, répondit Fidel. Mon père me paie à peine mais les gens me donnent souvent de bons pourboires après les enterrements.

Il tenta de lui lancer un clin d'œil. Sans doute s'était-il entraîné des douzaines de fois devant son miroir, comme quand il répétait les sourires et les gestes de Gardel, mais il échoua piteusement.

— J'ai presque cent dollars, déclara-t-il avec une pointe de fierté, et je les mets tous à ta disposition.

Mona sentit sa gorge se nouer.

— Mais c'est une somme que tu as gagnée tout seul, tu peux pas la mettre là-dedans…

— Au contraire. C'est un investissement. Plus tard, si ça marche bien, tu me les rendras avec un petit bénéfice.

— Et si ça ne marche pas ?

— Eh bien tant pis…

Mona esquissa un sourire où se mêlaient anxiété et tendresse.

— Merci, dit-elle.

Ils achevèrent leur conversation dans la rue. Fidel devait retourner à l'entreprise de pompes funèbres, des funérailles l'y attendaient. Demain, même endroit, même heure, convinrent-ils, il y avait encore beaucoup de points à régler.

Chacun repartit de son côté au milieu des passants. Lui avec sa démarche faussement canaille et ses cheveux teints désormais sans éclat. Elle le cerveau en ébullition, les yeux fixés au sol.

— Fidel !

Elle avait rattrapé le garçon.

— C'est très loin d'ici ?

Mona lui mit sous les yeux la carte qu'elle venait de sortir d'une poche de sa vieille robe bleue en maille.

Celle qu'elle avait subtilisée dans le tablier de sa mère.

39.

« Appelez-moi si le travail en intéresse une », avait dit le jeune docteur à Victoria et à sa mère. L'œil de la brave femme ne présentait plus aucun problème, mais César Osorio avait ses raisons pour feindre le contraire. Ou plutôt, une seule et unique raison : il voulait à tout prix revoir Mona dont le visage ne quittait plus ses pensées. Son visage, mais aussi son corps, ses cheveux, son odeur.

Il n'avait pas tellement menti, en fin de compte, sa marraine cherchait effectivement une nouvelle employée. Quelques jours auparavant, elle s'était fâchée avec la énième jeune fille mise à sa totale disposition : elle l'assistait, la soignait, la promenait et supportait stoïquement ses caprices et accès de colère. Jusque-là, César ne s'était jamais mêlé de ses foucades, il n'avait pas joué les redresseurs de torts ni proposé de remplaçantes, elle se débrouillait elle-même. Ce coup-ci, en revanche, il se dit qu'il fallait peut-être saisir l'occasion. D'où sa proposition à Remedios et à Victoria. Elles venaient de reconnaître que leur commerce périclitait et que c'était Mona qui s'occupait des courses, la seule, donc, à n'avoir ni horaires fixes, ni patron exigeant, ni clients à servir. La seule disponible en fait. Vu le caractère misérable de leur cantine, et en lui donnant quelques dollars supplémentaires dans le dos de sa marraine, il estima qu'elle pourrait accepter.

Malheureusement, Mona était absente lorsqu'il était passé. En outre, elle n'avait jamais téléphoné à personne de toute sa vie, ni annoncé son arrivée quelque part. Elle parcourut ainsi avec Fidel une partie du chemin dans le subway en direction de l'Upper West Side, sans lui avouer que c'était la première fois qu'elle prenait le métro souterrain, un de ces gigantesques vers de terre métalliques fonçant dans les entrailles de la ville. Le garçon lui donna ensuite des instructions pour atteindre à pied son objectif dans la 73e Rue Ouest.

Elle sonna à l'adresse figurant sur la carte mais n'eut pas à attendre : la porte s'ouvrit dès qu'elle la frôla. Une fois entrée, elle observa à sa grande surprise que celle du premier étage, celle du domicile de la marraine, l'était également.

Elle la poussa timidement.

— S'il vous plaît ! dit-elle en penchant la tête à l'intérieur.

Pas de réponse.

— S'il vous plaît !

Et elle fit un pas en avant. Toujours rien. Une troisième fois non plus. L'entrée, exiguë, donnait sur un salon de taille moyenne, plongé dans la pénombre et bourré d'objets : tableaux, lampes, lampadaires, tapisseries, vases en porcelaine, bibelots, doubles rideaux grenat aux fenêtres.

— Tu es la nouvelle ?

La voix avait retenti depuis une pièce du fond. Mona sursauta. Une voix plus ou moins féminine, mais dont la puissance évoquait celle d'un employé des abattoirs. Elle hésita avant de répondre. S'adressait-elle vraiment à elle ? Elle n'avait pas prévu la façon dont se passerait leur rencontre, elle devait improviser.

— Je te demande si tu es la nouvelle ! entendit-elle quelques instants après.

Le ton était encore plus catégorique.

Elle fit deux autres pas puis s'éclaircit la gorge. Et si Victoria ne s'était pas bien expliquée ? Si elle avait fait croire au médecin que l'une d'elles accepterait ? Peut-être qu'elle avait répondu : On verra, ou quelque chose dans ce genre, histoire de parler, par pure politesse.

— Oui, madame, c'est moi.

— Je suis avec mon masseur, reviens plus tard, je ne peux pas sortir maintenant.

Nouvelle hésitation, nouveaux doutes.

— Non ! Reviens plutôt demain !

Une chouette empaillée la regardait de ses yeux immenses, un cerf blessé semblait vouloir s'échapper d'un tapis, deux chats rougeâtres en porcelaine l'observaient du haut de la cheminée.

Elle ravala sa salive. Mieux valait décamper. Qu'est-ce qu'elle fichait dans cette maison, avec cette voix surgie de nulle part et tous ces meubles et tous ces animaux effrayants !

— Hé, petite, prends la valise qu'il y a à côté du porte-parapluie et rends-toi présentable, j'en ai marre de ces crève-la-faim dépenaillées !

Elle regagna le vestibule, la trouva à l'endroit indiqué. Moyenne, usée, quoique de bonne qualité. Elle hésita encore un moment. Oui, non, oui… Finalement elle l'attrapa par la poignée et sortit.

Dehors, elle vit s'approcher une jeune fille. Elle marchait d'un pas hésitant tout en vérifiant les numéros des façades. Elle avait à peu près son âge, les cheveux châtain clair, des vêtements vieillots, une allure d'enfant sage, de gros mollets et de grosses joues rougeaudes. Une gamine humble, comme elle. Espagnole selon toute probabilité.

En arrivant à sa hauteur, elle s'arrêta sur le trottoir pour comparer le numéro de la maison avec celui noté sur un bout de papier. Mona l'attendait assise sur une marche, sous le soleil de midi, les genoux joints et la valise à ses pieds.

— Tu viens pour le boulot ?

L'autre fit oui, déconcertée.

— C'est pas la peine de sonner, la place est déjà prise.

TROISIÈME PARTIE

40.

Les sélections pour le spectacle se déroulaient tous les après-midi dans la 16e Rue, sur la terrasse de la pension Morán, une étroite bâtisse de quatre étages tenue par une dynamique Asturienne dont le mari, cuisinier, passait la moitié de sa vie en mer. Ce n'était pas une femme très expansive, mais elle appréciait Fidel depuis qu'il s'était occupé de l'enterrement de son beau-père. Elle mettait donc cet espace à leur disposition par gratitude.

Comme il l'avait promis, Fidel s'était chargé de diffuser largement mais discrètement l'annonce de ces auditions. Il connaissait des tas de gens qui à leur tour en connaissaient d'autres et ainsi de suite. La nouvelle s'était répandue comme une traînée de poudre dans toute la colonie, et les premiers candidats s'étaient rapidement manifestés.

Ils évaluaient depuis une quinzaine de jours le potentiel des aspirants plus ou moins comme doña Maxi, la marraine du docteur, évaluait Mona. Le maestro Miranda, un vieux client de la pension qui avait débarqué des années auparavant avec le danseur Vicente Escudero, avait accepté d'accompagner à la guitare les numéros qui l'exigeaient. Le vieux Gitan cordouan était donc là, assis sur une chaise basse : cadavérique, quasi chauve et édenté, raide comme un piquet, les yeux vitreux, sa chemise blanche élimée boutonnée jusqu'au cou, ses chaussures réparées à l'infini et aux semelles trouées, une bouteille de lait posée à ses pieds. Il était avare de mots, mais la patronne racontait à voix basse qu'il avait eu ses jours de gloire, que les Américaines se le disputaient à cause de sa dégaine de torero mélancolique, et qu'il avait même joué au Radio City Music Hall. Mais c'était autrefois. Ensuite l'alcool avait fait trembler ses mains et il s'écroulait parfois en plein milieu d'une représentation. On disait même qu'une soûlerie de trois jours et trois nuits l'avait empêché de rentrer en Espagne avec sa compagnie, et qu'il n'avait jamais réussi à épargner assez d'argent pour s'acheter un autre billet. À présent, guéri de sa dépendance, il vivotait tant bien que mal en donnant des leçons particulières et soignait son ulcère avec du lait.

Ni Mona ni Fidel n'avaient la moindre idée de la manière de monter un spectacle de variétés, ils n'étaient guidés que par leur seule intuition. Si le numéro présenté leur arrachait un sourire ou un signe d'étonnement, s'ils marquaient le rythme de la pointe du pied ou en tapant des mains, alors ils le jugeaient intéressant et demandaient à le revoir. Si leur flair leur soufflait le contraire, ils remerciaient poliment le candidat.

Des jeunes et des moins jeunes avaient déjà défilé sur le toit, des gens d'âge moyen et un ou deux enfants précoces. Ils étaient chanteurs, musiciens, comiques. Il y avait un peu de tout, en somme, même un mage et un toqué qui prétendait lire les pensées dans la salive. Certains ne parvenaient pas à cacher leur perplexité devant le caractère sordide de l'endroit : une terrasse pouilleuse près d'Union Square, couronnée d'un réservoir d'eau et maculée de crottes de pigeons; un espace réduit ouvert sur le ciel et rempli d'étendages de linge, avec un poulailler dans un coin, un guitariste aux allures de momie dans un autre et, pour tirer les ficelles, un gamin et une gamine parfaitement inconnus dans le petit monde artistique local.

Malgré tout, la plupart tentaient leur chance. Parfois dubitatifs et sceptiques, ou bien remplis d'espoir et d'optimisme. Ils étaient arrivés après de longs trajets en métro, en autobus ou en train, en ferry, à pied. Presque tous vêtus pauvrement, essayant de plaire, ils acceptaient le verre d'eau fraîche qu'on leur offrait et le buvaient d'un trait. Ensuite, quelques-uns sortaient leurs instruments de musique ou leur attirail de leurs étuis et d'autres se changeaient derrière un drap suspendu à un fil de fer. Beaucoup n'utilisaient ni artifices ni accompagnement, ils venaient comme ça, les mains dans les poches. Ils ignoraient à peu près tout du projet mais ils avaient entendu les mots magiques, « spectacle espagnol », et ils se lançaient en croisant les doigts, comme à chaque convocation pour entrer dans l'une ou l'autre des sociétés de compatriotes, que ce fût la Casa de Galicia, le Centro Asturiano, le Club Obrero, le Centro Andaluz de Brooklyn, l'Hispano-Americano de la 15e Rue ou l'Español d'Elizabeth, dans le New Jersey, parmi les plus actives et fréquentées.

Les derniers candidats de cet après-midi de la mi-mai étaient un couple originaire d'Estrémadure, qui entama sa jota avec les draps en toile de fond. Malgré leur énergie, ni Mona ni Fidel ne leur trouvèrent un quelconque talent, un simple coup d'œil leur suffit pour tomber d'accord. Fidel se leva, s'éclaircit la gorge et les remercia de leurs efforts. Ils avaient laissé dans un coin de la terrasse une fillette maigrichonne qui s'abîmait dans la contemplation des poulets, tandis qu'une autre plus petite jouait avec un vieux bout de chiffon. Mona eut un pincement au cœur quand elle vit le couple s'emparer des enfants et redescendre l'escalier tête basse et lèvres serrées, traînant leurs maigres effets et leur énième déception.

C'était la fin de la journée et Luz venait d'arriver. Victoria n'était pas autant impliquée mais elle les soutenait par-derrière, faisant en sorte que Remedios ne se doutât de rien. En effet, il avait été décidé de monter le spectacle à l'insu de leur mère. À quoi bon se disputer avec elle et lui causer des soucis ? Si tout se passe bien et qu'on parvient à présenter un répertoire digne de ce nom, eh bien, on la mettra au courant et on fera le dos rond, se disaient les trois sœurs. Sinon, si tout se casse la figure, on lui aura évité une grosse contrariété.

Assis tous les trois sur des cageots de fruits, Mona, Luz et Fidel envisageaient les différentes options. La discussion s'éternisait lorsqu'ils furent interrompus par le maestro Miranda :

— Vous avez encore besoin de moi, ou je peux partir ? demanda-t-il, droit comme un I.

Luz se leva prestement et rentra les pans de son chemisier dans sa jupe.

— Un petit moment, don Manuel, on va réessayer un petit peu l'*Anda aleo.*

Le faux Gardel et la benjamine des Arenas étaient les seuls membres indiscutables du futur spectacle et avaient donc établi leur programme : Fidel interpréterait trois tangos et Luz la plus pure chanson andalouse qu'elle maîtrisait. Elle avait un tel enthousiasme, elle prenait son numéro tellement au sérieux qu'elle le répétait tous les jours.

— Quand vous voudrez, maestro, dit-elle en accrochant les castagnettes à ses pouces.

Les premiers accords retentirent, elle leva les bras et ses mains dessinèrent une arabesque. Ensuite, avec sa grâce naturelle, elle se mit à chanter tandis que son corps oscillait harmonieusement et qu'elle faisait claquer ses instruments. *Yo me subí a un pino verde / por ver si la divisaba / por ver si la divisaba…* Elle souriait, remuait les épaules et clignait de l'œil, remontait sa jupe décolorée comme si c'était une élégante robe à pois. Les genoux et une partie des cuisses découverts, elle amorça un zapateado[1] endiablé. Dans sa tête, elle dansait devant un public en folie et non sur le toit d'un hôtel pour immigrants, en présence d'un guitariste déchu et de deux rêveurs.

Mona fredonnait les paroles sans même la regarder. Elle songeait à leur projet, dressait des listes et des comptes. Fidel, en revanche, la contemplait, de plus en plus subjugué au fil des répétitions. Quand Luz chantait, parlait, dansait, respirait ou transpirait, ou s'affirmait face au monde, il la dévorait de ses yeux globuleux, les mains inertes sur les genoux et la bouche entrouverte, conquis, fasciné. Malgré tout, aucun des deux ne l'applaudit à la fin. Ils ne le faisaient jamais, c'était superflu.

Ce soir-là, un imprévu brisa néanmoins la routine quotidienne.

— Waouh !

L'exclamation avait jailli du fond de la terrasse. Puis trois claquements de mains, lents, profonds, sonores, troublèrent la tombée du soir.

Les quatre têtes se tournèrent ensemble. La silhouette d'un homme se découpait dans la semi-obscurité : râblé, de taille moyenne, une gabardine légère et claire jetée sur les épaules, un fédora sur sa chevelure blonde et fine, soigneusement peignée.

Il s'avança, ôta son chapeau, ignora Mona, Fidel et le guitariste pour s'adresser directement à Luz.

1. Dans la danse flamenca, claquement des talons sur le sol.

— *Wonderful*, dit-il en lui tendant la main.

En parlant, il révéla une denture blanche et régulière.

Troublée, Luz douta quelques secondes. Lui, impassible, attendit. Elle finit par étirer son bras droit et lentement, timidement, elle posa ses doigts sur la paume de l'inconnu. Sans deviner de qui il s'agissait, sans savoir encore que ce type allait entrer dans sa vie avec la ferme intention de bouleverser son avenir.

41.

— *A huge pleasure,* mademoiselle, murmura l'étranger. Très heureux.

Luz esquissa un sourire timide en guise de réponse. Elle ne savait pas comment lui répondre, aucun homme ne s'était jamais adressé à elle d'une façon aussi formelle. Devait-elle retirer sa main ou attendre qu'il la lâche ?

— Mon espagnol n'est pas très bon, poursuivit-il, excusez mes erreurs, s'il vous plaît. On m'a dit que vous prépariez un show et j'ai décidé de venir voir.

Les dernières lueurs du jour s'estompaient. En bas, dans la rue, les réverbères étaient déjà allumés et l'on distinguait les milliers de points brillants des fenêtres des gratte-ciel.

— On allait partir, mais si…

Les paroles de Mona firent réagir tous les autres. Luz se dégagea de l'homme, Fidel se leva, même le maestro Miranda changea de position sans laisser sa guitare.

— Si vous avez quelque chose à nous proposer, ajouta-t-elle, on vous écoutera, bien entendu.

— *No, no, I beg your pardon,* répondit l'individu en levant les paumes comme s'il se déclarait innocent d'une grave accusation. Je n'ai pas du tout l'intention de vous faire une proposition. Au contraire, je suis à la recherche de quelque chose.

On entendit le son insistant d'un klaxon au coin de la rue, le roulement d'une charrette tirée par des chevaux. Des voix et des bruits domestiques montaient des fenêtres des bâtiments voisins, le va-et-vient des femmes dans les cuisines, des disputes familiales, des hommes nettoyant sous le robinet la crasse d'une journée de travail sur les quais, dans les tunnels, dans les usines et sur les échafaudages.

Personne ne sut quoi dire.

— Permettez-moi de me présenter, je suis un *talent broker*. Un *talent scout*, un chercheur de talents. Je me consacre à la recherche de futurs artistes. J'ai appris, dans un magasin de musique du Harlem hispanique, que vous prépariez un show.

— Chez Tatay, celui de la 110e Rue ? demanda Fidel qui y avait lui-même divulgué l'information.

— Exactement. J'y étais cet après-midi et j'ai entendu une conversation entre deux clients. Et me voilà.

Il se garda bien de citer les commentaires au sujet de Fidel : « Il paraît que le fils d'Hernández, le croque-mort, s'est encore fourré dans une drôle d'histoire. Vous vous rappelez quand ce pauvre diable était en adoration devant les os carbonisés de Gardel ? » Il y avait eu un éclat de rire pour toute réponse, mais l'homme qui se tenait en face d'eux à présent avait malgré tout décidé de venir voir. C'était la base de son travail. Être aux aguets, attentif aux tendances, surveiller tout ce qui bougeait dans l'industrie du spectacle pour ensuite découvrir de nouvelles têtes prometteuses, les faire progresser et les placer à l'endroit le plus favorable. « On ne sait jamais où peut surgir le bon filon, la perle rare », déclarait-il souvent.

— Mais je crains qu'il n'y ait eu un *misunderstanding*, j'ai sans doute mal compris.

Les trois jeunes gens le regardèrent d'un air interrogateur. Quant au guitariste, il rota et s'excusa à voix basse.

— Je pensais que vous répétiez pour un show latino.

— Bon, répliqua Mona, on aura de la musique espagnole, des tangos argentins…

— Non, non…

Le type souligna son désaccord d'un mouvement de la main.

— Le thème que je viens d'écouter me suffit, votre spectacle ne correspond pas du tout à ce que je recherche, pardonnez-moi d'être franc. Ce que j'avais à l'esprit, c'était un show d'un autre genre, un truc tropical, cubain, caribéen, *you know what I mean* ?

Il n'en dit pas davantage, comme pour renforcer l'impact de ses paroles. Il sortit de sa poche un paquet de Camel, prit une cigarette et l'alluma avec un briquet doré sans se presser. Il ne daigna pas en offrir. Le maestro Miranda, digne héritier de la stoïque sagesse cordouane, attrapa sa bouteille de lait vide par terre, se leva, saisit sa guitare par le manche et se dirigea vers l'escalier en traînant les pieds. Ces discussions, je m'en contrefiche, semblait-il signifier. Débrouillez-vous entre vous, je veux pas louper mon dîner.

Mona se redressa. Elle était énervée et de mauvaise humeur. La nuit était pratiquement tombée, elle était debout depuis cinq heures du matin, rien n'avait encore donné de résultats positifs, tout n'était qu'incertitude et, comme si ça ne suffisait pas, il fallait maintenant supporter les insolences d'un inconnu indifférent à leurs efforts.

— En somme, *mister*, on vous intéresse pas. Vous voulez ajouter quelque chose, ou bien vous partez tout de suite ?

Il inhala une grande bouffée et ébaucha un sourire un brin cynique, comme amusé par cette effronterie.

— Je suis désolé de vous faire perdre un temps précieux, mademoiselle, rétorqua-t-il en expulsant la fumée. Vous avez parfaitement raison. Je n'ai rien à vous offrir. À moins que…

Il se tut, tandis que dans la tête des sœurs Arenas et de Fidel résonnait un muet : à moins que quoi ?

— À moins que vous n'acceptiez un conseil.

Nouveau silence et nouvelle bouffée.

— Et il s'agit d'un conseil très utile, croyez-moi, parce que sinon vous allez droit à l'échec.

Ses trois interlocuteurs froncèrent les sourcils. Ils étaient décontenancés, hésitant sur la conduite à tenir : l'écouter attentivement ou braver son culot insultant et l'obliger à quitter la terrasse.

— Rumba, congo, bongo, maracas, danzón, égrena l'inconnu. Vous n'avez pas encore appris que ce sont les rythmes qui triomphent ici en ce moment ? *Everybody is crazy*, tout le monde est fou de ce genre de musique des Caraïbes, c'est le dernier cri, le must.

La nuit brillait de millions de feux partout dans la ville. À l'horizon se découpait la beauté moderne et grandiose des tours du Chrysler Building et de l'Empire State. Eux restaient immobiles, troublés, interloqués.

— Le numéro que cette *gorgeous woman* vient d'exécuter *is absolutely marvelous*, personne ne peut le nier. Authentique, profond, harmonieux… Et elle a un immense potentiel en tant qu'artiste.

Tout en parlant, il avait fait quelques pas vers Luz avant de poser sa main sur son épaule gauche, près du cou. Quand elle sentit ces doigts masculins à travers le tissu de son chemisier, elle frissonna.

— Ce qui est dommage, ajouta-t-il après un sonore claquement de langue, c'est que son style n'a guère d'avenir ici.

La brise nocturne secoua les draps étendus, on distingua le battement d'ailes d'un poulet, deux ou trois voitures passèrent dans la rue, quelqu'un éclata de rire.

Aucun des trois ne bougea un cil.

— Le flamenco, la musique typique espagnole, est présent depuis des décennies à New York, mais toujours sans s'y installer vraiment, sans triompher. *It's beautiful, deep, exotic*, mais il ne conquerra jamais le pays, il ne se répandra pas au-delà des cercles d'immigrés et de certains *weathy snobs*, des riches qui reviennent de leurs voyages en Europe, et veulent jouer les initiés.

Le type tira une dernière fois sur sa cigarette et jeta le mégot dans le vide, puis il continua à pérorer sur les goûts et les styles musicaux dans ce monde changeant, sur des chansons, des anecdotes et des noms d'artistes qui ne disaient rien ou presque rien aux trois jeunes gens muets face à ce discours accablant. Finalement, il conclut sa démonstration par le même constat implacable : leur projet de spectacle était complètement obsolète, totalement *outdated*, et s'ils poursuivaient dans cette voie ils allaient vers un échec certain.

La satisfaction s'était effacée du visage de Luz depuis un moment, remplacée par une moue de dépit. La fugace bouffée de fierté engendrée par les compliments de l'autre s'était éteinte tout net : elle n'était pas habituée à ce genre de remise en cause, elle qui avait toujours été une petite étoile dans son modeste firmament, la plus brillante, celle qui mettait tout le monde dans sa poche avec sa grâce et sa désinvolture. Cet individu tombé du ciel venait de dynamiter ses références en quelques phrases aussi catégoriques que blessantes.

— Il y a d'autres établissements qui se consacrent à la même chose et connaissent une certaine réussite, lâcha Mona sur un ton insolent, en quête de revanche.

— En effet, *my dear*, mais ils sont en train de changer, ils se préparent pour ne pas rater le coche. À El Chico, par exemple, vous connaissez, j'imagine, le patron a entamé des pourparlers pour embaucher Estela et René, l'un des couples de rumba les plus en vue. Il y aura à coup sûr un show avec eux *next month.* Et c'est pareil pour les autres, El Patio, El Toreador, El Mundial et tutti quanti sont sur la même longueur d'onde. Pour le moment, ils alternent entre l'espagnol et le latino, mais ils vont bientôt pencher tous d'un seul côté.

Les ombres régnaient désormais sur la terrasse : Qui c'est ce type qui nous cherche des noises, d'où il sort, qu'est-ce qu'il veut ? Jusqu'à ce que Luz, le moral en berne et lassée d'une telle condescendance et d'un tel flot de paroles, intervînt en s'écriant :

— Pourquoi vous nous fichez pas la paix !

Un chien aboya dans l'arrière-cour d'une maison voisine et on entendit un couple se disputer dans le bâtiment d'en face. Une voix rauque jaillissait d'un poste de radio. Les contours s'étaient estompés, simples silhouettes dans la pénombre.

— Je m'en vais, ne vous inquiétez pas. Je ne sais pas si on se reverra. En tout cas, je m'appelle Frank Kruzan, K-R-U-Z-A-N. Excusez-moi de ne pas vous donner une adresse fixe, je suis en plein déménagement, mais on me connaît dans tous les magasins de musique d'Uptown.

42.

Penchés sur le garde-corps, ils le virent sortir et s'éloigner vers la Sizième Avenue enveloppé dans sa gabardine claire. Dès qu'il se fut évanoui au loin, Mona et Fidel proférèrent des insultes sans la moindre retenue : Oiseau de malheur, imbécile…

La jeune fille n'avait guère compris ses allusions aux rythmes tropicaux, mais sa vanité et son outrecuidance l'avaient exaspérée. Quant à Fidel, fils de Portoricains et donc parfaitement au courant de ce genre de musique, il s'élevait contre le sacrilège commis par ce type : comment pouvait-il considérer ces sons plus valables, d'un point de vue artistique, que la musique interprétée par sa vénérée Luz ou les tangos de Gardel ? En tout cas, l'un et l'autre s'insurgeaient contre cet individu qui ignorait tout de leurs intentions, se permettait de débarquer sans y avoir été invité et les agressait ainsi, férocement, chez eux.

Ils étaient si occupés à débiter leurs injures qu'ils n'avaient pas remarqué le silence de Luz. Celle-ci flottait entre deux eaux, confuse, troublée. Son amour-propre souffrait encore du mépris de Frank Kruzan pour ses goûts musicaux ; ses commentaires l'avaient découragée, elle se sentait atteinte, sans ressort ni vitalité.

Soudain, ils se rendirent compte du temps écoulé.

— Mon Dieu ! s'exclama Mona, vous avez vu quelle heure il est !

Le fils du croque-mort n'eut d'autre ressource que de filer comme s'il avait le diable aux trousses, pour endurer la énième engueulade de son père. Les sœurs Arenas auraient dû être de retour depuis un bon moment.

— On en reparlera demain, Fidel, conclut Mona. Toi, Luz, fonce à La Nacional, peut-être que tu arriveras avant la fin de la répétition. Moi, je cours à El Capitán. Maman va me passer un savon…

Ils se séparèrent au coin de la rue. Mona s'élança avec une telle impétuosité, elle était rongée par une telle colère qu'elle ne perçut pas la présence sinueuse qui se glissait derrière elle dans l'obscurité.

Des doigts de fer se clouèrent sur son bras tandis qu'une voix masculine lui soufflait à l'oreille :

— *Signorina, prego…*

Sa réaction instinctive fut de pousser un cri mais l'individu la bâillonna de son autre main.

Gesticulations, coups de pied en l'air, rage impuissante. L'homme dont elle n'avait pas encore vu le visage eut tôt fait de la fourrer dans une automobile. Une fois à l'intérieur, elle hurla à pleins poumons, cogna contre les vitres, en vain. La voiture démarra et s'éloigna dans la nuit.

L'opération avait été menée impeccablement, en une poignée de secondes. Aucun des passants, rares à cette heure, ne s'aperçut de l'incident. Dans la voiture, trois personnes : Mona, le jeune homme qui l'avait enlevée et était maintenant au volant, et l'avocat Fabrizio Mazza, avec son odeur de lotion masculine, son allure inimitable et ses doigts tambourinant sur son genou.

— Du calme, du calme. Ne vous énervez pas, *signorina*, je veux juste vous parler.

Ses paroles produisirent l'effet contraire.

— Abruti, laisse-moi sortir !

Elle l'injuria de plus belle, se remit à cogner contre les vitres, flanquer des coups de pied contre le siège avant. Elle essaya même d'ouvrir la portière pour sauter en marche, mais le conducteur avait pris la précaution de la fermer de l'extérieur. Finalement, elle sentit ses forces l'abandonner, ou bien son instinct de conservation lui souffla que ses efforts étaient inutiles.

Elle hésita un peu avant de se réfugier à l'extrémité de la banquette, le plus loin possible de l'Italien. Le cœur battant la chamade et le souffle toujours coupé, elle jeta un regard audehors : elle n'avait pas la moindre idée de l'endroit où on l'emmenait, elle ne distinguait que des rues dépeuplées, des silhouettes d'indigents et de miséreux solitaires, un chien efflanqué, des terrains vagues. Parfois une lumière jaunâtre sur la façade d'une grande bâtisse industrielle vide.

— On fait juste une petite promenade nocturne. Pas d'affolement, *cara mia.*

— Non, rétorqua Mona sans le regarder, les bras croisés sur sa poitrine.

Elle se maîtrisait à grand-peine, l'estomac noué par la peur. Peu après, le véhicule emprunta une déviation, ralentit, passa par l'ouverture d'une palissade et s'arrêta sur une esplanade déserte. On apercevait au fond des petits bateaux ancrés, des vieux remorqueurs, des péniches sur l'eau noire de l'Hudson et, de l'autre côté du fleuve, bien qu'elle ne le sût pas, les lumières des débarcadères et des jetées d'Hoboken.

— Vous préférez qu'on marche un peu ? demanda Mazza en se redressant et en ouvrant sa portière.

Le conducteur sortit alors rapidement et s'apprêtait à libérer Mona, mais elle ne bougea pas. Elle n'était pas disposée à faciliter la tâche à ces deux crétins pour qu'ils se débarrassent d'elle ensuite comme un paquet de linge sale.

L'avocat comprit son message et s'appuya de nouveau sur le dossier. Les portes restèrent néanmoins ouvertes et Mona apprécia la fraîcheur de l'air nocturne qui atténuait le parfum agressif de sa lotion. Le chauffeur – le sbire qui l'avait suivie, bâillonnée et enlevée – s'éloigna de quelques pas en leur tournant le dos. Il appliquait sans doute les instructions de Mazza. Jusqu'à présent, Mona avait seulement vu qu'il était jeune et brun, robuste et pas très grand. De plus loin, elle constatait qu'il avait les jambes arquées et une démarche chaloupée.

— Pourquoi vous m'avez pas jetée dans un escalier, comme sor Lito ? Ou flanqué une bonne paire de gifles, comme vous avez essayé avec ma sœur ? Vous auriez pas été obligé de m'amener ici, vous auriez économisé du temps et de l'essence.

Le culot de Mona arracha une esquisse de sourire sarcastique à l'avocat. *Pazza ragazza,* pensa-t-il. Une gamine insolente à l'esprit rebelle.

— Premièrement, l'histoire de la nonne, c'était un accident. Disons qu'on a mal interprété mes ordres. Et deuxièmement, ce qui s'est passé avec votre jolie sœur n'était que la réponse normale à une provocation.

— Barona a bien fait de vous casser la figure. Dommage…

— *Shut up*, grommela-t-il. Tais-toi.

Le ton était aigre et coupant, sans une ombre d'ironie désormais. Il bouillait encore en se rappelant le coup de poing du représentant en tabac devant les deux femmes, mais il essaya de chasser ce souvenir. Dans le catalogue de ses soucis, il y avait plus urgent.

— J'ai décidé de discuter avec vous car vous me paraissez la plus sensée de votre famille.

Il fit une pause, comme pour lui laisser le temps de mesurer la portée de sa déclaration, puis il continua :

— C'est vous qui êtes chargée des courses et des comptes, qui travaillez dans une bonne maison de Midtown et savez plus ou moins vous déplacer dans la ville. La seule, en définitive, qui manifeste une ambition autre que servir des repas, laver du linge ou pousser la chansonnette.

L'évocation des tâches respectives des sœurs Arenas était censée prouver à Mona qu'il contrôlait leur quotidien. Contrairement aux attentes de Mazza, elle ne sembla pas impressionnée. Elle n'était pas non plus prête à lui donner cette satisfaction.

— Pour cette raison, je vous demande donc de réfléchir, *cara mia*, et de convaincre votre mère et les autres. Rendez-vous service à vous-mêmes et débarrassez-vous de cette nonne grotesque une bonne fois pour toutes. Ça n'a rien de personnel, comprenez-moi bien, mais nous y avons tous intérêt. Si vous collaborez et que j'obtiens sa défense, le dossier de votre père sera intégré à un grand paquet de cas et on sera tous dans le même bateau. Tous ensemble, on finira par gagner à la longue. Par contre, vous n'arriverez à rien si vous restez seules. *Niente di niente.* Les délais se réduisent, j'ai des pressions… Il faut vous décider tout de suite.

Impassible, apparemment imperturbable, les bras croisés et le regard perdu au loin, telle fut la réaction de Mona. Plutôt mourir que lui révéler qu'elle avait la bouche sèche et tous les muscles du corps tendus, que le sang battait follement à ses tempes.

Mazza alluma un havane. La fumée alourdit encore l'atmosphère. Pourtant, Mona ne pipait mot. Il aspira une nouvelle bouffée, attendit, mais rien ne vint mettre fin au silence asphyxiant. La troisième fut la plus longue et la plus profonde, l'Italien commençait à s'énerver.

— Pas de réponse ? marmonna-t-il.

Mona tourna la tête et le regarda en face, pour la première fois depuis qu'ils étaient assis côte à côte. Elle distingua ses traits malgré l'obscurité : ses joues charnues, sa peau grasse, ses sourcils charbonneux, le nœud proéminent de sa cravate, ses cheveux gominés.

— Vous m'avez vraiment traînée jusqu'ici pour me seriner encore toutes ces foutaises ?

L'Italien décolla sa main de son genou gauche et Mona rentra instinctivement la tête dans les épaules, ferma les yeux, comme pour protéger son visage du coup qu'elle pressentait, mais celui-ci ne vint pas. Mazza s'était peut-être retenu, ou il poursuivait un autre objectif depuis le début. Mona, épouvantée, rouvrit les yeux seulement quand elle sentit une chaleur poisseuse sur sa cuisse. Elle découvrit alors les doigts épais de Mazza comprimant sa peau, sa chair, avançant, frottant vers le haut, une main grasse et velue où brillait la bague en or avec sa pierre grenat.

Elle eut un haut-le-corps, se précipita hors de la voiture. Elle regarda de tous côtés, ne vit rien de nature à la rassurer mais se mit à courir à l'aveuglette, mue par la rage et le dégoût, en direction de la nuit, de nulle part.

— Tomasso ! vociféra l'avocat.

Le chauffeur et acolyte, à l'écart jusque-là, entendit l'ordre et se lança à la poursuite de Mona qui se dirigeait vers les bateaux, vers l'eau.

Rapides enjambées, souffles haletants, pas crissant sur le gravier. Il eut du mal à la rattraper. La fille d'Emilio Arenas avait des jambes agiles. Finalement l'inévitable eut lieu : les deux mains qui l'agrippent, la réaction, la lutte. Le type croyait l'avoir maîtrisée quand il sentit une morsure sur sa main. Le cri de douleur du dénommé Tomasso retentit parmi les ombres.

Il réussit quand même à l'immobiliser et la traîna vers l'automobile échouée au milieu de l'esplanade, avec les portières toujours ouvertes et les phares allumés. Mona continuait à résister, elle donnait des coups de pied et de genou, gigotait, le visage couvert par ses cheveux. Sa robe était entortillée autour de son corps, retroussée jusqu'en haut des cuisses, une manche était décousue. Et elle hurlait, hurlait, hurlait. Telle une bête acculée par une meute de loups, d'une voix perçante, angoissante, désincarnée.

Personne ne vint à son secours. Ainsi s'expliquait le choix de Mazza : dans cet endroit abandonné, on pouvait se débarrasser d'un corps en toute impunité.

Une fois tout près du véhicule, Tomasso la lâcha et elle retint son souffle.

— Dedans ! ordonna-t-il avant de porter le dos de sa main à sa bouche et sucer la blessure.

Mazza avait changé de place, il était passé à l'avant, à côté du chauffeur. Il continuait à fumer son havane, la tête appuyée contre le dossier.

On n'entendit pas un mot tandis que la voiture démarrait et faisait demi-tour, rien que les respirations haletantes de Mona et du sbire. L'odeur du tabac se mêlait maintenant à celle de leurs transpirations. Ils roulèrent quelques dizaines de mètres et ressortirent par le même trou de la palissade, repartirent à travers la ville. Ils laissaient derrière eux les silhouettes des embarcations, l'eau noire, les lumières au loin.

— Laisse-moi chez Moneta's.

Ce furent les seuls mots prononcés par l'avocat alors qu'ils parcouraient des rues dont Mona ignorait si elle les connaissait ou non. Ses yeux étaient certes rivés sur la vitre, mais elle ne distinguait rien, comme si la ville n'était qu'une toile vierge, stérile, monochrome, vide.

Ils atteignirent les entrailles de la zone italienne, des rues malpropres et bruyantes en dépit de l'heure. À un jet de pierre du quartier chinois, ils stoppèrent à Mulberry Street sans arrêter le moteur. Un store rouge aux bords arrondis protégeait l'entrée du restaurant. Il y avait du mouvement devant la porte, des clients tardifs, des automobiles, des adieux sonores, des passants, le roulement d'un train à proximité.

L'avocat ajusta son nœud de cravate, se passa les paumes des mains sur les tempes et aboya d'une voix rauque :

— Ne tarde pas.

— *D'accordo, zio.*

« D'accord, mon oncle. » Ils étaient donc de la même famille, se dit Mona.

Mazza descendit de voiture. Il ne regarda pas vers le siège arrière et ne s'adressa ni à Mona ni à son neveu avant d'entrer dans le restaurant.

Le trajet de retour à la 14e Rue s'effectua dans un silence total, chacun était enfermé dans ses pensées. Tomasso l'observa néanmoins plusieurs fois à travers le rétroviseur. Quand ils furent arrivés à El Capitán, il abandonna le volant dans l'intention de lui ouvrir la portière arrière, une marque de politesse parfaitement grotesque et inutile puisqu'elle ne l'avait pas attendu pour gagner promptement le trottoir.

En guise d'adieu, le neveu de Mazza lui lança quelques mots tout en se caressant la main qu'elle avait mordue – deux arcs violets témoignaient de la férocité de ses dents.

— Fais gaffe, *baby*, parce qu'il a peur, dit-il à voix basse. Et lorsqu'un méchant est rongé par la peur, il peut devenir très dangereux.

43.

Au lieu d'accueillir Mona par ses reproches habituels en cas de retard, Remedios continua à s'activer dans la cuisine. Les clients étaient partis et ses sœurs étaient assises à table en compagnie de Luciano Barona. Avant, il ne venait qu'au déjeuner, mais maintenant il passait également à l'heure du souper. D'ailleurs, Mona n'accorda aucune importance à cette présence. Elle n'aspirait qu'à une seule chose en ce moment, se joindre silencieusement à eux, ne pas être le point de mire de sa mère pour échapper à ses jérémiades. Et, surtout, trouver un refuge, un refuge physique et émotionnel. Contre Mazza, contre Tomasso. Contre l'esplanade et la fuite éperdue dans l'obscurité, contre la peur, contre ce pincement soudain de doute quant au choix de sor Lito pour les défendre.

Dans l'automobile, à la fin du trajet, elle s'était efforcée de dompter ses cheveux en bataille, de cacher sa manche décousue, de remettre sa robe en place et d'effacer toute trace d'épouvante de son visage. Personne ne devait rien remarquer. Une idée s'était en effet imposée à elle : pas un seul mot ne sortirait de sa bouche au sujet de cette expérience désastreuse.

Elle fut soulagée d'entendre ses sœurs l'accueillir avec des phrases banales, sans l'ombre d'un soupçon :

— C'est pas des heures pour arriver, tu as failli louper le dîner…

Somme toute, se dit-elle, son absence n'avait pas été si longue bien que l'incident lui eût semblé interminable. Elle s'assit néanmoins prestement sans piper mot, feignit de s'intéresser aux propos de Barona, son fils qui n'était pas là, ses compatriotes, les souvenirs de son village de soleil et de vignes, son rêve de retour, des récits récurrents dans l'imaginaire de tous les émigrés.

L'aînée et la benjamine paraissaient attentives, mais Mona comprit rapidement, malgré sa nervosité, qu'il n'en était rien. Victoria avait les yeux fixés sur Barona tout en jouant avec l'ourlet de la nappe, Luz, un coude appuyé sur la table et le menton dans sa main, semblait subir sa logorrhée avec le même ennui que lors du sermon dominical. Derrière leur apparence impassible, elles étaient plongées chacune dans leurs propres angoisses.

Luz n'avait pas digéré l'attitude du dénicheur de talents, Frank Kruzan. Il lui avait suffi de quelques phrases définitives pour saper les bases de sa candide assurance et l'engloutir dans un océan de perplexité.

Et Victoria, de son côté, avait le plus grand mal à encaisser ce qui s'était produit l'après-midi, quand elles allaient sortir de chez elles pour rejoindre El Capitán.

Alors que la mère et la fille rassemblaient clés et manteaux pour partir, elles entendirent frapper à la porte. Elles échangèrent des regards surpris, puis Victoria colla son oreille contre le bois et demanda d'une voix coupante :

— C'est qui ?

— J'apporte une lettre.

Elle ouvrit aussitôt. Un garçon aux oreilles décollées se tenait devant elle, sa tête lui parut vaguement familière.

— Je viens de la part de don Paco Sendra, de La Valenciana.

Elle le reconnut : le jeune employé de l'ancien patron de son père, celui qui les avait emmenées, Luz et elle, avec sa camionnette, de la 14e Rue à Cherry Street.

— C'est arrivé ce matin dans les sacs postaux du *Cristobal Colón*. L'un des bateaux en provenance d'Espagne, vous savez bien…

Alors qu'il lui tendait une enveloppe, son estomac se noua.

— Passe-moi ça, balbutia-t-elle.

Elle la lui arracha pratiquement des mains.

Elle faillit lui claquer la porte au nez, elle avait hâte de découvrir l'expéditeur, si c'était bien celui qu'elle espérait. Le garçon arrêta son geste, il apportait autre chose.

— Don Paco vous envoie également ça, il vous dit d'en profiter et vous souhaite une bonne santé.

Remedios attrapa le saucisson que ce brave homme de Sendra leur expédiait, une sympathique marque d'attention à l'égard de la veuve et des orphelines de son vieil employé. Victoria ne s'en rendit même pas compte, elle avait hâte de découvrir qui lui écrivait et déchira l'enveloppe d'une main tremblante. Le gamin ne bougeait pas, il débitait des banalités sa casquette à la main, dans l'attente d'un pourboire ou d'un bout de conversation avec l'une de ces superbes jeunes filles dont l'image peuplait ses nuits.

Mais la veuve d'Emilio Arenas n'avait jamais donné un pourboire à quiconque de toute sa chienne de vie, et ce n'était pas ce jour-là qu'elle changerait ses habitudes. Par ailleurs, Victoria était trop occupée à sortir les feuillets de leur enveloppe pour lui prêter la moindre attention, de sorte que le garçon n'eut d'autre solution que de bafouiller un « Au revoir » maladroit, de coiffer sa casquette en laissant ses proéminentes oreilles à l'air et de rebrousser chemin.

Faites que ce soit Salvador, faites que ce soit Salvador, faites que ce soit Salvador…, se répétait Victoria en croisant les doigts. Mais non. Salvador Berrocal, la crapule qui lui avait juré un amour éternel, restait muet. La missive, en provenance de Málaga, en effet, venait des voisines de La Trinidad, les vieilles commères de Mama Pepa. Elle avait été écrite au crayon par l'une d'entre elles, la Sebastiana, la seule capable de gribouiller quelques mots car elle avait servi chez un maître d'école qui lui avait plus ou moins appris l'orthographe. Cependant, elles avaient toutes apporté leur contribution personnelle, une naissance, un décès ou un mariage récents, un petit événement quelconque, non sans transmettre dans le même temps un message collectif : « On a appris la mort d'Emilio par un beau-frère de la Engracia, un marin qui est rentré d'Amérique il y a peu. On est vraiment désolées, que Dieu l'ait en Sa Sainte Miséricorde. Il y a aussi d'autres nouvelles. Il paraît que la mairie va construire des logements pour les pauvres, des maisons bon marché, et on pense que vous avez peut-être économisé quelques sous à New York, ou peut-être qu'Emilio vous a laissé un petit quelque chose, même si c'est pas beaucoup, et que vous voulez revenir. Vous êtes très loin et sûr que vous devez vous sentir bien seules, sans un père et mari pour s'occuper de vous, un homme c'est toujours indispensable, même quand c'est un vaurien. Nous on est toujours là, avec les mêmes tâches, les mêmes chagrins, le même ciel sur nos têtes et les mêmes rues sous nos pieds. »

Victoria déchiffrait la calligraphie maladroite tandis que Remedios serrait les lèvres, s'efforçant de refouler les larmes qui montaient à ses yeux. Ses gens, son monde, des visages et des voix abandonnés derrière eux, des nostalgies surgissaient entre les lignes et elle avait un mal infini à surmonter son émotion.

Quand elle eut achevé sa lecture, l'aînée des Arenas froissa les feuilles de papier, appuya son dos contre le mur et se laissa glisser lentement par terre. Puis elle cacha son visage entre ses mains.

Cette lettre, qui n'était pas celle attendue depuis si longtemps, s'ajoutait à son trop-plein de contrariétés, dont certaines n'avaient pas varié : l'affaire de l'indemnisation qui traînait, l'incertitude de vivre dans cette terre étrangère sans perspectives claires, la lassitude et la monotonie de son travail dans cette cantine miteuse, les obscénités et les façons grossières des clients.

Elle se sentait acculée et usée, mais elle avait plus ou moins appris à vivre avec ces désagréments quotidiens. Néanmoins, ces derniers temps, un élément était venu s'y ajouter, subrepticement, et c'était peut-être cela qui l'épuisait davantage, qui l'embrouillait. Et ce quelque chose n'était ni une ombre du passé ni un revers du présent, non, c'était une sensation différente, une espèce de trouble qui, paradoxalement, engendrait en elle non du déplaisir mais une forme d'excitation.

Elle s'était d'abord sentie déconcertée, elle ignorait comment interpréter ces regards, ces attentions furtives, un timide compliment en s'approchant de sa table, une phrase à double sens. Ensuite, ces prévenances, ce flacon d'eau de Cologne de Myrurgia, de la parfumerie Gómez, cette boîte avec trois mouchoirs brodés, des détails insignifiants mais de plus en plus éloquents qu'elle cachait dans ses poches ou sous son lit, dissimulant le tout, ses pensées, ses sensations et ces cadeaux, à sa mère et ses sœurs faute de savoir comment le gérer. Son unique solution était de laisser les choses suivre leur cours.

— Restez un petit moment, Luciano, asseyez-vous à table avec les petites, dit Remedios ce soir-là lorsque celui-ci acheva son dîner. Je vais vous apporter une manzanilla, comme ça vous n'aurez pas d'aigreurs d'estomac.

Puis elle se retira pour continuer sa besogne, pensèrent-ils, essuyer la vaisselle avec son éternel torchon toujours accroché à son épaule, séparer les cuillères tordues des vieilles fourchettes, et les vieilles fourchettes des couteaux émoussés qui réclamaient depuis longtemps un rémouleur.

Le représentant en tabac accepta l'invitation sur un ton neutre.

— D'accord, si vous insistez, mais juste un petit moment, dit-il, pas trop longtemps, demain il faut que je me lève tôt.

Sous son impassibilité apparente, c'était une véritable bataille de sentiments qui se déroulait en lui. Il savait qu'il ne devait pas encore se déclarer, il se livrait à des efforts gigantesques pour que ni ses mots ni son attitude ne le trahissent, mais il était fou de bonheur au plus profond de lui-même.

Il avait changé depuis quelque temps. Il se couchait seul, le soir, dans sa maison de Brooklyn Heights, avec une seule pensée en tête, et elle l'accompagnait toute la journée pendant qu'il négociait son tabac avec sa clientèle dans les établissements new-yorkais. Au début, il avait refusé de l'accepter, il résistait. Il tentait de se justifier en arguant que ses fréquentes visites n'étaient qu'une délicatesse à l'égard de la veuve et des orphelines d'un malheureux compatriote, un retour nostalgique à des sensations d'autrefois, voire un remède à sa propre solitude. Ces pauvres jeunes filles livrées à leur sort, la même terre, les mêmes odeurs, le même accent, de simples prétextes, en définitive, pour ce qu'il pressentait être une suprême folie, une foucade qu'il devait chasser de son cerveau.

Après la soirée à El Chico et les péripéties de ce jour-là avec l'avocat italien, il avait pourtant décidé de céder, de renoncer aux excuses et aux fausses explications, et de s'accorder à lui-même l'absolution. Il avait admis dès lors que ce n'étaient ni la solitude ni la pitié qui le conduisaient tous les jours dans cette cantine insignifiante. Une raison qu'il n'osait pas encore nommer à voix haute, qui accélérait son pouls quand il gagnait la 14e Rue et qu'il poussait la porte délabrée d'El Capitán, l'estomac noué. Il allait sauter le pas, à quoi bon tergiverser ! D'où ses efforts vestimentaires, le rasage quotidien chez son compatriote Pedro Flores et l'application du baume Floïd. Il s'était même acheté plusieurs chemises et trois cravates neuves chez Wanamaker's, dans la Quatrième Avenue. Il avait toujours un peigne dans la poche de sa veste et il passait un long moment devant son miroir tous les matins, bombait le torse, rentrait le ventre et serrait davantage son ceinturon.

Il était près de minuit, la conversation entre Luciano et les jeunes filles se prolongeait. Remedios ne faisait rien pour l'abréger, bien au contraire, elle restait dans la cuisine, rangeait la vaisselle, passait la serpillière pour la énième fois. En somme, elle gagnait du temps car elle devinait les sentiments de Barona, et elle les approuvait.

Les bâillements de Luz donnèrent finalement le signal du départ. Les trois sœurs avaient à peine parlé, tout ce qu'elles avaient vécu au cours de la journée s'était accumulé en elles, dans une ronde effrénée d'images, de sons et de sensations que chacune essaierait de digérer pelotonnée sous ses draps, dans le silence et la pénombre.

Les trottoirs de la 14e Rue étaient vides quand ils sortirent. Le représentant en tabac les raccompagna jusqu'à leur porte. Trop tard pour prendre le métro, pensa-t-il après leur avoir dit bonsoir. Il traversa et s'immobilisa au coin de la rue ; il attendit qu'une lampe s'allume au quatrième étage, puis il héla un taxi, donna son adresse et partit.

Tu n'as jamais été un sentimental, songeait-il alors qu'ils passaient par le sud d'Union Square et empruntaient la Quatrième Avenue. Ta tête a toujours été plus remplie de comptes et de bilans que d'émotions, et regarde-toi maintenant. Qu'est-ce qui t'arrive, mon vieux ? se demandait-il tandis que l'automobile franchissait en brinquebalant le pont de Brooklyn, au-dessus des eaux noires de l'Hudson. Qu'est-ce que tu vas devenir ?

Manhattan s'éloignait derrière eux, ses milliers de lumières transformées en étincelles minuscules dans les rétroviseurs de la voiture. À bord, un Luciano Barona troublé, mélancolique, confus et fou d'amour.

44.

— Aujourd'hui, j'irai manger plus tôt, déclara Luz le lendemain.

Le couple basque acquiesça et continua à s'activer, lui à remettre en marche la grande machine à laver automatique et elle à amidonner des cols. Ils appréciaient de plus en plus leur jeune assistante. Elle apportait non seulement son allant mais aussi un souffle quotidien de fraîcheur. Aucun des deux ne se méfia donc, bien qu'elle fît d'ordinaire une pause pour déjeuner plus tard avec sa famille, à la cantine.

Il y avait peu de gens à Casa Moneo ce midi-là, une oasis de paix après une matinée agitée.

— Rosalía peut venir un moment ?

— Rosalía ! crièrent à l'unisson les autres employées, en tournant la tête vers l'entrepôt.

La jeune fille surgit de derrière le rideau. Elle était en train d'avaler une bouchée de pain et de fromage. Elle vivait dans le Lower Side et n'avait donc pas le temps de rentrer chez elle. Comme elle n'avait pas non plus beaucoup d'argent, elle n'avait pas les moyens de manger quelque part et se contentait ainsi d'un simple sandwich dans l'arrière-boutique.

Viens, viens, indiqua-t-elle d'un geste de la main à Luz, la bouche encore à moitié pleine.

— Doña Carmen est allée chez elle, juste à côté, déclara-t-elle quand elle eut réussi à ingurgiter sa nourriture, et elle fait toujours une petite sieste. Accompagne-moi derrière pendant que je termine.

C'était une Castillane bon enfant, avec plein de frisettes dans les cheveux. Elle habitait Manhattan depuis près d'une dizaine d'années et elles se connaissaient grâce aux auditions pour la zarzuela. Elles étaient devenues plus ou moins amies, mais se voyaient peu.

— Tu m'as bien dit qu'une de tes cousines t'avait emmenée un samedi dans le quartier portoricain, dans un endroit où on vend des disques de musique espagnole, n'est-ce pas ? demanda Luz.

L'autre fit oui de la tête en mordant dans son sandwich.

— Ça s'appelle Taray, oui, ou Titay, ou un truc dans ce genre, mais attends un moment, répondit-elle.

Quelques miettes tombèrent par terre, elle se tapota la poitrine comme pour aider les aliments à descendre.

Elle se mit à chercher sur les étagères et Luz en profita pour regarder autour d'elle. Elles se trouvaient là où la patronne les avait reçues le lendemain de l'enterrement de son père, alors que tout n'était que stupeur et incertitude. Les mêmes rayonnages remplis de marchandises et d'odeurs, les mêmes sacs et caisses bourrés à craquer, les morues suspendues au plafond et le téléphone en bakélite noir accroché au mur, au-dessus de la planche où l'on notait les commandes. La voix satisfaite de sa presque copine l'empêcha de sombrer dans ses souvenirs : elle lui tendait un vieil exemplaire de *La Prensa*.

Elles trouvèrent ce qu'elles cherchaient dans un encadré en bas de la sixième page, entre une publicité pour les derniers articles de Casa Victori et une autre du restaurant La Chorrera. « Tatay. Disques. Partitions. Guitares. Cordes. 1318 Fifth Ave, esq. 110 St. » Suivait un numéro de téléphone : UNiversity 4-8729.

La Castillane lui demanda alors à voix basse ce qu'elle mijotait depuis ce matin.

— Rosalía… tu me laisserais appeler d'ici ? demanda Luz.

La main de sa camarade d'auditions resta paralysée en l'air avec le bout de sandwich.

— Doña Carmen nous l'a interdit.

— Rien qu'une minute, promis, une toute petite minute pour savoir si… s'ils ont un disque que veut ma sœur, mentit-elle.

Il était hautement improbable que l'une de ses sœurs voulût un disque, elles qui n'avaient jamais vu de près un phonographe.

— Non, Luz, pas question, c'est moi qui vais prendre si la patronne l'apprend.

— Une minute, Rosalía. Juste une minute, je t'en supplie. Une minute et c'est tout.

Malgré ses réticences, il devint difficile pour elle de refuser. Tous les gens de la zarzuela adoraient la petite d'El Capitán, elle les avait conquis par sa beauté épanouie et sa spontanéité, par son humour ingénu. Elle soupira :

— Juste un instant.

Elle entrouvrit le rideau, regarda l'intérieur de la boutique. Il y avait peu de clients mais par chance toutes ses collègues semblaient occupées.

— Tiens, dépêche-toi, vite ! lui intima-t-elle en montrant l'appareil.

— Moi, je sais pas... je sais pas comment on fait.

Rosalía fit claquer sa langue et grommela qu'elle allait avoir de gros pépins. Ensuite, elle tendit le sandwich à Luz et attrapa le journal pour voir le numéro. Elle fit tourner le cadran avec son index puis lui passa le combiné.

— Je surveille pour que personne entre. Toi, parle bas et grouille-toi surtout. Si on me moucharde à doña Carmen, elle me fichera dehors.

Mais Luz ne faisait plus attention à elle. Le cœur battant la chamade, elle porta l'appareil à son oreille, dans l'attente de la connexion. Driiiing, driiing, driiing... Sept fois comme ça. Finalement, alors qu'elle désespérait, elle entendit un *Hello ?* masculin. Elle bégaya, bafouilla, c'était la première fois qu'elle parlait à distance à quelqu'un. Contrôlant le volume de sa voix, elle dit qu'elle souhaitait laisser un message à un monsieur américain qui se nommait Kuchan ou Krutan ou Kuflan ou un machin dans ce genre, mais elle était sûre qu'ils le connaissaient, lui-même l'avait dit. Il cherchait de nouveaux artistes. Oui, c'était ça, Franz Kruzan, c'était bien lui.

— Un message, oui, notez-le, s'il vous plaît. Dites-lui que Luz Arenas l'a appelé, Luz A-R-E-N-A-S, c'est ça, la fille qu'il a entendue chanter hier. Dites-lui que… qu'elle aimerait lui parler. Que…

Rosalía s'impatienta :

— Vite, termine !

Est-ce qu'il pourrait revenir la voir dans son quartier ? poursuivit-elle nerveusement. Oui, dans son quartier. Elle l'attendrait demain, et si ce n'était pas possible demain, le jour suivant, ou le surlendemain. Mais qu'il ne grimpe pas jusqu'à la terrasse, non, pas à la terrasse. Qu'il la retrouve à…

— Raccroche !

— À la porte de… à la porte du Banco de Lago ! cria Luz.

— Finis ou c'est moi qui coupe !

Elle eut à peine le temps de conclure que Rosalía lui arrachait l'écouteur des mains.

— Qu'il m'attende à la porte du Banco de Lago à… à… à six heures !

Elle avait pris cette décision à l'aube, après y avoir longuement réfléchi dans son lit. Les paroles du dénommé Kruzan lui résonnaient aux oreilles avec de plus en plus de clarté. J'ai du talent, j'ai ça dans le sang, se répétait-elle pour se convaincre. Peut-être qu'il n'a pas tort, peut-être que ce que je chante, les choses de ma terre, n'a aucun sens ici. On est si loin et si peu nombreux. Si je change de style, il est possible que j'aie un avenir, tout le monde dit que c'est un pays où les rêves s'accomplissent. Mais si je reste liée à El Capitán et aux projets de Fidel et de ma sœur, personne ne se rendra jamais compte de mes capacités, et en plus cette histoire de night-club peut parfaitement échouer, et moi j'aurai loupé le coche, et je passerai le reste de ma vie à regretter ce que j'ai pas fait et à croupir dans une blanchisserie.

Elle serra Rosalía dans ses bras en signe de gratitude et lui piqua un bout de sandwich. Quand elle sortit dans la rue, la voix de sa conscience lui hurla que sa traîtrise était plus grande que le transatlantique qui les avait amenées à New York.

45.

Elle reçut la première insulte de la journée dès qu'elle poussa le fauteuil roulant dans la mauvaise direction :

— Mais enfin, tu ne connais même pas le chemin ? Espèce d'idiote !

La dame avait raison, Mona ne savait pas où il fallait aller. D'habitude elle se préparait, posait la question à Fidel, à Barona ou à Mme Milagros, ou bien elle consultait le plan de la ville acheté à la librairie Galdós, à côté de l'église, un plan pliable où elle apprenait peu à peu à se diriger en passant le doigt sur les rues et les avenues. Mais, cette fois, elle n'avait pas eu le temps de s'informer. Ni le courage. Ni l'envie. Elle était encore traumatisée par le souvenir de son enlèvement par les Italiens, la main grossière de Mazza sur sa cuisse, l'écho de sa fuite affolée sur le gravier de l'esplanade.

— Traitez-moi encore une fois d'idiote, murmura-t-elle, et je vous plante au milieu de la rue. Comme ça vous vous ferez écraser par un bus.

Une relation bizarre s'était immédiatement instaurée entre Mona et la marraine du jeune ophtalmologue : intense mais distante, rarement cordiale, parfois infernale. « Tu dois venir de bonne heure, même si je suis plutôt du genre à faire la grasse matinée. C'est au cas où. Ensuite, on verra, selon le déroulement de la journée tu pourras partir un peu plus tôt ou un peu plus tard. » C'était en ces termes que Mona avait été accueillie par doña Maxi le deuxième matin qu'elle s'était présentée chez elle. Pas question, s'était-elle dit. Si je lui permets de disposer de moi à sa guise, je ne tiendrai pas une semaine. Aussi avait-elle dicté sur-le-champ ses conditions : «Je ne peux pas arriver avant dix heures parce que j'ai d'autres occupations; et je ne reste pas non plus après trois heures. Cinq heures par jour à cinquante cents de l'heure, ça fait douze dollars cinquante par semaine, transport à part, c'est à prendre ou à laisser, madame, mais je vous garantis que je suis bien meilleure que n'importe quelle autre candidate.»

Elle avait été finalement embauchée, après un peu de marchandage. Un contrat qui durerait peu, estimaient pourtant les deux parties. Mona s'était informée du salaire d'une domestique par le biais de Fidel et avait augmenté cette somme d'un quart pour le temps qu'elle mettait à venir et rentrer. Ses horaires inamovibles s'expliquaient par les courses matinales et les auditions du soir. Quant à l'affirmation péremptoire de ses propres qualités, elle avait simplement pensé qu'il valait mieux se faire respecter d'emblée, faute de quoi cette femme redoutable la dévorerait. En effet, Máxima Osorio, dite doña Maxi, se révélait redoutable, tempétueuse, écrasante physiquement et psychologiquement, autant en public qu'en privé, dès que Mona franchissait le seuil de sa porte à dix heures du matin. Son service terminé, la jeune fille avait juste assez de temps pour sauter dans un bus puis grimper quatre à quatre l'escalier de la pension en direction de la terrasse pour y rejoindre Fidel, continuer les préparatifs pour le night-club.

Elle n'avait pas à s'occuper de sa toilette ni de ses vêtements. Une vieille bonne à moitié sourde ramenée autrefois de Madrid s'en chargeait. En outre, la dame n'était pas totalement impotente; elle se débrouillait toute seule, non sans renâcler, en cas de force majeure. En définitive, la tâche était tout sauf stimulante, mais doña Maxi assurait un petit revenu à Mona, et c'était bien là sa seule motivation. Grâce aux heures consacrées à la promener, à obéir à ses caprices et à supporter son mauvais caractère, elle gagnait quelques sous qu'elle cachait enveloppés dans un mouchoir au fond de l'armoire. Pour régler des dettes, avait-elle dit à sa mère, et Remedios avait gobé le mensonge.

Le jour où elle avait été embauchée, Mona avait enfilé l'une des robes de la fameuse valise destinée à améliorer son allure, celle qu'aurait dû emporter en toute justice l'autre fille arrivée en retard et dont elle avait volé le travail avec une pointe de remords. De retour chez elle, elle avait ouvert le bagage sur son lit et découvert des vêtements comme elle n'en avait jamais eu dans sa vie, usagés, certes, et un peu sages, mais d'une qualité exceptionnelle et dans un état plus que correct. Des jupes et des chemisiers, trois robes, deux paires de chaussures malheureusement trop petites. Elle ignorait que tout cela avait appartenu à une dénommée Nena, la fille de la marquise chez qui elle avait travaillé un soir. Doña Maxi avait l'esprit obnubilé par la mère et sa fille. L'une de leurs dernières activités conjointes avait été d'organiser une tombola de charité et la vieille dame avait conservé la valise pleine de linge destinée à cette loterie pour rendre ses demoiselles de compagnie plus présentables.

Mona avait obtenu son approbation ce deuxième matin, sans pour autant échapper à une remarque ironique. Elle portait des vêtements un peu trop larges et un peu trop courts, mais qui remplissaient correctement leur rôle : une chemise légère couleur vanille et une jupe vert bouteille. « Si tu n'avais pas cet horrible accent andalou, cette tignasse de Gitane et ces affreux sourcils, on pourrait croire que tu viens d'une bonne famille », avait affirmé la dame sans une once de considération.

Et si vous étiez pas une vieille fille boiteuse avec ce cul si gros qu'il tient à peine sur la chaise et ce triple menton, avait pensé Mona, vous auriez pas besoin d'une bande de pauvres gamines pour pousser la carriole et supporter vos exigences avant d'être fichues dehors sans pitié. Mais elle savait que tant qu'elle aurait besoin de ce travail elle serait obligée de se taire.

Elle était déjà à son service depuis plusieurs semaines et s'habituait peu à peu aux exigences de sa patronne, comme rendre visite à des compatriotes de cette zone habitée par une petite colonie espagnole, quoique d'un niveau social très différent de celui de la 14e Rue ou de Cherry Street ; assister à une œuvre de bienfaisance à l'église de la Milagrosa ; se gaver de cocido au restaurant Madrid, au coin de Colombus Avenue ; aller faucher un magazine à l'hôtel Ansonia ou y tailler une bavette car le club des exportateurs avait son siège là-bas et, surtout, l'accompagner pour faire des courses – ou feindre de faire des courses.

« Demain nous irons chez Macy's, petite. Prépare-toi, ça représente une bonne trotte », lui avait annoncé la dame la veille – quelque temps avant le passage du dénommé Kruzan par la pension Morán, ce type arrogant venu perturber leur projet; avant, également, que l'avocat italien et son neveu Tomasso l'eussent emmenée de force dans un endroit isolé pour la terroriser.

— Tourne à droite et pousse-moi, allez ! exigea doña Maxi.

Il leur fallut une éternité pour atteindre Herald Square. Mona était morte de chaleur en raison de cet effort physique au cours de cette matinée printanière, et madame était confortable et fraîche, avec ses chairs abondamment étalées dans le fauteuil et son buste proéminent telle une figure de proue. Pour oublier le caractère ingrat de sa tâche, Mona observait les rues, les commerces, les gens, les publicités, les enseignes et les vitrines. C'était le seul aspect positif : elle découvrait de nouvelles zones de Manhattan, le paisible et bourgeois Upper West Side et l'agitation de Midtown, sa partie centrale. Au rythme de ses pas, elle réfléchissait et prenait des décisions au sujet du futur night-club. Les auditions continuaient les après-midi, et il restait beaucoup à faire.

Ce n'était pas la première fois que doña Maxi emmenait Mona dans un grand magasin. Tous les trois ou quatre jours, elles allaient dans un endroit différent. Tantôt luxueux et distingué, comme Lord & Taylor ou Saks Fifth Avenue, tantôt populaire comme Franklin Simon ou Alexander's. Mona ouvrait des yeux ébahis à l'intérieur de ces temples de la consommation qui regorgeaient de marchandises inaccessibles, mais elle n'avait aucune marge d'autonomie : obéir était son unique mission. « Dépêche-toi, on va au rayon gants, exigeait son employeuse. Ou aux cosmétiques, ou à la vaisselle… À droite, après à gauche, attention à cet imbécile de caniche, tourne par là, stop. »

Malgré tout, Mona fut sidérée par Macy's, à tel point qu'elle ne put s'empêcher de s'arrêter tout net et de lâcher un sonore « Sainte Vierge ! », après qu'elle se fut difficilement frayé un chemin parmi la foule encombrant la devanture. C'était le magasin le plus grand du monde, disait-on, la totalité d'un pâté de maisons, avec sa tour annexe, ses colonnes de marbre, ses décors en bronze et ses lumières étincelantes, dans une ambiance Art déco.

— Il me faut un cadeau, un beau cadeau, marmonna la vieille dame, pour que mon neveu soit vraiment chic…

Bien qu'il vécût avec sa tante et marraine, Mona n'avait pas encore croisé le jeune médecin. Il partait travailler avant son arrivée et rentrait après son départ. Sans doute ignorait-il même la présence de cette jeune femme si troublante là où il vivait. Personne ne lui avait téléphoné, et il s'était abstenu de retourner à El Capitán sous le prétexte fallacieux d'examiner l'œil de la mère. En outre, il n'aurait pu guère s'informer auprès de doña Maxi, qui ne connaissait même pas le prénom de Mona. Elle l'appelait « petite », comme toutes les autres, évitant ainsi la corvée de s'habituer à une identité différente dans la ronde incessante de ses employées. Et si madame se fichait de son prénom, elle se fichait encore davantage de sa vie : elle ne l'interrogea jamais sur ses origines, sa famille, ses aspirations, son domicile.

En revanche, doña Maxi n'épargnait à Mona aucun détail sur ses souvenirs et références au passé. Le grand immeuble locatif dont elle était copropriétaire, rue Santa Isabel à Madrid, et dont les loyers lui assuraient un revenu à New York. Son regretté frère, si viril et si bel homme, affirmait-elle, décédé à la suite d'un funeste accident de voiture dans la côte des Perdices, laissant son unique fils orphelin et elle-même à moitié impotente. Sa belle-sœur faible et insipide, la mère du neveu médecin, qui était morte d'une septicémie peu après son accouchement, l'idiote. La carrière foudroyante du gamin sous l'égide du docteur Castroviejo, rencontré à la faculté de médecine lors d'un voyage de ce dernier à Madrid. L'insistance du neveu pour qu'elle l'accompagnât à New York afin d'y faire sa spécialisation. Ses nombreuses, innombrables amitiés à Manhattan. Ses compatriotes de la haute société, qui l'estimaient tant et exigeaient sa présence à tout moment, dans les agapes, rencontres et réunions…

Mona connaissait dans ses moindres détails cette version de sa vie, alors qu'elles n'étaient ensemble que depuis quelques semaines. Souvent prolixe, doña Maxi se gardait en revanche d'évoquer le revers de la médaille. La grande bâtisse de la rue Santa Isabel avait été léguée à son frère par une vieille dame sans descendance, dans des conditions pour le moins douteuses. Un frère par ailleurs procureur véreux et doté de peu de scrupules. Il était lui-même responsable de son accident, après avoir ingurgité un carré d'agneau et une bouteille et demie de vin rouge à Casa Camorra, une gargote en bord de route. Sa défunte épouse n'avait été qu'une jeune femme soumise et fragile qu'il avait engrossée à seize ans. Les multiples invitations dont se vantait doña Maxi s'expliquaient en grande partie par son attitude : elle insistait lourdement pour être conviée ou se présentait sans vergogne là où personne ne l'attendait. Et sa relation apparemment idyllique avec son neveu était due, par-delà l'affection familiale, à un lien sournois qui les attachait l'un à l'autre aussi sûrement qu'un nœud marin : la clause testamentaire signée par le frère et père moribond dans son lit de l'hôpital de La Princesa où il achevait sa vie. Moyennant un enchevêtrement alambiqué de stipulations, dispositions, exécuteurs et intermédiaires, il avait fait en sorte que ses uniques parents ne se séparent jamais : ou la tante et le neveu restaient ensemble, en bonne intelligence et sous le même toit, ou le robinet se fermait et l'héritage irait tout droit à l'asile des Mercedes.

46.

De nombreux clients déambulaient ce matin-là au rayon des accessoires pour homme de Macy's : des dames élégantes seules ou en groupe, plusieurs couples d'âge mûr, beaucoup de messieurs, un individu grand et très myope qui était obligé de rapprocher exagérément les objets de ses yeux.

— Arrête-moi ici, mais ne mets pas le frein.

Doña Maxi commença dès lors à impulser elle-même les roues de son fauteuil, farfouillant dans les écharpes légères et les foulards, les mouchoirs, les carrés en soie imprimés, les gants d'été.

Une demi-douzaine de vendeuses s'occupait de la clientèle avec une courtoisie efficace et raffinée. Parfaitement maquillées et manucurées, les cheveux ramassés dans des chignons impeccables, elles étaient à peine plus âgées que Mona, de quatre ou cinq ans tout au plus. Celle-ci les contempla, admirative, tandis que sa patronne cherchait son bonheur. Davantage que les marchandises disposées avec une splendeur tentatrice, plus que les plafonds grandioses et les spectaculaires escaliers mécaniques mus par Dieu sait quelle force occulte, ces jeunes femmes la fascinaient toujours lors de ses visites dans les grands magasins. L'une d'elles enveloppait à présent quelque chose dans un splendide papier de soie, une autre étalait sur le comptoir un assortiment de cravates, une troisième prenait congé d'un client en lui décochant un sourire radieux.

Doña Maxi mit peu de temps à se décider : d'un doigt infaillible, car elle parlait à peine anglais, elle désigna une boîte de mouchoirs blancs, probablement les moins chers. On les emballa, elle paya, plaça le paquet sur ses cuisses et lança :

— Allez ! Le rayon horlogerie maintenant.

Vitrines immaculées, présentoirs recouverts de velours, atmosphère distinguée, pas trop de clients, vendeuses exquises et Mona bouche bée.

— Je resterai un moment ici. Fais un tour si tu veux, mais ne t'éloigne pas.

Tandis que doña Maxi accaparait une des employées et, toujours de la pointe de l'index, exigeait de voir d'abord une montre, puis une autre, encore une autre, et ainsi de suite jusqu'au bout de l'ennui, Mona parcourut les allées voisines. Du coin de l'œil, elle observait ce qui se passait alentour. Un homme d'un certain âge et rondouillard faisait essayer à une blonde volcanique des montres de luxe aux fins bracelets en or. Un peu plus loin, une dame extravagante coiffée d'un turban tentait de se faire comprendre dans un charabia indéchiffrable. Un jeune couple consultait timidement des prix… Mona jetait de temps en temps un œil vers doña Maxi pour vérifier qu'elle était toujours occupée à ses achats, pointant son doigt rougeâtre dans différentes directions, obligeant la patiente vendeuse à ouvrir sans cesse étuis, tiroirs et vitrines. Un peu lasse d'attendre, Mona se retourna.

— Petite ! Hé, petite ! Petite !

Sa patronne s'approchait, actionnant énergiquement les roues de son fauteuil. Impatiente, impérieuse, elle paraissait soudain prise d'une hâte fébrile.

— Allez, allez ! On s'en va, on s'en va !

Habituée à ses imprévisibles sautes d'humeur, Mona commença à la pousser sans protester, mais elle n'avança que de quelques mètres. Un homme s'interposa au milieu de l'allée. Blond, robuste, le teint rougeaud, les jambes écartées, les mains sur les hanches, vêtu d'un uniforme brun, le visage renfrogné et une casquette vissée sur la tête.

Mona s'arrêta, doña Maxi se tourna vers elle et lui souffla, nerveuse, d'une voix blanche :

— Toi, continue, ne stoppe pas, continue…

Mais le type en uniforme leur barrait le chemin et ne semblait pas avoir l'intention de bouger.

Déconcertée, Mona chercha de l'aide du regard. Elle se rendit compte que derrière l'homme, quatre ou cinq pas plus loin, se tenaient deux femmes au visage sévère. La première, un peu plus âgée que l'autre et sans aucun maquillage, en tailleur foncé, les lèvres crispées et un dossier serré contre sa poitrine, paraissait être une responsable, quelqu'un d'important. Près d'elle, la vendeuse qui s'était occupée de doña Maxi, sans une once de cordialité à présent, à l'évidence mal à l'aise.

La responsable s'approcha, esquiva l'homme, se planta devant le fauteuil roulant et dit quelque chose en anglais.

— Je ne te comprends pas, ma chérie, répondit doña Maxi sur un ton insolent. Ou tu me parles en chrétien, ou je ne pige pas.

Celle au tailleur foncé poursuivit son discours sans lui prêter attention. Elle montrait d'un doigt accusateur la fine couverture en peluche qui lui couvrait les jambes ; doña Maxi l'emportait toujours quand elle se promenait, une espèce de châle cachant son corps difforme de la taille aux genoux.

— C'est de ça que tu parles ? rétorqua-t-elle, provocante, en lui tendant brusquement la boîte de mouchoirs. Je les ai payés, grosse maligne, si tu veux, je te donne le reçu…

Impassible, l'autre prit la boîte, la posa sans la regarder sur un comptoir et continua à parler sur un ton aigre, désignant toujours son giron. Angoissée, Mona assistait à la scène sans savoir quoi faire, sans comprendre.

Mais doña Maxi n'était pas prête à rendre les armes.

— Je te répète que je ne te comprends pas, face de rat ! Allez, fissa ! Dis à ce gros plein de soupe de nous laisser passer, il faut qu'on parte !

Les clients jetaient des regards curieux en direction du groupe. Deux d'entre eux s'étaient même approchés. Essayant d'en finir au plus vite avec cette situation embarrassante, la responsable voulut soulever la couverture, ce qui lui valut un coup sur la main.

— Mais qu'est-ce que c'est que cette agression ? hurla doña Maxi, hors d'elle. Toi, tu me touches pas, idiote ! Allez, petite, sors-moi d'ici immédiatement !

Le stress de Mona augmentait à chaque instant, mêlé à son incompréhension totale. De plus en plus de clients les regardaient. Sur le point de perdre son calme, la responsable s'adressa fermement à l'homme :

— *Please, proceed.*

Le type en uniforme n'y alla pas par quatre chemins. Malgré la résistance et les gesticulations de doña Maxi, il lui arracha sa couverture.

Ce geste ne découvrit pas seulement la jupe de Máxima Osorio. Conformément aux soupçons des employés et à la grande stupeur de Mona, apparurent, coincés entre les cuisses opulentes de la tante de l'ophtalmologue, un étui en velours et une montre.

À cet instant, Mona aurait souhaité disparaître sous terre. Surveillées par l'agent de sécurité et la sévère responsable, doña Maxi se répandant en invectives tandis qu'elle-même poussait le fauteuil submergée de honte, elles entamèrent une traversée déshonorante des rayons et des allées, suivies du regard par des clients indiscrets qui se retournaient sur leur passage. Elles atteignirent une pièce éloignée du public, sans fenêtres, éclairée par une lumière jaunâtre. Aux murs, des tableaux et des avertissements, des consignes, un calendrier ; en guise de mobilier, deux tables, quatre chaises et deux classeurs. Plus rien de la magnificence du magasin, comme si on les avait exilées dans une autre galaxie.

Un homme les rejoignit presque aussitôt : moustache, costume gris et une allure de bureaucrate consommé. La responsable lui expliqua brièvement les faits, une moue de dégoût peinte sur le visage, l'autre lança un ordre sans presque décoller les lèvres.

— Qu'on les fouille. De haut en bas.

Mona essaya de refuser, en vain, et elle dut subir l'humiliation de sentir les mains obscènes du porc en uniforme lui malaxer les seins.

Les hurlements de doña Maxi retentirent soudain : à l'instigation de l'agent, la responsable voulait l'obliger à écarter les jambes. Sa patronne fut alors prise de spasmes de plus en plus violents. Ses yeux se révulsèrent, les convulsions devinrent si fortes que même le fauteuil tressauta.

— Aaah… aaah… appelle mon neveu.

Puis elle perdit connaissance.

47.

Luz alla trois jours de suite se planter devant la porte du Banco de Lago. En réalité, cette banque de Manhattan avait fait faillite avant le krach de 1929, son propriétaire, Jaime Lago, un Galicien roublard et beau parleur, l'ayant menée à la ruine, dilapidant ainsi les économies laborieuses de milliers de compatriotes. Ses anciens bureaux étaient maintenant occupés par une société d'import-export américaine, mais dans le quartier personne ne s'était donné la peine d'apprendre son nom, tout le monde appelait encore Banco de Lago ce coin de rue de la 14e avec la Septième Avenue.

Elle arrivait à six heures pile, nerveuse et le cœur rempli d'espoir, après s'être maquillé les lèvres en cachette, vêtue de son nouveau chemisier blanc et les cheveux tombant en cascade sur ses épaules. Elle patientait : six heures et quart, six heures et demie, sept heures, mais toujours rien. Idiote, imprudente, gourde, crétine, se répétait-elle, tu n'es qu'une pauvre naïve. C'est bien fait pour toi, tu n'aurais pas dû tromper ta sœur. Tu l'as trahie, tu as été déloyale.

Le lendemain du troisième jour, Luz se promit de ne plus aller attendre Frank Kruzan. Elle mettait du linge dans un seau dans l'arrière-boutique de la blanchisserie lorsque son patron l'appela :

— Luz ! Viens !

Un gamin en uniforme gris et coiffé d'un petit bonnet ridicule se tenait de l'autre côté du comptoir, à la place des clients, avec un bouquet de fleurs.

— *Miss Luis Erinas ?* bafouilla-t-il.

Le couple contemplait la scène, à la fois moqueur et attendri. Elle bégaya :

— C'est… c'est moi.

Elle se séchait encore les mains lorsque le livreur lui remit les fleurs et une petite enveloppe par-dessus le comptoir. Don Enrique sortit une pièce de monnaie de la caisse pour le pourboire.

— Tu nous raconteras qui est ton soupirant, dit sa patronne avec un clin d'œil complice.

Incapable de lui répondre, Luz retourna à l'intérieur, les jambes flageolantes. On ne lui avait jamais offert de bouquet de fleurs, elle ne savait pas comment attraper cette profusion de tiges, de roses et de papier cellophane.

« Pardon pour le retard, je n'ai reçu votre message qu'hier », indiquait la carte glissée dans l'enveloppe. D'une blancheur immaculée, elle sentait encore l'encre. Un nom : Frank Kruzan, et une adresse. Dessous, une autre phrase : « Veuillez venir à mon bureau aujourd'hui 5.00 p. m.. »

Elle en eut le souffle coupé.

Elle se garda de détromper ses patrons : tant mieux s'ils croyaient à l'existence d'un amoureux. Ainsi, quand elle leur demanda timidement l'autorisation de sortir un peu plus tôt, ils supposèrent que c'était pour le voir et acceptèrent.

— Et vous pourriez aussi m'avancer la moitié de mon salaire de la semaine ?

Ils y consentirent également. Elle veut sans doute lui faire un petit cadeau, comment refuser ? pensèrent-ils tandis que don Enrique lui tendait une poignée de dollars. Il était quatre heures vingt lorsque Luz grimpa seule dans un taxi pour la première fois de sa vie : elle ignorait totalement comment se rendre au 362 de la 45ᵉ Rue et ne se sentait pas la force de chercher son chemin.

L'agence de Kruzan se trouvait au bout d'un long couloir, au quatrième étage d'un immeuble de bureaux proche de Broadway. Elle monta par l'escalier, de peur d'emprunter l'un de ces effrayants ascenseurs. Elle se perdit un bon nombre de fois dans les couloirs. Tout lui paraissait étrange, écrasant, tant de corridors identiques, tant de portes et de panneaux, tant de gens pressés. Il était cinq heures une, l'heure de la sortie, les employés et les secrétaires se dépêchaient en direction des métros et des trains de banlieue pour faire une dernière course ou rentrer à la maison. Des hommes de tous âges, des femmes plus ou moins jeunes qui marchaient rapidement, fermaient leur sac à main, jetaient leur veste sur leurs épaules et se mettaient du rouge à lèvres. Luz avançait à contre-courant de cette foule.

Elle approchait lorsqu'elle entendit des coups de marteau. Arrivée devant la porte, elle aperçut Kruzan debout en manches de chemise sur une chaise : il essayait de clouer quelque chose au mur.

— *Hey, Miss Arenas ! Please, come in !*

Sa cravate était défaite et un désordre indescriptible régnait à l'intérieur. Des cartons pleins de papiers, des piles de disques et de magazines, des tableaux non accrochés. Il paraissait moins impressionnant de près, sans l'imperméable ni le chapeau. Plus vieux aussi, avec des cernes et des rougeurs sur le visage, la peau desséchée par endroits.

— Vous pouvez me donner un coup de main ?

Toujours perché sur sa chaise, il lui désigna un tableau.

Luz s'accroupit pour s'en emparer et le lui tendit : un plan en plongée d'une jeune femme séduisante à la chevelure ondoyante et aux épaules nues. Le portrait encadré alla s'ajouter à l'ensemble des images occupant la moitié du mur : des visages et des corps féminins magnifiques, seuls ou en groupe devant un microphone, ou sur scène, ou dans des poses étudiées.

Il descendit alors de la chaise en s'excusant de la pagaille, lança le marteau sur un tas de dossiers et se fraya un passage au milieu du désordre. Après avoir fermé la porte derrière elle, il tendit la main, non pour serrer la sienne, à la grande surprise de Luz, mais pour l'attraper par l'épaule et la conduire vers un canapé situé à l'autre extrémité de la pièce. Elle ressentit la pression de sa paume, la sensation d'une sorte de brûlure diffuse.

— Je ne peux rien vous offrir, *I'm truly sorry*, je n'ai pas fini de m'installer.

Luz répliqua que ce n'était pas grave d'une mimique presque imperceptible. Elle était si intimidée qu'aucun son ne sortait de sa bouche. Assise sur le canapé, les genoux et les lèvres serrés, elle se reprochait à présent sa folie. Qu'est-ce que tu fais ici, seule, perdue au fond de ce couloir, dans un bâtiment qui doit être pratiquement vide, dans une zone inconnue de la ville, sans avoir dit à personne que tu allais voir cet homme que tu connais pas ?

— Les fleurs vous ont plu ?

— Beaucoup.

Elle était quasi inaudible.

Kruzan ne s'assit pas à côté d'elle ; il s'appuya contre sa table de bureau et la contempla. Son regard la jaugeait intensément.

— *Superb*, murmura-t-il.

Les joues de Luz étaient brûlantes tandis que les yeux clairs et pénétrants de l'homme la scrutaient. Même les lobes de ses oreilles lui cuisaient. Tire-toi, pars en courant, lui soufflait sa conscience. Rentre chez toi, avec ta famille, supporte les engueulades de ta mère, les bagarres avec tes sœurs, tout plutôt que te fourrer dans le pétrin. Mais elle ne bougea pas, même quand Kruzan approcha ses doigts de son visage. Elle ravala sa salive et se domina.

Il n'alla pas jusqu'à frôler sa peau, il se contenta de soulever la mèche qui couvrait son front, comme s'il voulait vérifier la ligne de naissance de ses cheveux. Sa bouche esquissa une moue de satisfaction.

— *Good, good*, dit-il à voix basse.

Puis, avec le pouce, il releva la pointe de son menton, le tourna vers la droite et vers la gauche en examinant les deux côtés de son visage, son profil, la ligne de sa mâchoire.

— *Good, good, good. Now, shake your head.*

— Je ne comprends pas, balbutia-t-elle.

— La tête, secoue la tête, insista-t-il tandis qu'elle restait immobile. Comme ça, fort !

Elle obéit timidement, sans se rendre compte qu'il était passé au tutoiement.

— Plus fort !

Elle obtempéra de nouveau.

— Plus fort, plus fort, plus fort !

Il tapa trois fois des mains pour l'encourager.

— Secoue tes cheveux ! *Shake it ! Move it ! Fantastic !* Baisse la tête maintenant, complètement.

Toujours assise, le cou penché en avant, elle sentit les doigts masculins fourrager dans sa nuque, écartant les mèches, séparant sa chevelure.

— En l'air, à présent, vite !

Elle leva brusquement la tête, rejeta en arrière sa crinière de lionne brune. Ses yeux brillaient, ses pommettes étaient en feu.

— *Wonderful !* déclara Kruzan en détachant les syllabes. *Wonderful !* Je suis en train de penser à ta *photogenic.* Comment on dit en espagnol ?

Elle haussa les épaules en signe d'ignorance.

— Il y a pas mal de boulot. Il faudra que tu changes la couleur de tes cheveux, que tu t'épiles. Il faudra illuminer ta peau aussi, choisir un nom d'artiste et peut-être maigrir de quelques livres, *let me see.*

Il la fit se lever, saisit sa taille, la palpa de ses mains expertes. L'impulsive Luz, toujours si franche, si effrontée et expansive, ne broncha pas.

— *Good, good, good,* répéta-t-il pour la énième fois.

L'examen achevé, il rendit son verdict :

— Si tu le veux, *honey,* je peux obtenir quelque chose de grand avec toi. *Something big.* Tu seras obligée de prendre des leçons, d'apprendre la technique, beaucoup de technique, parce que la grâce, le sens du rythme et la force d'expression, tu les possèdes naturellement, je l'ai déjà constaté l'autre jour. Tu es ravissante, tu es charmeuse et tu es piquante, tu as quelque chose de spécial.

Luz eut l'impression que son corps se gonflait de fierté. Et bientôt j'aurai ma photo comme toutes ces femmes souriantes accrochées au mur, pensait-elle, et je monterai sur une véritable scène, et je serai applaudie…

Kruzan freina son euphorie :

— Mais il y a certaines choses que tu dois savoir.

— Je vous écoute, parvint-elle à articuler péniblement.

— Bien. Tu as un peu d'argent pour investir dans ta préparation ?

— Non, monsieur.

— Quelqu'un est prêt à parier sur toi ?

— Non, monsieur.

Lui tournant le dos, l'agent se dirigea vers son fauteuil derrière sa chaotique table de travail. Il s'assit, croisa les mains sur sa nuque, les coudes ouverts comme des ailerons. La lumière désormais ténue du crépuscule passait à travers la fenêtre sans rideaux ni persiennes.

— Dans ce cas, je pourrai m'en charger moi-même. Mais si tu acceptes, il me faudra un retour sur investissement dès que tu commenceras à gagner de l'argent. Tu auras contracté un engagement avec moi. C'est bien clair ?

48.

Dès qu'ils eurent constaté que les convulsions de la cliente en fauteuil roulant n'étaient pas feintes – après tout, ils l'avaient pincée pour avoir subtilisé une Rolex Queen –, les trois employés de Macy's s'efforcèrent de la maîtriser. Le vigile la maintint fermement par les épaules pour éviter que la chaise ne se renversât, la responsable lui tint la tête tandis que le moustachu, prenant son courage à deux mains, lui fourrait deux doigts dans la bouche de peur d'une crise d'épilepsie. Inconsciente, doña Maxi ne se rendait compte de rien. Quant à Mona, terrifiée, elle restait pétrifiée dans un coin de la pièce, sans rien comprendre à ce qui se passait.

Tout cela ne dura guère que quelques minutes, mais elles lui semblèrent éternelles. Les secousses s'atténuèrent enfin et sa patronne sortit peu à peu de son évanouissement. En la voyant reprendre ses esprits, tous respirèrent, soulagés. Mona faillit éclater en sanglots. Soudain, la porte s'ouvrit et les employés se redressèrent d'un bloc, comme répondant à un coup de sifflet. Un gentleman élégant, chauve, la barbe poivre et sel et avec des lunettes à fine monture en or venait d'entrer, quelqu'un de très haut placé à en juger par l'attitude craintive des employés qui essayèrent de lui expliquer la situation. Mona en profita pour se précipiter vers doña Maxi. Confuse et échevelée, celle-ci reprenait contact avec la réalité.

— C'est fini, c'est fini, c'est fini…, lui dit la jeune fille en lui attrapant une main.

Sa patronne acquiesça d'un vague hochement de tête.

Bien qu'elle ne comprît pas les propos du nouveau venu, Mona devina qu'il n'approuvait pas du tout l'attitude de ses subordonnés. En revanche, elle ne soupçonna pas les raisons de son mécontentement : il s'agissait non pas de défendre la dignité outragée de deux étrangères, mais de veiller à la bonne réputation du grand magasin, qui aurait été gravement entachée s'il était arrivé quelque chose de grave à une pauvre vieille en fauteuil roulant.

Une fois qu'il eut achevé son laïus et vérifié que la dame était plus ou moins rétablie, il marmonna deux ordres que les autres s'empressèrent d'exécuter. On les sortit aussitôt de la pièce, le vigile lui-même poussa le fauteuil le long des couloirs tandis que la responsable leur frayait un passage en ravalant sa fierté. Mona, morte de honte, marchait aux côtés de doña Maxi encore agrippée à sa main. Le troisième employé fermait le cortège. On les conduisit dans une salle de réunion avec de la moquette, de larges fenêtres donnant sur Herald Square et des murs satinés couleur ivoire. La brute de vigile resta dehors, elles ne revirent plus le moustachu et la face de rat dut servir à chacune, sur consigne de son supérieur, des rafraîchissements sur un plateau en écaille de tortue. Doña Maxi, à peu près tranquillisée et réconfortée par la déférence qu'on lui prodiguait à présent, parut récupérer une grande partie de son assurance.

— Ils ont appelé mon neveu ? furent ses premiers mots après qu'elle eut bu les deux verres d'un coup.

— Pas encore, répondit Mona en se penchant sur elle. Ils n'ont pas eu le temps…

— Eh bien, qu'ils le fassent immédiatement, parce que avec ce truc bizarre qui m'est arrivé, je ne repars pas d'ici sans lui.

Elles eurent du mal à convaincre le directeur, qui voulait se débarrasser au plus vite de doña Maxi. Tout serait oublié : sa tentative de vol d'une montre coûteuse et son malaise à la suite d'une fouille trop violente. « Vous les mettez toutes les deux devant la porte de la 35e Rue dès que la grosse semble rétablie, avait-il dit au vigile et à la responsable. Faites-leur un petit cadeau si nécessaire, un calendrier ou n'importe quelle bêtise. » Il ne s'attendait pas au refus de l'hautaine mégère.

— Donne-moi mon sac, petite.

Mona le décrocha du fauteuil, sa patronne farfouilla dedans jusqu'à tomber sur un petit agenda. Elle humecta son pouce, tourna trois ou quatre pages, parcourut la dernière de la pointe de son index et pointa de l'ongle la ligne qu'elle cherchait.

— Voilà son numéro à la clinique du docteur Castroviejo. Vous choisissez : ou c'est vous ou c'est moi qui téléphone.

La négociation fut tendue malgré leur incompréhension réciproque, mais ce fut elle qui se lassa la première. Devant le refus des employés, elle commença à s'agiter, feignant maladroitement une nouvelle crise. Excédé, le directeur hésitait sur la conduite à tenir. Cette femme était impotente et âgée, elle pouvait parfaitement leur claquer entre les doigts si on tirait trop sur la corde. En outre, elle avait des contacts avec une clinique huppée de l'Upper East Side, ce n'était pas une simple touriste ni une pauvre immigrante sans ressources. Mieux valait ne pas jouer avec le feu…

Le docteur César Osorio s'était souvent vu dans l'obligation de réparer les « bourdes » de sa tante. Par exemple, le jour où elle avait essayé de voler un coûteux bracelet chez Bloomingdale's, ou de glisser un sucrier en argent dans son sac après un goûter chez Rumpelmayer's. Après le dernier scandale, elle lui avait juré de ne jamais recommencer, mais sans doute avait-elle récidivé sans se faire pincer ou en se sortant toute seule de l'embarras.

Le jeune médecin n'avait pas la moindre idée de ce qui l'attendait chez Macy's après le coup de fil qu'il avait reçu. Non seulement il allait devoir une fois de plus tirer d'affaire sa marraine, mais cet incident marquerait le début d'une nouvelle étape dans sa vie. À peine entré, il fut saisi de stupeur. Doña Maxi, le directeur, la salle aux murs satinés, tout disparut de son champ de vision. En face de lui, s'éventant avec un catalogue, travaillant manifestement pour sa tante, c'était bien Mona. Une Mona immensément soulagée de retrouver le docteur dans ces circonstances.

Les cris de la vieille dame, les explications du directeur, les interventions de la responsable… César répondit oui à tout, comme si sa capacité de jugement était annihilée. Il accepta même qu'on fît venir une ambulance pour conduire sa tante dans une clinique et l'y faire examiner, ainsi qu'elle l'exigea avec son impudence habituelle.

— Si ce truc bizarre m'arrivait une autre fois, dit-elle.

Et lui, d'un naturel si sensé, y consentit, bien qu'il n'y eût aucune raison valable à cela.

— Bon, je vais vous laisser, alors…

Mona voulut s'éclipser après que deux ambulanciers eurent installé doña Maxi à l'intérieur du véhicule. Le docteur et elle étaient seuls à présent, au coin de la 34e Rue, au milieu du tohu-bohu de la foule, des autos et des bus.

— Si ce n'est pas trop vous demander, pourriez-vous nous accompagner ?

Elle faillit lui répondre que son travail s'achevait dans une demi-heure, qu'elle avait bien mérité son argent ce jour-là en supportant sa tante, qu'elle avait passé un moment horrible par sa faute, qu'elle en avait marre, qu'elle voulait retourner dans son quartier, monter à la terrasse de la pension et s'occuper de son commerce, oublier tous ces gens.

— Suivez-moi jusqu'à mon auto, je suis garé à côté. Je vous chercherai un taxi.

Puis un peu plus bas :

— Ou je vous ramènerai moi-même.

Le docteur César Osorio lui parut si sage et si digne de confiance, comparé à son abominable tante, qu'elle fut incapable de refuser.

Doña Maxi resta deux jours à l'hôpital. Elle tyrannisa les infirmières et rendit les médecins dingues, exigeant qu'on lui fît des examens de la tête aux pieds. Deux journées pendant lesquelles le prometteur ophtalmologue et la modeste future entrepreneuse de spectacles apprirent à se connaître. Contre toute attente.

49.

— Attention, attention ! s'écria l'assistant du photographe. Placez-vous de face, regardez la caméra. Mettez-vous là. Vous êtes prêts ? Un… deux…

Ils venaient de quitter la fraîche obscurité de l'église et se tenaient sur le trottoir, sous le soleil dominical d'un été précoce. Une troupe compacte où les félicitations se mêlaient aux sonores accolades, aux tapes dans les mains et aux baisers sur les joues. Victoria, radieuse dans sa robe en satin blanc et couverte de son très long voile en dentelle, recevait les compliments sans lâcher le bras de son époux, Luciano Barona, vêtu d'un beau costume acheté chez Varela Hermanos, de Lenox Avenue. Barona ne faisait rien pour dissimuler son immense fierté. Il était aux anges. En présence du père Casiano et sous les yeux de la Virgen de Guadalupe, ils avaient juré de s'aimer et de se respecter jusqu'à la fin de leurs jours, amen. Et ici même, en pleine 14e Rue, le photographe de La Artística était sur le point d'immortaliser cet instant par un portrait de groupe, s'il parvenait à les réunir tous devant l'objectif.

Le stoïque assistant se démenait en vain, les invités continuant à distribuer des salutations par-ci, des congratulations par-là. Mme Milagros avait ressorti un tailleur vieux de plusieurs dizaines d'années qui sentait la naphtaline. Sor Lito portait un habit pour une fois sans taches, elle avait ciré ses bottes d'enfant défraîchies et s'était même coiffée de la toque blanche de sa congrégation. Le couple Irigaray rayonnait de satisfaction et Paco Sendra, de La Valenciana, était venu depuis le Lower East Side avec une caisse de moscatel en guise de cadeau.

Il y avait également plusieurs voisines de l'immeuble, l'Asturienne de la pension Morán, flanquée de son mari tout juste débarqué et du maestro Miranda. Plus Fidel. Plus la mère et les sœurs de la mariée, bien entendu, éblouissantes avec leurs robes en soie fleurie, leurs gants clairs printaniers et leurs spectaculaires capelines de chez Nortons offertes par le prétendant. « Voyons, Luciano, non, vous n'allez pas gaspiller cette fortune… », avait protesté Remedios. Mais il n'avait rien voulu entendre : les vêtements les plus chics pour toute la famille, avait insisté Barona. Il ne manquerait plus que ça.

De son côté, il avait invité une poignée de collègues et plusieurs couples, originaires d'Alhama comme lui, avaient fait le trajet depuis Park Slope, à Brooklyn. Les femmes, étrangères à ce quartier, étaient les plus silencieuses au milieu du vacarme régnant devant la porte de l'église. Elles avaient bien connu la première épouse de Barona et ce mariage si imprévu les remplissait donc d'amertume. « La pauvre Encarna est morte depuis un peu plus d'un an, et le veuf est déjà prêt à la remplacer », répétaient-elles depuis qu'elles avaient reçu les invitations. Mais un homme n'avait-il pas le droit de refaire sa vie ? protestaient les maris. Ils étaient presque tous arrivés en Amérique avant leurs femmes, et ils avaient ressenti dans leur chair la cruauté de la solitude.

Un seul nuage troublait le bonheur du marié : son fils. Il lui avait annoncé la nouvelle au téléphone, un appel longue distance perturbé par la friture. Après un silence, son fils lui avait répondu d'une voix sereine : « Tu dois savoir ce que tu fais. » Il l'avait rappelé quelques jours plus tard pour lui communiquer la date, l'endroit et l'heure, estimant que son rejeton avait eu le temps de digérer l'information. Celui-ci avait promis qu'il essaierait d'être là, puis confirmé sa venue lors d'un autre coup de téléphone : il prendrait un train de nuit après un combat à Baltimore. Mais la cérémonie s'était achevée sans lui, et le tabaquier ressentait un petit pincement au coeur du fait de son absence. Ce n'est pas grave, il faut le comprendre, se dit-il. Ce n'est pas facile pour lui d'accepter qu'une autre femme que sa mère fasse partie de ma vie. Il faut donner du temps au temps, il finira par s'y faire.

Pérez, le photographe, chargé de fixer tous les événements significatifs de la colonie, commençait à perdre patience. Il était prêt depuis un bon moment et dégoulinait de sueur sous son béret noir. Il s'adressa directement au marié :

— Faites en sorte qu'on en finisse, l'ami, ou je m'en vais. J'ai une autre obligation au Jai-Alai de don Valentín Aguirre.

Barona dut donc prendre la situation en main.

— Allons, vite, préparez-vous pour la photo. Vous, Remedios, près de moi, et vous aussi les sœurs, devant…

Le groupe parut enfin en place, disposé en arc de cercle. Luz arrangea le voile de Victoria, Mona releva sa capeline, la mariée déplaça le grand bouquet de fleurs.

— Prêts ? demanda le marié.

Juste quand il allait dire : Allez-y, prenez la photo, sa voix s'étouffa dans sa gorge.

Chapeau vissé sur la tête, un jeune homme s'avançait vers eux à grandes enjambées, conscient de son retard aussi involontaire qu'inopportun. *Damn train*, maudits incidents, pensait-il. Sa silhouette se précisait à mesure qu'il approchait : musclé sans excès, robuste, décidé, une valise dans la main droite. Sa main gauche, qui tenait son chapeau, était bandée. Son menton non rasé portait quelques traces bleuâtres. Il était vêtu d'un costume bleu sombre, chiffonné après une nuit dans un wagon de deuxième classe. De plus près, on découvrait un coquard à l'œil et un sourcil fendu et recousu. Dessous, une pommette violacée. Et à la commissure de la lèvre supérieure, une coupure où le sang était à moitié coagulé.

Barona rompit l'harmonie fragile du groupe et fit un pas en avant.

— Chano, mon fils…, s'exclama-t-il, les bras ouverts.

Trop tard : le photographe avait déjà déclenché l'obturateur. Sur la plaque restèrent gravées l'image floue d'un marié d'âge mûr et celle d'une jeune femme subitement troublée, se demandant si ce mariage devant Dieu et devant les hommes ne constituait pas une monumentale erreur.

Les invités n'avaient qu'à traverser la rue et à parcourir quelques mètres sur le trottoir opposé pour parvenir à

La Bilbaína, trajet qu'ils effectuèrent tous ensemble. Le banquet les attendait à l'étage supérieur. Là encore, Barona n'avait pas voulu lésiner malgré le désaccord de Remedios. « Nous sommes en deuil, Dieu du ciel », avait-elle répété jusqu'à plus soif. Mais comment ne pas fêter ça ? avaient rétorqué ses filles en chœur. Leur mère avait même suggéré que la jeune mariée fût habillée en noir, ce qui avait provoqué les hurlements scandalisés de sa progéniture.

« Du calme, Remedios, tout sera très sobre », avait promis son futur gendre, désireux de rétablir la paix dans la famille, et elle avait fini par se résigner. Cependant, emporté par l'enthousiasme des jeunes femmes et son propre bonheur, le tabaquier avait vu la situation lui échapper et dégénérer : ses ressources étaient limitées, en effet, le commerce du tabac était en déclin à cause de ces maudites cigarettes produites industriellement, et une grande part de ses économies avait été dévorée par les honoraires des médecins, les médicaments et les frais d'hospitalisation de sa défunte épouse. Barona n'avait donc pas tant d'argent, mais il s'en fichait, rien ne serait trop beau pour célébrer son bonheur.

Les agapes débutèrent dans une atmosphère surchauffée et joyeuse. Les femmes de la famille Arenas n'auraient jamais pu imaginer un tel festin à l'époque de leur humble enfance méditerranéenne, quand elles se nourrissaient tout au plus de chinchards, de gazpachos et d'anchois. Assises à présent dans la salle à manger de La Bilbaína, devant les longues tables, elles ouvrirent d'abord des yeux ronds devant les immenses plateaux de hors-d'œuvre, puis les magnifiques morceaux de colin à la basque dans leurs cassolettes en terre cuite, enfin les pièces de bœuf qu'on appelait *beef steaks*. Et au dessert une pièce montée de chez Valencia Bakery. Et puis du vin, en quantité. Et du cidre El Gaitero et du cognac espagnol Lepanto et de l'anis Las Cadenas, le tout en provenance de la cave Mediavilla, dans la 116e Rue. Tandis qu'elles dégustaient cette profusion de délices, entourées de visages aimants, qu'elles mordaient une rondelle de chorizo ou portaient leurs coupes à leurs lèvres, sans qu'aucune le déclarât à voix haute, l'esprit de la mère et de ses filles fut malgré tout traversé à un moment par un bref éclair de confusion, comme un avertissement de leur conscience. Désormais, tout devenait un peu différent avec ce mariage. Elles s'installaient de plus en plus – presque à leur insu – dans cette ville.

On ouvrit les fenêtres pour créer un courant d'air. Lorsque les estomacs furent repus et les cerveaux un peu embrumés, des cris fusèrent dans la salle en même temps qu'on tapait sur les tables ou faisait tinter les coupes avec les fourchettes :

— Un discours, un discours !

Barona se laissa aisément convaincre, il s'y était préparé. Il recula sa chaise, se leva, inspira un grand coup. Ce n'était pas un beau parleur, mais ses propos furent enthousiastes et sincères, les paroles d'un homme lourd d'un passé plein de mésaventures, de chagrins, d'erreurs et de souffrances et qui, par un caprice soudain de la fortune, avait trouvé le bonheur.

— Ce que je ressens à l'idée que cette femme a accepté de partager ma vie, c'est un sentiment si fort, si profond, que je suis incapable de l'exprimer.

Il tendit la main à Victoria, l'invita à se mettre debout.

La mariée se redressa prudemment pour conserver son équilibre. Ses joues étaient en feu, la tête lui tournait un peu, elle était épuisée par la chaleur. On avait rempli trois ou quatre fois sa coupe, elle avait tout bu jusqu'à la dernière goutte. Elle avait mangé sans protester tout ce qu'on lui avait servi. Elle avait répondu par un sourire à tous les sourires et remercié à chaque compliment sur sa robe, son mari, sa coiffure, son avenir, sur son voile. « Merci beaucoup » répété machinalement, à l'infini…

Ce qui passait inaperçu aux yeux de tous, c'était la cause principale de son trouble. Des regards. *Ses* regards. Assis en face d'elle, le visage marqué et indifférent à l'euphorie générale, le fils du marié n'avait pas cessé de la contempler d'un œil perplexe et confus durant tout le déjeuner, comme interloqué par sa présence.

Un sourire forcé aux lèvres, sentant encore le regard de Chano sur elle, Victoria eut l'impression que les phrases émouvantes de son mari traversaient son cerveau avant de se diluer, sans qu'elle parvînt à les saisir, glissantes, fuyantes, incompréhensibles. Elles ne la concernaient pas. Plus maintenant.

Esteban Roig et ses Happy Boys eurent alors la bonne idée de faire irruption dans la salle au rythme d'*El gato montés,* dès la fin du discours de Barona. Le public, transporté, se leva d'un bloc et se mit à taper des mains en cadence, au son de la trompette, de l'accordéon et de la clarinette ; les serveurs poussèrent les tables et les chaises de façon à improviser une petite piste de danse. Pas de fête, au sein de la colonie, sans l'orchestre de ce compatriote, concierge pendant la semaine d'une compagnie d'assurances de Midtown et capable comme personne de transporter tous ces exilés dans leur monde perdu grâce à l'émotion de la musique.

Le marié conduisit une Victoria soumise jusqu'à l'espace libéré, les invités formèrent un vaste cercle autour d'eux. Il la planta devant lui, lui agrippa une main et la taille et commença à suivre les deux temps canoniques du paso doble. Ses pieds allaient d'un côté, sa tête de l'autre. La jeune femme appuya sa joue contre la large poitrine de son époux et ferma les yeux. Il sentait le parfum d'homme, le tabac, la sueur. Il t'aime, se dit-elle. Il t'aime, il t'aime, il t'aime comme Salvador ne t'a jamais aimée. Et toi, tu dois apprendre à l'aimer aussi.

Les musiciens achevèrent le premier morceau salué par un « Olé ! » enthousiaste, une salve d'applaudissements et un frénétique « Vive les mariés ! ». Ils attaquèrent aussitôt *España cañi* et le reste de l'assistance se précipita au milieu de la piste. S'ensuivit une succession de paso doble et de boléros, jusqu'à ce que le marié soufflât à l'oreille de Victoria :

— Viens.

Chano était assis seul au fond de la salle, près d'un balcon ouvert à l'extrémité de l'une des tables poussées contre le mur et encore encombrées par les reliefs du banquet. Appuyé sur le rebord d'une fenêtre à guillotine, il fumait une de ces cigarettes tellement honnies par son père, avec à la main un verre rempli d'une liqueur ambrée et de beaucoup de glaçons. Il se leva en les voyant approcher, sans pouvoir cacher une grimace de douleur.

Barona lui donna une accolade pleine d'affection. Toutes les tensions, tous les désaccords et les séparations douloureuses de ces dernières années semblaient soudain s'être volatilisés.

— Tu ne vas pas inviter ma femme à danser ?

Victoria sentit une onde de chaleur lui brûler les entrailles, elle crut qu'un gouffre s'ouvrait sous ses pieds. Quant à Chano, la question de son père l'ébahit à tel point qu'il resta coi. En guise d'excuse, il montra ses vêtements chiffonnés par le voyage nocturne, bafouilla quelques mots dans cet espagnol de son enfance qu'il avait de plus en plus de mal à utiliser. Le tabaquier l'encouragea d'une tape sur l'épaule et d'un éclat de rire.

— Allez, fiston ! Ne sois pas timide ! C'est pour que vous commenciez à vous connaître !

Le garçon but une gorgée de son breuvage, la jeune femme ravala sa salive, il n'y avait pas d'échappatoire. Ils gagnèrent la piste sans se toucher, les danseurs libérèrent immédiatement l'espace. Il leur fallut encore un instant pour se mettre en place et ajuster leurs corps et leurs mouvements.

Rigides, tendus et distants, ainsi dansèrent Chano et Victoria la première fois. Il maîtrisait à grand-peine les pas traditionnels, elle adopta d'emblée une posture hautaine, un simple bouclier protecteur en réalité. Ce qui ne les empêcha pas, malgré tout, d'éprouver une sensation réciproque. Victoria sentit son corps musculeux et compact sous le costume fripé : ses bras puissants, ses longues mains, l'une rêche et l'autre bandée, sa lèvre fendue, le bleu sur sa pommette, son menton ferme et râpeux. Et l'odeur de sa peau, cette odeur d'homme jeune sans soins ni artifices. Une odeur tellement différente de celle de son père, séduisante, accaparante, quasi animale.

Chano fut lui aussi troublé par ce corps juvénile de femme. Malgré ses efforts depuis qu'il l'avait aperçue à la porte de l'église, il ne réussissait pas à reprendre ses esprits. S'il avait eu à deviner parmi cent candidates celle choisie par son père pour la conduire à l'autel en secondes noces, Victoria aurait tout au plus occupé l'avant-dernière place. Si svelte et si légère, si différente. Si sensuelle.

Ils échangèrent à peine trois mots, le morceau s'arrêta, ils se fixèrent, muets. Ce fut Victoria qui rompit le silence :

— Je dois aller… je dois aller aux…

Et elle désigna de la tête un coin de la salle.

— Bien sûr, dit-il en la lâchant.

Anxieuse, elle cherchait ses sœurs du regard au milieu de la foule.

— Pour qu'elles m'aident, expliqua-t-elle en agrippant le bas de sa robe dans un crissement de jupons et de doublures.

— Bien sûr, répéta-t-il. Et moi… moi… *I should be leaving too.* Je crois que je vais y aller.

Mona et Luz ne l'avaient pas perdue de vue un seul instant. Elles s'approchèrent dès qu'elles devinèrent où elle allait.

Elles entrèrent ensemble dans les toilettes, fermèrent la porte. Se sentant à l'abri, Victoria s'appuya contre le mur.

— Son fils va rester ici.

Les questions jaillirent alors à l'unisson :

— Avec vous ? Dans la même maison ? Tous les trois ?

50.

Avant de sortir des toilettes, elles retouchèrent leur coiffure du bout des doigts et se passèrent le même rouge à lèvres intense. Au moment de sortir, Victoria hésita puis arracha son voile avec un soupir de soulagement. Sans les mètres de dentelle et la multitude d'épingles fixées sur son crâne, elle appréciait de sentir sa tête de nouveau légère.

— Mais qu'est-ce qui arrive ? demandèrent-elles, surprises, en découvrant la piste vide, l'absence de musique et des groupes compacts en train de discuter.

Elles ne s'étaient pas rendu compte que l'orchestre avait arrêté de jouer depuis un moment. Un serveur asturien, croisé alors qu'il transportait un plateau surchargé de vaisselle sale, leur expliqua :

— Les *boliteros* viennent d'arriver, mesdemoiselles. Dépêchez-vous ou vous pourrez pas jouer. Ils vont pas rester plus de cinq minutes.

Les *boliteros*, les vendeurs de loterie clandestine, avaient débarqué, alléchés par l'odeur de la fête. Importée de Cuba depuis des années, le jeu de la bolita s'était rapidement développé à New York. Sa popularité résistait contre vents et marées bien qu'il fût interdit par la loi et que certains de ses responsables eussent été condamnés à des peines de prison. On l'appelait parfois la « loterie des pauvres ». Moyennant de petits paris, on pouvait se coucher gueux comme un rat d'église et se lever le lendemain matin en possession d'une somme rondelette.

Les trois sœurs distinguèrent plusieurs gamins, presque des adolescents, mêlés à la foule des invités. Ils attrapaient les billets et les pièces de monnaie, les échangeaient contre des bulletins, inscrivaient des chiffres avec une habileté vertigineuse. La joie, ou peut-être la nostalgie, ou bien les deux ensemble, paraissaient avoir délié les portefeuilles des messieurs et les porte-monnaie des dames. Tous rêvaient de remporter l'un des prix crachés par les petites boules en marbre, quand elles jailliraient, ce soir-là, dans des douzaines de banques illégales disséminées à travers toute la ville.

Étrangère à cette agitation, Victoria balaya la salle à manger du regard et vit que Chano était parti. Parfait, se dit-elle. C'est bien mieux ainsi. Rassérénée, elle se redressa, leva le menton et se dirigea vers son mari, décidée à commencer sa vie de femme mariée conformément au contrat sacré qu'elle venait de contracter. Motivée, attentionnée, sûre d'elle-même. Quelques minutes auparavant, assise sur le siège des toilettes devant ses deux sœurs, sa robe relevée formant une montagne de plis et de fronces autour des cuisses, elle s'était convaincue que c'était l'unique solution. Se conduire comme il faut. Être sérieuse et conséquente. Rendre heureux l'homme à qui elle avait promis amour et fidélité. Tenir ses engagements.

À la différence de Luz, qui zigzaguait entre les invités, poursuivie par Fidel, et cherchait à poser quelque part le voile de la mariée, Mona s'immobilisa près d'un portemanteau surchargé de châles et de vestes.

Elle venait d'apercevoir, dans cette salle fleurant la fumée et la sueur, l'individu qui s'était servi d'elle pour échapper à la police, celui qui l'avait retrouvée ensuite pour récupérer ses affaires et lui exprimer une gratitude qu'elle avait rejetée. Comment diable était-il de nouveau devant elle ?

Elle l'observa, nerveuse, hésitante. Costume léger en lin, chemise blanche et cravate défaite, cheveux châtain clair rebelles, grand, souple, traits aiguisés, hanches étroites, les mains dans les poches du pantalon, et apparemment détendu. Pourtant, elle eut tôt fait de constater que, tout en conversant aimablement avec Avelino Castaños, le patron du restaurant, lâchant même par moments un éclat de rire, il se tenait sur ses gardes, surveillant la salle, en particulier les garçons qui prenaient les paris. Il semblait avoir pour mission de les contrôler, nota Mona, comme s'ils travaillaient pour lui, sous sa responsabilité.

Elle continua à l'épier sans bouger. Devait-elle se cacher ou l'affronter ? Pendant un instant, l'image furtive de César Osorio traversa son esprit, soudain si lointain, si incongru dans ce monde bouillonnant et criard de la 14e Rue, où l'homme aux tickets semblait se mouvoir comme un poisson dans l'eau. Finalement, Castaños consulta discrètement sa montre et l'autre comprit le message : le temps accordé aux paris était écoulé. En effet, le patron de l'établissement prenait un risque en acceptant ce trafic. Il voulait faire plaisir à ses compatriotes, leur permettre de jouer à cette loterie interdite dans un environnement aussi privé et sûr que son restaurant, mais il était parfaitement conscient de son caractère illégal. Chaque fois que les policiers apprenaient la réunion de quinze ou vingt personnes parlant espagnol, ils accouraient comme des mouches à miel. Et le commerce malchanceux où se déroulait ladite réunion s'exposait à un avertissement en bonne et due forme, ou même à une amende, de celles qui plombent les bilans comptables pendant de longs mois. Les deux hommes le savaient, et il valait donc mieux que les vendeurs d'illusions monétaires prennent la poudre d'escampette sans tarder.

L'inconnu leva les bras et tapa bruyamment dans ses mains pour attirer l'attention de ses acolytes. Le premier qui l'entendit siffla et tous les autres garçons se tournèrent vers lui, obéissant à un protocole bien rodé : On se tire, les gars ! Discipliné, chacun obtempéra, mit fin aux ultimes transactions et empocha argent et tickets avant de s'éclipser.

Leur chef jeta un dernier coup d'œil sur la salle pour s'assurer que toute sa troupe avait filé. Il agissait toujours ainsi, par précaution. Ce fut alors qu'il l'aperçut.

À moitié cachée par les vêtements accrochés au portemanteau, mais pas assez pour qu'il ne la vît pas, avec sa robe légère et fleurie, sa chevelure sombre et quelque peu en bataille malgré son rapide recoiffage devant le miroir des toilettes. Elle avait la silhouette svelte, de larges sourcils, un peu de l'éclat de la Méditerranée encore collé à la peau ; elle portait des bas en soie – les premiers qu'elle possédait.

Il l'observa, ébahi. Puis il esquissa un sourire et s'apprêtait à s'approcher quand il entendit :

— Hé, jeune homme !

C'était Barona qui l'interpellait et se précipitait vers lui. L'autre effaça le sourire destiné à Mona et tendit ses muscles, en alerte, prêt à bondir.

Mais le tabaquier, avec cet excès de familiarité propre à ceux qui ont absorbé bon nombre de coups, lui attrapa un bras pour le retenir.

— Excusez-moi, je vous ai aperçu dans le coin deux ou trois fois, et chaque fois j'ai pensé que vous étiez l'image vivante de quelqu'un que j'ai connu…

Barona avait l'air d'avoir très chaud. Sans veste, la cravate dénouée, la chemise mouillée de sueur et un cure-dents au coin de la bouche, il paraissait de toute évidence inoffensif. L'autre ne baissa pas la garde. À tout hasard, il regarda rapidement autour de lui pour s'assurer de l'absence de tout danger. Les musiciens reprenaient leurs instruments, les dames bavardaient en agitant leurs éventails, les enfants se poursuivaient entre les tables et les chaises et les hommes éclusaient des bouteilles venues de la mère patrie sur les balcons. Tout va bien, se dit-il, et il se détendit un peu. Juste un peu.

— Chaque fois que je vous croise, jeune homme, poursuivit Barona, insensible à la méfiance de son interlocuteur, je pense toujours la même chose : Ce garçon ressemble à s'y méprendre… Mais on n'est jamais sûr, c'est si vieux… Sans doute que je divague, rien d'autre… Mais à présent que je vous ai devant moi, autant vous poser la question : vous avez quelque chose à voir avec Tampa ?

L'autre attendit un instant pour répondre. Devait-il mentir ou être sincère ? En fin de compte, il était habitué à jongler tous les jours entre le vrai et le faux, entre l'ombre et la lumière.

Castaños, le patron du restaurant, lui avait expliqué auparavant que cet homme mûr était l'heureux époux de la beauté qui se promenait dans la salle en robe blanche. Il en déduisit donc qu'il ne risquait pas grand-chose à dire la vérité.

Et puis il y avait aussi cette fille, Mona, seule à côté du portemanteau, son regard curieux posé en permanence sur lui, ravissante, témoin muet de la scène. Ce fut peut-être à cause d'elle qu'il répondit :

— En effet, j'ai quelque chose à voir avec Tampa, oui.

— Bien, bien, je ne suis pas si fou que ça !

Un coup de sifflet retentit depuis la porte, il se retourna, fit un signe au bolitero qui le réclamait pour lui indiquer qu'il arrivait. Ensuite, il regarda de nouveau Barona :

— Et je réponds tout de suite à votre prochaine question : c'est oui.

— Je me trompe pas, alors ?

— Non, je suis le fils de qui vous pensez. Et maintenant, si vous me permettez…

Sans lui donner le temps de réagir, il serra la main du tabaquier puis tourna les yeux vers Mona. Il porta deux doigts à sa tempe droite et lui fit un clin d'œil en guise d'adieu furtif.

— J'étais un ami de votre père. Vous pouvez pas savoir à quel point je regrette ce qui s'est passé, s'exclama Barona alors qu'il s'éloignait. Revenez un jour et on en parlera ! Vous me trouverez près d'ici, à El Capitán.

Mais le jeune homme filait déjà, dévalait les escaliers en direction de la rue et retournait à ses affaires louches et à ses occupations périlleuses.

Mona s'était rapprochée de son beau-frère, le regard tourné vers le vide laissé par le fuyard.

— C'est qui, son père, Luciano ?

Celui-ci sortit un mouchoir de sa poche, se le passa lentement sur la moustache puis sur son front baigné de transpiration.

— Antonio Carreño, un ancien agent de la compagnie Cuesta-Rey, ensuite propriétaire d'un club à Ybor City, dit-il, les yeux dans le vague.

— Qu'est-ce qu'il est devenu ?

Il essuyait à présent son cou congestionné.

— Il a pris deux balles dans le ventre, il s'était fourré dans des business qu'il comprenait à peine.

51.

Les explications s'arrêtèrent là. L'orchestre de Roig attaqua un nouvel air et Barona abandonna Mona à son trouble pour chercher sa femme.

La fatigue de cette longue journée se faisait sentir et de moins en moins de couples occupaient la piste de danse désormais dans un sale état. Une bonne marche attendait les gens de Park Slope, les épouses souffraient abominablement des pieds et avertissaient leur mari qu'il était temps de rentrer à la maison. Milagros, qui s'était enfilé deux coupes d'eau-de-vie après le repas, dormait la tête contre le mur et la bouche entrouverte. Près d'elle, sor Lito, pompette bien qu'elle eût moins bu, feignait de contempler la salle à manger, alors que son esprit était ailleurs depuis un bon moment.

Tout comme le tabaquier, elle n'avait jamais été romantique. La cruauté de ses premières années l'avait privée de toute affection, délicatesse ou tendresse, des mots dont elle avait découvert le sens bien plus tard. Pourtant, à des moments ou dans des environnements tels qu'en ce jour, remplis de chaleur humaine, la religieuse s'interrogeait sur sa vie, s'imaginait naissant dans un univers structuré, au sein d'une vraie famille, entourée d'individus normaux et non dépravés. Elle n'aurait certes pas possédé un caractère aussi combatif, méfiant et insolent, ni étudié les lois ni lutté pour autrui avec le mordant et la ténacité qui la caractérisaient. Cependant, les mauvais traitements subis dans son enfance expliquaient le développement rachitique de son corps, son entrée dans les ordres, et son refus définitif de tout contact charnel avec les hommes. Dans une autre vie, elle aurait pu vivre avec eux de façon parfaitement normale, se laisser courtiser par eux. Des mains viriles l'auraient caressée la nuit de ses noces, comme Victoria avec son époux dans quelques heures. Sûr qu'il y aurait eu plusieurs hommes dans sa vie : elle les aurait embrassés, aimés, touchés, désirés...

— *Jesus, Mary and Joseph !*

Son propre hurlement la tira de ses rêveries. Des gamins venaient d'arracher la nappe d'une table couverte de verres, de coupes et de bouteilles en se courant après. Sor Lito secoua la tête, comme pour se débarrasser de ses pensées incongrues. Par les clous du Christ ! murmura-t-elle en se redressant. Elle avait de plus en plus mal et de moins en moins d'énergie. Il faudra que je passe chez le médecin un de ces jours, se dit-elle en sachant pertinemment qu'elle n'en ferait rien. Tu devrais plutôt réfléchir à la façon de sortir ces femmes du pétrin au lieu de fantasmer. Tu es pathétique, tu n'es pas un parangon de beauté comme ces jeunes filles, les hommes ne se jetteront jamais à tes pieds pour te déclarer leur amour. Ce saligaud d'avocat n'a pas lâché l'affaire, on doit se dépêcher d'agir pour éviter un échec.

— *Come on, wake up !* s'exclama-t-elle en agrippant son amie. Magne-toi, on s'en va.

Tandis que cette dernière s'efforçait de réatterrir dans le présent, les Happy Boys achevaient de jouer *Granada*, dont les paroles étaient reprises en chœur par le public. Quand les applaudissements se furent atténués, Esteban Roig réclama le silence à l'aide d'un roulement de tambour.

— Et pour mettre un point final à cette inoubliable célébration, pour féliciter les jeunes mariés et leur souhaiter un avenir rempli de bonheur, s'écria le leader de l'orchestre, toujours professionnel malgré la fatigue, nous allons répondre à une requête très spéciale !

La curiosité se répandit à travers La Bilbaína alors que retentissait un nouveau roulement de tambour.

— Mademoiselle Luz Arenas... présentez-vous au milieu de la salle, s'il vous plaît !

Toutes les têtes se retournèrent vers elle. Luz elle-même, surprise, leva un doigt pour se signaler : Moi ? La salle à manger scanda aussitôt en frappant dans les mains à l'unisson :

— Luz ! Luz ! Luz !

Elle obtempéra sans trop se faire prier malgré leur volonté commune de tenir secrètes les répétitions pour le night-club. Elle imagina que c'était un coup tramé par ses sœurs, qui souhaitaient voir interpréter l'une des chansons du show, *El vito* ou *Los cuatro muleros*, ou bien un fandango, ou n'importe quelle autre copla ou tonadilla de son pays. À peine avait-elle atteint le milieu de la piste que la trompette attaqua, suivie par le reste de l'orchestre. L'incrédulité se peignit sur son visage quand elle eut identifié la cadence d'une rumba : les Happy Boys n'avaient peur de rien, ils connaissaient de A à Z tout le répertoire latino, tant les thèmes péninsulaires que caribéens. On leur avait demandé une rumba, et ce serait donc une rumba.

Luz, encore ébahie, attrapa les maracas que lui tendait un jeune musicien et regarda autour d'elle, comme si elle cherchait un visage en particulier parmi l'assistance. Un visage qu'elle ne distingua pas, bien sûr, car personne ne l'avait invité à la noce, mais elle savait qu'il était derrière cette déconcertante demande. Consciente de l'attente du public, elle commença à se mouvoir, d'abord tendue et en dedans, puis avec une aisance croissante, et finalement de plus en plus relâchée, trépidante, sensuelle, se déhanchant le torse en arrière, roulant les épaules au rythme d'*Ay mamá Inés*...

Tout le monde jusqu'aux serveurs se leva d'un bloc et se mit à taper des mains, à chantonner le refrain et à se balancer. Même sor Lito et Milagros, tirées de leur somnolence, suivirent la musique d'un mouvement cadencé du menton.

L'ovation finale fit trembler les murs de La Bilbaína, tandis que Mona et Fidel échangeaient un regard absolument stupéfait.

Ni l'un ni l'autre ne savaient où diable Luz avait appris à danser la rumba cubaine avec cette facilité, pas plus qu'ils n'avaient perçu la lueur de stupeur dans ses yeux.

52.

Tous les ans, début juin, le tabaquier devait aller livrer sa marchandise à Las Villas. « Mais c'est quoi, Las Villas, Luciano ? » lui avait demandé Victoria quelques jours avant la noce quand il lui avait proposé de combiner ce voyage obligatoire avec une brève lune de miel. « La destination de vacances la plus populaire pour ceux de la colonie qui peuvent se le permettre », lui avait-il expliqué.

À tel point que certains l'appelaient les Alpes espagnoles. Disséminés dans les Catskills, plus d'une vingtaine d'établissements offraient des installations variées, depuis des petites maisons d'hôtes jusqu'à des hôtels d'un confort moyen. Villa Rodríguez, Villa Madrid, Casa Pérez, Villa Nueva, la Granja, la Cabaña… Partout, des chambres à louer, des menus traditionnels et des promesses de loisirs entre compatriotes. Une option tentante, proche et bon marché lorsque la chaleur rendait la ville étouffante. Un paradis accessible pour retrouver cette vie en plein air, ce ciel limpide et cette ambiance bucolique, tellement regrettés par ceux qui avaient abandonné leurs villages et leurs fermes andalouses, basques ou valenciennes.

Victoria et Luciano s'y rendirent le lendemain de leur mariage, à bord de la voiture d'Avelino Castaños. Le propriétaire de La Bilbaína avait proposé de les emmener, il possédait un local dans le coin et devait l'aménager pour la saison.

Les époux Barona passeraient leurs premiers jours ensemble à Villa Nueva, mais ils reviendraient vite pour assumer leurs obligations. C'était l'une des conditions posées par Victoria avant de dire oui. La liste en était brève : il s'engageait à rentrer en Espagne avec elle dès que l'affaire de l'indemnisation serait réglée ; elle continuerait à donner un coup de main à El Capitán, il aiderait Mona pour son projet de night-club, même s'il l'estimait extravagant. « Ou tu acceptes mes exigences, ou je ne me marie pas avec toi, l'avait-elle défié. À toi de voir. » Amoureux comme un adolescent, son futur époux avait répondu amen à tout.

La lune de miel serait donc très courte, quatre jours, car il fallait songer à reprendre ses activités. En outre, et bien que Victoria s'en défendît, elle n'était pas enthousiaste à la perspective de passer trop de temps dans ces montagnes, au diable vauvert, tous les deux seuls parmi les vaches et les pins, alors qu'ils se connaissaient à peine.

Castaños vint les chercher avec son Hudson Essex à dix heures du matin. Ils l'attendaient avec leurs valises sur le trottoir de la 23e Rue, Barona fou de joie, sa jeune épouse vêtue du premier tailleur de sa vie, sa fine alliance en or à l'annulaire et un petit chapeau en feutre gracieusement incliné sur la tête.

Les hommes s'installèrent à l'avant, Victoria seule sur la banquette arrière. Muette, elle contempla le paysage urbain à mesure qu'ils remontaient la Dixième Avenue, laissant derrière eux des quartiers inconnus d'elle. Chelsea, le Garment District avec ses ateliers et ses magasins de vêtements, Hell's Kitchen et ses prolétaires irlandais, San Juan Hill peuplé de nègres, l'Upper West Side, ses belles demeures, sa population raffinée et ses nombreux Juifs lorsque l'avenue prenait le nom d'Amsterdam, Bloomingdale District, Washington Heights où réapparaissaient des commerces ornés d'enseignes en espagnol. Ils franchissaient le pont George Washington quand Barona se retourna pour voir sa réaction face à une telle merveille de l'ingénierie, mais elle restait imperturbable.

— Ça va ? lui demanda-t-il.

Victoria hocha la tête et esquissa un sourire forcé. Il fut rassuré et regarda de nouveau devant lui. Non, ça n'allait pas malgré les apparences : trop de sensations lui envahissaient le corps et la tête, et ces œufs bizarres qu'on lui avait servis au petit déjeuner, et ces relents d'essence, de tabac, de lotion et de cuir à l'intérieur de l'automobile, et la chaleur…

— Dis-moi, Avelino, comment tu le trouves, Azaña ? D'après toi, où elle mène, la République ?

Les hommes poursuivaient leur conversation. Ils avaient déjà évoqué leurs affaires respectives et abordaient à présent la politique de leur lointaine patrie, les événements d'outre-Atlantique que tous suivaient en détail. La gauche, la droite, les candidats, les élections, les tensions, les désordres.

Victoria avait fermé les yeux, la tête appuyée contre la vitre, mais elle ne dormait pas. Bercée par les cahots, elle laissait son esprit divaguer parmi ses souvenirs récents. Somme toute, les choses s'étaient passées normalement après le banquet. Et, pendant que son mari continuait à parler avec Castaños des socialistes et des conservateurs, des syndicats, des partis, l'aînée des sœurs Arenas revit par flashs sa nuit de noces derrière l'imposante façade en briques rouges de l'hôtel Chelsea.

Il soupire de plaisir alors qu'il fourre ses doigts dans son obscure chevelure répandue sur l'oreiller, baisant ses yeux, sa bouche, son cou, son front. Il s'échine à remonter sa chemise de nuit le long de ses jambes en même temps qu'il la fait glisser en dessous des épaules, la laissant chiffonnée autour de sa taille étroite. Elle pense à tous les plis qu'elle devra repasser à son retour, à la pattemouille sur la soie. Il devient fou à caresser ses seins juvéniles, ses fesses fermes, sa peau luisante. Elle, passive telle une barque échouée, sent ses mains avides la parcourir de haut en bas, de bas en haut, son torse volumineux emprisonnant son corps délicat, l'écrasant, l'étouffant presque. Il se fraie un passage entre ses cuisses soyeuses, jusqu'à la pénétrer avec un rugissement triomphal. Elle est toujours immobile, la tête tournée vers la porte du balcon entrouverte, vers sa balustrade en fer forgé, les rideaux flottant comme des fantômes, agités par un souffle d'air venant de la rue. Une douleur aiguë lui transperce les entrailles, elle entend dans son oreille gauche le souffle entrecoupé et brûlant de cette respiration masculine.

Le véhicule roulait en direction du nord-ouest, on n'apercevait plus que des champs et des fermes, des pins, la plaine. Les hommes avaient oublié la présence de Victoria. Ils avaient ôté leur veste et ouvert les vitres, ils fumaient encore, le coude sur la portière.

— Alcalá Zamora, Largo Caballero, Indalecio Prieto, Martínez Barrio, la loi de la réforme agraire, le roi en exil, la CEDA, la Phalange, la situation est tendue, Avelino, ça sent de plus en plus mauvais, comment ça va finir ? Dieu seul le sait…

Derrière eux, Victoria continuait à rembobiner ses souvenirs. Il bouge ses hanches d'avant en arrière et d'arrière en avant, sans décoller son torse d'elle, avec des ahanements de mâle affamé à chaque poussée. Elle est maintenant concentrée sur la porte qui donne sur la salle de bains. En pensée, elle s'évade du lit et de ce qui s'y déroule, s'imagine les pieds nus sur les froides dalles du sol, s'arrête devant le grand miroir, contemple la porcelaine brillante des sanitaires et la robinetterie étincelante, plonge ses doigts dans les serviettes moelleuses. Lui, plus vite, plus fort, gémissant de plaisir. Elle oublie cette douleur cuisante en elle et ce corps massif et pesant qui l'asphyxie, l'esprit toujours tourné vers la salle de bains. Elle se demande si elle pourrait emporter les petites savonnettes Ivory enveloppées dans du papier de soie et posées sur le rebord du lavabo. Lui, en sueur, donnant des assauts furieux les dents serrées collées contre son cou, encore, encore, encore… Elle, elle est absente, étrangère à ces bourrades. Les rouleaux de papier blanc aperçus près de la cuvette sont-ils inclus dans le prix de la chambre ? Si elle en prenait deux, tiendraient-ils dans sa valise ? Chez elle, il n'y a que des bouts de vieux journaux suspendus à un crochet en fil de fer fixé au mur.

— Et l'armée ? Qu'est-ce qui va se passer avec l'armée, d'après toi, Avelino ? Rappelle-toi la révolte des Asturies il y a moins de deux ans. Et les communistes, et les curés, et les anarchistes, et la CNT…

Victoria ne les entendait même plus, tellement isolée, tellement absorbée dans ses pensées. Il est pris de spasmes violents, lance un cri sauvage, rejette brutalement la tête en arrière. Elle se dit qu'elle pourra peut-être mettre dans sa valise trois rouleaux de papier au lieu de deux. Lui, désormais figé, telle une statue de granit, de plus en plus lourd. Il se retire, se tourne pour retomber lourdement sur le dos, congestionné, pantelant, les yeux à demi fermés et la bouche ouverte, sans récupérer totalement sa respiration. Elle observe alors que son esprit est revenu dans le lit, l'a rejointe. Il murmure des mots incompréhensibles tandis qu'elle réussit enfin à se lever, fait glisser la chemise de nuit jusqu'au sol, gagne la salle de bains, nue, chancelante, et sent quelque chose d'épais et chaud lui couler entre les jambes.

Elle referme la porte, abandonnant derrière elle l'homme flapi et somnolent, se contemple dans le miroir, endolorie mais fière. Fière d'elle-même, car pendant toute la consommation de l'acte de chair de son mariage, et malgré l'autre présence virile à la lisière de son esprit, avec son visage esquinté et sa main bandée, elle a gardé la tête froide, sans laisser ni ses pensées ni son désir inviter l'intrus entre les draps : un Barona différent du Luciano Barona à qui elle a juré respect et fidélité devant le père Casiano.

53.

L'appartement était resté sens dessus dessous à la suite du grand jour, mais les pièces étaient petites et les mains de Remedios agiles. Il était donc moins de dix heures quand elle eut achevé ses tâches domestiques. Elle réunit en un gros paquet les robes fleuries et la robe de mariée dont la traîne était immonde, afin d'emporter le tout à la blanchisserie. Elles avaient choisi ces tenues dans des boutiques où le futur marié leur avait fait la surprise de les conduire un samedi après-midi. C'était la première fois de sa vie que Remedios voyait autant d'articles exposés ensemble et autant d'acheteurs, et qu'elle découvrait l'existence de ces grandes poupées hébétées qu'on appelle des « mannequins ».

Elle sortit de chez elle avec les vêtements sous le bras et ferma la porte à double tour. Elle se rappelait sa peur en empruntant l'escalier mécanique de ce grand magasin, Nortons, se souvint-elle ; agrippée à ses filles, elle avait étouffé un cri. Ensuite, elle avait exigé un tailleur noir conforme à son deuil et refusé catégoriquement de se déshabiller dans une cabine pour l'essayer… Mais ça valait le coup, songea-t-elle en descendant l'escalier. Sûr que ça valait le coup, ô combien !

La cérémonie, elle s'en fichait : ni les paso doble, ni les félicitations, ni la pièce montée ne lui avaient procuré la moindre émotion. Et pourtant jamais, dans toute sa misérable vie, elle ne s'était vue entourée de semblables mets. Non, pour elle, la seule chose qui comptait, c'était le mariage, ce lien indissoluble noué avec un homme qui assurait à sa fille un toit, un garde-manger plein et des sous dans le porte-monnaie ;

ce contrat qui la protégeait des vauriens désireux de fourrer leurs mains partout, de lui souffler des obscénités au creux de l'oreille et de lui proposer des cochonneries. « Un homme, ça fait toujours du bien », lui avaient écrit ses voisines de Málaga. Comme elles ont raison ! soupira-t-elle. Comme elles ont raison, mon Dieu !

Bien que les choses soient différentes ici, à New York, réfléchit Remedios avec son bon sens terrien. Ici, les gens peuvent s'en sortir plus facilement, on est pas condamné parce qu'on a eu la malchance de pas naître au bon endroit. Ici, conclut-elle, c'est comme si tout le monde pouvait y arriver plus vite et aller plus loin.

Remedios était si contente du mariage de Victoria, touchant pour la première fois à ce rêve américain qui attirait depuis plus de deux siècles des bateaux chargés d'immigrants du monde entier, qu'elle se mit à faire des projets à mesure qu'elle finissait de descendre l'escalier, organisant ses idées marche après marche.

Quand elle déboucha dans la rue, sa décision était arrêtée : Irigaray pouvait attendre, il y avait plus urgent.

— Bien le bonjour, je cherche sor Lito ! dit-elle à la cantonade en entrant dans la grande cuisine de Casa María.

Deux nonnes lui rendirent son salut, de même que plusieurs jeunes filles qui s'affairaient parmi les énormes marmites, les autres continuant à vaquer à leurs occupations.

— Ça alors, Remedios ! Vous ici ? Je pensais justement à hier, une vraie réussite...

Lito avait retrouvé son allure habituelle, sans coiffe, ses cheveux poivre et sel coupés à la diable et son regard de vieux lièvre rusé ; un peu moins fringante, peut-être. Blagueuse, elle entonna une pathétique interprétation d'*Ay mamá Inés...* avant d'être interrompue par sa maudite douleur intercostale.

— Je voulais justement vous en parler, ma sœur.

— Je vous écoute.

— J'ai un service à vous demander, mais avant j'ai besoin de savoir vraiment où on en est.

Sor Lito mit un certain temps à répondre.

— Ça avance doucement, dit-elle finalement.

Remedios inspira bien fort, comme pour se donner le courage de poursuivre.

— Vous savez, ma sœur, j'y comprends goutte aux histoires de papiers et de procès. Ni aux papiers, ni aux procès, ni à presque rien d'ailleurs, je suis analphabète et heureusement que j'ai les doigts de la main pour compter jusqu'à dix. Mais j'ai réfléchi..., ajouta-t-elle en se tapotant le crâne, et je sais parfaitement ce que je souhaite pour mes filles.

La nonne fronça les sourcils, interrogative.

— En deux mots, la seule chose qu'il me faut, à présent que j'ai placé la grande, c'est trouver des maris pour les petites. Et si possible des hommes avec un bon paquet d'années en plus, comme le Luciano ; pas le premier bon à rien venu, vous me comprenez ?

— Enfin, Remedios, il me semble que c'est à elles de...

La veuve l'interrompit tout net :

— Mais vous avez pas vu la Luz hier, se trémoussant devant tout le monde, remuant son cul comme une... une... ?

Sor Lito tenta de reprendre la parole, en vain.

— Je sais pas ce qui lui passe par la tête, mais elle est très bizarre ces derniers temps. Et pareil pour l'autre, la Mona. Elles filent toutes les deux un mauvais coton. Et j'aime pas ça, j'aime pas ça, répéta Remedios en se touchant la poitrine au niveau du cœur. Je le sens ici...

La religieuse sortit une cigarette du paquet posé sur la table et l'approcha lentement de sa bouche.

— Et votre unique trouvaille pour leur mettre du plomb dans la cervelle, c'est des maris qui leur serreraient la vis, c'est ça ? demanda-t-elle en grattant une allumette.

— Pour moi, c'est clair comme de l'eau de roche, répondit l'autre tandis que la première bouffée arrachait une quinte de toux à la nonne. C'est précisément pour ça que je suis ici, pour que vous me les trouviez.

Sa première tâche accomplie, Remedios parcourut le bout de trottoir séparant Casa María de la blanchisserie avec son gros baluchon de linge sous le bras. Une extrémité de la traîne s'en était échappée et pendait tel un drapeau blanc, mais elle ne s'en rendit pas compte.

Le plus souvent accompagnée de l'une de ses filles, elle était peu habituée à marcher seule dans la rue, mais elle se sentait différente ce matin, plus assurée, plus décidée : maintenant que l'aînée était dûment mariée et les deux autres en bonne voie de l'être, ses craintes quotidiennes paraissaient s'être volatilisées, comme les bulles du savon onctueux qu'elle utilisait tous les jours pour laver l'évier d'El Capitán. Elle n'était pas effrayée par les automobiles qui d'ordinaire lui semblaient être des engins diaboliques, ni par les camionnettes dont les klaxons stridents la terrorisaient habituellement ni par les charrettes de livraison brinquebalantes, tirées par des chevaux gigantesques.

Pendant que la veuve déambulait, satisfaite de sa décision, étrangère à l'agitation de la rue, sor Lito méditait, enfouie au milieu de ses livres et de ses papiers. Appuyée contre le dossier de son vieux fauteuil, elle porta une main à son abdomen avec une grimace de douleur. Et si Remedios avait raison, tout illettrée et naïve qu'elle était ? Son échelle de valeurs n'était peut-être pas si bête : des maris sérieux, prêts à protéger à tout prix leurs jeunes épouses, pourraient représenter la meilleure solution pour ces gamines dont l'affaire se compliquait de jour en jour. La nonne ne l'avait révélé ni à la mère ni aux filles, mais de fait rien ne s'arrangeait en matière d'indemnisation ; c'était plutôt le contraire. La procédure traînait en longueur, les discussions avec les autorités portuaires et la compagnie maritime devenaient infiniment plus tortueuses que prévu. Quant à Mazza, l'avocat, depuis que Victoria l'avait défié et que Barona lui avait flanqué un coup de poing, il leur avait déclaré une guerre sans merci. Il chercherait à se venger d'une façon ou d'une autre, devant les tribunaux ou personnellement, la religieuse le pressentait. D'ailleurs, peut-être qu'il harcelait déjà les petites même si elles n'en disaient rien.

Ainsi, sor Lito, dont la mission avait toujours été de permettre aux gamines les plus défavorisées de se prendre en main, porte-drapeau invétéré de ceux qui enseignent à pêcher plutôt que de distribuer des poissons, envisagea pour une fois la possibilité de faire erreur. Et si les trois sœurs n'avaient besoin que d'un parapluie pour se protéger des intempéries, d'un simple bouclier ? À un autre moment, elle aurait ri au nez de la mère, lui aurait dit ses quatre vérités avant de lui remonter le moral en lui rappelant des principes aussi fondamentaux que la dignité ou le respect. Maintenant, et bien malgré elle, elle doutait de tout ce qu'elle avait cru inamovible.

Pendant que la religieuse ruminait ses incertitudes, tenaillée par une douleur de plus en plus lancinante, Remedios, qui ce jour-là avait eu le courage de proclamer haut et fort ses intentions à l'égard de ses filles, entra d'un pas résolu dans la boutique où travaillait sa benjamine.

54.

Son « Bonjour ! » retentit en même temps que la sonnette de la porte d'entrée. Elle fut accueillie par les Irigaray, toujours cordiaux, chaleureux et enthousiastes ; elle en blouse blanche, lui avec sa chemise aux manches retroussées et ses poils blancs frisés dépassant de l'encolure.

— Je vous apporte tout ça, déclara-t-elle en posant le paquet de linge sur le comptoir.

Le propriétaire attrapa le ballot entre ses avant-bras velus.

— Pas de souci, Remedios, on vous les rendra comme neufs.

— Ah, l'interrompit sa femme, si votre fille pouvait de nouveau enfiler sa robe de mariée et qu'on revive la même cérémonie ! On a passé un très bon moment hier…

La conversation se poursuivit pendant deux ou trois minutes, jusqu'à l'entrée d'une nouvelle cliente.

— Dites à ma fille de venir, s'il vous plaît, demanda Remedios avant de repartir. Pour décider ce qu'on va manger, comme on a pas ouvert El Capitán aujourd'hui.

Les deux Basques échangèrent un regard.

— Elle est pas là.

Remedios fronça les sourcils.

— Comment ça, elle est pas là ?

Les autres laissèrent passer un instant, devinant que la mère de leur employée n'était pas au courant.

— J'ai dit, insista celle-ci aigrement, comment ça se fait que ma fille est pas là ?

Nouvel échange de regards entre le couple.

— Elle nous a demandé sa journée.

— Un congé après la noce, avec toute cette agitation…

Il y eut un silence pesant, mêlé aux vapeurs et aux effluves de détergents.

— Ah bon…, murmura finalement la veuve.

Et elle leur tourna le dos, prête à partir. Puis elle parut se raviser, fit volte-face :

— Elle le fait souvent ?

Ils firent comme s'ils ne comprenaient pas.

— Elle vous demande souvent de filer ?

Tous deux haussèrent les épaules, partagés entre l'envie d'être sincères et celle de couvrir Luz.

— Mais non, allons ! répliqua le mari d'un ton conciliant. C'est une chic fille, travailleuse comme personne. Vous pouvez en être fière, ne vous inquiétez pas.

— D'accord, d'accord…

— Rendez-vous compte, renchérit la femme pour mettre l'accent sur ses vertus, depuis qu'elle nous a proposé un mi-temps, elle n'a plus raté un seul…

Devant la grimace qui se peignit sur le visage de Remedios, la patronne de la banchisserie s'arrêta net.

— Un mi-temps ? Vous êtes en train de me dire qu'elle a demandé à travailler moins d'heures ?

Don Enrique répondit après quelques secondes :

— C'est à peu près ça.

Remedios haussa la voix :

— Comment, à peu près ça ?

— Ça fait plus ou moins un mois qu'elle nous a demandé de partir à deux heures.

La vitre de la porte résonna dangereusement lorsque la veuve quitta la blanchisserie en maugréant jurons et reproches. Son optimisme matinal s'était brisé en mille morceaux. Pour la première fois depuis qu'elle foulait cette terre étrangère, elle avait affronté l'avenir avec un brin d'espoir, mais la réalité l'avait remise à sa place : elle se sentait de nouveau misérable, comme tous les jours. Le projet de marier ses filles passa aussitôt au second plan ; le présent redevenait prioritaire, elle avait un problème concret à résoudre : la plus jeune de ses enfants la trompait avec une insolence insultante, elle esquivait ses obligations et traînait dehors la moitié de la journée. Dieu savait où et avec qui !

Elle devait découvrir l'ampleur des mensonges de Luz. Qu'est-ce qu'elle fichait depuis des semaines, cette diablesse de gamine ? s'indignait Remedios. Avec qui vadrouillait-elle jusqu'à pas d'heure, rentrant quand tous les clients de la cantine étaient partis et qu'elles se partageaient les restes ? Deux après-midi par semaine, elle était supposée aller à La Nacional, pour les répétitions de la zarzuela, mais sa mère savait que là-bas on ne commençait pas avant sept heures du soir, car nombre de participants effectuaient de longues journées de travail, éparpillés à travers toute la ville. Par ailleurs, elle ne s'était pas non plus rendu compte qu'elle gagnait moins d'argent, c'était Mona qui tenait la caisse.

Elle décida alors d'aller à Casa Moneo. Luz elle-même lui avait dit que l'une des employées prenait également part à la zarzuela. Elle devait l'interroger pour en savoir davantage. Furibarde, les mâchoires serrées, les bras croisés sous la poitrine, chaussée de ses vieilles savates, elle descendit du trottoir et traversa sans daigner regarder autour d'elle. Une camionnette faillit l'écraser et freina de justesse. En entendant les crissements de pneus, des passants se retournèrent, alarmés. Dans le véhicule, la cargaison de bouteilles d'eau de Seltz – les « siphons », comme on disait chez elle – s'entrechoqua à grand fracas et le conducteur, fou de rage, se pencha par la vitre pour lui lancer une bordée d'injures en italien.

— Toi-même, abruti ! lui hurla-t-elle en guise de réponse.

Puis elle poursuivit son chemin d'un pas décidé, étrangère à ce bouillonnement urbain qui de nouveau lui apparut agressif, menaçant, hostile.

— Bonjour, Remedios !

La patronne de Casa Moneo la saluait joyeusement depuis le fond de la boutique, entourée de boudins, de sobrasadas et de chapelets de chorizos.

La veuve ne répondit même pas ; elle se fraya un passage entre les clientes presque en les bousculant. Une fois plantée devant doña Carmen, elle lui décocha sa question comme on jette un caillou.

— Elle s'appelle Rosalía, oui, répondit l'autre derrière son comptoir en marbre. Elle est là, c'est celle qui est en train de peser les piments.

L'employée essuya sur son tablier ses mains tachées de poudre rouge et suivit Remedios. Doña Carmen leur avait suggéré de bavarder dans l'arrière-boutique, mais la veuve avait préféré la rue.

— Ma fille vient toujours aux répétitions ? lui demanda-t-elle de but en blanc.

La gamine la regarda, intimidée par cette femme aux traits aiguisés, au chignon strict et à la mine revêche.

— Votre fille, c'est Luz ?

— C'est ça.

— Eh ben…

Elle hésita, elle avait peur de gaffer si elle disait la vérité.

— Eh ben quoi ?

— Ça fait longtemps que je la vois plus.

Depuis le jour où elle lui avait laissé utiliser le téléphone, en fait.

— Elle intervient seulement au début de la zarzuela et on a déjà fini de répéter cette partie.

Remedios la foudroya de ses yeux plissés ; effrayée, la jeune employée sentit trembler sa lèvre inférieure.

— C'est une très bonne artiste, votre fille, madame, balbutia-t-elle dans l'espoir d'apaiser cette femme au visage rempli de colère. Son rôle, elle le fignole, on dirait une professionnelle.

Mais Remedios ne l'écoutait plus ; elle haussait les épaules, se recroquevillait sur elle-même. Puis sans un mot elle tourna les talons, laissant la jeune fille en plan.

Avant, au moins, chaque fois que l'une de ses filles filait un mauvais coton, il y avait toujours quelqu'un pour l'avertir, dans une intention plus ou moins bienveillante, d'ailleurs. Les voisines, la famille, les copines de Mama Pepa, une commère du quartier ou la première pipelette qui franchissait sa porte. « Fais attention, Remedios, un fils à papa tourne autour de la grande, il a pas l'air sérieux… », « Ouvre l'œil, on a vu baguenauder la moyenne dans le coin… », « La petite aime bien faire la java… », « Tu dois toujours te tenir sur tes gardes, Remedios, tes trois filles peuvent te causer un gros souci n'importe quand… ».

— Mais rien n'est pareil dans cette foutue ville, se plaignit-elle amèrement à haute voix, en pleine rue. Ici, chacun s'occupe de ses affaires et il y a personne pour te prévenir ou te conseiller. Va te faire foutre, Emilio Arenas ! Je te maudis, toi et tous ceux de ton engeance, tu t'es jamais intéressé à nous, tu nous as traînées jusqu'ici !

Et elle sécha ses larmes avec ses poings en prenant la direction de son appartement vide.

Quand elle commença à gravir l'escalier, elle ressentait dans ses os une solitude abyssale.

QUATRIÈME PARTIE

55.

Mona raccompagna les jeunes mariés jusqu'à la porte d'El Capitán. Dès qu'ils se virent à l'abri des oreilles de la mère, elle leur annonça sa décision :

— Il faut l'éloigner d'ici au minimum trois jours, à partir d'après-demain, le moment où on veut commencer les travaux, Fidel et moi. Je sais pas ce qu'on peut inventer, mais impossible qu'elle reste là tant qu'il y a les menuisiers et les peintres et qu'on rénove le local.

Au courant du projet de sa belle-sœur, Barona aurait voulu marteler que c'était une folie, que New York offrait certes des opportunités aux immigrants pour y prospérer à force de travail, mais que cette idée de night-club était tout bonnement insensée. Il se mordit la langue. Il avait promis à sa femme de ne pas contrarier les plans de Mona, et il n'était pas question de revenir sur sa promesse à peine de retour de leur brève lune de miel.

— Et si on l'emmenait à Brooklyn ?

Barona tiqua en entendant la suggestion de Victoria. Elle venait de passer sa première nuit dans ce qui serait dorénavant son logis, ce modeste deuxième étage dans Atlantic Avenue, au-dessus du commerce de vente de tabac, l'un des nombreux établissements de la colonie espagnole à proximité des quais, au sud de Brooklyn Heights, disséminés le long de l'avenue et de Hicks Street, dans les rues Henry, Joralemon, Court... Jusque-là, Victoria n'y était allée que deux fois : la première lorsque Barona lui avait fait connaître son quartier, et la seconde une semaine après, en compagnie de sa mère et de ses sœurs. Elle avait observé en catimini les meubles et les objets de l'autre épouse, les ustensiles et les babioles domestiques acquis par la défunte Encarna au fil des ans. Ses vêtements au moins n'étaient plus là, Luciano les avait emportés peu avant la noce à la paroisse du Pilar. Malgré tout, du fait de cette hâte ou de cette négligence involontaire propre aux hommes par rapport aux détails, moyens ou petits, il restait une multitude de choses à elle dans tous les coins. Un tablier accroché derrière la porte du garde-manger, une boîte avec des bigoudis, un nécessaire à couture où elle conservait un paquet de lettres des siens au milieu des bobines de fil.

L'idée de se sentir moins une intruse dans cette maison était l'une des raisons qui avaient poussé Victoria à saisir au vol la chance inespérée offerte par sa sœur : la présence de sa mère lui serait sans doute précieuse. Mais ce n'était pas la plus importante, il en existait une autre, plus puissante, plus troublante.

Il était près de sept heures du soir, la veille, lorsque le couple était revenu de son bref séjour à Las Villas, sans l'annoncer à quiconque, bien sûr – on ne prévient pas quand on rentre chez soi. Dès qu'ils ouvrirent la porte, ils constatèrent que l'appartement n'était pas vide. Billie Holiday chantait *No Regrets* à la radio, l'air circulait à travers les fenêtres ouvertes, autant de signes de vie. Ils découvrirent ensuite une veste abandonnée sur une chaise, sentirent une odeur de pain grillé. Il se tenait au fond, dans la cuisine, Chano, le visage un peu moins tuméfié et l'œil droit un peu plus ouvert, mais encore bien marqué par son dernier combat. Il était dans son univers, là où il avait poussé, mangeant un sandwich au fromage, au jambon et aux œufs, comme tant de fois lors de son enfance et de sa jeunesse, buvant tranquillement une bière tandis qu'il écoutait un programme musical à la NBC et lisait les chroniques sportives du *New York Herald*. Se croyant seul, il était pieds nus, la chemise ouverte sur un maillot de corps, révélant un torse de poids moyen sculpté par des centaines d'entraînements et de matchs.

Leur arrivée le prit par surprise, il ne les attendait pas si tôt. En revanche, le visage de Luciano s'illumina. Son fils baissa le volume de la radio tandis qu'il s'approchait et lui ébouriffait les cheveux comme quand il était petit. Ensuite sa main se posa sur son épaule, l'empêchant, par ce geste d'affection paternelle, de se lever de sa chaise. Il le mitrailla de questions auxquelles

Chano répondit par monosyllabes d'une voix rocailleuse. Victoria se tenait près de la porte, silencieuse, encore coiffée de son chapeau grenat, avec ses cheveux à présent libres et un peu plus courts, son corps élancé et ses grands yeux, ignorante de la lumière qu'elle irradiait en permanence, se sentant de trop, ne rêvant que d'une chose : s'évanouir en fumée.

— Mais entre, entre, ma chérie. Ne reste pas là…, lui dit son mari quand il découvrit sa présence immobile.

Tandis que son père l'encourageait à les rejoindre, Chano la fixa de nouveau, avec la même interrogation confuse et muette que lors du mariage. D'où tu sors ? Qu'est-ce que tu fais ici ? Elle soutint son regard un bref instant. Puis, troublée, elle détourna les yeux vers l'évier rempli de vaisselle sale.

— Laisse ce sandwich, on va tout de suite préparer quelque chose, dit Luciano, complètement imperméable à cet échange de réactions. Ou bien on peut sortir tous les trois quelque part, aller par exemple à la trattoria du père de ton ami Ricco, manger ces spaghetti all'amatriciana que tu aimais tant quand tu étais gamin, et comme ça Victoria commencera à connaître le quartier, ou alors…

Chano se retrancha derrière toute une série d'excuses pour s'éclipser :

— Je suis pris, on m'attend, je suis pris, *maybe* demain…

Quelques bruits dans la maison pendant plusieurs minutes, puis Victoria entendit le père et le fils se séparer et le claquement de la porte tandis qu'elle accrochait sa maigre garde-robe dans la grande armoire vide de la chambre de l'autre femme.

Elle ne parvint pas à se dominer. Un chemisier dans une main et un cintre dans l'autre, elle s'approcha de la fenêtre sur la pointe des pieds. Elle le vit sortir, contempla son dos large et musculeux, ses enjambées athlétiques, sa tête bien droite, sa nuque. Le soleil déclinait et la température était douce, il ne portait pas de veste, marchait rapidement les mains dans les poches de son pantalon. En atteignant le coin de Court Street, avant de bifurquer à gauche, il se tourna en levant les yeux. Elle se rejeta brusquement en arrière. Impossible de savoir s'il l'avait aperçue.

Finalement, ils dînèrent tous les deux seuls d'une omelette et d'un peu de charcuterie, sans autre compagnie que le tintement des couverts sur les assiettes aux bords fleuris de la pauvre

Encarna. Ils étaient en tête à tête, assis à la table de cette salle à manger obscure où s'était réunie si souvent la famille Barona. Mais c'était avant, avant que le fils ne parte s'écharper entre quatre cordes, que la maladie ne dévore la mère et que Victoria, à son insu, n'assouvisse les pulsions les plus primaires du père veuf. Ils échangèrent de temps à autre une phrase ou un sourire fragile, rien de plus. Ils se couchèrent tôt et accomplirent le devoir conjugal d'une façon qui devenait habituelle : lui plein d'allant et elle absente. À la nuit tombée, il ne leur restait plus qu'à dormir.

Comblé, Luciano sombra aussitôt. À l'inverse de Victoria, allongée contre le corps du tabaquier dont elle eut le plus grand mal à se défaire de l'étreinte possessive. Les heures s'égrenèrent lentement dans le halo blafard émis par la rue. Elle entendit passer de rares autos en direction ou en provenance des quais. Puis le silence.

Vers trois heures du matin, la clé tourna dans la serrure. Immobile, les yeux rivés au plafond et complètement réveillée, elle perçut ses pas qui faisaient grincer le parquet malgré ses précautions, la porte de la salle de bains se refermant, le crépitement de l'urine contre la porcelaine de la cuvette, la trombe de la chasse d'eau, ses pas vers sa chambre, la chaise traînée par terre puis brusquement retenue à cause du bruit, le silence tandis qu'il se déshabillait, les couinements du sommier lorsqu'il s'allongea sur le lit, la fausse apparence de sérénité qui s'installa finalement.

Tout ce temps Victoria resta raide comme un piquet, la gorge sèche, sentant cette présence masculine de l'autre côté du mur, l'imaginant dans la pénombre. Elle crut même entendre parfois sa respiration.

Voilà pourquoi, après cette nuit interminable et trouble, la suggestion de Mona de sortir sa mère d'El Capitán durant les travaux fut une illumination. Victoria proposa de l'emmener sur-le-champ : ni demain ni après-demain. Il lui fallait au plus vite briser la tension de ce triangle, introduire dans la maison un élément dissuasif qui l'aiderait à ne pas perdre la raison.

56.

Ils se tenaient près de la porte de la cantine et la discussion était enflammée. La mère était restée seule à l'intérieur, de façon à ne pas la froisser. Victoria insistait, Mona rétorquait que tout était bien trop précipité, Barona écoutait, de plus en plus inquiet. L'arrivée de Luz mit fin à la chamaillerie.

— Mais qu'est-ce que tu as fait à tes cheveux ? Laisse-moi te regarder. Et ces sourcils ? Mais où ils sont, tes sourcils, espèce de tarée ?

Stupéfaite, Victoria n'avait pu s'empêcher de hurler en découvrant la métamorphose de sa petite sœur. Elle était devenue rouquine, elle s'était épilé les sourcils, transformés en deux traits fins arqués, comme peints au pinceau.

Comme chaque fois qu'elle se sentait mal à l'aise, Luz biaisa :

— C'est rien, des bêtises, racontez-moi plutôt, le voyage s'est bien passé ? Et vous, ça va ?

Ça faisait quelques jours qu'elles ne s'étaient pas vues, depuis que le couple était parti à Las Villas, depuis qu'elle-même avait demandé un congé à la blanchisserie, le lendemain matin de la noce.

Plusieurs semaines auparavant, elle avait répondu oui à Frank. Un oui timide, dubitatif et imprudent, mais un oui quand même. Elle acceptait qu'il la transforme en l'une de ces filles dont les photos tapissaient les murs de son bureau. Ni castagnettes, ni mantilles, ni peignes. Une artiste moderne, dans le vent, comme les vraies Américaines.

Dès lors, tout s'était précipité dans un tourbillon de nervosité, de dissimulations, de va-et-vient. Elle demanda une réduction d'heures aux Irigaray, mangea moins et multiplia les mensonges. Kruzan lui fournit un professeur, Revuelta, un Cubain au teint café au lait, très maigre et maniéré, patron d'une école de danse dans la 109e Ouest, une salle gigantesque aux murs écaillés, à l'intérieur d'un bâtiment au bord de la démolition après avoir été une résidence plutôt convenable. À l'insu de tous, Luz s'y rendit tous les après-midi pour apprendre les pas et les dandinements de la rumba et autres rythmes tropicaux, acquérir des notions de carioca et de peabody, de tango et de fox-trot.

— Au début, tu seras *chorus girl*, choriste, la prévint Kruzan au cours des premières journées. Ensuite, j'essaierai de t'introduire dans le corps de ballet d'un grand orchestre, et peu de temps après ce sera le grand saut. Une comédie musicale de Broadway, une bonne, *we'll see*, ou bien peut-être qu'on choisira un club, pourquoi pas le Stork, ou le Kit-Kat, le Morocco si on a de la chance ? Et puis on commencera à penser au cinéma... Tu connais la fille d'Eduardo Cansino, un de tes compatriotes, un autre pauvre immigrant de la colonie espagnole ? Il est arrivé tout jeune avec son père et ses frères, dans l'espoir d'un avenir. Il s'est marié avec une Irlandaise, il a baptisé sa fille Margarita del Carmen et il lui a très tôt appris à danser le flamenco. Une fois la gamine entre de bonnes mains, elle a planté son père et elle s'est réinventée. Elle a abrégé son nom, adopté celui de sa mère, s'est teint la chevelure couleur feu. Grâce à une technique nouvelle, on a reculé l'implantation de ses cheveux pour accentuer l'amplitude de son front et la profondeur de son regard. Aujourd'hui, elle tourne des films à Los Angeles sous le nom de Rita Hayworth, et ne crois pas qu'elle soit beaucoup plus belle ni qu'elle ait plus d'allure que toi.

Luz avala tout comme une potion magique, qui pour une part la stimulait mais aussi lui tourneboulait la tête. Elle ne remit en cause aucune de ces perspectives alléchantes, ne se demanda même pas si ce Frank Kruzan était assez impliqué dans le show-business pour déterminer son avenir avec une telle précision. Avec sa candeur coutumière, elle ne posa aucune question. Ni pourquoi cet homme si bien introduit dans le métier du spectacle n'avait pas d'autres poulains qu'elle en ce moment. Ni pourquoi il marchandait à voix basse le prix des leçons de danse au Cubain Revuelta. Elle n'apprit pas non plus que le déménagement récent de son bureau était dû au non-paiement du loyer précédent.

Et lorsqu'une plus grande familiarité se fut installée, et qu'à chaque compliment relatif à sa grâce et à ses capacités se joignait une main plongeant dans son décolleté, ou lui tripotant les fesses, ou se glissant sous sa jupe, qu'à chaque nouvelle promesse d'un avenir triomphal s'avançait une bouche avide en quête de ses lèvres et que les perspectives les plus réjouissantes s'accompagnaient des frottements d'un corps embrasé contre le sien, Luz ferma les yeux, serra les dents, enfonça ses ongles dans la paume de ses mains et se laissa faire. Elle crut, ou préféra croire, que tout cela était naturel et correct, que ça devait fonctionner comme ça dans ce pays, entre un agent et une artiste débutante, dans le formidable monde du spectacle.

Puis ce fut le mariage de Victoria et Luciano, et Roig, le directeur du petit orchestre, l'invita à interpréter *Ay mamá Inés* en présence de tous les invités. Convaincue que c'était à la demande de Frank Kruzan, elle se sentit trahie : cela n'avait jamais été convenu entre eux. «Je verrai comment le révéler à ma famille, lui avait-elle répété mille fois, je trouverai le bon moment.» L'idée de lâcher sa sœur dans ses rêves de night-club la chamboulait, elle espérait persuader Kruzan de ne pas les laisser tomber et de pouvoir les associer à ses nouvelles ambitions, ne fût-ce qu'avec un petit numéro à El Capitán. «*No way, baby*. Oublie ça. Je te l'ai déjà dit. Tu as d'autres objectifs maintenant, tu le sais», lui répondait-il chaque fois. Mais Luz voulait gagner du temps. Elle était sûre de finir par le convaincre. Vains espoirs. Non content de se ficher royalement de ses intentions, Kruzan l'avait mise au pied du mur. En dansant une rumba en public, elle éveillerait des soupçons, devrait donner des explications, ne pourrait plus faire marche arrière.

Voilà pourquoi, ce lundi matin, au lendemain de la noce, elle mentit à ses patrons et partit à sa recherche. Elle était mortifiée, furieuse. Mais il n'était pas dans son bureau. Elle essaya de demander dans le voisinage si quelqu'un connaissait ses horaires et nul ne la comprit. Elle l'attendit donc devant sa porte. Personne. Après plusieurs heures d'une attente inutile, elle décida de le chercher dans ses magasins de musique favoris, dans Uptown. Aucun résultat non plus. Elle dut patienter jusqu'à l'après-midi pour le retrouver à sa place habituelle, devant le studio du Cubain. Il la guettait. Il fumait appuyé contre le mur, les cheveux humides de celui qui vient de se lever et de prendre sa douche, une cheville croisée sur l'autre, frais et dispos, fier de lui, à mille lieues de ses angoisses à elle. Épuisée par ses allées et venues, frustrée, morte de faim, folle de rage contre lui, contre elle-même et contre le monde, Luz fut incapable de se contenir.

— Qui t'a dit, espèce de crétin, de me faire danser la rumba devant ma mère et ma famille ? lui hurla-t-elle en lui assenant deux coups sur la poitrine.

L'autre feignit la surprise puis jeta le mégot par terre, conciliant, et essaya de l'attraper en douceur.

— *Calm down, baby, let me explain...*

— Tu es un imbécile et un menteur, ça se fait pas, c'est pas ce qu'on avait dit, toi et moi !

— C'était la meilleure façon pour qu'elles l'apprennent une bonne fois pour toutes, invoqua Kruzan, il faut que tu coupes le cordon, elles doivent savoir que tu as d'autres aspirations, que tu ne participeras pas à ce show misérable...

Mais Luz n'accepta aucun de ses arguments. Elle ne parut même pas les entendre. Toujours en colère, elle évacua tout le désarroi qui s'était accumulé en elle :

— Mais tu te prends pour qui ? Qui t'a... ? Qui... ?

Renonçant à s'expliquer, l'agent contemplait son visage rageur, ses gestes gracieux, son allure quasi féline. Elle est plus belle que jamais, la petite Luz, avec cet air sauvage, pensa-t-il, si dramatique, si déchirante. Intérieurement réjoui, il se contenta d'endurer, un sourire cynique au coin des lèvres. Il ne tenta pas de la calmer, devinant un dénouement qu'il ne connaissait que trop. Elles sont toutes pareilles, se dit-il. Toutes. Il suffit d'attendre.

Comme il l'escomptait, les forces de la jeune fille commencèrent à décliner. Les cris devinrent de simples balbutiements, les larmes coulèrent. Je te tiens, pensa-t-il. Tu ne m'échapperas pas.

Il l'attrapa alors par les poignets, lui murmura : « Du calme, *honey*, du calme » et il l'entraîna à l'intérieur du local. Le mulâtre Revuelta achevait un cours, avec trois quadragénaires blondes qui massacraient les rythmes caribéens de *Siboney*. Kruzan lui fit un signe et l'autre, sans cesser de bouger pieds et hanches, acquiesça en silence : ce n'était ni la première ni la dernière fois qu'ils étaient de mèche. L'agent conduisit Luz par la main jusqu'à l'arrière de la salle de danse, là où se trouvait la zone privée du professeur, une pièce ornée d'un papier peint aux arabesques dorées, délavé et à moitié arraché. Pour tout ameublement, une table surmontée d'un réchaud, des sachets de soupe en poudre, un poêle à pétrole, des tas de partitions et un lit de camp.

— Ça m'excite de te voir dans cet état, *baby*, murmura Kruzan en fermant la porte derrière lui.

Il lui avait parlé en partie dans sa propre langue mais ses intentions étaient si évidentes qu'aucune traduction ne fut nécessaire. Luz, confuse, affaiblie par la tension et son accès de colère, fut incapable de réagir. Partir, rester, se calmer, crier, se réconcilier, fuir… Toutes les options se bousculaient dans sa tête, mais son corps resta figé.

— Lucy, Lucy, Lucy, ne sois pas si cruelle avec moi, lui chuchota-t-il.

Sa bouche humide glissa sur son cou tandis qu'il la poussait contre le mur les séparant de la salle de danse, du maître et des Américaines qui se trémoussaient maladroitement.

— C'est pour ton bien, *sweety*, je vais faire de toi une star, une diva, lui susurra-t-il d'une voix rauque en ouvrant son ceinturon. Je pense toujours à ce qui est le meilleur pour toi, *my love*, ajouta-t-il pendant qu'il déboutonnait sa braguette. Tout, tout, tout pour toi, et il baissa son pantalon.

La suite fut brutale et rapide, chaotique. Encore debout, Luz ressentit d'abord comme un coup de poignard, puis une sensation de pénétration. Les mains masculines lui malaxaient les seins douloureusement, sa nuque heurtait le mur au rythme des poussées. Elle entendit des pièces de monnaie tinter dans les poches du pantalon à chacun des mouvements frénétiques de l'homme, enfin le cri guttural et sauvage qui jaillit de sa gorge, comme s'il se brisait.

— Il n'y aura pas de répétition aujourd'hui, dit-il en s'écartant. *You can leave now.* Casse-toi !

Elle regagna la 14e Rue en métro, bouleversée, avec une brûlure dans les entrailles et une autre dans le cœur. Secouée par les cahots, elle était incapable de fixer son regard, ne parvenait pas à remettre ses idées en place. Elle gravit ensuite lentement l'escalier de la station du subway la tête baissée, comme si elle n'avait plus de forces, ne voulait arriver nulle part.

La terrasse de la pension Morán lui parut le seul endroit où se réfugier. Elle avait hâte d'y retrouver sa sœur, de se serrer contre elle, de cacher son visage dans son cou, comme quand elles étaient petites, les nuits d'orage, et qu'elles dormaient ensemble sur la même paillasse. Il fallait qu'elle pleure jusqu'à extirper cette angoisse qui l'étouffait, lui expliquer ses sentiments et ses sensations, lui parler de ses désirs et de ses peurs, lui raconter ce qui lui était arrivé, lui demander si elle avait eu tort de ne pas résister.

— On peut savoir ce que tu as fiché toute la journée ?

L'interpellation furieuse de Mona la paralysa. Celle-ci était énervée et courroucée. C'étaient les ultimes répétitions et les participants n'étaient pas encore arrivés. En voyant entrer Luz, aveuglée par ses propres soucis et étrangère à l'abattement de sa benjamine, elle l'accueillit avec une avalanche d'ordres et de reproches :

— Dis-moi tout de suite où tu t'es fourrée, dans quel but et avec qui. Les Irigaray l'ont raconté à maman, ça fait des semaines que tu t'es tirée de ton boulot. Je sais que tu apprends à danser quelque part, on te voit presque plus par ici, tu te moques de nous. Pourquoi tu nous mens ?

Conformément à l'adage – qu'elle ignorait sans doute – selon lequel la meilleure défense est l'attaque, Luz, effrayée, perdue, incapable de s'expliquer et rongée par le désespoir, n'eut d'autre solution que de se révolter :

— Je te dirai rien parce que j'ai pas envie ! Et j'ai pas l'intention de participer à cette merde de spectacle que vous êtes en train de monter !

Fidel, abasourdi par l'explosion de cette jeune fille qu'il adorait chaque jour davantage, les rejoignit en quatre enjambées. Le maestro Miranda s'était levé lui aussi, sa guitare à la main. Tous retinrent leur souffle tandis que la petite continuait ses vociférations :

— Moi, j'ai d'autres aspirations, j'ai d'autres ambitions, au cas où tu le saurais pas ! J'ai du talent, j'ai l'étoffe d'une vraie artiste, et j'ai… j'ai…

Sa voix se brisa.

— J'ai… quelqu'un qui croit en moi, et… et… et… il va m'ouvrir les portes d'endroits qui en valent vraiment la peine, parce que moi… moi… moi…

Personne ne l'interrompit, elle s'arrêta d'elle-même, redressa son menton et, ravalant difficilement ses larmes, faussement arrogante, elle lança son ultime défi :

— Parce que moi je mérite beaucoup mieux.

À cet instant précis, Mona lui flanqua une gifle.

Elles ne se parlaient plus depuis ce jour. Cet épisode remontait à près d'une semaine.

57.

Ils n'emmenèrent pas Remedios à Brooklyn aussi vite que Victoria le souhaitait. Ils attendirent deux jours, et l'activité démarra en trombe à El Capitán à peine la pauvre femme partie.

On entassa les tables et les chaises dans les coins. Les ustensiles de cuisine furent recouverts de vieux journaux pour les protéger contre la saleté et ce fut un défilé d'ouvriers et de livreurs, auquel s'ajoutèrent les artistes du spectacle à venir et les curieux du voisinage.

Ainsi qu'il l'avait promis, Fidel contribua autant que possible à la rénovation du local, grâce à ses contacts et à ses maigres économies. Deux jeunes peintres de sa connaissance avaient commencé à le rafraîchir à grands coups de pinceau, quoique avec des peintures de trois couleurs différentes qu'ils avaient réussi à subtiliser dans un immeuble d'appartements de luxe où ils travaillaient; impossible pour eux d'emporter plusieurs pots semblables. Vert jade pour la façade, un orange puissant et un turquoise lumineux pour les murs intérieurs. Une véritable explosion chromatique qui promettait du moins de faire de l'effet. Mona discutait justement avec eux lorsqu'elle entendit Fidel crier depuis la porte :

— Le store ! Le store est enfin arrivé !

Elle descendit du tabouret où elle était montée pour accrocher une guirlande de petits drapeaux et se précipita vers la sortie.

Elle avait prévu de quitter doña Maxi dès que celle-ci sortirait de la clinique, après la tentative de vol chez Macy's. La honte de l'incident lui avait déjà ôté l'envie de rester à ses côtés, mais ce fut bien pis ensuite ; les journées d'hospitalisation de la vieille la conduisirent au bord du désespoir. Il fallut donc une proposition du neveu pour la faire changer d'avis.

— Je double votre salaire si vous restez, mais il ne faut pas qu'elle l'apprenne.

— Pourquoi ? demanda-t-elle, surprise. Elle peut trouver d'autres jeunes filles pour la même somme, peut-être pour moins que ça si elle leur met la pression.

Il répondit par un mensonge qu'elle ne devina pas :

— Pour la simple raison que j'ai confiance en vous.

Le jeune docteur s'en fichait royalement de la façon dont Mona traitait sa tante et peu lui importait qu'elle fût une personne de confiance ou pas. Son intérêt était tout autre : l'avoir tout près lui procurait une jouissance inespérée. Les heures de travail dans la clinique de Castroviejo s'écoulaient à présent avec une lenteur exaspérante. Le zèle professionnel, son ancien moteur, avec lequel il traitait cornées, pupilles et cristallins s'était presque transformé en une obligation pesante. Il n'avait qu'une envie : expédier son ultime patient pour se débarrasser de sa blouse blanche et gagner la rue ensoleillée, retourner chez lui, la revoir.

C'était son unique aspiration, la brûlure qui rendait ses nuits interminables et ses matinées infernales : retrouver Mona dans la cuisine, sentir son corps affairé à ses occupations, l'entendre soupirer et maugréer contre sa marraine, maudire son mauvais caractère, ses lubies et ses exigences incongrues. Il était désarmé par sa fraîcheur, son naturel fascinant, ses bras agiles sortant des manches courtes de son chemisier, ses mains gesticulantes, aussi gracieuses que les ailes d'un oiseau rare et beau, ses cheveux sombres et indomptables, sa silhouette svelte, son long cou, l'éclat limpide de ses yeux. Tout l'enchantait chez cette femme si différente de celles qu'il fréquentait quotidiennement dans son entourage.

Ils se croisaient souvent dans l'appartement, il faisait en sorte qu'il en fût ainsi malgré sa frustration. Ils échangeaient des phrases courtes, des bribes de conversation banale. Il lui demandait comment ça allait, fronçait les sourcils en signe de solidarité quand elle se plaignait du tempérament de doña

Maxi, la consolait quand elle menaçait de partir, exaspérée par cette tyrannie absurde.

Mona ne se doutait pas de la profondeur des sentiments qu'elle inspirait; pourtant, elle appréciait de plus en plus le médecin : elle le trouvait à la fois solide et affable, très éloigné des hommes qu'elle connaissait mais aussi très proche, d'une certaine façon. Depuis l'incident chez Macy's, il rentrait plus tôt après avoir écourté ses consultations à la clinique de Castroviejo. Il n'avait pas pris de vacances depuis deux ans et demi. S'occuper de sa tante représentait une excuse parfaitement valable pour justifier sa demande de mi-temps. Comment son supérieur, l'éminent ophtalmologue, aurait-il pu imaginer que ce n'était qu'un prétexte ?

Un jour, il apporta à Mona une boîte de chocolats enveloppée dans un délicat papier de soie; le cadeau d'une patiente, dit-il, ajoutant qu'il préférait ne pas la conserver chez lui pour éviter que sa marraine ne fût tentée par le sucre, vu son état. C'était faux, bien sûr, il l'avait achetée lui-même pour l'offrir à la jeune fille. Une autre fois, ce fut un bouquet de pétunias blancs : la vieille vendeuse des rues aurait tant insisté qu'il n'avait pas pu refuser. Un après-midi, il prétexta une course à l'heure où Mona finissait son travail pour l'accompagner jusqu'à l'arrêt de bus, et il dut presser le pas pour suivre le rythme rapide de ses jambes.

Doña Maxi s'était beaucoup amusée pendant sa brève hospitalisation et son retour chez elle devint un prolongement de sa récente et exaltante expérience. Elle fit publier la nouvelle de son indisposition dans le quotidien *La Prensa*, précisa que toutes les visites seraient les bienvenues, pria instamment toutes ses connaissances de répandre l'information, et transforma finalement son domicile en une espèce de salon de la bonne société. Elle essaya également d'imposer un uniforme à Mona, pour donner davantage de cachet à ses réunions, mais celle-ci refusa. Elle fut néanmoins obligée d'ouvrir et de refermer constamment la porte, d'accompagner à l'intérieur des dames désagréables et des messieurs obligeants, de servir du thé, du café et de grands verres d'eau avec des glaçons, et de satisfaire des centaines de caprices de plus en plus saugrenus. Elle resta, malgré tout. Elle accepta l'augmentation de salaire proposée par le docteur, se consola en se répétant, dans les moments les plus désespérants, qu'elle avait besoin de cette somme comme de l'air qu'on respire, que ce serait de l'argent en plus pour El Capitán. Contribuer à l'achat d'un store, par exemple, permettre que son établissement s'ornât, sur sa façade, d'un store pareil à celui d'El Chico, spectaculaire, attirant, original. C'était sa seule motivation pour tenir chez les Osorio : pouvoir payer religieusement des traites qu'elle avait elle-même négociées afin d'accomplir son rêve. Et maintenant le store était là.

L'installation en fut rapide. Elle ne perdit pas une miette de l'opération, au milieu de la foule des curieux. Lorsqu'il se déroula finalement dans toute sa splendeur, des applaudissements spontanés jaillirent. Mona eut l'impression que le sol tremblait sous ses pieds. En grandes lettres blanches imprimées sur la toile rouge, LAS HIJAS DEL CAPITÁN apparaissait en pleine lumière.

58.

L'effervescence était à son comble : coups de marteau et grincements de scie des menuisiers, odeurs écœurantes de peinture, va-et-vient des coursiers : « Pardon l'ami, pardon, mademoiselle, où je pose ces caisses de vin de la boutique d'Unanue, cette cape de torero prêtée par un compatriote qui habite Washington Heights, ces affiches de publicité demandées à l'office espagnol du tourisme, dans la Cinquième Avenue ? »

Soudain, Fidel fit irruption au milieu de ce tohu-bohu.

— J'ai obtenu… j'ai obtenu…

Il avait le souffle coupé par sa course, se tapait sur la poitrine comme pour remplir ses poumons d'oxygène.

— J'ai obtenu que la moitié de l'orchestre d'Esteban Roig joue pour nous cette fin de semaine, bredouilla-t-il enfin.

— L'orchestre de qui ?

— Les Happy Boys d'Esteban Roig, ceux de la noce de ta sœur. Mais seulement trois d'entre eux, les autres vont inaugurer la saison de Las Villas dans les Catskills. Eux restent ici parce qu'ils ont un engagement.

Les Happy Boys étaient originaires de la Marina Alta, dans la province d'Alicante, des garçons comme tant d'autres chassés de leurs villages et de leurs terres lorsque le phylloxéra avait détruit les vignes et ruiné le commerce centenaire des raisins secs. Certains étaient partis dans des États lointains, beaucoup s'étaient installés à New York et étaient devenus maçons, concierges d'immeuble, ouvriers dans les usines. La musique leur permettait parfois de compléter un peu leurs revenus.

Fidel s'efforçait de reprendre son souffle à grandes bouffées, incapable de maîtriser son euphorie.

— Ils nous prendront moins que d'habitude. Ce sera seulement un demi-orchestre et on a même pas le leader du groupe. Le seul problème, c'est qu'il faut se dépêcher et avancer le jour d'ouverture, comme ça ils joueront dès le vendredi et on les aura au moins deux soirées entières.

Mona s'esclaffa aigrement.

— Tu es cinglé ou quoi ? On est mardi, au cas où tu le saurais pas.

— Parfait, je vais tout de suite aux bureaux de *La Prensa* pour commander les pubs et chez Argeo pour les tracts…

— Tu réalises qu'il nous reste seulement demain et après-demain pour finir de tout préparer ?

— *You're absolutely right.* Vendredi soir on lève le rideau.

Mona fut bien obligée de se faire à cette idée, tandis qu'ils interrompaient leur activité un bref instant pour partager une boîte de sardines, assis sur deux caisses dans la cuisine. Mille questions surgirent après qu'ils eurent avancé la date : et si la clientèle ne venait pas ? Et si elle n'aimait pas les numéros ? Et si tout s'effondrait avant d'avoir commencé ?

— Dommage qu'on ait pas quelqu'un pour attirer le public, comme quand Gardel allait à El Chico. Un type capable d'éblouir par sa présence au moins le premier jour, même s'il se contente de boire un verre. Quelqu'un de célèbre, de connu… Mais il y a eu qu'un seul roi du tango, et personne d'intéressant est arrivé d'Espagne ces derniers temps, sinon toute la colonie l'aurait su, et moi j'aurais bien trouvé une façon de l'appâter.

Tandis que Fidel continuait à se lamenter, une lueur traversa l'esprit de Mona. Ça faisait un certain nombre de mois, certes, mais qui sait ? Il venait d'arriver à cette époque et avait l'intention, semblait-il, de séjourner toute une saison.

— Moi, je connais quelqu'un qui éventuellement…, risqua-t-elle d'une voix hésitante.

Fidel la coupa, incrédule :

— Toi ? Tu connais une vedette ?

— Un marquis, ou un comte, je me rappelle pas bien. Mais c'était sans doute un personnage important en tout cas. Il avait été harcelé en pleine rue par des individus qui lui posaient des questions et le mitraillaient avec leur appareil photo.

— Des reporters voulaient le photographier? demanda-t-il en fronçant les sourcils. Et tu ne te souviens pas de son nom?

Elle fit signe que non, en continuant à mâcher.

— Mais il m'a donné sa carte, ajouta-t-elle la bouche à moitié pleine. Et il m'a dit qu'il m'aiderait si nécessaire.

«Je vous suis infiniment reconnaissant. Voici mes coordonnées, au cas où je pourrais vous être utile», lui avait-il dit juste avant de disparaître à bord de son automobile au milieu des lumières nocturnes de la cité. Mona lui avait évité une chute douloureuse. Ce qu'il n'avait jamais su, c'est qu'elle avait dû alors rentrer chez elle à pied, terrorisée et seule, parcourant la moitié de Manhattan parmi les ombres de l'aube.

— Eh bien, va la chercher chez toi, qu'on sache qui c'est! On peut essayer...

Il n'avait pas fini sa phrase que Mona était déjà debout. Elle secoua les miettes de sa jupe, avala le dernier bout de sardine, essuya du dos de la main une trace d'huile sur le menton. Quelques minutes après elle était de retour avec le bristol.

Sur la première ligne, un nom à particule : Alfonso de Borbón y Battenberg. Sur la suivante, comte de Covadonga. Ensuite, barré par un trait d'encre bleue, une adresse à Évian, en France. Finalement, écrit à la main, le nom d'un hôtel new-yorkais : St Moritz.

— Et tu crois vraiment que ce mec peut nous amener des gens? l'interrogea Fidel, encore dubitatif.

— Tout le monde l'attendait comme le messie ce soir-là, et je t'assure que les journalistes sont devenus fous en le voyant dans la rue. Par conséquent, je pense que oui, il pourrait sans doute nous être précieux.

Le garçon se gratta derrière l'oreille. Mona lui donna une tape sur l'épaule pour l'encourager. En même temps, elle essayait de se persuader que ce n'était pas une ineptie.

— Allez, Fidel, va à la boutique des pompes funèbres et téléphone. Contente-toi de savoir s'il loge toujours là. Si c'est le cas, on rappellera plus tard, on leur demandera de nous le passer et c'est moi qui parlerai.

Elle se replongea dans le présent, sans lui laisser le temps de protester. Dans ce vieux Capitán sur le point de passer à l'histoire, et dans son vestibule, rempli de babioles et d'outils. Luciano Barona avait précisément rejoint les ouvriers à cet instant exact, il contemplait le flamboyant store de Las Hijas del Capitán, la tête levée, les mains sur les hanches.

— Joli, non ? déclara Mona derrière lui, en guise de bonjour.

Elle aurait peut-être dû d'abord s'inquiéter de sa mère, de leur cohabitation à Brooklyn, mais elle était tellement enthousiasmée par son acquisition qu'elle en oublia la bienséance.

Le tabaquier hochait la tête, les yeux encore fixés sur l'enseigne, sceptique. Il n'avait pas changé d'avis : cette histoire de night-club était une véritable folie. Mais à ce stade, avec le local sens dessus dessous et Remedios retenue chez lui comme une otage, il préférait ne pas exprimer son opinion à haute voix. Tu aurais dû les stopper, se redit-il néanmoins pour la énième fois. Il fallait même les convaincre toutes de fermer cette cantine sinistre. Tu aurais aidé les gamines à trouver un boulot moins précaire, moins exposé et plus sûr. Sa première épouse n'avait jamais travaillé, mais d'autres femmes de la colonie le faisaient, et les quotidiens publiaient des dizaines de petites annonces destinées à des jeunes filles comme les sœurs Arenas. Couturières à Garment District, plisseuses pour les abat-jour, ouvrières dans de petites manufactures d'ornements. Elles auraient pu monter une affaire chez elles, être payées à la tâche. De maigres salaires, certes, mais elles n'auraient même pas eu besoin d'apprendre l'anglais. Parce qu'elles étaient toujours couvertes de dettes, le truc de la nonne n'avait pas l'air de s'arranger, et il n'avait pas non plus les moyens de les entretenir, et…

— Tu n'aimes pas, Luciano ?

— Si… si, c'est très voyant…, grommela-t-il sans détourner son regard du grand panneau rouge, toujours en proie à ses pensées moroses.

Il aurait dû s'en mêler, en effet, mais Victoria avait tellement insisté : il fallait soutenir sa sœur. Et un homme aussi amoureux que lui était capable de tout avaler, malgré cette situation préoccupante. Il avait d'ailleurs donné rendez-vous à quelqu'un à ce sujet et attendait sa venue.

— Il est là ! Il est là !

Fidel était réapparu, il arrivait à toutes jambes en criant. Il traversa la rue, évita une Chevrolet, contourna la charrette d'un vendeur d'ustensiles domestiques. Ni le klaxon ni les insultes du ferblantier ne l'arrêtèrent.

— Ton illustre ami est encore dans son hôtel, il a été souffrant et il n'est pas sorti depuis trois jours, annonça-t-il à Mona, le souffle coupé, mais il peut recevoir des visites dans sa chambre et…

Elle ne le laissa pas terminer. Elle l'entraîna par le bras et lui lança un « Chut ! » furibard. Barona était tout près, il bavardait avec l'un des menuisiers, constatait à son grand dam qu'il était trop tard pour faire marche arrière. Mona ne voulait pas que son beau-frère apprenne qui elle voulait inviter, elle préférait garder le secret pour le moment.

— La téléphoniste est chargée de répondre la même chose chaque fois que quelqu'un le demande, poursuivit Fidel en baissant à peine le ton de sa voix : qu'il se repose, mais il suffit d'annoncer son arrivée pour être reçu dans sa chambre, donc…

Il fallut une taloche de Mona pour qu'il daigne enfin parler moins fort.

— Donc je leur ai dit de prévenir M. le comte de notre visite cet après-midi, chuchota-t-il, rempli d'ardeur. À six heures.

59.

Ils se tenaient encore sur le trottoir, au milieu des planches et des seaux de peinture, face aux regards des curieux ; les passants se demandaient en effet ce qui pouvait bien se passer dans ce vieil établissement d'El Capitán.

— Ah, c'est pas trop tôt, Tony ! J'ai cru que tu ne viendrais plus !

L'un et l'autre se retournèrent quand ils entendirent l'énergique exclamation du tabaquier.

Mona ne perçut pas les paroles suivantes de Fidel ; elles flottèrent dans l'air, libres, perdues. À sa grande surprise, l'individu auquel venait de s'adresser Barona, celui qui s'approchait depuis le coin de la Huitième Avenue, c'était lui. Le type qui s'enfuyait toujours, qui s'était prestement éclipsé pour éviter la police après avoir glissé un paquet dans son panier, qui avait dévalé les escaliers à la fin du banquet, à la tête d'une équipe de ces vendeurs d'illusions qu'étaient les *boliteros.* Toutes ces scènes étaient restées gravées dans son esprit et surgissaient de temps à autre, à l'improviste. Elle sentit donc ses entrailles se nouer lorsqu'elle le vit, cravate défaite, un petit sourire au coin des lèvres et la démarche chaloupée, déboucher de la Huitième Avenue.

— Je suis vraiment heureux que tu sois là, insista Barona en lui donnant une tape amicale sur l'épaule.

Mona les regarda, troublée : elle ne comprenait pas cette attitude. Sans doute lui manquait-il des éléments. Lorsque son beau-frère l'avait abordé à La Bilbaína, il avait prétendu ne pas le connaître. Maintenant, en revanche, il le traitait avec une familiarité surprenante.

Elle ignorait que ce n'était pas leur première rencontre depuis le mariage. Luciano avait une telle envie de le revoir qu'il avait remué ciel et terre pour le chercher à son retour de sa lune de miel. Il interrogea ses connaissances, sonda ses collègues, fit passer le message auprès des bookmakers, des banquiers de bolita, des courtiers et des vendeurs de billets de loterie. Il n'arrêta pas avant d'être sûr que l'information était parvenue à son destinataire : il voulait connaître le fils de son vieil ami d'autrefois, rien de plus. La nouvelle de la mort brutale d'Antonio Carreño était arrivée à New York depuis Miami, à l'époque : plusieurs distributeurs travaillaient pour cet Asturien svelte et sympathique, représentant de la célèbre marque Cuesta y Rey. Avec le temps, il avait cessé d'effectuer ces déplacements permanents dans le Nord, en qualité d'agent commercial, pour ouvrir avec succès un établissement à Tampa, en pleine Prohibition. Un endroit où l'on servait des sandwichs cubains et du riz aux haricots pour le déjeuner, ou bien, au mépris de l'interdiction de consommer de l'alcool, des torrents de boissons alcoolisées le soir, agrémentées de parties de poker parmi les plus mémorables de la ville.

Le jeune homme avait finalement accepté de rencontrer Luciano. Il proposa un lieu; ils s'y retrouvèrent, burent quelques bières et bavardèrent. Surtout Barona, dont la sensibilité était à fleur de peau à présent – peut-être du fait de son statut de jeune marié ou à cause du retour à la maison de Chano, qui avait ravivé son instinct paternel. Assis sur des tabourets devant le zinc d'un bar du Village, ils s'étaient remémoré ensemble le passé.

L'époux de Victoria s'était rappelé des anecdotes lors des visites fréquentes du père lorsqu'ils étaient encore deux hommes jeunes éloignés de leurs familles, avec quelques dollars en poche et New York à leurs pieds. Le fils l'avait d'abord écouté en silence. Il avait du mal à admettre que ses propres souvenirs se soient estompés. Certains détails l'attendrirent néanmoins : des petites histoires, un jouet en fer- blanc, le porteur noir tirant un chariot d'où émergeait la tête d'un chien, un cadeau de Barona lui-même à la mort du père et de l'ami.

C'était encore un enfant au moment du meurtre, et la famille cubaine de sa mère l'avait aussitôt expédié dans un internat du Massachusetts, afin qu'il y termine ses études secondaires et, avec un peu de chance, entre à l'université. Il fallait éviter qu'il devienne comme son père : un rêveur insensé, incapable de distinguer l'audace de la témérité. Il lui ressemblait, cependant : l'ossature fine, les cheveux châtain clair souvent ébouriffés, les yeux verts et bridés quand il souriait; également cette attitude vitale un brin encline à agir sans trop réfléchir. Et le nom, bien sûr! Bien que dans les rues de New York on l'appelât Tony, personne ne connaissait son patronyme. Tony el Flaco, Tony el Bolitero, Tony el de Tampa, Tony el Tampeño.

Ils finirent de se saluer devant la porte de l'établissement, puis Barona désigna Mona de la main :

— Voici ma belle-sœur, la patronne du business.

Elle aurait préféré disparaître sous terre ou partir en courant, traverser les avenues, atteindre le fleuve.

— Tony n'en croyait pas ses oreilles, hier, quand je lui ai raconté ton projet, poursuivit le tabaquier.

— Eh bien il l'a sous les yeux, rétorqua-t-elle.

L'idée de s'enfuir lui trottait toujours dans la tête, sa seule réaction possible fut donc de cacher son trouble derrière une pointe d'arrogance : si à un certain moment elle avait rêvé de recroiser cet homme, ce n'était certes pas à cette occasion. Sa chevelure était à moitié ramassée entre les nœuds d'un foulard, ses vêtements étaient sales et ses mains crasseuses, des coulures de plâtre et de peinture maculaient son visage, tout n'était que chaos autour d'elle. Elle suait sang et eau depuis sept heures du matin. Par chance, doña Maxi avait daigné lui donner sa semaine – mais sans solde évidemment. Mona avait prétexté des travaux indispensables dans le commerce familial, sans bien sûr lui révéler ses intentions réelles.

— Las Hijas del Capitán, lut Tony en levant le regard vers le store, les mains dans les poches et un sourire mi-moqueur, mi-appréciateur aux lèvres. *Sounds good*...

— En fait, je me disais que tu pourrais leur donner un coup de main, mon gars.

Mona et Tony fixèrent tous deux Barona, interloqués. Celui-ci s'expliqua en balayant d'un large geste la façade, l'accès, les planches et les panneaux entassés, les vieux journaux tachés de peinture répandus sur le sol. Sans l'avoir prévenu, il pensait à cela quand il avait suggéré au fils de son ami de se revoir, après lui avoir décrit les projets de sa belle-sœur. Vous me parlez de cette fille brune avec une robe à fleurs, présente à votre mariage à côté du portemanteau ? Celle-là, avait-il demandé, incrédule, et elle veut ouvrir un night-club ? Lorsque l'ami de son père lui eut confirmé trois fois l'information et proposé d'y aller le lendemain. Tony el Tampeño n'avait pas résisté.

— Hier tu m'as bien dit que tu avais travaillé dans ce genre de boîte de nuit en arrivant ici, non ? poursuivit Barona. Et avec ce machin de la bolita, tu es habitué à traiter avec ces gens-là…

Mona l'interrompit, catégorique :

— Non. Non.

Elle n'était pas disposée à voir quiconque se mêler de ses affaires. Et lui encore moins.

— Non. Pas question. Merci beaucoup, du fond du cœur, mais c'est pas nécessaire. Tout est déjà en ordre, tout est prêt. Pas vrai, Fidel ?

Mais le tanguista ne l'écoutait pas. Les yeux fixés sur l'autre côté de la rue, il lâcha :

— *Damn it!*

Sur le trottoir d'en face, la mine revêche, son père attendait le passage de deux camionnettes pour pouvoir traverser. Il surgit enfin, d'un pas nerveux et les épaules voûtées. Son visage livide et figé évoquait ceux de sa clientèle.

— Fidel ! cria-t-il alors qu'il se trouvait au milieu de la chaussée.

Mona, Barona, Tony et la poignée d'ouvriers traînant par là se retournèrent d'un bloc.

— Fidel !

Le fils poussa un soupir de rage. Toutes les nuits, il ne pensait qu'à larguer les amarres, à se débarrasser de ce maudit négoce familial et partir vivre seul, même si c'était dans une misérable colocation d'un immeuble du Lower East Side.

— Viens ici que je te cause !

Le garçon se sépara du groupe, mort de honte. Il refusait que quiconque fût témoin des réprimandes de son père, comme s'il était un élève d'école primaire.

Étranger à la querelle familiale, Barona se retourna vers sa belle-sœur et continua :

— Vois-tu, petite… Tony m'a affirmé hier qu'il connaissait…

— J'ai dit non.

— Mais laisse-moi au moins t'expliquer…

Un peu plus loin, Fidel recevait un monumental savon, sans doute justifié du fait de son absence quasi totale de l'entreprise paternelle ces derniers jours

Et les fleurs ? Et le faire-part de décès ? lui hurlait son père en gesticulant

Le garçon bredouillait des excuses tête basse en se grattant le cou.

Quoi ? Une négligence, s'égosillait l'autre. Un simple oubli ?

— Il y a rien à expliquer, Luciano, répondit sèchement Mona.

Le tabaquier inspira et gonfla ses poumons tel un pigeon, puis il expulsa l'air bruyamment.

— Les filles de ce brave Emilio Arenas, elles sont vraiment cabochardes, bon Dieu ! Vraiment cabochardes…, marmonna-t-il.

— Ne t'inquiète pas, retourne à Brooklyn, ma sœur et ma mère doivent t'attendre. On se débrouille très bien ici. Et vous, merci de votre visite, en tout cas.

Ces derniers mots s'adressaient à Tony. Elle les avait bafouillés les yeux baissés. Elle préférait ne pas voir la réaction qui s'était peinte sur son visage, son regard tandis qu'il balançait son corps souple avec son sempiternel sourire.

Pour bien montrer que dès lors elle se désintéressait des deux hommes, Mona lança un cri pour appeler son complice dans ce commerce aléatoire. Il subissait encore les remontrances de son père à quelques mètres de distance, lequel brandissait des papiers chiffonnés, des problèmes en suspens que le fils aurait dû régler depuis longtemps. Fidel paraissait effrayé, il ne l'entendit même pas. Mais elle n'était pas disposée à reculer, elle était pressée, il y avait des urgences, et Barona qui lui tapait sur les nerfs avec son insistance, et Tony qui ne la quittait pas des yeux…

— Fidel ! Il faut qu'on y aille !

Le fou de tango répondit enfin. Il se frappa le front comme s'il avait oublié le rendez-vous avec le comte.

— Vas-y seule, moi je peux pas ! Et dépêche-toi, on doit y être dans moins d'une demi-heure !

60.

Son image resta imprimée dans son esprit pendant qu'elle se dirigeait vers l'appartement : le corps souple, les épaules larges sous la veste en lin, le visage mince et le sourire ironique, les yeux plutôt clairs, à la fois perçants, interrogateurs et admiratifs. Il refaisait irruption dans sa vie à un bien mauvais moment !

Ce fut toutefois un tout autre individu qu'elle croisa en atteignant son porche. Ils faillirent se heurter alors qu'elle entrait et que lui sortait. Tellement absorbée par le souvenir de Tony, elle l'aperçut seulement de profil. En fin de compte, on rencontrait tant d'hommes dans cette ville…

Il la reconnut aussitôt, en revanche. Il tourna donc la tête pour ne pas se retrouver face à face et éviter ainsi le contact visuel. Il dévala en une seule enjambée les trois dernières marches le séparant, regarda à gauche et à droite puis se prépara à traverser. Soupçonneuse, Mona se retourna. Cette précipitation, cette attitude fuyante avaient piqué sa curiosité. Soudain, quand elle vit le type s'éloigner avec sa gabardine claire sur les épaules, elle comprit.

Alertée, elle se précipita dans l'escalier, gravit les marches quatre à quatre, cria quand elle découvrit la porte de l'appartement entrouverte :

— Luuuz !

Habituellement, sa sœur n'était jamais à la maison à cette heure, mais du fait de son comportement erratique ces derniers temps et de l'homme qui venait de partir, elle devina qu'elle l'y trouverait.

— Luz ! Luz ! continua-t-elle à appeler le long du couloir.

Elle était dans la chambre, prostrée au bord du lit, les coudes posés sur les cuisses, penchée en avant, et se balançant d'avant en arrière.

— Qu'est-ce qu'il t'a fait? Qu'est-ce qu'il t'a...? Qu'est-ce qu'il t'a...?

Sa petite sœur leva une main paume ouverte tout en se couvrant le visage avec l'autre. Elle voulait qu'elle lui fiche la paix. Mona n'obéit pas, l'attrapa par le poignet et la tira vers elle. À découvert, au milieu des larmes et des mèches de cheveux, sa pommette apparut. Bleuie, enflée, d'une laideur sinistre.

Elle ne sut que dire, sa bouche ne proféra ni insulte ni mot compatissant. Elle fut juste envahie par une immense sensation de tristesse. Qu'était-il donc arrivé entre elles? Comment avaient-elles pu perdre tout contact en si peu de temps? Comment n'avait-elle pas deviné dans quel bourbier se débattait sa sœur? Abattue et muette, elle s'écroula à côté de Luz sur le matelas défoncé. Elle lui passa un bras autour des épaules, l'attira vers elle et la laissa pleurer.

— Il fera de moi une artiste, balbutia-t-elle au milieu des sanglots.

Son visage était appuyé contre Mona, ses paroles étaient presque incompréhensibles.

— Une artiste, une bonne, reprit-elle. Il m'admire... il prétend même parfois qu'il m'aime. Mais hier on s'est disputés comme des chiens, il m'a interdit de jouer dans votre show, il préfère que je me réserve, que je me prépare... Et aujourd'hui je suis pas allée à la répétition parce que j'étais encore furieuse, et je suis restée ici en profitant qu'il y avait personne, et il est venu, et je voulais pas lui ouvrir mais il a insisté et... et...

Elle parvint enfin à mettre des mots sur ce mur qui s'était dressé entre elles, à verbaliser tout ce qui l'avait transformée en quelqu'un qu'elle n'avait jamais été auparavant, avec cette chevelure cuivrée si choquante, et ces sourcils semblables à des traits de crayon, et une allure et des façons à cent lieues de la Luz de toujours, si pétillante, si adorable.

— Il va faire de moi quelqu'un d'important, insista-t-elle d'une voix encore entrecoupée. Il m'adore, il m'adore et il me vénère, et j'aime ça, et en même temps ça me terrifie.

Un « Sainte Mère de Dieu ! » angoissé faillit sortir de la bouche de Mona. Pourtant, maîtrisant son envie de maudire ce salopard de fils de pute manipulateur et répugnant, elle se contenta de lui ordonner :

— On en reparlera plus tard ; pour le moment, allez, debout. On sort.

Elle se leva, la prit par la main et la redressa.

— Peigne-toi et lave-moi cette figure, mets-toi un bout de pomme de terre pour réduire l'enflure.

— Mais tu veux m'emmener où ?

— Je dois faire une course, et tu viens toi aussi.

Elle avait déjà ouvert l'armoire et se mit à en sortir des vêtements à grandes poignées, qu'elle jetait sur le lit. Les robes du mariage de Victoria, les bas, les combinaisons. Elle pressentait que leur destination était sans doute très chic et que les tenues offertes par Luciano pour le jour des noces s'imposaient donc. Le contenu de la valise de doña Maxi se révélait trop sérieux, trop triste, et en outre elle l'associait à son travail quotidien, et ce n'était pas l'effet recherché.

— Mais où ? insistait Luz en essayant de ravaler ses pleurs.

— Tu verras.

À présent elle farfouillait par terre, agenouillée, à la recherche des chaussures rangées sous le sommier. Elle ne l'abandonnerait en aucun cas, elle l'emmènerait chez le comte de Covadonga, si nécessaire par la force.

— Allez, habille-toi.

— Il vaut mieux que je reste ici, protesta-t-elle sur un ton geignard.

— Habille-toi tout de suite !

Mais Luz ne bougea pas : debout, confuse, dans la position où l'avait laissée sa sœur, avec ses nouveaux cheveux en bataille, ses yeux rougis et sa pommette en feu. Mona l'agrippa alors par les épaules et la secoua presque brutalement.

— Regarde-moi, Luz, regarde-moi. Arrête, ça suffit de te plaindre, on peut plus revenir en arrière. Mais sois bien sûre que ce mec dégoûtant t'apprécie pas et t'aime pas. C'est une canaille, et tu vas l'oublier. Maintenant, enfile donc tes bas, allez ! Vite, c'est pour aujourd'hui, pas pour demain !

Un quart d'heure plus tard, avec Luz cachant sa pommette sous sa frange, à moitié requinquée quoique toujours rétive, elles pénétrèrent ensemble dans la bouche de métro au coin de la Septième Avenue. Après sa période de vulnérabilité, la future grande artiste commençait à regretter sa confession à cœur ouvert. Je suis une idiote, se reprocha-t-elle en séchant ses dernières larmes du dos de la main. C'est pas si grave, j'exagère. Et elle aspira la morve qui coulait de son nez.

Entre-temps, Mona l'avait traînée jusqu'à un plan du subway affiché sur un mur. Du bout du doigt, elle essayait de se frayer un chemin au milieu de l'enchevêtrement diabolique des rues, des lignes et des routes.

— Vous avez besoin d'aide ?

Surprises, elles se retournèrent. Tony était derrière elles : lui qui prenait toujours la fuite semblait ce jour-là déroger à ses habitudes. Pour surmonter son trouble, Mona recourut de nouveau à une stratégie de dédain.

— Pas du tout, merci beaucoup.

Pour n'avoir pas su arrêter à temps cette crapule de Frank Kruzan, elle se retrouvait avec son infortunée de sœur embobinée et soumise, ayant perdu sa vertu et la peur au ventre. Non, elle n'avait besoin de l'aide d'aucun homme solide et sûr de lui. Fidel lui suffisait amplement, il était le seul à qui elle faisait confiance. Si cette sotte de Luz se rendait enfin compte de l'adoration qu'il lui vouait et qu'elle renonçait à des types comme Kruzan, tellement dominateurs et despotiques ! Merci bien, mais non.

— On peut parfaitement se débrouiller toutes seules.

Elle s'efforçait à présent d'adopter un ton serein et neutre. Pas question de montrer que, sous sa robe à fleurs, son cœur battait la chamade.

61.

Il y avait du mouvement dans la station; le va-et-vient de la foule se hâtant entre les rames, entrant ou sortant de la bouche de métro. Au milieu, ils formaient à eux trois un petit attroupement qui obligeait les gens à les éviter et modifiait ainsi légèrement le flux des voyageurs.

— Au passage, je souhaitais aussi m'excuser; j'ignorais que Luciano Barona me demanderait de vous aider, ajouta Tony. Il m'avait seulement dit de passer voir l'établissement.

Son espagnol mêlait d'harmonieuses cadences caribéennes et des rudesses péninsulaires, une combinaison d'accents qui était son lot quotidien. Et il ne mentait pas : Barona ne lui avait proposé que cela; sans l'avoir prévu, le tabaquier avait soudain éprouvé le besoin de le rattacher à sa nouvelle famille. Pendant les deux heures passées avec lui dans ce bar du Village, il avait deviné que la vie menée par le fils de son vieil ami Carreño ne présageait rien de bon; en effet, selon les termes du propre Tony, ce dernier avait décidé d'abandonner les livres et les salles de classe à une semaine des examens du trimestre d'automne, alors dans sa deuxième année d'université. Il étudiait dans le très catholique College of Our Lady of the Elms, une institution que ses oncles maternels lui avaient dégotée à Chicopee, Massachusetts. Il avait simplement grimpé dans un autocar et débarqué à New York.

Il n'y connaissait personne, mais il n'avait eu aucun mal à retrouver des gens comme lui; parfaitement à l'aise entre deux langues et deux cultures, deux façons de vivre, de manger et de regarder le monde. Il noua des contacts, se fit des amis, fut impliqué dans diverses affaires peu ragoûtantes, travailla comme garçon de café, commença à s'introduire dans le monde des jeux de hasard clandestins des immigrants hispaniques.

— Avec la bolita, on ne vole personne, je vous le jure, avait-il affirmé à Barona pour se justifier. On n'escroque pas, on ne trompe pas, on n'exploite pas la naïveté de quelques malheureux. Tout est clair et net. Le seul problème pour les autorités, c'est que l'argent n'est pas déclaré, il part en fumée sous leur nez. La banque y gagne, les chanceux y gagnent, point final. Et moi, en tant qu'intermédiaire, après avoir payé mes gars et tenu mes engagements avec mes chefs, je touche un bénéfice. Voilà mon boulot. L'argent se contente de voler d'un bout à l'autre de la chaîne sans qu'aucun pouvoir, ni local, ni étatique, ni fédéral, pique le moindre sou. C'est pour cette raison qu'on est en marge de la loi et poursuivis avec tant d'acharnement. Mais c'est pas si répréhensible, non ? Et si on m'attrape, je suis relativement protégé : ceux qui sont au-dessus de moi m'ont promis de payer ma caution, et même un avocat au cas où ça tournerait mal.

Exactement comme son père, s'était dit Barona quand il l'avait entendu annoncer, quelques secondes après : En plus, j'ai un objectif, un plan.

— Raconte-le-moi, avait-il répliqué en avalant une longue gorgée de bière.

— Voyez-vous, je veux monter ma propre banque, avoir mes propres gens : mes propres contrôleurs, mes propres collecteurs. Devenir un banquier de bolita à l'intérieur d'un territoire précis où je serai le seul à fonctionner, voilà ma grande ambition. Ne plus être un simple maillon entre les runners et les grands patrons, entre ceux qui se coltinent un par un les clients dans la rue et ceux qui ensuite se couvrent d'or en se pavanant chez eux. Parce que moi, en ce moment, je suis au milieu ; et de même que j'ai commencé tout en bas, je sais que je suis capable de monter tout en haut, vous me comprenez, Luciano ?

— Je te comprends, mon gars ; bien sûr que oui, murmura le tabaquier.

Et je devine aussi comment tu vas finir si tu t'obstines à fricoter avec ce milieu. Cette dernière phrase n'avait pas été prononcée à voix haute, bien entendu ; mais il l'avait pensée.

Dans la prison de Sing Sing, avec un peu de chance, mais sans qu'aucun de ceux à qui tu fais confiance vienne t'apporter ne serait-ce qu'un paquet de cigarettes. Ou bien avec deux balles dans le ventre, comme ton pauvre père, saigné à mort un matin sur un trottoir quelconque. Car Barona connaissait la vie, et il savait parfaitement comment ça marchait : ces banquiers, ce gratin que Tony rêvait d'intégrer, n'étaient jamais autonomes. Des mafias qui couvraient les paris, soutenaient les banques et contrôlaient tous les mouvements de la chaîne. Des gangs, des syndicats du crime. Des réseaux parfaitement coordonnés, des organisations structurées à la perfection d'Italiens, d'Irlandais, d'Hispaniques ou de Juifs, parfois même reliées entre elles. Toutes en quête de leur part juteuse du gâteau, toujours en marge de la légalité.

À la suite des propos de Tony, Barona avait estimé devoir agir. Pour la mémoire de ce vieil ami qu'il avait tant apprécié autrefois, et pour le jeune homme lui-même, un calque de son père, il fallait l'obliger à renoncer à son projet déraisonnable. Et comme cette folie de night-club que voulait monter sa belle-sœur le taraudait encore, il avait pensé que la solution résidait peut-être dans la réunion des deux problèmes.

— Eh bien, sachez qu'on a pas besoin d'aide, ni en ce moment ni pour mon affaire, répéta Mona sur un ton à nouveau cassant. Et oubliez Luciano Barona, il a beau être le mari de ma sœur, il a rien à voir avec ça.

— O.K., message reçu. Désolé de m'être mêlé de ce qui me regarde pas.

Tony el Tampeño avait prononcé ces derniers mots avec un sourire conciliant; en réalité, il n'était pas du tout désolé. Il était au contraire très content d'être allé dans la 14e Rue et d'avoir vu ce qui s'y tramait. Grâce à l'insistance de Barona, il avait découvert les activités de cette séduisante fille espagnole, et cela l'avait rempli à la fois d'étonnement, d'admiration et de curiosité. Il ne connaissait pas beaucoup de femmes comme elle; capable de prendre les rênes d'un commerce ruineux dans une ville aussi difficile, et même de sortir ses griffes pour le transformer et le conduire vers un avenir plus prometteur.

Le silence s'installa entre eux, vite rompu par Luz :

— Elle veut aller à Central Park South. Elle cherche comment y aller, annonça-t-elle pour se venger de sa sœur qui l'avait obligée à l'accompagner.

Mona la pinça en cachette.

— Tais-toi, idiote, lui chuchota-t-elle en même temps tandis que l'autre grimaçait de douleur.

Ce type n'avait pas besoin de connaître l'étendue de son ignorance, elle préférait batailler toute seule, avec ses maladresses et ses incertitudes.

— Je vais plus ou moins dans ce coin moi aussi, répliqua-t-il en jouant la surprise, c'est une chance ! *Let's go*; je veux pas vous accompagner à tout prix, mais on est forcés de prendre le même métro.

C'était encore un mensonge, bien sûr. Comme cette rencontre dans la station, pas du tout fortuite. En fait, il avait longuement attendu Mona après avoir quitté Barona, qui lui avait indiqué leur adresse. Au coin de la rue, sans se cacher mais discrètement à l'écart, il l'avait guettée jusqu'à ce qu'elle sorte du bâtiment en se chamaillant avec sa petite sœur.

Maintenant ils se tenaient tous les trois sur le quai, proches mais non ensemble ; il sifflotait, faussement distrait, Luz restait en proie à ses doutes et Mona, les yeux fixés sur les voies obscures, se sentait de plus en plus découragée. Le but de cette équipée lui paraissait soudain absurde ; à quel moment avait-elle conçu cette lubie : demander son aide au comte de Covadonga, alors qu'elle n'était qu'une misérable ignorante ? Heureusement que Luz ne savait rien de ses intentions. Ainsi, après avoir grimpé dans le wagon plein à craquer et s'être enfoncés en cahotant dans les profondeurs du sous-sol, quand Tony demanda négligemment où elles se rendaient exactement, la petite haussa les épaules et désigna Mona d'un dédaigneux mouvement du menton.

— Elle doit le savoir, elle a rien voulu me dire.

Le train tressautait brutalement dans l'obscurité ; ils étaient tous trois debout au milieu de la foule des passagers, accrochés aux poignées, brinquebalant. Si Tony aperçut la pommette violacée de la benjamine, il fit mine de rien. Elle s'appliquait à la cacher sous ses cheveux, mais les mouvements brusques de la rame la découvraient parfois. Mona, quant à elle, conservait une position et un silence d'airain. Le train s'arrêta, des gens sortirent et entrèrent, les voyageurs furent à nouveau bousculés. Finalement, elle céda. À demi. Par pure politesse.

— Voir une connaissance, c'est là qu'on va…

Et quelques secondes après :

— Un compatriote qui vit à l'hôtel.

Tony lui jetait encore un regard interrogateur ; ou comme s'il ne se lassait pas de contempler ce visage sévère et crispé sous les sourcils fournis et les cils longs et noirs qui couvraient ses yeux quand elle les baissait, et ses cheveux mal peignés faute de temps, après une longue journée de travail, et son corps svelte sous la même robe à fleurs que lors de leur dernière rencontre. Tenace, combative, bizarrement captivante, songeait-il ; les freins grincèrent, les passagers commencèrent à vaciller et Mona perdit l'équilibre sur ses chaussures à talons hauts qu'elle n'avait pas l'habitude de porter. L'ultime secousse la projeta contre lui : choc des corps, frôlement des membres, sensation de peau contre peau malgré les vêtements. Tony, rapide, la saisit dans ses bras. Elle murmura pardon et reprit sa place, troublée.

62.

Ils atteignirent la station au coin de la Cinquième Avenue, sortirent devant l'extrémité sud-est de Central Park. Dedans, à quelques mètres, une profusion de verdure : pelouses, buissons et arbres. À l'extérieur du parc, de grosses voitures, des enfants surveillés par des nurses en uniforme, des dames, des messieurs et même des chiens élégants. Ils aperçurent un peu plus loin une sorte de place ornée d'une gigantesque statue dorée; quelqu'un qui dans sa vie avait possédé beaucoup ou beaucoup commandé, sinon, on ne lui aurait jamais dressé ce genre de monument. De superbes bâtiments s'élevaient dans le lointain. Mona sentait que son destin se jouait à cet endroit. Elle était passée deux fois par là en poussant le fauteuil de doña Maxi, à proximité de la clinique où travaillait son neveu. Le souvenir fugace de César Osorio traversa son esprit. Si différent de Tony, en dépit d'un âge et d'une taille similaires. L'un tellement désinvolte et perspicace, l'autre toujours à sa place sous une apparence de sérieux et de sérénité.

— Vous avez été très aimable de nous accompagner jusqu'ici, dit-elle en guise d'au revoir.

Elle secoua la tête, comme si elle voulait se débarrasser de ses pensées. Arrête de divaguer, idiote, tu as assez de soucis comme ça. Et avec cette mimique et ces paroles succinctes, elle signifiait à Tony que ce rendez-vous ne le regardait pas; qu'il leur fiche la paix.

Pendant ce temps, Luz explorait les alentours du coin de l'œil, en quête d'une échappatoire. Elle avait pensé à Frank tout le trajet, à ce qui était arrivé dans la chambre cet après-midi. Il lui avait fait payer son attitude de la veille, quand elle lui avait tenu tête et déclaré qu'elle jouerait dans le spectacle de sa sœur contre son avis.

Mona interrompit ses réflexions sans ménagement :

— Allez, on y va !

Tony, de son côté, n'avait pas renoncé. Il bouillait de curiosité, mourait de savoir ce que mijotait cette gamine assez gonflée pour ouvrir elle-même un night-club.

— Si vous me dites le nom de l'hôtel, peut-être que je peux...

Un regard éloquent suffit à le faire taire. Je t'ai pas dit de nous laisser tranquilles, crétin ? lui signifiait-elle sans même ouvrir la bouche. Il répondit en levant simplement les mains : O.K., compris, on n'en parle plus.

Tirée par le bras, Luz fut obligée de bouger, et elles s'éloignèrent ensemble. Bien malgré elle, Mona éprouva une espèce de déchirement en se séparant du bolitero ; parce qu'elle n'avait jamais été aussi proche de lui, parce qu'elle sentait encore la proximité de son corps, sa façon de la retenir d'une main ferme et adroite. Elle se serait volontiers passée de toutes ces obligations, de ce comte inconnu qu'il fallait convaincre, de ce commerce à lancer. Rompre ses attaches, enlever ses chaussures et lui dire : Emmène-moi où tu voudras ; courir à travers le parc, baigner ses pieds dans l'étang, fouler l'herbe fraîche du crépuscule. Mais il fallait qu'elles y aillent, qu'elles poursuivent seules leur chemin. Elle savait que c'était mieux comme ça.

Elles se dirigèrent vers un premier édifice ; une entrée imposante : six grandes colonnes soutenant une sorte de portique ; à mi-hauteur, une structure métallique vert foncé avec une profusion de dorures ; dessus, une verrière ; plus haut encore, des drapeaux, puis, se dressant vers le ciel, vingt étages remplis de fenêtres, surmontés d'un toit censé imiter un château français, caprice de l'architecte qu'elles n'étaient pas en mesure d'apprécier.

— On va là ? s'étonna Luz, intimidée par la splendeur du lieu, sans savoir que ce n'était même pas l'entrée principale.

— Attends...

Les gardiens forçaient autant le respect que la façade. Grands, blonds, en uniforme et coiffés de casquettes dignes d'officiers d'une armée improbable, avec des pardessus sombres descendant jusqu'aux chevilles et parsemés de galons dorés étincelants.

Mona respira deux fois avant de s'approcher de celui de gauche.

— C'est l'hôtel St Moritz ? demanda-t-elle tant bien que mal, mangeant les consonnes finales avec son accent andalou.

Elle désigna en même temps l'intérieur en pointant l'index comme le canon d'un pistolet. Le type, hautain, daigna à peine la regarder. Elle tira alors la carte coincée sous la bride de son soutien-gorge où elle l'avait glissée depuis qu'elles étaient sorties. Elle la lui montra. L'autre y jeta un coup d'œil. Non, fit-il d'un hochement quasi imperceptible de la tête. C'est pas là.

Elle redescendit les marches moquettées du perron.

— On s'en va, souffla-t-elle à Luz.

Elles n'avaient fait que quelques pas lorsqu'elles furent interpellées par un petit groom.

— Tu cherches le St Moritz ? demanda-t-il sans interrompre son travail.

En train de charger le coffre d'une automobile, il avait réussi à comprendre Mona malgré sa prononciation déplorable.

— C'est le Plaza ; vous vous êtes trompées, dit-il en soulevant une énorme valise en cuir. Vous marchez un tout petit peu plus ; vous le trouverez tout de suite, sur ce même trottoir.

La façade était nettement moins majestueuse et les gardiens ne ressemblaient pas à des colonels prussiens, mais l'hôtel St Moritz, avec ses trente-six étages et ses quelque mille chambres, ne détonnait pas non plus dans le quartier. Elles entrèrent tout de go après avoir lu le nom sur la plaque. Le hall, recouvert d'un marbre grenat veiné de blanc, les laissa bouche bée et les yeux ronds comme des billes ; une grande cheminée ornait l'un des côtés ; sur l'autre était accroché un tableau représentant des sommets enneigés, un tribut au village des Alpes ayant donné son nom à cet établissement. Il y avait partout des canapés, des fauteuils et des tables, un personnel des plus discrets, des dames couvertes de bijoux, des messieurs tirés à quatre épingles et une légère rumeur de conversations.

Plantées sur le motif géométrique d'un tapis épais, il leur fallut quelques instants pour se situer : elles n'étaient jamais entrées dans un hôtel et cette première expérience, dans un cinq étoiles, dans un des quartiers les plus cotés de New York, dépassait leurs compétences. Elles distinguèrent un vaste comptoir au fond; derrière celui-ci des employés s'activaient, répondaient au téléphone, semblaient s'occuper des clients. Mona supposa donc qu'elles pourraient s'adresser à eux.

Elle arracha Luz à son émerveillement d'une tape vigoureuse.

— On y va!

Elles s'apprêtaient à s'avancer, sans avoir remarqué qu'on les observait depuis leur entrée. Un individu dont c'était la fonction, placé là pour détecter les présences incongrues. Et l'œil sagace du type avait repéré du premier coup que ces jeunes femmes ne correspondaient pas au modèle.

Elles se ressemblent, pensa-t-il; sans doute deux sœurs, malgré les cheveux bruns de l'une et rouquins de l'autre. Des étrangères, latines ou bohémiennes, avec cette allure un peu sauvage. Belles et séduisantes, pour sûr, mais absolument rien à voir avec la clientèle de l'établissement. Et elles n'ont pas de bagages, même pas de sac à main. Suspectes, en somme : des sources potentielles de problèmes. Dans l'hôtel, on en avait pardessus la tête de ces demoiselles à l'aspect inoffensif qui se faufilaient sous prétexte de rendre visite à une connaissance ou au parent d'un parent; finalement, elles déplumaient des hôtes aussi friqués que naïfs, de malheureux imprudents convaincus que cette cité colossale assouvirait leurs rêves les plus torrides.

Elles avaient fait à peine quelques pas lorsqu'elles furent stoppées par cet employé, sévère, raide, en civil et le crâne luisant comme une lampe.

— *Ladies*...

Elles le regardèrent, déconcertées : ce type voulait-il les saluer? Leur poser une question? Ou les inviter à rebrousser chemin sans le moindre ménagement?

— *Could you please let me know where you are heading to?*

Qu'est-ce qu'il dit, ce type? marmonna Luz à Mona. J'y comprends que dalle, répondit l'autre sans desserrer les lèvres. Mais elles devinaient toutes les deux que cette phrase n'était pas précisément encourageante.

Dans un anglais très pauvre, et avec force mouvements des mains, Mona lui indiqua qu'elles souhaitaient demander le numéro de chambre de *one friend.*

— *Ladies, please...*, répéta l'individu d'une voix sourde.

Et pour qu'elles n'eussent aucun doute sur la teneur de son message, il leur montra la sortie d'un froncement de sourcils et d'un coup de menton.

Mais Mona n'était pas prête à renoncer, bien au contraire. Elle gesticula de plus belle, haussa le ton.

— On vient *here* pour voir un *friend*! insista-t-elle dans son anglais calamiteux.

Les clients qui se trouvaient dans le hall se retournèrent vers les deux sœurs. Des têtes coiffées et enturbannées se dressèrent sur les canapés et dans les fauteuils voisins.

Mona porta la main à son encolure pour en extirper de nouveau la carte du comte de Covadonga; au grand dam de l'employé, qui interpréta mal ce geste et se renfrogna encore plus.

— *Get out of here!* maugréa-t-il.

Cette fois, elles le comprirent à la perfection. On les jetait dehors, à l'évidence; d'autant plus qu'elles virent alors s'approcher deux hommes en uniforme gris. Dans une atmosphère de plus en plus tendue, Luz prit la défense de sa sœur; les explications catastrophiques claironnées par l'une et l'autre achevèrent de troubler l'exquise sérénité de l'endroit.

— *One friend!* hurlait Luz.

— *One* comte! renchérissait Mona. *One person very important in* Espagne *is waiting for* nous!

Jusqu'à ce que la scène devînt intolérable pour les standards de luxe de l'hôtel. Foin de précautions! Prises de frayeur devant trois types deux fois plus lourds qu'elles et les dépassant d'une tête, elles se retrouvèrent dehors à peine une minute plus tard.

Furieuses, humiliées et confuses. Dans cette putain de rue. Encore une fois.

63.

— Pas de chance, hein ?

Il était installé à la terrasse de l'élégant café situé au rez-de-chaussée de l'hôtel ; les jambes croisées et une cigarette entre les doigts. Sur le guéridon en marbre, un cendrier et une boisson avec des glaçons.

Sans leur laisser le temps de répondre, il balaya du regard les tables occupées par une clientèle distinguée, jeta un coup d'œil à droite, un autre à gauche, acheva sa coupe en se levant.

— On s'en va.

Il les enlaça toutes les deux par la taille et les entraîna en direction du parc, de l'autre côté de la rue ; elles étaient si stupéfaites qu'aucune ne protesta.

Des cris retentirent dans leur dos, sans doute un garçon furieux qu'il fût parti sans payer. Quatre-vingts cents pour un simple verre ? se dit-il. On est devenus fous, *or what* ?

Il les fit presser le pas jusqu'au trottoir opposé, à l'entrée de Central Park ; jusqu'à ce qu'ils fussent certains de ne plus être suivis – elles pour s'assurer qu'elles ne se faufileraient plus dans l'hôtel et lui pour l'obliger à payer le scotch qu'il venait de s'enfiler gratis.

Dès qu'ils furent hors de portée, Tony s'arrêta et interrogea Mona sans ambages :

— Cet individu présente un grand intérêt pour toi ?

Pour la première fois de l'après-midi, elle remarqua que son visage et son ton étaient devenus sérieux. L'ironie, la légèreté et les manières enjôleuses avaient volé en éclats. En plus, il la tutoyait.

Elle prit quelques secondes pour réfléchir à sa réponse. Elle aurait aimé pouvoir dire : aucun, pas le moindre ; si on m'empêche de le voir, je rentre à la maison et un point c'est tout, je passe à autre chose ; qu'ils aillent se faire voir, ces gens snobinards et mal embouchés. Mais l'avenir de son club était en jeu, elle avait besoin d'une vedette pour appâter le public le soir de la première, et malheureusement elle ne connaissait personne d'autre que le comte.

— Oui, très grand, avoua-t-elle finalement.

— Parfait alors. *Let's go*, je connais quelqu'un susceptible de nous donner un coup de main…

Il ne parvint pas à finir sa phrase, il fut coupé par deux mots :

— Pas moi.

Les deux se retournèrent vers Luz.

— Pas moi, pas moi, je… Je…, bafouilla-t-elle. Moi, je suis obligée de partir.

Frank l'obsédait. Frank et son comportement, Frank et sa façon d'agir. Et plus elle y réfléchissait, plus elle était convaincue que l'engueulade était de sa faute à elle, au fond ; il ne fallait pas le mettre au pied du mur. Elle aurait pu se montrer plus reconnaissante pour tout ce qu'il faisait pour elle, pour sa carrière, pour son avenir. Elle voulait donc le chercher, le revoir, lui dire que ça allait. S'excuser même. Peut-être qu'elle devrait lui demander pardon.

— Toi, tu vas nulle part, décréta sèchement Mona.

Tony avait perçu la tension entre les sœurs dès qu'elles avaient quitté l'appartement. Ensuite, en les abordant devant le plan du métro, il avait remarqué la trace des pleurs dans les yeux de la plus jeune. Plus tard, lorsque la rame les avait secoués, faisant bouger les cheveux, il avait découvert la pommette violacée et tuméfiée : des indices suffisants pour deviner le rôle d'une main abjecte. Il choisit néanmoins de se taire.

— Tu viens avec nous, insista Mona.

Elle avait décidé d'accepter son aide, faute de temps pour étudier sa proposition. Tant qu'à faire, autant aller jusqu'au bout, ça ne pouvait guère être pire. Avec une Luz récalcitrante qu'elle tenait par le bras, ils retraversèrent la 59ᵉ Rue, à bonne distance du St Moritz. Ils empruntèrent la Sixième Avenue et finirent par atteindre de nouveau le bâtiment après un petit détour. Ils se trouvaient à présent devant sa façade latérale. Tony les guida vers une ruelle aussi étroite que sombre, flanquée de deux gigantesques murailles; une porte de service s'ouvrait quelques mètres plus loin, grande et métallique, pas complètement fermée. Il y pencha la tête, se glissa dedans et disparut. Il réapparut à peine une minute après.

— Par ici, ordonna-t-il.

Ils attendirent un moment à l'angle d'un couloir, le dos plaqué contre le mur. Des odeurs et des bruits sans équivoque parvenaient des cuisines voisines : sons de louches contre les casseroles métalliques et les faïences, crépitement de tranches de viande sur le gril. Une voix aiguë lançait des ordres fébriles au personnel :

— *Come on ! Come on ! Come on !*

Tony, aux aguets, ressemblait à un chien de chasse guettant sa proie encore incertaine. Un petit gros en sueur survint, avec un gros sac de farine sur l'épaule; elles retinrent leur souffle, il ne les vit pas. Puis ce furent deux garçons vêtus de gilets rouges, qui sortaient pour fumer une dernière cigarette avant leur service; ils ne les remarquèrent pas non plus. Le quatrième était un adolescent; il transportait un bloc de beurre. En entendant le sifflement du Tampeño, il se retourna.

— Marito le Cubain est là ? demanda Tony en anglais.

Le gamin avait le visage couvert de boutons et l'air pas très éveillé; il tarda plusieurs secondes avant d'acquiescer du menton.

— Amène-le-moi et tu te gagnes un nickel.

Il les contempla tout en réfléchissant à la proposition; il paraissait dur à la détente; quand Tony fourra sa main dans sa poche pour y débusquer la pièce de cinq cents, il sembla enfin comprendre et répondit O.K.

Le dénommé Marito franchit presque aussitôt la double porte séparant les cuisines du couloir où ils attendaient : un mulâtre à bonnet de marmiton et veste blanche; un rictus de mauvaise humeur était peint sur sa figure.

— Qu'est-ce que tu fiches ici, mon frère ? s'écria-t-il, surpris.

L'échange de phrases fut rapide, comme presque toutes les transactions dans la vie hasardeuse du *runner* de loteries : J'ai besoin de ça, et j'en ai besoin tout de suite. L'autre fit claquer sa langue et se tourna vers les portes, de peur d'être pincé en dehors des cuisines au moment crucial. Finalement, il céda.

— Donne-moi une minute, pour voir. Il s'appelle comment, le type ?

Tony jeta un regard interrogateur à Mona.

— Le comte de Covadonga, répondit-elle. Alfonso de Borbón.

Marito s'éclipsa d'un pas rapide dans le couloir. Personne n'ouvrit la bouche pendant son absence : ni questions de la part des filles ni explications de Tony. Le Cubain revint peu après.

— *Room 2609. This way.*

— Allons, leur murmura le Tampeño.

Il avait le numéro de la chambre, à présent elles devaient suivre son copain, il les guiderait. Davantage de couloirs et de virages, d'accès, d'antichambres. Les arômes appétissants en provenance de la cuisine furent remplacés par des odeurs de lessive ; ils faillirent plusieurs fois croiser quelqu'un mais réussirent à se cacher. Ils atteignirent enfin un vaste espace carré, Marito actionna le bouton d'un monte-charge en frappant dessus du plat de la main, les portes s'ouvrirent dans un glissement.

— Vingt-sixième étage, et moi, personne m'a vu.

Les deux hommes se séparèrent en se donnant une tape affectueuse sur l'épaule.

« À bientôt, *brother* », furent les derniers mots de Tony à son ami, ou à sa connaissance, ou à qui que ce fût : le concept de fraternité était une notion très élastique chez les Hispaniques de la ville. En tout cas, il en découlait qu'il devrait lui rendre la pareille d'une façon ou d'une autre. Le gâte-sauce s'évapora dès la fermeture de l'ascenseur.

Celui-ci commença à grimper avec un bruit de ferraille ; on n'entendait que les grincements du moteur. Deux. Trois. Une flèche indiquait le numéro des étages sur un demi-cercle. Cinq, six. Ils se tenaient à côté d'un grand chariot rempli de linge propre : des piles de draps blancs et de serviettes. Neuf. Dix.

— Quelle heure est-il ? demanda Mona.

Aucun des membres de la famille Arenas n'avait jamais possédé de montre.

— Sept heures moins le quart, répondit Tony.

En retard, presque une heure de retard, ils étaient convenus d'y être à six heures. Peut-être qu'il est plus là, pensa Mona. Il en a eu marre d'attendre et il est parti. Ou il attendait une autre visite. Ou Dieu sait quoi. Douze. Treize. Quatorze. Elle sentit ses intestins se nouer ; elle eut soudain la sensation de devoir quelque chose à Tony. Une explication.

— J'ai rencontré ce monsieur il y a plusieurs mois, j'ignore s'il se souviendra de moi.

Luz, toujours rétive et abattue, s'aventura à demander dans un filet de voix :

— Mais ce mec qu'on va voir, c'est un vrai comte ?

— Je le suppose. C'est quelqu'un d'important et je veux qu'il nous aide, qu'il assiste à la soirée d'inauguration du show. Espérons que sa présence nous permettra d'attirer des clients.

Tony acquiesça, Luz soupira sans savoir que dire. Ils restèrent silencieux, épaule contre épaule, le regard droit devant eux. Vingt. Vingt et un. Vingt-deux.

— Et comment tu feras, pour le convaincre ?

Vingt-trois. Vingt-quatre. Vingt-cinq. Le monte-charge freina brusquement, les fit vaciller. Vingt-sixième étage. Tandis que les portes commençaient à glisser, Mona confessa :

— Je sais pas.

Levant la main en guise d'avertissement, Tony leur indiqua d'attendre pendant qu'il se penchait pour examiner les lieux.

— La voie est libre, dit-il. *Let's go.*

Les couloirs étaient somptueux, à mille lieues de la fonctionnalité austère du sous-sol. Des tapis interminables, ornés de motifs et moelleux, des murs revêtus de tissu, des appliques en vélin diffusant une lumière chaude et raffinée. Des voix s'échappaient à travers quelques portes, un rire étouffé : sans doute des oisifs fortunés qui se préparaient à sortir pour aller dîner ou danser, ou jouir d'une magnifique nuit printanière à New York.

La porte était couleur crème, comme toutes les autres. Dans un ovale de bronze, quatre chiffres : 2609. C'est là.

Mona ferma les yeux, aspira de l'air, l'expulsa tandis qu'elle lissait sa jupe et arrangeait ses cheveux sans grand succès. Elle toqua aussitôt à la porte, d'abord doucement, puis plus fort.

Une voix lui répondit :

— *Come in !*

— Bonne chance, lui chuchota Tony en guise d'au revoir.

Alors que Mona poussait la porte, le Tampeño lui souffla au creux de l'oreille :

— À sa place, j'hésiterais pas.

Son haleine chaude… Mona en eut la chair de poule. Sans y réfléchir à deux fois, elle l'attrapa par le bras et l'entraîna avec elles à l'intérieur de la chambre.

64.

Il était sur le lit, mais pas dedans. Son dos reposait sur plusieurs oreillers ; ses longues jambes étaient étendues ; il était vêtu d'un pantalon foncé, d'une chemise blanche au col ouvert et de chaussettes noires. Sur la table de nuit, une radio allumée : de la musique douce à bas volume, sans chanteur. Autour de lui, sur le couvre-lit en brocart, plusieurs feuillets manuscrits, deux enveloppes avec des timbres et des expéditeurs étrangers, des magazines et des catalogues, un étui à cigarettes, un cendrier rempli de mégots.

Mona se rappelait à peine ses traits, mais elle le reconnut aussitôt dès qu'elle l'aperçut : la trentaine, le visage allongé, la moustache fine, la peau lisse, le front dégagé et les tempes dégarnies, les cheveux clairs peignés en arrière, les mêmes grands yeux d'un bleu aqueux, qui cette nuit-là avaient montré de la peur et qui, maintenant, en revanche, exprimaient de la surprise en voyant surgir dans la chambre trois parfaits inconnus.

— Très bonne soirée, monsieur le comte, dit-elle sur un ton à la fois prudent et embarrassé.

Celui-ci se redressa.

— Bonsoir, répondit-il en fronçant les sourcils. (Sans se lever, le corps à angle droit, il ajouta sèchement :) À qui ai-je l'honneur ?

Mona fit deux pas en avant.

— Vous vous souvenez sans doute pas de moi, mais il y a longtemps, un soir où des hommes vous avaient bombardé de questions avec un appareil photo et avaient failli vous renverser par terre, j'étais à côté de vous et je vous ai soutenu, alors vous m'avez affirmé que…

Il l'interrompit, coupant :

— Et où s'est passée cette rencontre ?

Il avait dû subir souvent le harcèlement de la presse, d'où ce besoin de précisions pour s'y retrouver, mais Mona avait une connaissance des plus limitées de New York, malgré ses sorties avec doña Maxi. Elle avait donc oublié l'adresse exacte où elle avait travaillé ce jour-là.

— Eh bien… euh… juste en sortant de la maison de cette dame très importante, sur un côté du parc…

— Et à quelle époque exactement ?

— Euh…, eh bien, ça devait être vers le mois de mars, plus ou moins.

Le comte ne parut pas se remémorer ce moment imprécis. En outre, l'irruption intempestive de ce trio lui semblait suspecte : la réception ne l'avait pas prévenu ; cette jeune femme disait-elle la vérité ou bien n'était-ce qu'une ruse pour gagner sa confiance et lui soutirer ensuite des informations ? Sur son mariage mouvementé, surtout, le sujet qui intéressait tout le monde. Ou sur ses constantes tensions avec son père. Ou sur les activités jugées choquantes qu'il exerçait depuis peu. Au grand dam de sa famille et de ses amis, il avait été embauché par la British Motors Ltd. : le premier Bourbon dans l'histoire à être rémunéré, bien qu'il s'agît d'une occupation purement représentative et non d'un vrai travail. D'ailleurs, ça ne marchait pas aussi bien qu'espéré ; pour l'instant, il avait seulement vendu une automobile pour la concession de Lexington Avenue. Il raconterait tout cela en long et en large à ces individus, et ensuite ils le diffuseraient à tout-va dans la presse américaine, espagnole et européenne… Ses déclarations seraient juteuses ; il pourrait même leur révéler un scoop, son divorce imminent, à présent qu'ils ne s'écrivaient même plus avec son épouse. Un coup de tonnerre, pour sûr, qui engendrait en lui une profonde sensation d'échec, en constatant que sa bouleversante et controversée histoire d'amour n'avait duré que trois ans.

Tandis que ces réflexions traversaient l'esprit du comte de Covadonga, fuyantes tels ces lévriers poursuivant un lièvre mécanique au stade Metropolitano, où son père l'avait conduit un jour de son enfance madrilène, Mona insista pour lui rafraîchir la mémoire :

— Et alors, ce soir-là, vous m'avez donné votre carte. Tenez, la voici.

Sans attendre qu'il l'invitât à s'approcher, elle fit quelques pas en direction du lit en même temps qu'elle tirait le bristol de son refuge douillet, contre sa poitrine, et le lui tendait.

— C'est une de mes cartes, en effet.

Ce ne serait pas la première fois qu'on l'accosterait avec des intentions sournoises, pensa-t-il, les yeux fixés sur les caractères de ses propres coordonnées. Peut-être qu'ils voulaient juste le voler, mais dans ce cas ils tomberaient sur un os ; à part son étui à cigarettes en or et ses brosses de toilette en argent, il n'avait guère qu'une poignée de dollars dans sa chambre ; depuis que Gottfried, son secrétaire et infirmier, l'avait abandonné quelques jours auparavant, plus personne ne gérait ses finances calamiteuses. Et sa Toison d'or, si tant est qu'elle fût encore en sa possession, devait probablement reposer à l'abri, dans le coffre-fort de l'hôtel, et non ici.

Un silence pesant s'abattit entre les murs tendus de tissu de la chambre ; les bruits de la rue parvenaient à peine à travers la fenêtre fermée du vingt-sixième étage. Luz et Tony se tenaient immobiles derrière, dans l'expectative ; sur le lit, le comte, déconcerté et indécis, sa carte à la main ; debout près de lui, Mona se tordant les doigts et attendant une réaction de sa part.

— En résumé, si vous me le permettez, mademoiselle, qui êtes-vous et pourquoi êtes-vous venue vers moi ?

Mona apercevait enfin une lueur d'espoir : il daignait au moins l'écouter. Impétueuse, bredouillante, elle démarra ; elle parlait à toute vitesse, mangeait des bouts de phrases, s'efforçait de concentrer à l'extrême l'essentiel de ce qu'elle souhaitait lui raconter ; de peur qu'il ne changeât d'avis et ne leur enjoignît de partir, qu'il ne requît la présence de ces mêmes employés qui les avaient rudement expulsées du hall. Leurs noms et origine, leur projet, leurs intentions : tout cela jaillit de sa bouche en un flot de paroles, tandis que l'homme qui aurait pu être roi d'Espagne la contemplait de ses grands yeux clairs, sans ciller.

— Voyons, si j'ai bien compris. Votre souhait, c'est de m'inviter à une inauguration ?

— Tout juste, monsieur.

— Et ce night-club se trouve à quelle adresse ?

— Dans la 14e Rue, monsieur.

— Et vous dites que vous en êtes la propriétaire ?

— Avec toute ma famille. Ma mère et mes sœurs, précisa-t-elle en désignant Luz du menton. Mais c'est moi qui m'en occupe le plus ; les autres ont d'autres tâches. Et puis il y a aussi Fidel qui m'aide.

Le comte se tourna pour atteindre un carnet sur la table de nuit. Ils suivirent son geste du regard ; ils découvrirent alors un téléphone posé dessus, plusieurs flacons de médicaments, une seringue et un paquet de coton.

— Fidel Hernández ? lut-il dans ses notes. Celui qui a annoncé sa venue pour six heures pile et qui n'est finalement pas apparu. C'est marqué ici, en effet.

— Lui-même.

— Et ce Fidel, c'est vous ? demanda l'ex-héritier en s'adressant à Tony.

Mona le devança :

— Non, monsieur. Fidel n'a pas pu se déplacer.

— Et vous, vous avez aussi quelque chose à voir avec le night-club ?

Deux réponses fusèrent, contradictoires :

— Oui.

— Non.

Le Tampeño fronça les sourcils, surpris, tandis que Mona lançait un mensonge spontané avec le sang-froid le plus stupéfiant :

— Lui, c'est le barman.

— Ah ! Ah !

Les yeux d'Alfonso de Borbón reflétaient un abîme d'ironie.

— Outre les propriétaires d'un club prometteur, j'ai donc le plaisir d'accueillir un barman expérimenté dans ma propre chambre.

— Pour vous servir, monsieur, confirma Tony sans se démonter.

Sans doute Mona voulait-elle que le comte les considérât comme un tout et les crût. Cet homme prostré commençait en tout cas à susciter en lui une immense curiosité ; il ignorait qui il était, il ne savait rien de sa noble ascendance, de son enfance parmi les ors du Palais royal, de sa douloureuse et solitaire adolescence quand il chassait les outardes, élevait des poulets et jardinait dans l'hôtel particulier de la Quinta d'El Pardo ; son refuge, de temps à autre, pour reprendre des forces et fuir les turbulences de Madrid.

L'arrivée de la Seconde République en avril 1931, la violente réaction des masses devant le Palais royal, le départ précipité vers l'exil ; aucun des trois n'en avait la moindre idée ; mais il n'y avait pas une nuit sans que tous ces souvenirs surgissent dans l'esprit de l'ex-prince des Asturies. Le père qui part de son côté au volant de sa voiture de sport, à l'aube, en direction de Cartagena ; qui embarque vers les côtes françaises, en uniforme de général en chef, puis débarque au petit jour vêtu d'un manteau en alpaga et coiffé d'un chapeau melon, comme un simple quidam. La reine et les six infants répartis dans des automobiles jusqu'à Galapagar, ensuite en train direction Hendaye, et de là à Paris. Lui, on l'avait tiré de ses appartements du rez-de-chaussée comme un paquet, soutenu par quelques-uns de ses amis, une nouvelle rechute l'empêchant de se tenir debout. Il n'avait pas non plus réussi à sortir du véhicule quand sa famille avait fait une halte et qu'un photographe avait immortalisé sa mère et ses frères et sœurs en pleine montagne madrilène, assis sur des rochers comme de simples promeneurs, effrayés, sans réussir à se faire à l'idée du bannissement ; la reine fumant une cigarette ; jetant les cendres dans les ronces, couvrant ses yeux bleus d'une main en guise de visière ; sans doute disait-elle adieu à cette patrie étrangère et rude qui l'avait toujours maltraitée.

L'amère séparation de ses parents les mois suivants : le roi d'Espagne installé à Rome ; la reine anglaise, à Fontainebleau. Les appartements familiaux radicalement éloignés du luxe de la Cour, les prises de position de ses frères, ses hospitalisations dans divers sanatoriums. Le mariage avec Edelmira, à Lausanne, auquel pas un seul membre de sa famille n'avait assisté, le modeste logement du couple à Évian, le tragique décès de son frère Gonzalo avant ses vingt ans, à la suite d'une hémorragie interne provoquée par un accident de la route apparemment anodin ; ce qui l'attendait d'ailleurs deux ans plus tard à Miami, sans qu'il le sût, bien évidemment.

Les premières brouilles du couple, les tensions croissantes entre Gottfried et Edelmira, les difficultés économiques, les inquiétudes de sa femme à cause des doses excessives de calmants qu'il s'injectait, les pressions externes, les disputes déchirantes, les désillusions de la vie conjugale. Les relations chaque fois plus difficiles avec son père et meilleures avec sa mère. Les interventions intéressées des *camarillas* pour qu'il reconnaisse son erreur et abandonne Edelmira ; les pressions auprès du Vatican afin d'obtenir l'annulation du mariage. La première annonce d'une séparation à peine une année et demie après la noce, le départ de sa femme accompagnée de sa sœur depuis Cherbourg, sans même lui dire adieu ; l'échange de lettres ; les retrouvailles à New York cinq mois plus tard. Ses déclarations irréfléchies devant une presse avide de sensations, les prétendues offres pour faire du cinéma à Hollywood qui n'avaient débouché sur rien. La Havane, sa famille à elle, leur laborieuse vie en commun, les conflits désormais insupportables entre Gottfried et son épouse. La crise très grave de février dernier, l'abcès musculaire, la perte de conscience, l'extrême-onction donnée par le nonce apostolique dans la résidence louée au Vedado, les transfusions, l'électrothérapie, la convalescence, la visite de la duchesse de Lécera depuis la France, chargée de le convaincre, au nom de sa mère, d'arrêter ses bêtises et de rejoindre l'Europe et les siens une bonne fois pour toutes.

Tout cela s'accumulait dans la vie du comte, mais les autres étaient bien en peine de le deviner tandis qu'il insérait une Pall Mall dans son long fume-cigarette en ébène, craquait une allumette et l'allumait. Il aspira une première bouffée et la savoura en les observant ; il hésitait. Il était incapable de mesurer les risques s'il leur accordait une chance. Les filles étaient vraiment séduisantes, des beautés typiquement hispaniques habillées avec la grâce et la légèreté américaines ; l'homme ne paraissait pas non plus menaçant, il semblait plutôt sympathique, et leur proposition n'avait rien d'extravagant : à New York, il y avait des tas d'Espagnols, et depuis son arrivée on l'avait déjà sollicité plusieurs fois pour qu'il fît simplement de la figuration dans un commerce ou à l'occasion d'une rencontre.

S'il les écoutait, au lieu de les congédier comme des intrus, il leur rendrait peut-être un service, et à lui aussi par la même occasion. Il venait de passer la journée entière sans parler à personne, à part les quatre mots échangés avec l'infirmière revêche lui faisant une piqûre le matin et le garçon polonais qui lui avait servi le petit déjeuner et le lunch. Et les heures s'écoulaient, interminables, angoissantes, et s'il ne bavardait pas un instant de quoi que ce soit avec ces inconnus, il risquait d'entamer la soirée sans la moindre bribe supplémentaire de chaleur humaine.

— Vous m'excuserez de ne pas me lever, dit-il en expulsant une volute de fumée. Le médecin m'a prescrit de rester étendu le plus longtemps possible ; c'est bon pour ma santé.

Il se tourna de nouveau vers la table de nuit et attrapa le lourd combiné du téléphone. Ils retinrent leur souffle, tandis que le comte glissait l'index dans l'un des trous du cadran rotatif et le faisait tourner. Ils crurent que tout s'écroulait : quelle naïveté ! S'imaginer qu'un individu d'une telle classe s'acoquinerait avec une bande d'illuminés pour lancer un modeste négoce radicalement éloigné – tant sur le plan de la ville que dans l'échelle sociale – des rues et des gens fréquentés par cet homme. Ou plutôt convenait-il de remonter dans le temps et de mentionner les rues et les gens fréquentés naguère, car il était vraiment souffrant depuis deux semaines, et prostré dans son lit depuis trois jours, et personne ne paraissait se souvenir de lui.

Son factotum, Gottfried Schweitzer, l'avait abandonné presque sans l'avertir pour un millionnaire hypotendu de Detroit, un autre client de l'hôtel. Leur rencontre avait été fortuite, Gottfried s'était spontanément occupé de ce dernier quand il s'était évanoui au cours d'un petit déjeuner, puis il avait accepté de l'accompagner dans son voyage vers la Riviera française pour le triple de ce que pouvait lui payer le comte. L'argent n'était d'ailleurs pas le plus important : le Suisse mourait d'envie de quitter l'Amérique.

D'autre part, les monarchistes résidant à New York l'avaient d'abord accueilli avec les hommages dus à son rang, puis ils avaient réduit au strict minimum leurs visites, invitations et appels, conscients de la complexité des relations entre le père et le fils. En fin de compte, Alfonso XIII restait titulaire de la couronne, et qui savait ce qui arriverait s'ils se montraient trop déférents envers le turbulent aîné ? Et la haute société cubaine partageait une attitude similaire, quoique pour d'autres raisons. Auparavant, ils l'avaient convié à de multiples événements et réceptions, fascinés par le conte de fées, à leurs yeux, du pittoresque mariage entre l'ex-prince des Asturies et une compatriote croisée dans une station balnéaire suisse. Ensuite, ils avaient eux aussi cessé de le choyer, à présent que le couple avait volé en éclats et qu'à l'évidence ils redeviendraient bientôt célibataires. Personne ne l'appelait non plus pour une conférence ou une causerie radiophonique. On ne lui demandait plus rien. Et tous ceux-là, Espagnols, Cubains ou Américains, tous ces opportunistes et amis de circonstance qui lui avaient témoigné une cordialité euphorique au tout début, qui l'avaient même chaudement félicité pour sa colossale bêtise d'avoir renoncé au trône par amour, tous ceux qui s'esclaffaient pour ses bons mots ou se donnaient des coups de coude pour être photographiés à côté de lui, ou participaient à ses « nuits de vin et de roses[1] », quand l'avenir s'annonçait prometteur dans le moderne pays de la démocratie et des libertés ; tous ceux-là, donc, étaient devenus muets et invisibles. Ils s'étaient dilués comme le sel dans l'eau, l'avaient laissé faible, fragile et mélancolique, un apatride isolé dans l'immense métropole.

— *Covadonga speaking*, dit-il quand on lui répondit enfin. Préparez-moi l'auto, je vais en avoir besoin.

Avant que le soulagement n'eût le temps de se peindre sur leurs visages, il avait déjà reposé le combiné et déclaré :

— D'accord. Je vais y réfléchir, mais à une condition : sortez-moi quelque part ce soir.

1. Référence à un film de Blake Edwards, *Days of Wine and Roses* (1962), décrivant les méfaits de l'alcoolisme.

65.

D'un pas décidé et l'allure conquérante, telles des clientes distinguées logées dans l'une des plus belles suites du St Moritz, Mona et Luz traversèrent le hall. Tony les suivait quelques pas derrière. Elles croisèrent certains des employés avec lesquels elles avaient eu maille à partir, les ignorèrent, le menton levé. Près de l'entrée, elles rencontrèrent le chauve chargé de veiller au bon renom de l'hôtel; Mona lui fit un clin d'œil et l'homme parut à la fois surpris et furieux.

Le soir tombait quand ils sortirent dans la rue. Les réverbères étaient allumés et les phares des autos projetaient des cônes lumineux sur la chaussée.

— Ce coup-ci, moi je vais nulle part! s'exclama Luz.

Elle s'était bien conduite dans la chambre du comte, estomaquée comme les autres par le personnage. Néanmoins, une fois cet épisode passé, ses propres problèmes redevenaient prioritaires.

— Ça recommence?

Un Tony ébahi assista à une nouvelle et bruyante altercation entre les deux sœurs Arenas, une de plus, au milieu des passants et des allées et venues de la clientèle. Il eut le plus grand mal à les éloigner de l'entrée, dut attraper chacune par un bras, presque de force, tandis qu'elles continuaient à se cracher des reproches; lorsqu'ils furent assez écartés, il les fit taire sans ménagement :

— Mesdemoiselles, c'est ni le moment ni l'endroit.

Il était près de huit heures, ils n'avaient que deux heures devant eux. Alfonso de Borbón leur avait dit : « Neuf heures et demie. Non, plutôt dix heures, je n'ai pas d'assistant, je mettrai du temps à m'habiller. Je vous invite, nous dînerons tard, horaire espagnol ; cela vous convient, n'est-ce pas ? » Les trois avaient acquiescé d'un hochement de tête, encore incrédules. « Où pourrions-nous aller ? » Le comte frottait ses mains longues et osseuses, savourait par avance cette sortie imprévue, égrenait ses établissements favoris. « Le Fornos, peut-être ? C'est à côté, leur cuisine est magnifique et ils ouvrent jusqu'à minuit. Ou bien Jai-Alai ? Son propriétaire, Valentín Aguirre, a organisé un déjeuner en mon honneur le mois dernier, et il nous servira malgré l'heure. Ou un endroit cubain avec spectacle ? Je me damnerais pour un bon daiquiri. Le club Yumurí ? La Conga ? Havana-Madrid ? Mais il est possible que ces demoiselles préfèrent quelque chose de plus américain, plus... plus... » Il avait frappé le couvre-lit du plat de la main, souri. « C'est décidé, nous irons au Waldorf, j'adore leur langouste sauce au beurre ; et en plus il y aura sûrement Cugui[1] et son orchestre, nous passerons une soirée magnifique, vous verrez... »

Ce furent les dernières paroles du comte avant qu'ils eussent abandonné sa chambre, des paroles qu'ils avaient commentées, toujours sous le coup de la surprise, tandis que l'ascenseur les ramenait du vingt-sixième étage. Voilà pourquoi Tony les pressait à présent, fourré comme elles jusqu'au cou dans cette entreprise délirante.

— Mais moi..., protesta de nouveau Luz.

Tony la coupa avec une pointe d'ironie :

— Si tu veux vraiment que l'abruti qui t'a fait ça sur la figure te cogne sur l'autre pommette, tu as le temps, *honey*, ça peut attendre à demain. Par conséquent, en avant !

— En avant pour aller où ? demanda Mona. Il est encore tôt.

— Pour aller se préparer ; on va quand même pas dîner au Waldorf Astoria comme ça !

Tony désigna d'un geste ample leurs tenues. Mona baissa les yeux sur sa robe à fleurs, ses bas en soie et ses chaussures de luxe : un parangon de sophistication pour des jeunes filles

1. Surnom de Xavier Cugat (1900-1990), célébrissime musicien espagnol, chantre d'une certaine musique cubaine et dont l'essentiel de la carrière musicale se déroula aux États-Unis.

comme elles, qui avaient passé la moitié de leur vie pieds nus et débarqué à Manhattan avec pour tout bagage une misérable valise remplie de quelques hardes.

— On a pas mieux, répliqua-t-elle.

— Mais on peut l'améliorer si on se bouge. *Let's go.*

Étrangère à cette discussion, Luz ruminait les paroles de Tony. Il n'y aurait plus de coups, elle en était sûre. Ç'avait bêtement tourné au vinaigre cet après-midi-là. Ils ne connaissaient pas Frank, ils n'imaginaient même pas ce qu'il faisait pour elle, ses efforts. D'un autre côté, elle avait peu de chances de tomber sur lui maintenant, il était trop tard, il n'était plus au bureau, les magasins de disques avaient fermé et elle n'avait aucun moyen de le contacter. Elle lui avait plusieurs fois posé la question sans obtenir de réponse ; elle ignorait où il vivait, comment, avec qui. Elle choisit donc de céder, à contrecœur, muette. Lorsque Tony siffla un taxi et que celui-ci se fut arrêté au bord du trottoir, elle s'installa en silence près de sa sœur sur la banquette arrière.

Le trajet fut bref ; le Tampeño ne leur révéla pas leur destination, peut-être pour les surprendre, ou bien il oublia de le faire, embringué comme il était dans ses affaires habituelles avec le chauffeur : chiffres, inscriptions, transfert de billets. Ils descendirent devant un local commercial dans la Troisième Avenue, elles ne comprirent pas l'enseigne, PAWN SHOP, pas plus qu'elles ne devinèrent ce qui se tramait dans ce commerce dont la vitrine regorgeait des objets les plus disparates : radios, fauteuils de barbier, lampes, parapluies, violons, cartons à chapeau.

Tony toqua à la vitre de la porte fermée ; un vieillard voûté qui lui arrivait à peine à l'épaule apparut presque aussitôt et lui ouvrit.

— *Shalom, Mr Bensalem,* le salua Tony.

Ils échangèrent quelques phrases cordiales en anglais ; il y inséra probablement une plaisanterie car le vieux répondit par un rire asthmatique.

— *Oh, you're coming from old Sepharad !* dit ce dernier quand le jeune homme les eut présentées comme des amies espagnoles.

Et il commença à leur parler dans un castillan bizarre, aux sonorités douces et archaïques, jusqu'à ce que Tony l'interrompît d'une tape affectueuse dans le dos.

— On est un peu pressés, mon très cher ami, on va dans la boutique ?

Il les précéda à petits pas rapides, coiffé de sa kippa, et les conduisit à l'intérieur. Les jeunes filles crurent se trouver dans la caverne d'Ali Baba : étagères remplies à ras bord, profusion de malles et de valises, empilements de babioles, piles de vieilleries et de matériel. Des vélos, des luges, des berceaux étaient suspendus au plafond ; cinq ou six pianos gisaient dans un coin.

— Tout ça est à vous ? s'étonna Luz dans le dos de Tony.

— Temporairement, oui ; tant que leurs propriétaires n'auront pas réuni l'argent nécessaire pour le récupérer, s'ils y parviennent un jour.

C'était donc un prêteur sur gages. Et tout au fond, dans un recoin de l'arrière-boutique, il y avait l'objectif de Tony : de longues barres où pendaient, parfaitement rangés, des centaines de vêtements : manteaux, uniformes, habits d'enfant, robes de mariée…

— *Aki, prensesas, pueden bushkar y elegir*[1], annonça le vieillard dans le judéo-espagnol de ses ancêtres, tandis qu'il appuyait sa main sur l'endroit où s'accrochaient des dizaines de tenues de soirée.

Taffetas, soie, satin, velours ; toutes les façons, toutes les couleurs et toutes les tailles : Mona et Luz n'en revenaient pas.

— Et pour mon ami de la bolita, viens par ici.

Il emmena Tony un peu plus loin, vers le rayon messieurs, pendant que les jeunes filles commençaient à fouiller après avoir surmonté leur stupéfaction initiale. Leurs mains avides retournaient, touchaient, sortaient ; elles poussaient des cris admiratifs, plaquaient les robes sur leur corps pour se montrer l'une à l'autre leurs trouvailles.

— Prêtes ? demanda Tony au bout de quelques brèves minutes.

Lui semblait l'être : d'une main il brandissait un cintre avec plusieurs fringues, de l'autre un chapeau.

Toutes les deux répondirent par un non catégorique.

— *Come on, ladies !* cinq minutes et on se tire, il reste encore à faire.

1. « Ici, princesses, vous pouvez chercher et choisir ».

Mona choisit finalement une robe en soie couleur lie-de-vin qui laissait les épaules à l'air. Luz, plus audacieuse, opta pour un modèle en lamé doré avec le dos découvert. Aucune des deux ne s'interrogea sur leurs anciennes propriétaires, ni sur les corps qu'elles avaient revêtus au cours d'autres soirées avant elles. Elles n'eurent pas le temps de se perdre en conjectures, le vieux Juif les interpellait :

— *Sapatos agora, presensas*[1].

Il leur montra alors d'autres rayons et l'émerveillement se peignit de nouveau sur leurs visages. Sandales colorées, escarpins, chaussures ouvertes ou fermées, talons hauts, moyens, bas. Elles hésitèrent, essayèrent, écartèrent, discutèrent tandis que Tony les pressait :

— Allez, les filles ! Dépêchons, dépêchons, le temps passe… Cherchez deux sacs à main pour ces demoiselles, monsieur Bensalem, s'il vous plaît.

Un quart d'heure plus tard, ils étaient à nouveau dans un taxi, chargés de vêtements et d'accessoires sans avoir déboursé un seul dollar : un simple échange de récépissés et d'annotations avait suffi pour sceller l'accord.

— Je vous rapporte tout demain matin sans faute ! s'était écrié Tony à travers la vitre ouverte.

Le petit vieux acquiesça depuis la porte ; il souriait, il leva la main. *Shalom.*

Ils se dirigèrent ensuite vers la 116e Rue, nettement plus au nord, en plein cœur de ce qu'on commençait à appeler le Spanish Harlem. Il y avait beaucoup de gens dans la rue, une odeur de riz aux pois et aux rillons, des petits groupes d'anciens qui fumaient, parlementaient et riaient, découvrant des bouches édentées. Planté sur le trottoir, chargé des frusques et flanqué des deux filles, Tony leva la tête vers la plus haute fenêtre d'un modeste bâtiment ; il cria à plusieurs reprises :

— Adela !

Une femme mûre et bien en chair apparut au bout d'un moment ; un foulard bariolé était noué sur sa tête.

— Qu'est-ce que tu veux à ces heures, dingo ?

— Un service pour mes amies.

1. « Les chaussures maintenant, princesses. »

— Ave Maria ! Mais ça fait une plombe que j'ai fermé !

— Tu sais que je te revaudrai ça ; c'est une urgence, mon amour.

La dénommée Adela contempla les filles d'en haut et réfléchit un instant.

— Elles vont me donner du boulot, ces tignasses, il vaut mieux que j'appelle ma cousine Josefita pour m'aider.

C'était la seconde fois de sa vie que Mona entrait dans un salon de coiffure, la troisième pour Luz. La première expérience avait été commune, pour le mariage de Victoria ; elles avaient été accueillies par des Italiennes dans un établissement de la 16e Rue recommandé par Casa Moneo. Ensuite, Frank Kruzan avait emmené Luz dans un salon moderne, peint dans un rose exubérant et proche de Times Square. Toutes les futures stars viennent ici, *baby*, les employées connaissent très bien leur métier. Elle en était ressortie avec les cheveux peroxydés, la peau rougie à l'endroit de ses sourcils et les tripes nouées.

Le local occupé par la Portoricaine Adela, au rez-de-chaussée de son immeuble, ressemblait bien peu à cet établissement rempli de globes de lumière, d'énormes miroirs et de jeunes femmes d'un blond tape-à-l'œil. C'était un humble commerce avec deux fauteuils déglingués au lieu des sièges professionnels, deux glaces dépareillées maculées de taches opaques, un unique lavabo et des découpages de magazines cloués sur les murs en guise de décoration. Mais Tony ne connaissait rien d'autre dans le domaine de l'esthétique féminine. Adela plaçait les billets de loterie auprès de ses clientes et il passait toutes les semaines pour faire les comptes ; avant de partir, il n'oubliait jamais de papoter quelques minutes avec elle, il savait donc qu'elle ne refuserait pas de l'aider. Malgré l'heure tardive, neuf heures du soir, le père invalide à coucher, le dîner chaud pour un mari employé dans la deuxième équipe d'une société d'emballage ; sans parler des arrivées successives de trois fils et de deux neveux vivant encore sous son toit et qu'il fallait également nourrir.

— Asseyez-vous, mesdemoiselles, on va voir ce qui est possible dans le peu de temps que nous accorde ce cinglé de bolitero. Une coiffure apprêtée ou les cheveux libres ? Vous préférez quoi ?

— Libres, répondirent-elles à l'unisson.

À coups de brosse, de fer chaud et de ténacité, concentrées sur leur besogne à quatre mains tandis qu'elles plaisantaient d'une voix mélodieuse et leur racontaient des anecdotes du quartier et de leur île, les deux femmes eurent tôt fait d'obtenir un résultat : des chevelures brillantes, avec une raie sur le côté et des boucles marquées.

— Et à présent, déclara Adela, un peu de *make-up.*

Lèvres, cils, un peu de fond de teint pour cacher le bleu sur la pommette de Luz.

— Quitte cet homme, ma petite; oublie cette canaille avant que ça se gâte, tu sais, quand ils commencent, ils ne savent plus s'arrêter...

Ces phrases avaient été murmurées par la coiffeuse, forte de son expérience, pendant qu'elle passait délicatement la pulpe de son index sur la tuméfaction et que Luz réprimait une grimace de douleur. L'entrée de Tony dispensa la benjamine de répondre.

— Prêtes?

Les quatre femmes se retournèrent; trois d'entre elles s'esclaffèrent et poussèrent des cris d'enthousiasme. Le broker de loterie clandestine ne portait plus son sempiternel costume fripé en lin clair, mais un magnifique frac et un plastron amidonné orné d'un nœud papillon blanc. Ses cheveux châtain clair étaient peignés en arrière et gominés.

— Quel mec impressionnant! s'exclama Adela au milieu des rires.

Mona fut la seule à se taire. Elle se contenta de le contempler.

Une fois qu'elles furent coiffées et maquillées, il ne leur restait plus qu'à s'habiller. Elles gagnèrent une arrière-salle obscure remplie de vieilleries. Elles disposèrent leurs tenues sur une paillasse, sans doute occupée de temps à autre par quelque parent en provenance de Portorico, puis se déshabillèrent et apparurent en sous-vêtements devant les coiffeuses.

— Sainte Vierge! Mais vous pouvez pas sortir comme ça, mes chéries!

L'exclamation avait jailli de la bouche de Josefita, la trentenaire café au lait appelée à la rescousse, et ce au moment où

Luz avait ôté son caraco par la tête. Sans tergiverser, la coiffeuse sortit de la pièce et revint avec un rasoir.

— Allez ! Levez les bras ! Je vais vous nettoyer tout ça comme un petit cul de bébé.

C'était la première fois de leur vie que Mona et Luz s'épilaient les aisselles. Elles enfilèrent leurs robes, les Portoricaines ajustèrent les dos, les longueurs et les décolletés, fermèrent boutons et agrafes.

— Regarde-les, elles sont pas belles ? déclara fièrement Adela à Tony quand elles sortirent enfin de l'arrière-salle.

Il les admira sans dire un mot ; les urgences s'étaient pour un instant dissipées.

— Elles seraient même dignes de dîner avec le roi d'Espagne, si ce brave homme était ce soir à New York.

66.

Le tabaquier avait hâte de retourner chez lui avec Victoria, à la suite de son passage par Las Hijas del Capitán, et même si cela l'obligeait à supporter la mauvaise humeur de la mère : « Quand est-ce que vous allez me ramener dans le quartier ? Je veux pas que ces deux-là restent seules toute la journée, elles doivent courir par-ci, par-là comme des poulets sans tête ; que la mairie en finisse une bonne fois pour toutes avec cette maudite inspection, et qu'on redémarre… »

C'était le mensonge gobé par la crédule Remedios : les services de sécurité municipaux étaient chargés d'inspecter les installations avant d'autoriser la réouverture, une explication qu'elle avait avalée à contrecœur.

Les intentions de Barona furent néanmoins chamboulées quand il croisa Al, l'Écossais, après s'être séparé de Tony. C'était le propriétaire d'une taverne voisine de Casa María qu'il fournissait également en cigares.

— Un compatriote a ouvert une affaire dans Sullivan Street, près de l'horlogerie espagnole, c'est peut-être une bonne occasion, l'ami, lui avait dit le robuste rouquin tandis que lui-même réfléchissait rapidement.

D'un côté, il y avait Victoria, ses grands yeux, sa chair fraîche et ses silences, sa compagnie. De l'autre, les impondérables du métier, le coût élevé du mariage, les futures dépenses de sa nouvelle vie en couple, l'intuition qu'il lui faudrait aider Chano à présent que celui-ci paraissait résolu à abandonner la boxe, bien qu'il ne l'eût pas annoncé explicitement. Les obligations matérielles l'emportèrent nettement sur le bonheur domestique.

Barona attrapa donc ses boîtes de havanes, répondit oui à l'Écossais, qu'il irait tout droit chez ce nouveau client éventuel, même si cela retardait d'au moins deux heures son retour à la maison.

Entre-temps, Victoria et sa mère avaient tué le temps en faisant une interminable randonnée à travers Brooklyn. Voir la rue, les gens et le ciel, s'aérer, c'était ce que souhaitait avant tout l'aînée des sœurs Arenas, fuir les quatre murs de cet appartement qui l'oppressait, tel un compartiment étanche où, d'une certaine façon, tout était toujours rempli de Chano.

Elle était obnubilée par le fils de son mari quand il était présent : les bruits de ses entrées et sorties, les pas dans le couloir, l'ouverture d'un tiroir dans la cuisine en quête d'un rouleau de fil de fer ou de ciseaux; tout s'imprimait dans son âme et dans ses oreilles. Le dos large, les mains amochées attrapant la poignée d'une porte, un robinet ou des couverts, le cou musculeux, les lèvres fendues qui boivent de l'eau, les marques de mille coups sur son visage : rien n'échappait au regard de Victoria, de même qu'elle remarquait ses yeux fixés sur elle quand il se croyait discret, des yeux muets qui la suivaient, la jaugeaient, la transperçaient.

Ensuite il y avait son absence, l'empreinte laissée après qu'il avait dévalé l'escalier, ces traces que Victoria récupérait une par une comme des vestiges disséminés sur une plage par la tempête. L'odeur de l'oreiller qu'elle embrassait et humait en cachette, le sac rempli de linge sale qu'il lui interdisait de laver, les chemises suspendues dans l'armoire où elle enfouissait son visage, le peigne masculin qu'elle passait lentement sur ses cheveux devant le miroir, le coupe-chou qu'il maniait tous les matins et dont elle parcourait la lame doucement, du bout du doigt.

Sa mère la maintenait à son insu au bord du gouffre, mais le boxeur restait omniprésent dans ses pensées; d'où son envie de sortir prendre l'air, malgré les protestations de Remedios, terrorisée par cette nouvelle zone inconnue, bien que les alentours d'Atlantic Avenue fussent infiniment plus reposants que l'agitation incessante de Manhattan.

Après avoir longuement insisté, elle parvint à ses fins; elles gagnèrent l'avenue, l'empruntèrent en tournant le dos au fleuve, longèrent plusieurs établissements proches de leur monde, preuves des nombreux compatriotes installés dans le coin : une épicerie espagnole qui s'appelait La Competencia, une deuxième, La Bodega de Paco, et encore une à l'enseigne de son propriétaire, Pidal. Un petit théâtre avec le nom Flora en lettres capitales, un restaurant, Alcázar Bar & Grill.

— Bon, ça suffit, non ? demanda alors sèchement Remedios.

Mais Victoria refusait de céder, elle préférait attendre le retour de Luciano. Chano n'avait pas d'horaires fixes, il cherchait du travail, apparaissait sans prévenir puis repartait ; elle souhaitait l'éviter, savait que ça valait mieux. Elle persista donc, traîna pratiquement sa mère et elles continuèrent à déambuler au hasard. Est-ce qu'on va enfin rentrer chez nous ? grommelait Remedios. Quand on va arrêter de tourner en rond… ? Victoria tenait bon, néanmoins : Un petit peu plus loin, maman, juste un petit peu. Elles enfilèrent une rue à un moment, ça ira plus vite, mentit-elle pour ne plus entendre ses protestations.

Elles descendirent par la Cinquième Avenue de Brooklyn, rien n'était si différent de ce qu'elles avaient vu jusqu'à présent : des immeubles de trois ou quatre étages, simples et étroits, en briques rouges apparentes ou couverts d'un revêtement brun, presque tous munis d'échelles amovibles sur la façade, certains avec des commerces au rez-de-chaussée – une droguerie, une laverie chinoise, le bric-à-brac d'un Juif, un magasin de bonbons, un garage. Elles avaient alors atteint un édifice rouge de trois étages, qui n'aurait pas retenu leur attention sans un groupe de femmes bloquant le passage devant la porte. Elles se saluaient à grands cris, riaient, échangeaient des exclamations dans leur propre langue et avec des intonations voisines. Leurs tenues étaient modestes mais soignées.

Elles stoppèrent, déconcertées. Elles regardèrent les femmes et les femmes les regardèrent : trois d'entre elles les reconnurent sur-le-champ. Elles avaient été invitées au mariage, c'étaient des payses de Luciano originaires d'Alhama, de ce coin proche de la Méditerranée où le manque d'eau avait asséché les vignes et poussé ses habitants à l'émigration.

Trente ou quarante familles de la même provenance s'étaient concentrées à Brooklyn à l'intersection de la Cinquième Avenue et de Lincoln Place, un peu à l'écart du reste de la colonie espagnole. Elles y ressassaient des souvenirs de leur village qu'elles inculquaient à leurs enfants ; de cette terre où elles avaient abandonné la moitié de leur cœur : l'église, la rue des médecins, les fêtes de San Nicolás en décembre, la colline de la Cruz. Comme si elles n'avaient jamais quitté leur univers de maisons blanches et de cultures en terrasses, elles perpétuaient les tournures locales, les prénoms et les surnoms, les attachements et les coutumes, les repas traditionnels : friture de poissons le vendredi, pommes de terre avec des côtelettes et des migas de farine, des roscos et des mantecados pour Noël[1].

Les hommes avaient ouvert la voie, seuls, puis les femmes les avaient rejoints, leurs premiers enfants dans les bras. Les pères de famille partaient dès l'aube au travail, certains dans les chantiers navals et les usines ; beaucoup avec leurs propres couteaux en direction de Manhattan : ils s'échinaient dans les cuisines de deux restaurants, parfois de trois, se battaient dans des syndicats et ne rapportaient jamais les restes ; seulement de temps à autre ces sacs de riz vides et imprimés avec des caractères chinois, que leurs épouses lavaient et relavaient à l'eau de Javel pour adoucir la toile et confectionner des sous-vêtements à leur progéniture. La totalité du salaire subvenait aux frais du ménage. Ils allaient chasser des lapins à Farmingville quand c'était la saison, assistaient aux meetings politiques de l'Ateneo Hispano, buvaient du café de Bustelo car ils disaient que l'américain était de la lavasse et faisaient montre, devant leurs enfants, d'une éthique de travail irréprochable ; ils étaient fiers de ne pas être obligés de vivre à crédit, malgré la dureté de leur existence, ils bénissaient la chance quand elle s'offrait à eux et ne se plaignaient jamais.

Les femmes, elles, restaient chez elles et se tenaient au courant de tout ; quelquefois, elles partageaient même des logements pleins de meubles d'occasion. Sans oublier ceux laissés

1. Spécialités espagnoles, plus particulièrement andalouses. Les migas sont à base de farine ou de pain sec frit et accompagnent un plat. Les roscos et les mantecados sont des petits gâteaux.

derrière elles, elles surveillaient les petits qui poussaient, petit-déjeunaient de bols de lait chaud avec du pain émietté, cuisinaient avec l'huile Ybarra, faisaient leurs courses dans des boutiques italiennes, lavaient le linge à la main dans l'évier de la cuisine, se rebiffaient contre l'apprentissage de l'anglais et cousaient à domicile pour des ateliers à un cent la pièce. Elles ne s'accordaient ni lamentations ni caprices, se réconfortaient mutuellement en cas de malheur, payaient religieusement leurs loyers, utilisaient leurs gamins comme interprètes lorsqu'il leur fallait s'ouvrir au monde et allaient de l'avant avec courage et dignité. Elles envoyaient au-delà de l'océan des lettres qui décrivaient de grands événements et de petites péripéties, tandis qu'elles cachaient leurs angoisses, leurs soucis et leurs mélancolies. Tout va bien, disaient-elles presque toujours, malgré la cruauté de l'exil. Qu'elles avaient une belle vie, bien qu'elles se sentissent souvent monstrueusement seules, dans cette terre étrangère si loin des leurs, de leurs champs et de leurs balcons, de leur famille, de leurs pots de fleurs, de leurs saveurs et de leur soleil. Qu'elles espéraient revenir dans pas trop longtemps, malgré l'amère certitude, chaque jour plus affirmée, d'un retour sans doute impossible. Presque aucune ne mentionnait les sacrifices, les renoncements, les adversités, les nostalgies, les sanglots muets qui les dévastaient certains matins. C'était une question de survie.

Luciano et son épouse n'avaient jamais habité ce quartier : on lui avait proposé longtemps auparavant le logement au-dessus du débit de tabac où il avait commencé à travailler, cependant ils se connaissaient tous. Comment aurait-il pu en être autrement ? Tous les hommes étaient quasiment arrivés ensemble, ils partageraient les années suivantes parties de billard et fêtes de Noël, réunions politiques et pique-niques dominicaux à Pospect Park.

Pas d'échappatoire possible : Toutes n'avaient pas été invitées par manque de place, mais elles étaient au courant du mariage récent de leur pays avec cette belle jeunette, et elles les accueillirent chaleureusement.

— Montez un moment, leur dirent-elles. Là-haut, au deuxième étage, on a le siège du Grupo Salmerón. On va se réunir aujourd'hui pour organiser une excursion à Long Island, dans un endroit qu'on appelle La Sartén[1] : on tuera le cochon et…

— Non, merci beaucoup, on part tout de suite parce que…

Victoria n'avait pas terminé sa phrase quand elle sentit un coup de coude de sa mère, juste en dessous les côtes.

— Qu'est-ce qui t'arrive ? demanda-t-elle, ébahie.

— Pourquoi je reste pas, moi ? murmura timidement Remedios.

L'acceptation fut unanime : bien sûr que oui, ça allait de soi ! Elles pensaient cependant toutes à la défunte Encarna et échangeaient entre elles des regards complices : Aïe, si la pauvre était encore de ce monde…

— Moi, non… euh… mon… mon… mari, balbutia Victoria.

Plusieurs voix s'élevèrent aussitôt : Allez-y, ma petite, on se charge de votre maman, on la ramènera ensuite, pas de souci.

Sans en croire ses oreilles, en une minute à peine, elle se retrouva séparée de Remedios ; cette dernière, toujours si craintive et si réfractaire à l'inconnu, se laissa entraîner dans les escaliers par un groupe de robustes matrones qu'elle n'avait jamais vues de sa vie ; Victoria plantée devant la porte, interloquée, encore incapable de digérer cette situation inédite.

Le besoin vital de communiquer avec des gens qui la comprenaient avait ébranlé les défenses habituelles de Remedios, voilà pourquoi elle avait obéi à ces femmes tenaces qui parlaient comme ses voisines de La Trinidad. Écouter des paroles et des expressions connues, retrouver l'espace d'un instant des lieux et des aspirations similaires. Rien d'autre.

Et ainsi, pendant que Remedios, assise sur la chaise qu'on lui avait indiquée, se sentait momentanément à l'abri, enveloppée sous une moelleuse couche de familiarité en entendant ces étrangères, Victoria entamait seule le retour chez elle. Elle était en retard, elle n'avait pas fait attention à l'heure. Luciano devait se demander où elle était passée…

Elle y pensait encore un long moment après, quand elle ouvrit la porte et distingua des bruits à l'intérieur ; oui, son mari était rentré. Incapable de maîtriser la stupeur provoquée par l'insolite décision de sa mère, elle longea le couloir en lui

1. La poêle à frire.

racontant à voix haute le comportement de celle-ci. Il y eut du mouvement dans la chambre, Luciano devait se changer ; elle continua à parler tout en déboutonnant son chemisier pour enfiler une vieille robe en percale, de peur de le salir en s'affairant dans la cuisine.

Elle venait de détacher le dernier bouton de sa boutonnière quand elle atteignit la porte ; elle resta pétrifiée sur le seuil. Ce n'était pas le père mais le fils, en train de descendre une grosse valise vide du haut de l'armoire. Aucun des deux ne prononça un mot, comme statufiés sous le regard du Christ, efflanqué et souffrant, accroché au-dessus de la tête de lit. Lorsqu'ils réagirent, Victoria ravala sa salive et referma son chemisier, ramenant les deux pans sur son sternum ; lui posa la valise par terre.

On n'entendait que le tic-tac du réveil sur la table de nuit.

— Tu pars, finalement ?

Victoria avait eu le plus grand mal à articuler ces quelques paroles. Chano acquiesça, s'approcha d'elle.

— J'ai trouvé un boulot à Manhattan, je m'installe dans une chambre au même endroit.

Elle n'avait pas bougé, il fit encore quelques pas, s'arrêta à quelques centimètres d'elle. Il saisit ses poignets, le chemisier s'ouvrit, la combinaison et le soutien-gorge apparurent sur la chair nue. Il la contempla un instant, sans rien dire.

Lentement, toujours en silence, le boxeur approcha son visage du décolleté, le frôla avec délicatesse. Sa peau était rêche et elle en eut la chair de poule. Il baissa son nez à la naissance des seins, la huma comme s'il en allait de sa vie. Il remonta ensuite, la caressa du menton ; sans doute avait-il peur d'utiliser ses mains qui avaient si souvent provoqué des blessures, cassé des dents, brisé des mâchoires. Il se redressa, sa bouche glissa sur son cou svelte, s'enfouit dans la cavité chaude sous les cheveux. Victoria avait la gorge sèche, une onde brûlante lui montait des entrailles ; elle se laissa faire. Elle sentit alors le mouvement des lèvres fissurées vers les siennes ; elle ferma les yeux, colla son corps contre celui de l'homme en fusion.

Ce fut alors qu'une clé grinça dans la serrure de la porte d'entrée.

67.

Le maître d'hôtel les reçut avec les mêmes manières exquises qu'il avait réservées à tous ceux, groupes, couples ou individus isolés, qui remplissaient ce soir-là l'imposante Sert Room du Waldorf Astoria. Ils s'étaient d'abord retrouvés au St Moritz; Tony était allé chercher seul le comte de Covadonga dans le hall, d'où ils étaient presque immédiatement ressortis. Le premier le pas vif et l'allure impeccable dans son frac, qu'un malheureux frappé par le destin avait dû mettre en gage dans la boutique du Juif Bensalem. Le second, dans la même tenue que l'autre, à cette différence près qu'elle appartenait à sa propre garde-robe : jaquette à basques et revers en soie, gilet en piqué ivoire, lavallière blanche et souliers vernis; l'accoutrement masculin classique pour se rendre, après six heures, dans quelque endroit raffiné. L'ancien héritier de la couronne d'Espagne se distinguait cependant de l'irrésistible bolitero de Tampa par sa canne : il la tenait dans sa main droite et s'appuyait sur elle sans pouvoir cacher sa claudication ni une grimace de douleur à chaque pas.

— Vous êtes sûr de pouvoir conduire, monsieur?

Une magnifique Aston Martin vert malachite les attendait au bord du trottoir, et non la Lincoln dans laquelle Mona l'avait aidé à grimper des mois avant. Le comte omit de leur préciser qu'elle n'était pas à lui, mais un simple prêt temporaire du concessionnaire de voitures britanniques censé l'employer.

— Absolument, j'en meurs d'envie! s'écria-t-il en prenant les clés tendues par un employé. J'ai le regret de vous dire, mesdemoiselles, que vous serez un peu à l'étroit derrière; j'espère que vous ne vous sentirez pas trop empêtrées.

Aucune des sœurs Arenas n'émit la moindre protestation, malgré l'exiguïté de ce minuscule espace plutôt destiné à des mallettes, des petits chiens ou des cartons à chapeau qu'à deux jeunes femmes d'une taille normale. Mona n'avait qu'une idée en tête : convaincre le comte d'assister à l'inauguration de Las Hijas del Capitán ; de son côté, Luz pensait à Frank Kruzan avec des sentiments contrastés. En tout cas, parcourir les principales artères de Midtown dans une décapotable, en pleine nuit, se révéla être une expérience si palpitante qu'elles n'osèrent même pas battre des paupières. Le comte était un conducteur émérite, il prit plaisir à s'attarder dans plus de rues et d'avenues que nécessaire pour rejoindre Park Avenue ; il les entraînait au milieu des gratte-ciel parsemés d'innombrables lumières, des enseignes étincelantes et des innombrables automobiles de luxe, robes longues et costumes de soirée arrêtés devant des clubs chics. Les épaules et les nuques des deux hommes sur les sièges avant les protégeaient contre les coups de frein, le rugissement du moteur retentissait dans leurs oreilles à chaque accélération ; elles ne purent retenir un cri dans plusieurs virages serrés, ni empêcher leurs chevelures soigneusement peignées d'onduler au vent du fait de la vitesse. Elles étaient si éblouies, si abasourdies qu'elles restèrent étroitement collées l'une à l'autre durant tout le trajet, agrippées de toutes leurs forces par la main, mortes de peur, d'euphorie, d'énervement et de stupeur.

L'automobile s'immobilisa dans un grincement de freins. Nous sommes arrivés, annonça le comte euphorique. Quand elles foulèrent enfin le trottoir devant la façade Art déco du Waldorf Astoria, elles eurent l'impression que le monde vacillait autour d'elles.

Ils franchirent les portes dorées, débouchèrent dans un hall gigantesque avec un plafond d'une hauteur infinie et un sol entièrement recouvert d'une moquette couleur incarnat ; en guise de décorations, de grands pots d'albâtre, des colonnes en stuc et des palmiers touffus et d'une taille normale. Quarante-sept étages s'élevaient au-dessus de leurs têtes, ainsi que les mille quatre cents chambres les plus chères de New York. Covadonga connaissait les lieux, il les dirigea vers l'escalier conduisant à la Sert Room.

— *Good evening, ladies, good evening, gentlemen. This way, please,* indiqua le maître d'hôtel avec une légère inclination du dos et un sourire professionnel.

Et elles le suivirent, stupéfaites, escortées par Tony et l'ex-prince. Mona dans sa longue robe grenat qui lui allait à la perfection, ses cheveux sombres retombant sur ses épaules, ses yeux plus noirs et plus brillants que jamais à la lueur des centaines d'ampoules qui éclairaient la salle ; Luz resplendissante et sinueuse enveloppée dans sa robe lamé or. On les installa à une table située à une très bonne place ; au moment où les deux garçons empressés reculaient les fauteuils tapissés de velours pour qu'elles pussent s'asseoir, elles hésitèrent. Un clin d'œil de Tony les rassura.

La salle était pleine à craquer : des dizaines de tables rondes semblables à la leur rassemblaient le gratin de la haute société new-yorkaise, de puissants entrepreneurs de Chicago, de Dallas ou de Pittsburg venus pour affaires dans la ville, ainsi que des touristes européens fortunés, récemment débarqués du *Queen Mary* ou du *Normandie.* Une vaste estrade se dressait sur un côté, remplie d'instruments, mais ils étaient arrivés lors d'une pause entre deux orchestres et la piste de danse était donc vide. Covadonga interrogea l'un des serveurs sur la suite ; celui-ci répondit, le comte sourit, satisfait.

Sans la musique, l'air s'emplissait des conversations, du tintement des coupes et du heurt des couverts contre la porcelaine ; un éclat de rire général secoua une tablée, l'ouverture d'une bouteille de champagne résonna à quelques mètres.

— *Well, well, well…*

L'intonation du comte témoignait d'une satisfaction jouissive à la lecture du menu dans de somptueuses chemises recouvertes d'un tissu safran, remplies de suggestions absconses ; d'abord parce qu'elles étaient en anglais, et ensuite parce qu'elles offraient des mets totalement inédits pour elles : des saveurs d'autres latitudes et des recettes à mille lieues de la misérable cuisine d'El Capitán : brochettes de noix de Saint-Jacques au calvados et riz pilaf; poule de Guinée au gratin, pigeon rôti et glacé au miel, filet de bœuf chateaubriand…

Tony fut tout de suite à l'aise avec son naturel époustouflant, comme s'il avait toujours fréquenté ce genre d'endroit, alors que pour lui aussi c'était la première fois. Mais il avait assez d'aplomb et d'entregent pour s'adapter à toutes les situations avec la désinvolture d'un prestidigitateur. En une minute à peine, il avait déjà cartographié au millimètre près tout son environnement : l'atmosphère générale, les mimiques, les manières et l'humeur de son commensal ainsi que l'effet produit par les ravissantes sœurs Arenas, qui se mordaient la lèvre inférieure tandis qu'elles s'efforçaient de déchiffrer l'indéchiffrable, suivaient du bout du pouce les lignes du menu, se demandaient la signification du « glazed smoked ham », du « medaillion of young lamb », ou de la « sole à la meunière ».

— Qu'est-ce qu'on commande, Tony ? murmura Luz.

Le pourvoyeur de fortunes clandestines les tira de ce mauvais pas et décida pour elles.

— Je pense que ces dames aimeront commencer par un consommé.

Le comte referma brusquement le menu et s'en désintéressa. Il fumait avec son fume-cigarette le sourire aux lèvres, ses immenses yeux bleus largement ouverts ; il saluait de temps à autre quelqu'un qui s'approchait de la table, ou bien esquissait un geste cordial en réponse à un salut lointain.

La Sert Room les enveloppait avec ses immenses toiles accrochées aux murs, quinze fresques peintes en grisaille et or et placées entre les fenêtres, toutes liées à leur patrie bien que personne, ni elles ni sans doute le reste des convives, ne le sût : elles représentaient don Quijote et Sancho Panza à l'occasion des noces de Camacho, entourés d'une foule d'hercules, de funambules, de trapézistes, de taureaux, d'ivrognes, de danseurs, de *castellers*[1] et de chevaliers, d'adeptes de la sieste, de charangas[2] bruyantes et de Gitanes diseuses de bonne aventure. Pour toutes ces œuvres ajoutées à la décoration complète de la salle, le Catalan Josep Maria Sert avait reçu quelques années

1. Ceux qui bâtissent les *castells* pyramides humaines, manifestations culturelles spécifiques de la Catalogne.

2. Fanfares latines et surtout cubaine.

auparavant la somme exorbitante de cent cinquante mille dollars, une véritable fortune.

La clientèle survoltée ne prêtait guère attention à ces détails artistiques. Pendant ce temps les garçons avaient servi l'entrée : un consommé couleur ambre pour les trois. Tony aurait volontiers demandé, comme Covadonga, une demi-douzaine d'huîtres de Blue Point, pour une fois qu'on l'invitait dans ce genre d'endroit. Mais il avait voulu faciliter la vie aux deux sœurs, leur éviter des mets compliqués qu'elles n'auraient pas su comment manger, d'où son choix, lui aussi, d'un bouillon concentré de viande, une option a priori peu risquée. Il observa néanmoins à droite et à gauche pour s'assurer que tout allait bien. Il haussa les sourcils quand il vit Mona attraper les deux anses de la tasse pour la porter à sa bouche et murmura : « Tout doux, tout doux » à Luz qui faisait trop de bruit en avalant.

S'ils souhaitaient ne pas porter ombrage à leur illustre amphitryon, cette louable intention était pourtant superflue car Alfonso de Borbón s'en fichait royalement : ses commensaux pouvaient détonner ou non dans l'ambiance du palace, lui était bien décidé à ne pas bouder son plaisir ce soir et à chasser momentanément les problèmes qui le hantaient jour et nuit. À vrai dire, les façons de ses belles compatriotes lui importaient peu ou pas du tout : tant pis si elles tenaient mal leur fourchette et leur couteau en dépit de leurs efforts, si elles gesticulaient, si elles riaient trop fort ou montraient du doigt tout ce qui retenait leur attention.

— C'est vraiment bon, monsieur le comte, ces bestioles? Elles ont l'air dégueulasses.

Les deux hommes s'esclaffèrent en apercevant la moue de dégoût qui accompagnait la question de Luz; Mona faillit d'abord lui flanquer un coup de pied sous la table, mais elle se joignit finalement aux rires. Elle s'en voulait encore : sa benjamine avait glissé sur une pente dangereuse par la faute de Frank Kruzan et elle l'avait négligée. La voir maintenant désinhibée et joyeuse la rassérénait, malgré la souffrance de deviner sa pommette tuméfiée sous le fond de teint et les cheveux.

Les bestioles désignées par Luz étaient les huîtres mangées par le comte. Gris-vert, luisantes, inertes.

— C'est exactement ce que disait ma femme.

À mesure qu'il entendait ses propres mots, le sourire de Covadonga s'était figé dans un rictus. « Disait » : cet imparfait résonnait dans ses oreilles comme un caillou lancé sur une vitre. Disait ma femme : il avait parlé au passé, comme si elle n'existait plus, comme s'il avait lui-même inconsciemment admis le caractère irréversible de son divorce. En réalité, ce dénouement était parfaitement normal : malgré l'intensité de leur amour, le couple s'était désagrégé peu de mois après le mariage à Ouchy, quand il avait laissé entrevoir ses sautes d'humeur et qu'elle l'avait planté temporairement pour retourner à Cuba, à la grande satisfaction du père et de son entourage, qui s'étaient empressés d'évoquer en public une séparation en bonne et due forme.

L'air de l'Atlantique et plusieurs câbles suppliants de son époux parvinrent heureusement à la faire réfléchir pendant la traversée. Lors de l'escale d'Edelmira à New York, enveloppée dans le fastueux manteau en zibeline qu'il lui avait offert pour essayer de la reconquérir, elle avait annoncé, souriante, à la presse que ce n'était qu'un simple malentendu. Ils se retrouvèrent six mois plus tard à Manhattan, voyagèrent à La Havane et reprirent la vie commune. Moins d'un an après, cela faisait maintenant à peine quelques mois, face aux constantes tensions, disputes, hospitalisations et péripéties désagréables, Alfonso de Borbón déménagea de nouveau à New York, bien que les siens eussent insisté pour qu'il revînt en Europe. Il était parti avec pour unique compagnie son secrétaire et assistant : Edelmira en avait assez des deux. Et il en était là, empêtré dans un imbroglio de télégrammes, lettres, avocats et familles ; d'amis, aussi, qui intervenaient au nom des deux ; les aidant parfois, ou bien semant la discorde avec leurs médiations, sans l'ombre d'un espoir de solution.

— Et où est-elle, à présent, si je peux me permettre ?

Il s'en fallut de peu que Mona ne jetât cette fois un croûton de pain à Luz pour son indiscrétion. Le comte, en revanche, ne parut pas choqué par son effronterie.

— Elle est toujours à La Havane. Elle s'habitue à sa nouvelle vie sans moi, ajouta-t-il avec une moue mi-sarcastique, mi-amère.

Il y eut un silence pendant qu'on retirait les assiettes des hors-d'œuvre et servait les plats ; la salle à manger était toujours très animée et les conversations, feutrées, ainsi qu'il sied aux gens bien élevés : une atmosphère radicalement différente du charivari espagnol, des ambiances gueulardes, échauffées et festives auxquelles elles étaient habituées.

Le comte ignorait pour l'instant la grandiose demi-langouste qu'on venait de poser devant lui; il ouvrit son étui en argent, en extirpa une nouvelle cigarette qu'il plaça dans son fume-cigarette. Un garçon prévenant lui approcha une flamme, la profonde bouffée lui creusa les joues.

— Elle ne peut plus me supporter.

Les empêchements liés à son état physique, ses douleurs incessantes, ses longues journées immobilisé dans le lit, les ingérences extérieures, sa dépendance aux drogues fournies par Gottfried. Covadonga écrasa sa cigarette dans le cendrier après la seconde bouffée, tandis que dans sa tête résonnaient l'écho des plaintes de son épouse, ses colères, ses pleurs. Ses commensaux n'osaient pas entamer leur plat tant que sa langouste restait intacte. Tony avait commandé du veau grillé pour les trois, elles n'avaient jamais goûté une viande aussi tendre et savoureuse les rares fois où elles avaient eu l'occasion d'en manger. Et elle refroidissait dans leurs assiettes.

Il avait cru qu'ils seraient capables de surmonter cette situation, mais non : c'était ce que se remémorait Alfonso de Borbón quand il se décida enfin à attaquer son crustacé – les autres l'imitèrent et empoignèrent leurs couverts. La brèche entre Edel et lui s'était agrandie de jour en jour. Tous les engagements, tous les sacrifices généreux qu'ils s'étaient jurés l'un à l'autre avaient fondu comme neige au soleil. La réalité la plus cruelle s'était rapidement imposée; les paroles douces et encourageantes qu'ils s'étaient murmurées pendant ces journées d'idylle au bord du lac Léman, lors du voyage en Italie et des semaines londoniennes, s'étaient muées en reproches féroces et en accusations amères.

Mona et Luz coupaient la viande à leur manière, Tony avait renoncé à contrôler les faibles connaissances de ces jeunes filles en matière de savoir-vivre; elles parlaient la bouche pleine, buvaient de l'eau en levant le coude et en faisant du bruit, saucaient les plats avec de gros bouts de pain. De plus, ils étaient tous les trois trop concentrés sur les propos du comte pour s'inquiéter des règles élémentaires de la politesse. Covadonga avait surmonté sa mélancolie ; il s'efforçait de retrouver la veillée agréable qu'il avait programmée. Avec un humour sarcastique et quelques pincées de dédain aigre-doux, il continua à évoquer les multiples différends avec sa femme, sa belle-famille, ses amitiés loyales ou intéressées ; comme si son mariage avait été une quelconque union malencontreuse et non un énorme scandale ayant défrayé la chronique de l'Europe entière et de la moitié du monde civilisé seulement trois ans avant.

— J'ai vraiment regretté de devoir quitter La Havane.

Un mouvement sur l'estrade le fit s'arrêter, il tourna la tête. Le second orchestre de la soirée prenait place. Avec la spontanéité d'un enfant sautant d'une activité à l'autre, le comte laissa de côté sa langouste et mit fin à son discours. Un large sourire se dessina sur son visage tandis qu'il battait bruyamment des mains.

Le reste de l'assistance applaudit à son tour dès l'apparition du chef d'orchestre sur la scène : le visage large, le nez proéminent, le crâne dégarni et la moustache fine ; il portait une extravagante veste à paillettes sur une chemise blanche à jabot. Il salua, prononça quelques phrases en anglais que les sœurs Arenas ne comprirent pas, mais qui étaient sans doute amusantes car elles déclenchèrent un éclat de rire général.

Le public se calma peu à peu, on n'entendait plus que les musiciens qui accordaient leurs instruments. Le chef levait sa baguette lorsqu'une voix d'homme retentit. Tous les yeux se tournèrent alors vers la table du comte.

— Cugui, vieille crapule !

Le chef fit volte-face, aperçut aussitôt Covadonga. Au lieu de se fâcher ou du moins de manifester sa surprise, il s'esclaffa.

— Alfonsito, brigand, ça fait plaisir de te revoir !

La baguette poursuivit son ascension, les bongos, les maracas et les trompettes envahirent la Sert Room.

68.

Chez les Barona, quatre personnes prenaient également un dîner tardif, mais rien de comparable au Waldorf Astoria dans cette salle à manger étroite d'Atlantic Avenue, chichement éclairée par une ampoule suspendue au plafond. Le tabaquier avait tellement insisté quand il avait découvert la présence de son fils que Chano avait dû céder, malgré sa ferme intention de s'éclipser. On te voit à peine, mon petit, lui avait-il dit avec une accolade affectueuse, et encore moins à présent que tu vas déménager. Tu as sans doute plein de choses à nous raconter. En plus, comme ça on fête mon nouveau client… »

— Alors, Remedios, qu'est-ce que vous avez fait avec mes payses ?

Barona lui posait cette question pour la troisième fois, tandis qu'il débouchait la bouteille de ce gros rouge qu'il achetait toutes les semaines à la cave du coin. Face au refus obstiné de sa belle-mère, il ironisa :

— La curiosité va nous empêcher de dormir pendant toute la nuit…

Mais elle était résolue à tenir bon, elle refusait d'avouer que trois habitantes de Park Slope l'avaient aidée à rédiger une lettre, à sa demande, après qu'elles eurent organisé la future excursion et l'abattage du cochon. Une lettre plutôt anodine d'ailleurs, mais dont elle préférait ne pas révéler le contenu. En effet, Remedios sentait croître en elle une boule d'angoisse, et elle voulait donc, à l'insu de ses filles, que tout soit prêt le moment venu. Le moment de quoi ? auraient pu demander son gendre et son aînée le cas échéant. De rentrer à la maison, bien sûr, quand l'affaire de cette maudite indemnisation serait réglée. Et d'où venait une telle inquiétude ? L'évidence criarde du changement de ses filles : Victoria, désormais chez elle et assumant son rôle de femme mariée ; Mona, furtive comme un lézard ; Luz, avec sa tignasse teinte et ses impudences, qui lui rappelait de plus en plus ces dévergondées des panneaux publicitaires ; elle s'était même acheté un chapeau. C'était cela qui fouaillait le cœur de Remedios : les voir tellement immergées dans ce Nouveau Monde, si bien adaptées à lui, elle avait la quasi-certitude qu'elles décideraient de ne pas repartir quand tout serait arrangé.

Le gamin de Luciano assis en face de lui confortait ses prémonitions : la preuve palpable de la transformation d'un rejeton de paysans andalous en un individu très éloigné de ses origines. Il ne leur ressemblait en rien : ni dans sa tenue ni dans sa façon de manger ou de parler. Il y avait même certains mots qu'il était incapable de prononcer dans la langue de ses parents, Sainte Vierge !, et pour accompagner le repas il avait refusé le vin rouge et buvait au goulot une boisson gazeuse. Il avait dit qu'il s'en allait, un célibataire, avec une chambre à lui dans l'appartement de son père. Quelle folie ! songeait la femme.

Remedios n'était pas du tout disposée à voir ses filles s'américaniser de la sorte. Alors, pour écarter toute équivoque lorsque sor Lito aurait réglé l'affaire et qu'elles auraient touché l'argent dû pour la mort de ce pauvre Emilio, il fallait anticiper, tout prévoir dans son quartier de Málaga pour filer sur-le-champ. Et si possible, comme elle l'avait demandé à la nonne, avec les deux petites elles aussi mariées, ou du moins fiancées à des compatriotes désireux de rentrer. Ainsi, aucune ne songerait à rester. Ni à protester.

Ces idées trottaient dans la tête de Remedios toujours mutique. Luciano en eut finalement assez d'insister, il passa à un autre sujet ; non sans mal, cependant : ni sa femme ni son fils n'étaient bavards. Il suffisait de les regarder, face à face, les yeux presque toujours fixés sur leurs assiettes.

— Tu as dit que Magaña pense te payer combien ?

Vendeur dans une quincaillerie de la 110e Rue, sa nouvelle façon de gagner sa vie et l'excuse de son départ. Rien d'exaltant, certes : ses parents avaient caressé pour lui le rêve d'études et d'un accès à un monde meilleur. Faire de lui quelqu'un de valable dans cette Amérique riche d'opportunités : un employé de bureau, un comptable, un agent d'assurances, un de ceux qui travaillent dans un endroit bien aménagé, retournent ponctuellement chez eux le soir et réussissent même à s'acheter un logement avec le temps. Un destin différent de celui de son père, de ses journées passées à user ses souliers sur l'asphalte des rues, son colis de boîtes de havanes au bout du bras, sous la neige, la pluie ou un soleil de feu; une activité exercée par Luciano pendant des décennies. Leur souhait, c'était qu'il fût bien intégré quand ils repartiraient, s'il décidait lui-même de rester; qu'il ne fût pas marqué du sceau infamant de l'immigré qui s'exprime dans un anglais médiocre avec un accent épouvantable; ses parents avaient toujours lutté pour ça, qu'il ne fût pas de la « chair à canon », comme disaient leurs amis d'Alhama, pour contrer le mépris des vrais Américains.

Ils n'avaient atteint leur objectif qu'à moitié : le garçon parlait l'anglais de la classe ouvrière sans aucun accent, il n'aimait pas le vin, il détestait le poisson malgré l'insistance de sa défunte mère. Son père avait dû ravaler les autres espoirs ou Encarna les avait emportés avec elle dans la tombe : Chano n'avait jamais travaillé dans un bureau, il n'avait même pas terminé sa dernière année de high school. Tout jeune et à peine arrivé d'Almería à Brooklyn, il avait été la risée de ses camarades à cause de son anglais déficient; ils l'appelaient *spic*[1], et il s'était défendu à coups de poing pour survivre au milieu de la frustration et du désarroi; il découvrit sa force, à sa grande surprise, il se fit respecter. Il avait alors demandé à ses parents de l'inscrire dans le gymnase d'un Portoricain, dans Pacific Street, et ceux-ci avaient accepté : ils y voyaient une bonne occasion pour lui de se faire de nouveaux amis et de s'acclimater au quartier. De fil en aiguille, il commença à s'entraîner quatre soirs par semaine, puis ce furent les combats amateurs les week-ends, un corps aguerri l'adoration pour les plus grands mythes de la colonie hispanique : le prodigieux Kid Chocolate, tout

1. Insulte ethnique adressée à une personne de descendance latino-hispanique aux États-Unis.

juste arrivé de La Havane et qui éblouissait ses supporters; Paulino Uzcudun, qui triomphait alors à New York en poids lourd, un titan du Guipúzcoa surnommé le Toro basque et capable d'attirer vingt mille spectateurs au Madison Square Garden. Pourtant, malgré tous ses efforts, Chano n'avait jamais remporté de succès éclatant. Il avait tenté, promis, persévéré avec courage, connu quelques gloires fugaces; en vain. Et maintenant qu'il approchait de la trentaine, la lucidité lui avait enfin conseillé de raccrocher avant de se transformer en une loque à moitié abrutie ou de perdre jusqu'à son ultime molaire : ce monde ne lui apporterait plus que des déboires.

— De toute façon, poursuivit Barona, même si ton travail est dans le centre-ville et pas à Brooklyn, je comprends pas pourquoi tu pars d'ici…

Victoria se mit à ramasser les assiettes sans ouvrir la bouche. Chano acheva son rafraîchissement; il évitait de la regarder, de fixer ses yeux sur ce corps qu'il venait de caresser, qu'il se remémorait et désirait depuis son apparition en robe de mariée à la porte de l'église de la 14e Rue. Aucun des deux n'allait révéler à Luciano Barona la véritable raison de la fuite de son fils. Rester sous le même toit les conduirait irrémédiablement à cet abîme que tous deux convoitaient et redoutaient à la fois.

— Mais bon, si tu y tiens vraiment…, reprit Barona uniquement soucieux de ses responsabilités paternelles, comme s'il parlait à l'ex-enfant Chano et non à l'homme mature qu'il était aujourd'hui. Si tu veux absolument t'en aller, assure-toi au moins que l'endroit est aménagé, que tu auras tout le nécessaire et…

Elle se sentit défaillir en entendant les propos suivants :

— … tu pourrais emmener Victoria là-bas un de ces jours, avant le déménagement, au cas où il faudrait nettoyer ou…

Le fracas des assiettes brisées coupa net la phrase. Les morceaux de faïence rebondirent sur le sol, la sauce aspergea les pieds de Victoria et le bas du mur. Remedios la réprimanda sèchement pour sa maladresse, Luciano se leva précipitamment et s'exclama : Attention! Ne te coupe pas! Seul Chano resta immobile muet; il la contemplait : les jambes fléchies, nues jusqu'à mi-cuisse sous sa légère robe d'intérieur, le corps mince penché en avant, les bras qui se pliaient puis dépliaient en ramassant les débris disséminés sur les carreaux, la chevelure sombre balayant son visage.

Tout le reste se dilua dans le cerveau du boxeur, à l'image de ces moments où, gisant par terre à la fin d'un combat, il perdait conscience à force de coups mal encaissés, et le sang ruisselait et lui voilait la vue. Remedios devenait floue, la silhouette de son propre père s'estompait, leurs voix se transformaient en un écho lointain. Elle était la seule à s'imprimer dans sa rétine : accroupie, confuse, magnétique. Et dans son esprit retentissaient encore les paroles responsables des mains flageolantes de Victoria, comme si elles ricochaient contre les cordes d'un ring.

Tu pourrais emmener Victoria là-bas un de ces jours, avait proposé le tabaquier. Tel un coup de gong donnant le signal de la trahison à sa femme et à son fils.

69.

Il y eut d'abord *El manisero*, puis *Cachita*, ensuite *Amapola*, *Siboney*. Luz et Tony dansaient avec une grâce et une aisance spectaculaires. Le bolitero faisait preuve d'agilité, d'allant et d'un indéniable sens du rythme – après tout, il était le fils d'une Cubaine, à l'instar des milliers d'habitants de son Tampa natal. Mais c'était Luz la vedette : elle semblait se transformer en une autre femme, comme si la danse lui permettait d'exorciser tous ses démons. Sa robe longue en lamé doré moulait sa silhouette telle une seconde peau ; son élégance naturelle et ses mouvements harmonieux et séducteurs, qu'elle avait répétés pendant des semaines dans la salle de Revuelta, attiraient des dizaines de regards, fascinés par ses ondulations et le balancement cadencé de ses hanches.

Pourtant, Luz n'était pas à l'origine de cette prestation ; Mona les avait forcés à aller sur la piste, pour rester seule à table avec le comte. Tony et Luz avaient refusé au début, par politesse, conscients que l'ex-prince, trop fragile ne pourrait pas les suivre, son corps ne supporterait pas une telle gymnastique du pelvis et des jambes. Mais Mona avait insisté, Tony l'avait regardée, interrogateur, elle avait murmuré : « S'il te plaît. » Cela suffit : aussitôt debout, le Tampeño tendit la main pour inviter la petite sœur et ils se perdirent dans la foule des danseurs.

Malgré la splendeur du lieu, la présence troublante de Tony tiré à quatre épingles, le désarroi dû à l'agression subie par sa sœur et les anecdotes, parfois amusantes et parfois tristes, de celui qui ne serait jamais roi, Mona n'oubliait pas la raison qui l'avait conduite au St Moritz. Elle avait donc attendu le bon moment pour capter l'attention du comte. Quand elle se retrouva enfin seule avec lui, sans plus aucune distraction, elle alla droit au but, sans tergiverser :

— Alors, monsieur, vous acceptez d'assister à notre inauguration ?

Il expulsa la fumée de sa énième cigarette, ses yeux transparents fixés sur elle. Puis il battit des paupières, comme s'il se rappelait soudain un souvenir lointain, presque oublié.

— Ah, c'est vrai, en effet ! C'est la raison pour laquelle vous êtes venus me chercher ce soir, n'est-ce pas ?

— C'est ça.

— Et c'est quel genre d'endroit, exactement ? Un restaurant, ou un club espagnol, ou… ?

Au grand dam de Mona, la réponse resta bloquée entre ses lèvres : deux messieurs d'un certain âge s'étaient approchés de la table à cet instant précis, un havane dans une main et une coupe dans l'autre. Ils ne le connaissaient pas personnellement, mais ils saluèrent l'ex-héritier en espagnol, avec un enthousiasme mêlé de familiarité et de chaleur ; peut-être de fervents monarchistes, ou bien simplement des clients un tant soit peu éméchés. Ils furent bientôt suivis de leurs épouses : élégamment déférentes envers lui, outrageusement curieuses envers elle, se demandant qui pouvait bien être cette brune habillée en rouge foncé, sans doute remplaçait-elle déjà la Cubaine Edelmira dans le cœur volage du fils d'Alfonso XIII.

— Nous sommes arrivées avant-hier à bord de l'*Aquitania*, nous étions installées à Biarritz depuis que la situation s'est détériorée en Espagne, déclara l'aînée des deux dames, un peu boudinée dans sa robe en velours violet.

— Madrid est devenue impossible, renchérit la plus jeune, avec ses trois rangs de perles autour du cou et ses dents de lapin.

Furent ensuite évoqués des endroits et des gens liés à la famille du comte et totalement inconnus de Mona : Monte-Carlo, Cannes, Londres, Lausanne, la reine, le roi, le mariage de Beatriz avec Alessandro Torlonia, la mort tragique de Gonzalito lors de ce malheureux accident.

Pour bien montrer à quel point ils lui cassaient les pieds, Mona, sans bouger de son fauteuil, leur tourna le dos, appuya un coude sur la table, planta son menton dans une main et regarda ostensiblement dans une autre direction. Elle enrageait de devoir supporter ces étrangers. Malgré l'heure tardive, le comte n'avait pas encore répondu par un oui ferme et définitif à son invitation. De nombreuses personnes étaient déjà venues lui présenter leurs respects, aussi craignait-elle que quelqu'un ne l'accapare, ne le monopolise et finisse par l'emmener avant qu'elle n'ait atteint son objectif. En fin de compte, ils étaient juste convenus de dîner ensemble, ils ne formaient pas un groupe cohérent d'amis fidèles, mais un fragile arrangement de convenance.

L'insupportable quatuor continuait à s'approprier le comte tandis que la musique remplissait la salle de rythmes tropicaux ; des versions édulcorées des cadences caribéennes, des sons afro-cubains rustiques et plébéiens transformés en une irrésistible mode mondaine. De plus en plus de couples dansaient et cela ne faisait qu'attiser le découragement de Mona. Outre qu'elle attendait encore l'acceptation du comte de Covadonga, ces accords qui résonnaient dans ses oreilles lui rappelaient sans cesse l'extravagance de son projet de night-club. Cette canaille de Frank Kruzan, le persécuteur de Luz, les avait prévenus : la rumba était le présent et l'avenir, c'était le cheval gagnant.

Une salve fournie d'applaudissements la tira de ses réflexions. L'orchestre s'accordait une pause, les danseurs rejoignirent leurs tables. Luz se glissa vers sa chaise ; elle s'éventait avec une main et esquivait les boutades osées, les compliments aussi alambiqués que grivois que plus d'un monsieur distingué lui décocha au passage. Tony s'installa de nouveau à côté de Mona et lui chuchota au creux de l'oreille :

— Tout va bien ?

En guise de réponse, il obtint un regard un peu anxieux ; il fronça les sourcils.

— Il se passe quelque chose ?

— Non, répliqua-t-elle en fermant les yeux et en hochant la tête.

Il n'eut pas le loisir d'insister : un nouveau venu avait déclenché un concert de cris, de rires masculins et d'embrassades.

Xavier Cugat, le chef d'orchestre, s'était approché pour saluer Alfonso de Borbón.

Il essuyait la sueur sur son crâne avec un mouchoir en soie ; de près, on distinguait son nez proéminent et ses yeux vifs bridés. Un serveur noir lui apporta une chaise, qu'il plaça entre le comte et Mona, Cugat l'interpella :

— Dis au maigrichon qu'il prépare des coupes pour ces messieurs-dames, Custodio…

Sans même leur jeter un regard, il désigna du pouce les quatre inconnus campés autour du comte comme s'ils étaient ses gardes du corps, espérant pouvoir continuer à débiter leurs fadaises.

— … et tu les leur serviras à leur table, au cas où ils seraient fatigués de rester si longtemps plantés là.

Les deux couples de compatriotes durent se le tenir pour dit et s'en allèrent à contrecœur. Quel dommage ! pensaient-ils sans doute. On a failli faire d'une pierre deux coups : rencontrer les deux Espagnols les plus célèbres de New York.

Les jeunes filles et Tony furent envoûtés par le musicien, par son aisance et son exubérante sympathie. Il parsemait son castillan de miettes d'anglais, s'exprimait aussi bien avec une pointe de sonorité cubaine qu'avec un fort accent catalan. Il commanda une autre tournée de daiquiris, secoua les shakers comme des maracas, s'obstina à remplir lui-même les verres. Il plaisanta, railla, lâcha de grands éclats de rire, salua de loin des gens. En même temps, il empêchait férocement qu'un quelconque fâcheux empiétât sur le périmètre invisible qu'il avait tracé pour protéger cette réunion spontanée.

Xavier Cugat était comme ça, en effet, de près ou de loin : un individu effervescent, exceptionnel. Catalan de naissance, transplanté à Cuba pendant l'enfance, violoniste brillant et précoce. Émigré aux États-Unis peu après l'âge de dix-huit ans et sans aucune notion d'anglais, déluré, visionnaire, bon vivant, homme à femmes. Incorrigible optimiste, travailleur tenace, dessinateur de bandes dessinées avant de triompher comme musicien, promoteur de la culture hispanique dans le Nord, introducteur des rythmes tropicaux, de ces cadences qui commençaient à envahir les pistes de danse américaines, une musique vibrante et contagieuse parfaitement adaptée au dynamisme de ces grandes cités.

— Quand je dirai à mon père que je suis devenu ton ami, il ne va pas le croire, ha, ha, ha ! Lui qui a dû partir de Girona parce qu'il était anticonformiste, antimonarchiste et radical ! Bien que tu aies perdu tous tes droits au trône, Alfonsito ; avec toutes ces transfusions dans tes veines, depuis que tu as traversé l'Atlantique, il y a longtemps que ton sang n'est plus bleu, maintenant il est plus démocratique que celui du fils de n'importe quel quidam, hi, hi, hi !

— Mais le seul monarque, ici, c'est toi, mon cher Cugui ! lui rétorqua l'autre en entrant dans son jeu. Vous savez comment on l'appelle, mes amis, dans l'Amérique tout entière ? Le Roi de la rumba. Le grand Xavier Cugat, le Rhumba King !

Les deux hommes continuèrent à bavarder un instant. Mona s'efforçait de dissimuler son enthousiasme mâtiné de nervosité : elle avait vu juste : le comte soulevait une telle ferveur qu'il serait sans doute un invité magnifique pour la première. Il ne manquait plus qu'un oui, un ultime effort. Finalement, le musicien abandonna le ton badin de la conversation pour s'adresser à Luz :

— Je t'ai regardée danser, petite. Et tu te débrouilles molt bé, molt bé… Tu me rappelles beaucoup une noia d'origine espagnole que j'ai connue récemment au casino Agua Caliente de Tijuana. Elle avait un numéro avec *el seu pare*, un danseur sévillan ; un truc qui s'appelait « Soirées mexicaines », même si aucun n'avait la moindre idée du Mexique. La noia promettait mais il y avait certains détails qui clochaient. La couleur de ses cheveux, par exemple, et quelques kilos en trop. La sophistication aussi lui faisait défaut, sa démarche n'était pas aguichante, elle ne savait pas bouger les mains et elle avait un nom affreux, pas du tout approprié à la rapidité qui caractérise ce pays ; c'est moi-même qui lui ai proposé de le changer : Hayworth au lieu de Cansino[1], ça sonne molt millor ici. Je lui ai porté une sacrée bonne chance ! Elle tourne déjà des films à Hollywood pour la Columbia…

Il ne se vantait pas : sa réputation n'avait pas cessé de croître comme musicien et comme entrepreneur, il sentait le talent à mille lieues et possédait un don infaillible pour le show-business.

1. Littéralement « fatigué, traînant », d'où la phrase précédente.

Luz balbutia, nerveuse ; elle avait rougi, échauffée par la danse mais aussi surprise d'entendre un tel compliment. Que répondre ? Remercier pour l'éloge et avouer publiquement que cette Rita Hayworth était précisément l'exemple suggéré par Frank ?

— Je monte un nouveau spectacle dans quelques mois ; si tu as besoin de travail et que tu es décidée à t'améliorer et à travailler dur, manifeste-toi. Je n'ai pas de cartes, je n'en ai pas besoin, *tothom* me connaît. Vérifie où je suis et demande après moi.

Encore deux plaisanteries, un dernier éclat de rire, et il prit congé pour gagner la scène : le Rhumba King avec ses paillettes, sa chemise à jabot et son crâne luisant qu'il cacherait plus tard sous une perruque touffue ; afin de remplir de gaieté tropicale les corps rigides de ces blonds du Nord, modifiant la rumba légendaire que les nègres cubains dansaient dans la chaleur des nuits caribéennes, lui volant son authenticité initiale et la rendant universelle.

Le départ du musicien ressembla à un baisser de rideau : l'attitude et le visage de Covadonga changèrent subitement, il parut submergé par une immense fatigue. À tel point que Mona s'inquiéta :

— Vous allez bien, monsieur, vous voulez qu'on parte ?

Il acquiesça en silence, l'exubérance de Cugat paraissait avoir absorbé toute son énergie. Tony l'aida à se lever, un serveur lui apporta sa canne et le comte griffonna une signature informe sur la note apportée par le maître d'hôtel. Empoignant le pommeau et se mordant les lèvres pour surmonter sa douleur, Covadonga fit un effort gigantesque pour se diriger vers la porte, pendant que l'infatigable Catalan euphorisait de nouveau le public de la Sert Room à grands coups de trompettes et de marimbas.

Ils traversèrent le vestibule en silence, sortirent dans la nuit de Park Avenue ; les filles se faufilèrent dans le minuscule espace arrière, Tony installa le comte à la place du copilote et se mit lui-même au volant, sans poser de questions.

Personne n'ouvrit la bouche pendant le bref trajet du retour ; il n'y avait presque pas de circulation ; chacun était plongé dans ses propres pensées. Mona ruminait sa déception de voir la réponse définitive du comte lui échapper. Luz était muette : la proposition inattendue de Cugat heurtait de plein fouet le fantôme de Kruzan et ses ambitions. De son côté, l'ex-prince des Asturies gardait les yeux fermés, la tête inclinée sur la partie supérieure du siège et un rictus de souffrance sur les lèvres.

Ils arrivèrent au St Moritz ; un gardien somnolent stationnait seul devant la façade, pas une âme sur le trottoir. Mona étendit le bras et posa une main sur l'épaule du comte mal en point. Douce et consolatrice, compatissante malgré sa frustration.

— Bonne nuit, monsieur. Reposez-vous bien.

Conscients tous les trois qu'il faudrait du temps et des efforts pour aider le comte, Mona et Luz s'apprêtèrent à sortir dès que Tony eut mis pied à terre ; elles retroussèrent le bas de leurs robes pour ne pas marcher dessus.

— On va demander un taxi, ça risque d'être long, dit le Tampeño en tendant la main à Mona.

Il en avait fait autant avec Luz, la première à fouler le sol. Mais la pointe d'un talon s'était coincée dans la robe de Mona, elle ne parvenait pas à le dégager et se rassit.

— C'est moi qui vais le demander, déclara Luz, pressée d'en finir. (Sans attendre la réponse elle s'adressa au gardien dans son anglais rudimentaire.) *One taxi, please !*

Les planètes s'alignèrent à cet instant précis : Luz tournait le dos à l'auto, le comte restait endolori et absent, le talon rebelle sortit de l'ourlet. Mona put enfin laisser Tony lui attraper les mains pour l'aider à s'extirper. En une seconde elle fut pratiquement dehors ; en deux, leurs corps se retrouvèrent face à face sur le trottoir.

— Bonne nuit, murmura-t-il en rapprochant son visage.

Elle ne bougea pas. La suite fut un baiser. Furtif, très bref, mais aussi tendre et aussi enflammé, aussi émouvant que s'il avait duré une demi-éternité.

La voix de Covadonga y mit un terme :

— Mona, ma chérie, approche-toi.

Mona se détacha malgré elle de Tony, et se précipita du côté du copilote.

— Dites-moi, monsieur.

Ce dernier sourit faiblement, les yeux toujours fermés.

— Comptez sur moi pour votre commerce, réussit-il à articuler dans un filet de voix. N'importe lequel…

CINQUIÈME PARTIE

70.

La cuisine de leur appartement lui semblait encore bizarre sans sa mère ni Victoria. Trop silencieuse. Tellement vide.

— Décide-toi une bonne fois pour toutes, Luz, je t'en supplie. C'est oui ou c'est non ?

Sans répondre à Mona, sa sœur continua à soupirer au-dessus de son bol de lait, la mine abattue. Assises face à face, elles avaient retrouvé leur visage sans fard et leurs vieux vêtements quotidiens. Du maquillage était resté collé à une serviette avant d'aller se coucher, et les robes somptueuses étaient à présent accrochées à des cintres en fil de fer derrière la porte de la chambre, dans l'attente d'être rendues au prêteur sur gages juif.

— On doit le savoir le plus vite possible, on ouvre bientôt, tu le sais bien.

Nouveaux soupirs de Luz.

— Si tu viens pas, on est fichus…

L'insistance de Mona finit par l'ébranler. Deux larmes coulèrent sur ses joues. Elle essaya de les essuyer du dos de la main et laissa échapper une exclamation de douleur lorsqu'elle frôla la pommette tuméfiée.

— Mon Dieu, Luz ! Il faut avant tout te débarrasser de cette crapule de Kruzan, c'est le principal.

La benjamine se mit à pleurer à chaudes larmes. Trop de pressions, trop de chagrin pour une simple gamine émigrée de force, et dont les seules préoccupations jusqu'à présent se réduisaient à un boulot dans la blanchisserie du quartier et deux soirées de répétitions par semaine pour un petit rôle dans une humble zarzuela amateur. Depuis que Mona avait eu l'idée saugrenue de monter le night-club et que Frank Kruzan était apparu dans sa vie, l'existence jusque-là effacée de Luz avait été bouleversée. Le rêve mêlé à la peur de le décevoir, la confusion des sentiments, la permission d'user et d'abuser de son corps et de sa volonté à sa guise.

— Ne le revois même pas pour le laisser en plan. Tiens-toi à l'écart, ne va plus dans cette école de danse, éloigne-toi de lui.

— Mais… mais moi…

J'ai cru que je l'aimais, voulait-elle dire, mais les mots lui manquèrent. Elle le pensait vraiment, aveuglée par son comportement : son dévouement obsessionnel depuis qu'ils se connaissaient. Ou bien elle s'était elle-même forcée à l'imaginer. Ses yeux n'avaient commencé à s'ouvrir que la veille au soir, grâce à l'offre de Cugat qui, à la différence de Kruzan, ne lui promettait pas monts et merveilles, mais un travail éventuel obtenu à la force du poignet. Cette alternative l'avait ramenée à la réalité. Et maintenant… maintenant elle ne savait plus où elle en était, ni ce qu'elle ressentait ni ce qui était pire ou meilleur.

— Mais… mais il… il me cherchera, c'est sûr.

Elle avait sans doute raison, cette fripouille n'accepterait pas son élimination de bon cœur. Il faudrait faire attention, être méfiantes, songea Mona, mais il devait y avoir une solution.

— Ravale tes larmes pour le moment et finis ton petit déjeuner. On s'en va tout de suite.

Elle l'accompagna jusqu'à la boutique. Les Irigaray ouvraient à cet instant, inséraient des clés dans la serrure et tiraient les verrous. Luz entra dans l'établissement avec doña Concha et Mona resta à la porte sous prétexte d'interroger le mari sur un détail quelconque. Elle en profita pour lui raconter brièvement les faits de la veille et l'avertir à tout hasard. Il fronça les sourcils et acquiesça. Il s'expliquait enfin le trouble de son employée ces derniers temps.

— Ne t'inquiète pas, dit-il à Mona. On fait gaffe.

Désormais certaine que sa petite sœur était entre de bonnes mains, celles du solide Basque et de sa femme, Mona se dirigea vers son propre local. Arrivée sur le trottoir d'en face, elle aperçut la façade avec son store grandiose et ses couleurs stridentes; elle sentit un nœud dans son estomac et une envie soudaine de vomir.

Elle se retint, entra. Les peintres avaient foncé avec leurs pots et leurs brosses, les menuisiers avaient fini leur tâche et on n'entendait plus les coups de marteau ni le grincement de la scie. Même sans allumer la lumière, les odeurs de peinture, de sciure, de vernis et de colle permettaient de deviner le travail des uns et des autres.

Elle distinguait les contours et les volumes éclairés par la lumière de la rue. Elle avança lentement et remarqua les changements malgré la pénombre : accrochés aux murs fraîchement peints, des panneaux publicitaires promettaient aux touristes d'outre-mer une Espagne idyllique remplie de soleil, de taureaux, de géraniums et de guitares. Ils étaient sans doute arrivés tandis qu'elle s'efforçait de convaincre le comte de Covadonga, et Fidel les avait suspendus après l'engueulade de son père. Les tables et les chaises étaient à présent disposées autour de la scène. Derrière celle-ci, en guise de toile de fond, il y avait un énorme coupon de velours grenat, dont Mona soupçonna aussitôt la provenance : à coup sûr un cadeau, du fournisseur des pompes funèbres Hernández en tissus et capitons, au fils de son client.

Il restait une foule de détails en suspens, elle s'assit une minute au bord de l'estrade pour y réfléchir, mais elle avait du mal à se concentrer ce matin. Son attention était focalisée sur Luz. La Luz de toujours, ingénue, rieuse, vive et insouciante, celle qu'elle aurait voulu retrouver ici. Elle savait néanmoins qu'un changement irrémédiable s'était opéré chez sa sœur, qu'elle avait perdu son innocence et sa candeur. Elle se maudit à nouveau de ne pas l'avoir empêchée de sombrer dans l'abîme.

Lié au souvenir de Luz lors de la soirée précédente, sur un rythme de congas et de maracas, surgit alors un autre personnage : Tony. Tony le Bolitero, Tony el Tampeño, celui qui faisait preuve partout d'une aisance d'équilibriste, qui s'était mis le comte de Covadonga dans la poche par ses actes et ses paroles, qui avait su l'aider au bon moment et lui arracher des éclats de rire en lui racontant que sa famille avait toujours été loyale à la monarchie puisque son père travaillait pour des prestataires de la Casa Real, tandis qu'un sang créole et patriote coulait dans sa branche maternelle, si indépendantiste que son propre grand-père avait combattu contre les Espagnols lors de la Guerra Chiquita[1], sous les ordres du général Moncada. Tony, adaptable et roublard, séducteur à son insu, qui avait déposé ce baiser sur ses lèvres, aussi éloquent que fugace.

Elle se leva soudain, traversa l'estrade. Elle ne voulait plus penser à lui. Au-delà de ses sentiments, l'essentiel de cette soirée était qu'elle avait atteint son objectif : l'inauguration aurait son hôte d'honneur. Et à en juger par l'enthousiasme et les marques d'affection qu'il avait suscités au Waldorf Astoria, ce serait un hôte d'honneur exceptionnel. Cette question réglée, il y avait maintenant d'autres urgences, des tonnes de boulot. Elle y consacra les heures suivantes, avec un foulard noué dans les cheveux. Elle organisa, lava, dépoussiéra jusqu'à midi passé. Elle entendit alors Fidel crier depuis la porte, débitant toute une litanie d'excuses pour justifier son retard.

Elle l'arrêta net :

— Tais-toi et laisse-moi parler. Il y a deux choses importantes que tu dois savoir. D'abord, à propos du comte de Covadonga. On était avec lui hier soir, il a dit oui, il assistera à l'inauguration.

Fidel lâcha un rire triomphal, il porta une main à son cœur, esquissa quelques pas de tango comme s'il enlaçait une svelte partenaire imaginaire et qu'à travers le plafond se glissaient les accords de *La cumparsita*.

— Stop, espèce d'idiot ! Stop et écoute, c'est pas tout. Le second point, c'est Luz. Je crois qu'elle est prête à revenir avec nous. Pour peu de temps sans doute – on lui a offert beaucoup mieux, mais on pourra compter sur elle au moins au début. Mais il y a un problème.

— Kruzan.

— Exact. Elle est sous sa coupe et il se conduit mal avec elle. Il l'a amochée hier, et avant ça… Bon, avant, il lui a fait d'autres choses tout aussi dégoûtantes.

Le visage de Fidel se décomposa à mesure qu'il l'écoutait, une onde de colère le parcourut de la tête aux pieds.

— Je sais pas comment, mais on doit l'aider à se débarrasser de lui.

1. La Petite Guerre (1879-1880), deuxième des trois conflits ayant mené à l'indépendance de Cuba face à l'Espagne.

71.

Si Luciano Barona avait connu Frank Kruzan, il l'aurait salué en le voyant descendre du métro aérien de la Neuvième Avenue. Et s'il l'avait salué, il aurait sans doute soupçonné un problème à voir son visage décomposé, ses cernes profonds et ses vêtements fripés, tenue surprenante chez un homme généralement si soigné. Mais comme ces deux individus n'avaient jamais été présentés l'un à l'autre, et qu'ils ignoraient jusqu'à leurs existences mutuelles malgré les liens qui les unissaient à l'aînée et à la benjamine des sœurs Arenas, ils se croisèrent simplement ce matin-là, se frôlèrent et chacun poursuivit son chemin en sens opposé, le premier tirant son chargement de tabac, le second tenant mollement un bouquet de fleurs.

Tout au long du trajet vers le tronçon de la 14e Rue où frémissait la vie espagnole, de même que dans le train et pendant les longues heures nocturnes passées dans une salle d'attente du Sloane Hospital for Women, Frank Kruzan n'avait cessé de tourner et retourner une seule et unique question : Luz.

Cette fille lui plaisait, certes, elle lui plaisait beaucoup. Sa chair ferme, sa jeunesse exubérante et cette désinvolture un peu sauvage si fraîche et si spontanée, si déchirante. Et il s'intéressait par-dessus tout à son potentiel. Il était résolu à en faire son meilleur investissement, et il se faisait donc un sang d'encre à l'idée qu'il risquait fortement de la perdre.

Il ne s'attendait pas à la voir lui tenir tête, il était persuadé qu'elle lui mangerait dans la main. Ce genre de situation ne s'était jamais présenté auparavant, c'était lui qui d'habitude mettait fin à une relation quand il le jugeait opportun, quand les filles se révélaient décevantes et que leurs capacités ne répondaient pas à ses espoirs, ou bien lorsqu'il en croisait une autre plus prometteuse. Sauf Jenny : elle l'avait soudain quitté pour rejoindre un producteur qui lui avait proposé une comédie; la salope l'avait largué du jour au lendemain. Mélanie, aussi, mais dans ce cas ce n'était pas de la rébellion. Sa brute de père l'avait pratiquement traînée par les cheveux pour la ramener dans sa ferme de l'Indiana. Cette histoire avec Luz, néanmoins, l'avait profondément perturbé. Une pauvre immigrée, une ignorante qui se perdait dans les rues et ne connaissait même pas l'anglais, et cette folle s'obstinait à ne pas s'engager à cent pour cent avec lui, à brader son talent dans un spectacle minable monté par son illuminée de sœur et un voisin à moitié taré. Cet entêtement démentiel était inqualifiable.

Luz lui avait offert une chance magnifique de sortir de l'ornière où il végétait depuis près de deux ans, une occasion idéale pour regagner du fric et, au passage, pour se séparer définitivement de Nina. Nina, murmura-t-il avec une moue amère. Qu'elle aille au diable !

Les images de la longue matinée se bousculèrent dans sa tête. Ses cris, l'appartement sens dessus dessous, les draps imbibés de sang, les hurlements d'épouvante et le taxi jusqu'à l'hôpital, son corps sur le brancard, la sécheresse de l'infirmière quand elle l'avait informé dans le couloir : *spontaneous abortion*, un avortement naturel. Nina avait avorté cette nuit sans même savoir, cette idiote, qu'elle était enceinte. Son ultime prouesse, avait pensé amèrement Kruzan, *for God's sake.* Heureusement que le fœtus n'avait que quelques semaines. Il avait besoin de tout sauf d'un enfant en ce moment, alors qu'il était sur le point d'abandonner cette sotte qui le tannait avec ses exigences et ses reproches. Quelle idée d'estimer que son attirance sexuelle, et les pseudo-aptitudes de la fille, suffisaient pour prononcer un oui en bonne et due forme à la mairie !

Par chance, ses frères étaient arrivés de bonne heure à l'hôpital et il avait pu s'éclipser. Dès qu'il avait entendu leurs pas rapides au loin et qu'il avait deviné leurs silhouettes compactes avançant le long du couloir, il s'était enfui par l'escalier de secours. Il n'avait rien à dire à ces deux énergumènes irlandais. Le médecin avait affirmé qu'elle allait bien, qu'elle avait juste besoin de repos, il les avait donc laissés tous les trois, pour qu'ils déblatèrent contre lui, comme toujours, pour que Nina le traîne dans la boue, le calomnie et monte les deux autres contre lui, et qu'ils jurent de lui casser la gueule la prochaine fois. Le refrain habituel, encore et encore.

Il en avait marre d'elle, d'eux, de tout le monde. Et la seule issue viable et imminente était Luz. Il devait se concentrer sur elle, renforcer leur relation et s'assurer qu'elle resterait à ses côtés pour en profiter au maximum. Et il savait déjà comment y arriver. Cette nuit blanche lui avait permis de réfléchir. D'abord, l'obliger à abandonner la blanchisserie et lui arracher de la tête cette idée pathétique de jouer dans le misérable club familial. La convaincre avec de bonnes raisons, l'éblouir de nouveau et si possible la sortir de ce quartier. Il n'avait pas envie de vivre avec elle, Nina lui avait suffi, mais il pourrait lui trouver une colocation avec d'autres filles, plutôt dans l'Uptown, le Bronx, ou le Queens, en tout cas loin de cette maudite 14e Rue. Il devait aussi se jurer de ne plus perdre ses nerfs avec elle, c'était essentiel. Le coup qu'il lui avait flanqué hier était une bêtise, une grossière erreur. Elle l'avait bien mérité par son attitude, mais la traiter brutalement alors qu'elle était vulnérable et hésitante ne le mènerait nulle part. La priorité, à présent, c'était de la reconquérir, conclut Frank Kruzan tout en ajustant le nœud de sa cravate à quelques pas de la blanchisserie. La séduire, la captiver, l'inviter dans un restaurant bon marché mais flatteur, de toute façon elle ne voyait pas la différence ; lui offrir ces fleurs ridicules qu'il avait fauchées devant la chambre d'une femme qui venait d'accoucher avant de quitter l'hôpital.

— La demoiselle n'a rien à discuter avec vous.

Stupéfait, il reçut cette réponse après être entré dans la blanchisserie et avoir demandé à la voir. En espagnol, d'abord, puis dans un anglais teinté d'un fort accent pour être sûr qu'il avait bien compris. Le propriétaire le lui avait déclaré tout de go derrière le comptoir, le visage rébarbatif et le torse bombé.

La demoiselle en question, c'était Luz, évidemment ; elle retenait son souffle en ce moment à l'arrière de la boutique. Elle y travaillait depuis la première heure, sans sortir pour effectuer les courses quotidiennes. Comme elle devinait que Frank pourrait débarquer n'importe quand, chaque fois que la sonnette retentissait ou qu'elle entendait un client entrer, son cœur s'affolait. Finalement il avait surgi au milieu de la matinée, alors qu'elle se sentait plus calme.

Le ton montait entre-temps dans le magasin. Kruzan insistait pour la voir, il avait passé la nuit assis sur un banc en bois, s'était assoupi deux ou trois fois la nuque appuyée contre le mur, et sa patience était à bout. De son côté, Irigaray restait ferme : *No way, sir.* Kruzan fit mine de forcer le passage, l'autre s'interposa en abandonnant l'abri du comptoir. Cris, insultes. Le Basque lui hurla de dégager, il murmura une injure et la porte s'ouvrit en faisant trembler les carreaux. Luz se boucha les oreilles, sa patronne la pressa contre son opulente poitrine tout en lui chuchotant : chut… chut… chut…

Les deux hommes étaient dehors à présent, la discussion s'envenimait. Plusieurs passants s'arrêtèrent, des voisins s'approchèrent, curieux :

— Vous avez besoin d'un coup de main, don Enrique ?

Un attroupement se forma autour d'eux. Frank Kruzan avait les yeux rouges, un pan de sa chemise dépassait du pantalon. Il posa ses mains sur la poitrine du blanchisseur, commença à le pousser. L'Américain avait vingt ans de moins et il était fou de rage. Le Basque était plus vieux mais il avait été *aizkolari* dans sa jeunesse, un formidable coupeur de troncs, et il lui en restait quelque chose ; il ne se laissa donc pas impressionner. La querelle se poursuivit sans en arriver encore aux poings ; d'autres témoins se joignirent au groupe, la lutte était encore indécise.

Soudain, comme tombé du ciel, quelqu'un bondit sur le dos de Kruzan. Le choc le fit vaciller et le projeta contre la façade. Il récupéra difficilement son équilibre et tenta de desserrer l'étreinte de deux bras maigres autour de son cou. Il procédait par secousses mais impossible de se défaire de cet individu venu de nulle part, à califourchon sur son dos et dont il ne voyait même pas le visage.

Le public criait, l'encourageait : Vas-y, Gardel, cogne-le fort ! Allez, Fidel, fiche-le par terre ! On entendit aussi des exclamations en italien, en anglais, y compris en portugais. Le Basque s'écarta et les contempla, incrédule, sans comprendre ce que fichait là le gamin des pompes funèbres. La scène devenait comique, Fidel était toujours collé à son adversaire comme une tique et l'injuriait tandis que l'autre se débattait furieusement.

À la stupeur générale, ce fut Mona qui se fraya un passage parmi la foule. L'écho de l'algarade était parvenu jusqu'à la porte de son établissement et elle avait tout laissé en plan pour courir jusqu'ici.

— Arrête, idiot, arrête ! cria-t-elle, furieuse. Lâche-le !

Elle eut du mal à l'arracher à sa proie, Irigaray et un autre voisin durent l'aider. Finalement, le gamin céda à contrecœur, au milieu d'un concert d'applaudissements moqueurs et de quelques sifflets.

Frank Kruzan offrait une image pitoyable maintenant qu'il s'était libéré de l'étreinte de Fidel : la veste déchirée, les cheveux en bataille, la cravate de travers, les pans de la chemise sortis du pantalon, congestionné, trempé de sueur, les joues empourprées, le souffle court. Incapable d'articuler un mot, les yeux fulminants de rage, il dressa un index menaçant dirigé tantôt à Mona, tantôt à Fidel et tantôt au patron de la blanchisserie.

— *You... you... you...*

Mais il ne réussit pas à terminer sa phrase. La respiration toujours entrecoupée, il ramassa son chapeau et s'éloigna d'un pas vacillant.

Le Basque administra deux ou trois tapes amicales sur l'épaule de Fidel tandis que les curieux se dispersaient. Ça manque pas de connards en liberté ! s'exclama-t-il en hochant la tête.

Il n'avait pas la moindre idée des raisons qui avaient poussé le gamin à agir ainsi. Il ignorait que pour défendre sa Luz adorée, celui-ci était prêt à grimper sur le dos de la statue de la Liberté elle-même.

Ils surveillèrent Kruzan jusqu'à ce qu'il tournât au coin de la rue. Ensuite, Irigaray fit claquer sa langue en guise d'adieu et rentra dans sa boutique.

Mona aperçut alors les fleurs par terre, sous la vitrine, un bouquet dans un état lamentable après avoir été piétiné par les deux adversaires. Elle s'accroupit pour le ramasser ; ironique et amère à la fois, elle devina qu'il était destiné à Luz

Elle découvrit, sous les fleurs écrasées, un portefeuille. Un portefeuille masculin en cuir marron. Elle se tourna vers le mur pour passer inaperçue. Elle l'ouvrit, fouilla dedans : plusieurs cartes au nom de Frank Kruzan confirmèrent son intuition, il avait dû le perdre au cours de la bagarre. Elle le rangea prestement dans une poche de sa jupe. Autant éviter que Fidel soit au courant, il aurait été capable d'aller retrouver le propriétaire et d'envenimer la situation.

72.

Mona continuait à s'activer au fond du local. Près d'elle, deux électriciens tendaient des fils et installaient des prises pour éclairer la scène. C'était le milieu de l'après-midi. Sans s'être même arrêtée pour déjeuner, elle déballait la commande livrée par Casa Victori ; elle la rangeait efficacement sur les étagères, concentrée sur sa tâche.

Tony la contemplait de loin, il ne l'avait pas encore saluée et elle ignorait sa présence. Élancée et rapide, harmonieuse dans ses mouvements tandis qu'elle pliait le torse et se penchait pour saisir une boîte de pêches au sirop ou une bouteille d'anis, de nouveau redressée, se tournant, puis sur la pointe des pieds, les bras en l'air pour mettre chaque chose à sa place. Rien ne peut l'arrêter, pensa-t-il, admiratif. Rien, en effet, ne paraissait en mesure de miner le courage de cette jeune femme qui finit par regarder derrière elle quand elle entendit des pas. Échevelée, dépenaillée, aussi adorable que la veille au soir malgré sa jupe usée et sa vieille chemise claire et flottante.

— Je peux te donner un coup de main ?

— C'est pas la peine, tout est à peu près en ordre.

— Et j'imagine que tu as pas non plus le temps de sortir déjeuner avec moi ? Il est presque trois heures et tu dois être morte de faim.

Elle refusa aussi. Tony se demanda ce qu'il était advenu de la jeune fille vêtue de soie grenat qu'il avait fugacement embrassée devant le St Moritz. Était-ce la même femme ? À moins que ce ne fût qu'une chimère, envolée au premier souffle de l'aube ?

De son côté, Mona n'avait rien oublié de ce moment. Ses mains autour de son visage, ses lèvres, le frôlement de sa peau. Elle y avait pensé tout le temps, en réalité. Il était dans sa tête quand elle s'était endormie, collé à son corps, au réveil, avec elle durant toute la journée. Maintenant, en revanche, elle nageait entre deux eaux : elle aurait bien voulu que tout fût simple et facile, sans obligations, ni pressions ni défis immédiats, recommencer ce baiser et le prolonger à jamais, se laisser entraîner, mais elle devait conserver les idées claires, elle avait trop de responsabilités pour céder à la tentation. Tony s'était rendu compte de son attitude distante. Il décida donc de ne pas la toucher ; il ne s'approcha même pas, se contenta de s'appuyer contre un tabouret tandis que Mona s'affairait et que les électriciens essayaient les projecteurs et poussaient des jurons chaque fois que l'un d'eux ne fonctionnait pas. Tant mieux s'ils sont là, pensa la jeune femme, ils servent de pare-feu. Tant mieux.

Ils échangèrent quelques propos banals, se remémorèrent des souvenirs de la soirée : le Waldorf Astoria, Cugat... Et le comte de Covadonga, bien entendu.

— Je l'ai finalement raccompagné dans sa chambre, j'ai dû l'aider à se déshabiller. Il a alors insisté pour que je revienne ce matin, il voulait absolument qu'on prenne le petit déjeuner ensemble, il souhaitait me parler.

Il fit une pause, alluma une cigarette. La silhouette endolorie d'Alfonso de Borbón parut flotter au milieu des volutes de la première bouffée.

— Il m'a proposé de travailler pour lui.

Ses paroles pétrifièrent Mona.

— Il lui faut un assistant de toute urgence.

— Un infirmier ? demanda-t-elle sans se retourner, les mains appuyées sur une étagère.

— Pas seulement. Il appelle ça un secrétaire. Quelqu'un chargé de ses formalités, qui filtre ses affaires et l'accompagne dans ses sorties ou au cours de ses voyages.

Sans le dire, tous deux savaient d'avance que la destination de ces sorties et de ces voyages serait souvent un hôpital. Le comte avait lui-même évoqué à plusieurs reprises des médecins, des traitements et des hospitalisations intermittentes dus à sa maladie génétique, l'hémophilie, le triste héritage maternel qui empêchait son sang de coaguler normalement.

— Et tu lui as répondu quoi ?

Mona ne s'était toujours pas retournée. Elle s'efforçait de parler sur un ton naturel ; elle voulait lui cacher le pincement qu'elle avait ressenti dans le ventre.

Tony aspira une autre bouffée et hésita. Il pouvait s'en tirer en minimisant l'importance de cette étonnante proposition, susceptible de transformer radicalement le cours de son destin. Mais il préféra être sincère :

— Je lui ai suggéré d'effectuer un essai de deux semaines. Je déciderai après.

Tous deux ignoraient totalement les implications de cette fonction d'homme à tout faire auprès d'un tel personnage, de même qu'ils méconnaissaient aussi la situation exacte du comte au sein de la famille royale destituée. Quoique banni par force et volontairement exclu, au bord du divorce et à un océan de distance de ses parents, Alfonso de Borbón restait une pièce essentielle dans la monarchie espagnole en exil. Mona et Tony, cependant, empêtrés dans leur ignorance et dans leurs priorités immédiates, ne s'intéressaient qu'au présent du comte et tout au plus à son futur le plus proche. En outre, Mona n'avait jamais douté du rôle important que pourrait jouer Tony à ses côtés. Le bolitero n'avait jamais envisagé de passer le restant de sa vie à battre le pavé avec ses paris minables ; il était trop malin et trop ambitieux pour ça.

Dans un accès de lucidité, Mona envisagea néanmoins l'autre aspect de la situation. Quel que fût l'avenir de Covadonga, un nouveau monde s'ouvrirait devant Tony s'il acceptait cette offre : des ambiances distinguées et des noms prestigieux, des autos décapotables, des langoustes grosses comme des lapins, des femmes couvertes de bijoux et tenant élégamment des fume-cigarette en écaille de tortue. Il s'éloignerait définitivement d'une vie modeste et des gens ordinaires qui luttent pour survivre. Ni les prêteurs sur gages juifs, ni les coiffeuses portoricaines, ni les entrepreneuses illuminée n'auraient leur place dans dans ces nouveaux univers où il coudoierait quelqu'un que tous avaient nommé « Altesse » pendant deux décennies. La Havane, Rome, Miami, Londres, Lausanne... Les connaissances de Mona en matière de lignées royales et de géographie étaient des plus minces, mais suffisantes pour deviner le gouffre qui les séparerait avant d'avoir eu le temps de bâtir quelque chose avec cet homme. Elle dissimula donc son chagrin tant bien que mal et se remit à aligner les bouteilles avec une méticulosité exagérée.

— Tony, tu peux me rendre un service ?

Un dernier, faillit-elle dire, mais elle se mordit la langue.

— Bien sûr que oui.

Impossible de s'en charger elle-même, elle était prise à la gorge par l'urgence, les mille choses en suspens, tout ce qui restait à réaliser. Et le remettre à plus tard aurait des conséquences néfastes pour Luz. Malgré tout, elle aurait préféré ne rien devoir lui demander, il en avait fait bien assez pour elles au St Moritz et au Waldorf Astoria. Le connaître de près avait représenté une expérience aussi fascinante que fugace, mieux valait le laisser partir.

Elle se retourna, essuya ses mains sur ses cuisses, les joues rougies et une mèche rebelle retombant sur son front. Lui aussi ressentit quelque chose en contemplant son beau visage sali, mais il se contenta d'esquisser un petit sourire, conscient du trouble engendré par son projet. Elle feignit de ne pas comprendre.

Elle s'accroupit, prit le portefeuille de Frank Kruzan qu'elle avait caché sous le comptoir et le fit glisser vers lui. Le simple fait de le toucher la dégoûtait, de sorte qu'elle le poussa si fort qu'il faillit tomber par terre. Tony l'attrapa au vol, l'examina fermé puis ouvert : cuir marron un peu usé, rien de particulier. Il en extirpa alors un permis de conduire, lut le nom sans réagir.

— C'est le voyou qui a amoché ma sœur hier.

Tony acquiesça, il comprenait maintenant. Il y rejeta un coup d'œil avec plus de curiosité.

— Il est revenu ce matin à la blanchisserie, pour la voir. Ça a provoqué un gros barouf dans la rue et ce truc est tombé par terre pendant la bagarre. J'imagine qu'il sait qu'il a pas intérêt à traîner dans le coin, mais au cas où il essaierait en voyant qu'il l'a perdu, mieux vaut le lui rendre et pas lui fournir un prétexte.

Elle n'ajouta rien bien que sa mimique fût éloquente : tu ferais ça pour moi, Tony? Puis elle reprit aussitôt son travail, saisit une bouteille, passa un chiffon dessus. Son nouveau poste auprès de Covadonga, l'abîme qui se creuserait entre eux : il ne fallait plus impliquer les sentiments.

Tony déchiffra néanmoins le message. Pour toi, tout ce que tu voudras, ma chérie, comme si tu me demandais de traverser l'Hudson à la nage ou d'escalader la pointe du Cities Service Building. Mais ses réponses restèrent à l'état latent, de simples fulgurances dans son esprit. Il n'avait pas l'intention de la forcer si elle refusait de s'approcher. Ses paroles furent donc beaucoup plus austères que ses pensées :

— Pas de souci, je m'en charge, dit-il en fourrant le portefeuille dans la poche de sa veste. J'habite pas trop loin, je passerai peut-être par là et je le mettrai dans sa boîte aux lettres.

Ou bien je m'y prendrai autrement, pensa-t-il.

73.

Victoria et sa mère venaient d'arriver de Brooklyn et elles se retrouvèrent toutes ensemble, poussant des cris et s'embrassant comme si elles ne s'étaient pas vues depuis des siècles, alors que leur séparation n'avait duré que quelques jours. C'était un flot ininterrompu de paroles. Par terre dans l'appartement, à leurs pieds, gisaient les sacs, les casseroles et les plats à tarte. Il leur fallut plusieurs minutes pour se calmer.

Luciano Barona était appuyé contre l'encadrement de la porte ; il les contemplait, les mains dans les poches, l'air incrédule. Peut-être parviendrait-il à les comprendre un jour, mais au jour d'aujourd'hui le clan formé par ces quatre femmes restait un mystère pour lui. Elles s'adoraient, et puis soudain c'était un déchaînement : elles s'étripaient comme des chats de gouttière et en même temps se défendaient les unes les autres passionnément, se disaient des horreurs et étaient prêtes à arracher les yeux à quiconque oserait critiquer la mère ou l'une d'entre elles.

Une fois le calme revenu, Remedios demanda :

— Bon, alors ça se passe comment par ici ?

Le silence s'abattit sur le groupe, ses filles détournèrent le regard. Au bout de quelques secondes, Mona ouvrit lentement l'enveloppe apportée par Fidel au petit matin et en tira un prospectus.

Papier verdâtre et bon marché, encre noire encore fraîche. Fidel en avait commandé deux mille exemplaires à l'imprimerie Hispania, propriété d'Argeo, un Asturien. Il avait aussi recruté plusieurs gamins du quartier pour les distribuer partout parmi les habitants de la colonie, dans les boutiques, les cafés, les caves, les ateliers, les salons de coiffure et de barbier. Le texte de la publicité était plein d'enthousiasme et employait une rhétorique grandiloquente, sans doute l'œuvre d'un employé de l'imprimerie du fait des capacités linguistiques limitées de Fidel.

— En effet, maman, on a une nouvelle à vous annoncer…, avoua Mona.

Le sort en était jeté, à quoi bon attendre davantage ? Mais Remedios refusa de prendre le tract qu'elle lui tendait.

CE VENDREDI 26 JUIN 1936 GRANDE OUVERTURE DU NIGHT-CLUB

LAS HIJAS DEL CAPITÁN

Au service de la colonie espagnole, hispanique et du pays.
250 West 14th Street, **NEW YORK**

LUZ LA MALAGUEÑA. Représentante **SUPRÊME** de la chanson andalouse et de la rumba catalane

EL JOVEN GARDEL. Héritier **LÉGITIME** du roi du tango

DUO SOL Y SOMBRA. Sublime couple comique

TORERITA DE LA FRONTERA. Célébrissime interprète de danses régionales

Formidable spectacle agrémenté par le **GRAND** maestro de la guitare
MANUEL MIRANDA et la moitié de l'orchestre de
ESTEBAN ROIG ET SES HAPPY BOYS

Inauguration sous le haut patronage de **L'ILLUSTRE DON ALFONSO DE BORBÓN Y BATTENBERG, COMTE DE COVADONGA**

Ambiance magnifique, prix imbattables
À NE PAS MANQUER !

— Pourquoi tu me donnes ce bout de papier ? Tu sais bien que j'y comprends rien.

Victoria et Luz regardèrent leur sœur, la gorge nouée ; celle-ci ravala sa salive.

— C'était juste pour vous le montrer… Si vous êtes d'accord je vous le lis en entier et vous m'écoutez sans m'interrompre. Et après je vous explique tout doucement.

Mona n'avait pas fini de lire la sixième ligne que Remedios tapait déjà du poing sur la table; elle hésitait entre hurler, pousser des jurons ou flanquer des claques à ses filles.

— Vous voulez quoi? Me tuer? Pensez à votre pauvre père, espèces de folles!

Son cri claqua comme un coup de fouet. Aucune n'osa répliquer, on n'entendait plus que le goutte-à-goutte du robinet dans l'évier. Barona se racla la gorge. Il n'avait pas encore lu la totalité du prospectus et l'affaire lui paraissait toujours délirante, mais il essaya de rétablir le calme :

— Ça pourrait quand même marcher, Remedios, ne vous mettez pas dans cet état...

Cette déclaration agit sur les trois sœurs comme un pistolet de starter. À peine l'eurent-elles entendue qu'elles se mirent à parler toutes ensemble pour convaincre leur mère. En vain. Remedios résistait bec et ongles; elle se bouchait les oreilles et continuait à les maudire :

— Insolentes! Dévergondées! Mauvaises filles!

Quand elle en eut terminé avec elles, elle s'en prit à lui pour déverser son trop-plein de fureur :

— Et vous... vous, Luciano? Vous avez comploté derrière mon dos avec elles! Ne me dites pas que non! Ah, il est courageux, le mari de ma fille! Un homme même pas capable d'arrêter ces trois cinglées!

Barona serra les dents pour ne pas répondre par une grossièreté. Il se retint, échangea un regard avec Victoria, qui lui fit discrètement signe de s'éclipser. Mais sa patience était à bout, il n'était pas disposé à s'enfuir la queue entre les jambes, comme s'il était réellement fautif. Il en avait par-dessus la tête de Remedios, de sa perpétuelle face de carême, de ses affronts et de ses reproches, de sa façon de traiter sa fille devant lui, dans sa propre maison de Brooklyn, comme une gamine pleine de défauts qu'il fallait sans cesse réprimander, et non comme une vraie femme mariée. Sans compter que Victoria était bizarre, de plus en plus bizarre, absente, étrangère, dans les nuages; et elle n'était plus du tout dans d'aussi bonnes dispositions à son égard qu'avant : à présent, elle lui tournait le dos dans le lit, elle disait qu'elle avait mal à la tête, ou au ventre, ou qu'elle était fatiguée, ou qu'elle avait trop chaud... Incapable de trouver des explications au changement d'attitude de sa jeune épouse, Barona en rejetait la faute sur son antipathique belle-mère. Il souffrait même à nouveau d'aigreurs d'estomac. Il était excédé.

En revanche, il ignorait ce qui germait entre Victoria et son fils Chano ; une force imperceptible, impalpable, immatérielle mais magnétique qui les rapprochait chaque fois davantage. Nul besoin de parler, ce qui les unissait dépassait les gestes et les phrases. Victoria s'efforçait de feindre devant son époux, de donner une apparence de normalité à sa vie quotidienne. Elle savait que Luciano ne méritait pas cette double trahison. Mais elle ne supportait plus les caresses de ses mains alors qu'elle aspirait à d'autres mains sur son corps. Elle refusait de faire l'amour avec lui en pensant à un autre homme. Et ce matin-là, avant de quitter l'appartement d'Atlantic Avenue pour reconduire sa mère chez elle, tandis qu'elle faisait la vaisselle, que Remedios préparait sa valise dans la chambre et que le tabaquier finissait sa seconde tasse de café, Chano s'était servi un verre de lait et, après une première gorgée, il avait déclaré d'une voix râpeuse et sans regarder personne : «Je déménage demain.» Victoria, de dos, laissa couler l'eau du robinet entre ses doigts et serra l'éponge comme si c'était une planche de salut, espérant et redoutant à la fois que Luciano ne répétât la même suggestion.

Mais ce fut le cas. Naïf, ignorant de ce qui se tramait, il relança son offre : Accompagne-le chez lui, vérifie que l'endroit est en bon état, regarde s'il a besoin de quelque chose et dis-le-moi, qu'il soit bien installé, qu'il ne lui manque rien. Ce furent les termes exacts de Barona, dans un élan d'affection paternelle et dans l'intention sincère de confier à Victoria une responsabilité active en qualité de maîtresse de maison. Son brave mari tendait lui-même le piège dans lequel il risquait de tomber.

Dès qu'elle l'entendit réitérer sa proposition, Victoria sentit ses jambes flageoler. Oui, bien sûr que j'irai, balbutia-t-elle. De son côté, Chano vida son verre de lait d'un trait, s'essuya la bouche du revers de la main et sortit.

Deux heures plus tard, tout le monde se retrouvait dans l'appartement de la 14e Rue, chacun avec ses propres peurs ou soucis nichés dans les entrailles, attendant que Remedios se calme, ou s'épuise, ou cesse de leur empoisonner la vie. Mais loin de s'adoucir, elle choisit la fuite à la surprise générale. Elle se fraya un passage en bousculant ses filles sans dire où elle allait ; elle se couvrit la tête, attrapa ses clés et s'échappa en claquant la porte. Ils supposèrent qu'elle allait chez la voisine et se sentirent soulagés.

Luciano Barona prit alors le papier resté sur la table et commença à lire la publicité responsable de l'ouragan. Il arriva à la fin, les dernières phrases que Mona n'avait pas eu le temps de prononcer à haute voix et qui évoquaient le parrainage d'Alfonso de Borbón. À la stupéfaction des trois sœurs, il marmonna alors d'une voix inquiète :

— Tu sais vraiment qui tu as fourré dans ce sac de nœuds, ma petite ?

74.

Remedios descendit en effet l'escalier en lançant des imprécations jusqu'à la porte de Milagros. Elle cogna violemment du poing dessus : cette invention des sonnettes électriques était pour elle l'œuvre de Satan. En l'absence de réponse, elle dévala les escaliers, atteignit la rue et parcourut en un éclair les quelques mètres qui la séparaient de la cantine. Elle n'y était pas retournée depuis qu'on l'avait emmenée à Brooklyn. Arrivée devant, elle porta une main à son cœur, contempla le grand store écarlate, la façade d'un vert criard. Un bref instant lui suffit pour mesurer l'ampleur de cette folie. Ensuite, à sa façon habituelle, elle traversa la rue sans regarder et répondit crûment aux conducteurs lui reprochant son comportement avec force cris et coups de klaxon. Fous-moi la paix, abruti ! Va au diable, espèce de crétin !

— Quelle surprise, Remedios ! Ça faisait longtemps... !

Le salut de sor Lito était teinté d'ironie et de lassitude lorsque la veuve d'Emilio Arenas débarqua à Casa María et entra dans son bureau sans frapper. Décomposée, une mèche de cheveux en dehors du chignon et déversant un flot d'amertume :

— Vous devez être contente, ma sœur, vous avez pu vous reposer.

— Contente de quoi ?

— De pas m'avoir prévenue de ce que mes dépravées de filles mijotaient. Ce bouge malfamé à la place du commerce que leur pauvre père nous a laissé.

Elle fit une pause tragique, prit une profonde inspiration.

— Vous êtes impardonnable, vous avez aucune pitié pour une pauvre femme comme moi, vous…

La religieuse alluma une Lucky Strike. Assise derrière sa table couverte de papiers, elle s'appuya contre le dossier de son fauteuil et regarda Remedios expulser cette fureur qui la consumait en dedans. Elle ne se sentait pas bien depuis des semaines, elle était fatiguée, en butte à de nombreux problèmes ; en outre, elle avait passé une très mauvaise nuit à cause d'une douleur costale. Elle n'était donc pas d'humeur à supporter les jérémiades de la veuve.

Finalement, celle-ci se lassa de cracher son venin et sor Lito put intervenir :

— Ce ne sont plus des gamines, Remedios. Vos filles sont devenues des femmes, même si ça vous déplaît. Vous ne souhaitez que leur bien, ça, personne n'en doute, mais vous exigez trop d'elles, vous les étouffez. Et elles, naturellement, elles veulent voler de leurs propres ailes.

Face au silence déconcerté de l'autre, la religieuse ôta un brin de tabac de sa bouche et l'observa au milieu des volutes de fumée en plissant les yeux.

— Et ce que je vous ai demandé au sujet des maris… ?

Les maris, c'est exact, se rappela-t-elle. En réalité, elle avait d'abord soupesé la requête de Remedios : l'aider à chercher des époux pour ses filles, d'honnêtes travailleurs bien installés qui les protégeraient contre les aléas de la vie. Mais elle avait vite oublié cette lubie. Mona et Luz trouveraient elles-mêmes les compagnons avec lesquels construire leur avenir, elles étaient parfaitement capables de se débrouiller seules. En revanche, elle s'était échinée à régler le cas de l'indemnisation, toujours confrontée aux nombreux obstacles dressés sur sa route par l'avocat Mazza. Finalement, de plus en plus découragée à mesure que ses forces déclinaient, elle avait commencé à s'interroger sur la poursuite de la procédure. Ne serait-il pas plus sage d'en terminer au plus vite ? Mais elle n'avait pas envie d'évoquer cette question avec la veuve et décida donc simplement de lui répondre :

— Vous voulez parler des candidats prêts à tomber amoureux de vos filles ? Je n'en ai pas déniché un seul.

— Quoi ? s'indigna Remedios.

— Vous m'avez parfaitement entendue, et vous devriez vous ôter de la tête une idée aussi saugrenue.

La veuve bredouilla des mots inintelligibles, sa lèvre inférieure se mit à trembler et de grosses larmes coulèrent sur ses joues. Elle voulait protester, demander pourquoi tous lui tournaient le dos, pourquoi personne ne faisait attention à elle.

— Moi..., balbutia-t-elle, au comble du désarroi, je veux une seule chose, m'en aller d'ici, rentrer chez moi, arracher mes filles à cette ville répugnante.

— Vous le pourrez dès que les tribunaux auront tranché. On verra alors si elles veulent repartir avec vous ou non.

La religieuse en avait assez de l'intransigeance de cette femme, d'où la rudesse de son ton qui laissa l'autre désarmée.

— Voyez-vous, Remedios, continua-t-elle en s'efforçant de conserver un calme qui s'épuisait, vos gamines se battent comme des furies : l'aînée a consenti à épouser un brave homme qu'elle n'aime sans doute pas, pour apporter un peu de sécurité à la famille. La cadette sue sang et eau pour monter une affaire minable, tout en travaillant chez un tyran qui la suce jusqu'à la moelle ; et la petite se partage entre la blanchisserie et son rêve de devenir une artiste. Vous les avez forcées à quitter leur monde, à venir ici contre leur volonté, et malgré tout elles se défoncent pour survivre. Ça ne vous suffit pas ? Vous croyez vraiment qu'elles ne méritent pas un minimum de reconnaissance de votre part ? Vous devriez réfléchir un peu. C'est peut-être vous qui ramez à contre-courant et qui déraillez.

Muette. La veuve resta muette comme si on lui avait tranché la langue d'un coup de couteau. Ses larmes s'étaient interrompues.

— Non... moi, je... je... je veux pas. Je veux pas que vous vous occupiez encore des affaires de mon mari. Je... je vous fais plus confiance, parvint-elle à bafouiller.

Sor Lito se leva péniblement, comme si le fait d'être debout conférait davantage de solennité à ses propos.

— Ça, vous ne pouvez pas le décréter toute seule, chère madame. Vos filles sont également mes clientes, et en tant que telles elles ont un pouvoir de décision.

Toute la rage accumulée par Remedios déferla brusquement en un flot d'insultes et de blasphèmes :

— Vous savez ce que je vous dis, ma sœur ? Vous pouvez vous fourrez vos procès et vos parlotes où ça vous chante, et je vous maudis, et… et maudits soient ce pays de merde et tous ces foutus cabarets et leurs artistes et… et… que toutes les salopes de nonnes du monde entier brûlent en enfer.

75.

Luz laissa ses deux sœurs en pleine discussion avec le tabaquier sur le contenu des publicités. Elle se fichait de ces histoires de monarchistes et de républicains, des trucs politiques qu'elle ne comprenait pas ni n'avait envie de comprendre. Abandonnant l'appartement, elle reprit seule le chemin de la blanchisserie. Les Irigaray lui avaient accordé une brève pause au milieu de la matinée pour qu'elle voie sa mère à son retour de Brooklyn, mais elle ne voulait pas trop tirer sur la corde : l'algarade avec Frank leur avait déjà fait subir un moment très désagréable.

Sa patronne avait alors essayé de la retenir dans l'arrière-boutique, en vain, et elle avait pu assister à la scène à travers la vitre de la devanture. Elle avait été épouvantée. Si doña Concha ne l'avait pas agrippée de toutes ses forces, elle se serait ruée à l'extérieur, elle l'aurait pris dans ses bras et supplié d'arrêter, lui aurait juré de revenir.

Confuse, angoissée, nerveuse, la benjamine des Arenas était encore dans cet état le lendemain matin. Elle avait l'impression d'être la proie de deux impulsions contradictoires. D'un côté, Mona, les propriétaires de la blanchisserie et le simple bon sens lui soufflaient de s'écarter de cet être méprisable. De l'autre, il y avait ses doutes, ses sentiments. Longtemps elle avait été incapable de saisir la signification de ces paroles qu'elle égrenait dans ses chansons : passions impétueuses, amours impossibles, hommes qui brisent le cœur et font souffrir. Ces strophes n'étaient alors que des séries de mots débités en cadence ; plus maintenant. Maintenant elles lui appartenaient, elles parlaient d'elle, elles la poignardaient.

Sur le point de traverser la rue, elle jeta un regard autour d'elle, hésitante : un petit détour et elle se retrouverait près de l'escalier du subway, où elle pourrait devenir invisible, disparaître. Elle sentit un fourmillement dans ses entrailles, personne ne s'en rendrait compte. Les Irigaray supposeraient qu'elle était avec sa famille, laquelle l'imaginerait au travail. Et elle, entre-temps, filerait comme le vent. Avec sa blouse blanche qu'elle portait encore, sans un sou en poche ni avertir quiconque, elle descendrait sur le quai, se glisserait dans une rame, gagnerait le Midtown, le chercherait, lui dirait que tout est oublié.

— Hé, petite !

Le cri la tira de son rêve.

— Hé, Luz !

Tout redevint subitement réel : la rue effervescente, le soleil écrasant du début de l'été, le vacarme des autos sur les pavés, un vendeur ambulant de glaces, les passants, une camionnette. La vie dans la 14e Rue, un jour comme les autres.

C'était son patron qui l'appelait depuis le trottoir d'en face. Don Enrique attendait son retour avec le zèle d'un geôlier. À l'insu de Luz, il avait mission de la surveiller à la suite de l'incident avec Kruzan. La protéger, éviter que cet intrus ne l'approche de nouveau, qu'elle-même ne faiblisse et cède. Le Basque la guettait donc là, en tricot sans manches, car la chaleur était insupportable dans sa boutique. Planté sur ses jambes écartées, le ventre en avant et les poils de sa poitrine débordant de l'encolure et des aisselles, il lui faisait des gestes éloquents de la main : Allez, au boulot !

En tout cas, même si Luz avait osé désobéir à don Enrique et se lancer dans une course folle, si elle avait gagné la station, dévalé l'escalier, sauté le guichet, grimpé dans un wagon et atteint sa destination, elle se serait cassé le nez. Car ce jour-là Franz Kruzan avait dérogé à sa routine. Il n'avait pas acheté la presse matinale, ni petit-déjeuné d'œufs frits et de hash browns dans son café habituel, ni lu le *Billboard* afin de garder le contact avec son petit monde, ni musardé chez ses disquaires coutumiers, ni rejoint son bureau de Midtown. Ce jour-là, à l'heure exacte où Luz hésitait, Frank Kruzan était toujours chez lui, effondré dans un fauteuil la tête en arrière et un mouchoir rempli de glaçons appuyé sur le visage, pour essayer de contenir son hémorragie nasale.

Tout était sens dessus dessous autour de lui, il ne restait quasi rien des affaires de Nina. Des cintres nus en fil de fer étaient accrochés dans la penderie, les tiroirs de la commode étaient éventrés, dans la salle de bains il n'y avait plus qu'un petit panier plein d'épingles à cheveux et un pot de crème Pond's pratiquement vide. Était-ce sa propre femme qui était venue après l'hôpital ? Ou bien elle n'avait même pas daigné se déplacer, et quelqu'un d'autre avait récupéré ses objets. De toute façon, à son retour, après la bagarre avec les voisins de Luz et une journée passée à ruminer son désarroi, à déambuler à travers les rues et à demander à payer à crédit dans les bars, car il ne savait pas où diable était passé son portefeuille, la seule trace qu'il avait retrouvée de son épouse était les draps en désordre sur le lit défait. Des draps maculés de taches brunes, comme marquées au feu, vestiges sanglants de la fausse couche de Nina.

Il dormit sur le canapé, se réveilla le lendemain avec les mêmes vêtements et un aspect pathétique. Ce maudit portefeuille, il faut absolument que je le retrouve, balbutia-t-il en se levant, sa première pensée diffuse quand il alla ouvrir la porte, sans avoir eu le temps de se mettre un peu d'eau fraîche sur le visage. On sonnait à la porte, en effet, avec une telle insistance qu'il lui sembla qu'on lui perforait le cerveau. Il était si vanné qu'il n'envisagea même pas les suites éventuelles.

Le premier coup de tête lui fendit le nez, le second lui démolit le côté gauche du visage, d'où son oreille qui sifflait à présent comme s'il entendait un chef de gare. Il fut ensuite poussé brutalement, renversa dans sa chute une table et une lampe, fut bourré de coups de pied dans la tête, le torse, le bas-ventre. Impossible d'identifier ses agresseurs sur le moment et encore impossible plusieurs heures après. Venus lui rappeler qu'il s'était conduit comme un salaud avec une femme, les deux hommes s'étaient montrés d'une efficacité implacable. Était-ce pour venger Nina ou Luz ? Frank Kruzan l'ignorait, car aucun des deux n'avait émis le moindre mot. C'étaient peut-être deux malabars envoyés par sa belle-famille irlandaise, ou alors juste deux minces Espagnols prêts à venger l'honneur de la benjamine d'une veuve du quartier : ces gens-là s'entraidaient entre compatriotes comme les membres d'une même meute.

Il parvint difficilement à agripper un fauteuil, un instant après, à se décoller de ses vomissures et, très lentement, à se redresser et à s'asseoir. Tandis que le sang continuait à lui couler du nez, que sa tête résonnait comme si elle avait été piétinée par les sabots d'un cheval et que la douleur fulgurante de ses testicules irradiait tout son corps, une question lui martelait l'esprit et taraudait son restant d'amour-propre : qui étaient les coupables ? Il se jurait sans cesse que c'était loin d'être fini, qu'il les retrouverait.

76.

Le comte de Covadonga attendait Tony le lendemain matin dans les locaux de British Motors Ltd., dans Lexington Avenue ; il occupait une charge imprécise dans la société, une espèce de mélange entre les relations publiques et un statut de vendeur de luxe. Le bilan de la maison ne s'était pas amélioré depuis son embauche, mais la compagnie estimait judicieuse, pour une raison quelconque, la présence au sein de son personnel de cet Européen en vue, arrière-petit-fils de la reine Victoria d'Angleterre et fils aîné du roi d'Espagne, si exilé que fût ce dernier pour le moment.

Il l'accueillit fume-cigarette aux lèvres, costume gris clair et cravate en soie rayée, cordial, presque euphorique. C'était le premier jour qu'il retournait chez le concessionnaire après avoir été lâché comme un malpropre par Gottfried, la première fois, aussi, qu'il s'était réveillé relativement dispos, avec assez de forces pour se lever, faire sa toilette et s'habiller seul. Il avait donc préféré se passer de l'aide de son flamboyant nouveau secrétaire, bien que les deux semaines d'essai eussent déjà commencé ; mieux valait une adaptation progressive au poste, les jours difficiles viendraient bien assez tôt. Il fit un tour dans l'établissement avec Tony, lui montra les magnifiques automobiles exposées, l'obligea même à grimper dans l'une d'elles et à imaginer les impressionnantes vitesses qu'elles pouvaient atteindre. Vingt minutes plus tard, ils sortirent déjeuner.

Il se sentait plein d'entrain, au fond. Malgré sa prudence et son intention de ne pas lui forcer la main, l'ancien héritier espérait que Tony finirait par donner un oui définitif son offre.

Pour des raisons similaires à celles de Mona, il pensait que ce Nord-Américain dans les veines duquel se mêlaient des sangs caribéen et asturien réunissait les conditions adéquates pour devenir son fidèle factotum : bilingue, débrouillard, assez déterminé le cas échéant pour prendre les rênes et partageant le même goût des plaisirs, sans attaches familiales, capable enfin de s'entourer de femmes sublimes qui aideraient le comte à oublier une bonne fois pour toutes Edelmira. L'homme était sans doute totalement étranger aux problèmes politiques espagnols, il n'avait pas la moindre idée de la signification réelle du mot « monarchie », mais quelle importance ? Il le mettrait au courant. Ce maudit déserteur de Gottfried en savait encore moins sur sa patrie, il avait moins de cerveau qu'une vache de sa Suisse natale, pensa le comte, et ça ne les avait pas empêchés de cohabiter plus de trois années.

Leur destination était le Fornos, l'un des restaurants espagnols les plus connus de Manhattan. L'adresse avait changé l'année précédente, c'était tout près, à présent, dans la 52e Rue Ouest, mais ils s'y rendirent néanmoins en taxi. Autant ne pas menacer sa santé fragile.

— Savez-vous qu'on a déposé à mon hôtel ce matin les prospectus du night-club de vos amies ? Le programme semble des plus divertissants, je ne raterais ça pour rien au monde, ce sera un honneur de le parrainer.

Tony se demanda quelle serait la réaction de son illustre compagnon en franchissant le seuil ô combien modeste de Las Hijas del Capitán. En tout cas, il irait avec lui et s'efforcerait d'adoucir sa première impression.

L'établissement qui les reçut n'était pas non plus particulièrement luxueux, mais il occupait un emplacement excellent en plein Midtown. À l'instar d'El Chico, des aspirations de Mona et de tant d'autres locaux espagnols à New York, sa décoration rendait un fougueux hommage à l'hétérogénéité régionale : frise de carreaux de céramique tolédans à mi-hauteur, fresque murale de la Giralda de Séville, four galicien, grille noire en fer forgé entre le zinc et la salle à manger. Malgré cette promiscuité esthétique, ou peut-être grâce à elle, le restaurant était pratiquement plein. À en juger par les voix, la plupart des commensaux étaient espagnols ou sinon latins. Ni le vin ni les jus de fruits ou la sangria ne manquaient sur les tables, les gens parlaient fort, soulignaient leurs opinions avec des gesticulations, tapaient parfois du poing, riaient à gorge déployée quand nécessaire et protestaient énergiquement s'il le fallait.

Dès qu'ils les virent entrer, le comte devant, s'appuyant sur sa canne et Tony derrière son dos, les serveurs haussèrent les sourcils, échangèrent des regards, s'interpellèrent, ce qui attira l'attention de nombreux clients et du propriétaire. Celui-ci s'avança presque aussitôt : un Galicien d'une bonne cinquantaine d'années, visage large et toupet poivre et sel. Il s'appelait Moure. Don Alfonso et monsieur, soyez les bienvenus, déclara-t-il.

Tous les regards se tournèrent vers le comte, des commentaires de nature diverse se répandirent comme une traînée de poudre.

— Le voilà, un Borbón de la tête aux pieds, dit l'un.

— Eh bien moi, je trouve que c'est le portrait craché de sa mère. Tu as vu ses yeux bleus ? C'est ceux de l'Anglaise. Où a-t-il laissé la Cubaine ? Qu'est-ce qu'il a pensé, le Roi, en voyant son fils aîné vendre des autos ? Il se réconciliera avec sa famille s'il finit par divorcer ? Il pourra récupérer ses droits en qualité d'héritier, ou bien il les a définitivement perdus quand il a abdiqué pour épouser la *puchunga*[1].

La salle bruissait de toutes ces rumeurs auxquelles s'en ajoutaient d'autres, relatives à sa santé : il boite mais il n'a pas mauvaise mine ; tu crois qu'il va plus mal ? Mieux ?

— Je me permets de vous proposer une table dans le patio, don Alfonso. Nous venons de l'ouvrir pour la saison, nous l'avons couvert avec le store et la température est magnifique.

— Parfait pour moi. Qu'est-ce que tu en penses, Tony? demanda-t-il en se retournant.

Il se montrait très attentionné, voulait lui faire plaisir, qu'il choisisse.

— Je n'y vois aucun inconvénient, monsieur.

Le propriétaire ne songea même pas à l'interroger sur ce massif étranger à tête de bouledogue qui accompagnait le comte les fois précédentes. Il se contenta de leur indiquer

1. Mot latino-américain et en particulier caribéen pour désigner la bien-aimée.

le chemin : par ici, s'il vous plaît. À mesure qu'il avançait, l'ex-prince des Asturies saluait à droite et à gauche, affable mais distant, sans fixer son regard sur personne, conscient de la curiosité qu'il éveillait.

Le patio se révéla très agréable, protégé du soleil par un vélum, flanqué d'une profusion de plantes vertes, une fontaine au milieu et un grand paysage marin peint sur le mur du fond : les barques, les voiles, les mains robustes d'hommes sans visage, les filets et les flotteurs.

— Quels mets nous offrez-vous aujourd'hui, mon cher Moure ? demanda Covadonga sur un ton désinvolte tout en dépliant sa serviette.

— Le plat du jour, c'est l'escudella[1] catalane, monsieur. Et à la carte, vous le savez, don Alfonso, ce qui vous plaira.

Sur la vingtaine de tables qui les entouraient, plus des trois quarts étaient occupées et pratiquement toutes les têtes étaient en ce moment tournées vers eux plus ou moins discrètement. Certains regards étaient cordiaux, d'autres non.

Sans prêter aucune attention aux réactions qu'il suscitait, le comte passa la commande ; il se frottait les mains et savourait le menu à l'avance : il prenait autant de plaisir à un simple ragoût qu'à la demi-langouste du Waldorf Astoria, se sentait autant à l'aise au milieu des moquettes, des couverts en argent et des grands orchestres que dans des lieux tels que celui-ci, convenables, sans chichis. Il demanda une bouteille de rioja, interrogea le propriétaire sur son associé, sa famille, la bonne marche de son commerce. Tony, entre-temps, surveillait du coin de l'œil les comportements provoqués par la présence du comte.

On ne les dérangea pas pendant le déjeuner. Ils bavardèrent au sujet des tabaquiers de Tampa et du rhum cubain, du président Roosevelt, du dynamique maire LaGuardia, cet Italien du Bronx dont le premier travail fut de servir d'interprète pour les milliers de compatriotes arrivés à Ellis Island à l'époque des grandes vagues d'immigration. Pourtant, une barrière parut s'ouvrir quand ils eurent fini leur dessert.

Comme s'ils avaient attendu un signal, les clients s'appro-

1. Sorte de pot-au-feu.

chèrent à tour de rôle, jusqu'à former un chœur autour de leur table. Les salutations se prolongèrent tant que le comte les invita à s'asseoir. Ils poussèrent des chaises, se regroupèrent sur un côté du patio ; une douzaine d'hommes dans un brouhaha de conversations enveloppés dans la fumée dense des havanes. Aucun ne connaissait personnellement l'ancien héritier du trône, il ne s'agissait que d'une réunion de sympathisants de la cause monarchique, dont moins de la moitié étaient des résidents de la colonie espagnole de la ville ; la plupart étaient des voyageurs de passage à New York, heureux de cette rencontre fortuite ; deux Chiliens et trois Vénézuéliens s'étaient joints à cette assemblée.

Les garçons avaient terminé leur service depuis un bon moment et il ne restait plus aucun client dans le patio, hormis le groupe, mais les tables autour d'eux n'avaient pas été desservies : elles étaient telles qu'on les avait laissées. Couvertes de serviettes fripées, de coupes à moitié pleines et d'assiettes sales. Le propriétaire s'occupait maintenant seul de la table du comte, il remplissait les tasses de café et les coupes de cognac.

— Mais du cognac espagnol, hein, Moure ? réclamait l'ex-prince des Asturies en brandissant sa coupe. Ici, entre vrais patriotes, pas question de boire cette piquette des *gabachos*[1], hein ? Ici, on boit seulement du cognac de Jerez !

1. Nom péjoratif donné aux Français en Espagne depuis 1530.

77.

Pendant que l'ambiance restait cordiale et détendue autour du comte, tout n'était qu'effervescence en coulisse. Le pauvre Moure avait le plus grand mal à garder son sang-froid et à dispenser un accueil professionnel à ses clients alors qu'un désastre se profilait derrière son dos, un problème monumental qu'il ne savait pas comment régler.

La troupe s'était mutinée dans les entrailles du restaurant : neuf garçons, un cuisinier, deux marmitons et sa propre femme, tous compatriotes et tous partisans résolus de la République espagnole, incapables de comprendre pourquoi il traitait le fils du roi déchu avec tant de courtoisie.

— On est pas là pour faire de la politique, bordel ! s'égosillait-il face aux protestations et aux plaintes, chaque fois qu'il descendait dans les cuisines en sueur et croulant sous les assiettes sales. On est là pour bosser, c'est tout !

Ça faisait treize années qu'il se débattait pour faire marcher son affaire, depuis son ouverture en 1923. Il avait jusque-là passé la moitié de sa vie à travailler chez les autres dans cette ville où il était arrivé en provenance de Sada, embarqué sur un cargo quand il était encore gamin. Il avait commencé comme garçon de courses dans le Downtown, pour le Rincón de España de Coenties Slip, le plus vieux des restaurants espagnols, près du quai numéro 8 qu'accostaient les navires de la Spanish Line. Il avait continué à La Chorrera de Water Street, multiplié les heures à la poissonnerie de Chacón du Lower East Side à cuire les poulpes, s'était littéralement ôté le pain de la bouche pour épargner un cent après l'autre, sans jamais oublier néanmoins d'envoyer la moitié de son salaire aux siens, ni omettre de payer une seule cotisation à l'association fondée par ses compatriotes : Sada y sus Contornos, dont l'unique but était de financer la construction de l'école de son village.

— Arrêtez de parler d'une République qui défend les travailleurs, bande de gredins ! C'est moi qui travaille le plus ici !

Un Moure rouge de colère s'adressait en ces termes à ses employés insurgés.

— Et j'ai beau être plus galicien que la *ría* de Betanzos, je sers quand même de la fabada asturienne, de l'escudella catalane, des tripes à la madrilène et de la paella valencienne, et être républicain dans l'âme m'empêchera pas de servir chez moi le fils du roi !

Il ne réussit pas à les convaincre malgré sa véhémence ; le chahut continua au milieu des fourneaux, tandis qu'à l'extérieur, dans le patio, le chœur formé autour de la table du comte traitait de thématiques paradoxalement voisines.

— Mais moi je serais un monarque démocrate en succédant à mon père, si on nous laissait revenir, je serais un roi progressiste, proclamait Covadonga, sûr de lui. Personne n'aime l'Espagne plus que moi, mais le fait d'avoir découvert ce pays-ci m'a ouvert les yeux à la modernité, et aujourd'hui j'ai une connaissance du monde bien plus grande.

Certains des présents feignaient d'acquiescer, mais en aparté et entre les dents ils murmuraient : « Quelle sottise ! » D'autres esquissaient une moue dubitative. Seuls les Espagnols approuvaient cette idée, inconscients de l'incongruité d'une telle lubie dans l'Espagne convulsée d'alors. L'ancien héritier était débordant d'enthousiasme : il refusait d'admettre qu'il avait loupé le coche en renonçant à ses droits, exposait des projets et des concepts frôlant souvent l'extravagance eu égard aux turbulences de sa patrie.

S'ils avaient entendu leur rejeton, ses parents, Alfonso XIII et la reine Ena, auraient levé les bras au ciel, ensemble ou chacun à son tour vu qu'ils vivaient séparés, à présent, et ne se parlaient plus guère que par personnes interposées. En tout cas, leur réaction aurait été identique : Tu as perdu la raison, *my darling* ! Comment peux-tu croire qu'on laissera revenir un membre de la famille royale ? As-tu oublié, mon cher fils, les conditions de notre départ de Madrid ?

Assis à la gauche du comte,Tony s'imprégnait de ses propos et des réactions de l'auditoire avec une attention aiguisée. Il voulait s'informer sur tout afin d'avoir les idées claires avant d'accepter ou non le poste. Certaines pièces du puzzle lui faisaient encore défaut : celles qui faisaient le lien entre l'hier et l'aujourd'hui de la famille de cet homme singulier. Les notions de roi, monarque, souverain et héritier se bousculaient dans sa tête, mêlées à d'autres telles que renonciation ou abdication, mais il avait préféré ne pas demander des précisions.

Tandis qu'il écoutait, son flair de limier lui permit néanmoins de détecter qu'il se passait quelque chose : l'atmosphère avait changé, il y avait des détails bizarres. Les tables du déjeuner pas encore desservies, par exemple, alors que les clients étaient partis depuis un long moment. Ou des éclats de voix en provenance de la cuisine à une heure où le calme aurait dû y régner. Même le visage accablé du patron chaque fois qu'il venait remplir les coupes, sa façon d'essuyer nerveusement son front en sueur avec sa manche, ses efforts désespérés et vains pour cacher son désarroi. Tout cela lui avait mis la puce à l'oreille, et il décida donc d'aller vérifier ce qui se passait.

Il se leva discrètement de la table lorsque quelqu'un évoqua l'anticléricalisme : il se fichait totalement des curés espagnols. Une fois hors de vue, il chercha la cuisine, qui se trouvait à l'étage du dessous. Une pièce longue et étroite au plafond noirci, remplie d'odeurs et de gens, en proie à une tension aussi épaisse que l'énorme bout de lard suspendu à un crochet dans un coin. Face au refus catégorique de leur patron de jeter à la rue l'ancien héritier, trois serveurs avaient rendu leur tablier et s'étaient éclipsés. Les autres y réfléchissaient. En attendant, ils faisaient des ronds de cigarette, claquaient des doigts, bayaient aux corneilles en fumant ou réalisaient des cocottes en papier avec les pages d'un journal périmé : tout plutôt que monter débarrasser un simple verre sur les tables de la salle à manger ou du patio. En somme, ils refusaient de travailler.

Tony pointa la tête à l'intérieur, fit mine d'être troublé.

— Pardon, excusez-moi, je me suis perdu, je…

L'un des garçons se redressa subitement.

— C'est vous qui l'accompagnez, n'est-ce pas ?

Entouré de regards hostiles, Tony hésita : mentir ou essayer de les séduire grâce à ses talents de bateleur, ou à l'une de ses arguties qu'il savait tirer de sa manche à l'occasion ? Mais ces gens indomptables et furieux ne lui laissèrent pas le choix.

— Eh bien, allez lui dire qu'ici personne ne l'aime !

C'était le cuisinier qui s'adressait à lui avec un accent galicien à couper au couteau, un maigre Coruñes[1] aux traits aigus et au tablier maculé de taches. Après ces mots, le silence retomba sur la cuisine tandis que les autres membres de ce personnel antimonarchique regardaient Tony d'un œil mauvais.

Une femme fit alors un pas en avant, la seule du groupe. Il s'agissait de l'épouse du propriétaire. Elle travaillait au coude à coude avec son mari, les mêmes longues heures et les mêmes longues journées, bien que son nom ne figurât nulle part. Petite, potelée, les cheveux hérissés par les vapeurs et les chaleurs, elle avait l'air dégourdie et vive de caractère.

— Vous, jeune homme, vous n'avez jamais mis les pieds en Espagne, n'est-ce pas ?

Tony lui confirma d'un geste que c'était exact.

— Permettez-moi alors de vous expliquer nos raisons, et ensuite, si vous le jugez bon, vous monterez les transmettre à ce monsieur.

Trois minutes lui suffirent pour ébaucher un panorama de la situation. Faim, retard, oubli des pauvres, désespoir, voilà tout ce que la femme associait à son enfance, à l'époque où elle avait dû abandonner sa bourgade. Un temps où régnait une monarchie, et bien que le profil du roi apparût sur les pesetas et les timbres-poste, celui-ci paraissait faire bien peu pour changer les choses.

— Mais à présent tout est différent, ajouta-t-elle.

Car, ainsi qu'elle l'apprenait par les lettres de ses frères et sœurs et les réunions du Centro Gallego, la République actuelle, qui avait expédié en exil la famille royale cinq ans auparavant, promettait la justice, des chances pour tous, du travail, plus d'égalité. Elle en savait peu, néanmoins, au sujet des tensions de là-bas, de la valse des gouvernements et des

1. Habitant de La Corogne.

bagarres de rue, mais elle était sûre que c'était dans cette Espagne-là, une Espagne pleine d'espoir, où elle voudrait revenir un jour.

Tony commença à penser par lui-même. Et en à peine une poignée de secondes, il parvint à la même conclusion que Luciano Barona : le parrainage du comte de Covadonga était une erreur monumentale, une décision contraire aux intérêts des sœurs Arenas, la pire façon de faire démarrer leur affaire.

Malgré son tempérament sympathique, ses tendances démocratiques et modernes proclamées dans le patio, le grand nombre de ses zélateurs parmi les classes les plus hautes, cet homme était né pour être roi et pour perpétuer une lignée honnie par la plupart des membres de la colonie : maçons, garçons de café, machinistes… La classe ouvrière, en définitive. Et donc, bien loin d'attirer la clientèle, sa simple présence constituait une raison évidente de ne pas poser un pied dans le night-club de la 14e Rue.

78.

En parallèle aux péripéties du Fornos, un autre déjeuner très différent se déroulait dans un petit restaurant sicilien du Village. Luciano Barona s'y rendait de temps à autre avant de connaître Victoria. Sans attrait particulier, ce n'était qu'une modeste gargote familiale qui avait l'avantage de servir une nourriture rappelant lointainement sa terre au tabaquier. Ce midi, néanmoins, il remplissait un nouveau rôle : lui permettre de passer un moment seul à seul avec sa femme, débarrassé de l'obstination lassante de Remedios.

Il avait eu du mal à la convaincre : Victoria tenait absolument à rester dans la 14e Rue afin de participer aux préparatifs de la première grande soirée de Las Hijas del Capitán, et ce fut Mona elle-même qui la persuada de suivre son époux. Cette dernière avait encore dans les mains le prospectus et s'efforçait de digérer la remarque de son beau-frère : la présence de Covadonga à l'inauguration revenait à se tirer une balle dans le pied.

Elle avait fait preuve d'une naïveté débordante ; elle n'avait partagé son idée qu'avec un ignorant, Fidel, elle s'était laissé mener par un marchand d'illusions, Tony, elle n'avait donc pas pris le temps de vérifier la pertinence de son choix. Elle n'avait pas anticipé. Et eux, Luciano et Victoria, à mille lieues des affaires de l'Espagne, n'avaient pas su non plus l'aider. Aujourd'hui, veille de l'ouverture, Mona avait besoin de réfléchir, de trouver comment réparer son erreur, outre les nombreuses finitions en suspens dans le local. Allez, allez, avait-elle pourtant répété à sa sœur tandis que le tabaquier insistait pour emmener celle-ci. Ne t'inquiète pas, tu me servirais à rien pour ce que j'ai à faire.

— Tu es sûre que tu vas bien ?

Luciano avait déjà répété cette question à trois reprises depuis qu'ils étaient assis à table, chaque fois que la patronne avait changé les assiettes avec un claquement de langue qui découvrait une canine en or. D'abord le pane cunzato[1] à la tomate et aux olives noires, auquel Victoria n'avait presque pas touché, puis les pâtes aux sardines, qui avaient subi le même sort, et enfin des cannoli[2] fourrés au fromage blanc, qu'elle avait à peine mordillés. Disgraziata, avait grommelé la vieille devant le manque d'appétit de la jeune femme.

Victoria l'ignora, elle glissa une main par-dessus la nappe, la posa sur les doigts de paysan de son mari. Ensuite elle les pressa doucement, en même temps qu'elle lui murmurait : Mais oui, oui, mon chéri, je vais bien, il ne m'arrive rien.

Elle accompagna ces mots d'un sourire qui lui coûta un effort monumental. Elle voulait paraître sincère alors qu'elle mentait honteusement. Non, elle n'allait pas bien, pas bien du tout. Derrière son visage harmonieux, ses cheveux désormais coupés court, ses immenses yeux noirs aux cils interminables, Victoria était morte de peur, rongée par la culpabilité, plongée dans un profond désarroi.

Luciano avala la dernière gorgée de son vin râpeux et laissa quelques billets sous le verre, puis ils se levèrent. La Sicilienne les observa tandis qu'ils se faufilaient entre les tables en direction de la sortie ; elle hocha la tête avec mépris. Lui allait derrière, une main possessive posée sur le dos de sa jeune femme ; un pas devant, renfermée en elle-même, celle-ci serrait contre sa poitrine sa mince veste en tricot malgré la chaleur ; elle avait l'air de fuir. La vieille maugréa quelques mots dans son dialecte quand ils furent sortis, un terme injurieux.

Ils marchèrent ensemble un moment, avant que Barona ne fît signe à un taxi.

---

1. Recette traditionnelle sicilienne : tranche de pain grillé assaisonnée d'huile d'olive et recouverte de divers ingrédients.

2. Pâtisserie sicilienne : petits rouleaux de pâte fourrés.

— Tu as l'adresse, et assez d'argent pour l'aller-retour ?

Victoria désigna son sac à main en guise de réponse.

— Tu sais, hein ? Tu vérifies tout bien et tu notes dans ta tête ses besoins.

Elle acquiesça du menton, les mots ne lui venaient pas à la bouche. Il déposa un baiser sonore sur son front, attendit qu'elle s'installât sur la banquette arrière et claqua la portière.

— On se revoit ce soir chez ta mère ! s'exclama-t-il en se penchant pour que sa voix lui parvînt à travers la vitre.

Ensuite il tapa deux coups du plat de la main sur le toit de la voiture, qui démarra aussitôt.

Victoria ne se tourna pas pour lui dire au revoir, elle n'en eut pas le courage. Elle abandonnait Luciano Barona, seul sur le trottoir, avec ses aigreurs d'estomac et ses boîtes de cigares, ignorant, confiant, au bord de la trahison.

Elle ne se rappellerait jamais le trajet suivi par la voiture jusqu'à Spanish Harlem. Elle sut seulement qu'elle était arrivée lorsque le chauffeur lui montra à droite un étroit bâtiment de quatre étages, quelque part dans la Deuxième Avenue. Le rez-de-chaussée était occupé par la quincaillerie où il travaillerait : robinets, tuyaux, cannelles, vis… OPEN FOR BUSINESS, disait le panneau. Au-dessus, une fenêtre à guillotine ouverte. Chano, assis de travers dans l'encoignure, la vit descendre du taxi, enveloppée dans sa robe céleste d'été.

Elle monta les marches sur la pointe des pieds, comme si elle voulait ne pas faire de bruit. Le bruit d'une discussion incompréhensible parvenait du haut. Il l'attendait à l'entrée, manches de chemise retroussées jusqu'aux coudes, pantalon léger. Il n'y eut ni geste ni parole. Comme si c'était la fin d'un très long voyage. Victoria s'accrocha à son cou et plongea son visage dans le creux de son épaule. Décontenancé, il souleva son corps mince, elle se colla à lui, noua ses cuisses autour de ses hanches, la porte claqua derrière eux sous leur poids. Enlacés, serrés l'un contre l'autre, Victoria suspendue à lui, ses doigts aggripés au dos et à la nuque brune de Chano, bouches s'entre-dévorant, haleines mêlées, ils avançaient par à-coups, se cognaient aux murs du couloir.

Ils étaient tous les deux en proie à une urgence identique, il n'y avait ni échappatoire ni place pour le report ou l'attente.

Pas un seul mot échangé tandis qu'ils gagnaient la chambre et se dépouillaient de leurs vêtements, ni hardiesse ni rire ; rien que l'avidité des corps et le désir qui les réunirent tout naturellement comme s'ils s'attendaient depuis une vie entière. Chano en elle, la poussée de son torse et de ses hanches, ses bras la clouant fermement, ses mains larges et rugueuses parcourant ses côtes, ses seins, son ventre et sa taille, ses fesses ; la pression légère des cuisses de Victoria autour de lui, les deux à la fois tendus et souples. Lui la sentant sur chaque centimètre de son corps meurtri par les coups ; elle, dans tous les pores de sa peau habituée à subir sans éprouver. Présente et consciente maintenant, belle, svelte, active, les cheveux en bataille, la langue avide, plantant ses lèvres, ses dents et ses ongles, accueillant le corps de l'homme sans timidité ni pudeur, rassasiée pour une fois. Transpiration, chaleur, salive, souffles sonores, agitation, vertige. Le plaisir avant de de rester étendus sur le dos côte à côte, abandonnés, éblouis, les doigts entrelacés et les bouches entrouvertes.

Tous les coups, toute la rage, toutes les frustrations, les déceptions, les titubements, acculé contre les cordes, les bassines et les éponges et les serviettes remplies de sang, toutes les nuits d'abattement après les défaites, effondré sur un lit étroit dans des hôtels et des auberges de villes inconnues, la solitude sans applaudissements ni lauriers près de femmes dont le nom s'était effacé de sa mémoire, tout cela en valait la peine, pensa Chano, si c'était pour en arriver là. Alors il prononça son nom à voix basse. Victoria. Pour la première fois.

Il se redressa sur un coude, écarta du doigt une mèche qui lui cachait le visage, la regarda au fond des yeux. Partons, dit-il. Elle voulut répondre : Où ? mais sa voix se brisa. Au loin, ajouta Chano. Là où personne nous connaîtra, où personne nous cherchera. N'importe où, toi et moi.

Seulement alors, Victoria se rendit compte de l'abîme où ils venaient de plonger l'un et l'autre, main dans la main, téméraires et suicidaires.

79.

Elle avait laissé Fidel se charger des finitions et veiller sur Luz tandis que celle-ci répétait sans enthousiasme ; elle se reprocha mille fois de ne pas rester avec la quantité de choses encore à faire, mais il fallait régler au plus vite la question du comte, d'où la présence de Mona à la lisière du parc, montant la garde depuis deux heures devant la porte du St Moritz. Elle se rappelait encore qu'à un certain moment du dîner au Waldorf Astoria, avant que Cugat ne s'approchât de la table et que la fatigue ne finît par marquer son corps fragile, Covadonga avait avoué que la sieste était sacrée pour lui. Si je ne me repose pas un long moment après manger, je me sens en état de péché mortel ! avait-il exactement déclaré, bien qu'elle fût incapable de se souvenir du pourquoi de cette révélation qu'il avait d'ailleurs soulignée d'un éclat de rire. En tout cas elle attendait à présent le retour du prince pour lui faire savoir qu'elle lui était infiniment reconnaissante de sa générosité, qu'elle et sa famille se sentaient très honorées… mais que non, merci beaucoup. Que sa venue à l'inauguration n'était plus nécessaire.

Consciente qu'il n'était plus temps de se perdre en atermoiements, elle n'avait pas cédé cette fois aux considérations ni à la timidité ; elle était simplement entrée dans le hall de l'hôtel en se moquant des regards, s'était dirigée tout droit vers la réception.

— Mister comte de Covadonga, *please.*

L'employé hésita un peu puis porta le combiné à son oreille et composa un numéro ; pas de réponse. Elle entendit elle-même la sonnerie insistante vingt-six étages au-dessus de leurs têtes. Finalement le réceptionniste haussa les épaules, confirmant l'absence du client dans sa chambre.

Au même moment, l'atmosphère devenait de plus en plus insurrectionnelle six rues plus bas, dans la cuisine du Fornos. À mesure que le temps passait, la conversation politique s'animait dans le patio du restaurant, et à l'étage inférieur les esprits s'échauffaient en sens contraire. Ils s'excitèrent tellement que plusieurs serveurs décidèrent de monter. Moure, en les voyant surgir, s'exclama d'une voix rude :

— Attention ! Je veux pas de problèmes ! Le premier qui fait du grabuge, il travaillera plus jamais ici !

Mais ils firent comme s'ils n'avaient pas entendu, des voix furieuses retentirent. Vive la République ! hurlèrent deux des garçons en pénétrant dans le patio. La réponse des clients distingués fut immédiate : Vive la monarchie ! Vive le roi ! La dispute s'envenima, le reste du personnel déboula de la cuisine et se joignit aux deux premiers, tous les clients voisins de l'héritier au trône étaient désormais debout.

Tous moins Covadonga, bien entendu.

— *Let's get out of here, sir*, lui souffla Tony en anglais au creux de l'oreille.

Impressionné par les propos des révoltés, il insista :

— Il vaut mieux que nous partions le plus vite d'ici, monsieur.

Mais l'ancien prince refusa catégoriquement. Stupéfait et incrédule, il demanda au bolitero de l'aider à se lever pour tenter de calmer les esprits.

L'algarade se poursuivait près de la fontaine, à quelques mètres de là. Les plus courageux de chaque bande firent un pas en avant, le visage rouge de fureur, les veines du cou saillantes, prêts à en venir aux mains. Depuis leurs arrière-gardes respectives, certains les poussaient et d'autres les retenaient. Le tumulte augmenta, les proclamations, les insultes. À mort la République ! hurlait-on d'un côté. Et de l'autre on rétorquait : À bas le Borbón ! À bas le roi !

Malgré les conseils du Tampeño, Covadonga se redressa péniblement, essaya de s'approcher. Mais il n'avait plus la vedette depuis longtemps. Bien qu'il fût involontairement à l'origine du conflit, sa présence n'avait plus guère d'importance. Juste à ce moment-là, en pleine échauffourée, un homme en poussa un autre, qui perdit l'équilibre et se retint à une table, laquelle se renversa. Pour éviter d'être éclaboussés par les restes de nourriture et de vin, ceux qui étaient à côté reculèrent d'un pas, se heurtèrent les uns contre les autres dans un effet domino. Avant que Tony fût parvenu à le mettre à l'abri, le fils du monarque se cogna une jambe contre une chaise. Dans un geste réflexe, Tony le saisit à bras-le-corps pour l'empêcher de tomber, mais le mal était fait.

— Je voulais seulement apporter la paix, murmura Covadonga d'une voix fluette.

80.

Il était près de neuf heures du soir lorsque les sœurs se retrouvèrent dans l'appartement. Chacune débarqua de son côté, en proie à ses peurs et à ses angoisses, enfermée dans sa propre coquille, se refusant à partager avec les autres ce qui les taraudait. Mona fut la première, elle s'écroula sur un tabouret de la cuisine, laissa retomber sa tête en arrière, l'appuya contre le mur, et regarda le plafond crasseux comme si son découragement se diluait parmi les taches. Elle n'avait vu personne, ni le comte ni Tony, ils n'étaient pas repassés par l'hôtel.

Peu après ce fut le tour de Victoria, muette, fuyant les regards et les questions. Elle s'enferma longtemps dans la salle de bains, on entendit l'eau couler.

Finalement, Luz apparut, tel un animal traqué, la pommette violacée et les yeux plus tristes que jamais sous ses sourcils bizarres.

Dans une certaine mesure, elles offraient la même image qu'à leur arrivée à New York, lorsque leur père, lassé de leurs attitudes arrogantes et de leurs effronteries, allait dormir dans l'arrière-boutique d'El Capitán et qu'elles-mêmes, enfin seules, ôtaient leur masque d'insolence et se révélaient telles qu'elles étaient : vulnérables, désolées, perdues comme des têtes d'épingle dans l'immensité vorace de la ville.

Mais une fois qu'elles furent réunies, elles se regardèrent, les yeux écarquillés, et elles s'écrièrent à l'unisson :

— Et maman, elle est où ?

Une rapide inspection confirma leurs craintes : aucune trace de Remedios. Elles dévalèrent bruyamment l'escalier, se précipitèrent chez Milagros, tapèrent sur la porte de toute la force de leurs six poings.

La voisine leur ouvrit presque aussitôt : elle se couchait comme les poules depuis des décennies, mais avait le sommeil léger, au cas improbable où son mari reviendrait un soir, lui qui s'était évaporé près d'un demi-siècle auparavant. Toutes trois crièrent en même temps, décomposées, fébriles. La vieille répondit du tac au tac :

— J'ai passé presque toute la journée dehors, chez mon fils, à Washington Heights ; sa fille a la rougeole. Votre mère, je l'ai pas revue depuis que vous l'avez emmenée à Brooklyn.

Son châle de laine était de guingois sur ses épaules, quelques mèches dépassaient de son chignon, elle chaussait de vieilles savates et sa chemise de nuit en toile lui arrivait aux pieds. Sur son visage sillonné de rides, elles décelèrent un rictus d'inquiétude.

Les trois filles se turent un instant, incapables de se regarder dans les yeux tandis que chacune assumait sa part de responsabilité : elles étaient toutes coupables et elles le savaient. Sans y réfléchir ni en parler avec aucune, Victoria considéra qu'elle en ferait largement assez en ramenant sa mère chez elle. Pour sa part, Mona décida du contraire. Remedios resterait à la charge de Victoria du moins ce jour-là, tandis qu'elle-même continuait à s'échiner à Las Hijas del Capitán. Quant à Luz… Noyée dans son angoisse, Luz se désintéressa tout simplement de la situation.

Mais ce n'était pas le moment de se jeter à la face plaintes et reproches, il fallait s'activer. On sort, proposa Mona, sans que personne sût par où commencer. Je m'habille, dit la vieille Galicienne.

À travers la cage d'escalier, avant d'avoir pris une quelconque décision, elles entendirent quelqu'un entrer dans l'immeuble et gravir les marches à pas lourds. Promptes comme des chèvres montagnardes, elles se penchèrent au-dessus de la rambarde et n'aperçurent en contrebas qu'une main sur la rampe, la grande main fatiguée d'un homme.

— Luciano, dit Victoria à voix basse. (Le nom de son mari s'étouffa à demi dans sa gorge.) Luciano ! reprit-elle dans un cri.

Elle se précipita dans l'escalier à sa rencontre. Quand elle fut arrivée à sa hauteur, ses sœurs et leur vieille voisine l'entendirent annoncer la disparition de sa mère, puis un flot de paroles quasi incompréhensibles où se mêlaient plaintes, questions et explications embrouillées, et enfin des sanglots de désespoir.

— Du calme, du calme…, lui disait doucement le tabaquier tandis qu'elle se blottissait dans ses bras.

Mais Victoria insistait, le visage enfoui dans la poitrine de l'homme :

— Il faut la retrouver, je n'y avais pas pensé, je ne savais pas, je ne voulais pas…

À cet instant, les autres l'avaient rejointe sur le palier.

— On ignore totalement quand elle est partie, expliqua Mona, la plus sereine. Est-ce qu'elle est revenue et repartie depuis son départ, après l'engueulade de ce matin à propos du night-club ? Ou bien… ?

— Mais personne n'a été là de toute la sainte journée ? demanda Barona.

L'ampoule répandait une lumière jaunâtre et tremblotante au-dessus de leurs têtes ; il y eut un silence embarrassé.

Victoria se détacha lentement du torse de son époux.

Plusieurs secondes pleines de tension s'écoulèrent.

L'aînée des Arenas se sentit mourir.

— Je suis allée voir ton fils et… et… et ensuite…

Mona eut un éclair de lucidité, mais au lieu de s'indigner du comportement de sa sœur, elle choisit de la tirer d'affaire par un mensonge :

— Et ensuite on a toutes bossé au local.

Ils gagnèrent la rue. C'était une tiède nuit du début de l'été. De rares passants, un ou deux véhicules, quelques fenêtres éclairées, d'autres déjà éteintes, le quartier s'apprêtait à s'endormir.

Ils pressèrent le pas en direction de la cantine ; près de celle-ci, ils entendirent de la musique et distinguèrent une lueur à travers les vitres opaques. Ils essayèrent d'entrer, en vain, la porte était verrouillée. Ils cognèrent dessus, insistèrent.

— *Who's there ?*

C'était la voix de Fidel.

— Ouvre tout de suite !

Le garçon obéit lentement et passa la tête en balbutiant des explications que personne ne daigna écouter : il voulait répéter seul maintenant que pratiquement tout était en ordre, perfectionner son chant, peaufiner les détails. Avant qu'il eût fini, Luz avait déjà poussé la porte :

— Sors d'ici, laisse-nous entrer. Maman est pas là, j'imagine ?

Il s'écarta, paralysé. Il n'avait pas prévu que ça se passerait comme ça ; son but était de l'impressionner le soir de la première, qu'elle soit émue en constatant ses progrès, à quel point il se rapprochait de plus en plus de son idole, mais Luz et ses sœurs s'étaient ruées à l'intérieur sans lui faire l'aumône d'un seul regard.

Elles ne s'étaient rendu compte de rien : ni de ses cheveux teints et gominés, ni de son visage poudré, ni de ses vêtements de scène, ceux qu'il porterait pour son numéro ; costume gris perle à larges revers, cravate rayée, pochette assortie. Le gramophone qu'il avait rapporté de chez lui diffusait un tango tandis que les autres fouillaient partout : la cuisine, la salle d'eau, le petit appentis où leur père avait installé sa paillasse pour fuir la cohabitation avec les quatre femmes.

Gardel continuait à chanter *Mano a mano* sur le disque en cire, mais pas le moindre indice de Remedios. Avec l'affolement peint sur leurs visages, les trois sœurs se dirigèrent de nouveau vers l'entrée. Avant d'atteindre la porte, Mona arrêta Victoria sous un vague prétexte tandis que les autres sortaient ; quand elle eut estimé qu'elles se trouvaient à bonne distance, elle lui enfonça les doigts dans le bras.

— Tu n'as quand même pas osé..., lui grogna-t-elle à l'oreille.

Son aînée se dégagea d'une secousse.

Fidel s'était joint au groupe pour la destination suivante, Casa María, à quelques mètres de là, sur le trottoir d'en face. L'entrée de la cuisine était fermée à cette heure et ils durent frapper à la porte principale. Une novice leur ouvrit, puis elles eurent affaire à une solennelle nonne mexicaine qui leur reprocha de venir si tard et leur indiqua que sor Lito était sans doute couchée.

— Pas de sermons, ma sœur, c'est une urgence ! s'écria Luz. Laissez-nous entrer, s'il vous plaît.

La religieuse finit par accepter à contrecœur, mais seulement pour deux d'entre elles : d'un commun accord, ce furent Milagros et Mona. Avant de pénétrer à l'intérieur, elles dispensèrent une série de consignes au reste du groupe : Luciano, allez voir à La Nacional si personne ne l'a aperçue, il doit bien y avoir des voisins en train de jouer au domino en bas, dans la cantine. Toi, Victoria, va à Casa Moneo pour interroger doña Carmen, elles aiment bien tailler une bavette ensemble. Luz, va vérifier chez les Irigaray. Et toi, Fidel, fais un saut jusqu'à La Bilbaína, le propriétaire habite au-dessus, il a pu la croiser quelque part… Ce n'étaient sans doute que des coups d'épée dans l'eau, de vaines tentatives dans l'obscurité, mais elles n'avaient pas d'autre idée et chacun s'égailla dans diverses directions et dans les limites du quartier.

Sor Lito n'était pas dans son bureau, en effet; elle était endormie dans son lit, la moitié du visage éclairée par la lueur ténue d'une lampe. Elle s'était assoupie en lisant, paraissait plus vieille que jamais, une poignée de papiers lui glissèrent de la main quand Milagros lui toucha l'épaule. Elle se réveilla en sursaut, ses petites lunettes de lecture glissèrent sur l'arête de son nez.

— Oui, oui, elle est venue un peu avant midi, confirma la religieuse tandis qu'elle se redressait laborieusement en appuyant ses coudes sur le matelas. On a bavardé un moment et elle est partie folle de rage. Je n'en sais pas plus.

Elle essaya de se lever mais en fut empêchée par une violente douleur. Elle porta une main à un côté, s'étendit de nouveau.

— Et vous avez parlé de quoi? demanda Mona. Qu'est-ce qu'elle vous a dit? Qu'est-ce que vous lui avez dit?

— De choses et d'autres, répondit sor Lito, évasive.

— Précisez, je vous en supplie.

La nonne les observa, sa vue la trahissait, leurs silhouettes lui parurent enveloppées dans un halo.

— Je lui ai juste conseillé de vous ficher la paix.

81.

Moins d'un quart d'heure après, ils étaient tous de nouveau regroupés devant Casa María, sous la lumière de la lanterne en fer accrochée au-dessus de l'entrée. Les fenêtres étaient presque toutes éteintes aux alentours.

Leurs recherches dans le voisinage s'étaient soldées par un échec, personne n'avait aperçu Remedios nulle part. Mona se mordillait l'ongle de l'auriculaire en essayant de réfléchir, Luz pleurait à chaudes larmes et Victoria était toujours aussi blême. Où pouvait-elle bien être, la malheureuse ? Elle ne connaissait personne, était incapable de se déplacer dans la ville, tout l'accablait et l'épouvantait, elle manquait de ressources et d'initiative. Et pourtant, minuit approchait et elle n'avait pas donné signe de vie.

— Il va falloir élargir notre champ d'action, déclara Luciano.

— On doit aller où, alors ? s'exclamèrent les trois sœurs d'une seule voix.

À présent qu'on sortait du périmètre de la 14e Rue, qu'on s'éloignait des logements des voisins et qu'on abordait des territoires inconnus d'elles, Luciano Barona se sentait obligé de prendre l'initiative.

— Vous, vous allez à l'hôpital St Vincent, vous savez où il se trouve, non ? Exactement là, au coin de la 11e. Toi, Fidel, va au French Hospital, au coin entre la 30e et la 8e, dans le corbillard s'il le faut. Et vous, madame Milagros, rentrez chez vous et guettez son retour au cas où.

— Et toi ? demanda Victoria sans oser le fixer dans les yeux. Tu vas où ?

— Au Bellevue.

Il ne fournit aucune autre explication; il garda pour lui les particularités de ce gigantesque hôpital public près de l'East River, où échouaient la plupart des malheureux de la ville : indigents, fous et criminels, malades en phase terminale, alcooliques, immigrants isolés. Là, entassés, ils grouillaient dans les couloirs, dormaient à trois sur les lits ou recroquevillés par terre, entre les murs crasseux et au milieu des puanteurs d'urine. Et pour ces pauvres diables qui finissaient leurs jours gisant dans les rues et dans les parcs, sur les quais ou adossés aux remblais des terrains vagues, le Bellevue Hospital disposait également de la morgue la plus immense de New York.

Au lieu de les effrayer, il se contenta donc d'ajouter :

— Et quelqu'un devrait faire le tour des commissariats.

— Je m'en charge.

Tous regardèrent Mona, ébahis : que savait-elle de la police? Mais elle se limita à conclure sans se justifier :

— Je me débrouillerai.

Ils se séparèrent, chacun suivit les instructions de Luciano, hormis elle, qui sonna de nouveau à la porte de Casa María. La sévère religieuse mexicaine ouvrit et dut se résigner à la laisser téléphoner.

Par chance, elle connaissait par cœur le numéro, à force d'avoir répondu au téléphone pour doña Maxi quand elle travaillait chez elle, et ce ne fut pas elle qui décrocha. J'arrive le plus vite possible, promit le jeune docteur dès que Mona lui eut décrit la situation en quelques phrases. Il tint parole : vingt minutes plus tard, il garait sa Ford Roaster en face de l'église et en sortit à toute allure pour lui ouvrir la portière du passager. Vingt, trente, quarante fois, il avait proposé à Mona de l'emmener où elle voudrait depuis qu'ils s'étaient retrouvés chez Macy's et qu'il rejoignait son domicile plus tôt pour une seule et unique raison qu'elle ignorait : la voir.

Le cœur de César Osorio avait battu la chamade lorsqu'il avait entendu la voix de Mona au bout du fil. Elle avait demandé plusieurs jours de congé sans donner trop d'explications, et sa maison était dès lors devenue triste comme un tombeau; en outre, la simple présence de la vieille lui semblait insupportable sans elle. Il était dans son lit au moment où le téléphone avait sonné, s'était levé d'un bond pour répondre. Qui se permet d'appeler à cette heure? avait hurlé doña Maxi depuis sa chambre. Il avait collé le visage contre la porte de sa tante en essayant de reprendre ses esprits : Une urgence du docteur Castroviejo, ne t'inquiète pas, marraine. Je vais à la clinique, je ne sais pas quand je reviendrai.

— Je suis vraiment désolée de vous avoir dérangé, mais…

Mais j'ai hésité entre deux hommes et c'est vous qui avez gagné; d'abord parce que j'ignore comment retrouver l'autre et ensuite parce que c'est peut-être bien comme ça. Il vaut mieux que je m'attache pas trop à lui : il m'a plantée pour suivre un type comme son ombre, et ce type, c'est moi-même qui suis allée le chercher, et je peux plus m'en débarrasser à présent, lui aurait dit Mona si elle avait été sincère. Elle laissa la phrase en suspens, inutile d'en rajouter.

— Vous souhaitez qu'on aille dans les commissariats de police les plus proches, n'est-ce pas? demanda-t-il en sortant un plan de la boîte à gants.

Il n'avait pas de cravate mais un fin sweat-shirt bleu sur une chemise immaculée. Ses cheveux encore humides étaient impeccables, il les avait peignés en les mouillant avant de sortir.

— Je ne connais pas beaucoup ces quartiers, mais ce ne sera pas très compliqué de les trouver…

Muets à présent, ils se dirigèrent vers la *police station* de Charles Street. Ils ne croisèrent presque personne; par-ci, par-là, à l'occasion, un groupe bruyant de noctambules entrant ou sortant d'un club ou d'un petit théâtre; c'était le Village : une zone habitée par une population bohème, souvent des peintres ou des artistes, mêlée à des gens courants, de nombreuses familles de travailleurs des docks voisins du West Side.

Leurs efforts furent vains : aucune trace d'une éventuelle immigrée vêtue de noir des pieds à la tête et totalement incapable de parler anglais. Un policier rouquin le leur confirma quand ce fut leur tour, après avoir tourné à contrecœur plusieurs pages d'un listing. Mona regagna la sortie les yeux baissés, on entendit quelque part au fond du local des cris et des bruits de chaises. Les gens des quais, marmonna le policier à la porte, *have a good night.*

Une fois dans la rue, César posa une main timide sur l'épaule gauche de Mona.

— Elle va réapparaître, tu verras.

C'était la première fois qu'il la tutoyait.

Pendant ce temps, Victoria et Luz attendaient au St Vincent's. À l'instar du Bellevue, la destination de Barona, c'était un autre des établissements les plus anciens de New York, une institution charitable catholique à l'origine, pour accueillir les miséreux du sud de Manhattan quelle que fût leur religion. Peu de riches le fréquentaient, à l'inverse des pauvres et des misérables qui étaient innombrables. Beaucoup de victimes de catastrophes aussi : malades du choléra, naufragés du *Titanic*, ou brûlés lors d'incendies effroyables, comme celui qui avait coûté la vie, quelques années auparavant, à plus d'une centaine de jeunes couturières, presque toutes des immigrantes italiennes et juives obligées de travailler à la pièce neuf heures par jour dans un bâtiment de Washington Place dont on avait bloqué toutes les issues.

Pas de sinistre d'envergure ce soir-là, heureusement, et la salle d'attente était relativement calme. Assises, les deux sœurs guettaient les religieuses chargées de déterminer l'ordre de passage. *Wait right there, please*, avait dit l'une. Qu'elles veuillent bien patienter.

Elles se taisaient, elles préféraient cacher ce qui les rongeait. La petite feignait de dormir, sa tête rousse appuyée contre le mur, et l'aînée fixait de ses grands yeux noirs le va-et-vient des patients, des infirmières et des nonnes.

L'absence de nouvelles de Frank Kruzan continuait à tourmenter Luz. Elle se maudissait d'avoir été incapable de partir à sa recherche, et en même temps l'idée de le retrouver la terrorisait, elle craignait qu'il ne fût encore plus violent et intempestif à la suite de l'algarade avec son patron et Fidel. Quant à Victoria, elle revivait sans cesse toutes les sensations et les images de l'après-midi : Chano, Chano et sa proposition qu'elle avait rejetée.

Le temps semblait s'éterniser, le silence et la méfiance les séparaient tel un rempart. Maintenant Luz s'arrachait les petites peaux des ongles et Victoria tournait les pages d'un magazine froissé abandonné sur un siège. Une mèche lui retombait sur un œil, mais elle s'en moquait car elle ne lisait pas : elle ne comprenait pas la langue et de toute façon ça ne l'intéressait pas.

La grande horloge sur le comptoir des admissions marquait une heure vingt-cinq lorsque la nonne qui les avait priées d'attendre s'approcha. Elles furent envahies par une onde de soulagement quand elles l'entendirent annoncer : *No, young ladies*, votre mère n'est pas ici.

Elles rebroussèrent chemin à grandes enjambées. Contrairement à d'autres fois, elles ne marchaient pas en se tenant et d'un même pas, mais chacune de son côté, les bras croisés sur la poitrine, sans se frôler, comme des étrangères.

Elles arrivèrent les premières à l'appartement, caressant le fol espoir d'y retrouver leur mère. Elle les attendrait là, revêche et geignarde comme d'habitude, avec son tablier élimé et son chignon à moitié défait, râlant de tout, maudissant l'Amérique et les Américains, regrettant sans arrêt ce monde d'où elle était venue, ce monde qu'elle avait été la seule à idéaliser de loin, qu'elle avait transformé en un paradis idyllique qui n'avait jamais existé.

Mais non; elles le surent dès leur entrée dans l'immeuble. Mme Milagros les entendit, passa la tête dans la cage d'escalier. Personne n'ouvrit la bouche, les mines défaites suffirent.

Fidel les suivit, avec son allure de tanguero en berne et son costume gris perle fripé. Rien, dit-il.

Elles reçurent la nouvelle en silence, lui montrèrent un tabouret. La voisine lui servit un café. Il était près de trois heures et quart.

Barona apparut trente minutes après : Remedios n'était pas à la morgue du Bellevue. Sa femme posa une autre tasse devant lui et le regarda fixement, sans le questionner. Lui-même évita de leur donner des explications : à quoi bon leur saper le moral en leur décrivant la scène? L'employé lugubre avait soulevé un par un les draps qui recouvraient onze défuntes. Certaines étaient mortes si récemment qu'elles paraissaient endormies; d'autres cadavres étaient altérés, flétris. Il y avait de tout : une petite blonde d'une vingtaine d'années qui s'était jetée du haut d'un neuvième étage; une Asiatique récupérée par un remorqueur dans l'East River, sa longue chevelure répandue autour d'elle; deux très jeunes filles, presque des fillettes; une vieille si obèse qu'elle débordait du plateau en marbre qui la soutenait; quatre femmes avaient été violées, dont l'une avec une férocité animale. Il avait appris tout cela de la bouche de l'employé, qui parlait froidement, sans émotion ni effort, comme s'il s'agissait d'un catalogue de produits domestiques, ou qu'il lui parlait de la pluie et du beau temps, tandis que le tabaquier pressait un mouchoir contre son nez et réprimait à grand-peine ses haut-le-cœur. Il avait encore l'impression que l'odeur effroyable de la salle lui collait à la peau et il avait donc ôté sa veste dès son arrivée; à cet instant précis il aurait vendu son âme au diable pour une bouteille de cognac, un bac rempli d'eau chaude et une brosse à récurer avec du savon.

La troisième cafetière bouillait sur le fourneau lorsque Mona débarqua, accompagnée à la surprise générale par le docteur. Ce dernier découvrait le domicile des Arenas; s'il fut frappé par le dénuement des lieux, il ne le laissa pas voir.

Un lourd silence s'installa tandis que Milagros servait de nouveau le café; il était près de quatre heures. Personne ne regardait personne, personne ne disait rien. Certains visages, ceux des étrangers à la famille, exprimaient de l'inquiétude, ceux des sœurs témoignaient d'un abattement abyssal; elles étaient dévastées par l'absence de leur mère et les aléas de la vie, honteuses de leurs actes, de leurs erreurs, de leurs problèmes, de leurs amours. On ne percevait que le tintement des petites cuillers tournant dans les tasses.

Soudain, au milieu de ce silence sinistre, on cogna violemment à la porte. Tous se levèrent en sursaut, si brutalement que Victoria renversa son tabouret et que Fidel répandit la moitié de son café. Mona, la plus proche, courut ouvrir, les autres se précipitèrent derrière elle.

C'était un gamin du quartier, Apolinar, le fils d'un couple originaire de Burgos. Employé à décharger des piles de journaux d'un camion de livraison, il se réveillait tous les matins avant l'aube.

— J'étais en train de m'habiller quand j'ai entendu des bruits, je me suis penché à la fenêtre, mais l'auto repartait déjà et…

À leur grande confusion, ce n'étaient pas des nouvelles de Remedios qu'il apportait.

— On a saccagé votre cantine.

SIXIÈME PARTIE

82.

Elles coururent, coururent, car leur vie en dépendait. Leurs jambes étaient subitement redevenues celles de ces gamines efflanquées habituées aux embardées de la rue et à jouer avec les vagues sur la plage. Elles coururent, comme poursuivies par des chiens affamés, sans lâcher un mot, à en avoir le souffle coupé.

Elles se frayèrent un chemin à coups de coude à travers les curieux regroupés devant la façade. Arrivées sur le seuil, elles s'arrêtèrent net. Là où étaient prévus le lendemain soir des chansons, de la danse, des applaudissements et le déchaînement des illusions, elles ne trouvèrent que désolation. La porte enfoncée et des tas de bouts de verre, les tables et les chaises renversées et en mille morceaux. Des seaux remplis de goudron et d'ordures avaient été projetés contre les murs, rien n'avait été laissé intact, ni une bouteille ni une assiette. Le gramophone de Fidel et les affiches publicitaires avaient été piétinés, les nappes, les serviettes et les disques de Gardel avaient servi à faire un feu sur l'estrade d'où sortait une fumée pestilentielle grisâtre.

Les trois sœurs contemplèrent la scène, immobiles, épaule contre épaule, frappées de stupeur. Elles furent bientôt rejointes par le docteur et Fidel, puis un peu plus tard par Barona et la vieille Galicienne, qui avaient du mal à récupérer leur souffle.

Des chuchotements affolés et des jurons en plusieurs langues se faisaient entendre parmi la foule des voisins.

— *Holy Mary Mother of God, porca miseria*, fils de putes, faut vraiment être des canailles…

Qui donc leur en voulait autant? Car il fallait se rendre à l'évidence, c'était un acte dirigé contre elles. Pour preuve, l'obscénité du saccage, la volonté de détruire absolument tout, la perversité et la sournoiserie de l'agression. Deux questions s'imposaient donc, tandis que les dernières étoiles s'estompaient et que l'aurore pointait dans la 14e Rue, que les premiers habitants partaient au travail et que les premiers fourgons et charrettes commençaient à rouler : Qui? Pourquoi?

Lentement et en silence, presque à l'aveuglette, les trois filles se serrèrent l'une contre l'autre, dans une étreinte qui rappelait leur communion d'autrefois, avant que la vie ne les pousse dans des directions opposées et que ne surgissent méfiances et ruptures. Au milieu de cet enchevêtrement de corps et de chevelures, Luz entama une espèce de sourde mélopée : C'est lui, c'est lui, c'est lui…

Instinctivement, aussi convaincue que terrifiée, elle rendait Frank Kruzan responsable du désastre. Une revanche, une vengeance parce qu'elle l'avait chassé de son existence, un accès de folie. Tout était possible. Comme ce coup assené sur sa pommette, mais en plus violent, encore plus douloureux.

De son côté, Mona envisageait d'autres explications tandis qu'on s'efforçait de les arracher au local.

— Allez, les petites, on sort, il y a rien à faire, ici !

Les trois résistaient, comme retenues par une force magnétique. Finalement, elles durent consentir à retourner dans la rue après une longue insistance.

Les voyeurs étaient de plus en plus nombreux devant la façade, à mesure que les gens sortaient de chez eux pour s'adonner à leurs tâches quotidiennes. Ils étaient à présent une cinquantaine, des hommes de tous âges, vêtus de tenues de travail et avec dans les mains la gamelle du déjeuner; graisseurs à la Standard Oil, machinistes à l'Interborough Rapid Transit, chauffeurs dans les ferries de Staten Island ou maçons risquant leur vie sur les échafaudages des gratte-ciel de Manhattan; des femmes aussi : employées de ménage dans les bureaux, couturières ou bonnes dans quelque maison chic de l'Upper East Side. Lorsque les plus proches virent les filles d'Emilio le Capitán, la petite masse humaine s'ouvrit respectueusement pour les laisser passer.

En tête, Victoria et le tabaquier; ce dernier la soutenait et le beau visage de la jeune femme exprimait un désespoir absolu. Derrière, Luz, aux côtés d'un Fidel décomposé, tentant vainement de conserver un brin de sa dégaine de tanguero pour l'accompagner virilement. Mona, enfin, seule, le front haut, les cheveux emmêlés, les lèvres serrées, assumant dignement l'échec brutal de son projet.

Les présents les entourèrent; ils étaient chaleureux, leur lançaient des phrases d'encouragement et de condoléances : on est avec vous, qu'elles brûlent en enfer, ces canailles ! Des pistes furent même évoquées : Il me semble avoir aperçu trois hommes, dit l'un; non, pour moi, il y en avait quatre, prétendit un autre. Ils sont arrivés et repartis dans une auto foncée; non, un véhicule bleu. Les détails se mélangeaient, personne n'était d'accord, mais ça n'avait pas grande importance. L'essentiel était indiscutable : des individus avaient profité de la fin de la nuit pour dévaster le local et s'enfuir sans laisser de traces.

Vint ensuite le moment où les paroles devenaient superflues : ni mots de soutien ni conjectures sur les coupables. Le gros de la troupe s'émietta, chacun ayant à faire ici ou là. Ne resta que l'entourage immédiat, avec un seul élément étranger, le jeune médecin qui avait accompagné Mona aux premières heures de la matinée : troublé et confus, conscient qu'il n'était pas à sa place mais incapable de s'en aller.

Ils attendirent encore un long instant, sans bouger, atterrés, devant la façade peinte depuis peu dans un vert rutilant et à présent maculée de coulures de goudron et d'épluchures noircies de bananes et de pommes de terre. On avait même lacéré à la pointe du couteau le store, dont la flamboyante toile rouge gisait en un tas de lambeaux sur le sol.

83.

Ils étaient si traumatisés que nul ne prêta attention à la camionnette qui stoppa près du groupe.

— Ça alors ! Sendra !

Luciano Barona fut le premier à reconnaître le compatriote qui venait de sortir du véhicule. Bien que ce ne fût pas du tout un inconnu, on ne s'attendait pas à le voir par là. Et encore moins si tôt. Pas rasé, en simple chemise sur son tricot de corps avec les bretelles par-dessus, il donnait l'impression d'avoir été tiré du lit.

À la surprise générale, il ne daigna même pas jeter un coup d'œil sur le local, pas plus qu'il ne rendit son salut au tabaquier.

— J'ai été obligé de la ramener presque de force.

Sans préliminaires ni formules de courtoisie, il s'adressait aux sœurs en montrant sa camionnette. Elles se tournèrent vers celle-ci. Derrière la vitre de la portière, recroquevillée tête baissée sur son siège, on distinguait Remedios.

Luz poussa un cri, Victoria émit un profond soupir de soulagement et porta une main à son cœur, Mona s'apprêta à s'élancer vers sa mère.

— Un moment !

Sendra avait hurlé en ouvrant les bras telles des ailes de moulin pour les freiner.

— Un conseil, avant tout : ne soyez pas trop dures avec elle. Elle vient de passer la pire nuit de toute sa vie, et à mon avis elle est un peu…

Il tourna les poignets avec les doigts écartés : Perturbée, mimait-il. Les filles le criblèrent de questions : où était-elle ?

Pourquoi partir seule ? Qu'est-ce qu'elle voulait ? Comment l'avait-il retrouvée ?

— Elle est sortie semble-t-il ce matin dans l'intention de me rencontrer mais elle n'avait que peu d'indications : mon nom, celui de mon commerce, La Valenciana, et celui de ma rue, Cherry Street, prononcé à la façon des Espagnols qui ne parlent pas anglais, *Cherristrit.* Et seul Dieu sait comment elle y est presque arrivée avec aussi peu de données. Elle y serait parvenue si elle n'avait pas été apeurée comme un lapin en traversant Chinatown, elle s'est perdue et elle a paniqué.

Planté debout entre sa fourgonnette et elles, Sendra leur bloquait toujours le passage.

— Elle est apparue dans notre quartier vers cinq heures du matin, en compagnie d'un vieux couple de Cantonais – ils l'avaient découverte pelotonnée par terre dans un terrain vague. Comment ils ont réussi à se comprendre tous les trois, j'en sais strictement que dalle, mais le fait est qu'ils l'ont escortée jusqu'à la porte de ma boutique. Comme c'était fermé, les Chinois l'ont emmenée à la taverne de Castilla. Un vapeur portugais avait accosté hier soir et par chance ils avaient laissé le bistrot ouvert toute la nuit pour l'équipage. De là, on est venu me chercher, et ensuite j'ai…

— Mais elle voulait quoi, à la fin ? s'écria Luz.

— Un tas de choses sans queue ni tête. Que je parle à un avocat italien pour l'histoire de la mort de votre père, que j'obtienne des autorités la fermeture de votre business, que je vous oblige à quitter New York…

Il fit une pause, prit une inspiration devant le regard ébahi de son auditoire.

— Vous savez, je crois que votre pauvre mère a plus toute sa tête, c'est pour ça qu'on l'a quasiment traînée, ma femme et moi, pour la fourrer dans ma camionnette. Ça arrive à quelques immigrants, c'est ni la première fois ni la dernière que je verrai ça : ils s'adaptent pas et ils finissent par dérailler, tout les dépasse, ils perdent la boule.

Les trois jeunes filles regardaient tour à tour Sendra et le véhicule ; elles se mordaient la langue pour ne pas l'interrompre, se retenaient de courir sortir leur mère de là.

— On a insisté, mais impossible de la faire manger ou boire une simple gorgée d'eau, et…

(L'homme parla plus bas, gêné :) Il vaudrait mieux lui donner un bon bain et la changer de vêtements, parce qu'en plus d'avoir chié sur mes morts en paroles sous prétexte que je refusais ses demandes et m'obstinais à la ramener, j'ai bien l'impression qu'elle a vraiment fait ses besoins sur elle.

Elles la sortirent de l'auto à trois tandis que le propriétaire de La Valenciana, découvrant enfin le local dévasté, interrogeait les hommes sur ce qui s'était passé.

Fétide, crasseuse, affamée, à bout de forces, telle était Remedios à la suite de son aventure insensée ; incapable de se plaindre ni d'opposer de la résistance, abasourdie par les hurlements de ses filles qui s'étaient allègrement torchées avec les recommandations de l'Alicantin et la bombardaient de reproches toutes les trois à la fois : Mais où vous êtes allée chercher une bêtise pareille, maman ? Comment vous avez pu nous faire cette frayeur ? Vous êtes devenue folle ?

À peine eurent-elles réussi à la redresser qu'une voix s'interposa, autoritaire :

— Voyons, s'il vous plaît, un instant…

C'était César Osorio, le docteur. Sans même faire attention à lui, elles continuèrent à la houspiller : Mais vous êtes dégoûtante ! C'est dingue de partir comme ça !

— Je vous en prie, mesdemoiselles !

Elles échangèrent des regards, hésitantes.

— Permettez-moi de lui prendre le pouls, c'est important.

Quoique non convaincues, elles reculèrent.

— Je vais vous examiner, madame. Ce ne sera pas long, vous verrez.

Elles pensèrent que ce serait vite réglé, que leur mère enverrait le jeune médecin à tous les diables, mais leur surprise fut extrême quand elles constatèrent sa docilité. Cornées, pupilles, parotides, langue… Apparemment satisfait, César Osorio lui tendit courtoisement un bras, que Remedios saisit. Sans un regard pour ses filles ou pour le local, cause de tous ses soucis, agrippée au docteur, elle s'éloigna à petits pas.

Elles étaient tellement confuses, tellement désespérées, que Barona dut les pousser pour qu'elles suivent ce couple bizarre.

— Allez, on s'occupera plus tard de ce désastre. Pour le moment, il faut rentrer chez vous avec elle, allez, allez, on y va tous…

Ils parcoururent lentement le trottoir en un groupe plus ou moins compact, personne n'avait ni le courage ni l'énergie de presser le pas. Remedios et le médecin devant, Mona et Luz juste derrière, sur les côtés ; le tabaquier soutenant une Victoria épuisée ; la voisine galicienne et le malheureux Fidel, qui n'était même plus l'ombre du Morocho del Abasto[1], fermaient la marche.

Ils longeaient la 14e Rue ; certains voisins, qui sortaient à peine de chez eux et n'étaient au courant de rien leur jetaient des regards curieux ; d'autres, au fait de la situation, leur lançaient des encouragements. Ils passaient à la hauteur de Casa Moneo quand le Tampeño sortit de la bouche de métro et les vit approcher de face, en bloc bien que distincts les uns des autres.

Il cherchait Mona, anxieux, prêt à cogner à sa porte, à la tirer du lit si nécessaire. Il n'avait pas la moindre idée de l'épisode du saccage de Las Hijas del Capitán, il venait simplement lui raconter l'incident du Fornos, le coup à la jambe reçu par Covadonga, sa chute, son transfert de toute urgence à l'hôpital. Son état critique, sa soudaine stupeur, à lui, quand il avait découvert que l'héritier du trône n'avait personne d'autre. Ni famille ni vrais amis. Personne excepté lui.

Pendant toutes ces heures effrayantes au Presbyterian Hospital, près de cet homme qu'il ne connaissait pratiquement pas mais dont il était devenu l'unique protecteur à la suite de circonstances rocambolesques, seule l'image de Mona avait accompagné Tony, l'avait rasséréné : elle était celle qui l'unissait au comte, qui le comprenait. Il était donc parti à sa recherche dès le petit matin, dans l'espoir de la trouver déjà réveillée, d'autant qu'elle était supposée lancer ce jour-là sa courageuse affaire de night-club. Il voulait lui annoncer qu'Alfonso de Borbón avait échappé de justesse à la mort, partager avec elle son soulagement, rire aux éclats après avoir eu si peur, lui prédire que tout

1. L'un des surnoms de Carlos Gardel.

se passerait bien ce soir, peut-être même l'embrasser une autre fois.

Son costume était plus froissé que jamais, son col de chemise ouvert, ses cheveux en bataille, sa cravate dans une poche, une barbe de deux jours et un bouillonnement euphorique dans les tempes. Il voulait la voir, avait besoin de la voir tout de suite. La vision offerte par le groupe, à quelques mètres de la bouche de métro, brisa net son enthousiasme.

Outre les visages exténués et la démarche pesante, quelque chose d'autre choqua le bolitero. Ou plutôt quelqu'un d'autre : le jeune homme avec son sweater bleu qui les accompagnait, le seul qu'il ne connaissait pas. Tiré à quatre épingles et extrêmement prévenant, il soutenait la mère qui avançait en traînant les pieds. Néanmoins, l'expression précautionneuse de l'inconnu changea lorsqu'il entendit Mona prononcer son nom :

— Tony, dit-elle d'une voix étouffée.

Le visage de l'autre se décomposa.

Malgré sa nuit blanche et l'énorme frayeur de tout à l'heure, le Tampeño s'en était rendu compte immédiatement, comme frappé par un éclair de lucidité : ce type se fichait complètement de la pauvre Remedios, tout son intérêt était centré sur Mona.

84.

Il attendit patiemment et les vit sortir ensemble une demi-heure après. Il observa tous leurs mouvements tandis qu'elle raccompagnait le docteur jusqu'à une Ford garée à proximité : ils échangèrent quelques phrases en guise d'adieu et l'autre hésita un peu, comme s'il ne voulait pas encore partir, ou qu'il désirait prendre congé de façon moins distante, plus chaleureuse. Quand Tony eut constaté que l'auto s'intégrait au trafic de la Septième Avenue, il abandonna son refuge sous le portail d'à côté.

— Raconte-moi lentement ce qui est arrivé.

En le découvrant soudain, tout proche, arrêté près d'elle au milieu du trottoir, Mona serra les poings et enfonça ses ongles dans les paumes de ses mains; il lui fallut de l'énergie pour se retenir de se coller à lui, de se réfugier dans son cou et d'éclater en sanglots. Elle avait les yeux rougis, de l'épuisement sur le visage; de la cendre et des résidus de saleté parsemaient ses cheveux plus rebelles que jamais.

— On te l'a déjà dit avant, ils ont tout démoli.

Ils avaient mis brièvement Tony au courant dès qu'ils l'avaient croisé. Et puis ils l'avaient planté dans la rue, étranger et seul, tandis que tous les autres entraient dans le bâtiment en brique rouge; César Osorio leur avait cédé le passage puis avait refermé la porte derrière lui, conscient de laisser l'autre dehors. Le docteur avait observé la réaction de Mona quand elle avait vu ce type maigre aux cheveux clairs et à l'aspect négligé, il se tenait sur ses gardes : instinctivement, il avait remarqué la complicité qui les unissait. Il ne savait pas qui c'était, se promettait de le découvrir, mais à l'évidence il ne s'agissait pas d'un simple voisin comme ce benêt de Fidel. Ce type avait une autre envergure malgré son aspect débraillé, il dégageait un autre état d'esprit, une autre assurance. Pour l'heure, le médecin veillait surtout à faire monter Mona avec lui à son appartement, sans qu'elle reste avec l'inconnu. Les événements de la nuit et du matin lui offraient une chance inespérée de s'impliquer dans son monde, César Osorio n'était pas disposé à la rater, encore moins par la faute d'un dépenaillé qui revenait sans doute d'une nuit de bringue avec son costume chiffonné, ses yeux enfiévrés et le bout de sa cravate dépassant d'une poche.

— Vu la situation, j'imagine que ce problème avec le comte ne t'affecte plus puisqu'il n'y aura pas d'inauguration, mais je voudrais que tu saches…

Dans une tentative désespérée de lui remonter un tant soit peu le moral, il lui raconta les péripéties du Fornos et de l'hôpital. Il voulait se montrer encourageant et énergique, déployant tous ses talents de vendeur d'illusions. En vain : Mona avait perdu toute capacité de réaction à la suite de ses malheurs.

Toujours debout en pleine rue, face à face, ils éprouvaient la même sensation sans se l'avouer, celle d'avoir vécu une autre vie lorsqu'ils s'étaient faufilés au St Moritz, qu'ils avaient parcouru la rue new-yorkaise à bord d'une décapotable et dîné au Waldorf Astoria aux frais d'un prince fragile, qui maintenant reposait bourré de sédatifs alors que sa royale famille, de l'autre côté de l'Atlantique, était informée par câblogramme.

— Tony, il faut que j'y aille.

Mona avait décidé de mettre fin à la conversation. Tout ça n'avait plus d'importance. Ce prince qui ne régnerait jamais, la querelle entre les monarchistes et les républicains dans le patio du restaurant, l'hémorragie et les transfusions… Covadonga était hors de danger, ça lui suffisait. Le reste lui était totalement indifférent, à ce moment de la matinée où l'été naissant avait envahi la 14e Rue avec toute sa force : gens, automobiles, bruits, activités. Et même si elle était attirée par l'homme au corps nerveux et aux yeux verts qui se tenait devant elle, même si elle aurait tout donné pour enfouir son visage contre sa poitrine, elle avait encore la lucidité suffisante pour deviner qu'il valait mieux s'en écarter.

— J'ignore où tu vas, mais laisse-moi t'accompagner.

Ils se regardèrent longuement, épuisés l'un et l'autre, chacun désolé à sa manière.

Elle répondit d'un ton ferme :

— Non, c'est mieux comme ça.

À Casa María, la nouvelle du saccage circulait autour de la table du petit déjeuner, avec le pain grillé et le beurre, mais les conversations s'interrompirent subitement dès qu'elles virent entrer Mona. Toutes les femmes, religieuses ou non, lui souhaitèrent une bonne journée comme si de rien n'était, elle marmonna quelques mots et poursuivit son chemin.

Sor Lito n'était ni dans son bureau, ni dans sa chambre, ni dans la bibliothèque. Une vieille nonne croisée dans l'escalier lui indiqua enfin où elle était :

— Essaie à la chapelle, ma fille, il me semble que je l'ai vue entrer il y a un instant.

Elle s'y rendit, ouvrit la porte discrètement. Fraîche, petite et sombre, la chapelle dégageait une odeur de cierge allumé. Sor Lito s'y trouvait en effet, agenouillée sur un prie-Dieu, son corps menu penché en avant, les coudes appuyés sur le dossier et sa tête nue entre les mains.

Mona ne s'approcha pas, elle s'assit au fond en attendant que la religieuse eût achevé ses dévotions. Elle fixa une Vierge vêtue d'un manteau bleu, les mains écartées, juchée sur un globe terrestre. Je vous salue Marie, pleine de grâce, le Seigneur est avec vous, murmura-t-elle machinalement, la bouche sèche.

La famille Arenas n'avait jamais été très adepte de ferveurs et de liturgies, mais Mama Pepa leur avait appris à prier quand elles étaient petites, et les paroles étaient imprimées en elles. Avant d'arriver à « Priez pour nous, pauvres pécheurs », elle fut vaincue par le sommeil.

Des images sans queue ni tête traversèrent son esprit : des êtres anonymes qui criaient et battaient des mains autour d'un brasier près de la mer, le comte de Covadonga écroulé par terre, elle-même conduisant l'auto du docteur Osorio à travers les rues obscures du Village, Tony qui l'embrassait dans un ascenseur…

Elle se réveilla en sursaut en sentant une main sur son genou. Hébétée, il lui fallut quelques instants pour reconstituer le puzzle : Casa María, la chapelle, le désastre de la nuit précédente. Pas de feu de joie ; ni Alfonso de Borbón ni le neveu de doña Maxi n'étaient là, et quant à Tony, au lieu de l'embrasser comme elle l'aurait souhaité, elle l'avait planté en pleine rue. Elle ne découvrit que sor Lito près d'elle.

— Je suppose que tu me cherchais.

Mona acquiesça d'un hochement de tête, elle pouvait à peine parler, son cerveau était embrumé.

— On nous a… on nous a…

— On vous a démoli le local, je sais.

— Et c'est… c'est…

— Mazza, l'avocat, oui. Ou des types qui travaillent pour lui, ce qui revient au même.

Il y eut un silence. Elles étaient assises sur le banc en bois, les yeux dans le vague, en face de la Vierge Miraculeuse et de son regard en plâtre.

— Tout est de ma faute. À cause de ma bêtise et de mon entêtement…

— Ne dites pas ça, ma sœur…

— Il me harcèle depuis le début, tu l'ignores pas. Et même si tu as pas voulu le raconter, je sais que toi aussi il t'a malmenée.

Mona se rappela la soirée où on l'avait brutalement fourrée dans une voiture, le quai où elle avait été emmenée de force, sa course folle, le neveu inquiétant, sa terreur. C'était il n'y avait pas très longtemps, mais elle avait l'impression que la moitié d'une vie s'était écoulée depuis lors.

— J'aurais dû céder dès le début, ajouta sor Lito sur un ton éteint, comme si elle se parlait à elle-même. Quand on croise ce genre d'énergumène, il vaut mieux jeter l'éponge à temps. Mais j'ai été victime de mon orgueil, j'ai confondu sagesse et lâcheté. Et je me suis trompée.

— Ça change rien, ma sœur, ça fait rien maintenant…

La dénégation catégorique de la nonne résonna entre les murs de la petite chapelle :

— Non, non et non !

Elle eut une quinte de toux ; quand elle fut parvenue à la calmer, elle baissa la voix :

— Chacun doit assumer ses erreurs, et même...

Elle s'arrêta un moment, elle avait du mal à respirer. Mona l'observa, elle la distinguait malgré la pénombre : émaciée, le teint blafard, les cheveux en bataille, plus blancs et clairsemés que jamais, la chair du visage flasque, des poches énormes sous les yeux et la peau sillonnée de rides nombreuses et profondes.

— Je suis malade, ma petite, je vais mal depuis très longtemps, mais je n'ai appris la gravité de mon étant qu'avant-hier. Je ne vivrai pas assez de temps pour arriver au bout de votre affaire, et j'ai donc décidé que le plus sage était d'abandonner. J'avais rendez-vous à midi avec Mazza pour négocier : bien à contrecœur, j'allais lui donner une immense satisfaction. Mais Remedios a débarqué au milieu de la matinée avec ses réclamations et ses insultes... Et ça m'a mise en colère ; comme si je collais une baffe à ta mère en faisant ça, j'ai repris courage et je ne suis pas allée au rendez-vous...

Mona déglutit difficilement ; elle voulut dire quelque chose, la consoler, mais les mots ne sortaient pas.

— Le saccage de votre commerce n'est qu'une réponse au lapin que je lui ai posé. Sous prétexte de donner une leçon à cette pauvre femme, j'ai rendu Mazza fou de rage. Et par un effet rebond, moi qui étais censée vous protéger, mes chéries, je vous ai jetées dans la fosse aux lions.

Le silence s'épaissit de nouveau dans la chapelle. Aucune des deux ne s'aperçut qu'on les écoutait derrière la porte entrouverte ; quelqu'un qui regrettait à présent son inaction, de ne pas avoir pris ses responsabilités alors qu'il faisait désormais, pour le meilleur et pour le pire, partie intégrante de la famille.

Le banc en bois grinça quand elles se levèrent, Mona fut obligée d'aider la nonne en la tirant par le bras : ses jambes ne la portaient plus.

Luciano Barona en savait assez. Il s'éclipsa sans bruit. Il n'entendit donc pas la dernière phrase de sor Lito quand elle se signa avant de sortir et marmonna en fronçant les sourcils :

— Que le Très-Haut me pardonne, mais il y a des jours où la vie ressemble à une sacrée foutaise.

85.

Il était dévoré d'inquiétude.

À l'instar de Mona, le tabaquier s'était rendu à Casa María pour interroger sor Lito : pensait-elle, comme lui, que l'avocat italien pouvait être l'instigateur de cette sauvagerie ? Il ne s'attendait pas, en revanche, à une confirmation aussi explicite de sa part, tandis qu'il écoutait sa confession en cachette.

Il regagna la rue discrètement, en se passant lentement une main sur la nuque pendant qu'il digérait ce qu'il venait d'entendre. Puis il décida d'agir.

Ses recherches furent brèves : New York était une ville gigantesque, mais on trouvait toujours un fil pour débrouiller l'écheveau dans ce bout de territoire du Downtown qu'il contrôlait parfaitement. En moins d'une heure, après avoir posé quelques questions çà et là, il avait rassemblé les informations nécessaires. Il s'adressa alors à un gamin d'une quinzaine d'années et au visage couvert de boutons qui tuait le temps en embêtant un chat sur le bord du trottoir.

— Un demi-dollar pour toi si tu me fais une course, lui dit-il sans préambule en portant une main à sa poche.

Il réfléchit, se corrigea immédiatement :

— Non, plutôt deux.

— Deux… deux dollars ? bégaya le garçon.

— Non, deux courses.

La première consistait à prévenir Victoria, qui était dans l'appartement de sa mère, qu'il tarderait à rentrer. La seconde, la plus importante, concernait son fils : il fallait aller le chercher sur son lieu de travail, à la quincaillerie de la 110e Rue.

— Dis-lui que c'est urgent, compris? Qu'il s'agit d'une affaire très grave, une affaire de… de famille. Qu'il vienne le plus vite possible à cette adresse. Allons, dépêche-toi, ne reste pas planté !

Le tabaquier emprunta la Septième Avenue, puis Bleecker Street avant d'atteindre sa destination en un peu plus d'une vingtaine de minutes. Il était en nage, il avait marché d'un pas rapide et le soleil tapait fort. Mais il était tellement enfermé dans ses pensées qu'il avait à peine senti la chaleur et la fatigue, comme si la colère qui bouillait en lui l'aidait à oublier le manque de sommeil, les brûlures dans ses entrailles et la puanteur de la morgue qui l'imprégnait encore.

Certaines images se répétèrent dans sa tête, tels des roulements de tambour, tout au long du chemin, des images du passé qui recouvraient soudain de la force : le jour où l'Italien Mazza avait failli frapper Victoria dans la cantine, ses bravades et ses menaces, le coup de poing qu'il lui avait lui-même assené. Sor Lito avait sans doute raison : la goutte d'eau qui avait fait déborder le vase, c'était sa décision d'esquiver le rendez-vous consacrant le triomphe de l'avocat. Mais même comme ça, la tension venait de loin, et les revanches se faisaient souvent attendre. Barona était ainsi conscient de ses propres responsabilités, il avait probablement contribué à cette issue catastrophique.

— Tu aurais dû y mettre fin depuis longtemps, marmonna-t-il. Il fallait liquider toute cette affaire, trouver une solution.

Plongé dans ses remords, il arriva au coin de Carmine Street. Mazza habitait et travaillait là, lui avait-on indiqué, en plein cœur du South Village italien, en face de l'église de Notre-Dame de Pompéi, dans un bâtiment en brique de cinq étages orné de moulures au-dessus des fenêtres : l'un des édifices les plus luxueux dans un quartier peuplé d'immigrants et de prolétaires, rempli de logements modestes et de pensions, d'étendages de linge et d'odeurs de sauce tomate, d'origan et de sardines.

Luciano n'avait jamais été d'un naturel agressif, mais il n'était pas non plus un doux agneau. Endurci par les avatars de la vie new-yorkaise, il savait qu'une plainte formelle contre l'avocat serait vaine faute de preuves indiscutables. Il préférait donc lui parler directement, pour exiger des explications, l'insulter, le traiter de fils de pute, ou… ou… il ignorait dans quel but exact, mais il était sûr qu'il devait l'affronter. À cause de la gravité de l'outrage, par dignité. Cela ne déboucherait sans doute sur rien, mais il s'y sentait obligé. En fin de compte, il était l'unique individu mâle de la famille Arenas, et sa vieille fierté espagnole l'empêchait de rester les bras croisés tandis qu'on abusait de faibles femmes sans défense, désormais son clan. Une réaction s'imposait, et une réaction puissante. Voilà pourquoi, mû par cet instinct primaire qui donne la primauté à son propre sang, il avait souhaité en premier lieu la présence de son fils.

Il attendait Chano dans une petite place en face de l'église et de l'immeuble où habitait l'Italien ; assis sur un banc avec ses paquets de cigares sous l'ombre bienveillante de quelques arbres. Il y avait une multitude d'oiseaux, des gens qui allaient et venaient, des gamins de tous âges et des vieillards décharnés qui distribuaient des miettes de pain aux pigeons, mais il ne leur prêta guère attention. C'était encore le passé qui le taraudait : l'attitude violente de l'avocat à El Capitán, les hurlements de Victoria quand elle avait essayé de le jeter dehors… les images se bousculaient dans sa tête tandis que le piaillement effréné des oiseaux lui criblait les tympans. La main de Mazza qui se dresse pour la gifler, le coup qu'il lui donne lui-même, la façon dont il la protège en la serrant contre sa poitrine, la première fois qu'il sent son corps jeune, sa douceur… Dans ses tempes résonnaient les cris des enfants, les rugissements des moteurs et les grincements des charrettes, les voix italiennes des vieux. Mais pourquoi Chano tardait-il tant ?

Il y avait une fontaine au milieu de la place, Barona se leva péniblement et s'en approcha. Il avança ses mains sous le jet d'eau, les porta à son visage. Il se frotta les yeux, la nuque, le menton où affleurait sa barbe grisâtre. Il se mouilla de nouveau les doigts, les passa entre ses cheveux de plus en plus clairsemés au fil des ans. Il venait de fêter ses cinquante-cinq ans, mais croyait à tort avoir subitement rajeuni depuis que Victoria était entrée dans sa vie. En ce moment précis, c'était comme si deux décennies de plomb lui étaient retombées dessus.

Il rejoignit son banc. Une femme à la tenue provocante et aux yeux tristes vint vers lui en se tripotant les seins et lui murmura : «Je suis tout à toi quand tu voudras, *honey.*» Puis un vendeur ambulant qui poussait son chariot en boitant; pommes à cinq cents, criait-il.

Le tabaquier les ignora l'un et l'autre; il plongea son visage entre ses mains, s'abandonna encore aux visions qui lui martelaient l'esprit : Victoria terrorisée devant l'avocat, Victoria blottie entre ses bras, Victoria resplendissante en robe de mariée, Victoria étendue sur le lit, nue et offerte, Victoria nerveuse, fuyante et différente, se dérobant à ses pulsions charnelles, Victoria désespérée face au chaos de Las Hijas del Capitán.

— *Va bene, figlio ?*

La voix masculine le tira de ses pensées obsédantes, une main ferme s'était posée sur son épaule gauche. Il leva les yeux. Un prêtre se tenait devant lui, âgé mais vigoureux sous sa longue soutane : le père Demo, le curé de l'église de Notre-Dame de Pompéi, une référence parmi les immigrants italiens du quartier. Il avait sans doute pris pour un compatriote Barona effondré sur son banc en pierre; en fin de compte, ils étaient originaires des mêmes terres pauvres du sud de la vieille Europe, victimes de famines identiques.

— *Va bene, pater, va bene,* bredouilla-t-il pour qu'il lui fiche la paix.

En tout cas Luciano enfreignait le huitième commandement de la loi divine, puisqu'il mentait sans vergogne. Non, rien n'allait *bene,* tout marchait mal. Son cerveau embrouillé mélangeait les souvenirs et les réflexions, les sensations. Et toujours pas de Chano. Et il en avait marre.

Il se leva tandis que la silhouette du curé s'éloignait en distribuant des bénédictions sur les têtes enfantines qui le croisaient. Il arrangea les revers de sa veste, ajusta son nœud de cravate et la lissa du plat de la main. Ensuite il attrapa ses boîtes de tabac, s'éclaircit la gorge et cracha par terre. Allons-y, murmura-t-il. Et il se mit en route.

86.

Un peu plus au nord, dans la 14e Rue, sa femme et ses belles-sœurs retournaient à Las Hijas del Capitán munies de balais, de seaux et de chiffons pour réparer le désastre. Avant, elles avaient réussi à laver leur mère, presque de force, dans une grande bassine en zinc plantée au milieu de la cuisine. Ensuite elles avaient essayé de lui faire ingurgiter une tasse de bouillon, mais elle avait serré les lèvres et refusé. Bien entendu, elles avaient également tenté de lui faire expliquer sa folie : en vain, pas un mot n'était sorti de la bouche de Remedios. Muette comme une tombe, elle avait regagné sa chambre et s'était recroquevillée sur son lit, le visage contre le mur.

Elles auraient pu l'imiter : se coucher, fermer les yeux, tomber dans un sommeil profond et oublier le monde. En fin de compte, la messe était dite. Il n'y aurait pas d'inauguration, pas de Luz dansant ses rumbas ni chantant ses coplas, pas de *Caminito* entonné par un faux Gardel, pas de sifflets contre l'invité d'honneur, le fils du roi en exil. Aucun applaudissement ne résonnerait jamais entre les murs fraîchement repeints, nul ne commanderait une carafe de sangría ou une autre bouteille de vin rouge, pas un seul billet n'entrerait dans la caisse. Telle était la réalité, triste et crue.

Mais il n'était pas question de céder à l'autocompassion et elles se mirent à l'ouvrage de concert. Elles n'eurent pas besoin de parler pour se distribuer les tâches, tout se trouvait dans un tel état de désolation que chacune commença par ce qui lui tombait sous la main. Accroupie, Victoria rassembla les débris de carreaux et de verre éparpillés sur le sol. Luz se chargea des restes du feu allumé sur cette estrade où elle n'exhiberait jamais sa grâce ; elle eut un pincement au cœur en se rappelant Frank Kuzan et son refus catégorique de la laisser chanter ici ; elle s'interrogeait encore sur sa responsabilité dans ce désastre. Mona, de son côté, s'attaqua aux murs : elle y déversa des seaux d'eau, les lessiva de haut en bas avec un vieux balai. Elle n'avait pas encore partagé avec ses sœurs l'aveu de sor Lito au sujet de leur briseur de rêve, elle devait réfléchir.

Plusieurs personnes imprévues se joignirent à elles. D'abord deux cousines cordouanes qui habitaient l'appartement du dessus ; elles avaient entendu les filles s'affairer et elles débarquèrent avec des serpillières et des tampons à récurer. À mesure qu'elles sortaient sur le trottoir les déchets et les meubles cassés, d'autres voisines vinrent les aider. Il y eut bientôt huit ou neuf femmes à l'intérieur, puis une douzaine, puis près de vingt et Las Hijas del Capitán se transforma soudain en l'un de de ces petits miracles de solidarité collective si fréquent parmi les immigrés. C'était toujours leur mode de fonctionnement, dans les bons moments ou face à l'adversité ; ils étaient comme une espèce de radeau rempli de compatriotes, flottant contre vents et marées dans l'immensité de New York. S'ils ne se protégeaient pas mutuellement, eux souvent si invisibles, personne d'autre ne viendrait à leur secours.

Un livreur leur proposa la camionnette de son entreprise pour emporter les rebuts dans une décharge, un autre type leur brancha un tuyau depuis la rue pour leur faciliter le nettoyage, on leur apporta deux pichets de limonade de la Casa de Asturias afin qu'elles rafraîchissent leur gorge pleine de poussière. Au milieu de toute cette agitation, l'une des voisines prévint Victoria :

— Quelqu'un te demande dehors.

Encore de l'aide, songea-t-elle en s'arrangeant les cheveux d'une main. La serpillière humide qu'elle tenait dans l'autre tomba par terre quand elle l'aperçut.

Chano, sans veste comme d'habitude, l'inquiétude se lisant sur son visage sculpté à coups de poing, son corps robuste sous la chemise aux manches retroussées, et ces mains rudes qui lui hérissaient la peau.

Ils se regardèrent, se disant à la fois tout et rien.

— Je suis déjà au courant…

Victoria faillit se jeter dans ses bras, mais elle se retint de justesse, malgré son envie irrésistible de se laisser aimer.

— Mon père est là ?

Elle fit non de la tête, déconcertée.

— Et toi, tu vas bien ?

Nouveau hochement, cette fois en signe d'acquiescement.

Aucun frôlement, tous deux se tenaient à une distance respectable. Ils se regardaient simplement, les yeux fixés l'un sur l'autre. Nul ne pouvait soupçonner ce qui s'était passé la veille, la passion effrénée qui les avait d'abord emportés, ni sa réaction à elle quand il lui avait dit, alors qu'ils gisaient, épuisés et comblés : Partons au loin, lui avait-il répété tourné vers elle, le coude appuyé sur le matelas. Où ? lui avait-elle demandé. Et Chano avait répondu : loin, en Californie, au Mexique, au Canada, là où personne ne songera à nous trouver. Une sensation d'angoisse l'avait envahie, puis elle avait murmuré : Impossible, impossible, impossible, avant de se blottir dans ses bras.

— Il m'a fait chercher il y a quelques heures, poursuivit Chano, toujours planté devant l'entrée pendant que les autres femmes continuaient à s'activer, mais j'étais occupé à des livraisons et j'ai reçu son message que longtemps après. Il avait besoin de moi, une « urgence familiale ». Il m'attendait devant une église dans le South Village, mais il n'était plus là quand je suis arrivé.

Victoria l'écoutait sans détacher son regard de ses yeux et de sa bouche, de ses épaules solides, de son cou musclé. Chano n'avait pas essayé de la rattraper quand, après s'être rhabillée à la hâte, elle s'était ruée sur la porte pour l'ouvrir, quitter la chambre et dévaler l'escalier, sans doute parce qu'elle avait conscience de l'énormité de sa trahison. Le fils de Luciano Barona, le boxeur qui n'avait jamais atteint la gloire, était resté étendu sur son lit, partagé entre la confusion et la honte de sa proposition téméraire, fou amoureux de cette femme qui s'était lourdement trompée.

Mais tout ça avait eu lieu la veille, et depuis leur vie à tous avait connu des développements dont il était impossible de deviner la portée tragique.

Chano n'avait pas réussi à retrouver son père à l'endroit prévu, en effet, car ce dernier avait finalement décidé de ne plus l'attendre. Il s'était levé de son banc, avait traversé la rue, pénétré sous un porche et grimpé deux étages, prêt à affronter l'avocat Mazza. Deux étages qu'il ne redescendrait plus jamais par ses propres moyens.

87.

Le tabaquier frappa à la porte de l'avocat, sans savoir précisément comment il allait procéder. Un jeune type lui ouvrit, massif, avec une large cravate orange. Il demanda à voir Mazza, l'autre lui rétorqua qu'il était occupé, Barona l'écarta d'un coup d'épaule.

L'Italien téléphonait debout derrière son bureau, en manches de chemise et bretelles. L'endroit avait peut-être connu des jours meilleurs, mais à présent il apparaissait quelque peu terni : la tapisserie se décollait çà et là, elle était maculée de taches sombres au-dessus des radiateurs. Les fenêtres restaient fermées malgré la chaleur de ce début d'été ; on distinguait à travers les carreaux sales la place triangulaire que Luciano avait abandonnée quelques minutes auparavant.

Mazza appuyait le combiné noir contre son oreille gauche mais il se taisait, il se contentait d'écouter. Cela faisait un moment qu'il tentait de justifier sa décision, sous prétexte que cette fille de pute de nonne n'était pas venue au rendez-vous ; il avait notamment insisté sur les obstacles dressés par ces zoccoles, ces salopes de filles du défunt Arenas, depuis le début. Son discours s'était cependant achevé par une série de borborygmes stériles : son interlocuteur avait encore une autorité suffisante pour lui insuffler de la crainte.

Son oncle. Zio Marcelo. C'était l'homme qui criait comme un putois à l'autre bout du fil, depuis un sinistre hospice de vieillards. Un accident vasculaire cérébral l'avait subitement exclu du barreau et les sœurs missionnaires du Sacré-Cœur le soignaient désormais à l'asile des Holly Angels ; elles étaient obligées de le pousser dans un fauteuil car il était incapable de marcher et bougeait à peine les mains, sa tête penchait sur sa poitrine comme si son cou était en caoutchouc, un filet de bave coulait en permanence à la commissure gauche de ses lèvres. Malgré tout, il avait conservé le plein usage de sa voix, bien qu'elle fût âpre et gutturale, et son cerveau fonctionnait à cent pour cent, et quand une religieuse ou un de ses visiteurs lui tenait l'écouteur collé contre l'oreille, il pouvait encore sonner les cloches à quiconque.

En dépit de ses nombreux handicaps, le vieil immigré italien se débrouillait pour rester au courant de presque tout ce qui était lié à son ancien univers de procès, de requêtes et de tribunaux ; ce cabinet du South Village lui appartenait toujours, nominalement, et on venait de lui apprendre la folie commise à l'instigation de son neveu la veille au soir. Le vieux l'engueulait donc avec la même rudesse que lorsqu'il était un gamin novice et boutonneux, obtus, renfermé. *Sei un buono a nulla !* J'ai pas de chance d'avoir un héritier comme toi ! Voilà ce qu'il hurlait en écumant de rage, regrettant d'avoir dû abandonner son bureau entre les mains d'un tel imbécile, un *vero calzone* qui faisait tout son possible pour ruiner son affaire à force de délits et de maladresses.

Finalement, Fabrizio Mazza parvint à raccrocher. Rouge d'humiliation et le cœur battant de frustration dans sa poitrine, il brailla au nouvel arrivant :

— Et vous, qu'est-ce que vous foutez ici ?

Barona s'était déjà avancé jusqu'au milieu de la pièce, l'autre le reconnut aussitôt : l'individu qui l'avait terrassé d'un coup de poing à la mâchoire, pour défendre la *puttana spagnola*. Il savait qu'il avait fini par l'épouser, qu'il habitait Brooklyn. Il savait tout parce que cette *porca* famille était devenue son pire tourment et son obsession permanente.

— Tomasso ! cria-t-il pour appeler le jeune type.

Mais Tomasso n'entra pas. Il resta dans le couloir, le dos appuyé contre le mur, les poings rageusement serrés, les dents, les sourcils et les yeux contractés, luttant de toutes ses forces pour se contenir, pour ne pas obéir. Il devait secourir son oncle, c'était son devoir ; mais il ignorait si l'Espagnol était armé, ses intentions, son…

— Tomasso !

Le tabaquier ne fit pas plus attention aux cris de Mazza que son neveu : il continuait à s'approcher, les yeux mouillés, le menton tremblant. Il ne voulait que parler, mais il avait du mal à trouver les mots pour appuyer ses arguments ; il se sentit incapable d'exprimer de façon raisonnable la fureur viscérale qu'il éprouvait.

Faute de paroles, Barona ne parvint à transmettre ses sentiments que par son corps : il se jeta sur l'Italien, le flanqua dans son fauteuil et lui enserra le cou de ses grandes mains encore puissantes d'ancien journalier agricole.

Tout le reste se déroula en quelques secondes.

Parfois, dans la vie, les désastres ne sont pas provoqués par les causes les plus immédiates ou apparentes, mais par les frustrations enfouies au plus profond de nous. Ce fut ce qu'il advint pour les deux parties impliquées à cette occasion.

Sans doute malgré lui, le tabaquier n'était pas seulement mû par le comportement de l'Italien à l'encontre de sa belle-famille ni par le fait qu'il avait anéanti tous leurs espoirs. Quelque chose d'infiniment plus douloureux le minait : le soupçon que Victoria n'était pas amoureuse de lui.

Il en était de même avec Mazza. Sa réaction à l'attaque de Barona n'était pas uniquement due à la nécessité physique de se défendre ; il aurait pu se libérer de l'Espagnol en se battant avec plus de courage, par exemple en lui assenant un coup de genou dans le bas-ventre, ou en utilisant toute la force de ses jambes pour reculer son fauteuil et lui échapper. Mais il n'en fit rien. Il agit autrement parce qu'un autre feu dévorait ses entrailles : le mépris perpétuel de son oncle, l'accumulation de reproches amers, la certitude qu'aux yeux de ce vieux grigou tous ses actes et décisions resteraient ceux d'un *brutto stronzo*, d'un pauvre crétin. Ainsi, cherchant à l'aveuglette tandis que le tabaquier lui serrait le cou, Mazza parvint à ouvrir le deuxième tiroir de sa table, fouilla fébrilement à l'intérieur et attrapa la crosse du pistolet qu'il conservait dedans.

Le premier tir fut à brûle-pourpoint, fatal.

Au cas où, il appuya encore deux fois sur la détente.

À présent sur le pas de la porte, Tomasso contemplait la scène en triturant sa cravate criarde. Immobile, frappé de stupeur.

Ils attendirent la tombée de la nuit pour se débarrasser du corps. Ils appelèrent ceux qui se chargeaient toujours des basses besognes et qui avaient saccagé Las Hijas del Capitán le matin précédent. Ils enveloppèrent le cadavre dans une couverture, le descendirent à trois par l'escalier comme si c'était un colis, le transportèrent jusqu'à la place et le lancèrent avec un plouf sourd dans cette même fontaine où Barona avait placé ses mains sous le jet pour tenter d'effacer ses pensées les plus troubles et récupérer sa lucidité. Lorsqu'ils entendirent les cris alarmés des passants, les sbires de Mazza s'enfuirent à toute allure en direction des quais, à bord d'une fourgonnette noire, le long de Carmine Street.

Le père Demo arriva bientôt sur place d'un pas rapide, malgré son grand âge : une partie de son apostolat concernait les milliers d'exactions commises sur le territoire de sa paroisse, et on venait toujours le chercher si le cas exigeait son intervention. Plusieurs gamins pataugeaient déjà dans la fontaine pour sortir le corps de l'eau verdâtre teintée de rouge.

Le prêtre reconnut la victime dès qu'il aperçut son visage. Les mots *Va bene, pater, va bene* résonnaient dans son oreille tandis qu'il retroussait sa soutane, s'agenouillait et traçait un signe de croix sur son front avec son pouce droit.

88.

On l'amena à la nuit tombée, quand elles s'affairaient encore parmi les décombres de Las Hijas del Capitán.

On le conduisit directement à La Nacional, la maison de tous, où on avait reçu le coup de fil : Luciano Barona avait sa carte de membre de la Sociedad Española de Beneficiencia dans son portefeuille lorsqu'on l'avait sorti de l'eau, c'était le seul numéro de téléphone que le curé pouvait appeler.

Le corps fut momentanément posé par terre, dans le salon. Encore trempé. Sous une couverture, les yeux mi-clos et trois balles dans l'abdomen.

Malgré les efforts de discrétion, plusieurs passants assistèrent au transfert et dès lors la nouvelle se répandit dans la rue comme une traînée de poudre. Des exclamations, une rumeur qui se propage, des cris ou des murmures stupéfaits, abasourdis, confus. On a tué Luciano Barona, le tabaquier de Brooklyn ! On a assassiné le mari de Victoria, l'aînée des filles du Capitán ! Il y eut des cavalcades et des éclats de voix, de l'horreur, du désarroi. En entendant le brouhaha, les derniers joueurs abandonnèrent leur partie de dominos et grimpèrent précipitamment depuis la cantine du sous-sol ; quelqu'un leur ordonna de garder la porte du salon jusqu'à l'arrivée d'un membre de la direction pour prendre la situation en main.

C'étaient quatre solides gaillards, mais ils ne parvinrent pas à les maîtriser. Coups, bourrades, insultes, morsures : les sœurs Arenas utilisèrent tous les moyens quand elles se plantèrent devant l'entrée au comble du désespoir. La barrière humaine se brisa finalement et ils furent obligés de céder et de les laisser passer.

Elles se jetèrent par terre, arrachèrent la couverture. Leurs hurlements transpercèrent la nuit à travers les fenêtres entrouvertes : des cris d'épouvante et des sanglots déchirants tandis que les gens s'amassaient devant la porte, dans l'escalier. On entendait des chuchotements consternés, les femmes se signaient, les hommes ôtaient respectueusement leur casquette ou leur chapeau.

Chano buvait à ce moment-là une pinte de bière dans la taverne d'Al, l'Écossais; encore étonné par le message de son père et dans l'attente d'un signal de sa part, il avait l'esprit et le corps totalement remplis de son désir pour Victoria. Quelqu'un vint l'avertir, il sortit atterré, se fraya un passage parmi la foule à coups d'épaule.

La scène lui glaça le sang. Victoria, à genoux, continuait à hurler telle une bête blessée à mort, tandis qu'elle soutenait entre ses mains le visage boursouflé de son mari. À ses côtés, effondrées sur le sol, Luz sanglotait sous ses cheveux roux et Mona serrait l'une des mains inertes de son beau-frère avec une expression de désespoir infini.

Chano se tint aux pieds de son père : immobile, les poings serrés, hagard. Incrédule, frappé de stupeur, pendant que le président de La Nacional, tout juste arrivé derrière son dos, posait lentement une main compatissante sur son épaule.

Dès lors, tout s'accéléra. On prit les premières décisions, un médecin dressa l'acte de décès, un juge ordonna la levée du cadavre. Allées et venues, larmes, embrassades, paroles de stupéfaction et de douleur. L'autopsie fut écartée sur demande expresse de la jeune veuve, qui ne voulait pas qu'on abîme davantage son époux. Encore plus de gens, plus de condoléances et de phrases d'encouragement, de conjectures, de femmes parlant à voix basse entre deux soupirs et d'hommes fumant en silence.

Plusieurs heures s'écoulèrent. Victoria se mit dans un coin avec Fidel et lui donna des instructions entre deux hoquets. La police, entre-temps, s'était rendue à South Village, elle avait interrogé le père Demo, des témoins ayant vu le corps qu'on balançait dans la fontaine et des habitants vivant à proximité.

De simples formalités, car personne n'apporta aucune information significative : ou ils jurèrent qu'ils ne savaient rien, ou ils mentirent sans la moindre honte.

Il était près de minuit quand Victoria déclara qu'elle voulait rester seule. On essaya de la convaincre de retourner se reposer un moment chez elle, les pompes funèbres s'occuperaient des préparatifs ; entre la disparition de Remedios et la destruction du futur night-club, aucune n'avait dormi depuis près de deux jours. Mais elle refusa, catégorique, et expédia dehors tous les présents sans ménagement. Ses sœurs lui obéirent, elles l'aidèrent à se débarrasser des intrus. Chano fut ramené presque de force jusqu'à la taverne d'Al pour y boire deux ou trois verres et décompresser. Des femmes conduisirent Remedios à Casa María sous prétexte de lui administrer une tisane. Les voisins s'éclipsèrent un par un.

Le calme régna enfin. Mona et Luz se postèrent de l'autre côté de la double porte fermée. Seul Fidel resta à l'intérieur avec le couple, du fait de son métier ; au fond du salon, silencieux, à la fois respectueux et effrayé ; avec ses sinistres instruments pour quand ça serait le moment.

Le visage crispé, l'aînée des sœurs Arenas décida de préparer son mari pour son ultime voyage à la façon de ce vieux monde dont ils provenaient tous les deux, comme on le faisait là-bas, dans le Sud d'une Espagne encore attachée aux traditions ataviques. Bien peu à voir avec les rituels modernes des pompes funèbres new-yorkaises, où des mains étrangères habillaient les morts et les maquillaient même telles des poupées.

Ainsi donc Victoria procéda à l'égard de Luciano Barona selon les usages élémentaires de sa terre. Avec une extrême délicatesse, elle lui ôta ses vêtements malodorants, arracha soigneusement les bouts de tissu accrochés à la chair brûlée de son abdomen, nettoya les blessures et remplit les orifices des balles avec des boulettes de coton. Ensuite, elle trempa une éponge dans une cuvette d'eau savonneuse et lava chaque pouce de son corps dénudé : le visage, les oreilles, le cou, la toison de la poitrine, les flancs, les aisselles, les bras et les jambes, le dos et la paume des mains, les doigts, les aines, le scrotum obscur et le pénis rétréci. Puis elle le rasa, le peigna et effila ses sourcils fournis, referma ses paupières en faisant pression du bout des pouces, baisa ses lèvres, l'aspergea entièrement d'eau de Cologne et noua un ruban du menton au sommet du crâne pour maintenir sa bouche close. Sans prononcer un mot ni pousser un seul soupir, elle s'adonna à sa tâche avec une totale et patiente abnégation ; elle ne laissa échapper aucune larme.

Fidel lui proposa un crucifix pour le placer entre les doigts du défunt, elle répondit non. Malgré leur mariage à l'église et la future absoute en latin de ses funérailles, elle n'avait jamais perçu chez son Luciano le moindre intérêt pour des affaires autres que terrestres. Elle se rappela alors les vieilles de son quartier qui posaient sur le ventre des morts des ciseaux ouverts ou une assiette de sel : pour éviter qu'il ne gonfle, disaient-elles. Elle s'y refusa également.

Finalement, elle croisa ses mains sur son estomac, joignit ses cuisses, ses genoux, ses pieds. Aidée par Fidel, elle l'enveloppa d'un drap blanc. Quand ils eurent terminé, elle demanda au tanguero frustré de s'éloigner. Au bout de quelques minutes, après un ultime adieu, Victoria leva la tête et lui fit un signe.

Deux employés de la société Hernández entrèrent alors avec un cercueil et l'installèrent dedans. Ils le posèrent ouvert sur la vaste table de réunion recouverte d'un jeté en velours. Les autres purent enfin pénétrer à l'intérieur : la direction, les propriétaires de plusieurs commerces proches, une bonne poignée d'habitants du quartier…

Mona et Luz étaient désormais vêtues de noir des pieds à la tête ; leurs cheveux étaient peignés en arrière, ramassés en un chignon. Leurs tenues austères contrastaient brutalement avec les habits légers de Victoria, qu'elle avait portés tout l'après-midi pour s'échiner au milieu des décombres de Las Hijas del Capitán ; l'attache censée maintenir ses boucles sombres en ordre avait perdu depuis longtemps sa fonction et la coupe à la mode de son mariage offrait une image chaotique et emmêlée.

Même ainsi, Chano ne la quittait pas du regard.

— Je vais voir où je peux me changer, dit-elle à ses sœurs quand elles lui tendirent un paquet de vêtements foncés.

Elle se dirigeait vers la porte, pour s'habiller en deuil, quand il lui barra le passage. Victoria l'avait évité dès le premier instant, elle s'était volontairement distanciée, avait assumé en solitaire son rôle de veuve en prenant seule toutes les décisions.

Elle n'avait aucune raison d'agir ainsi, à l'évidence : Chano était le fils du défunt, le sang de son sang, l'héritier aussi des quelques biens que Luciano Barona laissait en ce bas monde. Mais elle avait préféré agir ainsi et il l'avait accepté.

Ils se fixèrent, bouleversés par la même tristesse abyssale, incapables l'un et l'autre de parler. La salive s'accumula dans le coup puissant du boxeur et il parvint seulement à déglutir ; elle avait les lèvres sèches, elle ne les ouvrit même pas. Muets, conscients d'être observés, ils s'étreignirent dans une accolade tendue et protocolaire, maladroite, brève, comme de simples parents lointains et non des amants clandestins. Bien entendu, personne ne les soupçonna.

La Nacional se chargea du reste, ainsi que pour tous ses membres à jour de leurs cotisations : transfert, faire-part de décès dans *La Prensa,* couronne d'œillets. Pas de corbillard de luxe ni de tombe particulière comme dans le cas d'Emilio Arenas, mais un simple espace dans un caveau partagé : les moyens de la Sociedad Española de Beneficiencia étaient réduits et le mort ne disposait pas d'une puissante compagnie de navigation pour lui payer des obsèques en grande pompe.

Son nom fut gravé au bas de la liste de compatriotes qui se succédaient sur la pierre. Des hommes comme lui qui avaient traversé la mer quand ils étaient jeunes, accrochés à l'espoir d'un avenir digne et qui, finalement, n'avaient pas accompli leur rêve de retourner chez eux.

89.

Le décès de Luciano Barona traumatisa la colonie tout entière, *La Prensa* lui consacra même trois articles les jours suivants. Le premier centré sur l'assassinat, le deuxième sur le personnage du tabaquier et le troisième indiquant que l'enquête se trouvait au point mort.

Les sœurs Arenas, encore bouleversées et confuses, furent bien obligées de refaire surface et de reprendre leurs activités, portant sur leurs fragiles épaules le poids de leur désolation.

Victoria ne retourna pas à Brooklyn, elle revenait dormir sur sa paillasse habituelle. Faute du linge rangé dans son armoire de jeune mariée, elle s'habillait avec tout ce qu'elle attrapait parmi les tenues de ses sœurs. Au grand scandale de Remedios, elle ne daigna même pas prendre le deuil : à quoi bon se déguiser en noir comme un corbeau si on portait tout son chagrin à l'intérieur de soi. Le chagrin, et tout un tas de sensations. Le doute. Le remords. Le désespoir et cette angoisse qui la réveillait la nuit, lui oppressait la poitrine et l'empêchait de respirer.

La cuisine et le couloir de l'appartement regorgeaient à présent de caisses en carton remplies de bouts de tissu et de bobines de fil : monter à domicile et au forfait des cols et des poignets pour une usine de confection, telle était la nouvelle source de revenus dès lors que les fourneaux d'El Capitán s'étaient éteints. C'était Milagros qui leur avait fourni ce travail, grâce à une ancienne relation du Garment District, et elle leur avait appris le métier. Le vendredi à trois heures, un gamin emporterait les pièces terminées et apporterait une nouvelle fournée ; à un cent l'unité, elles s'en tireraient peut-être pour le moment. Aucune n'était très experte dans l'art de la couture, mais la tâche était simple, tristement machinale, et Victoria et sa mère y passaient toute la journée, penchées sur leur labeur dès le petit matin et jusqu'à ce qu'elles ne sentent plus leurs doigts : sans repos, sans presque échanger un mot tandis que chacune luttait contre ses fantômes dans son for intérieur.

Dès qu'elle rentrait à l'appartement, Mona se joignait à elles. Tous les soirs, elle était la dernière à se coucher, les yeux rougis de fatigue, et tous les matins, elle se levait la première pour avancer le travail à la lueur d'une ampoule ténue. À la suite de l'effondrement de son rêve, elle s'était empressée de reprendre son ancien poste, mais ce qu'elle gagnait dans la maison de l'Upper West Side n'était qu'une goutte d'eau dans l'océan de ses dettes. Personne n'avait exigé sur-le-champ le paiement des factures, tout le monde semblait conscient des drames traversés par cette famille et nul ne leur avait mis le couteau sous la gorge, mais il n'était pas non plus question de passer toutes ces sommes par pertes et profits : il faudrait tôt ou tard affronter les créanciers et solder les comptes pour les boissons jamais bues de Casa Victori, pour les produits non consommés d'Unae, pour les frais d'imprimerie, les ampoules achetées à crédit, la vaisselle brisée en mille morceaux, le maudit store qu'elle avait eu la maudite idée de commander.

Le retour chez doña Maxi revenait à gravir une montagne avec une dalle de granit attachée dans le dos. La Madrilène avait appris par la bande ce qui s'était passé, et aux réclamations et reproches d'avant s'ajoutait dorénavant une ironie acide et mordante : « Aïe, triple buse ! Comment tu as pu avoir une idée si stupide ? Il faut être folle à lier ! » Mona n'obtenait un répit que lorsque César rentrait. César tout court, à présent, elle s'adressait comme ça au médecin. Celui-ci avait tenu bon. Elle avait fini par renoncer au vouvoiement et à l'appeler « docteur ». Ils se tutoyaient, cette nuit d'angoisse et d'épouvante passée à parcourir les commissariats en quête de sa mère les avait rapprochés. Je te ramène en auto jusqu'à Madison Square, je suis en avance, lui proposait-il plusieurs après-midi par semaine. Ou bien : On m'a annulé deux rendez-vous au cabinet, laisse-moi t'inviter à prendre une glace à l'hôtel La Estrella, à un rafraîchissement à La Alhambra ou dans n'importe lequel des divers établissements espagnols de la zone, où elle se sentirait moins étrangère, davantage protégée. Le but était de lui arracher un peu de temps en sa compagnie, dix minutes, une demi-heure. Toujours dans le dos de sa marraine, attention ! Se méfiant de sa réaction furieuse si elle découvrait ses sentiments pour Mona ; d'autant plus que doña Maxi était arrivée à ses fins : ses amis et elle avaient poussé le jeune docteur à s'orienter dans une direction qui, certes, lui convenait socialement, mais le plongeait aussi dans un profond découragement. Mais tout cela devait rester ignoré de Mona : César n'avait qu'une obligation, faire en sorte que la jeune femme, encore sous le coup de sa désillusion, continue à s'occuper de sa tante.

Entre-temps, la vie de la benjamine se déroulait à un autre rythme et dans des secteurs différents.

— Cugat a demandé après toi.

Les yeux de Luz s'illuminèrent derrière le comptoir, quand elle entendit Tony ce matin-là de juillet, alors que le soleil commençait à taper. Le chant et la danse avaient disparu de ses préoccupations depuis la mort de son beau-frère et le saccage de Las Hijas del Capitán, plus personne ne lui avait chuchoté à l'oreille qu'elle allait devenir une vraie star, tout en fourrageant dans son soutien-gorge ou dans sa culotte. Parfois nostalgique et parfois soulagée, elle n'avait aucune nouvelle de Frank Kruzan. Elle retravaillait maintenant à plein temps, elle occupait ses journées entre le repassage et les baquets d'eau chaude. Son cadre de vie s'était réduit à aller de chez elle au boulot, passant de l'amertume qui flottait dans son appartement à l'odeur de détergent chez les Irigaray.

— Il est venu hier à l'hôpital pour rendre visite au comte, il m'a dit de te rappeler qu'il embauche encore des filles pour son prochain spectacle.

Le visage de Luz s'éclaira comme si on avait actionné un interrupteur, mais Tony n'éprouva pas une once de remords du fait de ce petit mensonge. En fin de compte, il lui rendait service. En effet la réalité ne correspondait pas exactement à ses propos : Xavier Cugat possédait trop d'envergure artistique pour envoyer des messages personnels à toutes les postulantes qu'il croisait. C'était Tony lui-même qui l'avait interrogé, une question intéressée et culottée ; il cherchait une excuse pour reprendre sa place dans la vie des sœurs Arenas, maintenant que leurs vies à tous avaient connu un retournement brutal et que ni le tabaquier ni le futur spectacle n'étaient plus là pour unir leurs destinées.

Depuis l'accident du comte de Covadonga au Fornos, les activités du Tampeño étaient subitement devenues plus convenables et sophistiquées : à présent, il s'occupait à temps complet des affaires de celui-ci, et non qu'il eût accepté de travailler pour lui, le cours des événements l'avait imposé. Ses va-et-vient illicites avaient été mis de côté pour le moment : ni paris à la sauvette ni loteries clandestines. L'ex-prince des Asturies consommait la totalité de son temps, ainsi que cet univers inédit, absorbant, dans lequel il gravitait. Les journées s'écoulaient entre l'hôpital, où Tony servait de lien avec les docteurs et les infirmières, et le St Moritz, où il affrontait les curieux, les nouveaux riches et la presse salivant dans l'espoir d'un scoop : savoir s'il allait divorcer d'Edelmira, s'il se réconcilierait ou non avec son royal géniteur, si l'hémorragie continuait ou s'il sortirait bientôt de l'hôpital, s'il retournerait à La Havane, à Lausanne, à Miami, à Paris.

Tony apprenait en outre sur le tas à traiter le courrier urgent et les précaires finances du comte ; il filtrait les visites indésirables et informait sa famille. À sa grande surprise, le bolitero s'était retrouvé, du jour au lendemain, en communication directe avec le monarque déchu, depuis les hôtels où Alfonso XIII résidait comme un nomade de luxe à travers la moitié de l'Europe ; et il en était de même avec la reine Victoria Eugenia, tandis que cette dernière, réinstallée à Londres, dans une demeure de Porchester Terrace, près des siens, attendait le verdict des tribunaux sur sa demande de séparation.

Tony avait acquis les codes et les manières en accéléré ; il leur câblait ponctuellement des nouvelles, leur communiquait les bulletins de santé, puis il transmettait au fils aîné les réponses de ses parents, de ses frères et sœurs et des personnes de confiance. En lieu et place de phrases élégantes et de formules protocolaires, il avait été frappé de découvrir dans ces messages une extrême tendresse, une chaleur évidente : la preuve irréfutable de l'existence d'une vraie famille en somme. Exilés, illustres, dispersés, favorisés ou non par le sort, ils formaient néanmoins un clan avec ses gloires et ses misères, comme le reste des humains. Dans ces paroles en provenance d'au-delà de l'océan, le Tampeño percevait une inquiétude sincère et profonde pour Alfonsito, le nom qu'ils donnaient parfois à l'homme dont la vie était suspendue à un fil au Presbyterian Hospital.

Pourtant, Tony n'avait pas encore donné un accord ferme à la proposition du comte d'en faire son factotum. À mesure que le temps passait, il était de plus en plus conscient des gigantesques implications du poste : il pénétrerait dans un monde qui lui était totalement opposé, il serait peut-être obligé de le suivre en Europe ainsi que le souhaitait sa famille, de s'éloigner de New York, de ses rues et de ses gens. De se transformer en quelqu'un de différent, en définitive.

Le roi déchu insistait, il lui avait envoyé par câblogramme une offre économique loin d'être négligeable, la reine le suppliait de ne pas abandonner son fils, et Covadonga lui-même lui serrait la main en signe de gratitude, entre accès de fièvre et moments de sommeil. Mais Tony préférait attendre un peu avant de s'engager ; il se contentait de lui tenir compagnie pendant ces journées de détresse, sans contrat ni salaire. Par pure compassion. Et parce que l'histoire de cet ex-prince, aux passions impétueuses et au corps de cristal ne cessait de le fasciner.

90.

Luz poussa un cri en direction de l'arrière-boutique pour prévenir les Irigaray qu'elle sortait.

— Redis-le-moi doucement, dit-elle à Tony en contournant le comptoir de la blanchisserie.

— Le Rhumba King est venu voir don Alfonso à l'hôpital, il nous a annoncé qu'il préparait un nouveau show avec le même orchestre mais des numéros différents. Il a ajouté que, si ça t'intéresse, tu peux passer à son hôtel n'importe quel jour de cette semaine, à partir de deux heures de l'après-midi.

Elle l'écoutait avec une expression de stupeur. Elle portait sa blouse blanche et son moral, jusqu'à l'apparition de Tony, était aussi morose que sa tenue, comme tout le reste ces derniers temps. En revanche, Tony offrait une image plus flatteuse, il était plus soigné que d'habitude. Il portait un costume neuf en lin couleur sable de chez le prêteur sur gages sépharade, une chemise bien repassée, le nœud de cravate à sa place.

— Je…, bredouilla Luz, j'avais pas l'intention de me consacrer encore à… à ça depuis que… qu'il est arrivé ce qui est arrivé.

Elle se tordait les doigts en parlant, les yeux rougis par les liquides corrosifs et les dissolvants. Les racines de ses cheveux commençaient à retrouver leur châtain naturel sous la teinture rousse.

— C'était juste pour que tu sois au courant.

Ils s'étaient revus quelques semaines auparavant, lors de l'enterrement de Luciano Barona, mais Luz ne s'en souvenait même pas, tant tout cela avait été déchirant et lugubre.

L'image qu'elle conservait du bolitero, c'était celle de la soirée au Waldorf, quand il portait ce superbe frac. Rumbas, langoustes, lamé et éclats de rire : mirage de quelques heures éclatantes et fugaces assis à la table d'un prince déchu, souvenirs réduits à néant par les coups du sort.

De son côté, Tony, absorbé par ses va-et-vient incessants entre l'hôpital, le St Moritz et les connexions interocéaniques, ne savait presque rien d'elles. Simplement que les sœurs avaient repris leurs occupations antérieures, résignées, et qu'elles ne voyaient quasiment plus personne ; comme si les deux chocs énormes qu'elles avaient subis, la destruction et l'assassinat, les avaient laissées abasourdies, sans capacité de réaction, dépourvues de nerf et d'ambition, enfermées dans une alternance épuisante de travail et de désolation.

Faute de relations directes avec les jeunes filles, Tony avait cependant noué le contact avec le fils de Barona. Ils n'avaient jamais eu l'occasion de faire connaissance, mais il s'y sentit obligé. Et contre tous les pronostics, ce qui avait commencé comme une rencontre formelle avait débouché sur une grandiose cuite au whiskey, réunis au petit matin par la perte de leurs parents respectifs, des amours difficiles et leur perplexité devant leur avenir.

— Tu devrais quand même essayer.

Luz sentit remuer quelque chose en elle. Ils se tenaient encore devant la façade de la blanchisserie.

— Tu crois vraiment, Tony ?

— Je t'ai déjà dit que tu avais du talent. Je t'accompagne, si tu veux.

Avait-il raison d'insister, de la pousser à revenir dans le monde des vivants, ou bien se mêlait-il de ce qui ne le regardait pas ? Il l'ignorait, mais il savait qu'il manquait un élément dans le tournant qu'avait pris sa propre vie : Mona. Et il n'y avait qu'une seule façon de se rapprocher d'elle : faire quelque chose pour la famille. D'où son idée d'intervenir par le biais de Luz.

Cette dernière prit congé en lui répondant qu'elle y réfléchirait.

— O.K. Si tu te décides, appelle-moi au St Moritz.

Lorsqu'il revint à l'hôtel ce soir-là, d'où il gérait le courrier et les câblogrammes du comte, on lui remit un message téléphonique de la part de Luz : « Demain à trois heures. »

Deux numéros suffirent, le verdict de Cugat fut catégorique :

— Tu as du potentiel, ma petite, mais tu es *encara una mica verda*[1]. Tu ne fais pas l'affaire comme vedette, mais je ne te dis pas que tu n'y arriveras jamais.

Luz ressentit une espèce de frisson. Des perspectives encourageantes, un avenir, elle l'avait déjà entendu. Frank Kruzan avait prononcé des paroles très similaires. La différence provenait du contexte. Alors que l'agent dont elle avait cru tomber amoureuse n'avait que de vagues projets et un bureau minable rempli de magazines et de photographies, Cugat l'avait reçue dans une salle souterraine du majestueux Waldorf Astoria, aux accords d'un orchestre de six vrais professionnels. C'était là qu'ils répétaient quand ils ne jouaient pas dans l'opulente Sert Room. Les fresques de l'artiste catalan ne grimpaient pas le long des murs dépourvus de fenêtres, les lumières étaient plus laides et plus pâles, et le plafond beaucoup plus bas, pas de vestes à paillettes mais de simples chemises en coton, ce qui n'empêchait pas le travail d'être intense et sérieux, pendant de longues heures, jour après jour.

— Ce que je peux te proposer pour le moment, c'est une place de girl dans le sextet qui va nous accompagner.

Il était vêtu d'une guayabera[2] couleur vanille et il tenait un caniche dans ses bras ; tout n'était qu'agitation autour de lui : les musiciens tirant le meilleur parti de leurs instruments, une poignée de jeunes gens angoissés dans l'attente de leur audition, l'épouse de Cugat qui lançait des ordres avec son accent mexicain, distribuait des cacahuètes ou se livrait à des commentaires furieux et intempestifs, une dame boulotte qui entrait et sortait et cassait les pieds à tout le monde, probablement la belle-mère.

— Mais avant de te décider, il y a un point important dont tu dois tenir compte. Le show, on va le préparer pendant tout

1. « Encore un peu verte. »

2. Chemise traditionnelle, notamment à Cuba ou en Colombie, avec quatre poches plaquées sur le devant.

l'été, ici, à New York, mais fin août on commencera un *coast-to-coast* qui durera au moins jusqu'à la fin de l'automne.

— Un quoi, don Xavier ?

La mine épouvantée de Luz déclencha un éclat de rire et un aboiement du chien.

— Rien de bizarre, ma chérie, n'aie pas peur : un *coast-to-coast*, une tournée à travers tout le pays d'une côte à l'autre, compris ?

Luz se souvint de Marita Reid et de son spectacle ambulant destiné aux colonies d'Espagnols, mais le musicien interrompit bien vite ses pensées :

— Un truc grandiose, divin, les meilleurs hôtels, les meilleures salles : le Book Cadillac à Detroit, le Palmer à Chicago, le Mark Hopkins à San Francisco, l'Ambassador à Los Angeles…

Malgré son ignorance crasse, Luz restait paniquée. Non, ça n'avait rien à voir avec l'humble projet de la Gibraltarienne à travers les petits théâtres villageois et les hangars des bassins miniers, ni avec les vagues promesses de Frank Kruzan. Ce qu'évoquait Cugat en grattant la tête de son minuscule chien présageait des réalités toutes différentes, presque inenvisageables du fait de son manque d'expérience et de la modestie de ses aspirations.

— Mais il faut que ce soit bien clair pour toi, ma petite : ça signifie de longs mois dehors, un travail dur *seven nights a week*, sans famille près de toi, et refaisant ta valise deux jours sur trois.

Il tapota sa tempe gauche du bout de son index.

— Il ne faut pas seulement que les jambes, les pieds et la voix tiennent le coup, il faut aussi avoir la tête solide.

Luz et Tony redescendirent Park Avenue en silence, tandis que les autres candidats poursuivaient leurs auditions. Il l'accompagna jusqu'à l'arrêt de bus sans presque parler : elle était trop perturbée par cette histoire de *coast-to-coast* pour entamer une simple conversation. Conscient de sa confusion, le bolitero ne voulut pas en rajouter.

Ils étaient arrivés près de Grand Central Station, entourés d'une multitude de voyageurs et de passants : des gens pressés, des automobiles privées et des taxis qui klaxonnaient à tout va, des clients du gigantesque hôtel Commodore, juste à côté, où travaillaient, comme marmitons ou serveurs, un important contingent d'Espagnols.

L'autobus qui ramenait Luz dans la 14e Rue venait de s'arrêter devant eux. Quatre ou cinq passagers montèrent, puis ce fut son tour : un pied, l'autre, elle était dedans. Le véhicule démarrait quand elle regarda derrière elle et aperçut le dos du Tampeño qui se frayait un passage entre les passants.

— Tony !

Elle sauta à l'extérieur juste avant la fermeture de la porte, le chauffeur freina brusquement et gueula une insulte.

Il la regarda, décontenancé.

— Tu peux rester un instant ? Il faut…

Elle baissa le ton, ravala sa salive. La jeune femme qui, à peine une demi-heure plus tôt, dansait devant le maître Cugat avec désinvolture et assurance, ressemblait soudain à une gamine éperdue au milieu du tumulte.

— Il faut que je parle avec quelqu'un, et… et je ne sais pas avec qui.

91.

La énième engueulade de doña Maxi brisa les oreilles de Mona quand elle lui reprocha, folle de rage, de ne pas avoir pris des billets pour la bonne heure aux guichets du Campoamor. Sor Juana Inés de la Cruz débarquait sur grand écran, avec la vedette mexicaine Andrea Palma dans le rôle de la religieuse, et sa maîtresse ne loupait en aucun cas, dût-on l'y traîner, la première d'un film en chrétien, le mot qu'elle s'obstinait à employer pour désigner l'espagnol. Il y avait sans doute eu un quiproquo : doña Maxi prétendait qu'elle avait dit cinq heures, et Mona jurait avoir entendu trois. En tout cas, le ton avait rapidement monté.

— J'en ai ras le bol de toi, sale gamine !

— C'est moi qui en ai assez d'être traitée comme ça !

— Eh bien, cherche-toi une autre maison !

— Eh bien, je vais me la chercher !

Échauffées par la dispute, aucune n'entendit arriver le neveu.

— Ça suffit, s'il vous plaît !

Elles se retournèrent, elles n'étaient pas habituées à l'entendre crier ainsi. La silhouette du docteur Osorio s'encadrait dans la porte du salon. Il maintenait d'une main son chapeau et de l'autre son élégante mallette en cuir. Le port très droit, un nœud papillon et son éternelle raie de côté.

— J'en ai marre, marmonna Mona, découragée.

Le claquement de la porte fit trembler le miroir de l'entrée.

— Attends…

L'ophtalmologue la rejoignit alors qu'elle s'éloignait, en colère. Il lui attrapa un coude par-derrière, voulut l'arrêter ; elle se libéra et pressa le pas.

— Attends, Mona, je t'en supplie…

— Fiche-moi la paix !

Incapable de la freiner, il marcha à côté d'elle, épaule contre épaule.

— Trouve-toi une autre idiote pour supporter ta marraine, elle s'en rendra même pas compte, si c'est moi ou pas moi. Elle a juste besoin de n'importe quelle malheureuse pour la traiter comme une serpillière, ça lui suffit.

César la saisit de nouveau, cette fois avec davantage de fermeté. Il réussit à la retenir, la prit par le bras, l'obligea à se retourner ; ils se faisaient face. Pendant quelques instants de silence, il contempla son visage, magnifique malgré sa fureur, ou peut-être à cause de celle-ci. Les yeux lançant des éclairs, la rougeur sur les pommettes, le menton provocateur.

— Elle pourrait peut-être se passer de toi, mais moi, non.

92.

Le Tampeño devina qu'il valait mieux ne pas rester en pleine rue, debout, près de cette gare immense, au milieu de cette fourmilière. Il l'entraîna donc à l'intérieur, jusqu'à trouver un coin tranquille à une table de l'Oyster Bar. Le grand espace voûté était presque vide ; ce n'était pas l'heure de manger des huîtres, et d'ailleurs Luz n'en aurait pas voulu : elle avait été dégoûtée par la vision de ces bestioles dans l'assiette du comte de Covadonga.

Elle répondit par un simple haussement d'épaules lorsque Tony lui demanda ce qu'elle souhaitait prendre. Un serveur désabusé leur apporta à lui un blue ribbon et à elle un verre d'eau, dont elle but la moitié d'un trait, puis elle commença à parler, en grattant nerveusement du bout de l'ongle un fil détaché de la nappe à carreaux rouges. Ainsi, subitement, ignorant l'un et l'autre qu'ils se trouvaient sous les imposantes constructions couvertes d'azulejos dressées quelques décennies auparavant par les Valenciens Guastavino, Tony devint pour Luz une espèce de confesseur, et cette dernière déversa dans ses oreilles cette angoisse corrosive qui lui brûlait les entrailles.

Les pressions de Kruzan, ses peurs, ses doutes. Lui avoir obéi aveuglément alors que ses tripes criaient non ! L'avoir laissé abuser de son corps à sa guise, s'être méfiée de lui et en même temps penser qu'il l'aimait peut-être, la soumission muette, puis la rage, l'incertitude en se disant qu'il pouvait réapparaître à tout moment, sans savoir ce qui arriverait : Luz avoua tout, dans un torrent de paroles empreintes de la sincérité la plus nue et la plus émouvante.

Le chagrin collectif provoqué par le meurtre du tabaquier, la pitié pour sa jeune veuve, le choc de la destruction sauvage de Las Hijas del Capitán, la sympathie à l'égard d'une Mona privée de son rêve, autant de malheurs et de sentiments qui avaient fait oublier la petite Luz, occultée par ses deux aînées. Et elle avait caché ses propres souffrances afin de ne pas en rajouter, les avait rendues invisibles, comme si elles n'existaient pas. Livrée à elle-même, elle avait ravalé sa confusion et sa peur.

Elle grattait encore la nappe machinalement. Les larmes coulaient sur ses joues et elle ne prenait pas la peine de les sécher. Tony l'écouta, attentif, mais il n'aurait pas eu besoin d'une telle profusion d'aveux : les quatre ou cinq premières phrases avaient suffi à lui offrir une idée claire de la situation, il savait déjà comment procéder. Il la laissa néanmoins se défouler jusqu'à la fin.

— Je peux au moins te répondre deux choses, Luz, dit-il en levant la main pour réclamer la note au serveur. La première, que ce crétin ne mérite pas que tu lui consacres tes pensées une minute de plus. La seconde, qu'à mon avis il ne se frottera plus jamais à toi.

Tony s'installait désormais quotidiennement dans la chambre d'Alfonso de Borbón au St Moritz pour régler ses affaires, et il avait rangé le portefeuille confié par Mona dans un tiroir du secrétaire. Il avait eu l'intention de le rendre à son propriétaire dès que la santé du comte se serait un tant soit peu stabilisée, et il alla même à l'un des domiciles indiqués sur la plus récente des cartes, mais avant de le glisser dans la boîte aux lettres ou de frapper à la porte, il préféra se montrer prudent. Nourri par l'expérience d'un métier hasardeux, il demanda autour de lui, vérifia de qui il s'agissait. Une fois qu'il eut réuni les informations nécessaires, il attendit patiemment. Il l'identifia à distance, derrière la vitre d'un café voisin. Il arrivait, le visage meurtri sous l'aile du chapeau, en boitant, sans soupçonner le moins du monde qu'on l'observait. Dès que Kruzan fut entré dans son immeuble, Tony s'approcha du portail; le concierge, le *super* comme on l'appelait par ici, s'occupait des poubelles. Pourquoi est-il dans cet état, le locataire du 306? demanda-t-il en lui glissant deux dollars. On lui a flanqué une raclée à quatre mains, avait brièvement répondu l'autre en continuant sa tâche.

Un billet supplémentaire lui permit de savoir que les responsables étaient deux rouquins taillés en hercules, tandis qu'elle attendait dans la voiture ; probablement des membres de sa famille, ses frères. Elle ? interrogea Tony qui sortit un quatrième dollar.

L'épouse de Kruzan, une beauté à son arrivée ici, et qui dernièrement remettait toujours les mêmes disques, mangeait toute la journée des Hershey's Kisses et balançait les papiers par la fenêtre, de plus en plus triste, de plus en plus négligée, et puis une nuit ils étaient partis en courant ; elle avait laissé une traînée de sang derrière elle, et il ne l'avait plus revue avec lui.

Avec l'image d'un Kruzan éclopé dans la rétine, les informations du concierge dans la tête et le portefeuille encore dans la poche, Tony retourna ce jour-là à ses nouvelles obligations. Son intuition et son bon sens lui soufflaient de garder le portefeuille. Pour aucune raison précise. Au cas où.

Maintenant qu'il disposait de davantage de renseignements sur le dénommé Kruzan, sur ses occupations et ses manières, tandis qu'il raccompagnait à la station de bus une Luz à présent plus sereine, il pensa que le moment était sans doute venu d'agir.

93.

La table de la cuisine était toujours couverte de coupons de tissu et de bobines de fil, les caisses tout autour regorgeaient de pièces, les unes cousues et les autres à coudre. Courbées sous la lueur diaphane de l'ampoule, les yeux fiévreux, les vertèbres cervicales prises dans un étau et le bout des doigts rougi, la mère et la fille, muettes, travaillaient machinalement sans s'arrêter.

— Et tu lui parleras pas non plus aujourd'hui ? demanda Milagros.

Milagros avait lancé cette question ; elle venait de monter à l'appartement lors de l'une de ses visites quotidiennes. C'était la seule personne étrangère à la famille qui y mettait les pieds. Sans lever le regard de ses ourlets, Victoria hocha la tête de droite à gauche. Non.

— Mais tu peux pas continuer comme ça ! Tu devrais le voir, il faudra remplir des documents…

La liquidation du modeste patrimoine de Luciano Barona c'était l'excuse de Chano pour la revoir. Et devant le refus absolu de Victoria, la vieille voisine, apitoyée par l'ancien boxeur qu'elle apercevait posté tous les après-midi à la porte de l'immeuble, s'était transformée en une fidèle messagère.

Mais Victoria ne le laissait pas rentrer chez elle, et elle-même n'était plus ressortie depuis le jour de l'enterrement, non à cause du deuil que voulait lui imposer sa mère, mais par un simple instinct de protection. Elle n'avait révélé à personne ce qui s'était passé entre Chano et elle, ni leurs sentiments fougueux ni leurs rendez-vous furtifs, mais à présent que la vie de Luciano Barona s'était achevée de façon aussi effroyable, elle s'était juré de mettre fin à cette folie.

— Il faut que vous discutiez, insistait la Galicienne, vider la maison, signer des papiers…

Il n'y avait pas grand-chose à partager : Luciano avait toujours vécu en location, comme eux tous dans la colonie, et les économies avaient été entièrement rognées par les frais de la noce. Mais il restait le lopin de terre qu'il avait fait acheter dans son village, avec l'espoir d'y planter un jour quelques pieds de vigne et d'y bâtir une petite ferme, et aussi les meubles et les ustensiles de l'appartement de Brooklyn, ainsi qu'une modeste assurance de la corporation des tabaquiers. Chano l'avait dit à Mona, à Luz, à Tony, à la voisine : à tous pour convaincre Victoria de le revoir. En même temps, il leur avait dissimulé que ces questions matérielles ne l'intéressaient pas du tout, pas plus qu'elles n'intéressaient Victoria. Il n'aspirait qu'à l'avoir près de lui, à la serrer dans ses bras, à pleurer avec elle. En effet, Chano était rongé par le remords : outre le poids de sa trahison, il se répétait qu'il aurait pu éviter le drame s'il était arrivé à temps.

— Qu'il garde tout, je l'ai déjà dit cent fois, répondit Victoria sans lever les yeux de sa tâche. Qu'il fasse ce qui lui plaît, je trouverai tout bien.

Luz arriva un moment après, dans le même état d'esprit. Elle avait demandé son après-midi à la blanchisserie et, à la suite de son audition avec Cugat et après avoir ouvert son cœur à Tony, elle rentrait chez elle bien décidée à tout leur cacher, et à se conduire comme un jour quelconque.

— Le fils de Luciano est encore en bas, je pense que tu devrais aller voir.

Elle obtint un grognement en guise de réponse : une échappatoire pour simuler de l'indifférence. Victoria n'avait qu'une envie, dévaler l'escalier, se jeter dans ses bras, se fondre en lui, partager la même désolation. Mais non, c'était impossible. Et Luz n'insista pas, ses propres problèmes lui suffisaient. Sans ajouter un mot, elle rapprocha un tabouret de la table, enfila une aiguille et se mit à coudre.

Mona ne tarda pas à les rejoindre.

— Mais qu'est-ce que ça te coûte de lui parler ? déclara-t-elle à Victoria en se plantant devant l'une des caisses.

— Vous pouvez pas me foutre la paix une bonne fois pour toutes !

Comme presque tous les après-midi, à cette heure où ses sœurs rentraient chez elles, la même scène se reproduisit : excédée par leur harcèlement, Victoria jeta ses ciseaux par terre, laissa en plan son travail, éclata en sanglots et s'enferma dans la chambre en claquant la porte. Sourdes aux pleurs qu'on entendait à travers les murs, les autres continuèrent à assembler les morceaux de tissu, concentrées sur la couture, absorbées et en silence. Remedios lâchait son énième soupir et la voisine esquissait une mimique de découragement. Aucune des deux n'imaginait le profond abattement dans lequel se débattaient les trois filles, chacune à sa manière.

Luz réfléchissait encore à la proposition de Cugat. La troupe de *girls* dont elle ferait partie, le spectacle d'une côte à l'autre, un bon cachet en plus de la tenue de scène, des chambres partagées, du transport et des repas, lui avait promis le Catalan entre deux aboiements du chien. Une offre ferme, concrète. En échange, ma petite, tu vas suer sang et eau, mais ce sera ta meilleure école, tu verras. Le souvenir toujours menaçant de Frank Kruzan lui pesait moins qu'avant : elle avait été soulagée d'en parler avec Tony. Se débarrasser de toute cette tristesse qui la dévorait lui avait fait du bien. Le moment était sans doute venu de l'oublier.

Le cerveau de Mona bouillonnait sur le même rythme accéléré et avec également l'intention de tout garder pour soi, depuis que César Osorio s'était confié à elle. Ne pars pas, ne m'abandonne pas, lui avait-il dit avec une franchise touchante. Tu comptes beaucoup pour moi. Ensuite il lui avait saisi une main. Quoi qu'il arrive, quoi que tu entendes et saches, reste ici, je t'en supplie.

Personne ne leva les yeux lorsque Victoria revint dans la cuisine. Les yeux rouges, brisée par son accès de larmes, mais consciente de l'obligation de continuer. Elle se rassit sur son tabouret, attrapa une pièce et passa l'aiguille pour la énième fois.

Elles poursuivirent ainsi jusqu'à la nuit tombée, elles ne se levèrent pas pour aider leur mère quand celle-ci prépara le dîner, elles engloutirent leur maigre pitance sans bouger ni lever les yeux. Plus séparées que jamais malgré leur proximité physique, plongées dans leur travail ingrat et leur abattement, retranchées derrière les murs de leurs secrets, de leurs doutes, de leurs silences, de leurs mensonges.

94.

Le lendemain matin, Luz venait de livrer le paquet hebdomadaire avec les uniformes propres des employées de Casa Moneo. Son cœur se glaça quand elle l'aperçut.

— *Hey, baby.*

Frank Kruzan ne portait plus sur les épaules sa gabardine claire des premiers jours, mais un costume d'été couleur caramel et une cravate à rayures : vertes, grenat, jaunes. Malgré la fière allure dégagée par sa tenue, on distinguait des cernes sous son panama ainsi que ses paupières gonflées et des petites croûtes de sang séché sur un côté de la figure. Il tenait deux magazines pliés sous le bras gauche ; il esquissa un sourire éclatant.

Luz sentit ses jambes trembler.

— *How're you doing, honey ?* Comment tu vas ?

Il était devant elle, à quelques mètres de distance. Le territoire était sûr : son monde, la lumière du jour, des gens tout autour. Même ainsi, elle resta paralysée, comme si ses pieds s'étaient incrustés dans le ciment du trottoir.

— J'ai appris ce qui était arrivé à votre affaire et au mari de ta sœur, je le regrette énormément.

Pour renforcer le poids de ses condoléances, il porta sa main à sa poitrine.

Elle était toujours sous le coup de l'émotion dans sa blouse de travail, sans réaction, effrayée, hésitant entre le traiter avec l'intimité d'avant ou se montrer prudente, distante. Le soulagement qu'elle avait éprouvé après sa conversation avec Tony s'était dissipé : les souvenirs ressurgirent en rafales. D'un côté, ses promesses et sa sincère admiration, les rêves qu'il lui avait inspirés, leurs moments de complicité ; de l'autre, ses exigences, ses désirs et ses emportements, ses colères quand elle le contrariait, son incapacité à admettre ses refus.

— Je vois que tu continues à travailler…

Luz baissa les yeux sur sa blouse blanche et ses mains rougies et rêches, elle acquiesça d'un hochement de tête.

— Mais les nouvelles vont vite, dans cette ville, *you know.* Il paraît qu'hier tu as passé une audition devant Cugat. Un ami à moi était dans le coin avec sa copine : elle aussi était candidate, mais elle a eu moins de chance que toi. On s'est croisés par hasard hier soir, dans un bar de Broadway, et il me l'a raconté.

Dans d'autres circonstances et face à un autre homme, Luz aurait lâché un sonore Oui, et alors quoi ? À présent, en revanche, elle réussit juste à acquiescer timidement.

— *That's wonderful, baby*, reprit-il d'une voix rauque. La réputation de ton compatriote a atteint des sommets ces derniers temps, son orchestre est magnifique, il a plein de relations ici, à New York, à Los Angeles. Bosser avec lui représente un début formidable pour toi.

Son sourire s'élargit encore plus, ses fausses dents étincelèrent dans toute leur blancheur.

— Tu vois à quel point j'avais raison quand je te disais de laisser tomber le folklore ? *Look at you, now,* la petite Luz sur le point d'intégrer le show du Rhumba King…

Il avait l'air réellement sincère ; Luz parvint enfin à se rassurer un petit peu, un minuscule sourire se dessina sur ses lèvres.

— Je suis très fier de toi, ma chérie, *so, so proud of you.*

Il fit un pas en avant, approcha une main de ses cheveux roux et les caressa doucement. Elle frissonna de la tête aux pieds. Non, Frank Kruzan n'était pas aussi abominable que tous l'affirmaient, pensa-t-elle tandis qu'il continuait à se répandre en éloges. Et dire qu'elle avait même imaginé qu'il était coupable de la dégradation du night-club. Non, il était différent, d'une autre trempe. Elle n'aurait rien dû avouer à Tony. Elle savait qu'il avait du tempérament, mais il avait un bon fond, de la dignité. Elle était heureuse qu'ils puissent se retrouver et se séparer comme ça, en ayant fait la paix, sans rancœur ni amertume…

La stupeur se peignit néanmoins sur son visage lorsqu'elle l'entendit ajouter :

— Cet après-midi, je viens te chercher après le travail et on va ensemble au Waldorf.

Quoi ? Ensemble ? Non, non, il y avait une embrouille. Malgré cette scène de réconciliation, mieux valait en rester là.

— On doit régler plusieurs points, négocier certaines conditions, préciser quelques détails…, poursuivit-il avec son assurance habituelle.

Luz réussit enfin à vaincre sa timidité :

— Non, Frank, non…

— *No what, honey ?*

Il paraissait vraiment surpris : les yeux écarquillés, interrogateurs.

— Je veux plus être avec toi. Ce truc de Cugat est différent, il me l'a proposé à moi toute seule. Tu… tu n'as rien à voir là-dedans.

Son éclat de rire tonitruant la déchira comme un coup de couteau.

— *My dearest Lucy*, ma douce et ignorante Lucy, murmura-t-il.

Il fouilla sous le revers gauche de sa veste, sortit de la poche intérieure des feuilles de papier pliées et fit semblant de les lui tendre, les retira quand elle approcha sa main.

— On a un contrat, toi et moi, tu l'as toi-même signé dans mon bureau. Tu as oublié ? Je suis ton agent pour tout ce qui te concerne, nous sommes liés pour les dix prochaines années, je touche quarante pour cent de tes revenus et tu ne peux pas prendre la plus petite décision sans moi.

95.

Vingt rues plus au nord, la matinée de Mona était fébrile, malgré les paroles sans équivoque qu'elle avait prononcées en arrivant.

— Je viens toucher mon dû, madame. Je pars, je ne reviendrai pas.

Sa décision était sans appel, après de longues heures de doute. Doña Maxi grommela quelques mots incompréhensibles depuis son lit, sa bouche était pleine de pain frit trempé dans le sucre.

La chambre était encore dans la pénombre. Sa première tâche quotidienne consistait à tirer les rideaux, mais elle ne l'avait pas fait. Il y avait des relents de camphre, de petit déjeuner graisseux et de chair fanée.

— Vous me devez trois journées, lundi, mardi et mercredi, précisa-t-elle en s'armant de patience.

Ça ne représentait qu'une petite somme, mais c'était le fruit de son travail, et chaque cent déposé dans le pot en verre de la cuisine contribuait à réduire l'énormité de ses dettes. Mona était donc revenue ce matin avec sa ponctualité habituelle, pour être payée et prendre congé. Outre qu'elle ne supportait plus sa patronne, elle ne pouvait plus accepter que César double son salaire en cachette, à présent qu'elle connaissait ses sentiments.

Les paroles du jeune docteur restaient gravées dans son esprit : « Elle pourrait peut-être se passer de toi, mais moi, non. » Son attitude, ses actes revêtaient désormais une signification particulière. Les égards qu'il lui témoignait, ses attentions, ses regards appuyés, son insistance pour la raccompagner chez elle, l'intérêt pour la santé de sa mère : rien n'était gratuit, tout avait un sens. Ce n'étaient pas de simples marques de gratitude pour la remercier d'endurer le caractère odieux de sa tante.

— Eh bien, tu pars au pire moment, marmonna la vieille quand elle eut enfin réussi à avaler la fin de sa tartine. Avec ce truc de demain…

Ils avaient prévu quelque chose ce vendredi, ce qui rendait doña Maxi nerveuse depuis plusieurs jours. Une obligation, un de ces raouts grotesques dans la résidence de cette marquise où Mona, à peine arrivée en ville, avait découvert les Osorio, tante et neveu, bien loin de soupçonner que leurs routes se croiseraient de nouveau. On les attendait là tous les deux, dans un but dont Mona se fichait royalement; elle se moquait des activités de cette sorcière en dehors de ses heures de travail.

— Vous savez parfaitement ce que vous me devez, répéta-t-elle.

Elle était plantée au pied du lit, se refusant à effectuer aucune de ses tâches habituelles. Pas question de retirer le plateau du petit déjeuner posé sur son ventre volumineux, ni de la redresser, ni de se briser le dos en l'installant dans son fauteuil, ni de l'aider à faire sa toilette, ni de la supporter davantage.

— Je vous donne votre porte-monnaie ou vous le prenez dans le tiroir ?

Doña Maxi porta sa tasse de chocolat épais à ses lèvres, puis elle lécha la trace laissée sur sa moustache et bredouilla un borborygme.

— Vous voulez que je le prenne moi-même ?

— Non, je te donne trois dollars de plus si tu restes aujourd'hui, il y a un tas de choses en suspens.

Elle réfléchit un instant, la froideur des comptes vainquit ses envies de filer au triple galop.

— Mais alors j'arrête à une heure pile.

— À deux heures.

— Bon, à la demie, c'est vous qui voyez.

Elle voulait s'en aller avant le retour de César. Elle ne souhaitait plus le revoir maintenant, elle était confuse, perturbée. Elle avait vécu dans l'ignorance, absorbée dans ses propres problèmes, incapable de percevoir la réalité. Il avait certes toujours régné entre eux de la complicité, un courant de sympathie. Elle l'avait trouvé séduisant, à sa manière. Mais non. Non et non. Leurs mondes étaient différents, et ses sentiments à l'égard du docteur, quoique réels, n'étaient pas aussi forts et profonds que ceux qu'il avait avoués. C'était une folie, un non-sens, qu'il lui fallait stopper net. Mais ses mots d'hier résonnaient quand même dans sa tête; ils s'étaient incrustés dans ses oreilles alors qu'elle se détachait de lui et grimpait prestement dans le bus. Quoi qu'il arrive, quoi que tu entendes dire, c'est toi que j'aime.

— Tu attends quoi pour me sortir du lit? Le Jugement dernier?

La rudesse de doña Maxi la ramena dans le présent. Dernier jour, se dit-elle tandis qu'elle tirait les rideaux. Dernier jour, et après, plus jamais.

Elle croula ensuite sous les ordres.

— Mes souliers neufs, fais-les briller. Va chez la fleuriste, demande-leur des échantillons et dépêche-toi de revenir. Appelle le coiffeur et avance d'une heure mon rendez-vous de ce matin. Fais-moi le numéro de la Valencia Bakery, je vais modifier la commande des gâteaux. Surveille la porte, on va apporter le complet de mon neveu.

Son neveu, son neveu, son neveu. Malgré son absence, la maison semblait aux yeux de Mona plus remplie que jamais de sa présence. À l'occasion de ses constantes allées et venues, elle fut obligée de passer plusieurs fois devant sa chambre. On distinguait à travers la porte entrouverte le lit fait au carré, les gros bouquins de médecine rangés sur les étagères, la penderie pleine de tenues discrètes, avec de beaux tissus et de bonnes coupes, la reproduction d'un œil gigantesque sur la table, les portraits encadrés en argent de ceux qui étaient sans doute ses parents.

On pourrait facilement se laisser aimer, pensa-t-elle en s'appuyant contre l'encadrement. C'était à l'évidence un homme bon, il ne manquait pas de prestance, il était sympathique, d'excellente physionomie et sûr de lui. Son pouls ne s'accélérait pas quand elle le voyait, mais elle se sentait bien à ses côtés. Après les gifles monstrueuses que lui avait collées la vie, ce serait agréable d'avoir quelqu'un aux petits soins, qui la protégerait, lui donnerait la sécurité, une maison chaleureuse, un avenir paisible. César Osorio ne semblait pas avoir de grandes exigences : il ne lui réclamerait jamais un amour passionné, qu'elle était incapable de lui exprimer, en échange de son oui, il se contenterait de sa tendresse. Elle sentit un frisson bizarre le long de sa colonne vertébrale. Et si elle acceptait ? Si elle se forçait à l'aimer ?

— Petite !

Le glapissement la tira de sa rêverie. Quand elle prit conscience de la pente glissante sur laquelle elle s'aventurait, elle secoua énergiquement la tête.

— Le téléphone ! ordonna doña Maxi en brandissant le journal du jour comme un drapeau. J'appelle immédiatement *La Prensa*, ils vont m'entendre, ces imbéciles !

Elle l'entendit protester, reprocher, discuter, exiger.

— Passez-moi Camprubí, le directeur. Comment ? Il est pas là ? Vous le trouvez pas ?

Elle raccrocha brutalement le combiné sur la fourche.

— Crétins ! Tous des crétins ! Dieu sait que je l'avais répété à mon neveu ! Qu'il soit clair que l'annonce devait être publiée aujourd'hui même, pas demain !

Elle gueulait, rouge de colère, sa poitrine montait et descendait au rythme de sa rage : César, son avenir, ses obligations... Qu'est-ce qu'on va dire à la marquise, à présent ? Comment ils prendront la non-publication de l'annonce ? Ils penseront qu'on est négligents, qu'on n'est pas à la hauteur, que le garçon ne mérite pas d'entrer dans leur famille !

Un pas, deux, trois. Mona pressentit une nouvelle désagréable et se rapprocha du fauteuil roulant.

— De quelle annonce vous parlez, doña Maxi ?

— L'annonce de la demande en mariage ! hurla-t-elle.

— La demande en mariage de qui ?

Respirant à grand-peine, la vieille lui jeta un regard méprisant, comme si elle avait affaire à une décérébrée.

— La demande en mariage de Nena, la fille de la marquise. De qui d'autre, sinon ? Mon idiot de filleul ne va pas demander la main d'une crève-la-faim comme toi !

96.

Mona et Luz se retrouvèrent au coin de la Septième Avenue, chacune était écrasée sous le poids de son chagrin. Troublées, frustrées, furieuses. La première sortait du travail, la seconde arrivait depuis l'arrêt de bus. Elles eurent un instant d'hésitation : allaient-elles se mentir ou se dire la vérité comme avant? Il y avait eu tant de maladresses et d'erreurs, leur douleur et leur désenchantement étaient si profonds qu'elles paraissaient avoir perdu la capacité d'ouvrir leur cœur.

Qu'est-ce qui t'arrive? faillit demander Mona à la vue du visage soucieux de Luz. Pourquoi cette figure décomposée? aurait dit celle-ci. Mais aucune ne le fit, quelqu'un s'était interposé entre elles.

— Je me rendais chez vous, mesdemoiselles. Sor Lito veut vous voir de toute urgence.

C'était l'une des gamines de Casa María, presque une fillette réchappée de la pauvreté et de la cruauté des rues.

Les deux sœurs se regardèrent, conscientes qu'elles se cachaient des choses. Sans un mot, elles convinrent de repousser leurs confidences. Elles se taisaient depuis si longtemps que le monde n'arrêterait pas de tourner pour une demi-heure de plus.

Elles n'envisagèrent même pas de monter à l'appartement prévenir leur mère et Victoria : à quoi bon? La première ne serait qu'un poids mort et la seconde refuserait de descendre.

Sor Lito n'était pas derrière son bureau dans son fauteuil à oreilles, pas plus qu'elles ne virent l'habituel fouillis de documents, de livres et de bricoles. Une main volontaire paraissait avoir apaisé le chaos. Toutes les surfaces étaient à présent ordonnées, les volumes refermés et rangés à la verticale, les dossiers tristement empilés : la preuve évidente que l'explosive religieuse ne pouvait plus travailler.

Elles durent se mordre la langue pour ne pas lancer une exclamation apitoyée. Mais ma sœur… Dieu du ciel ! Son corps semblait s'être consumé à l'intérieur de l'habit monacal, sa peau jaunâtre s'écroulait en plis sur ses joues et sous son menton.

À côté, assis sur une chaise, il y avait un homme qui se leva dès qu'il les aperçut. Cravate discrète, lunettes rondes à monture fine et cheveux clairs avec des entrées. La trentaine, ni grand ni petit, ni gros ni maigre, ni beau ni moche.

— Venez, mes petites, venez.

La voix cassée de la nonne, naguère si ironique, avait désormais une sonorité lasse et fragile.

— Je pensais vous le dire plus tard, et seule, quand tout serait réglé, mais vu mon état, ça vaut mieux que je vous le présente d'ores et déjà.

Elle haussa les épaules en signe d'impuissance. Sor Lito s'épuisait, la vie la quittait peu à peu.

Le type fit deux pas en avant.

— William Lanford, *please to meet you*, dit-il sur un ton courtois, professionnel.

Il leur tendit la main en serrant les lèvres puis en les étirant, acquiesçant du menton bien qu'il n'y eût à acquiescer à rien : sa façon à lui d'indiquer qu'il ne parlait pas espagnol. Elles répondirent en allongeant mollement leurs doigts : elles ne surent pas réagir autrement.

Économisant les mots pour ne pas étouffer, sor Lito les mit au courant de la situation :

— Il travaille pour un cabinet qui s'occupe de plusieurs cas similaires au vôtre. Chaque fois qu'il aura besoin de vous rencontrer, il laissera un message à La Nacional.

Elle fit une pause, inspira profondément deux fois.

— Il sera accompagné d'un traducteur, le cabinet de mister Lanford prendra en charge les frais.

Elle se tourna vers l'avocat, absorba encore de l'air.

— C'est un bon professionnel, il fera le nécessaire…

Les filles l'écoutaient attentivement. Elles avaient capté l'essentiel et s'efforçaient d'assimiler la nouvelle : sor Lito mettait leur vie entre des mains étrangères car la sienne s'enfuyait. Un fait aussi douloureux que réel. Si cette chambre trop bien rangée dégageait de la tristesse, il en allait de même du visage de la religieuse. Pas seulement en raison des ravages de la maladie. Une sensation d'échec était en effet gravée sur ses traits, la frustration de ne pas avoir accompli sa mission jusqu'au bout. Elle se sentait vaincue, elle qui avait échappé aux misères les plus noires, que rien ni personne, ni les adversités les plus amères ni les pires canailles n'avaient jamais réussi à abattre. Jusqu'à aujourd'hui.

La conversation se poursuivit, laborieuse, entrecoupée, au sujet des délais et des méthodes. L'avocat s'en alla finalement, avec une chemise grenat sous le bras pleine de feuillets : tous les actes et documents légaux relatifs à la mort d'Emilio Arenas. S'y trouvaient les plaintes, les déclarations, les lettres disculpatoires de la compagnie de navigation, les offres rejetées à contrecœur, les requêtes postérieures, toutes les inquiétudes de ces longs mois d'attente. Est-ce que ça en valait la peine ? N'aurait-il pas été plus sage de rembarquer avec les billets et l'argent proposés dès le début, ce qui leur aurait évité nombre de malheurs et de chagrins ? Il n'était plus temps de se poser ce genre de questions.

Elles partirent vite elles aussi, sor Lito était exténuée, il fallait qu'elle se repose. Émues, le sang glacé, elles restèrent immobiles devant la porte de Casa María, comme si elles ne savaient plus où aller.

Luz réagit la première. Elle saisit le bras de Mona, la serra contre elle et la poussa en sens contraire de leur domicile. Elles flânaient en direction du fleuve, sans destination précise, s'éloignaient de leur environnement habituel, sérieuses et pensives, s'efforçant de retrouver le calme, de rétablir entre elles une confiance perdue à force de coups et de déchirures.

Elles allaient traverser la Neuvième lorsque Mona retint brusquement sa benjamine. Elles se cachèrent à moitié dans l'entrée d'une pharmacie.

— Mais qu'est-ce que tu fais ? s'étonna Luz.

— Tais-toi !

Elle désignait d'un mouvement du menton la porte d'un café d'où sortaient deux individus. En l'espace de quelques secondes, ils se serrèrent la main, échangèrent deux ou trois phrases et se séparèrent, l'un remontant l'avenue et l'autre en direction d'une Chevrolet garée contre le trottoir.

Le premier était l'avocat Lanford, le type qu'elles venaient de rencontrer dans le bureau de sor Lito. Ses mains étaient vides.

Le second, un jeune gars trapu, banal, brun, le front bas, les cheveux frisés et luisants. Il portait une cravate jaune citron et sous le bras un objet qu'elles reconnurent sur-le-champ. Quant à son identité, Mona la précisa en chuchotant nerveusement :

— C'est Tomasso, le neveu de Mazza.

Nul besoin d'avoir vu avant une liasse de billets passer de main en main sous leur table, ni l'Américain signer un document que l'autre lui avait glissé sur ordre de son oncle. La chemise grenat désormais en possession de Tomasso constituait une preuve irréfutable : abusant de la faiblesse de la religieuse, et les trompant avec un mépris insultant, Lanford venait de les trahir. Ils avaient tout prévu sans doute : le rendez-vous au café, la remise des documents. Après l'avoir tant convoité, le sort de la famille Arenas appartenait enfin à cette canaille de Mazza. Spectatrices de cette grossière machination, Mona et Luz comprenaient que leurs chances de se remettre à flot se réduisaient comme peau de chagrin. Les espoirs, les soutiens, cette indemnisation tant espérée qui leur permettrait de retourner dans leur monde avec des moyens de subsistance, tout s'était volatilisé sous leurs yeux. Sans réaction de leur part. Sans possibilité de retour en arrière.

Serrées l'une contre l'autre, dissimulées derrière la vitrine de la pharmacie, stupéfaites au milieu des publicités pour les pilules de magnésium et les pots d'onguents musculaires, elles sentirent une espèce de frémissement grimper en elles depuis les pieds.

Marre. Elles en avaient marre de ces hommes qui ne les aimaient pas ou les aimaient mal. Des hommes qui les utilisaient au gré de leurs caprices, sans se soucier de leur déception, de leur humiliation et de leur dégradation, ou de leurs blessures. Frank Kruzan et ses outrages. Le docteur César Osorio et sa honteuse tromperie, trop lâche pour lui avouer qu'il s'engageait avec une autre femme de son propre rang social. Cet avocat opportuniste qui venait de les vendre. Le neveu mollasson et couard avec sa cravate criarde. Et par-dessus tout, avec sa brutalité aveugle et homicide, Fabrizio Mazza. Le pire. Le plus pervers.

La voix de Mona résonna, sourde et sèche, mais ferme :

— Jusqu'à quand on va continuer à subir ? Jusqu'à ce que ce porc nous bousille une à une et se débarrasse de nous trois ?

97.

Ça n'avait jamais été des enfants dociles; elles couraient pieds nus, escaladaient les talus et les murets en toute liberté jusqu'à l'aube. Toutes petites, elles avaient appris à se battre à coups de cailloux et à s'empoigner avec les gamins du quartier. Elles s'étaient révoltées contre l'autorité dès les premières dents, sifflaient comme des charretiers, se joignaient aux festivités et aux bagarres dans les rues, rétorquaient des insolences aux casse-pieds. Si leur ventre criait famine, elles fauchaient n'importe quoi dans les stands de la plage, sans l'ombre d'une hésitation. Elles s'étaient toujours débrouillées avec effronterie et désinvolture, elles possédaient des tonnes d'insouciance, de l'audace, de l'intrépidité, de l'enthousiasme.

L'arrivée à New York et la mort de leur père les avaient brisées et désorientées, laissées sans protection face aux rigueurs de la vie. Et puis elles avaient réussi à sortir la tête de l'eau. Dans un monde inquiétant et étranger, seules, à contre-courant, elles s'étaient montrées capables de se bâtir un avenir, elles s'étaient battues pour un projet à portée de leurs mains. Ce fut alors qu'elles reçurent des coups : la destruction de Las Hijas del Capitán et l'assassinat du tabaquier les avaient obligées à se renfermer dans leur coquille. Elles paraissaient avoir rendu les armes avant la bataille. À tel point qu'elles avaient permis involontairement à d'autres hommes de leur ronger les sangs, d'exploiter leur fragilité momentanée.

Néanmoins, avoir assisté à la scène entre le neveu et l'avocat véreux leur fit l'effet d'un électrochoc. C'en était trop : une nouvelle agression, un autre coup de poignard dans le dos.

À la différence des fois précédentes où elles avaient subi sans réagir, ce fut une espèce de révulsif.

Il fallait faire quelque chose. Quoi ? Elles l'ignoraient encore, mais elles devaient défier l'ennemi et ses ignominies. Pour leur propre dignité, par solidarité avec sor Lito dont la confiance avait été bafouée. Pour se libérer de l'angoisse qui les taraudait et aller de l'avant.

Mona et Luz tombèrent rapidement d'accord sur leur premier objectif.

D'abord, découvrir où il vivait. Elles regagnèrent leur quartier d'un pas décidé et pénétrèrent à l'intérieur de La Nacional en quête de l'annuaire téléphonique de Manhattan. L'employé leur tendit un volume épais, Luz le lui arracha presque des mains.

— Je peux vous aider, proposa l'homme, un trentenaire intimidé par l'arrivée impétueuse de ces deux jeunes femmes qui avaient veillé ici même le cadavre de leur beau-frère quelques semaines auparavant.

Elles refusèrent tout net, entrèrent dans une petite annexe, posèrent bruyamment le gros volume sur une table. Puis elles se penchèrent sans bien savoir comment s'y retrouver parmi cette monstrueuse accumulation de lettres, de numéros et de codes.

Elles trouvèrent ce qu'elles cherchaient après avoir tourné de nombreuses pages et suivi du bout de l'index un tas de listes interminables de noms et de rues imprononçables. « Mazza Frabrizio 228 Bleecker. Chelsea 3-3207 ». C'était là. Luz réclama à l'employé un crayon et un bout de papier, celui-ci les lui donna sans la regarder dans les yeux, honteux : il n'avait pas pu s'empêcher de lorgner leurs corps incurvés, leurs jambes nues, leurs hanches et leurs fesses saillantes sous le léger tissu des robes.

Elles voulaient lui demander comment y aller, mais sa chaise était vide derrière son bureau. Elles dévalèrent donc l'escalier sans prendre la peine de ranger le pavé à sa place ; il resta ouvert dans l'attente que le commis, remis de son coup de chaud, sorte du lavabo et vienne le chercher. Elles finirent par interroger un type qui montait à ce moment-là de la cantine, lieu de rencontre habituel de leurs compatriotes où ils partageaient les nouvelles de la patrie, étudiaient les offres d'emploi ou jouaient aux dominos.

Quelques mètres plus loin, elles furent obligées de passer devant les pompes funèbres. Elles n'avaient pas vu Fidel depuis un certain temps. À la suite de la démolition de Las Hijas del Capitán, lorsque son père avait entendu parler des sommes excessives dépensées par son vaurien de rejeton aux frais de la princesse, il l'avait expédié dans sa filiale de l'Uptown, dans le Spanish Harlem, loin de l'établissement où il avait rêvé de chanter ses tangos, et loin de ces dévergondées qui lui avaient bouffé la cervelle.

Le père ouvrait la porte avec un gros trousseau de clés quand elles passèrent à sa hauteur. Fidel l'attendait derrière, une lourde caisse dans les bras. Elles firent mine de s'arrêter un instant. Lui, subitement ému par la rencontre ; elles, partagées entre le plaisir de le revoir et la hâte de poursuivre leur chemin.

Dès qu'il devina leur présence, le père grommela, antipathique :

— Excusez-nous, mesdemoiselles, nous sommes occupés.

Puis il poussa son fils dans le dos, le fit vaciller sous le poids de sa charge et l'obligea à entrer dans le local en trébuchant.

Abandonnant un Fidel consterné, elles continuèrent leur chemin sans bien sûr imaginer que c'était l'ultime trajet parcouru par Luciano Barona. Elles ne savaient pas non plus que le petit parc atteint après une bonne marche avait abrité ses derniers tourments, ni que son cadavre avait atterri dans les eaux sales de cette même fontaine.

Elles trouvèrent le numéro de portail qu'elles cherchaient. Leur attention se concentra sur la grande façade en brique rouge flanquée d'un escalier en fer. Elles contemplèrent les fenêtres ornées de festons en pierre claire, se demandèrent derrière laquelle se tenait cette crapule, s'il était là.

— On fait quoi, maintenant ? demanda Luz.

Mona envisagea plusieurs options, plus téméraires les unes que les autres. Monter, lui faire face, lui dire que c'est un fils de pute et un… un… Plutôt que de persévérer dans ses absurdités, elle prononça les trois syllabes du verbe le plus sensé :

— Attendre.

Dans quel but ? Avec quelles intentions ? En tout cas, c'était la seule chose à faire pour l'instant.

Elles s'installèrent sur un banc de la place, surveillant l'immeuble au cas où. Juste à côté d'elles, sur le banc occupé à présent par deux petits vieux Calabrais, le mari de Victoria avait passé les heures les plus angoissantes de son existence, s'interrogeant sur les raisons du désamour de sa femme.

Elles furent d'abord importunées par un groupe d'adolescents et ne daignèrent même pas répondre à leurs provocations. Un vendeur ambulant essaya de leur vendre des fleurs en papier, un autre leur ouvrit sous le nez un sac rempli de chaussures probablement volées. Une grosse femme coiffée d'un foulard s'adressa à elles dans une langue incompréhensible, un type décharné au pas traînant passa deux fois en se grattant ostensiblement l'entrejambe. À la troisième, Luz se leva d'un saut et lui aboya des horreurs. L'autre s'éclipsa peureusement.

Elles restèrent ainsi, le soleil commença à décliner derrière les bâtiments qui prirent une teinte dorée dans la lumière du crépuscule. Leur courage faiblit alors et les doutes retombèrent sur elles de tout leur poids. Et si c'était une perte de temps ? Une énorme bêtise ? Juste à ce moment, elles le virent sortir. Mona agrippa la cuisse de Luz. Luz enfonça ses doigts dans l'avant-bras de Mona, leurs cœurs battaient la chamade.

C'était bien Fabrizio Mazza, sur l'autre trottoir, devant la porte de son immeuble, engoncé dans un costume verdâtre, posant son chapeau estival sur ses cheveux gominés. Il se trouvait à une certaine distance, des véhicules allaient et venaient et des gens déambulaient ou formaient des attroupements ; au milieu de toute cette agitation, il était peu probable que l'avocat pût les détecter assises sur la place, mais Mona s'écarta et baissa la tête, et Luz cacha son visage sous ses cheveux.

Tomasso le suivait, le neveu qu'elles avaient surpris plusieurs heures avant en compagnie du traître. Pendant qu'elles attendaient, Mona avait mis Luz au courant : elle lui avait raconté l'épisode de son enlèvement, lorsque Mazza avait essayé de l'effrayer sur le terrain vague près des quais. Comment oublier ce moment atroce ? Elle n'avait jamais avoué à ses sœurs les événements de ce soir-là, sa peur horrible ; elle avait pensé qu'il valait mieux ne pas les inquiéter, qu'il lui suffisait d'avoir éprouvé elle-même cette épouvante. Elle avait cru ingénument que les choses finiraient par s'arranger, qu'elles retrouveraient leur normalité.

Maintenant, elle savait qu'elle s'était complètement fourvoyée. Elle prononça lentement le nom du jeune homme : Tomasso. Elle le répéta sans quitter des yeux le minable neveu, celui qui obéissait servilement aux ordres de son oncle méprisable, même si son sang bouillait à se voir traité comme un détritus face à la déconcertante insolence de la jeune femme. Sans doute pour cette raison, non pour la prévenir mais pour se rebeller contre lui, il l'avait mise en garde quand il l'avait ramenée chez elle. « Il est effrayé, avait-il dit en parlant de l'avocat. Et quand une canaille est rongée par la peur, elle peut devenir très dangereuse. »

Mazza marchait devant, suivi par l'autre à quelques pas. Ils répétaient au millimètre près un schéma habituel dans la famille, lorsque Marcelo Mazza, à présent prostré dans un asile de vieillards, tenait fermement les rênes du cabinet et que le novice Fabrizio n'était qu'un subalterne couard et maladroit.

Ils tournèrent le coin de l'église de Notre-Dame de Pompéi, elles se levèrent, s'avancèrent un peu et tendirent le cou pour ne pas les perdre de vue, mais les deux hommes prirent presque aussitôt une autre rue : ils se dirigeaient simplement vers leur automobile garée devant un petit terrain vague. Celle qu'elles avaient aperçue quelques heures avant, celle où Mona avait éprouvé cette peur terrible la nuit de son enlèvement.

Tomasso conduisait, l'auto démarra, emprunta la Sixième Avenue et se mêla à la circulation avant de disparaître au loin.

— Et à présent on grimpe ? murmura Luz, la gorge nouée.

98.

Les indications étaient gravées sur une plaque en laiton bruni ; elles montèrent au deuxième étage et se retrouvèrent logiquement devant une porte fermée. Elles hésitèrent entre sonner ou non. Elles sonnèrent ; elles prétendraient s'être trompées si quelqu'un ouvrait. Mais personne ne vint malgré leur insistance. Elles redescendirent, regagnèrent le parc. Elles connaissaient l'endroit exact, la deuxième étape après l'obtention de l'adresse.

Luz eut alors une idée :

— Et si on appelait Fidel ?

Il était habile de ses mains, possédait des outils et était aussi imprudent et fougueux qu'elles. Il ne refuserait pas à condition de réussir à échapper à son père. En fin de compte, cette affaire le concernait également, le saccage du night-club lui avait aussi brisé le cœur.

Elles lui téléphonèrent depuis un établissement voisin. Par chance, il répondit lui-même. O.K., O.K., O.K., dit-il à tout. Comment aurait-il pu résister, le malheureux Fidel, à ces jeunes filles qui avaient bouleversé sa vie, malgré l'échec fracassant de leur projet commun ? Ce qu'elles lui demandaient était parole d'Évangile pour lui, il aurait tout donné pour ces trois sœurs intrépides et séduisantes qui l'avaient fait rêver un instant d'un avenir en marge de son existence pathétique, un futur rempli de tangos, d'applaudissements et de belles femmes. Un simple mirage, mais toutes les nuits il s'endormait agrippé à ses chimères. Pour elles, il ferait n'importe quoi. Et surtout pour Luz.

Il arriva bientôt, essoufflé mais euphorique. La nuit tombait. Il préféra leur cacher qu'il s'était enfui en sautant par-dessus deux murs à l'arrière de la boutique, ainsi que la réaction de son père quand il découvrirait qu'il devrait s'occuper tout seul du cadavre d'une vieille Portugaise de la 16e Rue. Il tapota le sac en cuir accroché à son épaule, elles entendirent un son métallique : des crochets et des leviers.

Ils se glissèrent de nouveau dans l'édifice, montèrent à l'étage concerné. Mona et Luz lui firent un rempart tandis qu'il forçait rapidement la porte : une précaution inutile car personne n'apparut sur le palier, ni quand ils entrèrent tous les trois et refermèrent la porte derrière eux.

Le soulagement se mêla à la panique de se retrouver dans l'obscur vestibule, qui sentait le manque d'air, la sueur et le tabac refroidi. Dans un silence absolu, apeurés, guidés par une légère clarté au fond, ils longèrent le couloir à pas de loup, sans éviter complètement de faire grincer le parquet. La pièce qui servait de bureau était au bout, avec trois oriels donnant sur la place. Il faisait nuit, la faible lueur des réverbères pénétrait à l'intérieur, aussi ils n'allumèrent pas.

Mona se pencha à l'une des fenêtres, lança un avertissement :

— Dépêchons-nous, au cas où ils reviendraient.

Ils commencèrent à chercher au milieu des ombres : en priorité la chemise grenat de sor Lito qui contenait leur dossier. Ensuite, tout ce qui pourrait leur être utile.

Mona et Luz tâtèrent presque à l'aveuglette le dessus de la grande table massive, Fidel s'éloigna en direction des autres pièces, elles l'entendirent allumer un briquet.

Muettes comme des tombes, les deux sœurs soulevaient à quatre mains d'autres chemises, des dossiers et des répertoires, des classeurs, des documents reliés et des feuillets épars. Rien. À un moment, et sans le vouloir, Mona renversa d'un coup de coude un gros volume qui tomba bruyamment par terre, elles crurent que leur cœur s'arrêtait. Elles allèrent observer la rue à tour de rôle à travers les vitres crasseuses, personne. Elles ouvrirent des tiroirs remplis d'un bric-à-brac : factures, crayons, buvards, enveloppes, bouteilles d'encre, plumes. Au troisième tiroir de gauche, Luz planta ses ongles dans le bras de Mona.

— Regarde, souffla-t-elle d'une voix blanche.

On y distinguait la forme sombre d'un pistolet.

Elles le contemplaient encore apeurées lorsqu'elles entendirent les pas de Fidel qui revenait vers elles ; il avait l'air pressé, il rapportait quelque chose.

— C'était dans l'armoire d'une chambre, au fond, caché sous une couverture.

Elles les distinguèrent immédiatement à la lueur du briquet. Luz étouffa un cri, Mona serra les yeux de toutes ses forces, comme si elle voulait éviter que cette image sinistre ne s'imprime sur sa rétine.

Trois boîtes de cigares Cuesta-Rey, avec l'image reconnaissable entre toutes de la société sur le couvercle : le profil d'une belle jeune fille avec une robe blanche, des perles autour du cou et des fleurs rouges dans les cheveux. *Made in Tampa*, lurent-elles. Les boîtes étaient entourées de ce ruban en tissu si familier : la preuve irréfutable de la présence de Luciano Barona dans cette maison.

— On s'en va, supplia Mona.

Terrorisés, les autres restèrent immobiles.

— Allez, il faut partir ! insista-t-elle en haussant le ton. Fidel, remets les boîtes à leur place, Luz, regarde dehors !

Elle inspecta une dernière fois la pièce, parcourut fiévreusement le dessus des meubles tandis qu'elle sentait un poids oppressant dans la poitrine. La certitude martelait ses tempes : le malheureux Luciano était venu ici avec ses boîtes de cigares, serrant entre ses mains le ruban en coton.

Soudain, elle tomba sur ce qu'elles cherchaient depuis un long moment : la chemise grenat avec ses dossiers, sur une étagère, près de la porte, comme dans l'attente d'être transférée ailleurs. Au même instant, elle entendit le cri de Luz :

— Ils arrivent ! Ils reviennent tous les deux !

Fidel accourut, Mona saisit la chemise, hésitante, frappée de stupeur, s'efforçant de retrouver son calme. Elle eut un éclair de lucidité : trop évident, trop accusateur contre elles si elle l'emportait. Elle la reposa.

— Vite, dehors ! s'écria-t-elle.

Ils sortirent sans prendre aucune précaution.

— En haut !

Ils montèrent, atteignirent le palier du dessus à l'instant où les deux hommes empruntaient l'escalier. Adossés au mur, pelotonnés les uns contre les autres et retenant leur respiration, ils entendirent les pas de l'oncle et du neveu parvenir à leur étage, s'approcher de leur appartement, leur juron quand ils découvrirent la porte forcée.

— *What the hell!*

Dès qu'ils furent entrés, les deux sœurs et Fidel se précipitèrent dans l'escalier, dévalant les marches quatre à quatre comme s'ils avaient le diable aux trousses. Ils foulaient les dalles du portail d'entrée lorsque Tomasso pointa sa tête et la moitié de son corps au-dessus de la cage d'escalier. Il gueula une menace mais ne réussit pas à les voir. Son hurlement résonnait encore entre les murs après qu'ils furent sortis.

99.

Ils pressèrent le pas dans un entrelacs de ruelles obscures, tournant sans cesse pour décourager d'éventuels poursuivants. Certains porches abritaient des Italiens en maillot de corps qui parlaient haut et fort et fumaient ; çà et là des groupes d'adolescents chahutaient et lâchaient des éclats de rire dissonants.

Ils ne s'arrêtèrent à aucun moment. Silencieux, sous l'impulsion de leurs jeunes jambes, ils atteignirent les lumières de la Septième Avenue.

— Fripouille..., grommela Mona lorsque l'horizon lui apparut enfin plus vaste et moins sinistre.

— Et qu'est-ce qu'on va faire, à présent ? demanda Luz, toujours sous le coup de l'émotion.

— Rentrer chez nous et réfléchir. Je n'ai pas de meilleure idée.

Mona parlait sur un ton éteint, comme si elle était au bout du rouleau.

— Et en plus maman doit être au bord de la syncope, sans nouvelles de nous à ces heures.

Fidel se frappa le front en entendant le mot « heures ».

— Le faire-part !

Elles le regardèrent, sans comprendre ce qu'il disait.

— Ils n'acceptent plus rien à partir de onze heures à *La Prensa*, ni faire-part ni annonces. Il est quelle heure ?

Il se jeta sur un passant pour lui poser la question, mais l'autre n'avait pas de montre. Il arrêta un couple, la dame lui répondit qu'il était onze heures dix.

— Le faire-part de décès de la Portugaise, *damn it*, mon père va me tuer s'il ne sort pas demain, mais ils ne décrocheront plus, c'est sûr. Il faut que je fonce à Canal Street, dans les bureaux du journal. Ça vous embête de retourner seules à la 14e Rue ? On est tout près, ça vous prendra pas plus de…

— Fidel, ce truc des annonces et des faire-part, ça marche comment ? l'interrompit Mona.

Toutes les péripéties récentes avaient repoussé au fond de sa mémoire sa déconvenue chez doña Maxi : la confirmation que César Osorio était un crétin qui lui jurait sa passion en même temps qu'il demandait la main d'une jeune aristocrate. Encore un goujat sans scrupule, prêt à piétiner sa dignité.

— Eh bien, c'est toi-même qui les commandes, tu leur dis ce qu'ils doivent mettre…

— Et il faut payer tout de suite ?

— Ça dépend. Il faut que je me dépêche, je te l'expliquerai un autre jour.

Mona l'agrippa par le bras, impérieuse.

— Attends, j'ai besoin d'une réponse maintenant.

Fidel soupira, résigné.

— Si tu es un individu quelconque qui veut juste une annonce, je suppose que oui, tu devras payer cash. Nous, en revanche, on est des clients habituels, on verse rien sur place et ils nous envoient la facture en fin de mois.

— Et toi, Fi… Fi… Fidel, bégaya Mona, tu pourrais faire quelque chose pour moi ?

Elle lui raconta l'idée qui venait de lui passer par la tête, l'autre se gratta derrière l'oreille, comme chaque fois qu'il se sentait dépassé.

— C'est un vrai sac d'embrouilles, pour moi.

— D'accord. Mais pour moi c'est important. Très important.

Elle mentait : Ça ne l'était pas ; ce n'était ni important ni urgent. Il n'arriverait rien du tout si Mona ravalait sa déception et son humiliation, si elle laissait le temps atténuer la frustration de voir que le petit docteur si attentionné et si respectable jouait un double jeu. Sa trouvaille n'était qu'une modeste revanche contre la marraine tyrannique et son pleutre de filleul. Elle manquait de moyens de défense, mais elle voulait les chasser définitivement de sa vie. Et Fidel, à son insu, avait rallumé en elle une petite flamme, lui avait suggéré une façon rapide de se tirer cette épine du pied.

Le fils du croque-mort soupira profondément, sortit un carnet de sa poche et un bout de crayon rongé.

— Dis-moi vite ce que tu veux qu'ils écrivent.

100.

La nuit fut longue et triste. Elles attendirent d'abord que Remedios s'endorme, puis elles tirèrent Victoria du lit. Réfugiées dans la minuscule salle d'eau, chuchotant pour ne pas réveiller leur mère, elles la mirent au courant des péripéties de la journée : ce qui s'était passé dans le bureau de sor Lito, la rencontre entre l'avocat et le neveu de Mazza, leur décision d'aller récupérer le dossier chez ce dernier. Enfin, choisissant soigneusement leurs mots pour ne pas la blesser davantage, elles lui révélèrent la découverte de Fidel au fond d'une armoire, ainsi que cette coïncidence troublante : on avait balancé le cadavre de Barona dans la même fontaine de la même place, une information confirmée par la lecture de vieux numéros de *La Prensa.*

Victoria n'éclata pas en sanglots, pas plus qu'elle ne poussa un cri déchirant. Ses beaux yeux secs, un rictus de dureté et la voix rauque, elle s'exclama :

— Ça peut pas en rester là !

Pour la première fois depuis que leur vie avait basculé, les trois sœurs ouvrirent complètement leur cœur et exprimèrent la rage qui les minait. Elles se rappelèrent, soupesèrent; elles évaluèrent dans tous les sens les outrages et les vilenies, la souffrance, les chagrins inutiles. Elles ne trouvèrent le sommeil qu'à l'aube, lorsque les premières sirènes retentirent dans les usines et sur les quais. Elles eurent à peine le temps de se reposer un peu : elles étaient déjà debout à l'heure habituelle. Lucides, sûres, fermes, les trois savaient quoi faire.

Luz se rendit à la blanchisserie avec l'apparente monotonie de chaque matin.

Victoria feignit de s'asseoir sans entrain pour coudre la énième commande de cols et de poignets.

Seule Mona bouscula la routine : c'était à elle de prendre les choses en main.

— Tu vas être en retard chez doña Maxi, grommela sa mère, les mains plongées dans l'eau savonneuse de l'évier.

— Ce boulot est terminé, maman. Aujourd'hui, j'ai d'autres obligations.

Elle partit en claquant la porte sans rien ajouter.

Elle essaya d'abord de le localiser au St Moritz en téléphonant d'un café pour employés de bureau, à côté du Banco de Lago ; en vain. Elle descendit alors dans le subway. Le trajet fut long, et elle dut parcourir un tas de rues avant de parvenir à Washington Heights.

Elle s'efforça de ne pas se laisser écraser par la gigantesque silhouette du Columbia-Presbyterian Medical Center, se débrouilla comme elle put, tourna et retourna, revint en arrière. Après s'être trompée quatre ou cinq fois, elle tomba enfin sur la bonne entrée : le Harkness Pavilion.

— *Please, the room of mister Alfonso de Borbón,* demanda-t-elle dans son anglais rudimentaire.

Insister ne lui servit à rien, pas plus que supplier ou hausser le ton. Le personnel lui barra le passage sans ménagement. Ils semblaient tous nerveux, inquiets, récalcitrants à lui venir en aide. Il était alors près de midi et Mona commença à se sentir découragée : à la fatigue d'une nuit quasi blanche s'ajoutaient les tribulations de la veille, et à tout cela les doutes, l'éventualité que les trois sœurs eussent décidé ensemble une nouvelle folie. Épuisée, elle s'assit sur le perron en granit de l'entrée, à l'abri d'une marquise, les bras autour des genoux et la tête baissée.

Elle fut tirée de son isolement par des bruits de moteurs ; elle leva les yeux. L'automobile de devant et celle de derrière appartenaient à la police, celle du milieu était différente : noire et brillante, opulente, énorme. Les portières avant s'ouvrirent, le chauffeur et un homme se précipitèrent pour aider la passagère à sortir de l'arrière de la voiture.

Mona aperçut d'abord les souliers fourrés en satin couleur chaudron, puis les chevilles solides dans de fins bas de soie et l'extrémité d'un manteau estival sophistiqué. Quand elle fut complètement sortie, elle fut frappée par sa stature, la solennité de son port, le splendide collier de perles et les deux immenses yeux bleus sous son élégant chapeau.

Huit ou neuf hommes avaient jailli simultanément de leurs divers véhicules, en uniforme ou en civil. Plusieurs responsables de l'hôpital surgirent de l'intérieur du pavillon, le docteur Valentí Mestre en tête. Une petite troupe d'hommes s'aggloméra sur le trottoir, s'adressant à elle avec déférence : madame, *señora, Her Majesty, Alteza*…

— Mais qu'est-ce que tu fais ici, Mona ?

Elle était encore assise, elle se leva d'un bond. C'était Tony, membre de la suite de la royale dame. Elle sentit un pincement au cœur. Mieux peigné que d'habitude, avec un costume différent, plus chic. Toujours aussi maigre, ses yeux verts en alerte et l'air stupéfait.

— C'est la mère du comte ? La reine ?

De nouvelles voitures arrivèrent, on entendit le grincement des freins, elles se garèrent n'importe comment. Encore des portières qui s'ouvrent, des hommes qui sautent à terre, moins distingués, plus sans gêne : des photographes appareils en l'air et des journalistes avec leurs questions insidieuses sur le roi déchu, la Cubaine, le divorce et la renonciation, le sang, les frères et sœurs, la famille…

Au milieu de ce tohu-bohu, Tony acquiesça. Il hésitait : devait-il continuer à parler à la femme qu'il avait tant désirée, ou bien l'écarter et remplir sa mission de secrétaire informel ou d'assistant ou de quoi que ce fût auprès de l'ex-prince des Asturies ? La mère de ce dernier, reine d'Espagne pendant un quart de siècle, venait de débarquer du *Conte di Savoia* après une traversée de six jours depuis la Méditerranée. Son rôle était de la protéger contre le harcèlement de la presse, l'aider à entrer pour qu'elle voie au plus vite son fils aîné.

Sur le visage du Tampeño, Mona discerna une tension inédite : il paraissait nerveux, fatigué. Indifférente au protocole et aux formalités d'usage autour de la noble dame, aux cris exigeants des journalistes et au personnel hospitalier déconcerté par le brouhaha, Mona s'approcha tout près de lui.

— Je suis venue te chercher, Tony, j'ai besoin de toi ce soir.

Elle se dressa sur la pointe des pieds, lui murmura quelques mots au creux de l'oreille.

Stupéfait, il fronça les sourcils.

— *Tony, right here !* entendit-on au loin.

On le réclamait, le tapage des reporters était de plus en plus tonitruant. Parlez-nous de votre époux, madame ! Vous allez retourner avec le roi ? Edelmira a aussi revu votre fils ? Mal à l'aise, abritée derrière son escorte, doña Victoria Eugenia se frayait un passage vers l'intérieur de l'hôpital.

— On se retrouve à neuf heures chez Al, conclut Mona.

Elle le fixa alors de ses yeux si noirs et si profonds.

— Je t'en supplie, Tony, ne nous laisse pas tomber.

Il était toujours sous le coup de l'émotion, Mona lui prit la main.

— Et dis au comte de ma part que je suis heureuse qu'il aille mieux, ajouta-t-elle à voix basse, en la serrant.

101.

Chano se rendit dans la 14e Rue et se posta comme toujours à la porte de l'immeuble. Il venait à peine d'arriver lorsqu'elles s'adressèrent à lui sans ambages :

— Victoria doit te parler.

Il les regarda, stupéfait, comme s'il venait d'encaisser un direct du gauche.

— Attends-la chez Al. À huit heures et demie.

Elles n'étaient jamais entrées là, bien qu'elles fussent presque des voisines, les femmes de leur monde ne fréquentaient pas les tavernes. Mais elles savaient que cet établissement était devenu le quartier général du fils de Barona depuis la mort de son père ; depuis qu'il effectuait ses visites aussi quotidiennes qu'inutiles dans le quartier, en quête de l'aînée des sœurs Arenas. Son choix était logique : tout le monde se connaissait à la cantine de La Nacional et dans les cafés et bars espagnols, à leurs yeux il n'aurait été que le fils du tabaquier assassiné, le boxeur sans avenir qui, pour une raison imprécise, traînait dans le coin comme une âme en peine. Dans ce local obscur et silencieux propriété d'un Écossais, quasiment boycotté par la colonie, Chano avait trouvé sinon l'anonymat, du moins un refuge contre les condoléances, les apitoiements et les yeux curieux. Et elles, voulant absolument passer inaperçues, avaient également choisi ce lieu comme point de rencontre.

Il leur restait juste à se débarrasser de leur mère et elles eurent encore recours à leur voisine.

— Demandez-lui de venir dormir chez vous ce soir. Inventez n'importe quel prétexte, que vous avez besoin de compagnie, que vous avez des cauchemars, des maux de ventre ou les nerfs malades. Mais emmenez-la, madame Milagros, jusqu'à demain matin, s'il vous plaît.

La Galicienne les fixa longuement de son unique œil valide ; il était impossible de déchiffrer ses pensées sur son visage sillonné de rides. Elle avait du mal à reconnaître, dans ces figures suppliantes, les jeunes filles dissipées et bruyantes avec lesquelles elle s'était si souvent disputée au cours des premières semaines, quand elles faisaient face à tout et qu'elles ignoraient encore à quel point le sort leur jouerait des mauvais tours. Elles s'étaient forgées en tant que femmes dans cette ville à coups de malheurs, de ruptures et de pertes ; à présent elles lui demandaient de l'aide sans fournir d'explications. Elle ne leur posa aucune question. Elle devait soupçonner que quelque chose se tramait, peut-être pensait-elle que c'était une bonne idée.

— Dites-lui qu'elle descende me prendre dans un moment, on passera la nuit ensemble à Casa María, avec sor Lito.

— On est allées la voir hier.

Le ton de Luz trahissait le chagrin que lui avait causé cette visite, la voix de la vieille se noua également :

— Elle est au bout du rouleau, je veux pas qu'elle meure seule.

Il régnait dans leur appartement un calme aussi habituel que fictif. La cuisine était toujours encombrée par leurs instruments de travail, les cartons remplis de pièces cousues ou à coudre ; l'atmosphère était feutrée, aussi morne que tous les jours.

Remedios accepta sans regimber la proposition de Milagros pour veiller la nonne. Je vous laisserai le dîner prêt avant de partir, dit-elle à ses filles. Elle pela des pommes de terre et battit des œufs pour préparer l'omelette qu'elles étaient censées manger, mais elles étaient incapables de rien avaler. Néanmoins, elles se gardèrent bien de la contrarier, à quoi bon ?

Tandis que la fourchette résonnait contre le bord en faïence d'une assiette à soupe, Victoria, enfermée dans la salle de bains, se regardait dans la glace fendillée, à la lueur de l'ampoule jaunâtre. Elle se regardait sans se voir, sans remarquer ses cernes sombres ni son visage anguleux et marqué parce qu'elle avait en permanence un nœud à l'estomac. Devant son propre reflet, elle aspirait de grandes bouffées d'air, se répétait qu'elle allait retrouver Chano, se demandait où les mènerait leur nouvelle entreprise.

On frappa discrètement à la porte d'entrée. Ni Remedios devant son fourneau ni Victoria absorbée dans ses pensées n'entendirent, mais Mona et Luz, sur le qui-vive, allèrent ouvrir aussitôt.

— Tout est prêt ? dirent-elles.

— Presque, répondit Fidel. Je dois juste récupérer le taxi, je risque de tarder un peu.

Toute la journée, il avait joué à cache-cache avec son père et esquivé ses obligations, tandis qu'il cherchait l'endroit le mieux adapté pour la mission qu'elles lui avaient confiée. Il avait exploité toutes ses connaissances, s'était informé, avait consulté et vérifié jusqu'à être bien sûr.

— Allez, grouille-toi.

Elles refermaient la porte quand il se souvint de quelque chose.

— Un moment ! Je t'ai apporté ça, Mona.

Il sortit d'une poche un exemplaire enroulé de *La Prensa.* Elle le déroula et parcourut avidement les pages.

L'employé de l'imprimerie s'était lui-même chargé d'ajouter la première phrase de rigueur : Priez pour l'âme de la défunte.

Priez pour l'âme de la défunte

DOÑA MAXIMA OSORIO,

décédée des suites d'une infection de la langue provoquée par une tumeur maligne et son cœur malade.

Mona esquissa un demi-sourire amer.

— Et l'annonce ?

— Elle est publiée dans la rubrique « Notes de la colonie ». La voici, page 7 ; en bas de la colonne, lis.

NOTES DE LA COLONIE

Le docteur don César Osorio

annonce qu'il annule sa demande en
mariage à Mlle Nena de la Mata,
fille de la marquise de La Vega Real,
prévue pour ce vendredi,
car il ne se sent pas assez mûr
pour assumer un tel engagement

Elle aurait pu lâcher un éclat de rire, mais une onde de mélancolie la parcourut.

— J'ignore qui sont ces gens et ce que tu as à voir avec eux, mais j'ai l'impression qu'on a semé un barouf du diable, ajouta Fidel. On m'a téléphoné ce matin, on exigeait des explications, un peu de considération, des têtes devaient tomber, le directeur est fou de rage, le linotypiste va en prendre pour son grade…

— Tu as répondu quoi ?

— Je me suis retranché derrière la confidentialité de nos clients, je me suis fait passer pour mon père, ils le respectent plus que moi.

Ce cher Fidel, aussi fidèle que son prénom malgré l'ignorance du latin de Mona : la loyauté du garçon était émouvante. De même qu'il avait été son complice dans la désastreuse affaire du night-club, maintenant il avait accepté de faire insérer ces insanités dans le journal, il s'était joint à l'aveuglette à la nouvelle conjuration des sœurs, il avait dit amen à toutes leurs propositions. Beaucoup dans le quartier le tenaient pour un pauvre type, un malheureux sous la coupe de son père, une tête en l'air, un écervelé. Pour elles, en dépit de sa candeur, de ses bouffonneries et de ses extravagances, il était devenu à peu de chose près le frère qu'elles n'avaient jamais eu. Ce Jesusito dont la mort prématurée avait détruit à jamais la sérénité de leur mère.

Mona réenroula pensivement le journal. Du respect, avait dit Fidel, ils exigeaient du respect, et le mot résonna dans ses oreilles. Un sentiment que ni la marraine ni son filleul ne lui avaient jamais témoigné, l'une à cause de sa tyrannie et de son arrogance, l'autre avec sa fausse galanterie. La vengeance de Mona avait été minuscule en comparaison : les exposer tous les deux, noir sur blanc, aux médisances, les rendre morts de honte. Pas grand-chose en somme, mais au moins une petite compensation.

Elle tordit violemment entre ses mains le rouleau formé par les huit pages du quotidien.

— Dépêche-toi, Fidel, finis ton boulot, et on se revoit très vite.

102.

Elles portaient des tenues sombres. Pas exactement de deuil, seulement foncées. Il y avait peu de clients dans le devant de la taverne, six ou sept hommes solitaires, ruminant des idées noires tandis qu'ils éclusaient leurs verres. Leur entrée fut si discrète et furtive que presque personne ne se rendit compte de leur arrivée. Lumières ténues, atmosphère apaisée d'une fin de journée. De dos, le propriétaire écossais alignait les bouteilles de liqueurs, un tablier blanc noué sous son ventre rebondi.

Elles se dirigèrent vers le fond, la sciure répandue sur le sol amortissait leurs pas. En les apercevant, Chano se leva de son tabouret, sans toucher à sa seconde bière posée sur le zinc.

Mona et Luz laissèrent leur sœur aînée s'avancer seule, lui se contentait de la contempler.

Elle avait maigri et ses cheveux avaient poussé depuis son mariage, ils lui retombaient à présent sur les épaules. Elle venait de les laver cet après-midi, une tentative de faire passer le temps et de ne penser à rien, les pointes étaient encore humides. Par ailleurs, rien ne brillait en elle hormis sa chevelure obscure : ni son visage marqué ni ses grands yeux empreints d'une immense tristesse. Malgré tout, elle parut à Chano l'être le plus séduisant sur terre.

Séparés par un bref espace, ils restèrent immobiles, indécis. L'ancien boxeur ouvrit les bras ; elle fit un pas, puis un autre. Leurs corps se frôlèrent, se reconnurent, s'emboîtèrent. Il l'étreignit, elle blottit son corps frêle contre son torse musculeux. Il n'y eut pas de baiser, pas de pulsion charnelle, aucun ne ressentit de désir. Ils se fondirent l'un en l'autre, peau contre peau, la gorge nouée de larmes.

Ils s'installèrent tous dans une espèce de petit cubicule, deux bancs en bois avec de hauts dossiers et une table au milieu. Victoria et Chano d'un côté, encore sous le coup de leurs retrouvailles frustrantes, et Mona et Luz en face.

— On sait qui a tué ton père.

La figure de l'ancien boxeur se décomposa et Victoria lui saisit une main sous la table pendant que Mona poursuivait :

— C'est la même canaille qui a saccagé le night-club. On sait aussi où il vit et avec qui, ses activités, l'endroit où il gare sa voiture.

Elles le mirent au courant de tout tandis que son visage couturé exprimait la même horreur et le même effarement.

— Ça peut pas en rester là. À cause de ce qu'il nous a fait, à cause de son crime, à cause de la façon dont il a craché sur sor Lito. On a donc décidé d'agir.

Un seul qualificatif paraissait convenir au plan que lui détailla Mona : démentiel. Une machination farfelue avec un tas d'incertitudes. Une folie aux conséquences terribles si quelque chose loupait.

Incapable de tout assimiler d'un coup, Chano se mit debout.

— J'ai besoin d'un verre.

Il se levait pour s'approcher du zinc lorsque Tony entra dans l'établissement. Depuis la porte, il regarda à droite et à gauche, il ne restait que quatre ou cinq clients. Il ne les vit pas, elles, cachées par les dossiers des bancs, mais il distingua le fils de Barona, au fond, et il se dirigea vers lui à grandes foulées élastiques.

Mona éprouva du soulagement mêlé à une sensation impénétrable. L'horloge sur le mur marquait neuf heures moins cinq, il était même en avance. Elle étira le cou pour apercevoir ce qu'il apportait et son début d'euphorie se dégonfla comme un ballon percé : ses mains étaient vides. L'une dans la poche de son pantalon, l'autre donnant une furtive accolade à Chano. À son grand dam et malgré sa demande, il n'apportait rien.

— Tu as enfin abandonné la reine ? demanda-t-elle en guise de bonjour, pour gagner du temps, pour occulter sa déception.

Sans répondre, Tony attrapa une chaise et la traîna jusqu'à la table.

Chano revint avec deux verres de whiskey et les posa sur la table, aucune des sœurs ne voulut rien boire. Il dit quelque chose en anglais qu'elles ne comprirent pas, mais la grimace de Tony fut éloquente : ce qu'il avait entendu n'était ni agréable, ni positif, ni bon.

La voix coupante de Mona les interrompit tout net :

— Parlez en chrétien s'il vous plaît !

Elle se mordit la langue : c'était une expression de doña Maxi, et elle ne l'aimait pas. En outre, elle n'était pas à même de dicter ses exigences. Les trois sœurs avaient pris une décision irrévocable ce matin, enfermées dans la salle de bains : s'ils les aidaient, tout pourrait se faire en une seule nuit, et ce serait parfait. Dans le cas contraire, elles se débrouilleraient seules. Elles attendraient, Fidel était toujours à leurs côtés ; elles obtiendraient tôt ou tard ce dont elles avaient besoin.

Tony conservait son visage renfrogné, il n'y avait pas trace en lui de sa bienveillance habituelle et désinvolte. Il prit la parole dans son espagnol teinté d'accent cubain, pour que tout fût bien clair :

— Vous êtes folles à lier.

— On a mille raisons.

— Vous savez pas dans quoi vous allez vous fourrer.

— On y a bien réfléchi.

C'était une joute verbale entre Mona et Tony, les autres se contentaient d'écouter. Victoria se mordait les lèvres, Luz devenait de plus en plus nerveuse, Chano attendait, prudent, encore dubitatif. Mais il n'avait pas dit non. Et il ne le dirait pas.

— Personne t'oblige à nous aider.

— Tu es venue me chercher.

— Je croyais que tu étais avec nous.

— Il existe d'autres façons.

— Sans doute, mais on a choisi celle-là. Et si tu l'acceptes pas, il vaut mieux que tu t'en ailles.

Tony respira un bon coup. Oui, ce serait la meilleure solution. Qu'il oublie cette fichue 14e Rue et cette famille de foldingues ; qu'il retourne au St Moritz s'occuper des affaires de Covadonga, loin de son galetas du Queens, des rues et des loteries clandestines, des paris, des bars et des copains. Ce serait en effet le plus sage : qu'il réintègre sa nouvelle bulle de protocoles et de bonnes manières, de bulletins de santé, de câblogrammes, d'œufs pochés servis avec des couverts en argent au petit déjeuner.

— Mais j'avais pensé que tu le ferais au moins pour Luciano.

Il la regarda longuement.

— Avec tout le respect dû à la mémoire de l'ami de mon père et au père de mon ami, répondit-il en désignant Chano, même pour lui je me risquerais pas dans cette embrouille.

Il vida alors son verre d'un trait.

— Si je m'implique, Mona, ce sera uniquement pour toi.

Il avait toujours su qu'il ne pourrait pas refuser : il se sentait trop attiré par cette femme dont l'expression du visage venait de changer à cet instant, passant de la volonté indomptable au ravissement. Depuis qu'il l'avait aperçue ce matin assise sur une marche en face de l'entrée du pavillon hospitalier, c'était la seule issue possible ; depuis qu'il l'avait contemplée, ses genoux nus entre ses bras, isolée et différente comme une journée ensoleillée au milieu de l'hiver, audacieuse, résolue, belle, étrangère à son propre monde d'obligations médicales et de responsabilités.

— L'auto de Covadonga est dehors, avec ce que tu m'as demandé.

103.

La sonnerie insistante du téléphone retentit sur une table, dans un coin du bureau, Tomasso se précipita et décrocha.

— Allô ?

— Je veux parler à maître Mazza.

La voix en anglais à l'autre bout du fil était celle de Chano : il connaissait mieux que personne l'endroit d'où il était censé appeler puisqu'il y avait grandi.

— *Who's calling ?* De la part de qui ?

Il était une heure moins dix du matin, son oncle s'était planté à côté de lui, intrigué par cet appel intempestif. Ses cheveux graisseux étaient en bataille, il portait un maillot de corps et un pantalon de pyjama à rayures. Il fronçait les sourcils, se grattait entre les jambes. Une chaîne en or ornée d'un crucifix trônait parmi les poils de sa poitrine.

— Il y a eu un accident, passez-le-moi, s'il vous plaît.

— *Wait a second.*

Encore hésitant, Tomasso lui tendit le combiné.

Fidel avait consacré tout l'après-midi à réunir les informations que Chano était sur le point d'égrener ; ils avaient fini de bâtir le scénario dans la taverne d'Al, tandis que le patron lavait les derniers verres et que les derniers clients quittaient le local.

Un malheur était arrivé cette nuit sur le môle de la Norwegian America Line, à Brooklyn. Il parlait depuis un téléphone public du Montero, un bar portuaire appartenant à un Galicien voisin de son domicile d'Atlantic Avenue et souvent ouvert toute la nuit ; les autres, serrés autour de lui, l'écoutaient en retenant leur souffle.

C'est la faute d'une manœuvre bâclée et tardive, ajouta-t-il sèchement. Un surveillant de nuit a été gravement blessé, on l'a emmené au Lutherian Hospital, il était inconscient et il saignait beaucoup. Moi je suis l'un des autres surveillants, on m'a interdit de l'accompagner, sa famille n'a pas été non plus prévenue, c'est un collègue qui m'a demandé de vous appeler…

Il agrémenta ce court récit d'une profusion d'expressions colloquiales propres aux gens des docks : nombre d'entre eux habitaient en effet Brooklyn, la famille Barona qui avait toujours vécu près des quais en avait donc plein les oreilles.

Rien de ce qu'il entendit ne parut invraisemblable à l'avocat, tout correspondait à ses méthodes habituelles : il devait à une chaîne active d'indicateurs quelques-uns de ses meilleurs clients; pas assez nombreux à son goût, certes, car ce vieux bandit trouvait qu'il n'en avait jamais assez. La seule bizarrerie, c'était qu'on le réclame à cette heure-ci : normalement on l'avertissait quand le personnel occupait déjà son poste de travail, au moment de l'arrimage et du reste des opérations, lorsque augmentaient les risques d'accident. Mais ses affaires ne marchaient pas assez bien pour tergiverser; en plus le type avait clairement évoqué un gardien de nuit. Il somma donc Tomasso de prendre des notes.

— Le nom de la victime ?

— Paulo Ferrara, il est portugais.

Chano n'eut pas besoin de se creuser la cervelle, c'était l'un de ses copains de la Secondary School.

— Et rappelez-moi le numéro du quai où se trouve exactement la Norwegian ?

— Quai numéro 9, monsieur.

— Adresse du sinistré ?

— Pardon ?

— L'adresse du type qui a été blessé.

— Ah oui, excusez-moi ! *Fuck,* quelque part dans… dans South Brooklyn, je ne sais pas où exactement.

— D'accord, c'est sans importance, on la retrouvera le moment venu. Encore un point.

— Il faut que je raccroche, on me…

— Votre identité, s'il vous plaît.

Un sifflement intermittent transperça les tympans de Mazza. Furieux, il laissa tomber le combiné par terre sans même prendre la peine de le ramasser. Brooklyn Piers, Norwegian America Line, South Brooklyn. Les noms tournaient dans sa tête, son sommeil s'était totalement dissipé, il réfléchissait. Les quais de Brooklyn étaient sous la tutelle des Gambino, Emil Camarda magouillait aussi dans le coin, Anthony Anastasio y dirigeait d'une main de fer le syndicat des dockers. Il hésita. Fallait-il appeler son vieil oncle, lui demander conseil pour éviter de fourrer son nez là où il ne devrait pas ? Il n'avait pas l'habitude d'opérer sur l'autre rive du fleuve, bien qu'il eût étendu ses filets jusque-là à tout hasard. Il doutait encore, se gratta de nouveau l'entrejambe, les poils du torse, l'aisselle gauche.

— Tomasso ! gueula-t-il, après que la curiosité et l'ambition aveugle eurent gagné la partie. Habille-toi, on y va !

Ils furent prêts en quelques minutes. Sans à peine se laver et avec les mêmes vêtements fripés et puant la sueur de la veille. Avant de fermer la porte, il tapa sur l'épaule de son neveu et montra le bureau.

— Prends-le et mets-le dans le vide-poche. Au cas où.

Pas une âme dans la rue à leur sortie : les environs étaient dépourvus d'établissements de loisirs ou de spectacles. Ils furent seulement accueillis par la masse imposante de l'église, par les cris de deux ivrognes qui se querellaient dans le parc et par le bruit d'un véhicule isolé. Ils marchèrent jusqu'au terrain vague, montèrent dans la Chevrolet Six, Tomasso mit le contact. Rien. *Holy shit !* gronda Mazza. Il essaya encore une fois, en vain. Une troisième, une quatrième. Après une litanie de jurons et d'insultes de l'avocat, ils sortirent de la voiture, Tomasso souleva le capot et observa le moteur. L'endroit était à peine éclairé par la lueur d'un réverbère, impossible de savoir ce qui arrivait.

— Vous avez besoin d'un coup de main ?

Ils se retournèrent : un taxi venait de s'arrêter à leur hauteur en découvrant leurs deux silhouettes penchées sur le mécanisme. Le chauffeur les hélait sur un ton affable depuis sa vitre ouverte. En guise de réponse, Mazza lui lança un geste impérieux pour qu'il s'approche. Bien sûr qu'ils avaient besoin d'aide, espèce d'idiot !

Comme aucun ne connaissait Tony Carreño, il leur était impossible de deviner la véritable identité de ce type élancé qui venait de se garer à côté d'eux et pénétrait d'un pas décidé dans le terrain vague : pas un taxi professionnel mais un ex-bolitero devenu secrétaire d'un ex-prince souffreteux. Le prêt du véhicule était l'une des manigances de Fidel.

Le Tampeño salua l'oncle et le neveu d'une rapide tape sur l'épaule, puis il colla son visage tout contre le moteur. Il flaira, introduisit les mains, bougea câbles et bougies en grommelant. Comment les Italiens auraient deviné qu'il était lui-même à l'origine de la panne qu'il feignait à présent de réparer ? Après avoir longuement farfouillé, il extirpa un machin inommable entre le pouce et l'index.

— Je crains que ce soit râpé pour ce soir, les amis. Ça exige l'intervention d'un professionnel, il faut changer la pièce et...

— Emmenez-nous, alors, aboya Mazza. On doit aller à Brooklyn, quai 9.

Le soi-disant chauffeur de taxi fit mine d'y réfléchir, alors qu'en fait il prenait quelques secondes pour jauger ses adversaires. Deux types banals, bruns, en sueur, habillés à la hâte, mal rasés. Ils ne semblaient pas très forts, mais étaient-ils armés ? C'était la question essentielle. Un mouvement du bras de l'avocat le mit sur ses gardes.

— Je paie d'avance et je double le prix de la course si nécessaire. C'est une urgence.

Tony se sentit soulagé : le geste de Mazza était simplement destiné à sortir son portefeuille.

— OK, dans ce cas montez.

— À Brooklyn, alors, maugréa Mazza. Et fissa !

104.

Ils les attendaient sur un quai pratiquement emboîté sous la tête du pont; ils étaient parvenus jusque-là dans l'auto du comte de Covadonga, avec Chano au volant. Devant eux, les eaux noires de l'East River et l'imposante silhouette éclairée de Manhattan, des milliers de lumières qui brillaient telles des étoiles terrestres au milieu de la nuit.

Cette histoire de la Norwegian America Line n'était bien sûr qu'un bobard : la compagnie norvégienne n'avait aucun navire arrimé ce soir-là, pas plus qu'il ne s'était produit d'accident. Furetant çà et là parmi ses connaissances, Fidel avait appris que ce môle était pratiquement inactif depuis plusieurs jours : les mouvements d'individus et de marchandises entre New York et la péninsule scandinave n'étaient guère intenses ces derniers temps.

Les phares du taxi éclairèrent l'esplanade vide tandis que les pneus crissaient sur le gravier. Ils attendaient sur un côté, à l'abri des regards, en retenant leur souffle et adossés contre les planches en bois d'un hangar.

La solitude de l'endroit inquiéta aussitôt Mazza et Tomasso; tendus et anxieux, ils contemplèrent l'obscurité profonde du petit matin à travers les vitres. Tony avait essayé de les distraire durant tout le trajet en lâchant des banalités auxquelles ils avaient répondu par monosyllabes. L'avocat et son neveu étaient loin d'être imprudents, bien qu'ils eussent baissé la garde dans ce cas et mordu à l'hameçon; ils ne faisaient confiance à personne, pas même à leur propre mère. Dès qu'ils s'aperçurent du calme absolu de l'endroit, ils soupçonnèrent donc une entourloupe.

Ils eurent à peine le temps de réagir, néanmoins : deux formes sombres venaient d'ouvrir les portières.

— *Hands up. Get out.*

C'étaient Chano et Fidel qui chacun pointait une arme. En renfort, Tony s'était retourné vers les Italiens et les menaçait d'une troisième.

Ces trois pistolets, Mona les avait demandés à Tony ce matin devant la porte de l'hôpital, et le garçon avait passé toute la journée à batailler contre ses doutes : devait-il céder, devenir ainsi son complice, ou bien refuser catégoriquement et perdre à jamais sa confiance ? Au mépris de la prudence et du bon sens, il avait opté pour la première solution. Après avoir laissé le comte dans son pavillon et sa mère, l'ex-reine, au Plaza, il était allé voir le prêteur sur gages sépharade.

Il me faut trois revolvers, l'ami. Je vous les rendrai demain, juré. Quand il repartit, le vieux ne lui adressa pas un sourire ironique ni un adieu dans son espagnol musical et ancien, il se contenta de le prévenir gravement : « *Be careful, young ma.* Fais très attention, et que Dieu t'illumine. »

Mazza et Tomasso n'opposèrent aucune résistance. Le premier descendit de la voiture les mains en l'air et produisit une espèce de hennissement ; il était furieux d'être tombé dans une embuscade. Le second sortit recroquevillé, la tête entre les épaules, comme s'il voulait paraître encore plus petit et insignifiant qu'il ne l'était déjà.

En les attendant, Chano avait démoli d'un coup de pied le cadenas d'un petit hangar voisin. Des rouleaux de cordage et des sacs, de vieilles balises, des crochets oxydés et des bouts de chaînes, voilà ce qu'il y avait dedans et ce fut là qu'ils les conduisirent, bras levés.

Ils avaient allumé une lampe à huile suspendue à un clou, c'était l'unique éclairage. Une fois à l'intérieur, ils les poussèrent vers le mur du fond, les obligèrent à s'appuyer contre et à observer comment les pistolets changeaient presque aussitôt de mains.

Mazza écarquilla les yeux, frappé de stupeur, un frisson glacé lui parcourut l'échine, Tomasso, à côté, restait impavide.

Les trois sœurs espagnoles, les filles du mort, les belles brunes qu'il avait lui-même harcelées, traquées, menacées et agressées parce qu'elles ne s'étaient pas pliées à ses exigences, le visaient à présent, à quelques pas de lui. La poitrine, la tête ou l'entrejambe : leur cible n'était pas très claire, c'était probablement la première fois qu'elles maniaient une arme, elles devaient être très maladroites, leurs bras frêles en supportaient à peine le poids. Mais elles étaient bien là, les yeux étincelants et la mine figée, blessées mais fermes, pleines de rancœur, de mépris et d'audace, offrant une image à la fois superbe et terriblement sinistre. Et à une distance si courte qu'elles étaient sûres de ne pas louper les deux hommes s'il leur prenait l'envie de tirer.

Les jambes de l'avocat se mirent à trembler quand surgit soudain dans son esprit la liste de ses méfaits et de ses menaces, la destruction sauvage de leur affaire, le meurtre du tabaquier, l'utilisation d'un homme de paille pour duper la nonne. Rien d'étonnant à cette situation, se dit-il dans un éclair de froide lucidité. Bien malgré lui, tout collait parfaitement.

Le premier coup de poing de Chano le surprit plongé dans ses pensées, alors qu'il prenait conscience de son sort. Il lui brisa la mâchoire et trois ou quatre dents. Sans qu'il eût le temps de se demander qui était cette brute, un direct du droit lui démolit le nez. Il grognait comme un cochon en quête d'air quand le troisième horion s'écrasa sur son œil gauche.

Il ne voyait presque plus, respirait à grand-peine, sa bouche était pleine de sang, son cerveau annihilé n'était même plus capable de s'interroger sur l'identité de son bourreau – quelle importance, après tout ? Tant de gens avaient de bonnes raisons de le voir rôtir dans les flammes de l'enfer. Outre ceux qui étaient là, cette nonne bagarreuse par exemple, qui agonisait en cet instant. Ou ce brave Emilio Arenas, dont la mort cruelle avait déclenché cette longue série de conflits.

Pour Fidel, ses aspirations à devenir un artiste avaient été réduites à néant. Lors de l'attaque contre Las Hijas del Capitán, non seulement ses disques de Gardel avaient brûlé, mais aussi ses rêves de gamin, ses naïves illusions, son désir pathétique d'éblouir Luz. Il ne serait jamais arrivé à rien dans le monde du spectacle, ce n'était qu'un illuminé, un utopiste, mais au moins cet objectif le rendait plus ou moins heureux. Maintenant, découragé et sans perspectives, son avenir se réduisait aux cercueils, aux cierges et aux faire-part de décès, un tunnel sans la moindre clarté au bout.

Tony, lui, avait perdu sa référence, le seul être humain de New York à s'inquiéter du cours tumultueux de son existence, au lieu de l'encourager dans la voie de l'argent facile à tout prix. Et surtout, ainsi qu'il l'avait avoué en termes voilés à Mona dans la taverne, il n'avait pas supporté le coup fatal porté contre cette femme dont il était en train de tomber amoureux.

À Chano, Mazza avait arraché ce père qu'il avait trahi avec sa propre femme, ce qui avait rendu cette mort deux fois plus douloureuse. Même s'il parvenait à atténuer au fil du temps ses cicatrices, cette blessure ne se refermerait plus jamais.

Quant à Victoria, Mona et Luz, elles n'avaient que trop de motifs de lui en vouloir.

En définitive, tous pouvaient souhaiter la mort de ce misérable individu au visage ensanglanté qui se tenait devant eux, avec des justifications diverses, parfois plus impitoyables, et parfois plus morales et diffuses. En tout cas, là se trouvaient les ultimes victimes de ses méfaits, réunies par les sœurs Arenas pour assister à sa chute.

Chano décida enfin d'arrêter de le frapper : cette vengeance personnelle était son choix. Il obligea Mazza à se redresser, à se tenir debout contre le mur, et rejoignit Tony derrière les autres. L'un et l'autre tendus et sur le qui-vive, prêts à tout pour protéger ces femmes qui avaient bouleversé leur vie.

Se voyant indemne, le neveu laissa échapper un soupir de soulagement, puis le silence enveloppa le hangar, seulement troublé par les sons gutturaux de Mazza qui rejetait par la bouche un mélange répugnant de sang, de vomissements et de bouts de dents.

C'était désormais à elles de trancher pour la suite. Elles continuaient à viser dans une unique direction, sous la faible lueur de la lampe, les visages sérieux, impénétrables, bien qu'elles fussent rongées par le doute.

Elles avaient d'abord toutes caressé l'idée de mettre fin à l'existence de l'Italien, sans hésitation. Ce n'était qu'un ignoble salopard, il ne laisserait ni veuve ni enfant, son malheureux neveu ne semblait même pas attaché à lui. La mort de Fabrizio Mazza leur paraissait relever de la justice la plus élémentaire, elles n'y voyaient rien de répréhensible et à aucun moment elles ne s'étaient interrogées sur la cruauté de cet acte. La nuit et les hommes qui les aimaient leur serviraient de bouclier, Luciano Barona veillerait sur elles de là où il était. Il fallait juste tenir bon et ne pas se démonter, tout irait bien.

Pourtant, leur assurance commençait à s'effriter. Malgré le dégoût que leur inspirait cette épave, avec le sang lui coulant sur la figure et sa bouche souillée de vomissures, elles se disaient que non. Non, elles n'en seraient pas capables. Cette canaille avait beau avoir réduit leur vie en mille morceaux, elles n'étaient pas assez mauvaises, ou elles étaient trop intègres, ce qui revenait au même.

Après un instant de tension angoissante, elles échangèrent donc un regard, tombèrent d'accord sans l'exprimer par des mots.

Non, impossible de le liquider.

Une tache obscure grossit autour de la braguette de l'Italien lorsqu'il vit, grâce à son unique œil valide, que les filles baissaient lentement leurs bras. Il s'urinait dessus.

Une onde de soulagement muet se répandit dans l'atmosphère. Tony fit un pas en avant, leur tendit ses mains ouvertes et elles y déposèrent leurs armes. Chano se détendit en se frottant les jointures des doigts. Seul Fidel esquissa une protestation mais ils le retinrent.

À cet instant précis, pendant le court laps de temps où Mazza ne concentra plus tous les regards, un bruit assourdissant leur transperça les oreilles.

Ils se retournèrent d'un bloc : le corps de l'avocat s'effondrait, un trou au milieu du front. Ses genoux se plièrent, puis son dos s'incurva et il glissa lentement sur le côté.

Des volutes de fumée sortaient encore du canon du revolver de Tomasso.

Ils avaient oublié que le neveu était également l'une de ses victimes.

105.

Il n'était pas cinq heures du matin, ils franchirent le pont de Brooklyn en direction de Manhattan sans croiser pratiquement personne. Ils se taisaient et regardaient droit devant eux les lumières majestueuses de la cité.

Les sirènes des ateliers et des usines n'avaient pas encore résonné, les commerces et les bureaux étaient fermés, les transports publics circulaient à peine, les travaux étaient à l'arrêt. Mais New York tarderait peu à se réveiller, sept millions d'êtres ouvriraient bientôt les yeux et se lèveraient. Plus d'un tiers d'entre eux étaient des gens venus d'ailleurs, nés sur des terres éloignées où l'on parlait d'autres langues et où la vie revêtait une image différente. La faim, les persécutions, les guerres, les espoirs et les peurs les avaient entraînés dans ce Nouveau Monde et à présent ils constituaient une part indispensable du tissu de la ville. Depuis les premiers Hollandais débarqués sur ces côtes pour y fonder la Nouvelle-Amsterdam jusqu'aux sœurs Arenas en provenance du sud de la vieille Espagne, New York avait joué, au fil des siècles, le rôle d'un aimant.

Ukrainiens, Français, Polonais, Cubains, Anglais, Albanais, Grecs, Norvégiens, Italiens, Irlandais, Juifs, Chinois, Allemands, Arméniens, Salvadoriens, Suédois, Portugais, Portoricains, Roumains, Espagnols… tous y avaient trouvé leur place, apportant leur grain de sable pour contribuer au bon fonctionnement de la métropole. Ils lavaient des assiettes, conduisaient des camionnettes, pavaient les rues, faisaient frire des poulets et des pommes de terre, balayaient les trottoirs et déchargeaient les marchandises, servaient des fleuves de café, grimpaient sur les échafaudages et bâtissaient les gratte-ciel, empaquetaient le sucre, envoyaient des pelletées de charbon dans les chaudières, imprimaient des quotidiens et des magazines, surveillaient des accès, lessivaient les sols et les escaliers : ils s'occupaient de n'importe quoi. Et à leur tour ils fondaient des familles et mettaient des enfants au monde qui plus tard rempliraient les écoles. Gagnés par la nostalgie, ils établissaient avec leurs compatriotes des réseaux de solidarité, prospéraient dans les limites de leur courage et de leur opiniâtreté. Certains triomphaient, beaucoup surnageaient, peu échouaient complètement; quelques-uns parvenaient à retourner chez eux, d'autres restaient ici. En définitive, tous s'échinaient et rentraient le soir dans leurs humbles logis, le corps tuméfié et les pieds gonflés, endurant les rigueurs du présent dans l'espoir d'un avenir meilleur. Et parfois le sort leur était favorable, ou bien il leur faisait un croc-en-jambe et dressait sur leur chemin des individus méprisables tels que Fabrizio Mazza, dont ils avaient abandonné le cadavre dans le hangar.

Toujours muets, ils songeaient au mort tandis qu'ils traversaient l'East River parcourue par quelques rares péniches, le trafic fébrile des embarcations commencerait avec le nouveau jour. Il faudrait beaucoup de temps pour que cette image sinistre disparaisse de leurs mémoires à tous.

À leur grande surprise, Tomasso avait fait preuve d'une froideur extrême. « *Let's get out of here*, partons d'ici », leur avait-il dit après avoir constaté le décès de l'avocat. Avant de s'en aller, il prit son portefeuille, sa montre, sa chevalière avec la pierre grenat et sa chaîne ornée du crucifix. Le fils du croque-mort, plus par pure déformation professionnelle que par véritable pitié, s'accroupit pour disposer les membres du cadavre dans une posture plus ou moins digne, puis il ferma son seul œil intact et le cacha sous des sacs. Il ne serait sans doute pas découvert avant plusieurs jours, le hangar paraissait peu fréquenté. En outre, sans papiers d'identité et avec la figure en compote, il échouerait probablement parmi les malheureux de la morgue de Bellevue, là où Barona avait cherché sa belle-mère en son temps.

La sérénité des trois sœurs Arenas avait été impressionnante. Elles s'étaient trompées en pensant qu'il était facile de tuer un homme, et la réaction imprévue du neveu leur avait glacé le sang, mais elles avaient assumé leur rôle en conséquence, sans se laisser gagner par la panique. Il n'y avait eu ni cris, ni gesticulations, ni torrents de larmes. Elles conservèrent leur calme, serrèrent les dents et se tinrent à leur place. Tony avait rangé les armes dans le sac en cuir du Juif. Chano se lava les mains dans une bassine d'eau ; bien que sale, elle serait toujours moins immonde que le sang de Mazza. Ensuite, tandis que Tomasso leur tournait le dos et se perdait au milieu des ombres, ils montèrent dans les voitures et prirent le chemin du retour.

Ils approchaient de la rive du Lower East Side, aux alentours de Cherry Street, là où s'était installé Emilio Arenas à son arrivée, mais ils ne pensaient pas à lui : encore sous le coup de l'émotion, ils étaient obnubilés par ce qui venait de se passer.

La vie avait déjà prévu, néanmoins, la destinée de chacun d'entre eux après ce drame, tandis qu'ils pénétraient dans Manhattan aux premières lueurs du soleil.

Épilogue

La relation de Mona avec Tony fut longtemps irrégulière, tant que l'ex-prince des Asturies et son entourage insistèrent pour qu'il devînt son factotum en bonne et due forme. Pour prix de son engagement, on lui offrait bien sûr des avantages et de l'influence, un bon salaire et des contacts. Il soupesa la proposition, en estima les aspects plus ou moins positifs ; il prit en compte l'aspect matériel mais aussi des données plus intangibles, par exemple l'affection sincère qu'il éprouvait pour le comte. Et il négocia finalement un accord : il était prêt à changer de vie mais non à abandonner cette ville. Il serait donc son secrétaire tant qu'Alfonso de Borbón résiderait à New York.

En l'espace de quelques mois, cependant, l'héritier qui n'hériterait de rien prit son envol et décida de poursuivre son chemin sans Tony. À peu près retapé physiquement et moralement à la suite de son séjour au Presbyterian Hospital et de la visite maternelle, il chercha un nouvel assistant, un certain Jack Fleming. Celui-ci ne possédait ni le charme ni le culot du vendeur de mirages urbains, mais il remplit ses obligations avec responsabilité. À ses côtés, Covadonga s'embarqua dans d'autres aventures de plus en plus téméraires et de moins en moins conformes à sa condition royale : il signa son divorce avec Edelmira, refusa de rentrer en Europe et coupa toute relation avec son père quand il épousa civilement, un an plus tard, un éblouissant mannequin havanais, à l'ambassade d'Espagne à Cuba et en présence du président Laredo Bru. Le mariage dura à peine deux mois. Après cette seconde séparation, chaque fois avec moins d'énergie et de ressources économiques, il entama un périple à travers les villes, les hôtels, les hôpitaux et les clubs. Finalement, un soir de casino et de libations, alors qu'il circulait le long du Biscayne Boulevard de Miami dans l'auto d'une jeune cigarière, il s'écraserait contre un poteau télégraphique. La fragilité de son corps ne supporta pas le choc : cet homme blond et svelte, destiné, à sa naissance, à régner sur vingt-cinq millions d'âmes, s'éteignit au Victoria Hospital, victime d'une fatale hémorragie interne. Sa mort soudaine frappa sa famille mais fut ignorée de ses compatriotes. La presse écrivit que le défunt n'était accompagné que de son secrétaire et d'un docteur, que ses dernières paroles avaient été pour sa mère. Les doigts d'une seule main suffirent pour compter les présents lors de son enterrement, dans un mausolée du Graceland Memorial Park Cemetery; il avait trente et un ans. Cinq décennies plus tard, ses restes royaux furent ramenés en Espagne sur décision de son neveu, le roi Juan Carlos, et inhumés dans le panthéon des Infants du monastère de l'Escorial.

Mona et Tony apprirent le drame par les journaux. Ils n'avaient jamais revu le comte de Covadonga, mais ils avaient conservé de l'affection pour ce prince malchanceux, qui, dans une large mesure et à son insu, les avait poussés vers un avenir commun. En effet, ils se lancèrent ensuite dans un autre projet également destiné à la colonie mais heureusement plus rentable que Las Hijas del Capitán : une société d'import-export évoluant au rythme des va-et-vient de la population espagnole et hispanique de la ville.

La première enclave à se désintégrer fut celle de Cherry Street, lorsqu'on commença à démolir quelques-uns des vieux bâtiments du *waterfront.* À l'endroit occupé en leur temps par La Valenciana de Sendra, le Centro Vasco-Americano, le café El Chorrito ou le barbier Montserrat, se dressèrent alors d'énormes complexes de logements publics : plus rien ne rappelait les milliers d'immigrants qui, pendant les premières décennies du XXe siècle, avaient construit un microcosme à l'ombre des arches des deux ponts, face aux quais et aux navires en provenance d'outre-mer.

L'atmosphère particulière de la 14e Rue et de ses alentours dura plus longtemps, soumise aux flux migratoires venant de la Péninsule, qui diminuaient peu à peu alors que New York devenait de plus en plus latino-américaine. De nouveaux habitants et commerces s'ajoutèrent néanmoins au fil des ans, dont beaucoup se souviennent encore. Des restaurants tels que l'Oviedo, le Coruña, le Trocadero ou le café Madrid, des librairies comme Macondo ou Lectorum et des boutiques de prêt-à-porter comme La Iberia cohabitèrent avec des établissements et des institutions indestructibles tels que Casa Moneo, l'église de Nuestra Señora de Guadalupe ou La Nacional, qui conserva son statut de centre de la vie sociale espagnole. Aujourd'hui encore, elle reste honorablement active, témoin nostalgique de l'époque où ce quartier, entre Chelsea et Greenwich Village, s'appelait Little Spain ; où les gens mangeaient du riz avec du poulet le dimanche et barraient la rue fin juillet pour sortir en procession l'apôtre saint Jacques.

Mona et Tony vieillirent, des vents mauvais transformèrent cette zone en un lieu moins sûr. Seulement alors le couple abandonna le grand appartement où ils avaient construit leur foyer et déménagèrent à Saint Petersburg, dans une belle maison en face de la baie de Tampa, sous le soleil de la Floride, près de nombreux compatriotes, au milieu des souvenirs liés au parfum des fabriques de tabac de son enfance à lui. Ils y recevraient la visite de leurs enfants et petits-enfants et de nombreux amis, loin, dans le temps et dans l'espace, de cette aube effroyable sur un quai de Brooklyn qu'ils évitèrent toujours de se remémorer.

Chano et Victoria, au contraire, furent bientôt séparés. Ils l'ignoraient, bien entendu, mais cette nuit-là une guerre fratricide était sur le point d'éclater en Espagne, qui couperait en deux le pays et briserait radicalement les espoirs de retour de nombre d'immigrants. Hormis doña Maxi, le docteur Castroviejo, doña Carmen Barañano, veuve de Moneo, et les propriétaires d'autres affaires fructueuses, la majeure partie de la colonie espagnole de la Grosse Pomme se rangea du côté de la République. En fin de compte, ainsi que l'avaient parfaitement expliqué les serveurs du Fornos et ce brave Luciano Barona, c'étaient tous de simples travailleurs, des salariés qui s'éreintaient pour se forger un avenir en gagnant à peine une quinzaine de dollars par semaine. Ils prirent donc fait et cause contre le fascisme, se regroupèrent autour des légendaires

Sociedades Hispanas Confederadas et suivirent mois après mois et de plus en plus consternés les nouvelles. Ils lurent *La Voz* puis *España Libre*, interrogèrent ceux qui arrivaient de leur patrie ensanglantée, écoutèrent, agglutinés sur les terrasses, la BBC et des programmes de radio en onde courte comme *La Voz de la España combatiente*. Ils se faisaient un sang d'encre, le cœur serré. Ils assistèrent à d'innombrables meetings, lancèrent des appels, des collectes et des dons. Les femmes se rendirent à Washington dans une héroïque caravane militante digne d'un autre roman, et elles envoyèrent au-delà de l'océan des vêtements et de la nourriture, de l'argent, des ambulances, des médicaments, des marques constantes de solidarité.

En plein milieu de ce drame, Chano décida de s'enrôler dans le bataillon Lincoln et d'aller se battre dans la terre de ses ancêtres, une décision peut-être soufflée par son chef et mentor, quincaillier dans la Fifth Avenue Hardware, Manuel Magaña, l'Aragonais président du Club Obrero Español, responsable du recrutement de volontaires dans le Harlem hispanique. Au-delà d'un simple engagement politique, l'impulsion du fils du tabaquier eut cependant d'autres motifs intimes qu'il ne révéla jamais à Victoria, ni à Magaña, ni à quiconque, ni ne s'avoua à lui-même : expier sa faute, se réhabiliter vis-à-vis de son père défunt, se séparer de Victoria, se reconstruire. Dans ce but, il lutta avec les armes et non avec les poings au sein des Brigades internationales, au Jarama, à Brunete et à Teruel. Il en réchappa. Après la défaite des républicains, il revint un temps en Amérique juste pour rejoindre un peu après l'armée étasunienne au cours de la Seconde Guerre mondiale. Au fond, disait-il, *it's the same goddam war* – c'est la même foutue guerre. On l'envoya dans le Pacifique, il fut blessé dans l'île de Leyte, aux Philippines, il fut rapatrié dans un hôpital du Massachusetts, sa vie suspendue à un fil. Et un matin d'automne, quand il ouvrit les yeux, encore chancelant, comme quand il était écroulé sur le tapis lorsqu'il était boxeur, il découvrit la silhouette d'une femme près de son lit, qui lui serrait la main. L'US Army avait informé Victoria de l'état de santé de Chano. En effet, elle portait le même patronyme que lui après son mariage avec le tabaquier : Victoria Barona, et c'était donc l'unique membre de sa famille.

Tous deux étaient désormais certains d'avoir effectué une pénitence assez dure pour que leur péché fût absous : lui avait combattu sans trêve ni relâche, elle avait assumé son absence avec courage et dignité, rejeté fermement les prétendants, accepté de vivre seule avec sa mère lorsque ses sœurs avaient volé de leurs propres ailes. Sept années s'étaient écoulées depuis qu'ils avaient dansé ensemble ce paso doble lors du banquet de La Bilbaína. Ils ne se quittèrent plus jamais.

Pour Luz, en revanche, les choses furent plus faciles, sans doute parce que son tempérament lui rendait plus supportables les caprices du sort. Elle n'entendit plus parler de Frank Kruzan, ne sut jamais pourquoi cet individu lui fichait désormais la paix. En revanche, ses sœurs apprirent le rôle joué par Tony à cette occasion. Après avoir parlé avec Luz dans Grand Central Station, ce dernier avait en effet décidé de prendre le taureau par les cornes. Il avait glissé un paquet de bulletins de la bolita dans le portefeuille de Kruzan, s'était arrangé pour transmettre le tout aux policiers lancés à sa poursuite. L'arrestation fut rapide et la sentence ferme : cinq mois de prison à Sing Sing pour organisation d'une loterie illégale. Kruzan protesta haut et fort de son innocence, vainement. Il ne fut jamais certain que le responsable de ses malheurs fût un proche de la petite Luz, mais, dans le doute, jugea bon de ne plus l'approcher, au cas où.

Elle ne retourna pas au Waldorf Astoria pour accepter le *coast-to-coast* proposé par le Catalan. Après l'épisode de Brooklyn, elle avait découvert qu'elle ne pourrait jamais se détacher de ses sœurs. Elle renonça donc à ce monde prometteur de maracas, de trompettes et de tournées en autocar pour se résoudre à une existence plus terre à terre. Plus banale. Elle se contenta tout au plus d'un petit rôle dans la zarzuela amateur du Campoamor, elle assouvit ainsi ses rêves de devenir une star. Et lorsque les Irigaray fermèrent la blanchisserie à peine un an après et prirent leur retraite à Long Island, elle apprit l'anglais, trouva du travail dans un salon de beauté près d'Union Square. Un vendredi soir, elle sortit fêter quelque chose avec ses collègues et leur suggéra El Chico comme lieu de rendez-vous. Au rythme des rumbas cubaines et des accords flamencos, elle se détacha bientôt au milieu de ses nouvelles et pataudes amies américaines. L'ancienne Luz réapparut, spontanée et pétillante sur la piste. Les nombreux hommes qui, comme tous les soirs, dînaient dans l'établissement de l'Asturien Collada, furent éblouis par sa grâce. En particulier un gaillard exubérant, quinze années de plus et deux divorces sur le dos, assis à une table voisine. Il entreprit aussitôt de la courtiser ; sans lui promettre un avenir rutilant de vedette, tel cet imbécile de Kruzan, mais pour en faire la femme de sa vie. Il était tombé amoureux comme un collégien.

On entendit les cris de Remedios jusqu'à l'Hudson quand elle sut que sa benjamine voulait épouser un certain Henry, un banquier juif d'origine polonaise. Le type ne parlait pas un mot d'espagnol, entretenait deux ex-épouses dans leurs appartements respectifs et emmènerait sa gamine vivre dans l'Upper East Side. Je préfère encore cet abruti de fils du croque-mort ! gueulait la pauvre femme. Elle ignorait que Fidel s'était résigné à son sort : pour Luz et pour les autres, il serait un ami chéri et fidèle mais rien de plus, presque le substitut du malheureux Jesusito. En dépit des sombres présages de sa mère, le mariage tint bon. Certains matins d'hiver, néanmoins, avec la ville noyée de pluie ou couverte de neige, enveloppée dans le vent et les nappes de brouillard, quand Henry était au bureau, que ses filles étaient au collège, à l'université ou ailleurs, la benjamine de la famille Arenas, devenue désormais Lucy Janowski, s'enfermerait dans sa chambre moquettée donnant sur Central Park, elle mettrait un disque de Xavier Cugat et son orchestre, danserait des rumbas en déshabillé devant son miroir, bougerait des cheveux à présent teints en blond cendré et des hanches sans doute plus larges. Les larmes couleraient alors sur ses joues : elle se rappellerait cette époque qui lui avait filé entre les doigts, les jours cruels, turbulents et inoubliables de sa jeunesse.

Voilà ce qui arriva aux trois sœurs Arenas à moyen et à long terme, mais leur avenir immédiat connut aussi des péripéties dignes d'être évoquées. Par exemple, elles finirent par toucher la fameuse indemnisation, quelques mois après que l'âme obscure de Fabrizio Mazza eut rejoint les enfers. Pourtant, le juge estima finalement que les négligences de la société et du port n'avaient été que relatives ; la victime avait également sa part de responsabilité dans l'accident. La somme qu'elles reçurent fut donc modeste, un peu plus que la proposition initiale de la compagnie de navigation. En outre, elles durent en prélever une part importante pour Casa María.

Et tandis qu'elles déposaient les chèques sur leur compte commun de la New York Bank for Savings, au coin de la Huitième Avenue, aucune ne put éviter de faire son examen de conscience. Pourquoi avaient-elles cédé au mirage d'une offre aussi extravagante ? Que seraient-elles devenues en acceptant les propositions de la compagnie et du capitaine du *Marqués de Comillas* ? Si elles étaient retournées dans leur monde ? Si elles n'avaient jamais entrepris l'aventure de Las Hijas del Capitán ?

Elles abandonnèrent le grandiose édifice aux colonnes corinthiennes et regagnèrent leur appartement ; les doutes martelaient encore leurs tempes. Soudain, l'esprit de sor Lito les survola sous un timide soleil automnal. La cigarette au coin des lèvres, elle leur adressa un clin d'œil ironique de satisfaction. En fin de compte, la nonne avait en partie accompli son objectif : elle les avait aidées à se prendre en main, elle leur avait appris à survivre.

Remerciements

Comme pour mes romans précédents, mes remerciements sont sincères, profonds et nombreux à tous ceux qui m'ont accompagnée au long du fascinant processus de reconstitution de décors et de destinées, sur lesquels j'ai pris la liberté d'échafauder une fiction.

À James Fernández, professeur de la New York University, descendant d'Asturiens, grand connaisseur de ce monde new-yorkais et coauteur d'*Invisible Immigrants, Spaniards in the US 1868-1945*, je veux exprimer – *first and foremost* – ma gratitude infinie pour son travail formidable et passionné, et pour être devenu mon généreux et irremplaçable informateur, conseiller, confident et, surtout, complice et ami. À Marisa Carrasco, son épouse mexicaine et également héritière d'autres diasporas, pour son immense chaleur humaine. À Luis Argeo, l'autre pièce maîtresse dans l'élaboration de cette précieuse source d'informations, qui compte sur moi pour sa prochaine et prometteuse exposition.

À Luz Castaños, fille d'Avelino Castaños et née à La Bilbaína de la 14e Rue, ma reconnaissance pour m'avoir reçue dans sa maison de Rocky Point, Long Island, et pour m'avoir offert ses souvenirs limpides et ses précieux albums photographiques. À Max Vásquez, fils de commerçants de cette même rue, pour ses anecdotes pittoresques.

Pour m'avoir aidée à imaginer ce que fut La Nacional à l'époque de la colonie, un clin d'œil à Robert Sanfiz, Elizabeth Fernández, Michelle Mirón, Elena Markinez et Elena Pérez-Ardá, qui luttent de toutes leurs forces pour la maintenir en activité. Et à Celia Novis, pour son documentaire qui retracera à merveille l'évolution du bâtiment et de l'institution.

Pour m'avoir aidée à restaurer la mémoire de Cherry Street et de ses environs, mes remerciements les plus sincères à ma collègue new-yorkaise Teresa Morell, professeure de la Universidad de Alicante, fille et petite-fille d'immigrants et auteure de l'étude *Valencians a Nova York*. À la mémoire de son père, Claude Morell, qui a laissé son émouvante autobiographie dans *The Lower East Side Kid That Made It Good*. À Manuel Zapata, Corognais émigré dans son enfance, pour son accueil si cordial dans sa maison de Woodside, Queens, et aussi pour avoir mis à ma disposition ses nombreuses données sur ce petit monde aujourd'hui disparu.

À Manuel Alonso – né à Brooklyn de parents asturiens –, à Dolores Sánchez – née de parents galiciens dans le Lower East Side et réceptionniste du docteur Castroviejo – et à sa fille Andrea – fière légataire du monde de ses aînés –, ma gratitude pour leur hospitalité et leurs souvenirs à Shoreham, Long Island, et pour nous avoir arraché des éclats de rire avec des anecdotes que je me réserve.

À Maruja Gulias, pour s'être occupée de moi si affectueusement depuis Washington DC.

Pour m'avoir permis de découvrir un autre chapitre essentiel de cette aventure migratoire, mon respect affectueux à Mari Carmen Amate, auteure de *El grupo Salmerón en Brooklyn, alhameños en Nueva York*. Et parmi les membres de ce noyau admirable, je transmets ma tendresse à Virtudes Arcos, Manolo López, Enriqueta Gálvez, Ángel Castillo et Hetty Castillo pour m'avoir ouvert, à Elwood, Long Island, le coffre de leurs nostalgies ; à Chris et Mary Tortosa pour leur accueil adorable à Aguadulce et pour tant de détails succulents dans notre correspondance postérieure ; à Elisa Castellón, pour nos conversations remplies de souvenirs près de la cathédrale d'Almería et dans les rues de New York.

Quoique de façon moins personnelle, j'ai également trouvé un grand intérêt à l'ouvrage *The Basques of New York* de Gloria Toricaguena et aux documentaires *Little Spain* d'Artur Balder et *Del Montgó a Manhattan. Valencians a Nova York*, de Juli Estévez, et je remercie donc leurs auteurs pour leurs efforts et réussites.

Les témoignages personnels de l'écrivain Prudencio de Pereda, recueillis dans son roman *Windmills in Brooklyn*, m'ont été également très utiles, et m'ont permis de pénétrer dans le monde des tabaquiers.

À mon agent new-yorkais Tom Colchie – qui se rappelle encore quelques-uns de ces vieux établissements espagnols –, je veux faire parvenir mon affection et mon respect pour avoir lu et critiqué ces pages avec son discernement habituel. Et à Elaine, pour avoir elle aussi participé au résultat final de mon écriture.

Beaucoup plus au sud de New York, mais également chaleureux et proches, se sont révélés, tout au long de ce chemin, divers habitants de Tampa qui m'ont soutenue pour reconstituer des époques révolues et raconter mes histoires. Mon admiration au grand Tony Carreño – qui peut parfaitement réapparaître en bolitero un de ces jours – et à Bill Wear, pour son enthousiasme et son hospitalité. À John Rañón, président du Centro Español de Tampa, qui veille sur la conservation de l'héritage de ce vieux monde. À Aida González, pour ses témoignages aussi déchirants que tendres. À Laura Goyanes, pour sa présence.

Sans abandonner la Floride, je salue de nouveau l'efficacité de ma collègue Gema Pérez-Sánchez et des bibliothécaires de l'University of Miami Beatrice C. Skolan (Caribbean Collections) et Martin Tsang (Cuban Heritage/Latin American Collections), pour m'avoir fourni un accès rapide aux mémoires d'Edelmira Sampedro, première épouse du comte de Covadonga.

Désormais de retour de l'autre côté de l'océan, ma reconnaissance la plus cordiale à Carolyn Richmond, veuve de Francisco Ayala, pour m'avoir ouvert sa porte et narré ses souvenirs. À María Beguiristain et Javier Expósito de la Fundación Santander, pour m'avoir permis de visiter les impressionnantes fresques de Josep Maria Sert, qui décorèrent un jour la salle à manger de l'hôtel Waldorf Astoria. À Paloma Anso de Casso pour sa précieuse carte. Et toujours aux ordres d'Antonio Yelo et de sa troupe, pour leur œil critique et leur camaraderie.

À ma fidèle et très chère équipe de Planeta, pour avoir conservé leur passion intacte un livre après l'autre. À Raquel

Gisbert et Lola Gulias, pour avoir vu grandir les filles du Capitán, à Belén López Celada, pour leur avoir fait confiance, à Carlos Revés, pour son enthousiasme et tant d'autres choses. À Isa Santos et Laura Franch, pour avoir conçu la meilleure façon de les lancer dans le monde. À Ferran López Olmo et à son équipe de Diseño, pour m'avoir convaincue. À Dolors Escoriza, Esther Llompart, Merche Alonso, Maya Granero et Zoa Caravaca, pour leurs regards aussi attentifs que pertinents. À Marc Rocamora, Lolita Torelló, Silvia Axpe et à toute l'équipe de marketing, pour leur enthousiasme. À Raimon Catalá et à l'équipe commerciale, pour avoir développé leurs réseaux. À Rosa Pérez, pour son affectueuse attention. À tous et à chacun, à tous les niveaux de responsabilité, merci du fond du cœur.

À Estela Cebrián et Luis Ortiz, autres membres de cette maison, pour m'avoir aidée à faire naître quelques-uns des personnages de ce roman.

À Antonia Kerrigan, pour avoir lutté avec son énergie habituelle afin de diffuser à travers le monde mes histoires. Et à ses merveilleuses collaboratrices, pour m'avoir rendu tant de choses plus faciles dans ma vie quotidienne.

À mes amis, toujours là quand il faut.

À ma famille, qui l'emporterait sur les sœurs Arenas en termes de combativité et de cœur.

Et à mon père, qui nous a quittés alors que ce roman entamait littéralement sa dernière ligne droite. Pour l'honneur et l'immense privilège d'avoir été sa fille. Pour tout ce qui va nous manquer du fait de son absence.

La photocomposition de cet ouvrage
a été réalisée par
GRAPHIC HAINAUT
30, rue Pierre-Mathieu
59410 Anzin

MIXTE
Papier issu de
sources responsables
FSC® C003309

L'Éditeur de cet ouvrage s'engage
pour la préservation de l'environnement
et utilise du papier issu de forêts gérées de manière responsable.

Cet ouvrage a été achevé d'imprimer en mai 2020
dans les ateliers de Normandie Roto Impression s.a.s.
61250 Lonrai
N° d'impression : 2001469
N° d'éditeur : 58773/01

Imprimé en France